BASTEI
LÜBBE
TASCHENBUCH

Weitere Titel von David Weber:

Der Aufstieg Manticores:

Bad. 1: Im Namen der Ehre (D. Weber u. a.)

Honor Harrington:

Bd. 1: Auf verlorenem Posten
Bd. 2: Die Ehre der Königin
Bd. 3: Ein schneller Sieg
Bd. 4: Mit Schimpf und Schande
Bd. 5: Im Exil
Bd. 6: Ehre unter Feinden
Bd. 7: In Feindes Hand
Bd. 8: Die Siedler von Sphinx (D. Weber u. a.)
Bd. 9: Der Stolz der Flotte
Bd. 10: Die Baumkatzen von Sphinx (D. Weber u. a.)
Bd. 11: Wie Phönix aus der Asche
Bd. 12: Die Raumkadettin von Sphinx (D. Weber u. a.)
Bd. 13: Ein neuer Krieg
Bd. 14: Honors Krieg
Bd. 15: Die Spione von Sphinx (D. Weber u. a.)
Bd. 16: Der Sklavenplanet (D. Weber u. a.)
Bd. 17: Um jeden Preis
Bd. 18: Auf Biegen und Brechen
Bd. 19: Der Schatten von Saganami
Bd. 20: An Bord der Hexapuma
Bd. 21: Die Achte Flotte
Bd. 22: Sturm der Schatten
Bd. 23: Jeremy X (D. Weber u. a.)
Bd. 24: Die Fackel der Freiheit (D. Weber u. a.)
Bd. 25: Honors Mission
Bd. 26: Der letzte Befehl
Bd. 27: Die Feuertaufe
Bd. 28: Im Donner der Schlacht
Bd. 29: Das Mesa-Komplott
Bd. 30: Superdreadnought
Bd. 31: Schatten der Freiheit
Bd. 32: Rückkehr nach Mesa (D. Weber u. a.
Bd. 33: Die Rebellen von Mesa (D. Weber u. a.)

Stephanie Harrington:

Bd. 1: Begegnung auf Sphinx (D. Weber u. a.)
Bd. 2: Flammenzeit (D. Weber u. a.)
Bd. 3: Krieg der Baumkatzen (D. Weber u. a.)

Nimue Alban

Bd. 1: Operation Arche
Bd. 2: Der Krieg der Ketzer
Bd. 3: Codename: Merlin
Bd. 4: Die Flotte von Charis
Bd. 5: Die Invasion
Bd. 6: Caylebs Plan
Bd. 7: Die Eiserne Festung
Bd. 8: Haus der Lügen
Bd. 9: Die Übermacht
Bd. 10: Der Verrat
Bd. 11: Kampf um die Siddarmark
Bd. 12: Der Kriegsmönch
Bd. 13: Die Streitmacht
Bd. 14: Mit Dampf und Donner

Titel auch als Hörbuch erhältlich

David Weber
Timothy Zahn
Thomas Pope

DER AUFSTIEG MANTICORES: RUF ZU DEN WAFFEN

Roman

Aus dem amerikanischen Englisch von
Dr. Ulf Ritgen

BASTEI
LÜBBE
TASCHENBUCH

BASTEI LÜBBE TASCHENBUCH
Band 20 851

Dieser Titel ist auch als Hörbuch und E-Book erschienen

MIX
Papier aus verantwortungsvollen Quellen
FSC® C083411

Vollständige Taschenbuchausgabe

Deutsche Erstausgabe

Für die Originalausgabe:

Titel der amerikanischen Originalausgabe:
»A Call to Arms: Book II of Manticore Ascendant«
Originalverlag: Baen Books, USA
Published by Arrangement with Baen Books, Wake Forest, NC, USA
Dieses Werk wurde vermittelt durch die Literarische Agentur
Thomas Schlück GmbH, 30827 Garbsen

Für die deutschsprachige Ausgabe:

Textredaktion: Beke Ritgen
Titelillustration: Arndt Drechsler, Regensburg
Umschlaggestaltung: Guter Punkt, München
Satz: Urban SatzKonzept, Düsseldorf
Gesetzt aus der Baskerville
Druck und Verarbeitung: CPI books GmbH, Leck – Germany
Printed in Germany
ISBN 978-3-404-20851-7

5 4 3 2 1

Für Susan Shiflett, von Harry und mir.
Du hast ihn vor sechsundvierzig Jahren geheiratet,
und immer noch verrät mir jeder seiner Blicke
seine Liebe zu dir.

David

BUCH EINS

1539 P. D.

1

»Jou, danke auch«, sagte der junge Bursche und wischte sich eine verfilzte Strähne aus der Stirn. »Ich sag Ihnen dann Bescheid.«

»Sehr gut«, erwiderte Lieutenant (Junior Grade) Travis Uriah Long, schüttelte dem Jungen die Hand und schenkte ihm sein bestes Profi-Lächeln. »Wenn Sie noch irgendwelche Fragen haben, können Sie jederzeit vorbeikommen.«

»Jou, schon klar«, sagte der Junge. »Tschö.«

Travis hielt das Lächeln aufrecht, bis sich die Tür zum Rekrutierungsbüro geschlossen hatte. Dann ließ er sich seufzend wieder in den Sessel hinter seinem Schreibtisch fallen. Die letzte halbe Stunde war zweifelsohne Vergeudung von Lebenszeit gewesen, zumindest seiner eigenen.

Der Junge eben war nicht daran interessiert, zur Royal Manticoran Navy zu gehen. Nicht einmal ansatzweise.

Klar, einiges hatte durchaus sein Interesse geweckt. Wie schneidig die schwarzgoldene Uniform der RMN war, war dem Jungen, so viel Modebewusstsein besaß er immerhin, nicht entgangen. Auch die Vorstellung, ins All hinauszufahren, sagte ihm zweifellos zu.

Aber er hatte, wie so viele andere in seinem Alter auch, noch überhaupt keine Ahnung, was er eigentlich mit seinem Leben anfangen wollte. Außerdem hielt er nicht allzu viel von Disziplin und Ordnung, die die Navy verlangte – nicht bei der Frisur!

Trotzdem hatte der Junge Erinnerungen wachgerufen. Von

Frisur und Desinteresse an Struktur und Ordnung einmal abgesehen, hätte das genauso gut auch Travis selbst sein können, wie er so vor zehn T-Jahren vor dem Rekrutierungsoffizier gestanden hatte.

Himmel, zehn Jahre war das jetzt schon her!

Geistesabwesend griff Travis nach seinem Tablet-Rechner und gab die Eckdaten seines jüngsten Anwerbungsgesprächs ein. Seine Finger wussten auch, ohne dass er groß nachdachte, was sie einzugeben hatten; also konnte er seine Gedanken schweifen lassen. Zehn Jahre! Eigentlich aus einer Laune heraus war er zur Navy gegangen, hatte das Ausbildungslager überstanden, dann seine erste Fachschulung, ebenso die Verwendungen an Bord der *Vanguard* und der *Guardian*, und plötzlich hatte man ihm, ganz unerwartet, das aufregende Angebot gemacht, die Offizierslaufbahn einzuschlagen. Auf dem College hatte er Astrophysik studiert und einen Abschluss erworben und hatte das Schulungsprogramm für Offiziersanwärter durchlaufen. Dann war er zum Dienst auf HMS *Thorson*, dann zum Dienst beim Bodenpersonal abkommandiert worden, und nun befand er sich im Graduiertenkolleg und tat seinen Dienst in einem Rekrutierungsbüro.

Zehn Jahre, wie die Zeit verflog!

Gut, zugegeben: Manchmal war ihm diese Zeit auch wie eine halbe Ewigkeit vorgekommen.

Die Eingangstür ging auf. Travis hob den Kopf, setzte automatisch das gewinnende Lächeln eines Rekrutierungsoffiziers auf und fragte sich dabei, ob sein nächster Besucher das Ganze wohl wenigstens ein bisschen ernster nehmen mochte.

Sein Lächeln war wie weggewischt, stattdessen sackte ihm vor Erstaunen die Kinnlade herunter.

»Lieutenant Long, hallo«, begrüßte ihn Lieutenant Commander Lisa Donnelly und schenkte ihm ein strahlendes Lächeln, während sie das Büro in Richtung Schreibtisch durchquerte. »Lisa Donnelly – nur, falls Sie's vergessen haben sollten.«

Mit einiger Mühe fand Travis seine Sprache wieder. »Sie vergessen, Ma'am? Nie und nimmer!«, versicherte er ihr und sprang – viel zu spät! – aus dem Sessel auf, während ihn, jetzt erst recht, Erinnerungen überfluteten. Lisa Donnelly hatte mit ihm auf der *Vanguard* und der *Guardian* gedient, und im Nachgang der Krise im Secour-System hatte er sich die vage (und wohlweislich geheim gehaltene) Hoffnung gemacht, sie könnte ihn tatsächlich ein bisschen mögen.

Doch dann war die *Guardian* nach Manticore zurückgekehrt, und Travis war in den unentrinnbaren Strudel geraten, der gemeinhin Collegestudium und Schulungsprogramm für Offiziersanwärter genannt wurde. Aus irgendeinem Grund hatten sich ihre Wege während der ganzen letzten fünf Jahre nicht ein einziges Mal gekreuzt.

Und jetzt das: Sie war hier. In *seinem* Rekrutierungsbüro.

»Reichlich zu tun gehabt, was?«, meinte sie, als sie schließlich vor seinem Schreibtisch angekommen war. »Offizier geworden, wie ich sehe. Gratuliere.«

»Danke, Ma'am«, brachte Travis heraus. Aus einem Impuls heraus streckte er ihr die Hand entgegen. »Wie ist es Ihnen ergangen?«

»Auch reichlich zu tun gehabt«, antwortete sie, ergriff die dargebotene Hand und schüttelte sie förmlich. »Bisschen weniger als Sie vielleicht, aber über Langeweile kann ich mich nicht beklagen. Und bei Ihnen? Wie war's auf der *Thorson*? Captain Billingsgate soll ja ein ziemlicher Zuchtmeister sein.«

»Ach ja, Ma'am?«, fragte Travis und grub in seinen Erinnerungen. Gewiss, an Bord der *Thorson* war alles streng nach Vorschrift verlaufen, aber zumindest er selbst sah darin eher einen

Vor- als einen Nachteil. »Also ich hatte keine Probleme mit ihm, Ma'am.«

»Nein, kann ich mir bei Ihnen auch nicht vorstellen«, gab sie zurück. »Mit Vorschriften kommen Sie ja wunderbar zurecht, wie habe ich das nur vergessen können!«

»Ähm, Vorschriften sind meins, ja, Ma'am«, sagte Travis und lief rot an.

»Das sollte keine Kritik sein«, setzte sie hastig hinzu. »Ich wollte damit nur sagen ... Nun, die meisten empfinden die strikte Einhaltung von Vorschriften und Dienstanweisungen eher als lästig. Sie dagegen blühen dann regelrecht auf. Das ist nicht schlecht, nein, keineswegs! Das ist einfach nur ... anders.«

»Vermutlich, Ma'am«, räumte er ein. »Aber viele Leute halten das für ... nun, mehr als nur ›anders‹.«

»Ach, Meinungen gibt's so viele, wie es Menschen gibt«, versetzte sie sofort. »Machen Sie sich darüber keine Gedanken! Ein ausgeprägtes Pflichtgefühl ist nichts, worüber man sich Sorgen machen müsste, und schämen muss man sich dafür schon mal gar nicht!«

»Danke, Ma'am«, sagte Travis und war tatsächlich ein wenig erleichtert.

Jetzt, wo die erste Anspannung langsam nachließ, musste er feststellen, dass er seine guten Manieren vergessen hatte. »Oh, Verzeihung, Ma'am, aber bitte nehmen Sie doch Platz«, lud er sie ein und deutete auf den Sessel, den Mister Filzhaar erst vor Kurzem freigegeben hatte.

»Danke«, sagte sie und setzte sich. Dabei bewegte sie sich mit der gleichen Anmut, die Travis schon bei ihrer ersten Begegnung aufgefallen war. »Übrigens, wo wir nun beide Offiziere sind, brauchen Sie mich bei solch inoffiziellen Gelegenheiten nicht mit Ma'am anzusprechen.« Sie neigte den Kopf zur Seite und musterte ihn. »Nach allem, was wir schon gemeinsam durchgemacht haben, wäre ich mit Lisa und Travis voll und ganz einverstanden. Natürlich nur außerhalb des Dienstes. Wenn dir das recht ist, heißt das.«

»Ich ...« Travis' Zunge verhedderte sich, so hastig wie er versuchte, sein lahmarschiges Sprachzentrum zu reaktivieren. Aber irgendetwas schien dort gerade nicht ganz rund zu laufen. »Das wäre ... sehr ... nett, Ma... Lisa«, brachte er schließlich arg stockend hervor. »Also, wie ist es Ihnen ... ich meine, was hast du so gemacht?«

»Das übliche Hin und Her, wie's bei der Navy halt so ist«, antwortete Lisa. »Nach Secour habe ich erst Dienst auf der Oberfläche geschoben und dabei noch ein paar Schulungen mitgemacht, damit ich auch an Strahlenwaffen eingesetzt werden kann, nicht nur an Raketen. Dann wurde ich auf die *Damocles* versetzt und zum Lieutenant Commander befördert. Ach ja, und irgendwo zwischen den Schulungen und der *Damocles* habe ich geheiratet.«

»Oh«, sagte Travis, und mit einem Mal war ihm so schwer ums Herz, dass der ganze Tag, ja, selbst Travis' ordnungsgemäß aufpolierte Kampfstiefel jeden Glanz einbüßten.

»War ein Riesenfehler, hab ich dann auch sofort korrigiert und mich wieder scheiden lassen«, fuhr Lisa fort. »Mach ich sicher nicht noch mal.«

»Was? Scheiden lassen?«, fragte Travis schüchtern nach.

»Den falschen Kerl heiraten«, verbesserte sie ihn. »Aber über die Geschichte können wir auch noch ein anderes Mal reden. Heute bin ich zu dir gekommen, weil ...« Sie zögerte. »Also, ich wollte mich natürlich sowieso mal wieder bei dir melden, aber ich wollte dich auch um einen Gefallen bitten.«

»Klar«, gab Travis zurück, auch wenn ein Großteil seines Verstands noch mit den Konzepten ›Heirat‹, ›Scheidung‹ und

›Heirat mit dem falschen Kerl‹ beschäftigt war. »Was kann ich für dich tun?«

»Ist wirklich ’ne ziemlich große Sache«, warnte sie ihn. »Ich weiß nicht, ob du das mitbekommen hast, aber die *Damocles* bricht nächste Woche nach Casca auf.«

»Habe ich gehört, ja«, sagte Travis. Hätte das Schiff nicht schon *letzte* Woche aufbrechen müssen, nicht erst nächste Woche, oder täuschte er sich da? Änderungen im Zeitplan wurden allerdings nur selten an die große Glocke gehängt.

Die zugehörigen Patrouillefahrten auch nicht. Seit dem Angriff im Secour-System vor fünf Jahren hatte es Erster Lord der Admiralität Cazenestro zur Kunstform erhoben, viel Gewese um jede Fahrt eines Navy-Schiffes zu machen, die es aus dem System herausführte. Stets hatte er dergleichen als Beleg der Bemühungen Seiner Majestät Navy dargestellt, die Bevölkerung des Sternenkönigreichs zu schützen.

Nachdem bislang jedoch jede einzelne Jagd auf Piraten erfolglos verlaufen war, wagten sich die gegen die Navy eingestellten Fraktionen des Parlaments allmählich wieder ins Freie. Daher hatte Cazenestro seine Taktik geändert und hielt sich bei Einsätzen wie diesen bedeckt. »Wird das wieder eine Piratenjagd?«, fragte Travis.

»Eigentlich sollen wir nur Flagge zeigen«, antwortete Lisa. »Die Mission ist eine Goodwill-Reise nach Casca und soll zeigen, dass das Sternenkönigreich jederzeit bereit ist, seinen Nachbarn beizustehen.« Sie runzelte die Stirn. »Apropos Piratenjagd: Hatte die *Thorson* nicht letztes Jahr so einen Einsatz?«

»Zwo sogar«, erklärte Travis. »Aber beim zwoten war ich zum Graduiertenkolleg abgestellt, deswegen hab ich den verpasst.«

»Gut, dass die nichts gefunden haben«, meinte Lisa daraufhin. »Ohne dich wären die sonst in Schwierigkeiten geraten.«

»Öhm … tja, na ja …«, gab Travis unsicher zurück. Er fragte sich, ob Lisa das ernst gemeint hatte oder ihn mächtig aufzog.

»Nun, genau genommen, wird die *Damocles* dieses Mal gleich drei Missionen auf einen Schlag fliegen«, fuhr sie dann fort und ersparte Travis so die Mühe, eine angemessene Entgegnung zu finden. »Mission eins: Wir zeigen Flagge. Mission zwei: Wir tauschen uns mit Casca über die jüngsten Daten zu möglichen Piratenaktivitäten aus. Zeitgleich mit uns trifft ein Frachter aus Haven in Casca ein. Wenn wir es schaffen, mit dem in Kontakt zu treten, können wir dann auch gleich noch dessen Daten übernehmen. Dann brauchen wir nicht erst zu warten, bis die Cascaner den ganzen Datensatz durchgearbeitet haben, bevor sie ihn an uns weiterleiten. Und wenn das immer noch nicht Grund genug für unsere Anwesenheit im Casca-System ist, gibt's noch Mission drei: Wir spielen Eskorte für einen Frachter.«

»Für einen havenitischen?«, erkundigte sich Travis. Derzeit waren im gesamten Sternenkönigreich von Manticore ganz genau drei kommerzielle Frachtschiffe im Dienst – und nach allem, was Travis in letzter Zeit gehört hatte, waren alle derzeit auf ihren großen Handelsrouten unterwegs.

»Nein, für einen von unseren«, klärte Lisa ihn auf. »Gehört der Gräfin von Acton, heißt *Goldenrod* und ist bereit für die Jungfernfahrt.«

»Schon?«, fragte Travis mit einem Stirnrunzeln. »Hat die denn schon ihre Probefahrt hinter sich?«

»Seit letztem Monat«, antwortete Lisa. »Von Manticore nach Gryphon und zurück. Es hat da wohl ein paar kleine Schwierigkeiten gegeben, aber Acton hat anscheinend trotzdem entschieden, die Kleine in die große weite Welt hinausfahren und mit den Großen mitspielen zu lassen.«

»Ah, hat Cazenestro etwa eure Abfahrt hinausgezögert, damit ihr sie eskortieren könnt?«, wollte Travis wissen und hörte selbst, dass seine Stimme vor Missbilligung einige Halbtöne tiefer sank. Geleitdienste waren wichtig, keine Frage, obwohl während der letzten fünf Jahre nicht ein einziges der dafür abgestellten Schiffe auf einen Piraten gestoßen war. Doch die Vorstellung, dass die Admiralität sich hier überschlug, bloß um einer Zivilperson einen Gefallen zu tun, störte ihn einfach.

»Passt dir nicht, nicht wahr?«, fragte Lisa leise.

Hier und jetzt waren weder Ort noch Zeit für eine derartige Diskussion. Einen Sekundenbruchteil lang war Travis versucht, es zu leugnen. Doch als er Lisa in die Augen sah ... »Schon, ja«, räumte er ein. »Wie man so hört, sind Routen und Zeitpläne der havenitischen Frachter in letzter Zeit nicht gerade ein Muster für Flexibilität. Ihr dürftet den Frachter in Casca verpassen und die erwähnten Daten der Haveniten so nicht bekommen.«

»Was auch nicht gerade das Ende des Sternenkönigreichs wäre«, gab Lisa zu bedenken. »Außerdem wird Cazenestro das durchaus im Blick haben.« Sie zögerte einen Moment, ehe sie weitersprach. »Und natürlich spielen neben der reinen Effizienz noch weitere Faktoren eine Rolle. Politik und Parlament interessieren dich nicht sonderlich, oder?«

Travis spürte, wie seine Mundwinkel zuckten. »Eigentlich nicht.«

Lisa verzog das Gesicht. »Ach ja ... dein Bruder. Das hatte ich ganz vergessen.«

»Halbbruder«, korrigierte Travis sie unwillkürlich. »Auch wenn's wahrscheinlich keinen allzu großen Unterschied macht.«

»Den Unterschied macht hier etwas ganz anderes: Er ist er, und du bist du«, sagte Lisa streng. »Für das, was er sagt oder tut, ist *er* verantwortlich, nicht du.«

»Ich weiß«, sagte Travis. Diesen Tonfall kannte er von ihr schon; sie wählte ihn immer, wenn ein gewisser Travis Uriah Long etwas Dummes gesagt hatte. »Entschuldige.«

»Schon in Ordnung«, gab sie zurück. »Na ja, gibt ja schon Zeitgenossen, die andere danach beurteilen, welches Blut in ihren Adern fließt, und nicht nach ihren Charaktereigenschaften und Wertvorstellungen.«

»Ist mir nicht entgangen«, brummte Travis und dachte an die Belobigung, die man ihm nach Secour verwehrt hatte.

»Reine Faulheit«, meinte Lisa. »Damit erspart man sich, selber zu denken, wenn man etwas einzuschätzen hat. Manche stellen das Denken bei der Herkunft ein, andere bewerten allein aufgrund von Vermögen oder Amt.« Sie winkte ab. »Die Gräfin von Acton zum Beispiel. Du irrst dich, wenn du glaubst, die Zeitpläne der Navy wären auf ihre Veranlassung hin geändert worden. Laut Captain Marcello tut Acton *uns* damit mindestens ebenso sehr einen Gefallen wie wir ihr. Wahrscheinlich hat sie von der ganzen Mission weniger als die Navy. Sie hat sich dumm und dusselig geschuftet, um die *Goldenrod* startbereit zu bekommen, nur damit Cazenestro dem Parlament erklären kann, die *Damocles* würde gleich drei Missionen auf einen Schlag erledigen.«

»Und vermutlich hat sie dort ein paar Freunde, die ganz auf ihrer Seite stehen«, konnte sich Travis nicht verkneifen zu bemerken.

»Sogar eine ganze Menge«, bestätigte Lisa. »Ihr neuer Geschäftsführer, Heinrich Hauptmann, und sie haben genug Beziehungen, vor allem nach Hauptmanns Beteiligung am Umbau der *Casey*. Nein, hier wird selbst Breakwater Schwierigkeiten haben, noch groß zu protestieren.«

»Ach was, dem fällt bestimmt noch etwas ein!«

»Viel wahrscheinlicher ist, er ignoriert das Ganze«, gab Lisa zurück. »Wenn es um seinen eigenen Nutzen geht, gibt es noch genug, wo er sich an der Navy reiben kann. Da braucht er sich in dieser Sache nicht unnötig Kritik auszusetzen.«

»Stimmt«, meinte Travis und verzog das Gesicht. Anderson L'Estrange, auch als Earl von Breakwater bekannt, Schatzkanzler des Sternenkönigreichs von Manticore, führte schon seit mindestens zehn Jahren nach Kräften einen politischen Feldzug gegen die Royal Manticoran Navy – wahrscheinlich sogar noch länger.

Seine Motive waren offenkundig: Breakwater unterstand der Manticore Patrol and Rescue Service, der systemweit tätige Patrouillen- und Rettungsdienst des Sternenkönigreichs – inoffiziell auch als Home Guard bezeichnet. Aus akutem Geldmangel und einem Mangel an vernünftig ausgebildeten Besatzungsmitgliedern war der Schatzkanzler anscheinend zu dem Schluss gekommen, mit jeder Kleinigkeit, durch die sich die Bedeutung der Royal Manticoran Navy schmälern ließe, könne man die Bedeutung des MPARS steigern – und damit auch Breakwaters Macht und Einfluss.

Warum sich Travis' Halbbruder Gavin Vellacott, Baron von Winterfall, diesem Mann angeschlossen hatte, war nicht so leicht zu durchschauen. Doch noch rätselhafter war, warum es Breakwater und Winterfall für eine so gute Idee hielten, das Sternenkönigreich Bedrohungen, die aus anderen Sonnensystemen stammten, schutzlos auszuliefern.

Egal wie vehement Breakwater es in all seiner geschliffenen Rhetorik abstritt: Dort draußen gab es sehr wohl Bedrohungen. Denn es gab Söldner, Piraten und andere Sternnationen, und sie alle mochten zu jedem beliebigen Zeitpunkt beschließen, Manticore für eine reife Frucht zu halten, die man nur zu pflücken bräuchte.

Dass es auf keiner der drei Welten des Sternenkönigreichs

Nennenswertes zu holen gab, so gesehen dort einzufallen also der Mühe gar nicht wert war, war dabei bedeutungslos. Der Planet Kuan Yin, von Manticore sehr weit entfernt, war auch nicht das Geringste wert gewesen, aber das hatte Gustav Anderman nicht davon abgehalten, dort einzumarschieren und den Planeten zu übernehmen. Seitdem hieß diese Welt Potsdam und lag im Neu-Berlin-System. Anschließend hatte Anderman, weil es so schön war, neue Namen zu verteilen, gleich noch fünf weitere Welten erobert, die nun zusammen mit Potsdam die Grundlage für sein Andermanisches Kaiserreich bildeten.

Zugegeben: Einige Eroberungszüge konnte man auch als Notwehr werten, und die ursprünglichen Kolonisten auf Kuan Yin hatte Anderman, was ihm reichlich Sympathien eingetragen hatte, vor dem Hungertod bewahrt. Aber das hieß noch lange nicht, dass er sich nicht trotzdem jederzeit in einen ausgewachsenen Despoten verwandeln könnte.

Zumindest hegten einige seiner Nachbarn bereits Sorgen dieser Art, beäugten misstrauisch Andermans territoriale Ausweitungspolitik. Travis waren Gerüchte zu Ohren gekommen, Haven habe ein Team in das Neu-Berlin-System entsandt, um diplomatische Gespräche aufzunehmen … und vermutlich auch, um vor Ort zunächst einmal die Lage zu sondieren. Andere Systeme, die dem neu geschaffenen Andermanischen Kaiserreich deutlich näher lagen, schmiedeten angeblich fieberhaft Pläne für Verteidigungsbündnisse – obwohl ihnen sicher die Tatsache zu denken gab, dass das letzte vergleichbare Bündnis innerhalb kürzester Zeit vom Kaiserreich absorbiert worden war.

In Manticores öffentlicher Meinung lag Potsdam entschieden zu weit entfernt, als dass es als Bedrohung empfunden wurde. Aber möglicherweise hatte Andermans Beispiel andere, für die das Sternenkönigreich eine durchaus attraktive Lage besaß, auf den Geschmack gebracht.

Wenn erst einmal feindliche Kriegsschiffe im Orbit über Landing standen, würde Breakwaters geschliffene Rhetorik allein sie gewiss nicht abschrecken.

»Aber das ist alles Politik«, unterbrach Lisa Travis' Gedankengang, »und mit Freunden vermeide ich dieses Thema meistens. Um nun zum Ausgangspunkt dieses Gesprächs zurückzukommen: Es geht um meinen Hund.«

»Deinen ... Hund?«, fragte Travis nach und schob die Gedanken an die leidige Politik und die damit einhergehende Frustration weit von sich. »Ach ja, richtig ... der Gefallen, den ich dir tun soll. Was ist mit ihm?«

»Mit *ihr*«, korrigierte Lisa. »Sie ist ein Scottish Terrier – also ganz winzig. Aber mein Ex hat mich mit seinem wie stets unschlagbaren Timing gebeten, sie zu mir zu nehmen, solange er sich auf Sphinx aufhält – für ein langfristiges Forschungsprojekt.«

»Da verlangt er aber eine ganze Menge von dir«, bemerkte Travis.

»Ach, eigentlich nicht«, widersprach Lisa. »Eigentlich war das ja mal *unser* Hund, aber bei der Scheidung ist die Kleine nun einmal *ihm* zugesprochen worden, und normalerweise nehme ich sie auch wirklich gern zu mir, wenn's geht. Was eben jetzt nicht geht. Das Mädchen, das wir normalerweise anheuern, wenn wir beide nicht können, hat – wirklich unpraktisch, das Ganze! – beschlossen, ihren Highschool-Abschluss zu machen und aufs College zu gehen, und ...«, sie atmete einmal tief durch, »... und jetzt stecke ich in der Klemme. Aber deine Mutter züchtet doch Hunde, nicht wahr? Könnte man bei ihr vielleicht einen Hund vorübergehend unterbringen?«

»Gute Frage«, antwortete Travis. »Ich weiß es nicht, aber fragen kann ich natürlich mal.«

»Danke! Das weiß ich wirklich zu schätzen«, sagte Lisa. »Es

gibt natürlich eine ganze Reihe Hundepensionen in Landing, aber irgendwie wäre es mir lieber, wenn die Kleine eine Art echte Beziehung zu den Leuten hätte, die sich um sie kümmern. Auch wenn es hier eine Beziehung ›um die Ecke‹ wäre.«

»Das verstehe ich«, sagte Travis. »Mach dir keine Gedanken, ich sorge schon dafür, dass ... wie heißt deine Kleine gleich?«

»Crumpets«, antwortete Lisa und setzte mit Blick auf Travis hinzu: »Das ist ein Hefegebäck, das in altvorderen Zeiten *der* Begleiter zum Tee war, etwas, was einfach täglich dazugehört.« Sie schüttelte den Kopf. »Frag gar nicht erst.«

»Hatte ich nicht vor«, versetzte Travis. Eigentlich wäre genau das seine nächste Frage gewesen, aber so ... »Keine Sorge, das kriege ich hin.«

»Danke«, meinte Lisa, »du weißt nicht, wie viel mir das bedeutet.« Sie erhob sich. »Es tut mir wirklich leid, dass ich mich jetzt schon wieder davonmachen muss, aber ich muss wirklich los.«

»Kein Problem«, sagte Travis und stand – recht linkisch, wie er fand – ebenfalls auf. »Sag mir einfach nur, wann und wo ich sie abholen soll. Hast du meine Nummer?«

»Besorge ich mir«, gab sie zurück. »Wird wahrscheinlich so Ende der Woche werden.« Dieses Mal war es an Lisa, ihrem Gegenüber die Hand entgegenzustrecken. »Danke, Travis, bist wirklich ein Lebensretter!«

»Gern geschehen«, sagte Travis und griff nach ihrer Hand. »Bis du anrufst, habe ich alles schon vorbereitet.«

»Gut. Danke noch mal.« Ein letztes Lächeln, dann drehte sie sich um und verließ das Büro.

Hinter ihr schloss sich die Tür. Langsam ließ sich Travis wieder in den Sessel sinken, und seine Gedanken überschlugen sich. Lisa Donnelly war wieder in sein Leben zurückgekehrt –

und sei es auch nur für etwas so Unbedeutendes und Vergängliches wie die Unterbringung ihres Hundes.

Er hatte keine Ahnung, ob seine Mutter auch fremde Hunde aufnahm und verpflegte. Wie auch? Seit Monaten hatte Travis nicht mehr mit ihr gesprochen. Wenn je in ihrem gemeinsamen Leben.

Egal, er würde herausfinden, ob sie fremde Hunde aufnahm. Und wenn sie das Tier nicht aufnähme, würde er sich eben selbst darum kümmern! Der Einsatz der *Damocles* war auf fünf Monate angelegt – je zwei Monate für Hin- und Rückfahrt und einen Monat bei Casca. Für Travis stand nach dem Graduiertenkolleg noch eine kurze Verwendung im BuShips an, dem Bureau für Schiffsbeschaffung und Wartung der Royal Manticoran Navy. Er würde also noch mindestens die nächsten fünf Monate in Landing und im Casey-Rosewood-Schulungszentrum verbringen. Wo lag also das Problem? Mit einem Haustier käme er bestens zurecht.

In der Zwischenzeit gab es noch anderes, über das er nachdenken musste.

Lisas Ehe zum Beispiel ... Ob sie jemanden geheiratet hatte, der ebenfalls Offizier war? Und welche Kriterien genau mussten eigentlich erfüllt sein, um ›der falsche Kerl‹ zu sein?

Wichtig auch: Waren Travis und Lisa jetzt eigentlich wirklich Freunde, oder hatte sie das nur so gesagt? Verstanden sie beide unter diesem Wort überhaupt das Gleiche?

Travis hatte keine Ahnung, wie er diese Fragen beantworten sollte.

Innerhalb von fünf Minuten hatte Lisa seine bisherige Beziehung zu ihr vollständig auf den Kopf gestellt – was Travis als beängstigend empfand. Unbekanntes Terrain war für ihn immer beängstigend.

Er bekäme das hin, er war sich ganz sicher. Während der vergangenen zehn Jahre hatte er sich immer wieder auf unbekanntes Terrain gewagt, und auch dieses Mal würde er es erkunden. Einmal erkundet aber war ein Terrain nun einmal nicht mehr unbekannt. Problem gelöst.

Wären schließlich alle diese Fragen geklärt, würde er herausfinden, warum ein Mensch im Vollbesitz seiner geistigen Fähigkeiten seinen Hund *Crumpets* nannte.

2

»Bei jeder sogenannten Krise«, intonierte Breakwater, und seine volltönende Stimme hing im Sitzungssaal des Oberhauses, als wäre sie ein Bestandteil der Luft dort, »gibt es den Moment, in dem man sich fragt, ob man nun lachen oder weinen soll. Zu meinem großen Bedauern muss ich sagen, dass für mich dieser Moment eingetreten ist, wenn es um die gewaltigen Kraftanstrengungen des Sternenkönigreichs geht, gefährliche Banden grausamer, aber nur schwer fassbarer Piraten aufzugreifen.«

Vier Sessel zur Linken von Breakwater ließ Gavin Vellacott, Baron von Winterfall, unauffällig den Blick durch den ganzen Saal schweifen. Er musterte die Gesichter der Anwesenden und versuchte automatisch, anhand der Mimik auf Stimmung und Position zum Disputierten zu schließen. Bei derartigen Analysen würde er niemals so gut werden wie ... sagen wir: die Baronin von Castle Rock oder Breakwater selbst. Aber zehn T-Jahre Übung hatten seine Fähigkeiten darin enorm verbessert.

Zehn Jahre!

Es war ein außergewöhnliches Jahrzehnt gewesen. Anfänglich hatte Gavin sein Dasein auf der untersten Ebene der parlamentarischen Machtpyramide gefristet: Seine Anwesenheit im Oberhaus hatte er nur der glücklichen Fügung zu verdanken, dass ein halbes Jahrhundert zuvor seine Großeltern zufälligerweise zu den ersten fünfzig Investoren der Firma Manticore Limited gehört hatten. Eigentlich war damit zu rechnen gewesen, dass der Gang der Geschichte ohne Winterfall stattfände. Er wäre nur ein weiterer namenloser Adeliger, dessen Beitrag zu eben dieser Geschichte darin bestünde, stets so abzustimmen, wie es die mächtigeren und einflussreicheren Lords verfügt hatten.

Dann hatte, aus heiterem Himmel, Breakwater ihn in seinen inneren Zirkel eingeladen. Gavin war Teil jener Gruppe von Lords und Ladys geworden, die dem Kanzler bei seinem Bemühen beistanden, gegen das Schwarze Loch für Ressourcen und Gelder gleichermaßen anzugehen, zu dem sich die Royal Manticoran Navy ausgewachsen hatte.

Natürlich hatte sich Breakwater nicht einfach aufs Geratewohl für ihn entschieden, das wusste Gavin. Es gab subtile, aber durchaus gute politische Gründe für den Kanzler und sein Komitee für Militärische Vernunft, aus der großen Schar möglicher Anwärter gerade einen ganz bestimmten jungen Baron auszuwählen. Dazu gehörte nicht zuletzt die Tatsache, dass Gavins Halbbruder Travis Long just zu eben jener Navy gegangen war. Wenn enge Familienangehörige für die eine oder andere Organisation tätig waren, war es im Allgemeinen logisch, dass man alles daran setzte, das Beste für diese Organisation zu wollen.

Trotzdem war bei jener ersten Besprechung in Breakwaters Arbeitszimmer eines unmissverständlich klar gewesen: Der Kanzler ging davon aus, mit Gavin jemanden in seinen Reihen zu wissen, der – stumm und still – seine Politik und Ränkespiele unterstützte, die ihm, Breakwater, weitere Macht und Ansehen einbrächten. Das hatten er und die anderen Angehörigen seines inneren Kreises sogar ausdrücklich gesagt.

Gavin wäre mehr als bereit gewesen, genau diese Rolle zu übernehmen. Ein Abglanz von Ruhm und Ansehen war immer noch besser als *gar kein* Ruhm und Ansehen.

Doch zur großen Überraschung aller Beteiligten war es anders gekommen. Während einer Besprechung der höchsten Kreise hatte man Gavin eine Frage gestellt, die er nicht nur beantwortet, sondern zu der er auch einen Vorschlag unterbreitet hatte ... und seitdem hielt ihn die ganze politische Welt für eine Stimme der Vernunft und der Kompromissbereitschaft. Die *ganze* politische Welt. Von Seiner Majestät König Michael an abwärts.

Gavin hatte damit gerechnet, dass bald schon jemand anders im Rampenlicht stünde. Doch zu seiner eigenen großen Überraschung war das nicht geschehen.

Er hatte das *Phobos*-Debakel überstanden, ebenso Dapplelakes Untersuchung dieses Zwischenfalls. Diese Untersuchung hatte zwei hochrangige Offiziere der Royal Manticoran Navy in ein äußerst schlechtes Licht gerückt und drei Angehörige des Oberhauses, die gewisse Informationen nicht an die entsprechenden Behörden weitergegeben hatten. Gavin hatte sogar überstanden, dass HMS *Guardian* aus dem Secour-System zurückgekehrt war und Captain Eigens Bericht über Piratenaktivität in jener Region des Alls das Prestige der Navy drastisch hatte steigen lassen.

Ja, Gavin war dabei sogar besser weggekommen als Breakwater. Schatzkanzler und MPARS hatten politisch schwere Schläge hinnehmen müssen. Doch auch wenn diese Statuseinbuße der Öffentlichkeit weitgehend verborgen geblieben war, nahm Breakwater die neue Popularität der Navy außerordentlich persönlich.

Doch er war nun einmal ein gewiefter Politiker, und so hatte der Schatzkanzler geduldig abgewartet und Ausschau nach Anzeichen für Schwächen in der gegnerischen Position gehalten, hatte diese entdeckt und genutzt. So hatte er den Niedergang seines Gegners vorangetrieben.

Jetzt stand Breakwater kurz davor, zu obsiegen, denn auf genau einen Moment wie diesen hatte er sich gewissenhaft vorbereitet.

»Nun«, fuhr Breakwater vor, »ich sagte gerade ›nur schwer fassbar‹, aber ich hätte mit Fug und Recht auch ›nicht existent‹ sagen können. Denn genauso verhält es sich und hat es sich *schon immer* verhalten.«

Kein fasziniertes oder schockiertes Raunen in den Reihen der versammelten Lords und Ladys. Aber damit hatte Gavin auch nicht gerechnet. Breakwaters Angriffe auf Navy und Verteidigungsministerium waren so alltäglich, dass Lords und Ladys seit zehn Jahren (oder weitaus mehr) wussten, was sie zu erwarten hatten, wenn der Schatzkanzler erst einmal auf dieses Thema zu sprechen kam.

Gavins musterndem Blick entging nicht, dass einige, die sich zuvor konzentriert über ihre Tablets gebeugt hatten, nun wieder die Köpfe hoben. In Breakwaters Stimme loderte Feuer: eine Leidenschaft, die seit der Rückkehr der *Guardian* aus dem Secour-System weitestgehend gefehlt hatte. Die Veränderung seines Tonfalls war bemerkenswert, und zumindest die Scharfsinnigeren aus den Reihen des Hochadels nahmen sie zur Kenntnis und fragten sich unweigerlich, worauf der Schatzkanzler wohl hinauswolle.

»Das ist nicht nur meine ganz persönliche Meinung«, fuhr Breakwater fort. »Fragen Sie den Ersten Lord der Admiralität! Fragen Sie Verteidigungsministerin Calvingdell! Fragen Sie jeden Navyangehörigen, der in den benachbarten Sonnensystemen monatelang auf Patrouille gegangen ist, um die Verbrecher dingfest zu machen, die sich dort angeblich herumtreiben. Man wird es Ihnen allenthalben bestätigen: Es gibt dort draußen nicht den geringsten Beweis dafür, dass dort *je* Piraten aktiv waren – geschweige denn, dass sie *derzeit* aktiv sind.«

Gavin lächelte müde. Wie stets war die Wortwahl immens wichtig: Es gab sehr wohl *Hinweise* darauf, dass jemand dort Handelsschiffe angriff: Frachter waren verschwunden; in den Randbereichen mehrerer Systeme hatte man Gravitationsabdrücke entdeckt, die auf geheimnisvolle Besucher der Systeme hinwiesen; einige mögliche Sichtungen – durch Frachter, deren Sensoren nicht leistungsstark genug waren, um zwischen einer echten Ortung und einem Geistersignal zu unterscheiden.

Aber *Beweise?* Wie Breakwater schon gesagt hatte: Fehlanzeige. Kein einziges Piratenschiff, keinen einzigen Piraten, hatte man bislang auf frischer Tat ertappt. Niemand hatte die Wracks aufgebrachter und geplünderter Schiffe entdeckt, geschweige denn betreten und Beweise gesichert. Auf keinem der lokalen Märkte waren Handelsgüter aufgetaucht, die sich eindeutig dem einen oder anderen verschwundenen Schiff hätten zuordnen lassen – und soweit sich das sagen ließ, galt Selbiges auch für die deutlich weiter entfernten Häfen und Märkte wie die Havens oder der Solaren Liga.

Zugegeben: Es gab den Fall Silesia. Die Konföderation hatte ebenso idealistisch begonnen wie Manticore, doch es häuften sich Anzeichen, dass es nicht mehr lange so bleiben würde. Anscheinend steuerte das politische System auf eine Günstlingswirtschaft hinaus, bei der individuelle Interessen mehr wogen als breiter gefasste politische Entscheidungen. Während Gavin sehr wohl die Vorteile zu erkennen wusste, da er sie in Manticore für sich selbst nutzte, sah er sehr klar auch die Nachteile eines solchen Systems – deutlich klarer als gewisse andere Hochadelige, die er problemlos hätte benennen können. Doch im Augenblick war die Isoliertheit der silesianischen Regierung der springende Punkt: Man kooperierte selbst bei bereits bekannten Problemen nicht mit den benachbarten Systemen. Also gab es nur wenig Hoffnung, man werde dort sonderlich interessiert daran sein, sich der Piraterie anzunehmen, solange besagte Piraterie lediglich die Schiffe *anderer* betraf. Immer wieder einmal hatte Gavin über diese Gemengelage nachgedacht, und er war zu dem Schluss gekommen: Wäre er ein Pirat, würde er sein Diebesgut in Silesia feilbieten.

Möglicherweise existierte in Silesia längst ein ganzes Schwarzmarktsystem, um die von Piraten aufgebrachten Schiffe an- und später weiterzuverkaufen. Die Schiffe waren zweifellos das Wertvollste der gesamten Beute – vorausgesetzt natürlich, es war den Piraten gelungen, die Schiffe ansatzweise intakt zu erobern.

All das allerdings würde natürlich Breakwaters Argumentationskette unterminieren – und genau deswegen würde Gavin die Gedanken, die er sich gemacht hatte, niemals laut aussprechen. Er fand es interessant, dass die Gegenseite die Konföderation nicht als Argument anbrachte. Niemand auf Manticores politischer Bühne war so dumm, das Fehlen jeglicher Beweise bei Debatten für bedeutungsvoll zu halten.

»Doch die wahre und durchaus beängstigende Ironie des Ganzen ist, dass Erster Lord Cazenestro zwar behauptet, dem Sternenkönigreich auf diese Weise mehr Sicherheit zu bringen, doch in Wahrheit ist genau das Gegenteil der Fall«, setzte Breakwater seine Rede fort, und seine Stimme wurde noch lauter und einen weiteren Halbton tiefer. »Jede dieser nutzlosen Fahrten führt zu vielen zusätzlichen Stunden, die mit Wartungsarbeiten, Umbauten und Reparaturen verbracht werden müssen. Bei jeder dieser nutzlosen Fahrten ins Nichts verlassen Hunderte von bestens ausgebildeten Männern und Frauen das Sternenkönigreich. Deren Fertigkeiten und Talente könnten wir hier, zu Hause, wunderbar gebrauchen, statt dass sie in einer im All fahrenden Metallröhre wochen- oder gar monatelang ungenutzt bleiben! Bei jedem dieser nutzlosen Unterfangen werden Ressourcen verschwendet, die viel besser dazu genutzt werden könnten, Bergbau- und Prospektorenschiffe oder Frachter und andere zivile Raumfahrzeuge zu warten oder gar aufzurüsten.«

Weitere Anwesende blickten auf, als Breakwaters Leidenschaft nun die Neugier sogar der tumbesten oder zynischsten Lords und Ladys weckte. Kam der Schatzkanzler gerade wieder aus dem Schatten, in dem er bislang seine Wunden geleckt hatte, und erhob sich nun, um erneut die Navy und deren Verfechter herauszufordern?

Manche wären darüber hocherfreut, andere bestürzt, und wieder anderen wäre es eigentlich herzlich egal, kämen sie so nicht doch hin und wieder in den Genuss einer Abwechslung: Die gesetzgebende Langeweile hatte in den vergangenen Monaten das gesamte Parlament förmlich eingelullt.

»Und zu guter Letzt das große Paradoxon: Sollte eines Tages tatsächlich ein Pirat über das Sternenkönigreich stolpern und uns angreifen – wo wären denn dann gerade jene Schiffe, die uns verteidigen sollen?«, intonierte Breakwater und hob die Hand, als flehe er einen unsichtbaren Beschützer an. »Ganz genau! Sie wären kreuz und quer über den Kosmos verstreut und damit für uns, für das Sternenkönigreich, nutzlos.«

Er ließ die flache Hand auf das Pult herabsausen. »Nein, Mylords und Myladys, aus all diesen und noch weiteren Gründen ist die Lage schlichtweg inakzeptabel!

Aber das wird sich ändern! Ich habe die Absicht, am heutigen Nachmittag mit Seiner Majestät König Michael und dem Ersten Lord über die Lage zu sprechen, und ich bin zuversichtlich, dass wir zu einer Übereinkunft kommen werden – einer Übereinkunft, die das Sternenkönigreich auf einen neuen, deutlich vernünftigeren Weg führen wird.«

Mit diesen Worten deutete er Premierminister Davis Harper,

dem Herzog von Burgundy, gegenüber eine Verneigung an, dann nahm er wieder seinen Platz ein ... und hatte die Aufmerksamkeit sämtlicher anwesenden Lords und Ladys auf sich gezogen.

Gavin verkniff sich ein Lächeln. Das war Breakwater, wie er leibte und lebte: Mit all seiner Redegewandtheit machte er seine Zuhörer zunehmend neugierig und brachte dann seinen Vortrag geschickt zu einem unerwarteten Ende – gerade dann, wenn es die Zuhörer nach mehr dürstete. Ein derartiges Gespür für Dramatik fehlte Gavin bedauerlicherweise. Ihm gelänge ein solches Kunststück also nie.

Breakwater hingegen war ein Meister darin, mehr noch: Er wusste genau, wann und wo er dieses Gespür sinnvoll einsetzen konnte. Das gesamte Oberhaus war nun darüber informiert, dass etwas Bedeutsames anstand – und nur Minuten nach dem offiziellen Ende der heutigen Sitzung würden es die Medien erfahren, eine Stunde später wüsste es ganz Manticore. Wenn Breakwater dann am heutigen Nachmittag den Palast verließe, harrte der gesamte Planet bereits begierig der Dinge, die der Schatzkanzler zu verkünden hätte.

Was auch immer dann bei jenem erwähnten Zusammentreffen geschehen mochte: Medien und Öffentlichkeit würden nicht enttäuscht, dafür würde Breakwater schon sorgen.

Erster Lord Cazenestro hingegen tat Gavin beinahe schon leid.

Beinahe.

Eigentlich, so ging es Captain Edward Winton durch den Kopf, *hätte ich bei diesem Zusammentreffen nicht dabei sein sollen.* Eigentlich hätte er sich nicht einmal auf Manticore befinden sollen.

Doch wie so häufig war alles eine Frage des Timings. Eigentlich hätte sich Captain Edward Winton an Bord seines Schiffes, des Schweren Kreuzers *Sphinx*, auf Patrouille befinden sollen – zusammen mit dem ganzen Rest von Kampfgruppe Grün-eins, dem Verband aus neun Schiffen, dem die Aufgabe oblag, den Raum rings um Manticore und Sphinx zu sichern.

Doch wie bei jedem anderen Schiff der Navy auch, gab es auf der *Sphinx* Wartungsprobleme zuhauf, akuten Ersatzteilmangel obendrein, und die Mannschaft war entschieden unterbesetzt. Dieses Mal lag das technische Hauptproblem bei den Beta-Emittern des Heckimpellerrings. Also machte dieser Zicken, und das nicht zu knapp. Admiral Carlton Locatelli hielt umfangreiche Reparaturen für erforderlich und hatte Weisung ausgegeben, ein Raumdock aufzusuchen. Also hatte Edward das Schiff dort abgeliefert, die Reparaturen einleiten lassen und seinen Ersten Offizier damit beauftragt, die Arbeiten im Blick zu behalten. Danach hatte er sich auf sein Kommandantenprivileg berufen, seinem Sohn Richard in der Kadettenanstalt einen dreitägigen Sonderurlaub verschafft und war auf die Planetenoberfläche gereist. Dort hatte er ein paar kostbare Tage mit Frau, Sohn und Tochter verbracht. Eine solche Auszeit brauchte Edward wirklich dringend. Kommandant eines Schweren Kreuzers zu sein, war Bürde genug; er aber musste eine weitere stemmen, nämlich die, der Kronprinz zu sein. Politische Landschaft, Palast und Parlament nicht im Auge zu behalten konnte er sich nicht leisten.

So zumindest die Theorie. In der Praxis hatte Edward seine Kronprinzenpflichten vernachlässigt. Sein Dienst brachte es mit sich, dass er Manticore oft verlassen musste – häufig sogar das ganze System, gerade angesichts der aggressiven Strategie zur Pirateriebekämpfung, die sich die Navy nach den Ereignissen von Secour zu eigen gemacht hatte. Also war der Kronprinz häufig bei eben jenen Besprechungen und Parlamentssitzungen nicht anwesend, die er doch eigentlich hätte im Auge behalten sollen, und er ignorierte die Tagesberichte aus dem Palast. Nur so blieb ihm ein wenig Freizeit.

Das hatte lange Zeit für Reibereien zwischen seinem Vater und ihm gesorgt. Letztendlich aber hatte der König Edward deswegen nicht weiter unter Druck gesetzt. Doch der Kronprinz wusste genau: Sein Vater war nach wie vor enttäuscht über das Verhalten seines Sohnes.

Jedes Mal, wenn sich Edwards schlechtes Gewissen regte, was häufig der Fall war, nahm er sich vor, es von nun an besser zu machen. Als er zu seinem Spontanurlaub aufgebrochen war, hatte er sich also fest vorgenommen, zunächst ein paar Stunden mit seiner Familie zu verbringen und dann seinen Vater aufzusuchen.

Der Spontanurlaub währte exakt viereinhalb Stunden, bis sich sein Vater bei einem der Sicherheitskräfte meldete, die zu Edwards Schutz aus dem King's Own Regiment abgestellt waren. Ausdrücklich bat er um die Anwesenheit des Kronprinzen.

Edwards erste besorgte Vermutung war, der König habe ernst zu nehmende Gesundheitsprobleme, die sein Sohn beim halbherzigen Überfliegen der Tagesberichte aus dem Palast übersehen hatte. Doch diese Sorge verflog, als er das Königliche Refugium erreichte, in dem sein Vater ihn erwartete. König Michael wirkte zwar tatsächlich ein wenig gebrechlicher als noch bei ihrer letzten Zusammenkunft, aber mit einem Bein im Grabe schien er nicht zu stehen.

Die aus dieser Erkenntnis geborene Erleichterung wiederum verflog, als Edward erfuhr, dass man ihn zu einer Besprechung mit Schatzkanzler Breakwater hinzugerufen hatte.

Zu erfahren, welches Thema dabei zur Erörterung stand, vermieste Edward den bisher schönen Tag endgültig.

Natürlich durfte er sich seine Verärgerung keineswegs anmerken lassen. Er war der Kronprinz; er hatte seinem Vater beizustehen und in der Öffentlichkeit bedingungslose Solidarität zu zeigen: Das hatte zu den ersten Dingen gehört, die ihm seine Großmutter seinerzeit beigebracht hatte.

Doch nach all den Jahren bei der Navy hatte Edward gelernt, wie man sich nichts anmerken ließ, während man innerlich vor Wut schäumte. Für *so etwas* musste er sich einen gemeinsamen Nachmittag mit Frau, Sohn und Tochter entgehen lassen?!

Als Vater und Sohn den Konferenzraum erreichten, stellten sie fest, dass sie dort keine Überraschungen erwarteten. Schatzkanzler Breakwater war natürlich dort, ebenso Thomas P. Cazenestro, seines Zeichens Erster Lord der Admiralität, dazu noch Admiral Locatelli und Verteidigungsministerin Clara Sumner, die Gräfin von Calvingdell. Zur Unterstützung bei seinem fortwährenden Kreuzzug gegen die Navy hatte Breakwater seine zwei engsten Verbündeten mitgebracht: den Earl von Chillon und den Baron von Winterfall.

Letztgenannte musterte Edward neugierig, während er den Tisch abschritt, bis er schließlich den ihm vorbehaltenen Sessel am gegenüberliegenden Ende erreichte. Schon vor mehreren Jahren, im Nachgang des *Phobos*-Debakels, hatte ihn König Michael gewarnt, Winterfall müsse man unbedingt im Auge behalten. Damals hatte Edward die Notwendigkeit nicht eingeleuchtet.

Doch jetzt, wo er Winterfall wiedersah, kehrten die Erinnerungen zurück. Die Lebensdauer von Breakwaters Marionetten betrug gemeinhin nur wenige Jahre. Dass es Winterfall immer noch gab, war ein deutliches Zeichen dafür, dass der junge Baron noch nicht ausgedient hatte, sondern dem Schatzkanzler nach wie vor nützlich war.

Vielleicht ist das *ja der wahre Grund, warum ich mich immer so sehr dagegen gesträubt habe, die manticoranische Politik im Blick zu behalten*, sinnierte Edward, während er Platz nahm. Es lag nicht daran, dass das aus der Ferne immer mühsam war, und es lag auch nicht daran, dass ihm die Zeit dafür gefehlt hätte: Edward verabscheute die Wortgefechte und Lästereien, die für das Sternenkönigreich anscheinend unerlässlich und deswegen allgegenwärtig waren.

Genau das war ja einer der Gründe für ihn gewesen, zur Navy zu gehen. Es war Edward nicht nur darum gegangen, seine Heimat und sein Volk zu beschützen – auch wenn das zweifellos sehr wichtig war, gar keine Frage! Nein, die Navy bot eine vollkommen andere Struktur. Auch dort galt es, politisch zu denken – sogar mehr, als sich Edward wünschte. Aber wenn es hart auf hart kam, gab es immer eine klare, unmissverständliche Weisungskette und ebenso klare, unmissverständliche Vorschriften und Dauerbefehle, an die sich ausnahmslos alle hielten.

Aber je gebrechlicher König Michael wurde, desto klarer wurde Edward, dass irgendwann der Tag käme, an dem er sein Kommando auf einem Sternenschiff würde niederlegen und Abschied vom All würde nehmen müssen. Der Tag, an dem er zum Hauptakteur auf Manticores politischer Bühne zu werden hatte. Rund um die Uhr. Für den Rest seines Lebens.

Edward bemerkte die verstohlenen Bemühungen des Schatzkanzlers, ihn zu mustern, obwohl er tat, als studiere er aufmerksam sein Tablet. Wieder einmal fragte sich Edward, warum Anderson L'Estrange bislang noch nicht die Neigung des Kronprinzen, seine politischen Pflichten zu vernachlässigen, als weitere Waffe genutzt hatte, um der Navy zu schaden. Das wäre ja nun wirklich ein Kinderspiel gewesen!

Unwillkürlich schürzte er die Lippen. Schon wieder ein Grund für Schuldgefühle.

»Wir wissen sehr zu schätzen, dass Eure Majestät sich die Zeit nehmen«, ergriff Breakwater das Wort, nachdem alle Förmlichkeiten erledigt sowie die üblichen Begrüßungsfloskeln ausgetauscht waren und alle wieder Platz genommen hatten. »Königliche Hoheit«, ergänzte er dann noch und nickte Edward respektvoll zu.

Respektvoll schon, aber dazu kam ein sonderbares Halb-Stirnrunzeln, als frage er sich, warum genau man den Kronprinzen zu dieser Besprechung überhaupt eingeladen hatte.

Edward nahm das nicht als Affront. Breakwater schätzte es, sein gesamtes Umfeld fest im Griff zu haben. Wenn unerwartet eine weitere Person anwesend war, nahm ihm das dieses Gefühl von Kontrolle.

Außerdem stellte sich Edward ja exakt die gleiche Frage. Mit ein wenig Glück würden der Schatzkanzler und er die Antwort darauf ja gemeinsam herausfinden.

»Wie Sie alle ... wie die meisten von Ihnen wissen«, korrigierte sich Breakwater sofort und nickte Edward ein weiteres Mal über den Tisch hinweg zu, »befindet sich der MPARS erneut in einer logistischen Krise. Wir verfügen über entschieden zu wenige Schiffe, um in den Regionen zu patrouillieren, die man uns zugewiesen hat – ich beziehe mich hier vor allem auf den Einhorn-Gürtel. Die Schiffe, die wir haben, sind unterbesetzt und müssen ständig um Ersatzteile und Platzzuweisungen in den Orbitalwerften ringen.«

Das stimmte so nicht ganz, das wusste Edward. Tatsächlich war Breakwaters Bemerkung nicht nur ideologisch eingefärbt, sondern eine Lüge. Der MPARS mochte ja tatsächlich nicht über besonders große Sternenschiffe verfügen, aber besaß ein halbes Dutzend Erz- und Schürfschiffe, die man zu brauchbaren Patrouillen- und Rettungsschiffen umgebaut hatte. Was die Besatzung betraf, hatte der MPARS der Royal Manticoran Navy vor fünf Jahren für ihr verhängnisvolles *Phobos*-Projekt mehr als dreihundert Offiziere, Unteroffiziere und Mannschaftsdienstgrade abgeworben – Männer und Frauen, die, soweit Edward wusste, nie zu ihren Stammeinheiten zurückgekehrt waren.

Er blickte zu Cazenestro hinüber und wartete darauf, dass der Erste Lord den Schatzkanzler auf diese verzerrte Darstellung der Situation anspräche. Zu seiner großen Überraschung jedoch blieb die erwartete Rüge aus.

»Bei der Navy ist es keinen Deut besser«, sagte Cazenestro stattdessen. »Nur für den Fall, dass Ihnen das noch nicht aufgefallen sein sollte. Wenn Sie sich die Gesetze anschauen, die Ihre Kollegen und Sie im Laufe der letzten Jahre erlassen haben, werden Sie selbst sehen, dass die diversen Wiederaufbau- und Erweiterungsprogramme für die planetare Infrastruktur nach wie vor sowohl bei den Geld- und Sachmitteln als auch bei den Arbeitskräften höchste Priorität genießen.«

»Ja, viele Dank, dessen bin ich mir bewusst«, erwiderte Breakwater ebenso kühl. »Und ich wäre wirklich der Letzte, der anderen das Wasser abgräbt.«

Das hätte eine ausgezeichnete Gelegenheit für eine *äußerst* sarkastische Bemerkung hinsichtlich der von Breakwater betriebenen Politik geboten. Glücklicherweise besaßen sämtliche Anwesenden, Edward eingeschlossen, genug Stil, um diese Steilvorlage ungenutzt zu lassen.

»Aber genau diese Wiederaufbaumaßnahmen haben dazu geführt, dass mehr Schürfer denn je in den Asteroidengürteln tätig sind, und auch deren Leben und deren Sicherheit ist dem Sternenkönigreich wichtig«, fuhr Breakwater fort. »Es kann gar nicht genug betont werden, wie wichtig die dabei gewonnenen Rohstoffe für unsere derzeitigen Wiederaufbaumaßnah...«

»Bitte, Mylord«, fiel ihm Calvingdell mit ihrer klaren Sopranstimme ins Wort. »Wir alle sind wohl bestens mit Ihren diesbezüglichen Ansichten vertraut. Könnten wir vielleicht zum Punkt kommen?«

»Wenn Sie darauf bestehen, Mylady«, sagte Breakwater und nickte ihr zu, während in seinen Augen kurz Verärgerung aufblitzte. Eindeutig hatte er eine kleine Rede vorbereitet, die er nur zu gern losgeworden wäre. »Der Punkt ist, dass die Navy über eine ganze Reihe von Schiffen verfügt, die sie nicht nutzt und die der MPARS dringend benötigt. Ich beziehe mich hier auf die sieben Korvetten der *Pegasus*-Klasse.«

»Sie belieben zu scherzen!«, entfuhr es Locatelli, und seine Stimme verriet ungläubige Empörung. »Wenn Sie sich jemals die Mühe gemacht hätten, sich mit den Grundlagen der Flottentaktik zu befassen, wüssten Sie, dass eine Korvette das Schiff der Wahl ist, wenn es um Flankenschutz und Langstreckentriangulation geht!«

»Ich *habe* mich mit Taktik befasst, Admiral, vielen Dank«, gab Breakwater zurück und so ruhig und selbstbewusst wie jemand, der exakt diesen Einwand erwartet und bereits ein Gegenargument vorbereitet hatte. »Es gibt nur einen einzigen Grund, Korvetten in dieser Art und Weise zu verwenden: weil man damit sonst praktisch *überhaupt nichts* anfangen kann. Die Zerstörer der *Salamander*-Klasse sind für Einsätze dieser Art ähnlich effektiv: Sie sind beinahe ebenso schnell und sogar noch besser bewaffnet.«

»Nur, dass wir bloß über sechs Zerstörer verfügen«, gab Cazenestro zu bedenken. »Wenn wir die Korvetten verlieren, würde das unseren Bestand an geeigneten Schiffen für Flankierungseinsätze halbieren.«

»Das setzt allerdings Bedarf für Flankierungseinsätze voraus«, bemerkte Breakwater bissig. »Und genau das führt uns zum Herzstück unseres Vorschlags. Derzeit ist die Flotte in, wenn ich das recht in Erinnerung habe, drei Gruppen aufgeteilt: Die Kampfgruppen Grün-eins und Grün-zwei im Manticore-A-System und Kampfgruppe Rot, draußen vor Manticore-B. Wenn Sie Ihre Streitkräfte in dieser Art und Weise aufteilen, bedeutet das, dass immer nur drei Regionen des Sternenkönigreichs gesichert sind.« Er hob einen Finger. »Würden die sieben Korvetten aber dem MPARS zugewiesen und entsprechend in anderen Regionen unseres Territoriums patrouillieren ...«

»Moment mal«, unterbrach ihn Locatelli, »wollen Sie etwa vorschlagen, dass die Korvetten nach wie vor bewaffnet wären?«

»Natürlich«, antwortete Breakwater und legte die Stirn in Falten, als wäre das doch offensichtlich. »Sonst würden sie doch gegen Ihre marodierenden Piraten kaum etwas nützen.«

»Ich dachte, Sie glauben nicht an Piraten«, wandte Calvingdell milde ein.

Edward richtete seine Aufmerksamkeit jetzt ganz auf die Verteidigungsministerin. Calvingdell hatte das Ministerium vor vier T-Jahren übernommen. Nach der Untersuchung des *Phobos*-Zwischenfalls hatte der damalige Verteidigungsminister, der Earl von Dapplelake, zusammen mit seinem Abschlussbericht auch sein Rücktrittsgesuch eingereicht. Das war, dieser Ansicht war zumindest Edward, gänzlich unnötig gewesen. Schließlich fand sich in dem Bericht nicht einmal der Hauch einer Andeutung, den Verteidigungsminister treffe auch nur die geringste Mitschuld. Doch Dapplelake war der Ansicht, das ganze Debakel habe letztendlich in seiner Verantwortung gelegen, und weder der Premierminister noch Seine Majestät der König persönlich hatten ihm den Rücktritt ausreden können.

Calvingdell zu seiner Nachfolgerin zu machen, war keine schlechte Wahl gewesen. Sie verstand ebenso gut mit Menschen wie mit Zahlen umzugehen. Das Problem: Mit der Navy kannte sich Clara Sumner nicht aus. Nicht so wie Dapplelake und ganz gewiss nicht so wie Cazenestro, Locatelli oder auch Edward selbst: Sie kannten die Navy in und auswendig.

Ebenso wie ein ein falsch kalibrierter Impellerkeil katastrophale Folgen haben konnte, mochte dieser blinde Fleck in der Wahrnehmung der Verteidigungsministerin sie alle teuer zu stehen kommen. Sehr teuer sogar.

»Es gibt eine ganze Reihe von Dingen, an die ich nicht glaube«, erklärte Breakwater, den Blick jetzt auf die Gräfin gerichtet. *Wie ein Riesenkodiak, der sich auf das schwächste Tier einer Herde konzentriert,* schoss es Edward durch den Kopf. »Aber ich bin durchaus bereit einzuräumen, dass mein Wissen nicht vollkommen, meine Meinung nicht zwangsläufig korrekt ist und die Zukunft noch die eine oder andere Überraschung für uns bereithalten mag. Auch wenn es derzeit dort draußen keine Bedrohung gibt, ist eine Verteilung der Verteidigungskapazitäten des Sternenkönigreichs durchaus sinnvoll.«

»Wohl kaum«, gab Cazenestro zurück und warf Calvingdell aus dem Augenwinkel einen Blick zu, der wohl eigentlich hatte finster ausfallen sollen, doch der Erste Lord der Admiralität brachte es dann doch nicht übers Herz, die Regeln des Anstands zu missachten. »Sollte tatsächlich eine Bedrohung auftauchen, müssen wir ihr stark, entschieden und fokussiert entgegentreten. Ich bezweifle, dass ein Angreifer so viel Sportsgeist zeigt, mit seinem Angriff zu warten, bis wir unsere Schiffe aus den entlegensten Ecken des Sternenkönigreichs zurückbeordert haben.«

»Außerdem hat der MPARS keinerlei Erfahrung im Umgang oder mit der Wartung derartiger Waffen«, setzte Locatelli hinzu. »Es würde Jahre dauern, Ihre Leute angemessen einzuarbeiten.«

»Deswegen bitten wir ja auch nicht darum, uns alle sieben Korvetten gleichzeitig zu überlassen«, meldete sich nun Winterfall zu Wort. »Und es besteht auch kein Bedarf an deren Bewaffnung. Noch nicht, zumindest.«

Alle blickten ihn an.

»Würden Sie das freundlicherweise erläutern?«, forderte ihn Cazenestro auf, und in seiner Stimme schwang unverkennbar Wachsamkeit mit.

»Schatzkanzler Breakwater hat die Zukunft im Blick«, erklärte Winterfall. »Aber wenn uns die Vergangenheit überhaupt irgendetwas lehrt, dann wohl, dass kleine Schritte, einer nach dem anderen, häufig das ratsamste Vorgehen sind.« Er tippte auf ein Tastfeld seines Tablets, und ein ganzer Satz an Diagrammen und Datensätzen wurde an den Tablet-Rechner übertragen, der vor Edward auf dem Tisch lag. »Deswegen habe ich mir erlaubt, einen Kompromissvorschlag auszuarbeiten.«

Edward griff nach dem Tablet und musste sich ein Kopfschütteln ernsthaft verkneifen, als er den Vorschlag überflog. Genau wie seinerzeit, zu Beginn der *Phobos*-Debatte, hatte Winterfall auch dieses Mal den psychologisch genau richtigen Moment abgepasst, um sowohl Breakwaters Vorschlag als auch Cazenestros Einwänden die Basis zu entziehen.

»Sie sagen also, Sie wollen gar keine Raketen?«, setzte Cazenestro nach, vorsichtiger denn je.

»Ich sagte, die Frage stelle sich vielleicht in der Zukunft«, entgegnete Winterfall. »Sollten wir jemals einen stichhaltigen Beleg dafür erhalten, dass das Sternenkönigreich bedroht ist, werden wir natürlich so viele bewaffnete Schiffe wie nur möglich haben wollen. Aber bis dahin …«, er deutete auf den Tablet-Rechner, »… wären wohl zwei bordeigene Rettungsgondeln für den MPARS nützlicher. Dessen Hauptaufgabe besteht ja in der Raumnotrettung. Zudem wäre es sinnvoll, bei dieser Gelegenheit auch gleich das gesamte System zu überholen und auf den technisch neuesten Stand zu bringen. Sollte jemals die

Notwendigkeit bestehen, die Schiffe wieder zu bewaffnen, ließe sich bereits im Vorfeld sicherstellen, dass wirklich alle bordeigenen Systeme voll funktionstüchtig und nicht veraltet sind. Vermutlich wäre eine Aufrüstung ratsam, die es erlaubt, dass sie im Notfall andere Schiffe in Schlepp nehmen können.«

»Interessant«, sagte Calvingdell, während sie ihrerseits die Dateien weiterscrollte. »Also sollen die Rettungsgondeln einfach an die Stelle der Werferkästen treten, ja?«

»Ganz genau, Mylady«, bestätigte Winterfall. »Bei Bedarf könnten die Werferkästen dann jederzeit wieder eingebaut werden. Die erforderlichen Anschlüsse lägen ja bereits, und wenn ich das richtig verstehe, sind Werferkästen von vornherein darauf ausgelegt, recht leicht ausgebaut und ersetzt zu werden.«

»Wobei die kleine Einschränkung ›recht‹ hier ziemlich bedeutsam ist«, grollte Locatelli. »Sind Sie diese technischen Überlegungen schon mit anderen durchgegangen?«

»Nicht in allen Einzelheiten«, antwortete Winterfall. »Aber alles hier ist handelsübliche Technik. Deswegen rechne ich nicht mit größeren Überraschungen.«

»Für ein Schürfschiff in Not wäre so eine Rettungsgondel auf jeden Fall ein willkommener Anblick«, meinte Calvingdell.

Zumindest dieser Punkt war unstrittig. Edward warf einen Blick auf die Auflistung der erforderlichen Notausstattung, der Ersatzteile, Werkzeuge und Überlebensausrüstungen, die für eine der beiden von Winterfall vorgeschlagenen Rettungsgondeln erforderlich wäre – alles so verstaut und miteinander verbunden, dass auch einzelne Sektionen der Gondel separat ausgebracht werden und längsseits zum havarierten Schiff gehen könnten. Die andere Rettungsgondel hingegen war für den absoluten Notfall gedacht: eine kompakte Lebenserhaltungskapsel, in der sich die Überlebenden eines in Not geratenen Schiffes zusammendrängen könnten: Dort wäre es zwar beengt, aber eben ungefährlich. Die Korvette würde sie dann zum nächsten Raumhafen bringen.

»Zweifellos«, bestätigte Cazenestro, »aber das ändert nichts an der Tatsache, dass dafür sieben für das Sternenkönigreich lebensnotwendige Kriegsschiffe aus dem Dienst ausscheiden würden.« Er blickte den König an, der dem Wortgefecht bislang nur schweigend gelauscht hatte. »Euer Majestät ist gewiss bewusst, in welch erschreckende Lage uns das möglicherweise bringt.«

»Gewiss«, gab der König zurück. »Aber mir ist auch bewusst, dass Schatzkanzler Breakwater recht hat. Die Ressourcen des MPARS sind bis an die Belastungsgrenzen strapaziert. Dieses Problems muss man sich annehmen.«

Über die Länge des Tisches hinweg blickte Edward seinen Vater an. Stimmte Seine Majestät gerade Breakwaters offensichtlichem Versuch zu, weitere Schiffe unter seinen Befehl zu stellen und ihn damit mächtiger zu machen? Nach allem, was im Secour-System geschehen war?

»Wir sollten hier Anleihen bei Baron von Winterfalls Vorgehensweise der kleinen Schritte machen«, fuhr der König fort. »Entsprechend sollten wir zunächst nur *zwei* der Korvetten an den MPARS überstellen, nicht gleich alle sieben.« Er deutete auf Cazenestro. »Hätten Sie schon einen Vorschlag, welche Schiffe dafür am geeignetsten wären?«

Cazenestro verzog das Gesicht, als habe er gerade in etwas äußerst Saures gebissen. Aber auch einen noch so höflich formulierten Befehl erkannte er sofort als solchen. »Wahrscheinlich die *Aries* und die *Taurus*«, sagte er zögerlich. »Derzeit sind sie Kampfgruppe Rot vor Manticore-B zugewiesen. Dort steht im Augenblick ohnehin ein Großteil der MPARS-Patrouillen, also sollten sich die beiden Korvetten da gleich wie zu Hause fühlen. Aber wenn ich vor Euer Majestät eines anmerken darf: Es scheint mir wenig sinnvoll, deren Werferkästen auszubauen oder auch nur die Überstellung an den MPARS offiziell zu verzeichnen, solange nicht sichergestellt wurde, dass die Module, die Baron von Winterfall vorschlägt, tatsächlich auch machbar sind.«

»Richtig«, bestätigte Michael Winton. »Und natürlich kann die Überstellung erst erfolgen, wenn der MPARS entsprechend ausgebildete Besatzungen vorweisen kann. Schatzkanzler Breakwaters vordringliche Aufgabe wird es also sein, Besatzungen für die Korvetten zusammenzustellen, und Sie werden sie dann anschließend durch Casey-Rosewood und die Kadettenanstalt schleusen.«

Cazenestro schien zu erstarren. »Eure Majestät wollen, dass die zu *uns* kommen?«

»Ich bezweifle, dass der Umgang mit Korvetten zur Standardausbildung beim MPARS gehört, Mylord«, gab Michael trocken zu bedenken.

»Ja, Euer Majestät, ich verstehe«, entgegnete Cazenestro; er schien ein wenig aus dem Konzept geraten. »Aber hinsichtlich der Hauptsysteme gibt es keinen signifikanten Unterschied zwischen den Korvetten und den Schiffen, die der MPARS bereits im aktiven Dienst nutzt. Die größten Unterschiede finden sich in Aufbau und Betrieb der Waffensysteme.«

»Und natürlich in der taktischen Ausbildung, diese Systeme auch zu nutzen«, warf Calvingdell ein.

»Natürlich«, pflichtete ihr Cazenestro bei, »und nichts davon genießt beim MPARS Priorität. Ich dachte, ich könnte einfach einige meiner Ausbilder dafür abstellen, die neue Besatzung im erforderlichen Maße mit den Hauptsystemen der Schiffe vertraut zu machen.«

»Wie Baron von Winterfall schon sagt, könnten diese Schiffe eines Tages zu Kampfhandlungen gezwungen werden«, wandte Breakwater ruhig ein. »In einem solchen Falle könnte es nicht nur für deren Erfolg, sondern sogar für deren Überleben entscheidend sein, dass die Besatzung auch eine entsprechende Ausbildung genossen hat. Eigentlich«, fuhr er fort, als sei ihm dieser Gedanke soeben erst gekommen, »wäre es vielleicht eine gute Idee, wenn sämtliche Angehörigen des MPARS eine derartige Ausbildung durchliefen.«

»Ein interessanter Vorschlag«, entgegnete Michael und wandte sich Cazenestro zu. »Mylord?«

»Unter den gegebenen Umständen wäre das leider schlichtweg unmöglich, Euer Majestät«, erklärte Cazenestro steif. »Wir besitzen einfach nicht die Kapazitäten, einen derartigen Zustrom an Neuzugängen aufzunehmen.« Er durchbohrte Breakwater mit festem Blick. »Es sei denn, der Schatzkanzler wäre bereit, Mittel zur Erweiterung der Kapazität bestehender Einrichtungen freizugeben.«

»Leider lässt das Budget des Parlaments für Extras derzeit kaum Spielraum«, gab Breakwater zurück. »Aber auch das ist etwas, das bei zukünftigen Überlegungen eine Rolle spielen sollte. Vorerst konzentrieren wir uns ganz auf die Ausbildung zukünftiger Besatzungsmitglieder der Korvetten. Wie mit allen anderen MPARS-Angehörigen zu verfahren ist, entscheiden wir später.«

»Damit wäre das wohl geklärt«, sagte der König. »Wir greifen dieses Thema wieder auf, wenn die Feinheiten zur Konstruktion dieser Rettungsgondeln besprochen sind und die ersten Schätzungen hinsichtlich der anfallenden Kosten vorliegen. Darf ich davon ausgehen, dass das für alle Anwesenden akzeptabel ist?«

»Ja, Euer Majestät«, gab Calvingdell zurück.

»Sehr sogar, Euer Majestät«, bestätigte Breakwater.

Der König nickte und bedeutete ihnen mit einer kurzen Handbewegung, sich zu erheben. »Dann wäre es das für heute«, sagte er. »Ich danke Ihnen für Ihr Kommen.«

Die Verabschiedungsformalitäten waren deutlich kürzer als die Begrüßungen vor der Sitzung. Edward blieb neben seinem Sessel stehen, bis alle außer dem König selbst den Saal verlassen hatten.

Als sich die Tür geschlossen hatte, wandte sich Michael an seinen Sohn. »Du fandest das alles wohl sehr amüsant, oder?«, fragte er, erhob sich aus seinem Sessel und deutete auf die deutlich weniger förmlichen Polstersessel, die in einer Ecke des Raumes zu einem Dreiviertelkreis angeordnet standen.

»›Amüsant‹ ist jetzt nicht gerade das Wort, das ich verwendet hätte«, gab Edward zurück und ging zu einem der Sessel hinüber. »Willst du Breakwater diese Korvetten wirklich überlassen?«

»Du hättest einen Einwand vorzubringen, richtig?«

»Mehr als nur einen«, versicherte ihm Edward, wartete ab, bis sein Vater Platz genommen hatte, und setzte sich dann in den Sessel, der seinem Monarchen genau gegenüberstand. »Wenn du gestattest?«

Michael deutete eine Verbeugung an. »Bitte.«

»Fangen wir mit der Logistik an«, sagte Edward. »Wenn wir dem MPARS auch nur eine einzige Rakete zugestehen, schaffen wir damit einen Präzedenzfall dafür, dass zwo voneinander unabhängige Streitkräfte um den kleinen Vorrat äußerst kostspieligen Feldzeugs in Konkurrenz treten.«

»Ich meine mich zu erinnern, dass genau das Gegenteil behauptet wurde, als Breakwater die Schlachtkreuzer zerlegen wollte«, gab Michael zu bedenken.

»Dieses Argument habe aber nicht *ich* ins Feld geführt«, rief ihm Edward ins Gedächtnis zurück. »Es bleibt einfach eine Tatsache, dass wir nur über eine begrenzte Anzahl von Raketen verfügen.«

»Wir können jederzeit mehr davon beschaffen.«

»Nicht, solange Breakwater den Daumen derart auf dem Geldbeutel des Sternenkönigreichs hält«, versetzte Edward. »Erinnerst du dich an die alte Weisung des Verteidigungsministeriums, der gemäß die Verwendung von Raketen außerhalb von Gefechtssituationen untersagt ist, es sei denn, es handele sich um eine ausdrücklich autorisierte Gefechtsübung?«

»Die allerdings wieder aufgehoben wurde«, bemerkte sein Vater.

»Was wir nicht Breakwater zu verdanken haben«, entgegnete Edward. »Punkt zwo: die Ausbildung. Breakwater hat recht: Seine Leute brauchen unbedingt eine solide Grundausbildung, und Cazenestro hat ebenfalls recht: Die bestehenden Einrichtungen sind auf einen derartigen Ansturm neuer Rekruten und Kadetten schlichtweg nicht ausgelegt. Worauf läuft das Ganze hinaus? Jeder Rekrut vom MPARS nimmt einem zukünftigen Offizier oder Spacer der Royal Manticoran Navy den Platz weg. Wir kommen schon jetzt nicht mehr damit hinterher, genug Leute für den Ausbau der Flotte auszubilden. Breakwaters neuester Einfall würde das Ganze noch weiter ausbremsen, und dessen waren sich Breakwater und Winterfall zweifellos die ganze Zeit über bewusst.«

»Ach so, dann hast du *doch* bemerkt, dass die beiden sich im Vorfeld offenkundig abgesprochen haben«, meinte Michael anerkennend. »Obwohl es auf den ersten Blick so scheint, als stünden die beiden von ihnen vorgebrachten Vorschläge miteinander im Konflikt.«

»Ach bitte, Dad ... ich bin nicht einmal auf dem politischen Parkett von gestern«, gab Edward zurück, und in seiner Stimme lag all der Spott, den er sich dem Monarchen des Sternenkönigreichs von Manticore gegenüber herauszunehmen wagte. Dabei versuchte er nach Kräften, die neuerlich aufflammenden Schuldgefühle zu ignorieren, weil er so viele Besprechungen schon verpasst hatte. »Das letzte Mal, dass Winterfall wirklich eigenständig gehandelt hat, war während der *Phobos*-Diskussion! Damals hat er Breakwaters ursprüngliche Forderungen ernsthaft untergraben. Nachdem Breakwater dann klar geworden ist, wie prima sich das letztendlich für ihn ausgewirkt hat, musste er diese Strategie natürlich übernehmen, und seitdem spielt Winterfall den Dolch neben Breakwaters Rapier.«

»Ein hübsches Bild«, lobte ihn Michael lächelnd. »Dolch neben Rapier. Vielleicht verwende ich das beizeiten auch einmal. Sonst noch etwas?«

»Das Wichtigste von allem«, erklärte Edward mit Nachdruck. »Die Weisungskette. Dir ist ja vielleicht nicht entgangen, dass Navy und MPARS nicht gerade bestens miteinander auskommen – zumindest nicht in der Führungsebene. Sollte das Sternenkönigreich jemals angegriffen werden, dürfte der Versuch, zwo Streitkräfte zu koordinieren, die seit Jahren in jeder Hinsicht und um jede Ressource wetteifern, bestenfalls schwierig werden, schlimmstenfalls aber unmöglich. Und unmöglich bedeutet in einer Gefechtssituation meist *katastrophal*.«

»Das sind alles sehr gute Argumente.« Michael beugte sich ein wenig weiter vor, das Gesicht von Anspannung gezeichnet. »Jetzt ich. Wir überspringen das ganze dramatische Gehabe und kommen gleich zum entscheidenden Punkt, und der lautet: Gräfin von Calvingdell und Erster Lord Cazenestro *wollen* diese Korvetten weggeben.«

Edward klappte der Kiefer herunter. »Die wollen *was*?«

»Nein, du hast dich nicht verhört«, gab Michael zurück. »Wir haben das vor einiger Zeit bereits ausführlich besprochen. Zu dem Gespräch wärest du auch eingeladen gewesen, wenn du verfügbar gewesen wärest.« Einen kurzen Moment blickte der König den Kronprinzen schweigend an, und Edward errötete. Offenkundig ging seinem Vater genau jener Gedanke durch den Kopf, der eben noch Edward ein schlechtes Gewissen gemacht hatte. Käme jetzt noch mehr zu dem Thema Versäumnisse und Pflichterfüllung? Nein, denn der König zuckte nur mit den Schultern und lehnte sich in seinen Sessel zurück. »Man hat tatsächlich beschlossen, diese Schiffe nicht mehr haben zu wollen.«

»Aber ...« Edward verstummte. Er war entschlossen, auf keinen Fall so dämlich zu klingen, wie er sich im Augenblick selbst vorkam. Ja, er hätte sich wirklich mit den Berichten befassen sollen – vor allem mit denen über Navyangelegenheiten. Trotzdem: Was um alles in der Welt dachten sich Calvingdell und Cazenestro denn dabei?

»Und sie wollen sie Breakwater überlassen, wirklich, einfach so?«

»So wurde es mir vorgetragen«, antwortete Michael. »Und bevor du dir jetzt Sorgen um die geistige Gesundheit der Verteidigungsministerin und des Ersten Lords der Admiralität machst, solltest du bitte zur Kenntnis nehmen, dass wir hier nicht von einer Spontanentscheidung sprechen. Breakwater mag ja glauben, sein Vorschlag habe uns erwischt wie der sprichwörtliche Blitz aus heiterem Himmel, aber schon seit Wochen hört man hier und dort Andeutungen aus dem Büro des Schatzkanzlers. Calvingdell und Cazenestro hatten also mehr als genug Zeit, das Ganze ausführlich zu durchdenken.«

»Aber warum?«, setzte Edward nach. »Der MPARS braucht doch überhaupt keine Kriegsschiffe.«

»Vielleicht nicht, stimmt«, sagte Michael. »Der springende Punkt ist folgender: Die Navy möchte keine Ressourcen mehr auf nicht hyperraumtüchtige, unterbewaffnete Schiffe verschwenden, die mehr als hundert Jahre alt sind. Gleichzeitig jedoch wäre es eine Schande, sie einfach abzuwracken – sie sind immer noch nützlich, zumindest für manche Aufgaben. Damit lautet doch die offensichtliche Lösung, sie Breakwater zu überlassen – dann muss ihnen der MPARS das Gnadenbrot stiften, nicht die Navy. Und als kleines Extra wird die Überstellung … wie viele Spacers für andere Verwendungen freistellen? Fünfundvierzig pro Schiff?«

Edward schenkte sich den finsteren Blick, der seine eigentliche Reaktion gewesen wäre. Auf dem Papier mochte die Sollstärke einer Korvette ja fünfundvierzig Offiziere und Spacers vorsehen, doch in Wahrheit musste jedes dieser Schiffe mit maximal dreißig Mann auskommen. Die ganze Navy war unterbesetzt, und das würde sich auch so bald nicht ändern – vor allem nicht, wenn sich Breakwater mit seiner Idee durchsetzte, ein paar der Ausbildungsplätze in den Trainingseinrichtungen der Navy für seine eigenen Leute mit Beschlag zu belegen.

»Außerdem wirst du zugeben müssen, dass es gar keine schlechte Idee ist, ein paar kleine bewaffnete Schiffe durch die Asteroidengürtel zu schicken«, fuhr Michael fort. »Einem Plünderer, der sich bereits im System befindet – und der durchaus auch aus dem System selbst stammen kann! – könnte doch kaum etwas Besseres passieren, als ein schönes, fettes Schürfschiff aufzugreifen, das mit hochwertigem Erz voll beladen ist, mehrere Stunden von militärischem Schutz entfernt. Dann sind da auch noch die Rohstoffgewinnungsanlagen jenseits der Hypergrenze, bei denen gemeinhin weidlich Module mit bereits aufbereitetem Material lagern – die könnte man da einfach so abholen. Ein harmlos aussehendes Raumnotrettungsschiff, das sich plötzlich als willens und fähig erweist, den Piraten eine Rakete geradewegs in den Rachen zu jagen, dürfte doch eine herzerfrischend unangenehme Überraschung für solche Piraten sein, oder?«

»Winterfall wollte doch die Schiffe nicht bewaffnen, oder habe ich das falsch verstanden?«

»Anfänglich nicht«, erwiderte Michael. »Aber wir wissen doch alle, in welche Richtung Breakwater die Diskussion früher oder später lenken wird.«

»Also gut«, meinte Edward bedächtig. »Aber wenn sich schon alle einig sind, wieso streiten wir uns überhaupt noch darum? Wenn Calvingdell und Cazenestro diese Korvetten loswerden wollen, warum dann überhaupt die Besprechung heute?«

»Weil es nie schlecht ist, Breakwater glauben zu lassen, er habe einen Sieg errungen«, erklärte Michael mit einem grimmigen Funkeln im Blick. »Und noch besser ist es, ihn glauben zu machen, er sei der Navy einen Gefallen schuldig, den man irgendwann später einfordern kann.«

»Ich bin mir nicht sicher, ob Breakwaters Egoismus ihn so zu denken befähigt.«

»Wahrscheinlich nicht«, räumte Michael ein. »Aber ich könnte mir vorstellen, dass sich Winterfall zu einer solchen Denkweise überreden ließe. Und selbst wenn sich Breakwater einen feuchten Kehricht um etwaige Verpflichtungen oder Ehrenschulden scheren sollte, gibt es immer wieder Situationen, in denen ein Politiker – selbst ein so gerissener Säbelhecht wie unser geschätzter Schatzkanzler – gar keine andere Wahl hat, als sie eben doch einzulösen: wenn Berichte über besagte Verpflichtungen oder Ehrenschulden unter den genau richtigen Umständen an die Öffentlichkeit dringen.« Sein Lächeln verriet, wie erschöpft der Monarch des Sternenkönigreichs war. »Abgesehen davon hält er sich selbst für einen Visionär, dessen Name in Manticores Geschichte nachhallen wird. Solche Menschen müssen gelegentlich nicht nur staatsmännisch auftreten, sondern auch in entsprechender Weise *handeln*, ob sie das nun wollen oder nicht.«

Auch davon war Edward nicht so recht überzeugt. Aber es war völlig klar, dass die Entscheidung bereits gefallen war – auf deutlich höherer Ebene. Ihm blieb nun nichts anderes übrig, als diese Entscheidung zu akzeptieren und sich dann den Konsequenzen zu stellen, die daraus erwachsen mochten.

Aber eine letzte Frage konnte er noch stellen. »Und warum genau bin ich hier?«

Das Funkeln in den Augen seines Vaters erlosch. »Das hat einen sehr einfachen Grund«, sagte er leise. »Wenn der Zeitpunkt kommt, besagten Gefallen einzufordern, wird es höchstwahrscheinlich an *dir* sein, das zu tun – weil dann nämlich *du* König bist.«

Edward starrte ihn an, und alle Sorgen um die Gesundheit seines Vaters kehrten schlagartig zurück. »Was willst du mir damit sagen?«, fragte er vorsichtig.

»Ich will dir damit sagen, dass es Zeit für dich wird, in die Zukunft zu blicken«, erwiderte Michael Winton, der König des Sternenkönigreichs von Manticore. »Seit Jahren bist du nun schon einfacher Raumoffizier.« Er hob die Hand. »Ich weiß: Genau das hast du gewollt, und es ist auch nicht einfach, deinem Königreich zu dienen. Aber diese Zeit geht zu Ende. Die Navy darf nicht weiter dein ganzes Leben ausfüllen. Du bist der Kronprinz, also musst du auch entsprechend leben – und entsprechend handeln.«

»Ich weiß«, gab Edward mit starrer Miene zurück. »Können wir noch einmal einen Moment lang auf diesen einzufordernden Gefallen zurückkommen? Läuft hier irgendetwas, worüber ich tunlichst Bescheid wissen sollte?«

»Ist schon gut, Edward«, versuchte ihn Michael zu beruhigen. »Ach, jetzt schau mich nicht so ernst an.«

»Komm mir doch jetzt nicht so!«, versetzte Edward. »*Du* hast doch damit angefangen! Also: Was läuft hier?«

»Nichts, worum du dir jetzt Gedanken machen müsstest«, antwortete Michael. »Und wenn sich daran etwas ändert, wirst du der Erste sein, der davon erfährt.«

»Nein, nein, so leicht lasse ich dich nicht vom Haken!«, beharrte Edward. »Ich bin der Kronprinz, schon vergessen? Ich muss mir um *alles* Gedanken machen! Das hast du gerade selbst gesagt.«

»Mal ganz ruhig, Hexapuma!«, ermahnte ihn der König, und seine Augen funkelten wieder lebhaft. »Selbst einem Kronprinzen steht es nicht zu, seinem König zuzusetzen. Dagegen gibt es sicher ein Gesetz, ich weiß allerdings nicht, wo!«

»Ich bin aber nicht der Kronprinz, der dem König zusetzt«, widersprach Edward leise. »Ich bin der Sohn, der sich um den Vater Sorgen macht.«

»Was ich zu schätzen weiß«, versicherte ihm Michael. »Aber vorerst möchte ich etwaige Pläne für mich behalten. Und ich muss dich auch bitten, alles, was du weißt, für dich zu behalten.«

»Das dürfte mir nicht schwerfallen«, knurrte Edward. »Schließlich weiß ich ganz genau *gar nichts.*«

»Siehst du?«, lächelte ihn Michael an. »Du hast schon gelernt, wie dieses Politikspielchen funktioniert.«

»Na, hurra aber auch!«, sagte Edward und versuchte nach Kräften, die Miene seines Vaters zu ergründen. War er krank? Müde? Niedergeschlagen?

Wurde er möglicherweise aus dem Amt gedrängt?

Dieser Gedanke ging Edward durch Mark und Bein. Konnte Breakwater im Parlament so viel Macht und Einfluss gewonnen haben, dass er es tatsächlich schaffen könnte, den *König* vom Thron zu stoßen? Ging es in Wahrheit darum bei dieser Korvettenüberstellung? Kamen Cazenestro und Calvingdell den Forderungen des Schatzkanzlers nach, weil sie buchstäblich keine andere Wahl hatten?

Nein, das war absurd! Oder doch nicht? Die Verfassung sah durchaus die Möglichkeit vor, einen Monarchen abzusetzen. Erforderlich dafür war eine Dreiviertelmehrheit im Ober- wie im Unterhaus, aber eigentlich sollte eine solche Abstimmung nur im Zusammenhang mit ›Fehlverhalten im Amt‹ erfolgen, also Straftaten oder Vergehen – und König Michael derartiger Dinge zu bezichtigen wäre schlichtweg lächerlich.

Aber auch aufgrund von Amtsuntauglichkeit konnte ein Monarch abgesetzt werden … und derartige Bestrebungen wären nicht einmal annähernd so undenkbar.

War es um den Gesundheitszustand des Königs viel schlechter bestellt, als dieser seinem Sohn gegenüber zugab? Hatte Breakwater womöglich etwas über eine Erkrankung Michaels erfahren, die der König bislang vor allen hatte geheim halten können?

Sogar vor seinem eigenen Sohn? Wenn dem so wäre, dann wäre Edward nicht einfach nur Kronprinz. Er wäre Teil einer Verfassungskrise, wie sie das Sternenkönigreich von Manticore seit seiner Gründung noch nicht erlebt hatte. Vielleicht wäre Edward auch der Sohn, der seinen Vater ungleich rascher verlieren würde, als er bislang immer hatte glauben wollen.

Aber ganz offenkundig wollte sein Vater über dieses Thema nicht sprechen. Aus eigener Erfahrung wusste Edward nur zu genau: Wenn sich König Michael gegen etwas entschieden hatte, dann ließ er sich nicht mehr umstimmen. Nie und nimmer.

»Gut«, sagte Michael, und zumindest ein Teil der Düsternis wich aus seiner Stimme. »Und jetzt schau nicht so besorgt drein! Wir haben wirklich gute Berater – auch wenn du noch nicht allzu viel Zeit mit ihnen verbracht hast.« Edward hatte den Eindruck, dass das Lächeln des Königs eine gewisse Schärfe hatte. »Bevor es wirklich notwendig wird, sollte dir genug Zeit bleiben, dich auf den aktuellen Stand bringen zu lassen.« Er erhob sich. »So, jetzt haben die Staatsangelegenheiten genug der Zeit verschlungen, die du eigentlich mit deiner Familie verbringen wolltest. Sieh zu, dass du nach Hause kommst, und vergiss nicht, Cynthia und Sophie in meinem Namen zu umarmen! Wie kommt Richard auf der Kadettenanstalt zurecht?«

»Sehr gut«, versicherte ihm Edward, während er sich ebenfalls erhob. »Aber er ist noch nicht zu alt, um sich ebenfalls umarmen zu lassen.«

»Das will ich doch hoffen«, erwiderte Michael und lächelte erneut. »Also umarm ihn auch von mir. Ach, und wenn du irgendwie dazu kommst, versuch doch mal, dich bei deiner Schwester zu melden.«

Halbschwester, korrigierte Edwards Verstand automatisch. Elizabeth war elf Jahre jünger als er, Tochter aus der zweiten Ehe seines Vaters. Edward lag sich mit diesem Gör in den Haaren, seit sie alt genug war, um zu wissen, was ›sich in den Haaren liegen‹ bedeutete. Hin und wieder war ihm der Gedanke gekommen, positiver Nebeneffekt seines Dienstes bei der Navy war, aus der Reichweite der äußerst scharfen Zunge dieses starrsinnigen Mädchens bleiben zu können.

Während der fünf Jahre, die Elizabeth mittlerweile schon mit Carmichael de Quieroz verheiratet war, dem Baron von New Madrid, und einen gemeinsamen Haushalt mit dem Witwer und dessen drei Kindern führte, hatte ihre Widerborstigkeit ein wenig nachgelassen. Das zumindest hatte Edward gehört. Vermutlich war es wirklich an der Zeit, das endlich persönlich herauszufinden. »Wo steckt sie denn dieses Mal?«

»Auf Sphinx«, antwortete Michael. »Die beiden wollen sich

einer Jagdgesellschaft anschließen und nach Gipfelbären suchen.«

»Ich hoffe, die Kinder haben sie nicht mitgenommen.«

»Deine Schwester mag ja halsstarrig sein, aber sie ist nicht dämlich«, versetzte Michael, und ein liebesvolles Lächeln erhellte sein Gesicht. »Mary und ich werden auf die Kleinen aufpassen.«

»Also tauschen die liebenden Eltern die Möglichkeit, dass ihre Kinder zerfleischt werden könnten, gegen die Gewissheit, dass ihre Kinder hoffnungslos verwöhnt werden?«

»Etwas in der Art«, bestätigte Michael. »Genieß die Zeit mit deiner Familie.«

»Mache ich«, versprach Edward.

Und das tat er auch.

Aber zuvor, bevor er dann den Konferenzsaal verließ, schloss er seinen Vater fest in die Arme.

3

Lange hatte es Jeremiah Llyn verabscheut, klein zu sein.

Dabei war er gar nicht *so* klein. Ihm fehlten nur neun oder zehn Zentimeter zum planetenweiten Durchschnitt. Aber diese wenigen Zentimeter hatten mehr als ausgereicht, um ihn in der Grundschule zum bevorzugten Opfer der Witzbolde zu machen, während der Unter- und Mittelstufe zum bevorzugten Opfer der Schläger und während der darauffolgenden Jahre zum bevorzugten Opfer einer Vielzahl weiterer Schikanen, Beschimpfungen und Beleidigungen. Die ersten Jahre des echten Erwachsenseins waren ein bisschen besser gewesen. Denn Hohn und Spott waren seitdem unter einer hauchdünnen Tünche aus Höflichkeit und zivilisiertem Verhalten verschwunden. Was in den Köpfen seiner Arbeitgeber vor sich ging, wusste Llyn allerdings nur zu genau, während er bei Beförderungen übergangen und für die wirklich lukrativen Aufträge meist nicht einmal in Erwägung gezogen wurde.

Nun hingegen, mit all dem Weitblick und der Reife eines Mannes, der auf fünfzig T-Jahre zurückblicken konnte, empfand er den Mangel an Körpergröße nicht nur als äußerst bequem, sondern sogar als wertvoll. Die meisten Menschen, selbst die intelligentesten, neigten dazu, kleinere Männer zu unterschätzen.

In Llyns derzeitiger Position war es äußerst nützlich, unterschätzt zu werden.

Llyn wusste nicht, warum im havenitischen Hochsicherheitsgefängnis Deuxième Prison menschliche Reinigungskräfte tätig waren, keine Roboter. Vielleicht lag es einfach daran, dass für Wartungszwecke ohnehin immer noch Menschen benötigt wurden, weshalb man die beiden Abteilungen einfach vereinigt hatte. Vielleicht lag es auch daran, dass sich Roboter leichter umprogrammieren oder auf elektronischem Wege hacken ließen als Menschen. Was auch immer der Grund sein mochte: Die Aufgabe, das Gefängnis zu infiltrieren, wurde ihm dadurch ungemein erleichtert.

Zunächst hatte er sich eine angemessene Verkleidung organisiert: den richtigen Schutzanzug und dazu einen gefälschten ID-Chip. Nachdem er auf diese Weise erst einmal ins Gefängnis hineingelangt war, hatte er eine Möglichkeit gefunden, den Schutzanzug für Reinigungskräfte gegen die Uniform eines Wachmanns zu tauschen: Besagter Wachmann brauchte sie derzeit wirklich nicht. Einige Einstellungen auf dem ID-Chip später wurde der Computerwurm aktiv, den einer seiner Gehilfen auf Haven schon zwei Tage zuvor in das Rechnersystem des Gefängnisses eingeschleust hatte. Dann bedurfte es nur noch eines einzigen UniLink-Anrufs unter falscher Kennung und einiger beruhigender Worte – gerichtet an die besorgte Frau, die während der nachtschlafenden Stunden die Überwachungsmonitore im Auge behielt. Nicht einmal eine Stunde, nachdem er auf das Gelände des Gefängnisses vorgedrungen war, stand Jeremiah Llyn auch schon in der Zelle des Gefangenen, den zu besuchen er den ganzen weiten Weg zurückgelegt hatte – vom Territorium der Solaren Liga bis hierher.

Der Mann hieß Mota, und er war Pirat.

Oder besser: Früher einmal war er Pirat gewesen. Vor fünf T-Jahren war seine Bande, angeführt von Wolfe Guzarwan, praktisch aufgerieben worden – bei dem schiefgelaufenen Versuch, im Secour-System havenitischer Kriegsschiffe habhaft zu werden. Mota war einer der wichtigsten Hacker der Bande gewesen; seine Aufgabe hatte seinerzeit darin bestanden, die zahllosen Sicherheitsvorkehrungen der Schiffe zu überwinden – und genau deswegen hatte er auch überlebt, während die havenitischen Marineinfanteristen seine Kameraden der Reihe nach abgeschlachtet hatten. Auf Marienbad, dem einzigen bewohnten und bewohnbaren Planeten des Secour-Systems, hatte man ihn kurz verhört und dann für eindringlichere Vernehmungen hierher nach Haven geschafft.

Laut den Unterlagen, die Llyn hatte auftreiben können, hatten die Verhörspezialisten viel von Mota über die ganze Bande erfahren, ein wenig über deren bisherige Straftaten und sogar etwas über die Vorgehensweise und Vorbereitung des Coups im Secour-System. Bedauerlicherweise hatten sie gar nichts über Guzarwans Auftraggeber erfahren.

Das genau aber wollte Haven wissen. Unbedingt sogar.

Denn obwohl die meisten Söldnertrupps mehr oder minder offen und ehrlich, also im Rahmen bestehender Gesetze tätig waren, gab es eben auch einige, auf die das nicht zutraf. Erstere waren echte Söldner, skrupellose, aber aufrechte Soldaten zum Anheuern, die für denjenigen in die Schlacht zogen, der am besten zahlte. Sie standen zur Verfügung, wenn Grenzkonflikte oder kleinere Gefechte zwischen weniger bedeutenden benachbarten Sternnationen anstanden. Oder wenn Systeme oder auch größere Firmen verteidigt werden mussten, die es sich nicht leisten konnten, eine eigene Flotte zu bauen und in Betrieb zu halten. In manchen Regionen des Alls waren Söldnergruppen sogar unter einer ganz offiziellen Lizenz tätig und achteten stets auf einen guten, vielleicht gar ehrenhaften Ruf.

Dann gab es da noch die andere Art von Söldner, die, die *nicht* aufrichtig waren: Sie agierten nicht unter einer anerkannten Lizenz, und der einzige Ruf, den sie hatten oder auch nur wollten, bestand in besorgtem Flüstern in Hinterzimmern und dergleichen. Wer da flüsterte, war ebenso unaufrichtig und anrüchig wie sie selbst.

Genau jene Sorte Söldner war während des letzten halben T-Jahrhunderts schön unauffällig geblieben. Denn in dieser Zeit war die Galaxis im Ganzen endlich dazu gekommen, sich um solche Söldner zu kümmern. Mehr als einmal waren die ehrenhafteren Söldner angeheuert worden, deutlich weniger ehrenhafte Söldner zu eliminieren – was dazu geführt hatte, das sich Erstere den etwas respektableren Status eines paramilitärischen Verbandes erwarben, während Letztere vollständig abtauchten. Dass sie es schafften, unauffällig zu bleiben, machte es recht schwierig, sie zu finden – selbst für jemanden wie Llyn, der sich nun wirklich einer beeindruckenden Liste zweifelhafter Kontakte rühmen konnte.

In vielen Fällen waren Söldner der Kategorie *Anrüchig* kaum mehr als außergewöhnlich gut ausgestattete Piratenbanden. Die Haveniten, die schon reichlich Erfahrung mit Piraten hatten sammeln dürfen und die auch gesehen hatten, was bewaffnete Söldner wie Gustav Andermans Truppen in einem unterentwickelten System zu erreichen vermochten, waren verständlicherweise erpicht zu erfahren, wer in ihrem Teil der Galaxis derlei Ambitionen hegte.

Doch laut Mota – der Einzige der Brückenbesatzung, der das Gefecht überlebt hatte – waren alle, die dem oder den Auftraggebern persönlich begegnet waren, im Secour-System ums Leben gekommen. Selbst jetzt noch, fünf Jahre nach dem Debakel, holten die Verhörspezialisten Mota gelegentlich aus seiner Zelle. Eigentlich aber hatten sie jegliche Hoffnung aufgegeben, ihr Gefangener könnte vielleicht doch noch Erwähnenswertes berichten.

Llyn hatte Glück: Havens Scheitern verschaffte ihm eine einmalige Möglichkeit.

Niemand heuerte Piraten ohne Ziel dafür an, ein paar schwere Kriegsschiffe zu stehlen – das tat man nur, wenn man derartige Feuerkraft dringend benötigte. Das Secour-Debakel hatte die Bedürfnisse der geheimnisvollen Auftraggeber mitnichten befriedigt, und so war Llyn der Gedanke gekommen, der nächste Schritt dieses oder dieser Möchtegern-Warlords könnte darin bestehen, nach einer piratenartigen Söldnertruppe zu suchen, deren Schiffe für genau jene Aufgabe geeignet wären, für die Guzarwans Prisenschiffe vorgesehen gewesen waren.

Und das war, welch glücklicher Zufall, genau die Sorte Söldnertruppe, die Llyn anheuern wollte.

Und nicht nur Llyn. Weitere Agenten waren über die gesamte zivilisierte Galaxis verstreut und bemühten sich, das Problem auf ihre Weise anzugehen. Einige stocherten in den finstersten Ecken der Solaren Liga herum. Andere befassten sich mit offiziell unbegründeten Militäreinsätzen und versuchten, daraus Rückschlüsse abzuleiten. Wieder andere durchforsteten die Aufzeichnungen der angeseheneren Söldnertrupps und schauten nach Ehemaligen, die ihrer alten Truppe abtrünnig geworden waren und sich nun eigenständig im Geschäft versuchten.

Rücklings lag Llyn auf seiner Pritsche, die Lider geschlossen, und ließ vor seinem geistigen Auge wieder und wieder die Szene ablaufen: Wie Mota unvermittelt aufwachte und einen Unbekannten in seiner Zelle sah. Wie Mota noch versuchte, um Hilfe zu schreien, doch schon erschlaffte – dank der Droge, die Llyn ihm im Schlaf verabreicht hatte. Wie Mota in jenen Hypnosezustand überging, in dem sich seine Erinnerungen ungehindert untersuchen ließen.

Natürlich hatten es auch die Haveniten schon mit derlei Drogen versucht. Ihr Problem: Sie hatten nicht die richtigen Fragen gestellt.

Also hatte Llyn auf all die Standardfragen verzichtet: Name, Alter, Heimatplanet. Auch die üblichen Logistikfragen – wo befand sich die Basis der Piraten, wer lieferte die Bedarfsgüter, was für Jobs hatten sie bislang schon erledigt? – hatte er einfach übersprungen. All diese Fragen hatten die Haveniten bereits gestellt, und all ihre Mühen hatten ihnen fast ausschließlich unbrauchbare Antworten eingebracht. Llyns Hackerkontakt in Nouveau Paris hatte ihm eine Kopie des offiziellen Berichtes verschafft, den Llyn gründlich studiert und auch eingesteckt hatte, um im Bedarfsfall erneut nachschlagen zu können.

Irgendetwas Wichtiges wusste Mota. Davon war Llyn fest überzeugt. Das Problem: Der Mann wusste selbst nicht, dass er es wusste.

Also stellte Llyn Fragen, die noch keiner der Haveniten gestellt hatte:

Wer hat Guzarwan begleitet, als dieser die ursprüngliche Abmachung getroffen hat?

Welche Planeten, Systeme oder Städte wurden von den anwesenden Personen während der Monate erwähnt, in denen sich die Beteiligten auf den Job vorbereitet und entsprechend trainiert haben?

Welche ungewöhnlichen oder beiläufigen Bemerkungen haben die einschlägigen Personen während dieser Vorbereitungsphase fallen lassen?

Welche Vids haben die einschlägigen Personen während der Vorbereitungsphase angeschaut oder über welche Vids wurde gesprochen?

Welche Musik haben die einschlägigen Personen während der Vorbereitungsphase gehört?

Bei der letzten dieser Fragen fand Llyn dann endlich den gesuchten Hinweis. Anscheinend hatte sich Dhotrumi, ebenso Hacker wie Mota, während der Vorbereitungsphase angewöhnt, immer wieder die gleiche Melodie zu summen – aber immer nur dann, wenn Guzarwan auf die gemeinsam genutzte Station gestürmt kam, um zu sehen, welche Fortschritte schon erzielt wurden. Die Melodie schien Guzarwan zutiefst zu verstimmen, und nachdem sich dieser Zwischenfall noch mehrmals wiederholte, hatte Mota Dhotrumi schließlich darauf angesprochen.

Doch Dhotrumi hatte bloß wissend gelächelt, einmal gezwinkert und Mota versichert, er werde das alles verstehen, wenn der Job erst einmal erledigt sei. Diese Erklärung hatte Mota akzeptiert, und so hatten sie sich wieder an die Arbeit gemacht.

Mehrere Monate später war der Job dann ganz furchtbar schiefgelaufen: Dhotrumi und Guzarwan und die meisten anderen aus der Bande waren tot, und Mota selbst hatte deutlich Wichtigeres zu tun, als sich Gedanken um einen kleinen Insiderscherz zwischen zwei mittlerweile toten Männern zu machen. Die Haveniten hatten ihn aufgegriffen und unsanft in sein neues Zuhause mit einer Wohnfläche von schwindelerregenden vier mal vier Metern geschleppt – und so war das kleine Musikrätsel irgendwo in den Untiefen seines Gedächtnisses verschwunden.

Bis Llyn eingetroffen war und es entdeckt hatte.

Nur wenige Stunden, nachdem Llyn das Gefängnis unbemerkt wieder verlassen hatte, hatte der Frachter *Soleil Azur*, der neben Llyn noch sieben weitere zahlende Passagiere an Bord genommen hatte, seine Rundreise fortgesetzt, die ihn zu den verschiedensten Raumhäfen vor Ort brachte. Das enge Zeitfenster war natürlich Absicht – selbst Llyn konnte nicht verhindern, dass sein nächtlicher Besuch im Gefängnis irgendwann entdeckt würde, und er musste absolut sicher sein, diese Welt hinter sich gelassen zu haben, bevor die Obrigkeit eine Untersuchung des Zwischenfalls und eine entsprechende Personenfahndung einleitete.

Doch diese wenigen Stunden hatten ausgereicht. Dank einer Musikerkennungssoftware und der gewaltigen Kulturdatenbank von Haven hatte Llyn die Melodie identifizieren können. Sie gehörte zu einer uralten Ballade mit dem schönen Titel *Unterwegs ins Gelobte Land.*

Sonderlich hilfreich war dieser Titel nicht. Anders stand es um die ersten beiden Zeilen:

An des wilden Jordans Ufer voller Sehnsucht stehe ich,
schau ins holde Kanaan, wo mein Lohn erwartet mich

Kanaan.

So hieß die obskure, kaum bekannte Welt, Teil einer ganzen Gruppe ähnlich obskurer, kaum bekannter Systeme, irgendwo im Niemandsland zwischen der Solaren Liga und dem Haven-Sektor. Doch genau wie seinerzeit, vor der Diaspora, als auf der Erde abgelegen und nicht bekannt zu sein Nationen keineswegs immer Ruhe und Frieden bescherte, so war es hier. Lebte eine Nation – ob nun ein einzelner Staat oder eine ganze Sternnation – in Anonymität und Abgeschiedenheit, sozusagen im Schatten der Gemeinschaft, führte das nur allzu leicht zu Tyrannei.

In dieser Hinsicht war die Geschichte von Kanaan besonders brutal: Vor mehr als dreißig T-Jahren hatte eine Militärjunta die Macht an sich gerissen – die dann durch eine Volksbewegung wieder gestürzt worden war. Angeführt hatte diese Volksbewegung einer der Generäle aus eben jener Junta, ein Mann namens Khetha. Kaum dass er seine Machtposition gefestigt hatte, erklärte er sich zum Allwaltenden Auserwählten und damit zum uneingeschränkten, absolutistischen Herrscher über seine Heimatwelt.

Vor vier Jahren hatte dessen Herrschaft dann ein jähes Ende

gefunden: Das Volk von Kanaan hatte seine Regierung gestürzt, und so sahen sich Khetha und eine kleine Gruppe seiner engsten Verbündeten – sein Innerer Kreis – zu einem hastigen Rückzug gezwungen: Sie verließen den Planeten.

In den ersten Jahren danach hatte Khetha noch versucht, sich dem Rest der Galaxis gegenüber als rechtmäßiger und damit völlig widerrechtlich abgesetzter Regierungschef zu inszenieren – zunächst bei entsprechenden Gesprächen auf einigen Planeten der Liga, später dann auch Haven gegenüber. Er hatte darauf gehofft, sie als Verbündete zu gewinnen, die dann die neue Regierung von Kanaan dazu zwingen würden, ihn wieder in Amt und Würden einzusetzen.

Doch niemand zeigte auch nur das geringste Interesse daran, ihm bei seinem Gegenputsch beizustehen, und so hatten Khetha und seine Spießgesellen diesen Plan letztendlich aufgegeben und sich damit beschieden, schmollend und anderweitig unauffällig die Rolle einer Exilregierung zu übernehmen.

In Quechua City. Mitten in der Hauptstadt von Casca.

Casca war die nächste Station der *Soleil Azur* auf ihrer Rundreise.

Damit hatte Llyn plötzlich einen gewaltigen Sprung in Richtung Ziel gemacht – dank ein wenig Glück und der vielleicht einzigen Regierung, deren ›Leben-und-Leben-lassen‹-Ethos es Khetha ermöglichte, sich dort nicht nur niederzulassen, sondern dabei relativ unbehelligt von den Behörden zu bleiben. Llyn empfand diese Wendung als unerwartet, aber doch sehr befriedigend. Die Wahrscheinlichkeit, dass sein Fluchtschiff ausgerechnet auch noch sein eigentliches Ziel ansteuerte, waren derart gering gewesen – astronomisch gering, sogar! –, dass es sich nicht einmal gelohnt hätte, sie überhaupt auszurechnen.

Llyns ursprünglicher Plan hatte vorgesehen, mit der *Soleil Azur* bis zum nächsten größeren Raumhafen mitzufahren und dort dann auf den nächsten Frachter zu warten, der wenigstens ansatzweise in die Richtung führe, in die ihn die Informationen weisen würden, die er durch Motas Vernehmung zu erhalten gehofft hatte. Das hätte natürlich mehrere Monate tatenlosen Wartens erfordert – bis ein Frachter oder vielleicht sogar ein Passagierschiff in die passende Richtung gefahren wäre –, und dann noch mehrere Monate Reisezeit. Doch nachdem Llyn nun schon fünf T-Jahre mit diesem Einsatz verbracht hatte, hätten einige Monate zusätzlich gewiss keinen Unterschied mehr gemacht.

Ja, das war ein gewaltiger Schritt vorwärts!

Manchmal, so ging es ihm durch den Kopf, *gibt sich das Universum doch richtig Mühe, behilflich zu sein.*

Er blickte zur Decke seiner kleinen Kabine auf und lächelte. Auf dem Weg nach Casca. Auf dem Weg in das Gelobte Land.

Unterwegs in das Gelobte Land ich bin . . .

Das Gelobte Land war natürlich nicht Casca. Aus dem Blickwinkel eines waschechten Solariers war Casca kaum mehr als ein Fliegendreck mitten im Nirgendwo.

Aber diese Welt lag auf dem Weg in das Gelobte Land. Auf dem Weg zu dem Land, in dem Milch und Honig flossen.

Auf dem Weg zum Sternenkönigreich von Manticore.

Drei Welten. Aus dem Blickwinkel der Liga ein Dreifach-Fliegendreck.

Aber die Liga täuschte sich. Vor fünf T-Jahren waren Forscher der terranischen Mega-Corporation Axelrod über etwas gestolpert, das alles verändern könnte: Möglicherweise gab es im Manticore-System einen Wurmlochknoten. Sofort hatte Axelrod eine entsprechende, zweigleisig ausgeführte Untersuchung eingeleitet – so streng geheim, dass nach dem Black-

Dagger-Protokoll verfahren wurde. Die Wissenschaftler des Konzerns werteten weiterhin sämtliche vorliegenden Daten aus, während Llyn und seine Mitarbeiter die Vorarbeiten für einen gezielten Vorstoß in Richtung Sternenkönigreich ausführten. Vorarbeiten, Vorbereitungen: Denn das alles geschah für den Fall, dass dieser Wurmlochknoten tatsächlich existierte.

Der jüngste Bericht – der auf Haven eingetroffen war, unmittelbar bevor Llyn in Motas Gefängniszelle eingedrungen war – basierte auf einem neuen Modell, demzufolge die Wahrscheinlichkeit für die Existenz dieses Knotens bei annähernd achtzig Prozent lag.

Sollte sich diese in aller Vorsicht gezogene Schlussfolgerung nicht innerhalb der nächsten Jahre als völlig fehlerhaft erweisen, würden die Damen und Herren in den obersten Chefetagen der Axelrod Corporation letztendlich beschließen, die drei Welten des Manticore-Systems zu übernehmen.

Leicht würde das gewiss nicht werden. Das Sternenkönigreich hatte eine deutlich schlagkräftigere Navy vorzuweisen, als ein derart winziges und unbedeutendes Koloniesystem gefälligst zu haben hatte! Entsprechend würde es eine ebenso schlagkräftige Streitmacht erfordern, dieses System zu erobern – und was noch wichtiger war: eine Streitmacht, die sich nicht bis zur Axelrod Corporation zurückverfolgen ließe.

Früher oder später würden die Zusammenhänge natürlich doch enthüllt – wenn die Existenz jenes Wurmlochknotens erst einmal öffentlich und offiziell verkündet wäre. Glücklicherweise hatte sich die Maschinerie bereits in Bewegung gesetzt, die vorerst alles verschleiern würde. Während Llyn nach einer Söldnertruppe Ausschau hielt, der man die ersten, anstrengenden Vorarbeiten anvertrauen könnte, schätzten andere Agenten bereits heimlich, still und leise diverse andere Sternnationen ab – nach deren Eignung, die Rolle des ›offiziellen‹

Eroberers von Manticore zu übernehmen. Wären die manticoranischen Streitkräfte erst einmal besiegt, würde diese Sternnation entsprechend über die Geschicke des Sternenkönigreichs bestimmen – für den Rest der Galaxis mehr oder minder auch zu recht. Würde anschließend der Wurmlochknoten ›entdeckt‹, würde diese Strohmann-Regierung Axelrod-Mitarbeiter als ›Berater‹ hinzuziehen, und von da an läge Manticores Zukunft völlig in den Händen der Axelrod Corporation.

Aber der erste, entscheidende Schritt auf diesem langen Weg, der lag in Llyns Händen.

Einen Söldnertrupp anzuheuern war relativ einfach. Einen Söldnertrupp anzuheuern, der bereit war, ein wenig Schindluder mit dem allgemein anerkannten Kriegsrecht zu treiben, das war schon kniffliger. Einen Söldnertrupp anzuheuern, ohne dabei auch nur die geringsten Spuren zu hinterlassen, die sich bis zu ihm persönlich zurückverfolgen ließen ... das war *noch* kniffliger.

Aber das war in Ordnung so. Knifflig war Llyns Spezialität.

Das Kabinen-Intercom summte leise und ließ auf diese Weise Passagiere und Besatzung des Schiffes gleichermaßen wissen, dass in der Messe jetzt das Abendessen serviert würde.

Llyn rümpfte die Nase. Das Essen an Bord der *Soleil Azur* war einfallslos – wie es wohl auf einem Frachter nicht anders zu erwarten war, der nicht zum Vergnügen durch die Gegend fuhr, sondern auf dem richtig gearbeitet wurde. Im gleichem Maße einfallslos waren auch die Passagiere – hauptsächlich Industrielle, rangniedrige Regierungsbeamte und erfolgreichere Handelsvertreter.

Trotzdem hatte Llyn während der vergangenen Reisemonate gelernt, sich auf die gemeinsam verbrachte Zeit zu freuen: Er hatte zusammen mit den anderen gegessen, er hatte mit ihnen gesprochen, und er hatte mit ihnen gelacht.

Aber vor allem hatte er ihnen zugehört. Sehr aufmerksam zugehört.

Denn Wissen war Macht, und man wusste nie, ob sich nicht doch irgendwo eine Information aufschnappen ließe, die sogar sehr viel Macht enthielt.

Llyn stand auf, nahm das formelle Jackett vom Kleiderbügel und trat mit großen Schritten auf den Korridor hinaus.

4

Die *Damocles* schwenkte gerade in den Orbit von Casca ein, als die Namensliste derjenigen durchgegeben wurde, die Captain Marcello im ersten Shuttle begleiten sollten.

Der Name des Taktischen Offiziers Lisa Donnelly war auf Platz drei der Liste, gleich hinter dem Captain selbst und Susan Shiflett, dem Ersten Offizier.

Lisa lächelte und hoffte, ihr Lächeln falle nicht allzu breit aus. Besser, niemand auf der Brücke bemerkte es und glaubte, sie wolle sich vor den Kameraden aufspielen. Allerdings war es ja auch nicht so, als ob an Bord gerade jemand Gefahr liefe, einen Lagerkoller zu entwickeln – dreiundsechzig Tage im Hyperraum waren nun wahrlich keine große Belastung für die kollektive Psyche der Besatzung. Schließlich war man ja schon dreieinhalb Monate am Stück im All gewesen, nämlich als die *Guardian* nach Secour gefahren war, bei Lisas erster Fahrt über die Grenzen des Sternenkönigreichs hinaus.

Doch diese Fahrt jetzt war anders. Im Secour-System hatte die *Guardian*-Besatzung die ganze Zeit im Orbit des Planeten Marienbad verbracht, ohne den Planeten selbst auch nur ein einziges Mal zu betreten. Ein offizielle Begründung dafür, dass niemandem aus dem manticoranischen Kontingent ein Landgang gewährt wurde, war nie erfolgt. Doch der Gerüchteküche gemäß waren die Behörden des Secour-Systems seinerzeit derart empört ob der Ereignisse, die sich hoch über der Oberfläche ihrer Welt zugetragen hatte, dass man eine kategorische Landesperre verhängt hatte.

Aber hier und jetzt würde es anders laufen. Dieses Mal würde Lisa Donnelly tatsächlich im Schein einer fremden Sonne durch eine fremde Stadt spazieren dürfen.

Sie würde sogar eines der ersten Besatzungsmitglieder der *Damocles* sein, dem dieses Privileg zuteil wurde.

Sie konnte es kaum noch erwarten.

Dieses Gefühl hatten vermutlich alle an Bord. Auf jeden Fall aber galt es für den Kameraden, der unmittelbar neben ihr stand. »Gratuliere, Ma'am«, raunte ihr Chief Petty Officer MacNiven von seinem Posten an der Navigationskonsole aus zu.

»Danke«, gab Lisa ebenso leise zurück und hatte Schuldgefühle, weil MacNiven nicht auf der Liste war.

Doch so und nicht anders wollte Marcello das Ganze. Zu seinem Plan gehörte, dass Commander Pappadakis, der Leitende Ingenieur, genau wie dieser es für nötig hielt, Zeit hätte, Lebenserhaltungsmodul zwo zu deaktivieren und auseinanderzunehmen. Denn während der Überfahrt nach Casca hatte sich dessen Gaswäscher eine Macke eingefangen, und dem Commander gefiel die Vorstellung nicht, zum falschen Zeitpunkt am falschen Ort Zeit auf eine Notreparatur verschwenden zu müssen. Daher wollte er an Bord bleiben, um die Reparatur zu beaufsichtigen – womit auch die Einhaltung der Vorschrift befolgt wurde, der gemäß sich stets ein Leitender Offizier an Bord befinden musste. Nachdem auf diese Weise den Dienstanweisungen genüge getan war – vom gesunden Menschenverstand einmal ganz abgesehen –, hatte der Captain die Namen aller anderen Besatzungsmitglieder in ein Zufallsprogramm eingespeist, das jeder Person an Bord exakt die gleiche Chance zugestand, an Bord des ersten Shuttles gehen zu dürfen, das auf cascanischem Boden landen sollte.

Lisa diente gern unter Marcello und respektierte ihn sehr. Sein Weitblick und sein Gerechtigkeitssinn, hier wieder sehr schön zur Schau gestellt, sorgten dafür, dass sie sich unter seinem Kommando an Bord wohlfühlte.

»T-O?«

Sofort strafften sich Lisas Schultern, und, kerzengerade, wie sie saß, wirbelte sie in ihrem Sessel herum. »Jawohl, Sir?«

Marcello blickte sie an, und seine Lippen umspielte ein angedeutetes Lächeln, das Lisa stets das Gefühl gab, er könnte ihre Gedanken lesen und wäre mit dem Gelesenen recht zufrieden. »Was sitzen Sie hier noch herum!«, sagte er tadelnd. »Die Liste ist durchgegeben, also machen Sie sich bereit, endlich einmal wieder richtige Schwerkraft zu spüren!«

»Jawohl, Sir«, gab sie zurück. »Ich wollte nur abwarten, bis die *Goldenrod* die endgültige Parkposition eingenommen hat.«

»Die *Goldenrod* bekommt das auch im Alleingang hin«, versetzte Marcello. »Gehen Sie, Commander. Das ist ein Befehl.«

»Jawohl, Sir«, wiederholte sie und erwiderte sein Lächeln. Dann löste sie ihre Haltegurte, packte den rückwärtigen Haltegriff auf der Lehne ihres Sessels und katapultierte sich durch die Nullschwerkraft der Brücke geradewegs der Heckluke entgegen.

»Großer Dienstanzug ist angesagt!«, rief ihr Marcello zur Erinnerung hinterher. »Zeigen wir den Cascanern doch mal, wie unsere Marine so etwas macht.«

Zwanzig Minuten später legte der Shuttle von der *Damocles* ab und steuerte den blaugrünen Planeten tief unter ihnen an.

Im Shuttle drängten sich dicht an dicht die Landgänger, alle in Paradeuniform. Nie zuvor hatte Lisa außerhalb von Formaldienstübungen auf dem Exerzierplatz so viele schicke Besatzungsmitglieder auf einem Haufen gesehen. Überall hochglanzpolierte Knöpfe sowie Ordensspangen und Bandschnallen in farbenfroher Vielfalt.

Lisa diente schon seit einem T-Jahr oder sogar noch länger mit diesen Männern und Frauen. Dennoch hatte sie bei so manchem unter den Kameraden bislang nicht gewusst, wie viele Orden der eine oder andere bereits abgesahnt hatte.

»Hoffentlich weiß dieser bunte Haufen sich auch zu benehmen«, raunte ihr Captain Marcello vom Nachbarsitz aus zu.

Lisa lächelte. Der ein oder andere Offizier an Bord legte viel Wert auf das äußere Erscheinungsbild, um nicht zu sagen: den meisten Wert. Stil ging vor, die erzielten Ergebnisse waren nachrangig. Andere Offiziere wiederum scherten sich kaum darum, dass sie überhaupt eine Paradeuniform besaßen. Marcello lag irgendwo im Mittelfeld: Er war durchaus in der Lage, respektabel und seriös aufzutreten, wenn es die Lage erforderte, doch deutlich wichtiger war ihm, dass Schiff und Mannschaft Bestleistungen zeigten.

»Sicher doch, Sir«, versicherte Lisa ihm. »Eins-O und Bosun haben denen das während der letzten Tage ziemlich unmissverständlich eingetrichtert.«

»Gut«, erwiderte Marcello. »Ich hatte mir schon ein wenig Sorgen gemacht, unsere verspätete Abreise von Manticore könnte dafür sorgen, dass wir die *Soleil Azur* verpassen. Gut also, dass es geklappt hat.«

Lisa runzelte unwillkürlich die Stirn. Sie wusste aus erster Hand, dass sich die *Soleil Azur* noch im Orbit befand, schließlich hatte sich Lisa gerade auf der Brücke befunden, als die Operationszentrale der *Damocles* Kontakt mit dem havenitischen Frachter aufgenommen hatte: Man hatte sich vergewissert, dass es wirklich das Schiff war, das die jüngsten Daten über Piratenortungen von Haven nach Casca gebracht hatte. Natürlich war diese Information auch an den Captain weitergegangen. Es erschien Lisa sonderbar, dass Marcello das jetzt, kaum zehn Stunden später, noch einmal ansprach.

War das etwa ein Versuch des Captains, Small Talk zu betreiben? Mit *ihr*?! Allen Ernstes jetzt?

»Wollten wir mit jemandem aus der Besatzung persönlich zusammentreffen?«, fragte sie. Ihr war bewusst, dass diese Frage nicht zum Small Talk taugte, was aber hätte sie bitte schön sonst sagen sollen?

»Wohl nicht«, antwortete Marcello. »Üblich ist, dass Haven die Daten übermittelt, ohne Auswertungsexperten oder Kuriere mitzuschicken.« Er räusperte sich. »Wo ich gerade von Auswertungsexperten spreche: Gibt es einen Grund, warum Townsend einen Minicomp mitgenommen hat?«

Erstaunt blickte ihn Lisa an. Minicomps lagen in ihrer Leistungsfähigkeit irgendwo zwischen den allgegenwärtigen Tablet-Rechnern, die überall an Bord verwendet wurden, und dem Zentralnetz der *Damocles*, auf das man mithilfe nicht ganz so allgegenwärtiger Terminals zugreifen konnte, die über das gesamte Schiff verstreut waren.

Warum sich aber Townsend die Mühe machte, ein solches Gerät für den Landgang mitzuschleppen, hätte sie wirklich nicht sagen können. »Keine Ahnung, Sir«, antwortete sie also. »Ich kenne keinen Grund, und, ehrlich gesagt, fällt mir auch keiner dafür ein.«

»Na, ich wüsste schon einen«, sagte ihr Vorgesetzter und klang mit einem Mal düster. »Vor ein paar Jahren, beim Flaggezeigen-Trip der *Pegasus* nach Suchien, hat einer der Gasten einen Minicomp von Bord geschmuggelt und ihn an eine Computerfirma vor Ort verkauft.«

Lisa war fassungslos. »Tatsächlich? Das habe ich gar nicht gewusst – und auch nicht für möglich gehalten!«

»Na, Cazenestro hat dafür gesorgt, dass das Ganze schön unter Verschluss bleibt«, erklärte ihr Marcello. »Die Firma war clever genug – oder paranoid genug –, sich auf dieses Geschäft nicht einzulassen, obwohl es ihnen zweifellos einen ordentlichen Vorsprung zur Konkurrenz vor Ort verschafft hätte. Sie hat den Mann verpfiffen, und als der dann zum Shuttle zurückgekehrt ist, haben ihn dort Kommandant und Eins-O erwartet.«

»Dann wurde er wohl wegen Diebstahls angeklagt?«

»Die Liste der Anklagepunkte war um einiges länger«, erklärte Marcello. »Ich jedenfalls möchte nicht miterleben, dass bei unserem Landgang Ausrüstungsteile der Flotte Beine bekommen.«

»Natürlich nicht«, erwiderte Lisa leise, mehr zu sich selbst als zu ihrem Vorgesetzten, und kramte in ihren Gedächtnis alles zusammen, was sie über Townsend wusste.

Viel ist's ja nicht, stellte sie fest. Charles Townsend war Petty Officer First Class und vor noch nicht einmal drei Monaten auf die *Damocles* versetzt worden – unmittelbar vor deren Aufbruch nach Casca. Nach allem, was Lisa bislang mitbekommen hatte, kam er mit Vorgesetzten ebenso gut zurecht wie mit Untergebenen. Er hatte Sinn für Humor, liebte zwar derbere Scherze, aber ohne das ausarten zu lassen. Er wusste also, wo die unsichtbaren Grenzen verliefen, die man beim Militär zu beachten hatte.

Der einzige Makel in Townsends Personalakte stammte aus seiner Zeit an Bord der *Damocles.* Ein frischgebackener Ensign hatte den Eintrag vornehmen lassen, sechs Tage nach Aufbruch in Richtung Casca. Er hatte sich von Townsend beleidigt gefühlt. Zum Leidwesen des jungen Subalternoffiziers war man bei der umgehend durch den Eins-O eingeleiteten Untersuchung des Zwischenfalls zu dem Schluss gekommen, es bestehe ein gewaltiger Unterschied zwischen dem, was Townsend *gesagt,* und dem, was der Ensign *gehört* hatte.

Seitdem war Townsend nicht mehr negativ aufgefallen.

Doch Lisa bezweifelte, dass der Ensign den Zwischenfall vergessen hatte. Denn das taten Ensigns *nie*. Sollte Townsend also noch einmal eine Grenze überschreiten – ob sichtbar oder nicht –, ja, eine solche Grenze mit seinen übergroßen Sphinx-Latschen auch nur *berühren*, stünde der Ensign, dessen war sich Lisa sicher, schon bereit, um ihm dafür das Leben zur Hölle zu machen.

Townsend war nicht dumm. Es wäre verrückt, unter den gegebenen Umständen – erst recht unter derart verschärften Bedingungen – einer fremden Regierung oder einer Firma aus einer anderen Sternnation einen Minicomp aus dem Bestand Seiner Majestät verkaufen zu wollen.

Also: Warum schleppte er dieses Ding nach Casca mit?

Schweigend saß Marcello in seinem Sessel; die unausgesprochene Frage schien überdeutlich in der Luft zu stehen.

»Ich habe keine Ahnung, Sir«, räumte Lisa ein. »Ich könnte Lieutenant Nikkelsen fragen, vielleicht weiß er ja mehr.«

»Nein, das ist schon in Ordnung«, wiegelte Marcello ab. »Wenn Sie Nikkelsen nachher sehen, sagen Sie ihm einfach nur, er soll Townsend im Auge behalten.« Der Captain schnaubte kurz. »Und wir sollten auf jeden Fall überprüfen, ob der Minicomp auch noch in Townsends Tasche steckt, wenn er wieder zum Schiff zurückkehrt.«

Als der Shuttle auf der Landeplattform von Quechua City aufsetzte, wartete dort bereits eine kleine Delegation: ein Dutzend Männer und Frauen, teilweise in kostspieliger Zivilkleidung, teilweise in den Uniformen der Cascan Defence Force.

Genau in der Mitte der kleinen Gruppe stand, in die beeindruckendste aller cascanischen Uniformen gehüllt, ein Mann, den Lisa wiedererkannte. Sie staunte nicht schlecht.

Noch mehr staunte sie, als offenkundig wurde, dass der Mann sich auch an sie erinnerte.

»Commander Donnelly«, begrüßte Commodore Gordon Henderson sie, nachdem sie die förmliche Vorstellung hinter sich hatten und Captain und Erster Offizier der *Damocles* ganz offiziell begrüßt worden waren. »Es freut mich, Sie wiederzusehen.«

»Mich auch, Commodore«, erwiderte Lisa und lächelte ihn freundlich an, während eine ganze Flut von Erinnerungen über sie hereinbrach. Henderson war während des Zwischenfalls im Secour-System der Leitende Offizier der Cascan Defence Force gewesen. Damals hatte ihn der Angriff, wie es so schön hieß, kalt erwischt – was allerdings auf alle Beteiligten, gegen die sich der Angriff gerichtet hatte, zugetroffen hatte. Dennoch hatte er sich glänzend geschlagen. Das letzte Mal gesehen hatte Lisa ihn, als sich die *Guardian* auf die Rückkehr nach Manticore vorbereitet und Henderson kurz davor gestanden hatte, den frisch für Casca erstandenen Schweren Kreuzer in seine neue Heimat zu überführen.

Ganz offenkundig beurteilten die obersten Ränge der Cascan Defence Force Hendersons Verhalten während des Secour-Zwischenfalls ähnlich positiv wie Lisa, was ihm seinen jetzigen Rang eingetragen haben dürfte. Denn viele Planstellen für Commodores dürfte die CDF nicht haben. »Ich gratuliere zur Beförderung, Sir«, setzte sie hinzu.

»Ich danke Ihnen.« Henderson wandte sich wieder an Marcello. »Es gibt, Captain, einen Grund für meine Bitte, Commander Donnelly mitzubringen. Ich habe einige beunruhigende Neuigkeiten, und dazu wollte ich gern so rasch als möglich die Meinung des Commanders hören.« Er deutete hinter sich auf die Zollabfertigungszentrale. »Wenn Sie mir bitte folgen wollten? Ich habe schon einen Konferenzraum vorbereitet.«

Das Essen war serviert und mit Genuss verspeist worden, und Torrell Baker war nach den beiden Gläsern Wein, die er getrunken hatte, bester Stimmung, besserer noch als während seiner Zeit an Bord der *Soleil Azur.*

Das war Llyn nur recht. Er hatte fünf ermüdende Tage auf der Suche nach der richtigen Bande hinter sich: Er hatte die jeweiligen Kandidaten identifiziert, sich mit ihnen getroffen, sie bezahlt und sie jeweils davon überzeugt, dass er wirklich kein Polizeispitzel sei. Bakers unerwartete Einladung zum Lunch war Llyn also eine willkommene Abwechslung.

Er genoss das Spiel, das er im Auftrag der Axelrod Corporation spielte, ja, wirklich! Aber hin und wieder war es nett, ein wenig Zeit mit jemandem zu verbringen, der nicht auf eine Gelegenheit wartete, seinem Gegenüber ein Messer in den Rücken zu stoßen. Oder dem man selbst gern abgestochen hätte.

»Also, ich wünsche Ihnen einen schönen Aufenthalt in Quechua City«, sagte Baker und schüttelte Llyn noch einmal quer über den Tisch kräftig die Hand. »Ich für meinen Teil setze jetzt meine ehrlichen Bemühungen fort, der Bevölkerung von Casca die Schönheit des Molekularhandwerks nahezubringen.«

»Ich wünsche Ihnen viel Erfolg«, meinte Llyn. »Vier Monate werden Sie hier sein, hatten Sie gesagt, richtig?«

»Wenn ich Glück habe«, antwortete Baker. »Bei den Kleinanlagen für den hiesigen Gebrauch braucht man allein schon drei Monate, um sie auszupacken, aufzubauen, durchzuchecken, zu kalibrieren und ans Laufen zu bringen. Wenn es dabei Schwierigkeiten gibt – und bei etwas derart Kompliziertem gibt es *immer* Schwierigkeiten, glauben Sie mir! –, könnte es noch einmal drei oder vier Monate dauern, bis die Probleme gefunden und ausgemerzt sind.«

»Na, dann neben Erfolg auch viel Glück«, sagte Llyn. »Und für die Rückfahrt wünsche ich Ihnen ebenfalls viel Glück, damit Sie einen Frachter finden, der in die richtige Richtung fährt.«

»Na ja, die Firma bezahlt das Ganze«, erklärte Baker gelassen. »Wenn ich hier festsitze – was soll's? Auf der anderen Seite von Casca soll es ein paar echt schöne Urlaubsziele geben. Und wie laufen Ihre Verkaufsgespräche so?«

»Och, ganz vernünftig«, gab Llyn zurück. Eigentlich war dieser Teil seiner Mission schon weitestgehend erledigt: Nun wartete die Bande seiner Wahl auf die Nachricht, die sie zum richtigen Zeitpunkt auf den Plan rufen sollte.

Phase zwei hingegen würde ein bisschen mehr an Vorbereitungen erfordern. Dabei könnte Jeremiah Llyn eines nicht gebrauchen: von Baker dabei beobachtet zu werden, wie er durch die Straßen der Stadt spazierte. Denn eigentlich sollte er doch ein Meeting nach dem anderen haben oder zumindest unablässig von begeisterten potenziellen Kunden umringt sein.

»Einige Vorgespräche habe ich schon geführt, aber zwei der Hauptteilnehmer sind momentan unterwegs oder anderweitig beschäftigt. Sie können erst in drei Tagen hier eintreffen. So lange werde ich hier also wohl noch Tourist spielen müssen.«

Baker schnaubte missbilligend. »Unter uns gesagt, mein Freund: Wenn es ein Muss für Sie ist, auszuspannen und Tourist zu spielen, brauchen Sie nichts dringender als Erholung!«

»Ach, Zeit mich zu erholen hatte ich an Bord doch genug!«, meinte Llyn.

»Erholung nennen Sie das?«, versetzte Baker. »Aber, na ja, jedem das Seine, wie man so schön sagt. Vielleicht schaffen Sie es ja, Ihre Geschäfte unter Dach und Fach zu bringen, bevor die *Soleil Azur* wieder ablegt. Dann können Sie sich das Touristenprogramm ganz ersparen.«

»Genau darauf hoffe ich«, sagte Llyn. »Falls es nicht klappt, werde ich auf das nächste Schiff warten müssen.«

»Na, dann viel Glück«, wünschte ihm Baker. »Aber wenn Sie tatsächlich Ihren Anschluss verpassen sollten, schauen Sie doch auf jeden Fall mal bei mir vorbei! Ich kann Ihnen beibringen, wie man anständig Tourist spielt.«

»Abgemacht«, sagte Llyn. »Und wenn das Geschäft klappt, geht das erste Abendessen auf mich.«

»Guter Plan!« Ein letztes Mal drückte Baker seinem Reisegefährten die Hand, dann ging er in Richtung Restauranteingang und trat gleich darauf schon in Cascas hellen Sonnenschein hinaus.

Deutlich langsamer folgte ihm Llyn. Dabei tat er so, als schaue er etwas auf seinem Tablet-Rechner nach. Baker war zweifellos ein recht angenehmer Zeitgenosse, die kleine Abwechslung erfrischend gewesen, aber jetzt reichte es auch mit dem Baker-Kontakt. Zurück an die Arbeit also.

Außerdem war Bakers aufgeräumtes Geplauder lange nicht so interessant wie das Bild, das sich Llyn soeben bot: eine große Gruppe von Männern und Frauen in Uniformen der Royal Manticoran Navy, die gerade am Restaurant vorbeizog.

Llyns erste, geradezu reflexartige Reaktion darauf, Angehörige eines fremden Militärs zu sehen, entsprang wohl der Vorsicht eines Menschen in geheimer Mission. Doch die Gruppe bewegte sich zwanglos, niemand trug Handfeuerwaffen. Ganz offenkundig machten die Manticoraner nicht Jagd auf jemanden, schon gar nicht auf ihn. Anscheinend überschnitt sich sein Aufenthalt auf Casca zufällig mit dem Besuch eines manticoranischen Kriegsschiffs.

Sechs Jahre. Diese Zahl ging ihm wieder und wieder durch den Kopf, während er die Spacers, die sich in lockerer Stimmung unterhielten, vorbeiziehen ließ und ihnen dann folgte. Einige der Gesichter waren schon ein wenig älter – vermutlich Offiziere und dienstältere Petty Officers. Doch die meisten aus der Gruppe vor ihm waren noch recht jung. Einige von ihnen befanden sich vermutlich gerade auf ihrem ersten Einsatz außerhalb der heimatlichen Sternnation, und viele davon hatten vermutlich die Absicht, mit diesem Einsatz ihre Kariere zu starten.

Sechs Jahre. Wenn Llyns Operation dem grob überschlagenen Zeitplan folgte, würde das Sternenkönigreich von Manticore in ungefähr sechs Jahren von einer Streitmacht angegriffen, die man sich dort bislang nicht einmal in den wildesten Albträumen ausmalte. Auf jeden Fall aber würde diese Streitmacht schlagkräftig genug sein, um jegliche Hoffnung auf erfolgreichen Widerstand im Keim zu ersticken.

Wenn König Michael und die Befehlshaber der Royal Manticoran Navy schlau wären, würden sie dann sehr rasch kapitulieren. Blieben sie hingegen dumm oder stur, würden sie sich zum Kampf stellen.

Viele der jungen Leute vor ihm befänden sich dann an Bord eben jener Kriegsschiffe, die Michael den Invasoren entgegenschicken würde. Wie viele von ihnen wären wohl nur wenige Stunden später tot?

Sechs Jahre.

Zumindest einigen der jungen Leute vor ihm blieb nur noch so viel an Lebenszeit.

Aber das war nicht Llyns Problem. Letztendlich lag ihr Schicksal in der Hand ihrer Anführer.

Er hoffte, diese Anführer würden die einzig kluge Entscheidung treffen.

»Für die Qualität dieser Aufzeichnung bitte ich um Verzeihung«, sagte Commodore Henderson, während er einen Datenchip in den entsprechenden Schlitz des Displays schob. »Es wäre beinahe nicht gelungen, sie vor Abfahrt der *Soleil Azur* an Bord zu bringen. Der Qualität nach vermute ich, es war sogar so knapp, dass die Daten per Signallaser übertragen wurden, statt sie zusammen mit den anderen Pirateriedaten zu übermitteln, weil das Schiff bereits aus dem Orbit ausgeschwenkt war. Wir hatten zwar ein paar Tage Zeit, das Material aufzuarbeiten, aber besser als so werden wir es wohl kaum hinbekommen.«

Lisa bemerkte die Anspannung, die sie mit einem Mal anflog. Hatte man tatsächlich Hinweise auf Piraterie in dieser Region gefunden?

Sie hoffte es sehr. Das würde Zweifler wie Schatzkanzler Breakwater endlich zum Schweigen bringen.

Gleich darauf holte ihr Verstand jenen ersten reflexartigen Gedanken ein. Wie bitte, sie *hoffte* darauf, dass ein hilfloses Handelsschiff angegriffen und ausgeraubt worden wäre? Nein, sicher nicht!

Das Display flammte auf.

Aber darauf erschienen keine Tabellen und auch keine Sensordaten, so wie Lisa erwartet hatte. Stattdessen zeigte es eine Aufnahme aus einem kleinen Raum; der Aufzeichner musste sich unmittelbar unter der Decke befinden.

Nein, das war nicht einfach nur ein Raum. Das war eine Gefängniszelle.

Ihr stockte der Atem. Das Bild war ein wenig unscharf, aber doch klar genug, dass sie den Mann auf dem Bett am gegenüberliegenden Ende des Raumes eindeutig erkennen konnte. Das war einer der wenigen Piraten, die Marineinfanteristen im Secour-System hatten festsetzen können.

Ihr Blick zuckte zu Henderson hinüber, und der Commodore nickte. »Das ist Mota«, erklärte sie Captain Marcello. »Einer der Überlebenden des Piratenangriffs über Marienbad.«

»Ganz genau«, setzte Henderson hinzu. »Der Einzige aus der Brückenbesatzung, den wir lebendig erwischt haben.«

»Ja, ich erinnere mich an das Gesicht – aus den Berichten«, gab Marcello zurück. »Und wer ist das da bei ihm?«

Lisa runzelte die Stirn. Sie hatte sich so sehr auf Mota konzentriert, dass sie die andere Gestalt, ganz am unteren Bildrand, überhaupt nicht bemerkt hatte.

Viel zu sehen gab es auch nicht. Der Aufzeichner befand sich fast genau über ihm, und der Fremde hatte ihm den Rücken zugewandt. Sein Gesicht war also nicht zu sehen. Das zerzauste, blonde Haar war mittellang, und das Einzige, was man wirklich gut erkennen konnte, waren sein rechtes Ohr und die rechte Seite seines Halses. Auch die Spitze eines Schnurrbartes konnte man erahnen, und Lisa war sich fast sicher, dass der Kragen, der eng den Hals umschloss, zu einer Uniform gehörte.

»Die Haveniten wissen es nicht«, erklärte Henderson. »Er trägt die Uniform eines Gefängniswärters. Er hat sie einem der Männer abgenommen, die in dieser Nacht Wache hatten.«

»Vermutlich ohne Zustimmung des betreffenden Wärters, richtig?«

»Nicht nur ohne Zustimmung – der Mann kann sich an nichts mehr erinnern«, erklärte Henderson grimmig. »Was auch immer der Eindringling verwendet hat, um ihn auszuschalten, hat auch jede Erinnerung an die Augenblicke unmittelbar vor dem Angriff ausgelöscht.«

»Gibt es in dem Gefängnis denn keine Überwachungskameras?«

»Reichlich sogar«, gab Henderson zurück. »Sämtliche Aufzeichnungen aus der Nacht waren gelöscht, und zwar mittels eines Wurms. Das Einschleusen dieses Wurms in das System hat es dem Eindringling überhaupt erst ermöglicht, den an sich für jeglichen Zugang gesperrten Bereich zu betreten.«

Auf dem Bildschirm war zu sehen, dass Mota keuchte und sich sein ganzer Körper verkrampfte. Die Gestalt im unteren Bildrand bewegte sich auf ihn zu und zog dabei einen leichten Plastikstuhl hinter sich her. Dann stellte er diesen dicht neben Mota und setzte sich.

Als sich der Fremde dabei ein wenig zur Seite drehte, sah Lisa endlich dessen Gesicht.

Ihre erste Reaktion war Enttäuschung. Aus irgendeinem Grund hatte sie erwartet, dass ein Mann, der in ein Hochsicherheitsgefängnis eindrang und offenkundig später auch wieder hatte unbemerkt entkommen können, so spektakulär aussähe, wie sein gefährlicher Coup es war. Sie hatte sich einen stahlharten Blick, ein markantes Kinn vorgestellt, einen Kerl von einem Mann, vielleicht noch mit einer Narbe, die Erinnerung an einen früheren Einsatz war.

Ihre zweite Reaktion: Es war ihr peinlich, dass sie in derartigen Klischees dachte. Schließlich würde sich ein erfolgreicher Meisterverbrecher wahrscheinlich um ein möglichst nichtssagendes und unauffälliges Äußeres bemühen.

Wenn dem so wäre, musste der Mann, der sich gerade dicht über Mota beugte, vermutlich der Erfolgreichste unter den Meisterverbrechern sein. Von Schnurrbart und Blondschopf einmal abgesehen, war er in jeglicher Hinsicht unauffällig: dunkle Augen, eine unauffällige Nase, glatte Haut, keine einzige Narbe. Vielleicht war seine Körpergröße ein wenig unterdurchschnittlich, aber das ließ sich, da er ja saß, schwer beurteilen.

»Hallo, Mota«, sagte der Mann leise. Seine Stimme war ebenso nichtssagend wie alles andere an ihm. *»Ich werde dir jetzt ein paar Fragen stellen, und du wirst sie mir beantworten. Alles klar?«*

»Alles klar«, antwortete Mota; seine Stimme klang ein wenig verschwommen und wie aus weiter Ferne.

»Drogen?«, raunte Marcello.

»Vollgepumpt bis zum Anschlag«, bestätigte Henderson.

»Dein Boss, Guzarwan, hat von jemandem den Auftrag erhalten, im Secour-System zwei havenitische Schiffe zu stehlen«, sagte der Eindringling. *»Wer war bei ihm, als dieser Auftrag erteilt wurde?«*

»Vachali«, antwortete Mota. *»Shora. Dhotrumi.«*

»Sonst niemand?«

»Nein.«

Unvermittelt zuckte das Bild, wackelte heftig, dann beruhigte es sich wieder. *»... wurden im Zuge der Vorbereitung auf diesen Job erwähnt?«*

»Die haben über Secour gesprochen«, sagte Mota. *»Ueshiba. Haven. Casca.«*

»Ging es bei allen diesen Gesprächen und Verweisen um den neuen Job?«

»Ja.«

Der Vernehmer nickte. *»Welche ungewöhnlichen oder beiläufigen Bemerkungen haben die erwähnten Personen ...«*

Abrupt löste sich das Bild auf, zurück blieb nur noch Rauschen.

»Kommt da noch etwas?«, fragte Marcello, als das Rauschen mehrere Sekunden lang unvermindert anhielt.

»Ein kurzes Stück noch«, antwortete Henderson. »Ich lasse das Rauschen laufen, damit Sie selbst sehen können, wie wenig Zeit der Fremde hier auf diese Vernehmung verwendet hat, bevor ...«

So abrupt, wie das Bild verschwunden war, kehrte es wieder zurück. Nun lag Mota rücklings auf der Pritsche, die Augen geschlossen. Sein Besucher wandte sich um und damit kurz der Kamera zu: Auf seinem Gesicht lag ein zufriedenes Lächeln, wie es unheimlicher nicht hätte sein können. Er verließ die Zelle und verschwand aus dem Bild. Hinter ihm schloss sich die Zellentür, und mehrere Sekunden lag gab es nur einen schlafenden Mota zu sehen. Dann, plötzlich, riss der Pirat die Augen auf, sein ganzer Körper verkrampfte sich, er bäumte sich auf ... und erschlaffte, dieses Mal die Augen weit offen: Blicklos starrten sie in die Unendlichkeit. Lisa musste schlucken. Das Bild blieb noch etwa dreißig Sekunden stehen, dann löste es sich wieder in Rauschen auf.

»Und das ist alles, was wir haben«, erklärte Henderson düster, während er in der Aufzeichnung zum letzten Abbild des Fremden zurücksprang. »So viel haben die Techniker noch retten können – in dem Begleitschreiben aus Haven hieß es, man hätte eine Art inverse Löschung oder so etwas betrieben. Aber mehr hat man aus dem Material vor dem Ablegen der *Soleil Azur* nicht herausholen können.«

»Das ist natürlich schon fast ein Jahr her«, erklang eine Stimme aus dem hinteren Teil des Raumes. »Mittlerweile hat sich ja vielleicht noch etwas mehr herausfinden lassen.«

Lisa drehte sich in ihrem Sessel um. Der Mann, der so ungefragt das Wort ergriffen hatte, war mittleren Alters und trug Zivilkleidung. Er gehörte nicht zu der Gruppe, die vor wenigen Minuten Hendersons Begrüßungskomitee begleitet hatte.

»Und wer, wenn ich bitten darf, sind Sie?«, verlangte Marcello eine Erklärung.

»Bitte verzeihen Sie«, bat Henderson um Entschuldigung. »Ich hatte Sie einander eigentlich eben schon vorstellen wollen. Das ist Professor Cushing, der Leiter unseres militärischen Nachrichtendienstes und der Verschlüsselungsabteilung.«

»Ach, tatsächlich?«, sagte Marcello und klang höchst interessiert. »Sie haben dafür eine ganze Abteilung? Ich bin beeindruckt.«

»Das wäre zu viel der Ehre«, versicherte ihm Cushing. »Es handelt sich um vier Mitarbeiter, die meisten davon arbeiten nur halbtags. Unsere Hauptaufgabe besteht darin, die Pirateriedaten auszuwerten, die uns per Frachter von Ihnen und aus Haven erreichen.« Mit einer Kopfbewegung deutete er auf das Display. »Diese Aufzeichnung ist zusammen mit den anderen Daten aus Haven eingetroffen, dem ganzen üblichen Zeug also. Ich hoffe wirklich, wir bekommen früher oder später noch weitere Fragmente davon.«

»Ich bezweifle, dass da noch mehr zu erkennen sein wird«, warf Lisa ein.

Cushing lächelte. »Sie scheinen ja keine allzu gute Meinung von der technischen Versiertheit der Haveniten zu haben.«

»Oh, ganz im Gegenteil«, versicherte Lisa ihm. »Aber wenn es wichtig gewesen wäre, uns neue Erkenntnisse zukommen zu lassen, hätten man ein Kurierschnellboot einsetzen können. Das wäre schon vor Monaten eingetroffen.«

»Stimmt«, bestätigte Henderson nun. »Daraus lässt sich auch ableiten, dass es Haven nicht gelungen ist, den Eindringling zu identifizieren.« Er wandte sich an Lisa. »Und das bringt uns zu *Ihnen*, Commander. Auf Casca gibt es niemanden sonst, der so viel Kontakt mit den Piraten hatte wie Sie – sowohl mit denjenigen, die im Gefecht getötet wurden, als auch mit denen, die sich lebendig haben aufgreifen lassen.« Er tippte ans Display, und das Abbild des geheimnisvollen Fremden wurde eingefroren. »Kommt Ihnen an dieser Person irgendetwas bekannt vor? Sein Gesicht, seine Stimme, seine Körpersprache?«

»Sie glauben, er könnte ein Bruder oder ein anderweitiger Verwandter eines der Piraten sein?«, fragte Marcello nach.

»Ganz genau«, bestätigte Henderson. »Commander?«

Zögerlich schüttelte Lisa den Kopf. »Es tut mir leid, Sir, aber ich sehe hier wirklich keinerlei Ähnlichkeiten. Allerdings war mein Kontakt zu Mota beschränkt. Ich war auf Befehl unseres T-O als Beisitzerin bei den Befragungen des Gefangenen dabei, in denen es um die Rakete an Bord der *Wanderer* ging.« Die

Rakete, die von den Piraten beinahe auch zum Einsatz gebracht worden wäre ... Die Erinnerung daran jagte Lisa einen Schauer über den Rücken.

»Ich weiß«, sagte Henderson, »ist schon in Ordnung. Uns war klar, dass es ein reiner Glückstreffer gewesen wäre. Aber da Sie ja ohnehin schon hier waren, dachte ich mir, es wäre zumindest den Versuch wert.«

»Die Gesichtserkennung hat auch nichts ergeben?«, fragte Marcello nach.

»Zumindest hatten die Haveniten bis zum Ablegen der *Soleil Azur* keinen Treffer zu verbuchen«, antwortete Cushing. »Wir lassen natürlich eine ganz ähnliche Suche auch durch unsere eigenen Datenbanken laufen, aber ich rechne nicht damit, dass wir etwas finden.« Ein gänzlich freudloses Lächeln stahl sich auf sein Gesicht. »Allzu viel von der Welt gesehen haben unsere Leute schließlich noch nicht.«

»Aber er muss herausbekommen haben, was er zu erfahren gehofft hat«, bemerkte Marcello. »Sonst hätte er doch wohl der Reihe nach alle anderen Gefangenen befragt – und Haven hätte es gleich mit einer ganzen Reihe von Leichen zu tun, nicht nur mit einer.«

»Leuchtet ein«, bestätigte Henderson. »Also gut. Unerfreuliche Sache, aber eigentlich nicht unser Problem. Sollte Haven irgendetwas entdecken, worüber auch wir informiert sein sollten, wird man es wohl mit dem nächsten Frachter mitschicken.« Er drückte eine Taste, und das Abbild des Fremden verschwand. »Kommen wir jetzt zu einem deutlich angenehmeren Thema. Darf ich davon ausgehen, Captain, dass Sie über die Vorbereitungen, die wir für Ihre Leute getroffen haben, bereits informiert wurden?«

»Jawohl, Sir«, antwortete Marcello, »und wir wissen Ihre Großzügigkeit sehr zu schätzen.«

»Kein Problem«, sagte Henderson und winkte ab. »Es wäre doch völlig unnötig, abends alle wieder an Bord der *Damocles* zurückkehren zu lassen, wo doch das Hamilton Hotel gerade einmal zwei Querstraßen weit entfernt ist.« Er lächelte. »Ihre Leute werden mich doch wohl die cascanische Gastfreundschaft nicht bedauern lassen, oder?«

»Das will ich schwer hoffen – um derentwillen, Sir«, knurrte Marcello.

»Sie werden dem Sternenkönigreich gewiss alle Ehre machen«, sagte Henderson. »Nun, für heute wäre das dann wohl alles. Morgen früh um null neunhundert wird Professor Cushing einen ersten Bericht über die havenitischen Daten vorlegen. Zuvor gibt es ab null sieben dreißig ein Frühstücksbüffet für ein zwangloses Kennenlernen. Bis dahin hoffe ich, dass Sie die Gelegenheit ergreifen, alles zu genießen, was Quechua City zu bieten hat.«

»Dann bis morgen, Sir«, verabschiedete sich Marcello und stand auf.

Lisa und er brauchten nur eine Minute, um das Gebäude zu verlassen und wieder auf der Straße zu sein. Dort angekommen meinte Marcello: »Damit heißt es dann jetzt: zurück zum üblicheren Navy-Vorgehen. Commander, bitte bringen Sie alle Insassen von Shuttle eins zu deren Hotel, sobald sie die Passagierabfertigung hinter sich haben. Ich möchte, dass Sie ganz genau wissen, wohin die Leute gehen und was sie treiben. Für Shuttle zwo übernehme ich das.«

»Ich kann mich um beide Shuttles kümmern, Sir«, erbot sich Lisa.

»Ich weiß das Angebot sehr zu schätzen, Commander«, gab Marcello zurück, »aber Sie haben Commodore Henderson ja selbst gehört: Wir sollen die Freuden von Quechua City genießen, und ich würde nicht im Traum daran denken, Sie aufzufordern, den Befehl eines Vorgesetzten zu missachten. Zumindest niemals länger, als den Umständen nach unvermeidbar.«

»Aye, aye, Sir«, bestätigte Lisa und klang dabei bewusst zackig.

»Gut«, sagte Marcello. »Wenn Sie sich damit besser fühlen, dürfen Sie sich gern um den ersten betrunkenen Manticoraner kümmern, der hier auf Casca aus einer Kneipe fliegt.«

»Vielen Dank, Sir«, entgegnete Lisa und rümpfte die Nase. »Ich kann's kaum erwarten.«

5

Für jemanden, der von sich selbst behauptet, ein widerrechtlich abgesetztes Staatsoberhaupt und auf der Suche nach Verbündeten, Fürsprechern und mutigen Kämpen zu sein, die ihm wieder zur Macht verhelfen, so ging es Llyn durch den Kopf, *ist General Khetha aber verdammt schwer zu finden.*

Die offizielle UniLink-Nummer der Exilregierung von Kanaan führte zu einer nicht sonderlich aussagekräftigen Ansage. Die im entsprechenden Verzeichnis eingetragene Adresse erwies sich als eine bescheidene Ansammlung von Räumlichkeiten in der dritten Etage eines großen Bürogebäudes in der Innenstadt von Quechua City: Sie erweckten ganz den Anschein, als würden sie seit Wochen oder gar Monaten nicht mehr genutzt.

Die Adresse führte Llyn zu einer weiteren UniLink-Nummer. Zu dieser gehörte nicht einmal eine Sprachaufzeichnung, sondern nur ein kontinuierlicher Piepton, ohne dass sonst noch irgendetwas geschah.

Eine vorsichtige Anfrage bei den offiziellen Regierungseinrichtungen von Casca erwies sich als ebenso nutzlos. Anscheinend erstreckte sich die cascanische Philosophie – leben und leben lassen – auch auf politische Flüchtlinge, selbst die weniger angenehmen.

Das spätestens hätte Llyn auch ohne Mota auf die richtige Spur gesetzt, denn es war ein guter Hinweis auf den Aufenthaltsort von Motas geheimnisvollem Auftraggeber. Ein Individuum, das bereit war, Piraten in seine Dienste zu nehmen, fände vermutlich die Kombination offizieller Akzeptanz mit dem

Ausbleiben jeglicher offizieller Überwachung schlichtweg unwiderstehlich.

Noch zweimal schaute Llyn bei den kanaanitischen Büros vorbei – einmal kurz vor dem Mittag, ein weiteres Mal zwei Stunden später. Immer noch war alles verschlossen, immer noch schienen die Räumlichkeiten ungenutzt. Kurz zog er einen Einbruch in die Büros in Erwägung, doch mittlerweile war eigentlich klar, dass es unwahrscheinlich wäre, hinter jenen verschlossenen Türen irgendetwas Interessantes zu finden.

Tatsächlich sah es ganz danach aus, als müsste der Kontakt zu Khetha vom Allwaltenden Auserwählten persönlich ausgehen.

Das aber war genau der Grund dafür, dass Llyn so häufig in den Büros vorbeigeschaut hatte. Bei seinem letzten Besuch hatte Llyn dann endlich die Aufmerksamkeit der Exilregierung auf sich gezogen: Jemand hatte sich an seine Fersen geheftet.

Geduld ist eine Tugend. Während seiner Kindheit und Jugend hatte Llyns Mutter diesen schönen Satz wieder und wieder zitiert. *Ein Rädchen, das nicht quietscht, wird auch nicht geschmiert.* Diese Weisheit stammte von seinem Onkel.

Llyn persönlich hielt es ja bevorzugt mit dem Rat des Abteilungsleiters, dem er seit der Anwerbung durch die Axelrod Corporation seit fünfzehn T-Jahren unterstand: *Fang niemals etwas an, was du nicht auch zu Ende bringen willst.*

An diesem Tag schienen sich gleich alle drei Sinnsprüche zu vereinigen.

Llyn gab seinen Verfolgern eine Stunde Zeit – hauptsächlich, weil es so amüsant war. Er streunte durch die Stadt wie ein einfacher Besucher und ließ die Männer ihre Arbeit tun. Er stellte fest, dass sie dabei durchaus geschickt zu Werke gingen: Sie wechselten sich regelmäßig ab und tauschten gelegentlich

Kopfbedeckungen oder Kleidungsstücke, um ihre Identität zu verschleiern. Außerdem kannten sie sich offenkundig gut in der Stadt aus: Hin und wieder nutzten sie Abkürzungen und Seitengassen, um unbemerkt vor ihn zu gelangen, und sie schätzten sogar durchaus kompetent ab, bei welchen Geschäften er wohl ein wenig länger verweilen würde, um sich umzuschauen.

Eine Zeit lang spielte Llyn mit der Idee, einen von ihnen in einer der besagten Seitengassen abzufangen – damit würde er nicht nur seine eigene Kompetenz unter Beweis stellen, sondern hätte auch gleich noch die Gelegenheit für einen kurzen Plausch. Doch wenn jemand wie General Khetha das Sagen hatte, mochte eine derartige Konfrontation rasch in Gewalttätigkeiten umschlagen, und *diese* Art von Kompetenz wollte Llyn heute definitiv noch nicht unter Beweis stellen.

Offenkundig war ein deutlich zivilisierterer Ansatz die bessere Wahl. Nachdem er also seine Verfolger eine Stunde lang kreuz und quer durch die Gegend geführt hatte, ohne dass es zu einer Kontaktaufnahme gekommen wäre, suchte er sich eine gemütliche Bank in einem der ausgedehnten Parks der Stadt und fertigte mit seinem UniLink eine Aufzeichnung an, die er an Ort und Stelle auf einen Datenchip übertrug. Als er fertig war, ließ er den Chip auf der Bank liegen, verließ gemütlich den Park und schlenderte zu einer Straße, in der es reichlich Restaurants gab.

Er widmete seine Aufmerksamkeit gerade einer neben dem Eingang eines dieser Etablissements ausgehängten Speisekarte, als sein UniLink klingelte. Llyn zog es aus der Tasche und schaltete es ein. »Ja?«

»Was wollen Sie vom Allwaltenden Auserwählten?«, verlangte eine barsche Stimme zu wissen.

»Oh, hallo«, erwiderte Llyn völlig ruhig. »Gut, Sie haben meine Nachricht also erhalten. Sagen Sie, mit wem rede ich da gerade: Gelbhemd oder Schlapphut?«

Eine kurze Pause folgte. »Was?«

»Gelbhemd oder Schlapphut«, wiederholte Llyn geduldig. »Das war das Auffälligste, als Sie beide mich zu beschatten begannen. Wenn Ihnen das lieber ist, kann ich Sie auch Blauhemdchen und Nadelstreifenanzug nennen. Ach, schon gut – Blauhemdchen sehe ich gerade hinter mir, und er hat kein UniLink in der Hand, also müssen Sie der Nadelstreifenanzug sein.«

»Sie haben meine Frage nicht beantwortet«, knurrte Nadelstreifenanzug. Er hatte sein inneres Gleichgewicht wiedergefunden und klang nun verstimmter und misstrauischer denn je. »Wer sind Sie?«

»Ich dachte, diese Frage wäre mit meiner Nachricht bereits geklärt«, antwortete Llyn. »Mein Name ist Niemand. Ich möchte General Khetha ein Geschäft anbieten, das er ...«

»Eine solche Person gibt es nicht«, fauchte Nadelstreifenanzug.

Llyn legte die Stirn in Falten. »Ich versichere Ihnen, es gibt mich durchaus.«

»Ich meine diesen General, von dem Sie da sprechen«, versetzte Nadelstreifenanzug. »Er ist der Allwaltende Auserwählte, und genauso werden Sie ihn auch nennen.«

Llyn seufzte. »Ich möchte dem Allwaltenden Auserwählten ein Geschäft anbieten«, versuchte er es erneut, »das es ihm ermöglicht, nach Kanaan zurückzukehren und diesen Titel ganz offiziell zu tragen.«

Einen Moment lang war es still in der Leitung. Wahrscheinlich überlegte Nadelstreifenanzug gerade, ob er dezent darauf hinweisen sollte, dass dieser Titel ewig und unveränderlich sei und deswegen niemand gebraucht werde, um ihn offiziell zu legitimieren. »Erläutern Sie dieses Geschäft«, verlangte der Mann schließlich.

»Sehr gern«, antwortete Llyn. »Aber nur dem Allwaltenden Auserwählten gegenüber. Niemandem sonst.«

Nadelstreifenanzug stieß ein Schnauben aus. »Halten Sie mich für einen Idioten?«

»Ich halte Sie für jemanden, der auf einer drittklassigen Welt festsitzt, mitten in einer viertklassigen Region des Alls«, gab Llyn zurück. »Und natürlich wollte ich nicht damit andeuten, ich würde mich mit ihm *allein* treffen wollen. Das wäre tatsächlich idiotisch – von uns beiden und für uns beide. Nein, er darf gern so viele Wachen mitbringen, wie es ihm beliebt. Aber wie ich schon in der aufgezeichneten Nachricht sagte: Es müssen auf jeden Fall Leute sein, denen er bedingungslos vertraut.«

»Er vertraut allen, die ihm treu zur Seite stehen.«

»Wie schön«, sagte Llyn. »Aber es gibt ja mehrere Arten der Treue. Und wenn es um Geld geht ... na ja, das werden Sie wohl kaum verstehen. Sie sind Soldat, und Soldaten befolgen Befehle, ohne sie zu hinterfragen. Aber der Allwaltende Auserwählte hatte auch schon mit Politikern zu tun. Er wird verstehen, was ich meine.«

Wieder folgte eine Pause. »Ich gebe Ihre Nachricht weiter«, sagte Nadelstreifenanzug schließlich. »Dann wird der Allwaltende Auserwählte eine Entscheidung treffen.«

»Mehr verlange ich nicht«, sagte Llyn. »Noch etwas: Auf dem Datenchip, den Sie gefunden haben, befindet sich eine Datei, die sich mit dem Passwort *Khetha* öffnen lässt. Diese Datei enthält die Kombination eines Schließfaches in der Quechua City Bank, in dem sich blaue Diamanten im Wert von etwa fünfzigtausend Cascanischen Sols befinden.«

Dieses Mal fiel Nadelstreifenanzugs Schnauben noch abfälliger aus. »Glauben Sie tatsächlich, er ließe sich so leicht kaufen?«

»Ganz und gar nicht«, versicherte ihm Llyn. »Es handelt sich um ein Geschenk, ganz unverbindlich. Er darf die Steine behalten, ob er nun einem Treffen zustimmt oder nicht. Sehen Sie es als Dreingabe, als Anzahlung auf eine Unternehmung, die uns beiden noch ungleich größere Gewinne verspricht.«

»Ich richte es es ihm aus«, sagte Nadelstreifenanzug. »Falls es sein Wunsch ist, dieses Gespräch fortzusetzen, wird man sich bei Ihnen melden.«

»Ich danke Ihnen«, gab Llyn zurück. »Wenn ich Sie dann noch um einen kleinen Gefallen bitten dürfte?«

Wieder ein Schnauben. »Lassen Sie mich raten: Sie wünschen, dass man Sie nicht länger verfolgt?«

»Ganz und gar nicht«, widersprach Llyn, »Sie können doch machen, was Sie wollen! Wenn Ihnen der Sinn danach steht, weiter hinter mir herzulaufen, fühlen Sie sich ganz frei! Ich bräuchte nur einen Ratschlag.« Er deutete auf das Speisekartendisplay, vor dem er nach wie vor stand. »Ist das Hühnchen Kung-Pao hier gut?«

»Okay«, sagte Petty Officer Gregor Redko, Techniker Zweiter Klasse für Elektronische Kampfführung, während er einige letzte Tasten des Minicomps drückte, die Charles Townsend – von seinen Freunden und Kameraden Chomps genannt – von der *Damocles* mitgebracht hatte. »Sollte gleich laufen! Anfangen willst du wohl mit den Pirateriedaten, oder?«

»Schauen wir doch erst einmal, ob wir irgendwo eine Zusammenfassung finden«, widersprach Chomps und blickte sich reflexartig im Raum um. Die beiden anderen Spacers, mit denen sie sich die Hotelsuite teilten, waren längst fort, aufgebrochen zu den einschlägigen Vierteln von Quechua City, um dort nach Lokalkolorit und ortsüblichen Drinks Ausschau zu halten … und möglicherweise auch nach den ortsüblichen Damen.

Doch die Unverfrorenheit dessen, was Redko und er hier

trieben, hatte Chomps eine gehörige Portion Paranoia entwickeln lassen. So ertappte er sich immer häufiger dabei, sich rasch zu vergewissern, ob sie wirklich von niemandem beobachtet würden.

Er richtete den Blick gerade noch rechtzeitig auf den Bildschirm des Minicomps, um mitzuerleben, dass sich die darauf dargestellten gänzlich sinnfreien Buchstabenkombinationen zu einem lesbaren Text umsortierten.

»Na bitte«, sagte Redko offenkundig befriedigt. »Okay, du wolltest eine Zusammenfassung. Schauen wir doch mal …«

»Warte«, unterbrach ihn Chomps, der bemerkt hatte, dass einer der Listenpunkte auf dem Bildschirm mit zwei roten Sternen markiert war. »Das sieht interessant aus. Kriegst du das auf?«

»Denk schon«, antwortete Redko. »Ist genauso verschlüsselt wie all das andere Zeug der Haveniten. Na ja, zumindest fast. Aber das hier scheint mir eine Videoaufzeichnung zu sein. Falls die also nicht gerade ein paar Piraten auf frischer Tat dabei ertappt haben, sich am Raumhafen hoffnungslos einen auf die Lampe zu gießen, ist das für uns wahrscheinlich nicht besonders interessant.«

»Ja, stimmt schon«, pflichtete ihm Chomps bei. Das flaue Gefühl im Magen war vielleicht ja auch nur Ausdruck seiner neu entwickelten Paranoia. »Aber spiel's trotzdem mal ab.«

Es war tatsächlich ein Video. Aber es zeigte keine zechenden Piraten. Stattdessen war es eine teils zerhackte und ganz offenkundig wiederhergestellte gelöschte Aufzeichnung, die wohl eine Gefängniszelle zeigte.

Schweigend schauten sie sich die ganze Aufzeichnung an, und ihr Schweigen wurde zunehmend grimmig und düster.

Schließlich endete die Aufzeichnung …

Lange Zeit saßen die beiden Kameraden vor dem Minicomp und starrten das nun schwarze Display an.

Schließlich rutschte Redko unbehaglich in seinem Sessel hin und her. »War das wirklich das, was ich glaube?«, fragte er unschlüssig. »Haben wir da gerade einen Mann sterben sehen?«

Betreten atmete Chomps tief durch. »Glaub schon«, bestätigte er und spürte, wie aus dem flauen Gefühl in seinem Magen weit mehr wurde.

In gewisser Weise war das sonderbar. Seit zehn Jahren diente er nun schon bei der Royal Manticoran Navy. Während dieser Zeit hatte er fünf Kameraden verloren, die er recht gut gekannt hatte – bei Unfällen oder infolge einer Krankheit, das *Phobos*-Debakel nicht mitgezählt. Der Tod war etwas, womit Militärangehörige, ob Männer oder Frauen, umgehen können sollten.

Andererseits war jemanden sterben zu sehen, weil ein Kran weggerutscht war, ein entsetzlicher und zweifellos tragischer Unfall. Sich eine Aufzeichnung von einem Mord anzusehen war etwas völlig anderes.

Das gab dem Wort ›schrecklich‹ eine ganz neue Bedeutung.

Das Schlimmste von allem war das Lächeln des Mörders gewesen – jenes kalte, harte Lächeln auf dem Gesicht des Mannes, kurz bevor er aus dem Blickfeld verschwand.

Genau *das*, so begriff Chomps jetzt, war es, was dafür sorgte, dass sich Eiseskälte in seiner Magengrube ausbreitete: die beiläufige Bösartigkeit, die in jenem Lächeln gelegen hatte.

»Und was machen wir jetzt?«, fragte Redko.

Nachdenklich rieb sich Chomps über die Wange. Als er sich bereit erklärt hatte, seinem Onkel einen kleinen Gefallen zu tun, war es nur um einen einfachen Daten-Hack gegangen. Nichts Vertrauliches oder gar Geheimes, nichts in irgendeiner Weise Weltbewegendes, und ganz gewiss nichts, was dem Sternenkönigreich nicht ohnehin vorliegen würde, wenn die *Damocles* in ein paar Monaten nach Manticore zurückkehrte.

Außerdem ging Chomps und Redko das alles sowieso nichts an. Das betraf die Regierung von Haven ... oder deren Rechtsabteilung. Mit Manticore hatte das nichts zu tun.

Andererseits ...

Die Informationen über den Secour-Zwischenfall waren spärlich – zumindest wenn man sich auf das beschränkte, was der Öffentlichkeit präsentiert wurde. Doch Chomps wusste, dass die *Guardian* etwas damit zu tun gehabt hatte. Sein alter Freund Travis Uriah Long hatte sich seinerzeit an Bord befunden. Travis war damals nur Petty Officer Dritter Klasse gewesen. Sein Beitrag zu den Ereignissen dürfte daher sicher kaum erwähnenswert gewesen sein.

Aber vielleicht stimmte das nicht. Sein Name tauchte zwar im offiziellen Abschlussbericht nirgends auf, aber kurz darauf war Long in ein Schulungsprogramm für Offiziersanwärter gesteckt worden. Jemanden musste er also hinreichend beeindruckt haben, sonst wäre das niemals für ihn eingefädelt worden.

Und nun war einer der Piraten, die in jenen Zwischenfall verwickelt gewesen waren, ermordet worden. Vielleicht interessierte es Travis ja, was geschehen war.

Mit ein wenig Glück interessierte es ihn sogar so sehr, dass er im Austausch Chomps ein paar Details über diese Secour-Sache verriete, die *nicht* allgemein bekannt waren. »Fangen wir mit den Aufzeichnungen vom Raumhafen an«, schlug er Redko vor. »An die kommen wir doch ran, oder?«

»Wahrscheinlich schon«, meinte Redko zögerlich. »Öhm ...«

»Und wir sollten nachschauen, ob die havenitischen Begleitschreiben weitere Informationen enthalten«, fuhr Chomps rasch fort, ehe Redko mehr Protest äußern konnte. »Wir können doch alles runterladen, oder?«

»Ich ... also, das meiste können wir wahrscheinlich schon

kriegen«, antwortete Redko, und Chomps spürte, dass sich sein Kamerad zunehmend unbehaglich fühlte. »Aber wir sollten doch eigentlich nur die Pirateriedaten organisieren. Das hier ist ... was anderes.«

»Stimmt«, lenkte Chomps ein, nur um dann hinzuzusetzen: »Ach, jetzt komm schon, Reddy! Wo ist dein Abenteuerdrang?«

»Ungefähr drei Schritte hinter meinem Drang, nicht vor einem Kriegsgericht zu landen«, versetzte Redko.

»Na schön«, sagte Chomps. »Dann geh ruhig. Aber lass mir den Minicomp da.«

Redko stieß einen frustrierten Seufzer aus. »Als hättest du auch nur den Hauch einer Ahnung, wie so was geht«, meinte er resignierend. »Also gut. Aber vergiss nicht: Du schuldest mir was!«

»Keine Sorge«, sagte Chomps grimmig. »Ich bezweifle, dass einer von uns beiden jemals etwas von dem vergessen wird, was heute hier passiert.« *Vor allem,* so setzte er in Gedanken hinzu, *nicht das Lächeln des Killers, als er den Tatort verlässt.* »Komm jetzt! Ziehen wir die Daten ab, bevor noch jemand merkt, dass du dich da eingehackt hast.«

Llyn hatte sein Hühnchen Kung-Pao verspeist und betrachtete gerade ausgiebig die Stadtkarte, als sein UniLink erneut klingelte.

Es war Nadelstreifenanzug. »Der Allwaltende Auserwählte ist bereit, sich mit Ihnen zu treffen«, sagte er ohne jegliche Einleitung. »Kommen Sie morgen um sieben Uhr früh an die Ecke Vierzehnte und Castillon Street. Von dort aus wird man Sie zum Treffpunkt bringen.«

»Ausgezeichnet«, antwortete Llyn sofort. Für eine Bestechungssumme von popeligen fünfzigtausend war das erfreulich schnell gegangen! Offenkundig ging der kanaanitischen

Exilregierung das Geld noch schneller aus, als er erwartet hatte. Ein gutes Zeichen – oder sogar ein *sehr* gutes Zeichen. »Bitte richten Sie dem Allwaltenden Auserwählten meinen Dank für seine Großzügigkeit aus. Ich darf davon ausgehen, dass Sie ihm erklärt haben, nur Personen mitzubringen, denen er bedingungslos vertraut?«

»Unnötige Wiederholungen benötigt und schätzt der Allwaltende Auserwählte nicht«, knurrte Nadelstreifenanzug. »Vierzehnte und Castillon Street, sieben Uhr.«

»Ich komme«, sagte Llyn und verkniff sich die Bemerkung, dass auch das eine unnötige Wiederholung war.

Das UniLink verstummte.

Seufzend steckte Llyn es wieder in die Tasche. Khetha selbst würde gewiss nicht an dieser Straßenecke stehen, gar keine Frage. Er würde auch nicht in dem Fahrzeug sitzen, das Llyn abholen würde. Nein, man würde ihn in einen Kleinwagen oder Laster stecken und an irgendeinen geheimen Ort bringen – und dort würde der Allwaltende Auserwählte ihn dann erwarten. Sie würden miteinander sprechen, und dann würde man Llyn für die Rückfahrt wieder in den Wagen setzen. Je nachdem, wie interessiert Khetha an dem Geschäft wäre oder für wie schlau er sich hielte, würden Hin- und Rückfahrt erstaunlich kurz oder bemerkenswert lang ausfallen.

Denn obwohl sich Khetha planetenweit verstecken könnte, war er keineswegs Hunderte von Kilometern von Quechua City entfernt. Wahrscheinlich drückte er sich auch nicht in den Außenbezirken oder einer der vielen Vorstädte herum. Ihm wäre vielmehr daran gelegen, dem Ort des Geschehens möglichst nahe zu sein, ob es nun um Kommunikation, die Geschäftswelt oder politische Entwicklungen ging. Und was noch wichtiger war: Ihm wäre daran gelegen, notfalls innerhalb kürzester Zeit einen Shuttle besteigen zu können, der ihn vom Planeten fortbrächte, geradewegs zu seinem Schiff, das irgendwo im Orbit dieser Welt stand.

Nein, zweifelsohne befand er sich hier mitten in der Stadt. Vermutlich sogar in Sichtweite zu dem Restaurant, in dem Llyn gerade saß.

Paranoide waren so berechenbar!

Nicht, dass diese Paranoia Khetha nutzen würde. Wie auch immer dieses Spiel nun gespielt würde: Morgen um diese Zeit hätte Llyn sämtliche Informationen, für die er den ganzen Weg aus dem Haven-Sektor hierher zurückgelegt hatte.

Und der Allwaltende Auserwählte wäre tot.

Laut Stadtkarte gab es zwei Querstraßen weiter ein Geschäft, in dem Llyn handgearbeitete Halstücher erstehen könnte. Er packte seine Sachen zusammen, hinterließ auf dem Tisch ein anständiges Trinkgeld und trat in den strahlenden Sonnenschein hinaus.

Der Abend hatte gerade erst begonnen, und die Männer und Frauen von HMS *Damocles* auf ihrem Landgang schienen sich ganz manierlich zu benehmen.

Bislang.

Lisa ließ den Blick durch den beinahe schon überfüllten Ballsaal des Hamilton Hotels schweifen, lauschte dem Stimmengewirr und zuckte schon bei jedem etwas überlauten Lachen zusammen. Unwillkürlich sprach sie ein Stoßgebet, ihre Kameraden sollten auch weiterhin vernünftige Manieren an den Tag legen. Die Feierlichkeiten, die sich eigentlich auf das Gelände des Hotels selbst beschränken sollten, hatten sich zumindest schon bis auf die Straße ausgedehnt... was aber mit der cascanischen Philosophie – leben und leben lassen – durchaus vereinbar schien.

Trotzdem: Spacers waren Spacers, sie waren nun wirklich schon lange im All unterwegs, und Lisa wollte auf keinen Fall zulassen, dass sich Manticores Navy bei den cascanischen Gastgebern einen schlechten Ruf erwarb – schon gar nicht gleich am ersten Abend ihres Landgangs.

Der morgige Tag würde anders werden als der heutige. Morgen stünde wieder Arbeit an, zunächst vor allem ein strammer Zeitplan mit Besprechungen und Kulturveranstaltungen. Die manticoranischen und cascanischen Offiziere und Spacers würden einander wechselseitig durch ihre Schiffe führen. Es bliebe reichlich Zeit, ein wenig zu fachsimpeln, Verfahrensweisen miteinander zu vergleichen und einander Vorschläge zur Optimierung der Abläufe zu unterbreiten. In den darauffolgenden Wochen stünden dann auch einige touristische Ausflüge auf dem Programm – wobei die Einheimischen zweifellos darauf hofften, die Manticoraner würden dabei jeden nur erdenklichen Wirtschaftszweig ankurbeln.

Aber das war Zukunftsmusik, heute war heute und der erste Abend Landgang. Ihre Gastgeber von der Cascan Defence Force hatten darauf bestanden, für ihre Gäste eine ausgewachsene Party auszurichten.

Lisa bemerkte eine Bewegung neben sich und blickte dorthin. Commander Shiflett ließ sich gerade in den Sessel neben ihr sinken. »T-O«, begrüßte der Erste Offizier der *Damocles* sie, »sollten Sie jetzt nicht bei Commodore Hendersons kleinem, zwanglosen Zusammentreffen sein, ein Stückchen weiter die Straße runter?«

»Bis vor einer halben Stunde war ich dort, Ma'am«, antwortete Lisa, »aber ich dachte, verstanden zu haben, es handele sich nicht um Anwesenheitspflicht dort, sondern zwanglos hieße, und man könnte kommen und gehen, wie es einem beliebt.«

»Ja, theoretisch schon«, gab Shiflett zurück, und ihr Tonfall verriet deutlich, dass sie dieser Lageeinschätzung nicht uneingeschränkt zustimmte. »Mir scheint, der Captain wüsste sehr zu schätzen, wenn Sie ein wenig mehr Zeit dort verbrächten, anstatt …«, mit dem Kinn deutete sie auf die Vielzahl der Spacers und Petty Officers im Raum, »sich … na, sagen wir: unters einfache Volk zu mischen.«

Lisa verzog das Gesicht. Shiflett war um ein paar Ecken mit dem Hochadel verwandt – mit wem genau, hatte Lisa schon wieder vergessen. Der Eins-O hatte daher genaue und ein wenig arg standesbewusste Vorstellungen davon, wie sich ein Offizier der Navy zu benehmen hatte. Mit wem man Umgang pflegte, gehörte dazu.

»Ich wollte mich vergewissern, dass hier alles ruhig und friedlich abläuft, Ma'am«, setzte sie zur Erläuterung hinzu.

»Sehr lobenswert«, entgegnete Shiflett. »Aber dafür gibt es Petty Officers.«

»Ich verstehe, Ma'am«, sagte Lisa. »Aber der Captain hat mir die Verantwortung …«

Sie stockte, als ihr am anderen Ende des großen Raumes ein Gesicht unerwartet vertraut erschien. Eigentlich recht reizlos, durchschnittlich, kurzes, blondes Haar.

Einen Augenblick später konnte sie das Gesicht auch zuordnen: Steuermann Zweiter Klasse Plover. Definitiv nicht der Mörder aus der havenitischen Aufzeichnung.

»T-O?«

»Verzeihen Sie, Ma'am«, bat Lisa um Entschuldigung. »Ich dachte, ich hätte da gerade etwas entdeckt.«

Sie kam sich völlig idiotisch vor. Dass der Mörder derart rasch von Haven nach Casca gekommen sein sollte, wäre völlig unmöglich – es sei denn, ihm stünde rund um die Uhr ein Kurierschnellboot zur Verfügung.

Oder er hätte sich an Bord der *Soleil Azur* befunden.

Lisa runzelte die Stirn. Er war doch nicht an Bord der *Soleil Azur* gewesen, oder doch? Das war doch gewiss überprüft worden!

Oder nicht?

»Verzeihen Sie, Ma'am«, wiederholte Lisa. »Sie haben recht. Ich sollte wieder zurückgehen.«

»Gut«, meinte Shiflett, »dann gehen wir.«

Die Lounge, die Commodore Henderson für das zwanglose Zusammentreffen der ranghöheren Offiziere vorbereitet hatte, war deutlich eleganter, und es ging dort auch deutlich kultivierter zu … und sehr viel leiser als auf der Party, die in nur wenigen Schritten Entfernung stattfand. Lisa erspähte Captain Marcello an einem der Buffetttische: Angeregt unterhielt er sich mit Commodore Henderson, jeder von ihnen ein Glas Wein in der Hand. »Da sind Sie ja«, begrüßte Marcello Lisa, als sie an ihn herantrat. »Wir hatten uns gerade schon gefragt, wo Sie wohl stecken.«

»Ich habe nur kurz bei der Party für die Spacers vorbeigeschaut«, antwortete Lisa. »Commodore, wahrscheinlich ist das eine ziemlich dumme Frage, aber es hat doch schon jemand die Besatzungs- und Passagierlisten der *Soleil Azur* überprüft, ob Motas Mörder vielleicht an Bord war, oder?«

»Sicher«, erwiderte Henderson, doch sein Lächeln wirkte mit einem Mal wie eingefroren. »Andererseits erlebte die Geschichte Aufstieg und Zusammenbruch ganzer Reiche, weil man sich ganz sicher war, für die Zukunft Entscheidendes wäre auch wirklich erledigt worden.« Er reckte den Hals und blickte sich suchend in der Lounge um. »Kommen Sie – da drüben habe ich gerade Commissioner Peirola entdeckt. Er leitet die Hafen- und Zollbehörde.«

Commissioner Peirola war ein kleiner, untersetzter Mann, der ganz offenkundig das Leben zu genießen wusste und sich keinen Deut darum scherte, ob man ihm das ansah oder nicht. Er war von einer ganzen Reihe Offiziere umringt. Einige stammten von der *Damocles*, andere trugen Uniformen der Cascan Defence Force. Beim Reden gestikulierte er lebhaft mit beiden Armen, ohne auch nur einen einzigen Tropfen aus seinem Glas zu verschütten. Während die Gruppe um Henderson, darunter Lisa, auf ihn zusteuerte, stellte Lisa fest, dass der Commissioner gerade einen Spontanvortrag über die Freuden importierter Weine hielt. Es mochte abwegig sein und sogar ungerecht, aber als Erstes schoss Lisa der Gedanke durch den Kopf, ob Peirola Leiter der Hafen- und Zollbehörde geworden war, um besser an sämtliche Delikatessen heranzukommen, die im Raumhafen von Quechua City eintrafen.

»Selbstverständlich wurde das überprüft!«, schnaufte er, als Henderson endlich eine kurze Pause im Weinmonolog dazu nutzen konnte, seine Frage loszuwerden. »Das ist Standard, Sir! Ganz zu schweigen davon, dass es auch ein Gebot des gesunden Menschenverstandes ist.«

»Selbstverständlich«, gab Henderson zurück. »Würde es Ihnen wohl etwas ausmachen, es noch einmal zu überprüfen? Nur zu unserer Beruhigung.«

Peirola seufzte theatralisch. »Das hier soll ja *eigentlich* eine Party sein, wissen Sie. Aber unsere tapferen Männer und Frauen in Uniform rasten selbstverständlich niemals. Kommen Sie: Mein Tablet ist dort drüben in meiner Manteltasche.«

Das Glas immer noch in der Hand, führte er die kleine Gruppe zur Garderobe hinüber und zog aus einer der Manteltaschen einen kompakten Tablet-Rechner. Kurz zögerte er, dann stellte er das Glas vorsichtig auf der Hutablage ab und schaltete das Tablet ein. Rasch gab er einige Passwörter und Zugangscodes ein, und ...

»Also gut«, sagte er und hielt das Tablet so, dass die anderen das Display gut sehen konnten. »Hier sind die Bilder sämtlicher Besatzungsmitglieder ... und hier sind die Passagiere. Wessen Datei soll ich aufrufen?«

»Commander?«, wandte sich Henderson an Lisa.

Erneut kam sich Lisa äußerst töricht vor. Nicht eines der Gesichter auf Peirolas Tablet besaß auch nur die geringste Ähnlichkeit mit dem Mörder aus der Gefängnisaufzeichnung. »Keine, Sir«, sagte sie. »Verzeihen Sie. Es war auch nur so ein Gedanke.«

»Ist schon in Ordnung.« Henderson wandte sich wieder Peirola zu. »Ich danke Ihnen sehr, Commissioner.«

»Gar kein Problem«, versicherte ihm Peirola. Er drehte den Tablet-Rechner wieder herum, streckte die Hand nach dem Ausschaltknopf aus ...

... und hielt inne. Er warf die Stirn in tiefe Falten.

»Commissioner?«, erkundigte sich Henderson.

»Warten Sie, Commodore«, sagte Peirola, und die Falten auf seiner Stirn vertieften sich noch. »Das sieht ganz so aus, als hätte jemand auf das Datenpaket zugegriffen, das die *Soleil Azur* letzte Woche abgeliefert hat.«

»Wer?«, setzte Henderson sofort nach.

»Jemand, dessen Kennung mir nicht vertraut ist«, antwortete Peirola. »Jemand, der ... nein, jemand, der überhaupt nicht über eine gültige Kennung verfügt.«

»Soll das heißen, Sie sind gehackt worden?«, fragte Marcello scharf.

»Wenn nicht jemand seine Kennung verändert hat«, antwortete Peirola, den Blick immer noch fest auf den Tablet-Rechner gerichtet.

Lisa und Marcello tauschten einen vielsagenden Blick. »Und das beunruhigt Sie nicht?«, bohrte Marcello sofort nach.

Peirola zuckte mit den Schultern. »Eigentlich nicht. Ein

Gutteil der Daten in diesem Paket ist allgemein zugänglich. Das Ganze war in den Nachrichten von Haven, der Liga und noch einigen anderen Orten im Universum. Für derlei Dinge verlangen wir keine Gebühren oder dergleichen, wie Sie wissen ... na ja, vielleicht wissen Sie es ja auch nicht. Und was persönliche Aufzeichnungen und Geschäftsunterlagen betrifft, na ja ... Da obliegt es den jeweils Beteiligten, das Material angemessen zu verschlüsseln, und das machen die meisten auch.«

»Und was ist mit den Pirateriedaten?«, fragte Lisa nach.

»Die befinden sich in den Regierungsverschlusssachen, und die sind von allen Dateien in dem Paket am effektivsten verschlüsselt«, erklärte Peirola. »So etwas sollte ich *Ihnen* aber nicht erzählen müssen – ich gehe davon aus, dass Sie den gleichen Schlüssel verwenden wie wir.«

»Ich glaube nicht, dass Commander Donnelly das gemeint hat«, erklärte Marcello. »Ich glaube, sie möchte wissen, ob diese Dateien ebenfalls gehackt wurden.«

»Oh.« Kurz schaute Peirola mit zusammengekniffenen Augen zu Lisa hinüber, dann richtete er den Blick wieder auf seinen Tablet-Rechner. »Lassen Sie mal sehen ... ja, ich glaube schon. Es sieht sogar so aus, als wären das die ersten Dateien, die überhaupt angezapft wurden.«

»Auch das Video?«, setzte Lisa nach.

»Da ist ein Video dabei?«, fragte Peirola und blickte erneut auf. »Die haben ein Video von ein paar Piraten?«

»Nicht ganz«, wiegelte Marcello ab. »Können Sie herausfinden, welche Daten sonst noch abgegriffen wurden?«

»Ich weiß überhaupt nicht, ob irgendetwas ›abgegriffen‹ wurde!«, versetzte Peirola, ein wenig gereizt. »Ich weiß nur, dass ein Zugriff auf das Datenpaket erfolgt ist. Von hier aus kann ich aber nichts darüber aussagen, ob die Daten auch kopiert wurden.«

»Dann sollten Sie den Ort aufsuchen, von wo aus Sie das beurteilen *können*«, verlangte Henderson.

»Also wirklich, Commodore, ich glaube nicht, dass das überhaupt ernst zu nehmen ist!«, protestierte Peirola. »Bloß weil jemand an den Firewalls vorbeigekommen ist und ein paar Dateien kopiert hat, heißt das noch lange nicht, dass der Hacker auch darauf zugreifen kann. Die Verschlüsselung *lässt* sich nicht knacken – glauben Sie mir! Kein Hacker bekommt hier etwas in die Finger, was in irgendeiner Weise wichtig wäre.«

»Woher wissen Sie das?«, gab Henderson zurück. »Ich bezweifle, dass unser Hacker hier bloß zugeschlagen hat, um schneller an seine privaten Nachrichten zu kommen. Dieser Vorfall muss untersucht werden, und damit meine ich: jetzt sofort!«

Erneut seufzte Peirola. Aber er hatte eindeutig begriffen, dass es nichts mehr zu diskutieren gab. »Also gut, Commodore.« Er warf einen letzten sehnsüchtigen Blick auf sein Weinglas, dann klemmte er sich den Mantel unter den Arm und eilte quer durch das Meer aus Uniformen auf den Ausgang zu.

»Gibt es irgendetwas, was wir tun könnten?«, erkundigte sich Marcello.

»Ich glaube nicht«, antwortete Henderson, der Peirola hinterherschaute. »Was die Verschlüsselung angeht, hat der Commissioner schon recht – von den allgemein zugänglichen Informationen abgesehen, die aus Nachrichtenmeldungen und Ähnlichem stammen, wird der Zugriff auf fast den gesamten Inhalt dieses Datenpakets nicht möglich sein.«

»Es sei denn, der Hacker kennt bereits den Verschlüsselungscode.«

»Stimmt«, räumte Henderson ein. »Aber wie dem auch sei: Mir scheint das eine Frage des Timings zu sein. Denn warum hätte der Hacker sonst nicht gewartet, bis das Datenpaket oder die Mail oder was auch immer das eigentliche Ziel erreicht hat, um sie dann dort abzugreifen?«

»Wurde denn noch nicht alles an die betreffenden Empfänger weitergeleitet?«, wunderte sich Marcello und runzelte nun ebenfalls die Stirn. »Das Datenpaket ist doch schon vor einer Woche eingetroffen, oder?«

»Ihre Frage zeigt mir, dass Sie hier ein deutlich effizienteres Verteilungssystem für Nachrichten erwarten, als wir vorzuweisen haben«, antwortete Henderson. »Die meisten Dateien werden innerhalb weniger Stunden zugestellt, aber es gibt durchaus Fälle, wo etwas ein paar Tage lang einfach irgendwo im System hängen bleibt. Ob das jetzt an den Mühlen der Bürokratie liegt oder an den Computern, ich weiß es nicht. Innerhalb eines normalen Jahres erreichen uns nur derart wenige Datenpakete mit individuell zuzustellenden Nachrichten, dass wohl niemand bislang die Notwendigkeit gesehen hat, sich des Problems anzunehmen. Außerdem besteht auch die Möglichkeit, Nachrichten auf dem Zentralrechner zu belassen, bis der Empfänger sie durch Eingabe eines eigenen Codes abruft.«

»Eigentümlich«, lautete Marcellos Kommentar, »warum um alles in der Welt ruft man die denn nicht gleich ab und lässt sie auf dem eigenen Rechner, bis man sich damit befassen will?«

»Dafür kann es schon ein paar gute Gründe geben«, erklärte Henderson. »Bei ganz legalen geschäftlichen Transaktionen beispielsweise können so beide Vertragsparteien Nachrichten beziehungsweise Daten gleichzeitig nutzen, im Beisein des jeweils anderen Geschäftspartners. In den Grauzonen zwischen Legalität und Illegalität und natürlich auch im kriminellen Milieu geht es dabei häufig um die nicht zurückzuverfolgende Zustelladresse.«

»Gestatten Sie eine Frage, Sir?«, wagte sich Lisa vor. »Wäre es möglich, dass der Hacker nicht auf das Datenpaket zugegriffen hat, um etwas zu finden, sondern um etwas zu *löschen?*«

Henderson atmete hörbar aus. »Na, wäre *das* nicht prächtig?«

»Sie denken immer noch an die Passagier- oder Besatzungslisten?«, fragte Marcello.

»Oder an etwas aus den Pirateriedaten«, erwiderte Lisa.

»Na, die Daten können wir überprüfen«, meinte Henderson. »Wir haben die Dateien beim Eintreffen der *Soleil Azur* im System gleich kopiert. Ein einfacher Datenabgleich wird zeigen, ob es Unterschiede zwischen unserer Kopie und dem Original gibt.« Er straffte die Schultern. »Und genau deswegen gehe ich jetzt in mein Büro und prüfe das nach. Bitte, Captain Marcello, Commander Donnelly, lassen Sie sich dadurch nur ja nicht den Abend verderben.« Wie Peirola vor ihm durchquerte er die Lounge in Richtung seines Büros.

»Wissen Sie, T-O«, sagte Marcello, »ich werde das Gefühl nicht los, dass unser Postbotenauftrag soeben deutlich interessanter geworden ist.«

»Jawohl, Sir«, bestätigte Lisa. »Anweisungen?«

Nachdenklich schürzte Marcello die Lippen. »Nur einen Vorschlag: Tun Sie Henderson den Gefallen und lassen Sie sich nicht den Abend verderben«, sagte er schließlich. »Mir schwant, dass wir gleich morgen schon mit den Cascanern zusammen auf die Jagd gehen.«

6

An der Kreuzung Vierzehnte Ecke Castillon Street gab es, im Uhrzeigersinn, ein Café, eine kleine Reparaturwerkstatt, eine Imbissstube und ein Feinkostgeschäft – alles geschlossen um sieben Uhr morgens. Nur in der Imbissstube bereitete man sich bereits darauf vor, die Pforten zu öffnen. Genau das, der geringe Verkehr um diese Uhrzeit an eben dieser Kreuzung, hatte Khethas Leute Zeitpunkt und Treffpunkt aussuchen lassen.

Dass sich der Allwaltende Auserwählte bei diesem Zusammentreffen unbeobachtet wissen wollte, mochte gute Gründe haben – beunruhigende Gründe. Glücklicherweise hatte Llyn ebenfalls seine Gründe, mit dieser Strategie einverstanden zu sein.

Er hatte gegen sich selbst gewettet, dass man ihn – entgegen Nadelstreifenanzugs Ankündigung, man werde ihn abholen – in eines der Gebäude gleich an der Ecke oder in unmittelbarer Nähe dazu führen würde. Eingefleischte Diktatoren wie Khetha hielten sich gern für ganz besonders schlau.

Doch dieses Mal wogen die Sicherheitsbedenken offenkundig schwerer als das Bedürfnis, den Besucher mit der Schläue des Allwaltenden Auserwählten beeindrucken zu wollen. Das Bodenfahrzeug, das neben Llyn hielt, als er gerade die Kreuzung erreichte, war beeindruckend groß, wirkte bemerkenswert massiv und wies die für derlei Zwecke geradezu traditionellen getönten Scheiben auf. Sobald der Wagen zum Stehen gekommen war, wurde eine Tür geöffnet, und eine halb im dunklen

Inneren verborgene breitschultrige Gestalt bedeutete Llyn mit einer Handbewegung einzusteigen.

Er kam der Aufforderung nach. Sofort hielt der Mann ihm die leere Hand entgegen, eine weitere wortlose Aufforderung. Gehorsam folgte Llyn auch diesem Befehl und reichte dem Fremden sein UniLink. Dann ließ er sich mit einem Sensorstab nach Waffen absuchen, und schließlich langte der Fremde an Llyn vorbei und schloss die Wagentür.

Bevor die Tür ganz eingerastet war, hatte sich der Wagen bereits in Bewegung gesetzt. »Hübscher Wagen«, bemerkte Llyn und blickte sich im abgedunkelten Fahrzeuginneren um. Abgesehen von dem Muskelberg, der neben ihm saß, gab es im geräumigen Fond nur noch einen weiteren Passagier: Auf einem Klappsitz saß ihnen ein schmaler, ja schmächtiger Mann gegenüber. Eine undurchsichtige Trennscheibe versperrte den Blick auf den Fahrer; es ließ sich auch nicht herausfinden, ob der Beifahrersitz besetzt war oder nicht. »Ich wäre Ihnen dankbar, wenn Sie mir das Klischee eines Sacks über dem Kopf ersparen könnten.«

Ein höherrangiger Mitarbeiter aus Khethas Stab hätte nun vermutlich eine höfliche, aber nichtssagende Bemerkung fallen lassen. Eine Führungskraft hätte wahrscheinlich eine Frage gestellt, um ganz beiläufig herauszufinden, ob Llyn derlei Dinge öfter tat. Einfache Wachleute, aus den untersten Etagen der Machtpyramide, blieben stumm.

Llyns Begleiter blieben stumm.

Genau das hatte Llyn erwartet. Ein schlauer Despot – also nicht ein Despot, der sich bloß für schlau *hielt* – hätte für diesen Einsatz gewiss einen Mitarbeiter ausgewählt, der dem geheimnisvollen Besucher ein wenig auf den Zahn fühlte. Das hätte unangenehm für Llyn werden können, und das gleich in vielerlei Hinsicht. Ein kompetenter Mittelsmann hätte vielleicht den sprichwörtlichen Braten gerochen, bevor Llyn überhaupt zu Khetha vorgelassen worden wäre: Auf diese Weise wäre zugleich ein möglicherweise unpraktischer Zeuge eingespart worden. Doch Llyns Warnung, Khetha solle nur die Leute einweihen, denen er bedingungslos vertraue, hatte ganz offenkundig die Oberhand über den gesunden Menschenverstand des Diktators gewonnen. Anscheinend hatte er tatsächlich nur diejenigen seiner Handlanger über das Treffen informiert, die wirklich sein Vertrauen genossen.

Auch das hatte sein Gutes: Es bestand die Chance, dass der selbst ernannte Allwaltende Auserwählte *sämtliche* Vertraute eingeweiht hatte. Damit wären dann praktischerweise gleich alle versammelt, wenn es so weit wäre. Es war sehr angenehm, es beruflich mit jemandem zu tun zu haben, dessen Handeln derart vorhersehbar war.

Zugleich galt aber auch: Wenn Khetha seine engsten Spießgesellen hinzugezogen hatte, würde dem Treffen gewiss auch eine ganze Reihe Bewaffneter beiwohnen, was gefährlich werden könnte. Doch auch das ließe sich zu Llyns Vorteil nutzen. Er hatte eine Woche Zeit gehabt, alles durchzuschauen, was die cascanischen Archive über die Kanaaniten im Allgemeinen und Khetha im Speziellen zu berichten wussten, und so hatte er eine ziemlich genaue Vorstellung davon, wie dieses Zusammentreffen inszeniert sein und wie es ablaufen würde.

Der erste Punkt auf seiner Checkliste: Khetha würde in seinem Eifer jegliche Vorsicht und jegliche Schläue vermissen lassen. Dass die Fahrt so kurz ausfiel, wie sie es tat, zeigte Llyn, dass er diesen Punkt bereits abhaken durfte: Kaum fünfzehn Minuten, nachdem der Wagen den Treffpunkt hinter sich gelassen hatte, kam er wieder zum Stehen. Der Schmächtige Llyn gegenüber öffnete die Tür und stieg aus, blickte sich wachsam um und bedeutete dem Passagier dann, ihm zu folgen. Während Llyn auch dieser Aufforderung nachkam, zerbiss er die Kapsel, die er im Mundraum verborgen hatte, seit er sein Hotel verlassen hatte.

Er fand sich in einem Tunnel wieder, der unmittelbar von der Straße abging – wahrscheinlich ein Zugang zu einem Parkhaus. Llyn blickte sich immer noch um, als der Muskelberg von der Rückbank des Wagens ebenfalls ausstieg und den Wagenschlag schloss, und dann beschrieb der Wagen auch schon eine scharfe Linkskurve und bog in einen zweiten Tunnel ab, der vermutlich wieder auf die Straße führte.

Der Schmächtige packte Llyn am Arm und zog ihn hinter sich her den Tunnel hinab. Mit großen Schritten steuerte er eine unbeschriftete Tür zu Llyns Linken an. Schweigend folgte ihm Llyn, während der Muskelberg die Nachhut ihrer kleinen Gruppe bildete. Noch bevor sie die Tür erreicht hatten, öffnete sie sich, und Nadelstreifenanzug und Blauhemdchen, die Beschatter vom Vortag, traten in den Tunnel hinaus. Auch Nadelstreifenanzug blickte sich einmal kurz um, während die Dreiergruppe auf ihn zuging, dann bedeutete er ihnen wortlos hereinzukommen. Jenseits der Tür lag ein kleiner Korridor, der zu einer weiteren Tür führte – diese war offenkundig gepanzert.

Mit einem vernehmlichen Klicken schloss sich die Tür hinter Llyn. Nadelstreifenanzug drängte sich an ihm vorbei, und während Blauhemdchen die Nachhut übernahm, öffnete sein Kollege die große Panzertür.

Dahinter erkannte Llyn einen kleinen Raum, die Wände aus Metall – vermutlich schalldicht –, in dessen Mitte ein langer Tisch stand. An dessen Kopfende saß ein Mann in Uniform, die Brust voller Orden: General Amador Khetha, der Allwaltende Auserwählte persönlich. Zur Rechten des Generals saß ein zweiter Mann, deutlich untersetzter, geradezu fett; er trug saloppe Zivilkleidung. Beide Männer behielten Llyn aufmerksam im Blick, als er und seine Begleiter den Raum betraten. Schräg hinter Khetha standen zwei hochgewachsene Männer, die Hände entspannt gefaltet – die typische Körperhaltung von Leibwächtern. Sie beobachteten Llyn sogar noch aufmerksamer und deutlich misstrauischer als der General. Ein dritter Stuhl gleich am türnahen Ende des Tisches, dem General also gegenüber, war eindeutig für Llyn bestimmt.

In der hinteren linken Ecke des Raumes befand sich ein kleiner Beistelltisch, auf dem ein dampfender Samowar und eine Reihe kleiner Tassen abgestellt waren.

Llyn verkniff sich ein Lächeln. Punkt zwei seiner Checkliste. Jedem, der sich nicht wie er mit den kanaanitischen Verhaltensregeln gründlich vertraut gemacht hatte, wäre dieser Faktor natürlich entgangen. Die Kanaaniten nämlich kannten ein ganzes Spektrum ritueller Gesten der Gastfreundschaft; welche dieser Gesten jeweils zum Tragen kam, hing ganz vom sozialen und finanziellen Status der Beteiligten ab. Variante ›Samowar und Teetassen‹ war dem ersten Zusammentreffen von Fremden vorbehalten, bei denen die Möglichkeit einer geschäftlichen oder politischen Partnerschaft bestand. Khetha klammerte sich also an die Gepflogenheiten seiner Heimat – mit dem Würgegriff eines Zwangsausgebürgerten. Aha. Llyns Einschätzung nach war das die wahrscheinlichste Variante gewesen, gut zu wissen, dass er damit richtig lag. Eine große Rolle spielte das allerdings nicht, denn er hatte bei seinen Plänen auch jede andere halbwegs wahrscheinliche Variante ins Kalkül gezogen. Der Samowar als Eröffnungszug war eben nur einer von vielen möglichen in diesem Spiel. Ob es den Diktator interessierte, dass sein Gast den tieferen Sinn seines Eröffnungszugs verstand? Er besaß weitaus weniger Kenntnisse über seinen Gast als umgekehrt und hatte sich auch nicht darum bemüht.

Vielleicht war das hier ein Test – ein Test, den Khetha ganz bewusst inszeniert hatte, um herauszufinden, wie gründlich sich Llyn im Vorfeld über den Menschen, mit dem er ins Geschäft zu kommen hoffte, und somit über die kanaanitische Kultur an sich informiert hatte.

Nun gut, immerhin war der Samowar-Eröffnungszug als Ausgangspunkt am einfachsten, und der Umstand, dass der Fisch den Köder geschluckt hatte – das war ja das Signal dahinter –, höchst befriedigend.

Bislang war die Initiative vornehmlich von Khetha und seinen Leuten ausgegangen. Es wurde Zeit, für eine etwas ausgeglichenere Situation zu sorgen. »Guten Morgen, General Khetha«, sagte Llyn fröhlich, trat an den Tisch heran und setzte sich. Die Pille entfaltete bereits ihre Wirkung, und so spürte Llyn seinen Herzschlag beinahe schon schmerzhaft deutlich. »Ich weiß sehr zu schätzen, dass Sie so kurzfristig Zeit für mich haben.« Fragend neigte er den Kopf zur Seite. »Oh, verzeihen Sie, wie soll ich Sie ansprechen? Hochwohlgeboren?«

Der Fette wollte auffahren, doch Khetha lächelte nur. »›General‹ reicht voll und ganz aus«, erklärte er. Llyn nahm hinter sich Bewegung wahr. Die beiden Männer, die ihn mit dem Wagen abgeholt hatten, standen jetzt leicht versetzt rechts und links hinter ihm, und die Spiegelungen auf den Metallwänden verrieten, dass Nadelstreifenanzug die Tür schloss. Blauhemdchen und er blieben also im Korridor vor dem Eingang. »Bitte gehen Sie nicht davon aus, meine Anwesenheit hier würde bedeuten, ich wäre notwendigerweise an Geschäftsbeziehungen zu Ihnen interessiert«, fuhr Khetha fort. »Sie sind ausschließlich hier, weil Sie mich faszinieren.« In der Andeutung eines äußerst unangenehmen Lächelns zuckten seine Mundwinkel. »Sie sollten darauf hoffen, dass sich daran nichts ändert. Fangen wir mit Ihrem Namen an.«

»Der würde Ihnen leider nichts sagen«, antwortete Llyn.

»Deutlich bekannter, zumindest in den gehobenen Kreisen, in denen die bedeutenden Entscheidungen der Galaxis fallen, ist ein anderer Name: Pointer.«

Der Mann neben Khetha schnaubte. »Pointer? Ist das nicht eine Hunderasse? Vorstehhunde, nicht wahr?«

»Vollkommen korrekt«, bestätigte Llyn und deutete dem Fetten gegenüber eine Verneigung an. »Seien Sie versichert, dass ich, in Ihre Dienste gestellt, ähnliche Hartnäckigkeit an den Tag lege wie mein vierbeiniger Namensvetter.« Dann richtete er den Blick wieder auf Khetha. »Aber eines nach dem anderen.« Er schob die Hand unter sein Sakko …

… und erstarrte. Eine plötzliche Bewegung, aus dem Augenwinkel erkannt, hatte ihn gewarnt. Vorsichtig, die Hand immer noch unter dem Sakko, drehte er sich zu dem Aufpasser links von ihm herum.

Der Mann hatte sein Jackett geöffnet, seine Hand umschloss nun den Griff einer Waffe, die er in einem Seitenholster trug. *Eine Paxlane 405, Kaliber zehn Millimeter, hüllenlos*, meldete Llyns Hirn automatisch.

»Verzeihen Sie, General«, sagte er. Langsam zog er die Hand wieder unter dem Sakko hervor, sodass alle Anwesenden gut den Datenchip zwischen seinen Fingern erkennen konnten. »Ihre Zeit ist kostbar, deswegen erschien es mir nur angemessen, Sie für Ihre Großzügigkeit zu entschädigen, indem ich Gleiches mit Gleichem vergelte.« Mit einer geschickten Bewegung, ganz aus dem Handgelenk, schnippte er den Chip über den Tisch hinweg geradewegs zu Khetha hinüber.

Der General rührte sich nicht. »Ulobo?«, sagte er nur.

Der Fette rümpfte abschätzig die Nase, dann griff er nach dem Chip, zog einen Tablet-Rechner unter seinem Jackett hervor und schob den Chip in den entsprechenden Steckplatz. »Noch eine Schließfachkombination«, erklärte er, den Blick fest auf das Display gerichtet. »Angeblich enthält dieses Fach wieder fünfzigtausend in Diamanten.«

»Ein sehr großzügiges Geschenk«, meinte Khetha und musterte Llyn nachdenklich.

»Nur Dankbarkeit für Ihre Großzügigkeit«, versicherte ihm Llyn. Diese Großzügigkeit schloss ein, nun zu wissen, wo zumindest einer seiner Bewacher seine Waffe trug. Für eine solche Information waren Fünfzigtausend ein mehr als fairer Preis. »Darf ich davon ausgehen, dass Sie bereit sind, mich anzuhören?«

Khetha lächelte. »Gewiss. Sie haben zehn Minuten Zeit.«

»Dann werde ich mich kurz halten.« Mit dem Kinn deutete Llyn in Richtung Samowar. »Ob ich wohl Ihre Gastfreundschaft so weit ausnutzen darf, mir eine Tasse Tee zu erbitten?«

Khetha ließ ein Lächeln aufblitzen, und dieses Mal besaß es etwas Triumphierendes. Llyn hatte nach dem Tee gefragt, statt darauf zu warten, dass er ihm angeboten würde. Damit hatte er seinen persönlichen Status eindeutig unter den seines Gastgebers eingeordnet – was Khethas Verhandlungsposition ebenso eindeutig stärkte. Sollte sein Gast mit den gesellschaftlichen Gepflogenheiten vertraut sein, hatte Khetha gerade den ersten Punkt gemacht.

Aber wenn nicht, hätte das keinerlei negativen Einfluss auf die anstehenden Verhandlungen. Für Khetha selbst war es trotzdem wichtig.

Möglicherweise war das alles, worum es dem Allwaltenden Auserwählten ging. Menschen, die fast alles verloren hatten, klammerten sich um so fester an das Wenige, das ihnen noch verblieben war.

All diese Feinheiten und Hintergründe waren Llyn herzerfrischend egal. Ihn interessierte nur, einen Schluck Tee zu bekommen.

Nachdem Khetha diese erste Runde nun gewonnen hatte, konnte er es sich erlauben, als wirklich großzügiger Gastgeber aufzutreten. »Selbstverständlich«, sagte er und gab Ulobo einen Wink.

Die Miene des Fetten wurde noch mürrischer; ganz offenkundig brachte er dem Besucher immer noch reichlich Misstrauen entgegen. Doch er schob seinen Sessel zurück, um Tee einzuschenken.

»Ihre Zeit läuft«, sagte der General zu Llyn.

»Die Lage ist ganz einfach«, begann dieser. »Vor vier T-Jahren wurden Sie in Kanaan abgesetzt und ins Exil geschickt. Seitdem suchen Sie nach einer Möglichkeit, wieder in die Heimat zurückzukehren und Ihre Herrschaft wiederherzustellen. Im Laufe der Zeit haben Sie zweifellos ein paar größere Piratenbanden oder Söldnergruppen kontaktiert, die Sie für dieses Unterfangen interessieren zu können hofften.«

»Ein paar Kontakte gab es tatsächlich«, bestätigte Khetha. »Doch die einen, und leider sind es die meisten, lassen sich zu sehr durch Gesetze oder hoffnungslos überkommene Moralvorstellungen ausbremsen, um mir nützlich zu sein. Die anderen sind recht kostspielig.« Er deutete auf den Datenchip. »Ich weiß Ihren Beitrag durchaus zu schätzen.«

»Und genau dort liegt Ihr Problem«, fuhr Llyn fort. »Wie Sie selbst gerade gesagt haben ...«, er unterbrach sich und nickte Ulobo dankbar zu, als dieser ihm eine dampfende Tasse Tee hinstellte, »... sind die effektivsten Söldnertrupps nicht gerade billig.« Wieder machte er eine kurze Pause, fasste die kleine, henkellose Tasse mit zwei Fingern und tat so, als trinke er einen Schluck.

Natürlich hatte er in Wahrheit keineswegs vor, auch nur einen einzigen Tropfen des Getränks zu sich zu nehmen – und das lag nicht nur daran, dass er sich an dem noch entschieden zu heißen Tee nicht die Zunge verbrennen wollte: Er wusste ja nicht, welche geheimnisvollen Sonderzutaten Khetha oder Ulobo hinzugefügt haben mochten. Kurz darauf stellte er die Tasse wieder vor sich auf den Tisch.

Dabei ließ er unbemerkt die zwei kleinen Kapseln, die er in der hohlen Hand verborgen hatte, in die dampfende Flüssigkeit fallen.

»Mein Problem hingegen lässt sich als das genaue Gegenteil von Ihrem beschreiben«, fuhr er dann fort und schob die Tasse dabei einige Zentimeter weiter über den Tisch. »Mein Kunde benötigt eine der ... sagen wir: bevorzugt unter dem Radar operierenden Gruppierungen. Und während er über reichlich Geld verfügt – wie Sie zweifellos bereits bemerkt haben –, hat er keine Ahnung, wo und wie er mit einer dieser Gruppierungen Kontakt aufnehmen könnte.« Er schürzte die Lippen. »Und mir geht es ebenso.«

»Das ist wahrhaftig ein Dilemma«, entgegnete Khetha. »Wie beabsichtigen Sie es zu lösen?«

»Ich hoffe darauf, dass Sie und ich für unsere individuellen Probleme eine gemeinsame Lösung finden«, antwortete Llyn. Ließ das Hämmern seines Herzens gerade ein wenig nach? »Sie verfügen über Kontaktinformationen, ich verfüge über Geld. Mein Vorschlag lautet, dass Sie mir den Kontakt zur vielversprechendsten besagter Gruppierungen herstellen. Im Gegenzug ...«, er lächelte, »verschafft Ihnen mein Kunde die erforderlichen Geldmittel, um wieder an die Macht zu kommen.«

Ulobo setzte sich in seinem Sessel auf. »Die *gesamten* Geldmittel?«, fragte er ungläubig.

»Die gesamten Geldmittel«, bestätigte Llyn. Ja, sein Herzschlag beruhigte sich tatsächlich.

»Sie gehen sehr großzügig mit dem Geld Ihres Kunden

um«, bemerkte Khetha mit völlig ausdrucksloser Miene. »Man muss sich doch fragen, ob besagter Kunde das gutheißen würde.«

»Machen Sie sich keine Sorgen«, gab Llyn zurück. »Ich genieße sein uneingeschränktes Vertrauen, und er lässt mir auch in finanzieller Hinsicht völlig freie Hand. Bei uns drängt zudem die Zeit – je länger es dauert, bis wir uns mit Ihren Söldnern handelseinig werden, desto geringer wird für meinen Kunden der Ertrag. Angenommen, die ganze Aktion kommt innerhalb der ... sagen wir: innerhalb der nächsten fünf Jahre ins Rollen. Nun, dann wird sein Gewinn hoch genug ausfallen, um die Extrakosten dafür, Sie mithilfe der gleichen Söldner wieder auf Kanaan als Regenten einzusetzen, kaum ins Gewicht fallen zu lassen.«

»Das muss wirklich ein sehr ertragreiches Geschäft sein«, merkte Khetha nachdenklich an.

»Ist es.«

»Und man könnte leicht die von Ihnen genannten fünf Jahre in der Hoffnung verbringen, beim Kontaktieren von Söldnergruppe um Söldnergruppe schon noch die richtige zu finden, ohne dass das geschieht.«

»Wie Sie schon sagten: wahrhaftig ein Dilemma«, entgegnete Llyn. »Sie hingegen haben bei diesem Geschäft nichts zu verlieren und sehr viel zu gewinnen.« Er lächelte. »Und damit meine ich nicht bloß, dass Sie letztendlich wieder an der Macht sein werden.«

»Was soll das heißen?«, fragte Ulobo.

»Er meint, wenn sein Kunde alle Kosten übernimmt«, erläuterte Khetha, »dann wird das Geld aus dem Fundus, den wir dafür vorgesehen und angelegt haben, nicht mehr an die Volsungs gehen.« Er hob eine Augenbraue. »Und niemand außerhalb dieses Raumes braucht jemals davon zu erfahren.«

Ulobos Gesicht hellte sich auf. »Ah, ja.«

Llyn ergänzte: »Und besagter Fundus wird sich wohl mittlerweile schon auf mehrere hunderttausend Sols oder Solarische Credits oder was auch immer für eine Währung belaufen.« Er musste sich dabei ein zufriedenes Lächeln verkneifen. Jetzt kannte er also schon den Namen der Söldner: Volsungs. Einen Schritt weiter in Richtung Ziel. Bald könnte er seinen Zug machen.

»Sie verlangen dennoch ziemlich viel«, gab Khetha zu bedenken. »Denn Sie verlangen von mir, Ihnen zu vertrauen.«

»Erlauben Sie mir, Sie zu korrigieren«, widersprach Llyn. »Im für Sie schlimmsten Fall lasse ich mir von Ihnen Namen und Kontaktdaten geben, und anschließend hören Sie nie wieder etwas von mir. Sie verlören ein wenig Zeit, bevor Sie dann doch Ihren Plan umsetzten und wieder nach Kanaan zurückkehren. In dieser Zeit würden, wenn Sie mir diese Anmerkung gestatten, Ihre Feinde die Wirtschaft auf Kanaan wieder ans Laufen bringen. Wo ich jetzt so darüber nachdenke, scheint mir die Lage doch so: Je länger Sie warten, desto mehr erwartet Sie in der Heimat, wenn Sie schließlich zurückkehren.« Mit dem Kinn deutete er in Richtung des Datenchips, der immer noch in Ulobos Tablet-Rechner steckte. »Und Sie hätten immerhin einhunderttausend Sols mehr als vorher.«

Khetha blickte zu Ulobo hinüber. Der Fette wirkte zwar immer noch nicht glücklich, aber er nickte ... wenngleich etwas zögerlich.

»Aber dabei gehen wir ja schon davon aus, dass Ihr Söldnertrupp wirklich über die Ressourcen verfügt, die mein Kunde braucht«, fuhr Llyn fort, bevor einer der anderen das Wort ergreifen konnte. »Ich habe jetzt die Karten offen auf den Tisch gelegt. Jetzt wäre es wohl an Ihnen, zumindest die eine oder andere zu zeigen.«

Kaum merklich neigte Khetha den Kopf. »Was wollen Sie wissen?«

»Fangen wir doch damit an, wo ich diese Söldner finden kann«, sagte Llyn, »auf welchem Planeten, in welcher Stadt – all so etwas eben.«

Khetha schürzte die Lippen, dann zuckte er kurz mit den Schultern. »Ihren Stützpunkt haben die in Rochelle auf dem Planeten Telmach. Der gehört zur Silesianischen Föderation und ...«

»Danke, ich weiß, wo das ist«, unterbrach ihn Llyn. Einem Despoten mit einem üblicherweise hoffnungslos aufgeblasenen Ego ins Wort zu fallen, war zwar riskant, aber eine andere Wahl hatte er nicht. Sein Herzschlag war mittlerweile schon wieder fast normal, also musste er das hier rasch zu einem Abschluss bringen. Nur noch wenige Augenblicke, dann würden Ulobo oder einer der Wachen hier bemerken, dass sich ihre Hände ein wenig taub anfühlten. »Welche Ressourcen stehen denen zur Verfügung? Präziser gefragt: Wie viele Kriegsschiffe und von welchem Typ?«

»Sie haben, was Sie brauchen«, versicherte ihm Khetha.

»Wie viele?«, wiederholte Llyn.

Khetha kniff die Augen zusammen, doch dann nickte er Ulobo wortlos zu, und der Fette gab erneut einen Zugangscode in seinen Tablet-Rechner ein. »Die haben vier Schlachtkreuzer«, setzte er an und betrachtete konzentriert die Daten auf dem Display. »Kreuzer ... lassen Sie mich nachzählen ... Kreuzer haben sie acht Stück, sowohl Leichte als auch Schwere, und dazu kommen zehn Zerstörer und Fregatten. Weiterhin verfügen sie über drei Truppentransporter und eine Hand voll weiterer Hilfsfahrzeuge.«

»Ausgezeichnet!«, entschied Llyn. Ja, Ulobo bewegte die Hände jetzt schon eindeutig ein wenig langsamer als vorhin.

Glücklicherweise wurde im gleichen Maße auch die Leistungsfähigkeit seines Gehirns heruntergefahren. Es würde noch einige Sekunden dauern, bis das Gefühl, auf einmal ungewohnt ungeschickt zu sein, auch geistig verarbeitet würde. »Das sollte mehr als ausreichen. Sie haben auch den Namen und entsprechende Erkennungscodes, um jemanden aus dieser Gruppe zu kontaktieren?«

»Nicht nur jemanden.« Erneut tippte Ulobo auf das Tablet. »Unser Kontaktmann ist der Anführer der Truppe, Admiral Cutler Gensonne persönlich.«

»Ich bin beeindruckt«, gestand Llyn. Es konnte nicht schaden, Khethas Ego ein wenig zu schmeicheln, vor allem nicht nach dieser doch etwas rüden Unterbrechung gerade eben. »Dann haben Sie doch bestimmt auch schon ein Schiff vorbereitet, mit dem wir sofort zu ihm fahren können, oder?«

Ulobo legte die Stirn in Falten. »Wie bitte?«

»Ein Schiff«, wiederholte Llyn. Er war sich ziemlich sicher, dass die Antwort auf seine Frage Ja lautete, schließlich war der Allwaltende Auserwählte vor vier Jahren doch ziemlich überstürzt aufgebrochen. Aber hier galt es, sich absolut sicher zu sein. »Eines, das hinreichend aufgetankt und mit Versorgungsgütern beladen ist, um Telmach anzusteuern.«

»Selbstverständlich verfügen wir über ein Schiff«, antwortete Ulobo unsicher und blickte stirnrunzelnd zu seinem Boss hinüber. »Sie wollen nicht vorschlagen, dass wir jetzt sofort aufbrechen, oder?«

»Ganz und gar nicht«, antwortete Llyn. »Zumindest, was das ›wir‹ betrifft.«

Während die Falten auf Ulobos Stirn noch tiefer wurden, zuckte Llyns Hand hinauf und hinein in das Jackett der Wache zu seiner Linken und riss dem verdutzten Mann die Paxlane 405 aus dem Holster.

Der Mann versuchte noch, Llyn aufzuhalten. Doch ja, er gab sich wirklich redlich Mühe: Erst versuchte er, sich durch einen Schritt außer Reichweite zu bringen, dann bemühte er sich, mit beiden Händen Llyns Handgelenk zu packen.

Aber das gelang ihm nicht mehr. Das Betäubungsmittel aus Llyns Kapseln war im heißen Tee verdampft und hatte sich im ganzen Raum verteilt ... und die Muskeln des Mannes erschlaffen lassen. Seine Arme waren schwer wie Blei, sein Urteilsvermögen, sein ganzes Bewusstsein vernebelt und seine Reflexe zäh wie Morastboden. Mühelos wich Llyn den kraftlosen Händen aus und schoss dem Mann aus nächster Nähe in die Brust ... er war ausgeschaltet, was immer er selbst noch zu tun sich erhofft hatte. Der Knall des Schusses hallte noch von den Wänden wider, als Llyn die Waffe blitzschnell im Halbkreis weiterschwenkte, nacheinander den Leibwächter zu Khethas Rechten, dann den zu Khethas Linken erschoss und schließlich auch noch die Wache, die rechts hinter Llyn selbst stand. Alle drei Männer brachen zusammen, ehe ihre ungelenken Versuche, die Waffe aus dem Holster zu befördern, geglückt wären.

Vor Zorn und Verzweiflung riss sich Khetha die Jacke auf, Ulobo krümmte sich in hilflosem Entsetzen. Beider Leben setzten im selben Augenblick Llyns letzte zwei Schüsse ein Ende.

Keinen Lidschlag später war Llyn aus dem Sessel und herumgewirbelt, die Waffe auf die Tür gerichtet, die sich bis eben in seinem Rücken befunden hatte. Wäre der Raum nicht ganz so schalldicht, wie vermutet, müssten Nadelstreifenanzug und Blauhemdchen jeden Moment hereinstürmen, in der Absicht, den Grund für die Schüsse herauszufinden.

Doch die Tür blieb geschlossen. Entweder war der Raum tatsächlich beeindruckend schallisoliert, oder es war nichts Außergewöhnliches, daraus Geräusche aktiver Gewaltanwendung zu vernehmen. Blick und Waffe weiterhin auf die Tür gerichtet, umrundete Llyn den Tisch, bis er Ulobos Leiche erreicht hatte, die mit glasigen, blicklosen Augen zur Decke emporstarrte. Er griff nach dem Tablet, wischte die Blutstropfen auf dem Display an Ulobos Jackett ab und studierte die dargestellten Daten genau.

Bei Einsätzen wie diesem war eine Gefahr allgegenwärtig: Weil das Betäubungsmittel ein sehr genaues und in keiner Weise beeinflussbares Zeitfenster vorgab, mochte es erforderlich werden, überstürzt zu handeln. Was, wenn Ulobo die Daten aus dem Gedächtnis heruntergebetet hatte? Aber nein: Die Datei über die Volsung-Söldner wurde immer noch auf dem Display angezeigt, für das ganze Universum lesbar – mit den Namen der Kontaktpersonen, mit UniLink-Nummern und Adressen, mit Zahlencodes und sogar Kopien der Schreiben, die Khetha und Admiral Gensonne einander im Laufe der letzten Jahre zugesandt hatten.

Damit hatte Llyn alles, was es brauchte, um seine eigenen Verhandlungen mit den Volsungs zu führen – Verhandlungen über die verdeckte Operation der Axelrod Corporation gegen Manticore. Das Beste daran: Wenn dabei nur Khethas Kontaktdaten verwendet wurden, würden Versuche, die Kommunikation mit den Söldnern zurückzuverfolgen, ganz genau bis in diesen Raum hier auf Casca führen … und dann enden. Es gäbe keinen einzigen Datensatz, der auf Axelrod verwies.

Nicht, dass eine derartige Untersuchung sonderlich wahrscheinlich wäre. Geschichte schrieben schließlich immer die Sieger, und Axelrod legte viel Wert darauf, immer und überall zu den Gewinnern zu gehören. Ja, Llyns Vorgesetzter hatte ihn sogar ausdrücklich darauf hingewiesen, dass es akzeptabel wäre, Khetha und dessen kleine Gruppe am Leben zu lassen. Doch Llyn verwischte lieber seine Spuren, immer und überall.

Apropos Spuren …

Er kehrte zu den Leichen auf seiner Seite des Tisches zurück und nahm sein UniLink wieder an sich. Schon während der langen Überfahrt von Haven hatte er die entsprechende Nachricht vorbereitet und im Datenpaket der *Soleil Azur* verborgen – in einem Ordner für Daten, die aktiv abgerufen werden sollten. Doch die letzten Details hatte er in der Nachricht erst vermerken können, nachdem er erfahren hatte, wo Khetha das Treffen abhalten würde. Llyn überprüfte die GPS-Daten seines UniLinks – wie er vorhergesagt hatte, befanden sie sich mitten in Quechua City. Er fügte die Positionsdaten in den Text seiner Nachricht ein. Anschließend brauchte er nur noch der Gangsterbande, die er angeheuert hatte, das abgesprochene und gänzlich unauffällige Codewort zukommen zu lassen. Die Bande würde die Nachricht anschließend ins System einspeisen und auf diese Weise ihren Teil des Auftrags in Gang bringen.

Aber selbst wenn sie dabei richtig Mist bauten, spielte das keine große Rolle. Nicht einer von ihnen kannte Llyns Namen oder den seines Auftraggebers. Sie wussten nicht einmal, wer diejenigen waren, die sie aus dem Weg räumen sollten. Nur noch wenige Stunden, dann würde es buchstäblich nichts und niemanden mehr geben, der sich jemals zu Llyn, den Volsung-Söldnern oder der Axelrod Corporation zurückverfolgen ließe.

Die Volsung-Datei zu kopieren dauerte nicht einmal eine Minute. Fünf weitere Minuten kostete es, die Daten über Khethas privates Schiff zu ermitteln – einschließlich der diesem Schiff zugewiesenen Parkbahn im Orbit, sämtlichen Zugangscodes und Startroutinen. Danach galt es, Khethas Privatshuttle zu finden. Wie sich herausstellte, befand er sich in einem Privathangar im südwestlich von Quechua City gelegenen Raumhafen der Stadt.

Ein Shuttle dieser Größe erforderte normalerweise mindestens eine zwei Mann starke Besatzung. Ein ausgewachsenes Raumschiff war noch deutlich komplexer; um es gefahrlos nutzen zu können, brauchte es meist zehn bis zwanzig Besatzungsmitglieder. Llyn aber war auf sich gestellt.

Aber er war zuversichtlich, beide Raumfahrzeuge ohne größere Schwierigkeiten bedienen zu können. Jemand wie der Allwaltende Auserwählte würde nicht davon ausgehen, dass die erforderlichen Besatzungsmitglieder wirklich immer und überall bereitstünden, falls es gerade ratsam schien, sich sehr rasch zu absentieren. Ja, er würde sich vermutlich nicht einmal darauf verlassen, dass auch nur seine engsten Berater und seine treuesten Wachen jederzeit zu einer Flucht bereit wären.

Ein Mensch, der so sehr auf Messers Schneide lebte – und der, das war noch viel wichtiger, niemals zuließe, dass sein Leben in der Hand anderer läge –, würde verdammt noch eins sicherstellen, dass seine Fluchtfahrzeuge hinreichend automatisiert und vorprogrammiert wären, um jederzeit und unabhängig von jedem anderen die Flucht antreten zu können.

Das führte dann auch gleich zum nächsten Punkt auf Llyns Checkliste: Shuttle und Kurierboot waren nahezu vollständig automatisiert, und Maschinen und Impellersysteme wären so narren- und ausfallsicher, wie es sich nur konstruieren ließ. Dazu kam, dass das Navigationssystem zweifellos ein ganzes Menü vorprogrammierter Kurse in Dutzende verschiedener Systeme besäße.

Was den Umgang mit Sternenschiffen betraf, hatte Llyn eine durchaus akzeptable Ausbildung genossen – dazu gehörten Steuerung und Astrogation sowie Schiffstechnik. Er zweifelte nicht daran, dass er mit dieser Aufgabe fertig würde.

Falls sich beim Erreichen des Kurierbootes herausstellte,

dass es sich doch nicht so leicht von einer einzelnen Person würde bedienen lassen, wie das Llyn derzeit noch vermutete, wäre auch das kein Beinbruch. Während der vergangenen Wochen hatte er auch die eine oder andere Stunde darauf verbracht, sich eine kleine Mannschaft zusammenzusuchen, die ihn rasch in ein anderes System bringen würde. Dort könnte er dann Kontakt zu einem weiteren Axelrod-Mitarbeiter aufnehmen und sich ein alternatives Transportmittel organisieren.

Zwei weitere Minuten verbrachte Llyn damit, aufs Geratewohl die Daten auf Ulobos Tablet durchzuschauen und sich dabei ganz vom Glück leiten zu lassen. Mit Interesse stellte er fest, dass Khetha jemanden damit beauftragt hatte, ihn über sämtliche Entwicklungen auf Kanaan auf dem Laufenden zu halten. Zweifellos hatte der Diktator in Gedanken schon eine ganze Liste derjenigen angelegt, die er als Erstes an die Wand stellen lassen würde, sobald er dank der tatkräftigen Mithilfe der Volsungs erst einmal wieder an der Macht wäre. Ein kostspieliges Hobby, schließlich war der Transport von Daten über interstellare Entfernungen hinweg nicht gerade billig, aber es überraschte Llyn nicht im Mindesten, dass der Allwaltende Auserwählte sich dieses Hobby geleistet hatte.

All jene Männer und Frauen auf besagter Liste könnten nun ungleich ruhiger schlafen als zuvor, hätten sie je erfahren, dass sie auf dieser Liste standen. Würden sie aber nicht.

Llyns innerlicher Countdown war nun bei null angekommen. Wahrscheinlich blieben ihm noch zehn, vielleicht auch fünfzehn Minuten, bevor die Gangster aufkreuzten, die er zum Aufräumen herbeigerufen hatte. Aber er hatte nicht die Absicht, ihnen zu begegnen – schon gar nicht, wo doch die Anweisung lautete, sich aller Beweismittel und Zeugen vor Ort anzunehmen und sie zu beseitigen. Denn dem Aufräumkommando würde vermutlich keiner der oberen Ränge in der Bandenhierarchie angehören, mit denen er im Vorfeld den Einsatz besprochen hatte, und Llyn hatte wirklich keine Lust, einem Trupp einfacher Frontschweine erklären zu müssen, dass er ihr Auftraggeber sei.

Bestenfalls würde ihn das wertvolle Zeit kosten. Schlimmstenfalls würde es bedeuten, dass die Überlebenden des Aufräumkommandos anschließend noch mehr Leichen würden verschwinden lassen müssen. Er deaktivierte den Tablet-Rechner und legte ihn vor dessen ehemaligen Besitzer auf den Tisch. Dann durchquerte Llyn den Raum, stieß die Tür auf, erschoss Nadelstreifenanzug und Blauhemdchen, bevor denen aufging, dass sie angegriffen wurden, ließ die Waffe neben den Leichen fallen und ging den Tunnel entlang.

Es war immer noch recht früh am Tag, doch allmählich erwachte Quechua City zum Leben. Llyn nahm sich einen Augenblick Zeit, sich zu orientieren – das dort drüben war das Zollgebäude, da hinten lag der Wochenmarkt, und hier war das Hamilton Hotel. Dann ging er mit großen Schritten die Straße entlang. Ein Taxi konnte er sich später immer noch rufen, aber einen Tatort verließ man immer am besten zu Fuß. Augenzeugen waren unzuverlässig; für Taxi-Aufzeichnungen galt das nicht.

Außerdem musste er noch ein bisschen Zeit totschlagen. Der Luftverkehr über der Stadt hielt sich noch in Grenzen, und es gab wenig, was noch auffälliger und offenkundiger war als ein einzelnes Luft- oder Raumfahrzeug an einem ansonsten völlig leeren Himmel. Noch eine Stunde, dann könnte er sich auf den Weg zum Raumhafen machen und Khethas Shuttle starten.

Der frühmorgendlichen Aktivitäten dieses Tages wegen hatte Llyn bislang noch nicht einmal gefrühstückt. Er lächelte in sich hinein und spazierte forschen Schrittes in Richtung

Vierzehnte Ecke Castillon Street. Der Duft des frisch aufgebrühten Kaffees jener Imbissstube, die sich gerade darauf vorbereitet hatte, die ersten Gäste einzulassen, war wirklich vielversprechend gewesen.

7

In ihrer unendlichen Weisheit hatte Commander Shiflett entschieden, die Besatzung von HMS *Damocles* sollte den Morgen nach der ersten Party auf Casca mit Fitnessübungen auf den Straßen von Quechua City beginnen.

Die Royal Manticoran Navy wiederum hatte in ihrer unendlichen Weisheit entschieden, derartige Übungen seien durch die Petty Officers des Schiffes zu überwachen.

Chomps war das egal. Er hatte schon vor langer Zeit gelernt, sich auf Partys zurückzuhalten – vor allem, wenn für den nächsten Morgen schon sehr früh entsprechende Befehle vorlagen. Wenn man zwei Monate lang an Bord eines Schiffes eingepfercht war, war zudem der Gedanke, an die frische Luft zu kommen und sich ein wenig die Beine zu vertreten, gar nicht unangenehm.

Bedauerlicherweise jedoch hatten nicht alle Besatzungsmitglieder der *Damocles* entsprechenden Weitblick oder auch nur entsprechende Selbstbeherrschung an den Tag gelegt. Von den fünf Männern und drei Frauen, die Chomps an diesem Morgen ein wenig um den Häuserblock herumzuscheuchen hatte, hielten sich die Hälfte schon beim Antreten etwa so gerade wie entschieden zu lang durchgekochte Spaghetti. Die andere Hälfte schaffte es zwar leidlich, aufrecht zu stehen, doch von der Vorstellung, an diesem Tag noch mehr von der Welt sehen zu müssen als die Innenseite ihrer Augenlider, waren sie alles andere als begeistert.

Doch die Eins-O hatte Schweiß verlangt, und daher würde sie

auch Schweiß bekommen. Also ließ Chomps seine Leute antreten, wies mit Nachdruck darauf hin, dass Redkos Trupp bereits einen halben Block Vorsprung habe, und scheuchte sie los.

So gönnten sie sich in der morgendlichen Kühle gemeinsam einen herrlichen Zwei-Kilometer-Lauf.

Sie hatten gerade drei Querstraßen überquert, als Chomps das Geräusch hörte.

Besser gesagt: die Geräusche. Es waren zwei, eine Art *Ffumpffump*. Nicht besonders laut. Nicht besonders deutlich.

Aber irgendetwas hatten diese Geräusche an sich – etwas, das Chomps einen Schauer über den Rücken jagte.

»Abteilung halt!«, befahl er und blickte sich um. Aus dem Augenwinkel bemerkte er, dass Redko seinen Trupp ebenfalls hatte anhalten lassen, und sich suchend umblickte. »He, Redko, hast du das auch gehört?«, rief er und lief zu seinem Freund und Kameraden hinüber.

»Jou, hab ich«, bestätigte Redko deutlich leiser, als Chomps schließlich bei ihm angekommen war. »Ich weiß zwar nicht, was es war, aber gehört hab ich's auch.«

»Klang wie Schüsse«, meinte Chomps.

»Tja, weiß nicht recht«, widersprach Redko und runzelte die Stirn. »Für mich klang das wie ... ach, ich weiß auch nicht. Einfach falsch. Fehl am Platz. Was machen wir jetzt?«

»Die Sache melden«, entschied Chomps, hob die Hand und tippte kurz auf sein UniLink, um es aus dem Stand-by-Modus herauszuholen. Das Infopaket, das man ihnen vor der Landung übermittelt hatte, enthielt auch den ortsüblichen Drei-Ziffern-Code für den Notruf. Er gab den Code ein, versuchte die Gedanken zu sortieren ...

»Notrufzentrale«, meldete sich eine forsche Stimme.

»Ich glaube, ich habe gerade zwo Schüsse gehört«, setzte Chomps an. »Ich befinde mich an der Ecke ...«

»Identifizieren Sie sich.«

Chomps atmete tief durch. Im Sternenkönigreich wurde bei jedem Kontakt mit der Notrufzentrale die Identität des Uni-Link-Besitzers automatisch übertragen. Anscheinend hatten diejenigen, die den Manticoranern den Zugang ins lokale Uni-Link-Netz verschafft hatten, diesen Teil des Protokolls noch nicht implementiert. »Hier spricht Lenkwaffentechniker Charles Townsend von der Royal Manticoran Navy«, sagte er und bemühte sich, ruhig und gelassen zu klingen. Dabei mochte ganz in der Nähe gerade jemand verbluten! »Ich befinde mich an der Barclay Street Ecke Marsala Avenue. Soll ich wiederholen?«

»Nein, ist vermerkt«, sagte der Mitarbeiter der Leitstelle. Es entging Chomps nicht, dass seine Stimme auf einmal nicht mehr ganz so forsch klang. »Schüsse, sagten Sie?«

»So hat es zumindest geklungen, ja«, bestätigte Chomps. »Vermutlich innerhalb eines Gebäudes oder einer Garage – sehr laut waren sie nicht. Und sie hatten ein Echo, als käme der Schall durch die Tür eines größeren Raums oder …«

»Jou, schon kapiert«, fiel ihm die Leitstelle ins Wort. »Okay, danke. Wir schicken jemanden, so rasch wir können.«

Ein Klicken, und die Verbindung war unterbrochen.

»Na *toll!*«, knurrte Chomps, schaltete seinerseits ab und bedachte sein UniLink mit einem finsteren Blick, bevor er den Arm wieder sinken ließ. »Das hat sich ja wirklich mal gelohnt!«

»Was hat er denn gesagt?«, erkundigte sich Redko.

»Dass er jemanden losschickt«, antwortete Chomps. »Das wird aber nicht passieren. Oder wenn doch, dann wird dieser Jemand zumindest keine Geschwindigkeitsrekorde brechen.« Mit dem Kinn deutete er auf die Hand voll Bürger in ihrer Nähe: Nicht ein Einziger hatte auf die Geräusche reagiert, die

Redko und er gehört hatten. »Na, das sollte mich vielleicht gar nicht so überraschen. Anscheinend hat ja niemand sonst was gehört. Wahrscheinlich glaubt der Typ in der Notrufzentrale, das hat sich irgend so ein verrückter Fremdweltler bloß eingebildet!«

»Willst du das dem Lieutenant melden?«, fragte Redko, und sein Tonfall verriet deutlich, dass er der Ansicht war, Chomps sollte das lieber lassen.

Chomps konnte es ihm nicht verdenken. Die eigentümlichen Geräusche hatten Redko ganz offensichtlich längst nicht so sehr beunruhigt wie ihn selbst. Entsprechend reizte ihn nur wenig, sich den Ärger einzuhandeln, der unweigerlich damit einherginge, einen übermüdeten Offizier zu wecken, bloß um ihm zu erklären, sie hätten ein paar umgefallene Mülltonnen oder so etwas gehört.

Da sich auf der Straße sonst niemand um die Geräusche zu scheren schien, musste Chomps zugeben, dass seine Interpretation der Lage mit einer gewissen Wahrscheinlichkeit auch falsch sein mochte.

Doch Wahrscheinlichkeiten spielten hier keine Rolle. Charles Townsend wusste genau, was er gehört hatte.

»Schauen wir uns erst einmal rasch um«, entschied er und blickte erst zum einen, dann zum anderen Trupp hinüber. Sein eigener bestand aus neun Personen, Redko war mit acht Mann gekommen. »Du und dein Trupp gehen da hinten herum. Die sollen sich in Gruppen zu zwo aufteilen und nach allem Ausschau halten, was irgendwie verdächtig wirkt. Mein Trupp kümmert sich um diese Straßen und Gebäude da drüben.«

»Okay«, bestätigte Redko, doch sein Tonfall verriet gewisse Zweifel. »Und wie viel Zeit nehmen wir uns dafür?«

»Zehn Minuten«, entschied Chomps rasch und musterte noch einmal die beiden Trupps, die ihm zur Verfügung standen. Mit einer gewissen Verärgerung stellte er fest, dass außer den beiden Petty Officers niemand sein UniLink mitgenommen hatte. Normalerweise wäre das kein Problem gewesen, heute aber vielleicht doch. »Erklär deinem Trupp, wann und wo sie sich wieder zu sammeln haben, und dann ruf mich an.«

»Okay«, wiederholte Redko. »Ihr habt's gehört, Spacers! In zehn Minuten wieder hier!«

Chomps wandte sich an seinen eigenen Trupp. »Wir treffen uns nachher an dieser Ecke da vorn«, erklärte er und deutete auf ein großes Gebäude an der Querstraße, die näher an dem Abschnitt lag, in dem sie die Suche einleiten sollten. »Ausschwärmen und die Augen offen halten! Und passt bloß aufeinander auf!«

Neunzig Sekunden später war sein gesamter Trupp unterwegs, und Chomps war allein. Mit großen Schritten lief er die Straße hinab und fragte sich unwillkürlich, was wohl der Bosun dazu sagen würde – ganz zu schweigen von Lieutenant Nikkelsen, Commander Shiflett und möglicherweise sogar Captain Marcello höchstpersönlich.

Wenigstens hatte er seine Leute in Zweiergruppe aufgeteilt, was bei potenziell gefährlichen Situationen zumindest an Bord eines Schiffes der Royal Manticoran Navy ganz den Dienstvorschriften entsprach. Nur er selbst war dabei allein geblieben war, was belegte, dass diese Entscheidung nicht zu den besten gehörte, die er sich bislang geleistet hatte. Die Körperkraft, die Folge davon, auf Sphinx aufzuwachsen, kombiniert mit dem Kampftraining der Navy waren natürlich eine tolle Kombination, vor allem im Schwerefeld von Casca, das nur 0,93 Gravos betrug. Aber auch unter derart guten Umständen konnte man Kugeln nicht einfach ausweichen. Also würde sich ein gewisser Charlie Townsend hier und jetzt wohl ganz besonders vorsehen müssen.

Rings um ihn erwachte die Stadt allmählich zum Leben, Fußgänger und Fahrzeuge belebten die Straßen immer mehr. Eine Querstraße weiter auf der andere Straßenseite befand sich ein Dreierblock von Wohnhäusern, und vor jedem gab es eine Einfahrt, die wohl zu einem Parkdeck oder dergleichen führte. Wenn Chomps sich nicht getäuscht hatte, wenn die Schüsse wirklich ein Echo gehabt hatten, dann war es sinnvoll, sich dieses Parkdeck rasch anzuschauen. Wenige Schritte vor ihm gab es einen Fußgängerüberweg, und so hastete Chomps auf die Wohnhäuser zu.

Er hatte gerade vier Schritte getan, als in seinem Verstand plötzlich eine Blendgranate zu explodieren schien. Das Lächeln des Mannes ...

Ruckartig blieb er stehen, wirbelte herum und starrte hinter dem Mann her. Die Körpergröße stimmte, die Figur stimmte, Haarfarbe und Gesicht stimmten nicht ...

»Sir?«, rief er.

Der andere Mann ging noch einen Schritt weiter, dann hielt er inne und drehte sich um. »Meinen Sie mich?«, fragte er.

»Ja, Sir«, bestätigte Chomps. »Ich suche die Manderley Arms Apartments, und ich finde sie in keinem Verzeichnis. Können Sie mir vielleicht weiterhelfen?«

»Tut mir leid«, gab der Mann zurück. »Das sagt mir gar nichts.«

»Kein Problem«, erwiderte Chomps und lächelte freundlich. »Trotzdem vielen Dank!«

Der Mann erwiderte das Lächeln, drehte sich um und ging weiter.

Auch Chomps drehte sich um, sein Herz mit einem Mal von einer Eisenfaust umklammert. Kein Zweifel. Das Lächeln, das er niemals im Leben vergessen würde, hatte er soeben wiedergesehen. Sogar zweimal.

Der dunkelhaarige Mann war der Mörder aus der havenitischen Aufzeichnung.

Chomps ging weiter und wusste ganz genau, dass es keinen Sinn hätte, den Mann erneut anzusprechen – nicht ohne einen deutlich besseren Vorwand ... und auf keinen Fall allein. Er hob den Arm und gab in sein UniLink Redkos Nummer ein.

»Was gefunden?«, meldete sich der andere fast sofort.

»Vielleicht«, gab Chomps zurück. »Siehst du mich? Ach nein, vergiss das. Siehst du den Mann, der da auf der Barclay Street Richtung Westen geht? Ziemlich klein, dunkle Haare, trägt einen grauen Anzug.«

»Öhm ... ja, den sehe ich.«

»Mach von ihm bitte eine Aufnahme«, wies ihn Chomps an. »Meinst du, das kriegst du hin, ohne dass er dich bemerkt?«

»Klar«, bestätigte Redko. »Wer is'n das?«

»Ich glaube, das ist der Mörder aus der Haveniten-Aufzeichnung«, antwortete Chomps und ließ dabei den Blick über die Parkdeckeinfahrten vor sich schweifen. Ein Kastenwagen stand vor der ersten Einfahrt, und nun kamen nacheinander mehrere Arbeiter in Overalls heraus. »Und geh ja nicht zu nah ran!«

»Okay«, versprach Redko. »Soll ich noch einmal versuchen, die Polizei zu rufen?«

»Noch nicht.« Chomps konnte sich lebhaft vorstellen, was der Leitstellenmitarbeiter von einer Täteridentifizierung halten würde, die einzig und allein auf einem Lächeln beruhte – auf einem Lächeln, das zu kennen Redko und ihn hatte offizielle Regierungsunterlagen hacken lassen. »Mach erst einmal die Aufnahme. Dann schick das Bild an die Cops und erklär denen, dass das eine Person von polizeilichem Interesse ist, oder so was in der Art – erzähl denen halt alles, was gebraucht wird, damit die den aufgreifen.«

»Kapiert«, bestätigte Redko. »Und was machst du?«

»Ich überprüfe hier ein paar Parkdecks«, sagte Chomps. »Und pass auf dich auf, ja?«

»Kannst dich drauf verlassen«, sagte Redko. »Du aber auch.«

Die sechs Arbeiter hatten mehrere große, robust wirkende Säcke von der Ladefläche des Wagens geholt, und während Chomps weiter die Straße hinunterging, gingen fünf der sechs Männer ohne große Eile die erste Tiefgarageneinfahrt hinab, während sich der sechste Mann entspannt gegen das Fahrzeug lehnte und wartete. Um den würde sich Chomps wenigstens nicht kümmern müssen – sollte sich dort unten tatsächlich eine Leiche befinden, würde er die entsetzten Schreie der Arbeiter wohl bis hier draußen hören. Falls Cascaner es für unmännlich hielten, vor Entsetzen zu schreien, würde Chomps mitbekommen, wie sie ihren weniger arbeitseifrigen Kollegen zwar leise, aber doch drängend zu sich riefen.

Chomps runzelte die Stirn: Der sechste Mann blickte überhaupt nicht in Richtung Tiefgarage. Sollten ihn seine Kollegen also herbeiwinken wollen, würde er es nicht einmal bemerken. Mehr noch: Der Mann schaute sich auffällig unauffällig die Umgebung an, die Straße, die Bürgersteige, die Fassaden und Fenster der Gebäude ringsum ... und Chomps. Chomps nahm er immer wieder in den Blick.

Etwas an Körperhaltung und Gesichtsausdruck des Mannes ließ jetzt in Chomps' Hinterkopf sämtliche Alarmglocken schrillen.

Der Mann passte nicht einfach nur auf den Wagen auf, und er stand auch nicht einfach nur faul in der Gegend herum.

Er stand Schmiere.

Chomps ging geradewegs auf ihn zu. Auf ihn, und damit auch auf das, was die anderen dort unten in dem Tunnel zu erledigen hatten.

Jetzt war es zu spät, um umzukehren. Der Kerl hatte ihn bereits im Blick, und ein plötzlicher Richtungswechsel würde ihn augenblicklich verdächtig erscheinen lassen. Wenn die sechs Kerle für die Schüsse von vorhin verantwortlich wären, konnte es sich Chomps nicht leisten, verdächtig zu erscheinen. Nirgends gab es hier auch nur die geringste Deckung – nicht, dass es sonderlich viel brächte, in Deckung zu gehen, wenn man unbewaffnet war. Die Polizei konnte er auch nicht rufen: Dafür war er dem verdächtigen Kerl schon entschieden zu nahe gekommen.

Damit blieb nur noch eine Wahl: *Wenn schon, denn schon!*, ging es ihm durch den Kopf.

Arbeiter und Kastenwagen waren noch vier Schritte entfernt. Chomps wappnete sich und ging direkt auf ihn zu.

»Hi«, sagte er und verzog die Lippen zu seinem besten Peinlich-berührt-Lächeln, »ob Sie mir wohl helfen könnten? Ich hab da gestern Abend ein Mädchen kennengelernt, und sie hat mich gebeten, heute hier ihren Wagen abzuholen. Ist das da unten das Parkdeck?«

»Ja«, bestätigte der Mann. Sein Blick zuckte zum Logo der Royal Manticoran Navy auf Chomps Sportanzugjacke. »Wie heißt sie denn?«

»Sylvia, glaub ich«, antwortete Chomps. »Oder Linda … oder Katie. Irgend so was in der Art halt. Mein Hirn ist immer noch so ein bisschen vernebelt. Danke!«

Er schlenderte die Rampe hinab in den Tunnel hinein und meinte, in seinem Rücken den Blick des vermeintlichen Arbeiters beinahe spüren zu können. Was auch immer die fünf anderen Männer dort unten trieben, es blieb Chomps nur eine Hoffnung: Sie würden wohl davor zurückscheuen, einen offenkundig als solchen erkennbaren Fremdweltler umzubringen. Denn mit einem Mord brächten sie sich mit Schwung auf die cascanischen Finden-und-Festnageln-Liste, und diese Sorte Ärger wollte sich sicher niemand einhandeln.

Nun, hoffentlich waren die fünf und Nummer sechs oben schlau genug, Chomps' makelloser Logik zu folgen.

Zu seiner Linken erkannte er in der Tunnelwand eine offene Tür. Drei Schritte weit davon entfernt blickte Chomps ostentativ auf seinen Gürtel hinab und wühlte ausgiebig in der Seitentasche, als suche er etwas. Dabei durchschritt er die Tür, blickte nur einmal kurz mit gerunzelten Augenbrauen hoch und ging dann weiter, ohne auch nur einen Deut langsamer zu werden.

Allzu viel hatte ihm der kurze Blick nicht verraten ... aber doch genug.

Zwei der Arbeiter knieten neben zwei langen schwarzen Säcken auf dem Fußboden.

Einer der Arbeiter stand hastig auf, als wollte er – ein wenig verspätet – dem unerwarteten Besucher den Blick versperren.

Hinter ihnen stand eine weitere Tür offen; dahinter lag ein kleiner Raum, in dem drei weitere Arbeiter auf dem Boden knieten, neben ihnen ein dunkles Etwas.

Etwas, das für Chomps verdammt nach einer Leiche aussah.

Zwei weitere Schritte lang wühlte er noch in der Tasche, und schließlich zog er den Schlüssel seines Spinds an Bord der *Damocles* hervor. Ostentativ ließ er ihn zwischen den Fingern baumeln und ging dabei weiter den Tunnel hinab. In etwa fünfzig Metern Entfernung würde der Tunnel scharf nach rechts abbiegen – vermutlich führte er dann auf das eigentliche Parkdeck. Sobald Chomps außer Sichtweite der Männer hinter ihm wäre, wollte er die Polizei rufen und sie davon überzeugen, sich vielleicht doch beizeiten hierherzubequemen – und dann würde er sich ein gutes Versteck suchen, bis die Polizei tatsächlich eintraf.

Er erreichte die Biegung des Tunnels – von der aus es tatsächlich auf das eigentliche Parkdeck ging –, ohne dass ihm jemand in den Rücken schoss. Erleichtert atmete er aus, dann aktivierte er sein UniLink und suchte dabei schon nach einer freien Parktasche, in der er sich gut verbergen könnte. Die erste, die er erspähte, lag ungefähr auf halber Strecke der vordersten Reih…

»Du da!«, knurrte eine Stimme hinter ihm. »Stehen bleiben!«

Chomps biss die Zähne zusammen. Er hatte gehofft, die Männer wären ein bisschen schwerer von Begriff. Bedauerlicherweise konnte er hier, wo vor ihm bloß ein ansonsten menschenleeres Parkdeck lag, nichts anderes tun, als sich dumm zu stellen. Also drehte er sich in aller Ruhe um und blieb, ebenso ruhig, stehen.

»Ja?«

Zwei der als Arbeiter verkleideten Kerle stapften auf ihn zu, die Gesichter abweisend, misstrauisch. Keiner der beiden hielt eine Waffe in der Hand, aber ihre rechten Hosentaschen beulten sich verdächtig weit aus, und auch unter der Längsversiegelung des Oberteils zeichnete sich etwas ungewöhnlich Großes ab. »Haben Sie sich verlaufen?«, fragte einer der beiden, und sein Blick wanderte kurz zu dem UniLink an Chomps Handgelenk, auf der das Bereitschaftssignal blinkte. »Oder suchen Sie jemanden?«

»Nicht jemanden, sondern etwas«, verbesserte ihn Chomps. »Einen Wagen. Ich habe da gestern auf 'ner Party ein Mädchen kennengelernt, und sie hat mich gebeten, heute Morgen ihren Wagen für sie abzuholen.« Er streckte dem Kerl den Schlüssel entgegen.

»Na so was«, versetzte der zweite Mann und beäugte den Schlüssel misstrauisch. »Schlechte Nachrichten, Kumpel – die hat dich geleimt. Das ist kein Wagenschlüssel.«

»Aber sicher doch«, widersprach Chomps und betrachtete den Schlüssel nun ebenfalls genauer. »Der ist doch genau so groß wie der Schlüssel für meinen eigenen Wagen zu Hause auf Manticore. Was soll das denn sonst sein?«

»Klar doch, was für ein Wagen soll denn das sein?«, setzte der zweite Mann nach.

Chomps überlegte fieberhaft. Auf einem der Wagen, die in der Nähe des Hotels geparkt waren, hatte das Wort *Picassorey* gestanden. »Ein hellgrüner Picassoree«, antwortete er und drückte sich innerlich sämtliche nur erdenklichen Daumen.

Der zweite Mann lachte schallend. »Meinen Sie einen Picasso *Rey*?«

»Oh«, sagte Chomps und verzog das Gesicht. Manchmal war es leichter als erwartet, sich dumm zu stellen. »'tschuldigung. Das war echt laut da in der Bar.«

»Egal, aber das ist trotzdem kein Wagenschlüssel«, beharrte der Mann. »Nicht auf Casca.«

»Echt nicht?« Stirnrunzelnd blickte Chomps erneut den Schlüssel an. »Ach, verdammt, ich dachte wirklich, die wär interessiert. Tja, wohl nicht.« Er stopfte sich den Schlüssel wieder in die Tasche und machte sich daran, in großen Schritten den Tunnel zum Ausgang zurückzuverfolgen.

Gleichzeitig machten beide Männer beiläufig einen Schritt zur Seite, um ihm den Weg zu versperren. »Warum so eilig?«, fragte der zweite Mann; jegliche Belustigung war nun aus seiner Mimik verschwunden.

»Sie haben mir doch gerade erklärt, dass mich die Kleine angelogen hat«, rief ihm Chomps ins Gedächtnis zurück und zauberte eine Grimasse der Verwirrung aufs Gesicht. »Ich kehr dann wohl jetzt einfach wieder zu meiner Einheit zurück. Eigentlich sollten wir jetzt sowieso alle kreuz und quer durch die Stadt laufen.«

»Ja, seinen Chef sollte man nicht sauer machen«, merkte der Mann an, der kurz auf Chomps UniLink geschaut hatte. »Wollten Sie den gerade anrufen?«

»Hä?« Verdutzt schüttelte Chomps den Kopf, dann verzog er die Mundwinkel zu einem verlegen-einfältigen Grinsen. »Ach, deswegen? Nein, nein – die *Kleine* wollte ich anrufen! Die von der Party. Die hat mir ihre Com-Nummer gegeben. Ich wollte fragen, wo der Wagen denn jetzt steht. Ganz schön doof von mir, was?«

»Oder sie hat Ihnen tatsächlich den falschen Schlüssel gegeben – ganz so, wie Sie gesagt haben«, meinte der andere Mann. »Na, dann rufen Sie da doch an. Mal hören, was die Kleine zu sagen hat.«

Das war der Moment, in dem, wie Chomps' Großvater zu sagen pflegte, die Toilette in den Rückwärtsgang schaltete.

Die beiden Kerle waren sich nicht absolut sicher, was er gesehen oder nicht gesehen hatte – zumindest nicht sicher genug, um ihn auf der Stelle umzulegen. Aber ganz offenkundig waren sie misstrauisch bis zum Anschlag.

Und er selbst hatte sich gerade ganz dämlich in eine Ecke manövriert. Die Cops konnte er nun wohl kaum kontaktieren – nicht, solange seine neuen Freunde hier bei ihm standen und zuhörten. Aber wenn er jetzt nicht augenblicklich jemanden anriefe, würden die beiden sofort merken, dass er ihnen nur etwas vorgespielt hatte.

Aber wen auf Casca könnte er denn anrufen? Ganz egal, wie sehr Chomps auch versuchte, ihnen die Geschichte zu verkaufen: Keine einzige der Frauen aus seiner Division würde rasch genug schalten. Wenn diese beiden Arbeiter darauf bestanden, dass er sein UniLink auf laut stellte – und ein Blick in ihre Gesichter verriet ihm, dass genau das ihre Absicht war –, dann würde allein schon die Verwirrung am anderen Ende der Leitung ausreichen, um ihn erst recht in Schwierigkeiten zu bringen.

Möglich, dass die beiden davor zurückschraken, einen Fremdweltler umzubringen. Ja, es bestand sogar eine gute Chance, dass die beiden nur darauf beharrten, dass er seine imaginäre neue Freundin anrief, um selbst ein bisschen Zeit zu schinden. Einer der anderen Männer hinten im Tunnel beriet sich vermutlich gerade mit dem Boss – der natürlich nicht hier vor Ort war. Wahrscheinlich ging es um die Frage, ob Chomps einfach nur ignorant und dämlich war, sodass man ihn gefahrlos würde laufen lassen können, oder ob er zu viel gesehen hatte und deswegen zum Schweigen gebracht werden musste.

Wie dem auch sei: Bei dem anstehenden UniLink-Anruf ging es um alles oder nichts. Wenn die beiden begriffen, dass er ihnen nur etwas vorgemacht hatte, dürfte ihnen herzlich egal sein, was er gesehen oder nicht gesehen haben mochte. Wahrscheinlich würden sie ihn an Ort und Stelle erschießen – weit genug von der Öffentlichkeit entfernt, um damit durchzukommen, waren sie ohnehin schon.

Andererseits: Wenn er doch jemanden auftreiben könnte, der die Rolle des Partymäuschens übernähme, bestand eine – verflixt geringe – Chance, dass ihm die beiden die ganze Geschichte abnähmen. Ja, es war unwahrscheinlich, aber eine *geringe* Chance war immer noch allemal besser als *gar keine.*

Aber wen sollte er anrufen?

Ihm fiel nur eine Person ein. Nur eine Person, die ihm die kleine, verschwindend geringe Chance verschaffen würde, das hier durchzuziehen. Sie war gewitzt, ihre rasche Auffassungsgabe bemerkenswert, und sie würde in ihrem Erstaunen möglicherweise erst einmal lange genug schweigen, um ihm Gelegenheit zu geben, sie ahnen zu lassen, dass er Hilfe bräuchte.

Die beiden Männer warteten. »Okay«, sagte Chomps und hob das UniLink. »Noch schlimmer machen kann ich die Sache mit ihr wohl sowieso nicht mehr. Jetzt muss mir nur noch einfallen, wie die Kleine … ach ja, richtig, *so* hieß sie!« Er gab den Code zur Anrufweiterleitung ein.

»Lautsprecher an«, befahl der erste Mann.

Chomps bedachte ihn mit einem kunstvoll-verwirrten Blick und verschaffte sich auf diese Weise genug Zeit, dass die automatische ›Manticore-Anruf-Weiterleitung‹-Ansage noch allgemein ungehört blieb; erst dann schaltete er das Gespräch laut. »Name?«, fuhr die Automatenstimme fort.

Wieder wappnete sich Chomps gegen alles, was nun kommen mochte. *So oder so,* raunte eine leise Stimme in seinem Hinterkopf, *die Chancen stehen nicht schlecht, dass dich heute* irgendjemand *umbringt.* »Donnelly«, sagte er. »Lisa Donnelly.«

Llyn war gerade einmal drei Querstraßen weit gekommen, als er bemerkte, dass er beschattet wurde.

Von jemandem, der sich dabei alles andere als geschickt anstellte. Es waren sogar zwei Personen, beides junge Männer in Sportkleidung, Gesichter und Frisuren ließen erahnen, dass sie beim Militär waren. Bei der Cascan Defence Force? Nein – die gehörten zu den Manticoranern, die hier zu Besuch waren! Die Sportkleidung entsprach genau der, die er erst vor wenigen Minuten bei jenem anderen, stämmigeren Manticoraner gesehen hatte.

Die viel dringlichere Frage jedoch lautete: *Warum?*

Die Männer konnten unmöglich gesehen haben, wie er einen eindeutig als solchen erkennbaren Tatort verlassen hatte – sonst hätten sie doch längst die Polizei gerufen! Hatte das kurze Gespräch, das Llyn mit diesem stämmigen Manticoraner geführt hatte, irgendjemandes Aufmerksamkeit geweckt? Aber falls nicht dieses Manticoraner-Muskelpaket unter Verdacht stand, die eine Straftat begangen zu haben, weswegen Llyns Verfolger nun mutmaßlichen Kontaktleuten nachgingen, ergab das noch weniger Sinn.

Doch letztendlich war es ja auch egal. Llyn wurde beschattet, also würde er sich darum kümmern müssen.

Zwischen den Gebäuden zu seiner Linken gab es eine größere Lücke – vermutlich kam man von dort aus in eine kleine Seitengasse mit Nebeneingängen. Sollte brauchbar sein.

Er beschleunigte seine Schritte und steuerte auf die Lücke zwischen den Gebäuden zu.

Lisa hatte gerade die Schlange vor dem Frühstücksbüffet hinter sich gebracht und hielt nun Ausschau nach einem guten Sitzplatz, als ihr UniLink klingelte. Sie stellte das Tablett am Ende des Tresens ab, ließ mit einer geschickten Bewegung ihren linken Ärmel ein wenig hochrutschen und warf einen Blick auf das Display.

Der Anruf kam von Lenkwaffentechniker Erster Klasse Townsend.

Der erste Reflex war: Etwas ist schiefgelaufen. Wahrscheinlich hatte sich jemand bei dem Lauftraining verletzt, das Commander Shiflett angeordnet hatte.

Ihr zweiter Gedanke: Warum um alles im All rief Townsend deswegen *sie* an?

Was auch immer dahinterstecken mochte: wehe, wenn es nicht wichtig war! Sie aktivierte das UniLink und hielt es sich dicht vor das Gesicht. »Donnelly.«

»Hi, Lisa, hier ist Charles«, hörte sie Townsends Stimme – frisch, munter und fröhlich.

Und ungeheuerlicherweise ohne auch nur eine Spur des Respekts, der ihr als seiner Vorgesetzten zustand.

Was bitte lief denn hier ab?!

»Du weißt doch – wir haben uns gestern auf der Party kennengelernt. Ich bin der, der dir von seiner Fahrt nach Secour erzählt hat ...«

Lisa runzelte die Stirn. Bei dem Einsatz, der die *Guardian* vor fünf Jahren auch in das Secour-System geführt hatte, hatte sich Townsend nicht an Bord befunden.

»... und wo ich an diese Schläger geraten bin ...«

Wovon um alles in der Welt redete der Mann denn da? Hatte er versucht, irgendeine andere Lisa Donnelly zu erreichen und war dämlicherweise falsch verbunden worden?

»... und wie mein guter alter Kumpel Mota und ich so richtig in der Tinte gesessen haben, als wir dann zurückgekommen sind. Erinnerst du dich jetzt?«

Lisa stockte der Atem. *Mota.* Der ermordete Pirat aus der havenitischen Aufzeichnung? Woher wusste Townsend überhaupt davon?

»Na ja, auf jeden Fall versuche ich jetzt gerade, deinen Wagen zu finden. Schließlich hast du mich ja darum gebeten, ihn abzuholen. Aber diese zwo Jungs hier sagen, der Schlüssel, den du mir gegeben hast, sei überhaupt kein Wagenschlüssel. Deswegen brauche ich jetzt ein bisschen Hilfe hier, klar?«

Irgendwo im anderen Teil des Raumes war zweimaliges Fingerschnippen zu hören, und das leise Raunen der im Flüsterton geführten Gespräche verklang. Lisa blickte auf und sah, dass Captain Marcello und Commander Henderson über einen Tisch hinweg geradewegs zu ihr hinüberschauten – mit echter Besorgnis im Blick. Irgendetwas an ihrer Miene musste den beiden verraten haben, dass hier etwas äußerst Sonderbares vor sich ging.

In einer lautlosen Frage wölbte Henderson eine Augenbraue. Zur ebenso lautlosen Erwiderung zuckte Lisa mit den Schultern, legte den Zeigefinger an die Lippen und hob das UniLink ein wenig höher, während sie gleichzeitig den eingebauten Lautsprecher aktivierte. »Charles! Natürlich erinnere ich mich«, sagte sie dann. »Aber was die Einzelheiten von gestern Nacht angeht, ist's bei mir im Hirn ein bisschen verschwommen. Was war das mit meinen Wagenschlüsseln?«

»Tja, tut mir echt leid«, erwiderte Townsend.

Lisa hörte seiner Stimme an, dass seine Anspannung soeben erkennbar nachgelassen hatte. Irgendetwas ging dort vor sich, ganz ohne Zweifel, und der Lenkwaffentechniker war ganz offenkundig zutiefst erleichtert, dass sie ihm keinen Einlauf verpasste.

»Kein Wunder, so wie du gestern an der Bar zugeschlagen hast«, fuhr er fort. »Als gäbe es kein Morgen mehr!«

Kein Morgen mehr? War die Lage wirklich so ernst, wie sich das für sie anhörte? »Na, das musst ausgerechnet du sagen, der sich auch nicht gerade zurückgehalten hat«, gab sie zurück und startete so einen kleinen Versuchsballon. Es konnte auf keinen Fall schaden, wenn sie sein Spielchen mitmachte – und falls ihr Townsend einen Streich spielen wollte oder er irgendeine bizarre Wette zu gewinnen versuchte, konnte sie ihn später immer noch in den ehrenvollen Rang eines Lenkwaffentechnikers *Dritter* Klasse versetzen.

»Stimmt schon«, bestätigte er, »manchmal trinke ich, als wär's meine letzte Nacht auf Erden.«

Lisa warf Marcello und Henderson einen Blick zu. Beide Männer runzelten die Stirn, so konzentriert hörten sie zu.

»Na ja, jedenfalls hast du mich doch gebeten, heute Morgen deinen Wagen aus der Tiefgarage zu holen«, fuhr Townsend fort. »Aber wie ich schon sagte, meinen diese beiden Jungs hier, das sei gar kein Wagenschlüssel. Kann es sein, dass du mir den falschen mitgegeben hast?«

»Lass mal nachdenken«, versuchte Lisa Zeit zu schinden. Also war Townsend im Augenblick nicht allein. Hörten die beiden Männer, von denen er gesprochen hatte, das ganze Gespräch mit?

»Der sieht nämlich genau so aus wie der Schlüssel für meinen Zulu Kickback zu Hause«, setzte Townsend nach. »Also könnte das einfach eine Verwechselung sein. Ich meine jetzt: eine Verwechselung von Schlüsseln. Deswegen habe ich ja auch gar nicht gemerkt, dass was nicht stimmt.«

Ein Schauer lief Lisa über den Rücken. *Zulu.* Die Betonung war kaum merklich gewesen, aber sie war sich trotzdem sicher, sich das nicht bloß einzubilden. *Kein Morgen mehr ... letzte Nacht auf Erden* ... und jetzt noch *Zulu* ...

Das war kein Streich. Townsend war in Schwierigkeiten. Gewaltig in Schwierigkeiten.

Neben sich bemerkte Lisa eine Bewegung, und sie drehte sich um. Jemand hielt ihr einen Tablet-Rechner vors Gesicht; quer über den Bildschirm war eine Nachricht gekritzelt. *Uni-Link-Standortmeldung wird blockiert – finden Sie seine Position heraus.* Lisa blickte über die Oberkante des Tablets hinweg und stellte fest, dass Commander Shiflett ihren Blick ruhig erwiderte. Also hatte auch der Eins-O schon geschaltet. »Oh je, anständig zuhören kannst du auch nicht«, blaffte Lisa in ihr Link. »Der Schlüssel ist nicht für den Wagen selbst – er ist für das kleine Kästchen unter der Motorhaube. Schwant dir vielleicht was, wenn ich's wiederhole: Da sind schon jede Menge Wagen geklaut worden!«

»Oh«, gab Townsend zurück und klang glaubwürdig peinlich berührt. »Klar. In dem Kästchen sitzt der Notaus-Schalter.«

»Und es enthält auch den richtigen Schlüssel«, setzte Lisa

hinzu und fragte sich dabei, ob sich das überhaupt auch nur ansatzweise mit bestehender cascanischer Technik vereinbaren ließ. Wenn sie hier völligen Unfug von sich gab, würden etwaige Zuhörer noch viel schneller bemerken, was hier gespielt wurde.

»Genau«, sagte Townsend. Eine kleine Pause schloss sich an, und Lisa glaubte ein sehr leises Raunen zu hören, als gebe jemand Townsend gerade außerhalb der Sensorreichweite seines UniLinks Anweisungen oder Stichwor... »Das war ein hellgrüner Picasso Rey, oder?«

Henderson, der immer noch am Tisch saß, hob mahnend einen Finger von dem Tablet, den er bis eben genutzt hatte. *»Schwarz«*, flüsterte er mit bemerkenswertem Nachdruck. »Picasso Reys in Hellgrün gibt es nicht.«

Lisa nickte. »Nein, mein *erster* Wagen war hellgrün«, widersprach sie und versuchte, zur Schau gestellte Geduld in ihre Stimme zu legen. Henderson und Marcello tuschelten jetzt miteinander, und der Captain schaute sehr genau zu, was Henderson gerade auf seinem Tablet trieb. »Du suchst einen *schwarzen* Picasso Rey. Himmel, Charles, bist du überhaupt im richtigen Gebäude?«

»Aber sicher«, versetzte Townsend voller verletztem Stolz. »Drei Apartmenthäuser unmittelbar nebeneinander, und ich bin auf dem Parkdeck unter dem ersten davon.«

»Nein, du bist im zweiten«, schalt ihn Lisa. »Du bist wirklich zu nichts zu gebrauchen! Soll ich jetzt runterkommen und dir zeigen, was ich meine?«

»Nein, nein, bloß nicht«, wehrte Townsend hastig ab. »Du willst echt nicht in meiner Nähe sein, bevor ich meinen ersten Kaffee hatte! Soll ich den Wagen dann bei dir vorbeibringen, wenn ich ihn endlich habe?«

»Was ist das denn für 'ne Frage? Deswegen habe ich dich

doch losgeschickt!«, knurrte Lisa. »Musst du jetzt erst noch kreuz und quer durch die Stadt fahren, bis dir einfällt, wo ich wohne?«

»Nein, nein«, versicherte Townsend, und wieder schwang echter verletzter Stolz in seiner Stimme mit. »Das weiß ich noch genau. Du wohnst vier Häuser weiter die Straße runter von deinem Büro bei Tinsdale Range Runners.«

»Genau«, bestätigte Lisa. Wenn das wirklich das bedeutete, was sie vermutete ...

»Prima«, sagte Townsend, »ich komm dann dahin, so schnell ich kann. Tschüss.«

Die Verbindung wurde gekappt. »Bei allem schuldigen Respekt, Commander«, ergriff nun eine cascanische Zivilistin das Wort, die Lisa noch nicht vorgestellt worden war. »Was im Heiligen Namen sollte *das* denn, bitte schön?«

»Einer unserer Leute ist in Schwierigkeiten«, erklärte Lisa. »Die Lage ist ernst.«

»Sind Sie sich sicher, dass der Anrufer nicht bloß Spielchen treibt?«, bohrte die Zivilistin nach. »Für mich hat's ganz danach geklungen.«

»Solche Spielchen spielt Lenkwaffentechniker Townsend nicht«, versicherte ihr Shiflett.

»Und über einen Fall Zulu macht niemand von uns Witze«, ergänzte Marcello. »Schon gar nicht den Vorgesetzten gegenüber. Commodore, haben Sie irgendetwas gefunden?«

»Vielleicht«, gab Henderson zurück. »Drei Wohnhäuser nebeneinander, unter denen sich jeweils ein Parkdeck befindet ... Da habe ich in einem Umkreis von zwo Kilometern rings um das Hamilton Hotel vier Möglichkeiten gefunden.«

»Hat eine davon vielleicht die Adresse Drei-Elf-Irgendwas?«, fragte Lisa nach.

Henderson blickte sie erstaunt an. »Marsala Avenue DreihunderteIf«, bestätigte er. »Vier Querstraßen vom Hamilton entfernt. Woher haben Sie das gewusst?«

»Ein Tinsdale drei-fünfzehn ist eine Komponente im Abstandssensor der *Damocles*«, antwortete Lisa. »Davon vier abziehen, und wir landen bei Dreihundertelf.«

Henderson brummte: »Ganz schön auf Draht, der Bursche.« Währenddessen tippte er hektisch auf seinen Tablet-Rechner ein. »Das ist genau wie damals im Secour-System. Tut ihr in Manticore vielleicht irgendwas in euer Wasser?! Okay, die Polizei ist informiert – Alarmstufe eins –, und sie sagen, sie seien schon auf dem Weg. Was hat es denn mit diesem Fall-Zulu-Ding auf sich? Ich gehe mal davon aus, dass es sich dabei nicht um einen manticoranischen Fahrzeugtypen handelt.«

»Nicht ganz«, antwortete Marcello grimmig. »Nach dieser Sache im Secour-System hat Erster Lord der Admiralität Cazenestro beschlossen, die Angehörigen der Navy bräuchten deutlich mehr Kampftraining. Ursprünglich wurde die letzte Stufe der Ausbildung als Zulu Omega bezeichnet: ein ausgewachsenes Gefechtsszenario, zum Teil mit scharfer Munition – so realistisch und hart, wie wir das eben hinbekommen, ohne dass dabei jemand zu Tode kommt.«

»Ein paar der Rekruten hatten noch Wochen später Albträume«, setzte Shiflett hinzu.

»Genau«, bestätigte Marcello, »eine absolut unvergessliche Erfahrung, glauben Sie mir. Aber nach und nach haben unsere Leute diesen Teil der Ausbildung ›Zulu‹ oder ›Fall Zulu‹ genannt, und das ist zum feststehenden Ausdruck geworden. Übersetzen lässt sich der in etwa mit ›Alles geht hier gerade gewaltig den Bach runter!‹ und ›Ohgottohgott, wir gehen alle drauf‹. Wie ich schon sagte: Ein erfahrener Unteroffizier wie Townsend würde diesen Ausdruck niemals seinem Ressortoffizier gegenüber einfach aus einer Laune heraus verwenden.«

»Da hat der Captain recht, Sir«, bestätigte Shiflett. »Entweder hält da jemand gerade Townsend eine Waffe an die Schläfe, oder er geht davon aus, dass genau das schon bald passieren wird.« Sie blickte wieder zu Lisa hinüber und nickte ihr anerkennend zu. »Gute Arbeit, T-O.«

»Danke, Ma'am«, erwiderte Lisa. »Hoffentlich haben wir Townsend richtig verstanden.«

Shifletts Lippen zuckte kurz. »Das werden wir ja schon bald herausfinden.«

»Mann, ich laufe heute wirklich nur auf halber Hydraulik«, sagte Chomps. Während er das UniLink deaktivierte, verströmte er alles an Verlegenheit, was er zustande brachte. Wenigstens hatten die beiden vermeintlichen Arbeiter noch nicht die Waffen gezogen. Sollte er Glück haben und sie hatten ihm diese Charade tatsächlich abgekauft?

Vielleicht aber warteten sie einfach nur auf ein Signal ihres Bosses – Daumen hoch oder Daumen runter. Auf jeden Fall wurde es Zeit für einen geschmeidigen Rückzug.

»Dann mach ich mich mal auf den Weg nach nebenan und treibe diesen verdammten Wagen für die Kleine auf.« Er ging einen weiteren Schritt in Richtung Ausgang …

»Sie brauchen das Gebäude nicht zu verlassen«, erklärte der erste Mann. Dann deutete er hinter Chomps. »Die drei Garagen sind durch Türen miteinander verbunden.«

»Echt jetzt?«, fragte Chomps nach und runzelte die Stirn.

»Wir haben viel in diesem Teil der Stadt zu tun«, ergänzte der zweite Mann. »Die meisten dieser dicht an dicht gebauten Dinger haben einen zweiten Ausgang.«

»Sicherheitsvorschriften«, erklärte der erste Mann. »Kommen Sie – ich zeig's Ihnen.« Er drängte sich an Chomps vorbei, auf die aufgereihten Fahrzeuge zu. Jetzt war nur noch der zweite Mann zwischen Chomps und der Straße.

Falsch: der zweite Mann und all die anderen, die in der Garage ihre ›Arbeit‹ machten. Fieberhaft überlegte Chomps: *Was tun?*

Wollten die beiden ihm wirklich nur den Ausgang zeigen und ihn dann gehen lassen? Dann hätten sie ihm tatsächlich das improvisierte Gespräch mit Donnelly abgekauft. Nein, nein, das glaubte Chomps keine Sekunde lang: Sie wären extrem leichtgläubig und vertrauensselig. Und das bei Profis?

Aber wenn sie beabsichtigten, ihn umzubringen, warum dann noch weiter in die Garage hineingehen, anstatt ihn gleich zu erschießen?

Chomps' Magen verkrampfte sich, denn zwischen den parkenden Wagen könnten sie ihn leicht umbringen, und es würde Stunden dauern, bis seine Leiche entdeckt würde. Zehn Meter vor ihnen stand ein kleiner Lieferwagen mit gewölbter Frontscheibe, und in dessen leicht verzerrter Spiegelung sah Chomps, dass ihnen der zweite Mann lautlos folgte.

Ruhig bleiben, sagte sich Chomps selbst. Die beiden Männer waren zweifellos bewaffnet und hielten genug Abstand, um vor einem Angriff seinerseits sicher zu sein – Profis eben. Selbst wenn er – irgendwie! – einen der beiden erwischen könnte, wäre es völlig sinnlos, darauf zu bauen, dass er den einen als menschlichen Schutzschild gegen den zweiten benutzen könnte. So breitschultrig und muskelbepackt, wie er dank seines sphinxianischen Körperbaus nun einmal war, könnte er genauso gut versuchen, sich hinter einer Fahnenstange zu verstecken.

Ruhig bleiben! Wie würden sie es anstellen? Am sichersten wäre, ihm in den Rücken zu schießen. Chomps hatte bereits begriffen, dass Schüsse die Einheimischen nicht beunruhigten. Ein kurzer, sauberer Schuss, und schon könnten sich die beiden wieder ihrer eigentlichen Aufgabe hier unten widmen.

Doch wer nicht gern Dinge unerledigt ließ, schätzte es gemeinhin auch nicht, unnötige Risiken einzugehen. Falls die beiden keinen weiteren Schuss riskieren wollten, dann würden sie vermutlich als Nächstes …

Chomps behielt die spiegelnde Frontscheibe des Lieferwagens fest im Blick und sah es: Der Mann hinter ihm zog ein Messer hervor und beschleunigte seine Schritte, um sein Opfer einzuholen.

Chomps musste sich sehr zusammenreißen, nicht schon jetzt zu reagieren. Doch er ging weiter, kämpfte gegen den Impuls an, herumzuwirbeln und sich gleich dem Angreifer zu stellen. Der Mann kam jetzt in Reichweite, doch mit dem Zustoßen würde er vermutlich warten, bis sie wenigstens die vordersten Wagen erreicht hätten – und sei es auch nur, damit sein Partner und er die Leiche nicht ganz so weit schleifen müssten.

Chomps ließ den Mann bis auf einen halben Meter an sich herankommen, dann wirbelte er unvermittelt herum. Mit diesem Schwung riss er den linken Arm schützend vor sich, exakt so, wie er es beim Training in Casey-Rosewood gelernt hatte.

Zu seiner großen Überraschung – und vermutlich auch der seines Angreifers – funktionierte es. Chomps' Handgelenk traf von unten auf dem Unterarm des Mannes auf und schlug Arm und Messer weg.

Nachsetzen! Chomps sprang vor und griff nach dem Handgelenk des Mannes.

Doch sein Angreifer hatte sich von der ersten Überraschung schon erholt und riss die Hand gerade noch rechtzeitig zurück. Als Nächstes würde er es wohl mit einer Finte versuchen und es dann darauf anlegen, Chomps das Messer in den Leib zu stoßen, Bauch oder Brust.

Diesen Angriff abzuwehren würde Chomps kaum gelingen. Damit blieb ihm nur eine Möglichkeit: Mit der Linken packte er den Mann am Kragen, mit der Rechten am Gürtel ...

Vor Anstrengung grunzte Chomps, aber er riss den Angreifer von den Beinen. Mit einer halben Drehung, ganz ähnlich wie beim Kugelstoßen, schleuderte er den Kerl geradewegs auf seinen Partner.

Dieser war herumgefahren, als der Kampf begonnen hatte, hatte einen Moment gebraucht, um zu beobachten, wie das Kampfgeschehen sich entwickelte. Dabei allerdings war seine Hand schon im Overall verschwunden, um eine Waffe, welche auch immer, zu zücken. Ihm blieb gerade noch genug Zeit, das Gesicht zu einer ungläubigen Grimasse zu verziehen, bevor das ankommende menschliche Geschoss seine Pläne vereitelte. Gemeinsam krachten die beiden Männer zu Boden.

Ein anständig ausgebildeter Nahkämpfer hätte vermutlich die Unpässlichkeit seiner Gegner ausgenutzt, um Vorübergehendes in Dauerzustand zu verwandeln. Aber Chomps war kein ausgebildeter Nahkämpfer; seine Gegner kamen beunruhigend rasch wieder zu sich, und wenn sein Versuch, die Gegner auszuschalten, schiefginge, wäre sein Tod der einzige Dauerzustand, der sich in Kürze einstellte.

Anstatt auf die beiden am Boden, ein Gewirr aus Armen und Beinen, das erst einmal sortiert sein wollte, loszugehen, stürmte Chomps an den beiden vorbei, hinüber zu den ersten Wagen. Dort duckte er sich hinter den Aufbau des Lieferwagens und schlängelte sich durch die schmale Lücke zwischen diesem Fahrzeug und dem nächsten. Jetzt konnte er nur noch in Deckung gehen, die Polizei rufen und darauf hoffen, dass er mit den beiden Killern lange genug Verstecken spielen könnte, bis Verstärkung einträfe.

Er hatte gerade die etwas breitere Lücke zwischen der ersten und der zweiten Parkreihe erreicht und suchte fieberhaft nach dem nächsten Fahrzeug, hinter dem er sich verbergen könnte, als hinter ihm ein Schuss aufbellte.

Sein erster Impuls bestand darin, sich hektisch abzusuchen. Er hatte einmal gehört, dass wirklich entsetzlicher Schmerz gelegentlich ein wenig auf sich warten ließ, weil der Verstand ihn einfach nicht verarbeiten konnte – vielleicht war er bereits tödlich getroffen und wusste es einfach noch nicht. Doch er schien unverletzt ...

»Keine Bewegung!« Die Stentorstimme hallte in der Tiefgarage wider – und das in einer Lautstärke, die nur die tragbaren Lautsprecher zustande brachten, wie sie überall in der Galaxis zur Standardausrüstung der Polizei gehörten. »Hände hoch, sodass wir sie sehen können. *Jetzt!*«

Vorsichtig und sich nur allzu sehr der Tatsache bewusst, dass seine Hände dank all des Adrenalins immer noch zitterten und im Augenblick nicht gerade sonderlich zuverlässig waren, blieb Chomps stehen und duckte sich.

Zwanzig Sekunden später kamen ein halbes Dutzend grau gekleidete Gestalten den Tunnel hinabgestürmt, die Waffen im Anschlag.

Chomps nahm sich einige Sekunden Zeit, tief durchzuatmen, um sich ein wenig zu beruhigen. Dann hob er die Hände, richtete sich auf und ging zwischen den geparkten Wagen hindurch geradewegs auf die Männer zu. Vernünftig ausgebildete Polizisten, das wusste er, würden ihm nicht glauben, dass er zu den guten Jungs gehörte. Anständig ausgebildete Polizisten würden einfach alle Beteiligten in Gewahrsam nehmen, ihnen Handschellen anlegen und sie zur Wache schleppen, um dort dann in aller Ruhe herauszufinden, was eigentlich vorgefallen war.

Ja, anständig ausgebildete Polizisten würden dabei auch

nicht sonderlich zimperlich vorgehen: Wahrscheinlich würden sie jeden Beteiligten erst einmal mit Schwung auf den Asphalt knallen und die Handschellen im Liegen anlegen.

Wie sich herausstellte, waren die Polizisten von Quechua City sogar *sehr* gut ausgebildet.

8

Khethas Shuttle stand genau dort, wo es laut Ulobos Tablet-Rechner hingehörte. Die Triebwerke waren kalt – der Allwaltende Auserwählte hatte das Fahrzeug vermutlich schon seit Monaten nicht mehr genutzt. Sie heizten sich allerdings erfreulich schnell auf. Während die Schubdüsen einen Selbsttest durchführten, ergab eine kurze Überprüfung der Computersysteme, dass dem Fahrzeug ein Prioritätsstartcode zugewiesen worden war, wie er gemeinhin nur Diplomaten zustand. Die Beziehung zwischen den Cascanern und Khethas angeblicher Exilregierung mussten … nun, wie sollte Llyn es nennen? Sie mussten wirklich interessant gewesen sein. Und vermutlich auch recht kostspielig.

Diese Details aber spielten hier und jetzt keine Rolle. Wenn Llyn dieser Code gestattete, Casca frühzeitig hinter sich zu lassen, sollte ihm das nur recht sein.

Auf Ulobos Tablet hatten sich auch Informationen über die Startsequenz des Schiffes im Orbit befunden. Es würde immer noch recht knifflig werden, ein solches Schiff im Alleingang zu steuern, aber solange es keine größeren Schwierigkeiten im Maschinenraum gäbe, würde Llyn damit zurechtkommen, da war er sich sicher. Alternativ könnte er ja immer noch die Notbesatzung aufsammeln, die er sich sicherheitshalber während der letzten Wochen zusammengesucht hatte, und die Reise mit ihnen gemeinsam antreten.

Aber eigentlich hatte er im Rahmen dieses Einsatzes schon genug Leute umgebracht, und jemand wie Khetha würde dafür sorgen, dass stets alles im Topzustand war. Llyn lehnte sich in seinem Sessel zurück, behielt die Instrumente im Blick und machte sich daran, das Handbuch durchzugehen.

»... und dann hat man mich nach hier unten verfrachtet«, beendete Townsend seinen Bericht.

»Ich verstehe«, meinte Detective Dolarz von der Quechua City Police und nickte. »Okay. Kommen wir noch einmal darauf zurück, wie Sie diese ersten Schüsse gehört haben.«

»Hören Sie, ich weiß, dass Sie das fragen müssen«, fiel ihm Townsend ins Wort. »Aber da draußen läuft ein Killer frei herum, erinnern Sie sich? Vielleicht ist das der Kerl, der die anderen acht umgebracht hat.«

»Ah ja, der Mann, den Sie erwähnt haben – der mit dem Verbrecherlächeln«, bestätigte Dolarz mit deutlich erkennbarer Anspannung in der Stimme. »Den kriegen wir schon noch.«

Townsend warf Lisa einen frustrierten Blick zu. Sie saß schweigend neben dem Detective, und einen kurzen Moment lang rechnete sie schon damit, dass der Lenkwaffentechniker sie beschwören würde, etwas zu unternehmen.

Aber das tat er nicht, und das war auch gut so. Denn im Augenblick konnte weder sie persönlich noch die ganze Navy irgendetwas für ihn tun. Lenkwaffentechniker Erster Klasse Charles Townsend saß nämlich mitten in diesem sich anbahnenden Feuersturm fest.

Acht Morde, verübt mitten in der Hauptstadt von Casca. Das war entsetzlich, das war beinahe beispiellos auf dieser Welt, und die Polizei spürte anscheinend schon jetzt den Druck, den oberste Regierungskreise auf sie ausüben würden.

Also suchten sie hektisch nach Antworten, würden sie sich vielleicht auch mit Sündenböcken zufriedengeben.

Lisas UniLink vibrierte: Captain Marcello wollte sie sprechen. Schweigend erhob sie sich aus ihrem Sessel, öffnete die Tür des Vernehmungszimmers und schlüpfte leise hinaus.

Marcello und Commodore Henderson warteten im Besprechungsraum: Bei ihnen befand sich eine bemerkenswert hüftsteife Frau in der Uniform einer leitenden Polizeibeamtin. Sie bedachte den Neuankömmling mit einem grimmigen Blick, doch zugleich erkannte Lisa in ihrem Gesicht auch die Panik des getriebenen Tieres. »Commander Donnelly«, begrüßte Marcello sie ernst, »das hier ist Lieutenant Nabaum. Sie leitet derzeit die Ermittlungen.«

»Ma'am«, sagte Lisa und nickte der Frau zu. »Ich hoffe, der Rest der Ermittlungen verläuft besser als die Vernehmung von Lenkwaffentechniker Townsend.«

»Ihr Petty Officer steht im Augenblick nicht gerade da wie ein unschuldiges Maiglöckchen«, versetzte Nabaum beißend. »Und: Ja, wir machen Fortschritte. Wir haben das Killerkommando identifiziert – sie gehören einer Verbrecherorganisation an, die sich Black Piranha nennt. Ein unerfreulicher Haufen – wir versuchen schon seit mehr als dreißig T-Jahren, die zu erledigen. Aber soweit wir wissen, sind sie hier zum ersten Mal in etwas von interstellaren Ausmaßen verwickelt. Vielleicht bietet uns das endlich den Ansatzpunkt, den wir brauchen, um sie endgültig aus dem Verkehr zu ziehen.«

»Sind Sie sich sicher, dass die für die Morde verantwortlich sind?«, fragte Henderson nach. »So wie ich Townsends Aussage verstanden habe, sind die sechs erst am Tatort aufgetaucht, *nachdem* die Schüsse gefallen sind.«

»Sie haben Townsends Aussage vermutlich auch entnommen, dass er nur *zwei* Schüsse gehört zu haben meint«, gab Nabaum zurück und winkte dann ungeduldig ab. »Also gut, zugegeben: Der Raum, in dem die anderen sechs Leichen entdeckt wurden, war schalldicht, also können Sie das mit der Anzahl der Schüsse gleich wieder vergessen. Aber der Zeitablauf, den Ihr Besatzungsmitglied schildert, ist trotzdem verdächtig. Vor allem, weil seine lächerliche Theorie über den lächelnden Mann mehr und mehr nach einem Ablenkungsmanöver aussieht.«

»Wie kommen Sie darauf?«, fragte Lisa nach.

Nabaum lächelte dünn. »Weil wir eine Nachricht an die Black Piranhas gefunden haben, in der die Adresse des Tatorts erwähnt wird und in der sie ausdrücklich angewiesen werden, sich um jeden zu kümmern, den sie vor Ort vorfinden. Diese Nachricht war Bestandteil eines havenitischen Datenpakets, und das bedeutet, dass sie von einer anderen Welt stammt – was wiederum heißt, dass sie vor mindestens einem Jahr abgeschickt wurde. Und das schließt aus, dass irgendjemand damit zu tun hatte, der sich an Bord der *Soleil Azur* befunden hat.«

»Ach, tatsächlich?«, fragte Marcello nach und runzelte die Stirn. »Ich hatte den Eindruck, bei dem Raum, in dem die Leichen entdeckt wurden, handle es sich um weitgehend ungenutzte Lagerräumlichkeiten. Wie sollte derjenige, der diese Nachricht abgeschickt hat, überhaupt wissen, dass sich die Leichen dort befinden?«

Nabaum zählte es an den Fingern ab. »Erstens: Das mag ja ursprünglich ein Lagerraum gewesen sein, aber er wurde vor drei Jahren angemietet und zu einem privaten Besprechungszimmer umgebaut. Zweite ...«

»Angemietet? Von wem?«, fuhr Henderson sofort dazwischen.

»Das versuchen wir noch herauszufinden«, antwortete Nabaum. »Drei Tarnidentitäten weit haben wir das Ganze schon durchdrungen – keine Ahnung, wie tief wir noch graben müssen. Ich würde ja auf jemanden wetten, der etwas mit den Piranhas zu tun hat. Also ... zweitens: In einem privaten Besprechungsraum werden gemeinhin – kaum überraschend – Besprechungen abgehalten. Häufig geschieht das regelmäßig, was hier anscheinend der Fall war. Jemand hat das wohl herausgefunden. Ich weiß das, weil, drittens, in besagter Nachricht ganze zwölf mögliche Termine und Uhrzeiten verzeichnet waren, zu denen die Piranhas die dort angegebene Aufgabe zu erledigen hätten – und der heutige Tag war der vierte Termin aus dieser Liste. Es ist also ganz klar: Wer auch immer diese Morde vorbereitet hat, war offenkundig bestens über die Zeitpläne der designierten Opfer informiert. Das wiederum bedeutet, dass für ihn kein Grund bestanden hätte, sich notwendigerweise auf Casca aufzuhalten. Und ein Beleg dafür, dass das tatsächlich der Fall war, ist das schon einmal gar nicht.«

Marcellos UniLink klingelte. Er hob das Handgelenk und schaltete das kleine Gerät ein. »Marcello hier.«

Einen Augenblick lang lauschte er nur, und seine ohnehin schon grimmige Miene verfinsterte sich weiter. »Danke, Commander. Bringen Sie es hierher, ja?«

Er schaltete das UniLink wieder ab. »Ich hatte Commander Shiflett gebeten, Townsends Zimmer im Hamilton zu durchsuchen und sich anzuschauen, welche persönlichen Habseligkeiten er vom Schiff mitgebracht hat«, erläuterte er Lisa. »Sie hat eine Kopie der Aufzeichnung von Motas Ermordung gefunden.«

Lisa verzog das Gesicht. Welche Anklagepunkte diese Nabaum auch immer für Townsend vorbereiten mochte, er hing auf jeden Fall für den Hackerangriff am Haken, den Peirola am Vorabend entdeckt hatte. »Also war er Commissioner Peirolas Hacker?«, vergewisserte sie sich.

»So sieht's aus«, gab Marcello zurück. »Aber da ist noch etwas, wovon Sie bislang nichts wissen: Commodore Henderson hat einen neuen Gesichtsabgleich der Aufzeichnung mit der Passagier- und Besatzungsliste der *Soleil Azur* angefordert. Das beste Ergebnis kommt auf gerade einmal dreiundachtzig Prozent.«

»Und wenn sich der Mörder maskiert hat?«, schlug Lisa vor. »Eine Perücke, ein falscher Bart, dazu noch ein paar Tricks, um die Gesichtszüge zu verändern, das könnte doch eine solche Abweichung erklären, oder nicht?«

»Natürlich«, warf Nabaum ein, »aber warum sollte er sich die Mühe machen, eine Maske anzulegen, wenn er ohnehin die Aufzeichnungen der Überwachungskameras manipulieren und das Gedächtnis der Wachen beeinflussen wollte?«

»Vielleicht möchte er seine Spuren auf mehr als nur eine Weise verwischen«, antwortete Lisa.

Nabaum seufzte theatralisch laut. »Hören Sie, Commander, mir ist durchaus bewusst, dass Petty Officer Townsend Ihr Schiffskamerad ist, und dazu auch noch ein enger persönlicher Freund. Aber die Fakten ...«

»Verzeihen Sie«, unterbrach Lisa den Lieutenant reflexartig, und vor ihrem geistigen Auge erschien die Dienstvorschrift, die jegliche Fraternisierung über Ebenen der Weisungsbefugnis hinweg untersagten. »Lenkwaffentechniker Townsend ist keineswegs ein enger persönlicher Freund. Er ist ein fähiger, mir unterstellter Petty Officer, das ist alles.«

»Und warum hat er dann für sein kleines Gefahrenwortspiel ausgerechnet Sie angerufen?«, verlangte Nabaum zu wissen, und in ihren Augen stand ein wissendes Funkeln.

»Ich habe keine Ahnung«, gab Lisa zurück und war sich nur zu bewusst, dass ihr Captain jedes Wort dieses Gespräches mithörte.

»Na, das werden wir ihn später noch fragen«, erklärte Nabaum gelassen.

»Was ist mit den Opfern?«, fragte Marcello nun. »Sind die auch schon identifiziert?«

Nabaums ›Erwischt‹-Miene fiel in sich zusammen. »Bislang noch nicht«, räumte sie ein. »Die Killer hatten die Leichen bereits in Zersetzungssäcke gepackt – gehört hier zur Standardvorbereitung bei allen etwas professioneller vorgehenden Kriminellen. Gesichter, Fingerabdrücke, Cornea und Iris waren schon zu stark angegriffen für die automatisierte Erkennung, und bis die DNA überprüft ist, dauert das noch. Wenigstens davon haben wir noch genug retten können, aber es dauert nun einmal seine Zeit, bis wir auf diesem Wege Namen herausfinden.«

»Ich verstehe«, sagte Marcello. »Könnten wir Lenkwaffentechniker Townsend wohl allein sprechen? Wenn die offizielle Vernehmung abgeschlossen ist, heißt das natürlich.«

»Das dürfte sich machen lassen«, entschied Nabaum. »Wenn Sie hier warten wollten, sehe ich zu, dass man ihn zu Ihnen führt, wenn wir mit ihm fertig sind. Wenn Sie mich dann jetzt entschuldigen wollten? Ich habe noch anderes zu erledigen.« Sie ging in Richtung Tür.

»Ich muss dann jetzt auch gehen«, erklärte Henderson. »Es gibt da noch ein paar Dinge, die ich überprüfen lassen möchte.«

»Selbstverständlich«, sagte Marcello. »Wenn Sie mir einen Vorschlag erlauben? Vielleicht könnten Sie die Fotos aller Besatzungsmitglieder der *Soleil Azur* an sämtliche Boden- und Lufttransportunternehmen weiterleiten? Nur für den Fall, dass jemand aus diesem Personenkreis Quechua City verlassen möchte.«

»Und ebenso an sämtliche Fahrzeugverleiher«, sagte Henderson und nickte. »Schon geschehen. Sagen Sie mir Bescheid, wenn Sie irgendetwas Neues herausfinden.«

»Wird gemacht, Sir«, versicherte ihm Marcello. »Ich hoffe, wir können das hier rasch klären.«

»Amen, kann ich da nur sagen.« Henderson lächelte

schwach. »Denn bislang bleibt der Freundschaftsbesuch aus dem Sternenkönigreich von Manticore doch sehr hinter unseren Erwartungen zurück. Viel Glück!«

Es dauerte noch eine weitere Stunde, bis Townsend endlich in den Besprechungsraum geführt wurde – ausreichend Zeit, damit auch Commander Shiflett sich zu Marcello und Lisa gesellen konnte. Es war auch ausreichend Zeit, damit Marcello und Lisa eindeutig verifizieren konnten, dass sich auf Townsends Minicomp tatsächlich eine widerrechtliche Kopie der Aufzeichnung aus dem Deuxième Prison befand.

Nach einem solchen Morgen, wie ihn Townsend bislang durchgemacht hatte, war Lisa davon ausgegangen, er würde sich in den Besprechungsraum schleppen wie ein frischgebackener Rekrut, der gerade seinen ersten Zehn-Kilometer-Lauf hinter sich hatte. Doch auch wenn der Petty Officer ein wenig abgekämpft wirkte, loderte in seinem Blick immer noch das gewohnte Feuer, und er hielt sich kerzengerade.

»Ich weiß nicht, was ich Ihnen sonst noch erzählen könnte, Sir«, sagte er, als sie alle an dem Tisch Platz genommen hatten. »Das Lächeln dieses Mannes war wirklich genau das aus der Aufzeichnung. Die gleichen Lippen, die gleiche Mundform, fast die gleichen Grübchen in den Wangen. Sogar die Art und Weise, wie er die Zähne unter der Oberlippe ein bisschen hervorblitzen ließ, war identisch.«

»Und das haben Sie alles auf einen Blick wahrgenommen?«, fragte Marcello nach.

»Zwo Blicke, Sir«, verbesserte ihn Townsend. »Und beim zwoten Mal wusste ich ja schon, worauf genau ich achten musste.«

»Ein bemerkenswertes Talent, Lenkwaffentechniker Townsend«, bemerkte Shiflett in einem Tonfall, der deutlich verriet, dass sie ihm kein Wort glaubte.

»Ich weiß nicht, ob ich das als Talent bezeichnen würde,

Ma'am«, sagte Townsend. »Aber ich weiß, was ich gesehen habe.« Er richtete den Blick wieder auf Marcello. »Muss ich davon ausgehen, Sir, dass die Polizei das nicht ernst nimmt?«

»Man ist hier davon überzeugt, dass die Männer, die Sie beim Wegräumen der Leichen beobachtet haben, auch die Mörder sind.«

»Gibt es schon Überlegungen hinsichtlich des Motivs, Sir?«, fragte Townsend nun.

»Die Behörden wissen bislang noch nicht einmal, wer die Opfer sind«, erwiderte Marcello. »Aber machen wir erst einmal hiermit weiter, ja?« Er tippte auf die Abdeckung von Townsends Minicomp.

Townsend verzog das Gesicht. »Jawohl, Sir. Ich weiß, dass das komisch klingt, aber ich wurde tatsächlich ausdrücklich aufgefordert, mich in die havenitischen Pirateriedaten zu hacken und eine Kopie anzufertigen.«

»Ach, tatsächlich«, meinte Marcello. »Und von wem, wenn ich fragen darf?«

»Man hat mich gebeten, das geheim zu halten.«

»Bis hin zu dem Punkt, dass Sie die Rückreise im Bunker verbringen dürfen?«

»Jawohl, Sir.«

»Auch bis hin zu dem Punkt, dass Sie auf Casca bleiben und sich einer Anklage wegen Behinderung der Justiz und möglicherweise sogar wegen mehrfachen Mordes stellen?«, warf Shiflett ein.

Lisa spürte, wie sich ihr Magen verkrampfte. Das meinte Shiflett gewiss nicht ernst.

Doch, das meinte sie. Diesen Gesichtsausdruck kannte Lisa schon von ihrem Eins-O. Deswegen wusste sie mit absoluter Sicherheit, dass Shiflett das sogar todernst meinte.

In gewisser Hinsicht konnte Lisa es ihr nicht einmal verdenken. Wie Commodore Henderson schon gesagt hatte, stand der freundschaftliche Besuch der Manticoraner kurz davor, sich zu einem echten PR-Desaster auszuwachsen. Wenn es, um die Sache wieder geradezurücken, erforderlich würde, einen unbedeutenden Petty Officer zurückzulassen, damit er sich vor Ort einer Anklage stellte, dann mochte Shiflett durchaus bereit sein, diesen Preis zu zahlen.

Townsend wusste das auch. Er blickte erst Shiflett an, dann Marcello, dann Lisa, schließlich wieder Shiflett. »Nein, Ma'am«, räumte er ein. Er blickte Marcello an und straffte die Schultern. »Der Auftrag kam von Gräfin Calvingdell, Sir.«

Aus dem Augenwinkel bemerkte Lisa, dass Marcello und Shiflett völlig synchron die Augen aufrissen. »Von der *Verteidigungsministerin?*«, verlangte Marcello eine eindeutige Klarstellung.

»Jawohl, Sir«, bestätigte Townsend, und noch nie hatte Lisa erlebt, dass sich der Lenkwaffentechniker so offenkundig unwohl in seiner Haut fühlte. Schlimmer ginge es wohl nicht. »Ihr war aufgefallen, dass die havenitischen Pirateriedaten, die uns von Casca aus erreichen, einige ungewöhnliche Störungen enthielten. Deswegen wollte sie wissen, ob die auf die ursprüngliche Verschlüsselungstechnik der Haveniten zurückzuführen seien oder dafür die zusätzliche Verschlüsselung der Cascaner verantwortlich sei. Da wir ohnehin hier vor Ort sein sollten, wenn die Datenpakete einträfen, hat sie mich gebeten, eine Kopie der Originaldaten unter Originalverschlüsselung anzufertigen. Die sollten dann mit der cascanischen Version verglichen werden, die wir in die Heimat mitbringen würden.«

»Lächerlich!«, entschied Shiflett rundweg. »Wenn sie eine Kopie der Originaldaten haben wollte, warum hat sie dann nicht Captain Marcello gebeten, sie ihr zu verschaffen? Warum sollte sie sich dafür an Sie wenden?«

Lisa hatte sich getäuscht: Townsend konnte sich sogar noch unwohler in seiner Haut fühlen. »Ma'am, ich glaube, sie hat sich Sorgen gemacht, die Störungen könnten durch jemanden aus der Navy gezielt herbeigeführt werden, möglicherweise sogar von jemandem aus ihrem eigenen Ministerium.«

Ausnahmsweise schien das sogar Shiflett die Sprache zu verschlagen. »Also gut«, sagte sie schließlich, und zumindest ein Teil der Feindseligkeit in ihrer Stimme war verschwunden. »Aber trotzdem: warum gerade *Sie?*«

»Einer meiner Onkel hat einen Freund, der beim Geheimdienst der Meyerdahl System Defense Force gearbeitet hat, bevor er nach Sphinx ausgewandert ist«, erklärte Townsend. »Er hat die Gräfin schon zuvor bei einigen Geheimeinsätzen beraten und hat vorgeschlagen, mich mit dieser Aufgabe zu betrauen.«

»Können Sie das beweisen?«, fragte Marcello. »Ohne dass wir dafür nach Hause fahren und Calvingdell persönlich fragen müssen, heißt das.«

»Nicht in einer Art und Weise, mit der sich ein cascanisches Gericht zufriedengeben dürfte«, gestand Townsend. »Und ich bitte Sie inständig, Sir, niemandem etwas davon zu verraten. Bitte! In dieser Hinsicht waren die Anweisungen von Gräfin Calvingdell wirklich sehr unmissverständlich. Mir scheint, sie sorgt sich um mögliche politische Auswirkungen.«

Marcello grunzte: »Na, das kann ich mir vorstellen!«

»Aber Ihre eigenen Marschbefehle enthalten eine verborgene Klausel, Sir, und die hat die Gräfin persönlich dort eingefügt«, fuhr Townsend fort.

»Ach was!«, kommentierte Marcello, und seine Stimme wurde eine halbe Oktave tiefer. »Ich kann mich nicht erinnern, da etwas anderes gesehen zu haben als die übliche bunte Mischung an Anweisungen für den Notfall.«

»Diese Klausel ist nicht nur gesperrt, Sir«, ergänzte Townsend, »Sie können die nicht einmal sehen, wenn Sie nicht vorher das entsprechende Passwort eingeben. Es lautet *PR-Desaster.*«

Marcello und Shiflett tauschten vielsagende Blicke. »Wir werden sehen«, sagte Marcello dann.

»Danke, Sir«, meinte Townsend. »Aber wenn Sie erlauben, Sir: Wir können es uns nicht leisten, so lange zu warten, bis Sie wieder an Bord der *Damocles* gehen und das überprüfen. Bitte gestatten Sie mir, Ihnen eine Art indirekten Beweis vorzulegen. Wenn Sie sich die Daten meines Zugriffs anschauen, werden Sie erkennen, dass ich dabei den Verschlüsselungscode der Haveniten verwendet habe. An den kann ich nur gekommen sein, indem ihn mir ein ranghoher Mitarbeiter des Verteidungsministeriums ausdrücklich überlassen hat.«

»Oder indem Sie ihn gestohlen haben«, warf Shiflett ruhig ein.

»Stimmt schon, Ma'am«, räumte Townsend ein. »Aber ein Dieb, dem tatsächlich ein offizieller Verschlüsselungscode des havenitischen Militärs in die Hände gefallen wäre, würde ihn wohl kaum bei einer vergleichsweise unbedeutenden Datei wie der hier anwenden. Der würde wohl eher Ausschau nach einem Käufer halten und dann den Rest seines Lebens in Saus und Braus leben.«

»Vielleicht war das ja der nächste Punkt auf Ihrem persönlichen Zeitplan«, meinte Shiflett düster. »Ja, vielleicht ist ja auch Ihr Lächler Teil des Plans.«

Lisa erstarrte, als ihr plötzlich ein Gedanke durchs Hirn zuckte. Wenn Townsend mehr als nur die havenitischen Daten kopiert hatte ... »Verzeihen Sie«, sagte sie rasch, als Townsend gerade zu einer Entgegnung ansetzte, »haben Sie sonst noch etwas kopiert? Von den Pirateriedaten abgesehen, meine ich?«

Townsends Lippen zuckten. »Ich habe noch einen Teil des

restlichen Datenpakets abgegriffen, Ma'am, ja«, antwortete er. »Ich wollte wirklich nicht herumschnüffeln – ich hatte mir die Aufzeichnung des Mordes selbst angesehen und dachte, ich könnte vielleicht im Rest des Datenpakets noch mehr finden.«

»Wollen Sie vielleicht auf etwas hinaus, T-O?«, fragte Marcello.

»Möglicherweise«, antwortete Lisa. »Wenn Sie gestatten, Sir?«

Marcellos Handbewegung signalisierte Zustimmung. Lisa zog den Minicomp zu sich, schaltete ihn ein und drehte ihn dann so, dass Townsend das Display einsehen konnte. »Schauen Sie doch mal, ob Sie eine Nachricht an eine Gangsterbande namens ... nein, warten Sie. Natürlich werden die nicht ihren richtigen Namen verwendet haben. Lassen Sie mich kurz nachdenken, wie die das angegangen sein könnten ...«

»Reden Sie hier von den Black Piranhas?«, erkundigte sich Shiflett und zog ihren Tablet-Rechner hervor. »Warten Sie ... Nabaum hat mir das Original der Datei übermittelt. Die befand sich in dem Ordner, dessen Inhalt aktiv abgerufen werden musste, Nummer ... na bitte.« Sie hielt den Rechner ebenfalls so, dass Townsend einen Blick auf das Display werfen konnte. »Schauen Sie, ob Sie diese Datei hier auch haben.«

»Jawohl, Ma'am.« Einige Sekunden lang flogen Townsends Fingerspitzen über die Tastatur, und er betrachtete angestrengt den Bildschirm. Dann hellte sich seine Miene auf. »Da ist sie«, sagte er, »aber die ist verschlüsselt, und den Code habe ich nicht.«

Shiflett vollführte eine auffordernde Handbewegung. »Schicken Sie mir die Datei zu. Dann sollte ich sie durch den gleichen Entschlüssler schicken können, den die Polizei beim Original verwendet hat.«

»Jawohl, Ma'am«, bestätigte Townsend. »Schon abgeschickt.«

»Ist da«, bestätigte Shiflett. »Schauen wir mal, ob das funktioniert.«

»Wonach genau suchen Sie, T-O?«, unterbrach Marcello leise die sich anschließende Stille.

»Ich weiß es selbst nicht so genau, Sir«, gestand Lisa. »Leutenant Nabaum hat gesagt, die Anweisungen für die Morde seien in einem Datenpaket gefunden worden, das von einer anderen Welt stammt. Ich denke mir, wenn sie sich in dieser Hinsicht täuscht, dann gibt es vielleicht einen Unterschied zwischen der Datei, die *ihr* vorliegt, und der, die Lenkwaffentechniker Townsend auf seinem Tablet hat.«

»So, so ...«, entfuhr es Shiflett; mit einem Mal klang sie höchst interessiert, »was sagt man dazu? Die Version auf dem Minicomp ist ganz und gar identisch mit der, die der Polizei vorliegt ... außer dass der Ort der Morde fehlt. Ach ... und Gleiches gilt auch für die zwölf Daten und Uhrzeiten, die Nabaum anscheinend so tief beeindruckt haben.«

»Sehr interessant«, meinte Marcello. »Also ist es möglich, dass jemand eine Art Vorlage für diese Nachricht bereits in dem Datenpaket untergebracht hat, Ort und Uhrzeit aber erst eingefügt wurden, kurz bevor die Piranhas die Leichen abholen sollten?«

»Das würde passen, Sir«, antwortete Shiflett. »Dann muss der Täter nicht schon im Vorfeld gewusst haben, wo das Zusammentreffen stattfindet. Selbst wenn seine Opfer vorsichtig genug gewesen wären, noch auf den letzten Drücker den Ort oder Zeitpunkt des Treffpunkts zu ändern, könnte er dann die entsprechenden Daten in die Nachricht eingetragen haben, und es würde immer noch so wirken, als wäre sie von einer anderen Welt aus abgeschickt worden.«

»Also haben die Piranhas entweder eine rasche Auffassungsgabe«, sagte Lisa, an Townsend gewandt, »oder die sechs Männer am Tatort waren wirklich nur das Aufräumkommando.«

»Letzteres, Ma'am«, gab Townsend zurück. »Ich habe nur zwo Schüsse gehört, und die müssen den beiden Männern vor dem schalldichten Raum gegolten haben. Das bedeutet, die sechs anderen waren bereits tot, und das lässt zumindest vermuten, dass der Täter zu der Besprechung ausdrücklich eingeladen war.«

»Es sei denn, er hätte erst die beiden Männer vor der Tür erschossen und wäre dann in den Raum gegangen, um auch noch die anderen zu erledigen«, schlug Lisa eine Alternative vor.

Townsend schüttelte den Kopf. »Man stürmt doch nicht in einen Raum und macht erst noch die Tür hinter sich zu, bevor man das Feuer eröffnet, Ma'am«, gab er zu bedenken. »Die designierten Opfer hätten in einem solchen Fall noch genug Zeit, zurückzuschießen.«

»Einleuchtend«, meinte Marcello. »Mit der Anweisung ›sich um jeden zu kümmern, den sie vor Ort vorfinden‹, war also ausschließlich das Beseitigen der Leichen gemeint?«

»Anscheinend«, sagte Shiflett, »und entgegen Nabaums Interpretation der Lage.« Kaum merklich zuckte sie mit den Schultern. »Wirklich ein ausgeklügelter Plan. Wäre Townsend nicht durch Zufall darüber gestolpert, hätte die Bande die Leichen verschwinden lassen können, und dann wären die Morde als unaufgeklärte Fälle von vermissten Personen zu den Akten gelegt worden.«

»Und selbst wenn man die Piranhas erwischt hätte, gäbe es keinerlei Verbindung zwischen dem Aufräumkommando und dem tatsächlichen Täter«, pflichtete Marcello seinem Ersten Offizier bei. »Und das Ganze hat noch eine besonders schöne Komponente: Indem man es so wirken ließ, als käme der Auftrag von einem anderen Planeten, hätte es Monate oder sogar Jahre dauern können, bis die Cascaner die Nachricht zurückverfolgt und die Identität des Auftraggebers ermittelt hätten.«

»Wenn sie überhaupt die dafür erforderlichen Ressourcen aufgebracht hätten, Ma'am«, setzte Townsend hinzu.

»Aber das havenitische Datenpaket in dieser Art und Weise zu manipulieren, kann nicht einfach gewesen sein«, gab Marcello zu bedenken.

»Townsends lächelnder Mann hat bereits das Überwachungssystem eines Hochsicherheitsgefängnisses manipuliert«, gab Shiflett zu bedenken. »Noch schwieriger wird das hier wohl kaum gewesen sein.«

»Verzeihen Sie, Sir«, ergriff nun wieder Townsend das Wort, »aber nachdem wir jetzt wissen, dass Mister Smiley mit der Sache zu tun haben könnte – sollten wir da nicht die Quechua City Police bitten, nach ihm zu fahnden?«

»Allzu viele Anhaltspunkte haben Sie denen dafür nicht geliefert«, gab Shiflett zu bedenken.

»Was ist mit dem Foto?«, fragte Townsend. »Redko hat Ihnen und den Cops doch ein Bild geliefert, oder nicht?«

»Wovon reden Sie da?«, verlangte Shiflett sofort zu wissen.

»Ich habe ihn auf den Killer aufmerksam gemacht und ihm gesagt, er soll ein Foto von dem Kerl machen«, erklärte Townsend und richtete sich in seinem Sessel noch ein wenig gerader auf. »Hat er etwa …? Oh nein! *Verdammt* noch mal!«

Shiflett hatte bereits ihr UniLink aktiviert. »Lieutenant Nabaum«, sagte sie knapp, und in ihren Augen loderte Zorn. »Wann war das, Townsend?«

»Unmittelbar bevor mich das Aufräumkommando eingesackt hat«, erklärte Townsend mit zusammengebissenen Zähnen. »Ich habe die Leute in Gruppen zu zwo Mann rausgeschickt – es hätte also jemand bei ihm sein müssen.«

»Sein Positionsmelder spricht nicht an«, murmelte Marcello und bedachte sein UniLink mit einem finsteren Blick. Dann schaute er zu Shiflett hinüber, die immer noch ungeduldig darauf wartete, dass sich Nabaum meldete, und wandte sich schließlich an Lisa. »T-O, schicken Sie unsere Leute raus«, wies er sie an. »Die sollen auf die Straße gehen und eine Suche einleiten. Anfangen sollen die …« Auffordernd deutete er auf Townsend.

»Barclay Street, Ecke Marsala Avenue«, ergänzte der Lenkwaffentechniker sofort.

»Genau da«, sagte Marcello. »Die sollen überall dort nachschauen, wo sich ein Mensch verbergen könnte. Und erklären Sie denen, dass sie nach Eloka-Techniker Redko suchen.« Seine Lippen wurden schmaler. »Oder«, setzte er hinzu, »nach dessen Leiche.«

Die Besatzung der *Damocles*, die nach einer gewissen Zeit doch noch Unterstützung durch die Polizeikräfte von Quechua City erhielt, brauchte eine ganze Stunde, bis Redko gefunden war. Gemeinsam mit einem Spacer Zweiter Klasse namens Aj Krit hatte man ihn mit Panzerband an die Rückwand eines Müllcontainers gehängt – in einer kleinen Seitengasse vier Querstraßen von der Kreuzung entfernt, an der sich Chomps von ihnen verabschiedet hatte. Über den beiden waren einige strategisch platzierte Mülltüten drapiert, damit die Männer nicht sofort auffielen.

Zu Chomps Überraschung – und unendlichen Erleichterung – lebten beide noch.

Laut dem Petty Officer, der sie entdeckt hatte, erging sich Redko geschlagene drei Minuten lang in einer unablässigen Schimpfkanonade, nachdem man ihm den Klebestreifen von den Lippen abgezogen hatte und sich dann daran machte, ihn von der Müllcontainerwandung abzulösen. Als Chomps und Commander Donnelly schließlich eintrafen, waren ihm anscheinend die Beschimpfungen und Flüche ausgegangen.

Doch der Blick in seinen Augen verriet Chomps, dass sein Kamerad jederzeit zu einer Wiederholung des großen Erfolgs wegen ansetzen könnte.

»Wird auch Zeit, verdammt noch eins!«, stieß er hervor, als er Townsend entdeckt hatte. Sein Blick zuckte zu Donnelly hinüber, und sofort bemerkte Chomps, dass sein Kamerad auf eine andere Wortwahl umschaltete, nachdem nun eine Vorgesetzte vor Ort war. »Ich dachte schon, ihr wolltet mich auf einen lustigen Ausflug zur Müllsortierungsanlage von Quechua City schicken! Warum hat das denn so lange gedauert?«

»Die Lage hat sich ein wenig verkompliziert«, antwortete Chomps, der sich ebenfalls nur zu gern einer anderen Ausdrucksweise befleißigt hätte. »Was zum Teufel ist denn passiert?«

»Na, was meinst du wohl?«, versetzte Redko bitter. »Der hat uns erwischt, verdammt! Wir haben ihn nicht einmal gesehen, bis er zugeschlagen hat.«

»Und wie *konnte* der Kerl euch erwischen?«, bohrte Chomps nach. »Du solltest ein Foto von ihm machen! Ein einziges Foto! Aus sicherer Entfernung!«

»Ja, ging aber nicht, klar?«, schoss Redko zurück. »Der hat mir überhaupt keine Möglichkeit dazu gelassen. Also haben wir uns gedacht, wir gehen ihm ein Stück weit nach, nur eine Minute oder so, damit wir wenigstens einmal sein Profil erwischen.« Mit dem Kinn deutete er in Richtung Müllcontainer. »Und das Nächste, woran ich mich erinnere, ist dann, dass wir eingewickelt waren wie Mumien im Sonderangebot, festgetackert an dieses blöde Ding da! Bombenfest! Ich konnte nicht mal dagegentreten, damit mich jemand hört.«

»Sie können sich glücklich schätzen, dass Sie jetzt noch darüber klagen können!«, erklärte ihm Donnelly. »Wir glauben, dass der Mann, den Sie verfolgt haben, acht andere Männer umgebracht hat.«

»Ich dachte ...« Redko verstummte. »Haben Sie gerade acht gesagt, Ma'am?«, fragte er dann. »Aber ...« Er blickte wieder zu Chomps hinüber.

»Acht«, bestätigte Chomps. »Die beiden Schüsse, die wir gehört haben, waren die letzten einer ganzen Serie. Wie Commander Donnelly schon sagte: Du kannst dich echt glücklich schätzen!«

»Jawohl, Ma'am«, sagte Redko, nun deutlich gedämpfter. »Na ja ... und ... haben Sie ihn erwischt?«

»Noch nicht«, sagte Donnelly. »Aber die Polizei hat schon eine Personenfahndung eingeleitet, und Commodore Henderson lässt durch die Cascan Defence Force sämtliche Shuttles überprüfen, die er genommen haben könnte.«

»Die kriegen den schon«, versprach Chomps. »Und in der Zwischenzeit ...« Er blickte wieder zu Donnelly hinüber.

Sie nickte. »Erst ins Krankenhaus, für einen groben Checkup, und dann für die Nachbesprechung zum Polizeirevier.«

»Jawohl, Ma'am.« Chomps streckte seinem Kameraden die Hand entgegen. »Komm schon, Reddy! Ich helf dir in den Wagen.«

Der Diplomatencode aus Ulobos Tablet-Rechner erfüllte reibungslos seinen Dienst. Die Weltraumüberwachung von Quechua City gestattete Llyn, aus dem Orbit auszuschwenken, und die Anweisungen und Bestätigungen enthielten eine Unzahl steifer, förmlicher Fragen, die zweifellos geradewegs den offiziellen Dienstanweisungen entstammten. Als sie ein zweites Mal anriefen – und dabei deutlich weniger gelassen klangen –, hatte er sich bereits so weit vom Planeten entfernt, dass sich die Signalverzögerung auf einundzwanzig Sekunden belief.

Das machte das Gespräch noch schwieriger als ohnehin schon.

»Diplomatisches Kurierboot *Score Settler*, hier spricht Quechua City Space Control«, drang eine raue Stimme aus dem Brückenlautsprecher. »Commodore Henderson von der Cascan Defence Force ersucht Sie, Ihre Fahrt abzubrechen und umgehend nach Casca zurückzukehren!«

Llyn berührte den Mikrofonregler. »Quechua City Space Control, hier spricht *Score Settler*«, antwortete er. »Captain Ulobo hier. Ich bedauere, aber es ist mir unmöglich, Ihrer Bitte nachzukommen. General Khetha wurde die Nachricht zugestellt, umgehend Zuckerman aufzusuchen, und er ist fest entschlossen, dieser Verpflichtung nachzukommen.«

Er zählte die Sekunden der Signalverzögerung ab, und ganz und gar pünktlich …

»Captain Ulobo, das war keine Bitte!«, war eine neue, noch rauere Stimme zu hören. »Sie sind hiermit ausdrücklich angewiesen, umgehend in den Orbit zurückzukehren.«

Oder was?, dachte Llyn, und ein Lächeln stahl sich auf seine Lippen. Er hatte sich beim Ausschwenken aus der Umlaufbahn genauestens über die Position sämtlicher Schiffe der Cascan Defence Force – aller vier! – informiert und wusste daher, dass nicht ein einziges davon derzeit in der Lage wäre, ihn zu verfolgen.

Aber es ließ sich nichts dadurch gewinnen, das hier und jetzt zu thematisieren. Außerdem waren Prahlerei und Schadenfreude einfach nicht sein Stil. »Ich bedauere, Quechua City Space Control, aber das ist schlichtweg nicht möglich«, sagte er. »Wenn alles gut läuft, ist General Khetha in drei Monaten wieder zurück. Danach setzt er sich gern mit Commodore Henderson zusammen.«

»Captain Ulobo, ich glaube, Sie verkennen die Situation«, erklärte der Mann. »Wenn Sie sich weigern, der Anweisung Folge zu leisten, wird man Sie zurückholen – mit allen erforderlichen Mitteln!«

Llyn setzte schon zu einer Erwiderung an …

… und stockte, als sein Blick – viel zu spät! – auf eines der Seitendisplays fiel. Es zeigte eine ID-Karte sämtlicher Raumfahrzeuge im Orbit von Casca – und damit sämtlicher Schiffe, die ihm nahe genug standen, um ihn gegebenenfalls abzufangen. Die Kriegsschiffe der Cascan Defence Force hatte er im Blick behalten und sie als bedeutungslos abgetan.

Aber er hatte den Zerstörer der Manticoraner vergessen. Und wenn der jetzt den Impeller hochfuhr …

Rasch rechnete er es durch. Es würde knapp werden – verdammt knapp! Aber wenn die ihn wirklich und wahrhaftig erwischen wollten, dann konnten sie das tatsächlich noch.

Als wäre es die Antwort auf diese plötzliche, unangenehme Erkenntnis, traf die nächste Nachricht ein: »*Score Settler*, hier spricht Captain Marcello von HMS *Damocles* der Royal Manticoran Navy«, war eine dritte Stimme zu hören. »Die Cascan Defence Force hat mich autorisiert, Sie zu verfolgen und aufzubringen oder nötigenfalls zu zerstören. Wenden Sie Ihr Schiff und kehren Sie umgehend nach Casca zurück, sonst werde ich zu allen erforderlichen Mitteln greifen.«

Llyn verbiss sich einen Fluch. Nun blieb ihm nur noch eine Chance, und die war nicht schön. Er streckte die Hand nach der Impellersteuerung aus und steigerte Beschleunigung und Trägheitskompensation auf fünfundneunzig Prozent.

So etwas tat er nun wirklich nicht leichten Herzens. *Niemand* tat das. Vor allem dann nicht, wenn im Impellerraum alles vollautomatisch ablief, also niemand im Blick behalten konnte, ob vielleicht doch irgendwo etwas schiefliefe. Fünfundachtzig Prozent wurden gemeinhin als Obergrenze für den sicheren Betrieb angesehen – diese Grenze überschritt praktisch niemand – ausgenommen Kriegsschiffe im Gefecht.

Aber Llyn brauchte mehr Vorsprung, wenn er der *Damocles* und deren Raketen entkommen wollte. Eine Stunde auf fünfundneunzig Prozent sollten ausreichen – selbst wenn Marcello beschließen sollte, sein eigenes Schiff im gleichen Maße an seine Grenzen zu treiben.

Und wenn er das wirklich täte ... ja, dann gäbe es eben ein Wettrennen.

»OPZ bestätigt, Captain«, drang Lieutenant Nikkelsens Stimme aus Marcellos UniLink. »Die *Score Settler* fährt unter fünfundneunzig Prozent der Maximalbeschleunigung.«

Lisa erschauerte. Fünfundneunzig Prozent! Wer auch immer sich an Bord des Kurierboots befand, legte wirklich *sehr* viel Wert darauf, nicht eingeholt zu werden!

»Tja, damit steht ja dann wohl fest, dass das wirklich der gesuchte Bursche ist, oder?«, meinte Commodore Henderson säuerlich.

»Scheint so«, entgegnete Marcello ebenso säuerlich, während sie alle die Bewegung des Icons auf dem großen Display in der Kommandozentrale der Cascan Defence Force nachverfolgten. »Ich hatte mich schon dafür verwünscht, dass wir gestern Abend beide Beta-Emitter zu Inspektionszwecken deaktiviert haben. Aber jetzt ist klar, dass auch ein aktiver Beta-Emitter keinen Unterschied mehr gemacht hätte.«

»Es sei denn, Sie wären bereit gewesen, Ihre eigenen Systeme ebenfalls bis weit in den roten Bereich hinein zu überlasten«, griff Henderson den Gedanken auf. »Und das wäre doch wohl nicht der Fall gewesen, stimmt's?«

»Stimmt«, bestätigte Marcello. »Aber mitzubekommen, dass der Bursche *sehr wohl* dazu bereit ist, hätte mich möglicherweise doch noch umgestimmt.« Er stieß ein Schnauben aus. »Noch ein dickes Nullkommanichts für unserer Sammlung!«

Townsend, der in der hintersten Reihe stand, räusperte sich. »Wenn Sie gestatten, Sir?«, fragte er zögerlich. »Jetzt wissen wir immerhin, dass der Täter keinen Zugriff auf die streng geheimen Dateien der Cascan Defence Force hat.«

»Wie kommen Sie darauf?«, fragte Shiflett sofort nach und runzelte die Stirn.

»Hätte er diesen Zugriff, hätte er bereits gewusst, dass der Bugring der *Damocles* deaktiviert ist und sie die Verfolgung überhaupt nicht hätte aufnehmen können«, erläuterte Townsend. »Ich nehme doch an, dass der Wartungsplan im cascanischen System vermerkt ist.«

»Ist er«, bestätigte Marcello und nickte. »Zugleich bedeutet das auch, dass er keine Kontaktperson bei der Cascan Defence Force hat, die das für ihn hätte herausfinden können.«

»Jawohl, Sir.«

»Immerhin auch was wert«, meinte Henderson.

»Sogar eine ganze Menge«, bestätigte Marcello. »Ein Verräter in Ihren Reihen hätte reichlich Ärger machen können.«

»Das sehe ich auch so«, pflichtete ihm Henderson bei. »Andererseits wäre ein Verräter dann wenigstens ein Indiz gewesen, um Mr. Smiley auf die Spur zu kommen. Jetzt haben wir dagegen Nullkommanichts, wie Sie so schön sagten.«

»Stimmt auffallend«, brummte Marcello. »Wer auch immer dieser Bursche ist, er ist aalglatt.« Einen Moment lang betrachtete er schweigend das Display, dann wandte er sich an Townsend. »Dann ist es jetzt wohl Zeit für uns, zurück an Bord zu gehen«, fuhr er fort, und eine Spur von Anspannung schwang in seiner Stimme mit. »Offenkundig wartet dort noch etwas auf mich, was ich dringend lesen sollte.«

Auch Lisa blickte zu Townsend hinüber. Der breitschultrige Riesenkerl aus Sphinx war blass, aber von Panik weit entfernt. Wie auch immer diese Geheimbefehle lauten mochten, Lisa zweifelte nicht im Mindesten daran, dass sie wirklich existierten.

Was Marcello allerdings damit machen würde, das stand auf einem anderen Datenchip. Befehl war Befehl, aber jegliche Befehle, die über derart große Entfernungen hinweg ergingen, ließen dem Kommandanten des entsprechenden Schiffes gemeinhin beachtlichen Spielraum, auf den er sich im Falle widriger oder unvorhersehbarer Umstände auch zurückziehen könnte.

»Selbstverständlich«, sagte Henderson. »Wir verfolgen den Kurs des Flüchtigen von hier aus weiter, und die *Chachani* wird auch weiterhin die Impeller hochfahren – nur für den Fall, dass der Bursche da draußen eine Fehlfunktion hat, bevor er die Hypergrenze erreicht. Aber falls das nicht passiert, ist er wahrscheinlich auf Nimmerwiedersehen fort.«

»Ja«, grummelte Marcello. »Ich frage mich, was so ein Größenwahnsinniger wie Khetha besessen oder gewusst hat, das diesen ganzen Aufwand wert gewesen sein könnte.«

Lisa musste schlucken: vor allem so viele Menschenleben!

Die Galaxis war ja nun wirklich groß, aber sie wurde den Verdacht nicht los, dass der Haven-Sektor es eines Tages herausfände.

Sie rechnete nicht damit, dass die zugehörige Erfahrung besonders erfreulich ausfiele.

Llyns Timer erreichte den Wert null. Ab jetzt bestand nicht einmal mehr theoretisch die Möglichkeit für Cascaner oder Manticoraner, ihn noch einzuholen – auch nicht für die manticoranischen Raketen.

Llyn stieß einen Seufzer der Erleichterung aus und drosselte die Leistung der Impeller auf das Standard-Maximum von fünfundachtzig Prozent. Er hatte halb damit gerechnet, dass die *Damocles* dennoch versuchen würde, ihn einzuholen, ganz egal, welche Leistung sie dafür ihren eigenen Impellern abverlangen müsste.

Aber so verrückt war Captain Marcello wohl doch nicht. Und ganz ehrlich: Wer könnte es ihm verdenken? Niemand sollte ihm abverlangen, in dieser Weise sein Schiff und seine gesamte Mannschaft aufs Spiel zu setzen – schon gar nicht, wenn das Einzige, wessen sie Llyn verdächtigen konnten, ein Angriff auf die beiden neugierigen Besatzungsmitglieder war, die ihn so dilettantisch beschattet hatten.

So hatte der Captain der *Damocles*, nur weil ihm ein bisschen Schneid fehlte, jede Chance darauf verwirkt, seine Heimatwelten zu retten.

Das Bedauerlichste daran war, dass er das niemals erfahren würde.

9

Schon vom Landefeld aus hatte Lisa Donnelly angerufen, um Travis wissen zu lassen, dass ihr Shuttle gelandet sei und sie ihren Hund abholen wolle. Sie habe sich nur vergewissern wollen, dass er auch wirklich zu Hause sei.

Zu Hause war Travis, zu Hause und bereit. Exakt einhundertvierundsiebzigmal war er seit dem Anruf durch den Raum getigert, bis es endlich an der Tür klingelte.

Zu seiner großen Erleichterung überfiel ihn nicht, wie befürchtet, linkische Verlegenheit. Lächelnd und mit einem beiläufigen Gruß kam Lisa herein, ging in die Hocke und pfiff nach Crumpets. Die kleine Scottie-Hündin kam auf ihren kurzen Beinen aus dem Schlafzimmer angesaust, und bis Lisa und sie einander stürmisch und ausgiebig begrüßt hatten, war bei Travis jegliche Spur von Unbehagen verflogen.

Wäre es anders gewesen, hätte allein Lisas Lächeln ausgereicht, um dieses Wunder zu vollbringen. »Ich bin dir so dankbar, Travis«, sagte sie und stand auf, den Hund im Arm. »Du hast keine Ahnung, wie viel mir das bedeutet.«

»War gar kein Aufwand«, versicherte Travis ihr. »Crumpets ist wirklich ein prima Hausgast!«

»Na, ob prima oder nicht: Ich schulde dir was«, sagte Lisa. »Danke noch mal.«

»Kein Problem«, entgegnete Travis, dann nahm er all seinen Mut zusammen. »Öhm ... vielleicht weißt du das noch nicht, das wurde erst vorhin bekannt gegeben, aber es heißt, der Palast werde heute eine Erklärung abgeben, in ungefähr ...«, er warf einen Blick auf sein Chronometer, »... einer Stunde. Wenn du jetzt gleich wieder fährst, bist du vielleicht noch nicht zu Hause, um das noch live mitzubekommen. Wenn du magst, kannst du gern hierbleiben und es dir mit mir zusammen anschauen.«

»Ach, das klappt schon – wenn ich es nicht bis nach Hause schaffe, kann ich mir das doch auch im Wagen anhören«, gab Lisa zurück. »Und ich will mich dir wirklich nicht aufdrängen.«

»Das tust du nicht«, versicherte Travis ihr rasch und musste gegen aufsteigende Verzweiflung ankämpfen. Bestimmt war ihm die schon anzuhören, Himmel noch eins! Er hatte sich auf diesen Augenblick vorbereitet – und nach Mitteln und Wegen gesucht, den Abschied künstlich in die Länge zu ziehen –, praktisch seit die *Damocles* aus dem Orbit von Manticore ausgeschwenkt war. »Ich habe ein paar Erdbeeren hier, heute Morgen frisch vom Markt geholt, und ich wollte Schokoladenfondue dazu machen, und du könntest mir von Casca erzählen, während wir auf die Übertragung warten.«

»Na, das mit Casca war wirklich ein Ding«, sagte Lisa ernst.

»Gut oder schlecht?«

»Eindeutig schlecht.« Sie zögerte. »Wahrscheinlich sollte ich Stillschweigen darüber bewahren – also, streng genommen ist das zwar nicht geheim, aber Captain Marcello will sich damit so weit wie möglich bedeckt halten. Aber so, wie du immer um die Ecke denkst... außerdem bist du auch echt gut darin, etwas für dich zu behalten – das hat diese *Phobos*-Geschichte ja deutlich gezeigt.«

»Hm-hmm«, machte Travis und hatte sofort ein schlechtes Gewissen. Er hatte seine Rolle bei diesem Zwischenfall keineswegs geheim gehalten: Ein entscheidendes Detail hatte er seinem Halbbruder Gavin nämlich sehr wohl verraten.

Damals war er frustriert, enttäuscht und verletzt gewesen ...

und fest entschlossen, der Navy den Rücken zu kehren, sobald seine fünf Jahre um wären.

Travis hatte nie erfahren, ob (und wenn ja: wie) Gavin die Unbedachtheit seines Halbbruders ausgenutzt hatte. Aber er hatte fest damit gerechnet, dass dieser Fehler ihn noch heimsuchen würde. Mehrere Monate lang hatte er sich danach immer und überall gefühlt, als ginge er auf rohen Eiern. Stets hatte er damit gerechnet, dass irgendwann doch noch das unvermeidbare dicke Ende käme.

Aber das war nicht geschehen. Was nicht hieß, dass Travis nicht ab und zu das Gefühl beschlich, irgendeine Art von Damoklesschwert hinge immer noch unmittelbar über ihm.

Auf jeden Fall aber hatte er seine Lektion gelernt: Was auch immer Lisa ihm nun erzählte, Travis würde es für sich behalten. Vor allem, wenn es bedeutete, an diesem Nachmittag noch ein wenig mehr Zeit mit ihr verbringen zu können.

»Setz dich doch schon mal ins Wohnzimmer«, schlug er vor. »Ich bereite das Fondue vor.«

»Ich helf dir«, erbot sich Lisa. »Seit Jahren esse ich Schokoladenfondue, und ich habe noch nie gesehen, wie man so etwas eigentlich macht.«

»Du wirst enttäuscht sein, wie unglaublich einfach das ist«, warnte Travis sie.

»Das Risiko gehe ich ein«, versetzte Lisa. »Komm! Wir schmelzen jetzt ein bisschen Schokolade, und ich erzähle dir alles, was es von Casca zu berichten gibt.«

Ein gemeinsames Abendessen, ging es Edward durch den Kopf, *kommt bei Familie Winton wirklich nicht mehr oft vor.* Wenn es doch geschah, dann verlief es, betrüblich, aber wahr, nur allzu häufig so wie das Abendessen an diesem Tag.

Düster. Schmerzhaft. Ohne Gespräche.

Herzzerreißend.

Der Kronprinz blickte sich am Tisch um und versuchte sich vorzustellen, wie es zu besseren, fröhlicheren Zeiten in seiner Familie zugegangen war. Aber welchen Grund auch immer es haben mochte: Sein Verstand war nicht in der Lage, entsprechende Bilder vor sein geistiges Auge zu zaubern. Er sah immer nur das, was gerade stattfand ... vielleicht zusätzlich verdüstert von einer Vorahnung dessen, was noch kommen würde.

Am Kopfende des Tisches saß sein Vater: Mechanisch kaute König Michael sein Essen, und sein Blick verlor sich in irgendeiner Ferne, Millionen von Lichtjahren entfernt. Neben ihm saß seine Frau Mary, deren Blick immer wieder zwischen ihrem Mann und ihrem eigenen Teller hin und her wanderte – ihrem Teller, von dem sie bislang kaum etwas gegessen hatte. Links und rechts von Edward selbst saßen seine Frau Cynthia und ihr gemeinsamer Sohn Richard ... und beide kamen beim Essen auch nicht besser voran als die anderen. Auf Cynthias anderer Seite saß ihre gemeinsame Tochter Sophie. Mehr als jeder andere aus der Familie versuchte sie, wenigstens ein bisschen Fröhlichkeit zu verströmen ... und scheiterte kläglich.

Edward genau gegenüber schließlich saß seine Schwester Elizabeth.

Edward bemühte sich redlich, Blickkontakt mit ihr zu vermeiden. Das galt wohl auch für alle anderen an diesem Tisch – und sei es nur, um ihr wenigstens einen Hauch von Privatsphäre zu lassen, obwohl sie alle nur wenige Meter von ihr entfernt saßen. Doch verrückterweise – und Edwards redlichem Bemühen zum Trotz – kehrte sein Blick immer wieder zu ihr zurück.

Es war nun einmal so: Trauerflor zog unweigerlich die Blicke anderer auf sich.

Er an ihrer Stelle hätte sich vermutlich dafür entschieden,

auf das ganze Familienereignis zu verzichten. Niemand hätte es ihr verdenken können. Seine Majestät der König hatte keineswegs auf ihrer Anwesenheit bestanden.

Doch Elizabeth besaß eine Willensstärke, die meilenweit über Edwards hinausging ... und störrisch war sie, bis zum Anschlag! Das beides, Elizabeths Willensstärke und Sturheit, hatten Edward in der Vergangenheit gelegentlich bis an den Rand des Wahnsinns getrieben – vor allem in seiner Jugend, als er sich seiner Pflichten als Erbe des Throns von Manticore allmählich bewusst wurde und sie einfach nur ein vorlautes Gör war, das es für seine heilige Pflicht hielt, dafür zu sorgen, dass sich ihr Halbbruder auf keinen Fall übermäßig wohlfühlte.

Im Laufe der Jahre hatte es immer wieder Reibereien zwischen ihnen gegeben. Doch zugleich hatte niemals auch nur der Hauch eines Zweifels daran bestanden, dass sie ihn von Herzen liebte – und umgekehrt war es ganz genauso.

Jetzt saß sie am Tisch, und jede ihrer Bewegungen wirkte, als wäre nichts in ihr ganz geblieben, als schnitte sie sich jedes Mal an scharfen Glasscherben und alles wäre Schmerz ...

Vielleicht hatte sie seinen besorgten Blick gespürt, auf jeden Fall blickte sie von ihrem Teller auf. Kurz trafen sich ihre Blicke, und einen eingefrorenen Moment der Zeit lang, als wäre es eine Ewigkeit, knüpfte dieser Blick ein festes Band aus Mitgefühl und Verständnis zwischen ihnen. Dann schloss Elizabeth die Augen, ganz kurz nur, und der Moment es Einvernehmens war vorbei. Nun war sie wieder seine kleine Halbschwester, ein verletztes Vögelchen, das sich trotzig dem Schmerz entgegenstellte. »Ist schon gut, Edward«, wisperte sie zu ihm hinüber, gerade laut genug, damit er und nur er es hörte. »Hier geht es nicht um mich. Heute nicht.«

Edward nickte. Verständnis oder Zustimmung? Das konnte sie sich selbst aussuchen.

Er wandte seine Aufmerksamkeit den drei Kindern zu, die, eins rechts, zwei links, neben ihr saßen. Auch sie versuchten nach Kräften, tapfer und erwachsen zu wirken. Doch Edward schienen sie kleine Küken, die sich unter den Flügeln der Mutterglucke verbargen. Sie waren nicht dabei gewesen, als ihr Vater den entsetzlichen Jagdunfall gehabt hatte, also hatten sich bei ihnen – anders als bei Elizabeth – keine entsetzlichen Bilder für alle Zeiten in die Netzhaut gebrannt.

Aber sie alle würden niemals den Tag vergessen, an dem man ihnen die Nachricht überbracht hatte. Sie würden niemals die Worte vergessen, die Großvater und Großmutter in jenem entsetzlichen Augenblick gesagt hatten, der ihr ganzes Leben veränderte.

Ebenso wie Edward niemals vergessen würde, welch unbedachte und so makabere wie prophetische Bemerkung er selbst nur wenige Wochen vor dem Unfall noch hatte fallen lassen.

Mary und ich werden auf die Kleinen aufpassen, hatte der König gesagt. Er hatte sich auf Elizabeths Stiefkinder bezogen, schließlich wollten sie und ihr Mann Carmichael nach Sphinx reisen und dort auf die Jagd gehen.

Also tauschen die liebenden Eltern die Möglichkeit, dass ihre Kinder zerfleischt werden könnten, gegen die Gewissheit, dass ihre Kinder hoffnungslos verwöhnt werden?, hatte Edward frech angemerkt.

Verzweifelt hoffte er darauf, dass sein Vater diese Bemerkung nicht Elizabeth gegenüber wiederholt hotte. Es war schon schlimm genug, dass er selbst bis an sein Lebensende daran zurückdenken würde. Die Vorstellung, für Elizabeth könnte der Tod ihres Mannes für alle Zeiten mit dieser Bemerkung ihres Halbbruders verbunden sein, war ihm unerträglich.

»Edward?«

Das Wort, plötzlich in die Stille hinein gesprochen, riss ihn jäh aus seinen Gedanken. Doch im Laufe der Jahre hatte Edward immer und immer wieder erlebt, dass Vorgesetzte ihn plötzlich und unerwartet ansprachen (gern auch in übersteigerter Lautstärke), und so brachte er es fertig, nicht einmal zusammenzuzucken. »Ja?«, fragte er und blickte auf.

Sein Vater schaute ihn über die Länge des Tisches hinweg an, und seine Augen wirkten älter und müder, als Edward es je bei ihm erlebt hatte. »Es ist Zeit«, sagte der König leise. »Wir müssen uns vorbereiten.« Er nickte Edwards Sohn zu. »Du auch, Richard.«

Als Edward aufstand, blickte er ein letztes Mal zu seiner Schwester hinüber. Dabei spürte er, wie ihm seine Frau Cynthia kurz – beruhigend und ermutigend gleichermaßen – den Arm drückte. »Jawohl, Sir«, sagte er nur.

Hier geht es nicht um mich, hallten Elizabeths Worte leise in Edwards Verstand wider, während sein Vater und er das Speisezimmer verließen und den großen Hauptkorridor des Palastes hinabschritten. Sie hatte recht. An diesem Tag ging es um ihren Vater und um die Zukunft des ganzen Sternenkönigreichs.

Edward musste heftig schlucken. *Gott helfe uns!,* betete er leise. *Gott helfe uns allen!*

»Beeilen Sie sich, Gavin«, fauchte ihn Breakwater quer durch den Raum an. »Wir kommen noch zu spät!«

»Jawohl, Mylord«, bestätigte Gavin, warf einen Blick in den Spiegel und zupfte sein Jackett zurecht. Die Ungeduld des Schatzkanzlers verstand er gut. In letzter Zeit kam es wirklich nicht alle Tage vor, dass sich König Michael unmittelbar an das Oberhaus wandte. Und dass diese Rede auch noch live übertragen wurde, war praktisch beispiellos.

Natürlich vermutete Breakwater, dass etwas Großes, Geheimes anstand. Da an diesem Tag auch die ersten beiden Korvetten der *Pegasus*-Klasse ganz offiziell an den MPARS überstellt werden sollten, gingen die misstrauischen Überlegungen des Schatzkanzlers vornehmlich in diese Richtung.

Gavin hingegen war noch nicht bereit, Breakwaters aktuelle Verschwörungstheorie für bare Münze zu nehmen – schon gar nicht, was die Korvetten und den MPARS betraf. Zum einen hatte die Navy kaum genug Spielraum, um sich aus dieser Abmachung herauszulavieren – vor allem, da Seine Majestät der König sie offiziell abgezeichnet hatte. Zum anderen war Seine Majestät ganz gewiss nicht verrückt genug, eine einmal getroffene Abmachung zu brechen, und das auch noch vor aller Augen: vor Gott, dem Parlament und dem ganzen Volk von Manticore.

Da der Palast verkündet hatte, auch Kronprinz Edward werde der Veranstaltung beiwohnen, sah Gavin nur eine einzige Möglichkeit, die in irgendeiner Weise zu Breakwaters Befürchtungen passte.

Diese Möglichkeit war beängstigend. Sollte der König beschlossen haben, der MPARS grabe der Royal Manticoran Navy zu stark das Wasser ab: Welche bessere Lösung für dieses Problem gäbe es wohl, als dem Schatzkanzler das Kommando über den Patrouillen- und Rettungsdienst zu entziehen und eine eigenständige, unabhängige Einheit daraus zu machen? Und sollte das geschehen, wer wäre wohl besser dafür geeignet, diese neue Einheit zu befehligen, als der Kronprinz, der ja schließlich eine Ausbildung bei der Navy absolviert hatte?

Dieser Gedanke schien Breakwater bislang noch gar nicht gekommen zu sein … und Gavin hatte nicht die Absicht, ihn auf diese Möglichkeit aufmerksam zu machen. Aber ihm wollte nichts einfallen, was ihm noch wahrscheinlicher erschien als diese Entwicklung. Wenn der König die Entscheidung derart öffentlich vortrug, ließ er Breakwater die Wahl: Entweder der Schatzkanzler bewahrte Schweigen und gab so offenkundig sein Einverständnis, oder er rastete nach allen Regeln der Kunst aus – vor aller Augen.

Gavin wusste nicht, was geschehen würde, oder wie Breakwaters Reaktion aussehen mochte. Aber was auch immer in den nächsten Minuten geschah: Gavin war fest entschlossen, dabei so gut und so professionell wie nur möglich zu wirken.

»Gavin?«

Ein letztes Mal zupfte Gavin an seinem Halstuch. »Jawohl, Mylord«, sagte er, »ich bin so weit.«

»Bist du so weit?«, fragte König Michael.

Ein letztes Mal zupfte Edward an seinem Kragen. »Fast«, antwortete er. »Nur noch eine Minute.«

»Nur noch eine Minute?« Sein Vater lächelte. »Also wirklich, Edward! Mit genau diesem Trick hast du auch schon mit acht Jahren versucht, irgendetwas zu vermeiden, was dir nicht gepasst hat!«

»Beständigkeit ist eine Tugend«, gab Edward reflexartig zurück; in Gedanken war er eigentlich immer noch im Esszimmer.

»Nur, wenn man bei den richtigen Dingen beständig ist«, versetzte Michael. »Sonst ist Beständigkeit Schwerfälligkeit und die Mutter aller Laster.« Ein kurzes Zögern, dann setzte er hinzu: »Sie schafft das schon, Edward. Sie ist stark, und wir alle werden ihr dabei helfen, das zu überstehen. Viel wichtiger ist jetzt, ob *du* das schaffst.«

Beunruhigt blickte Edward seinen Vater an. Würde er jene entsetzlich unbedachten Worte wirklich ansprechen?

Nein, natürlich nicht. Er bezog sich nur auf die nächsten Minuten.

Und all die unzähligen Minuten, die ihnen folgen würden.

»Ich werde mich schon irgendwie durchschlagen«, sagte er. »Du hast mich gut vorbereitet – trotz all meiner Bemühungen, genau das zu verhindern.«

»Und du hast dich gut geschlagen«, versicherte ihm Michael. »Es hat nur ein bisschen gedauert, bis du richtig in Schwung gekommen bist.« Er wölbte die Augenbrauen. »Vielleicht könntest du ja versuchen, dieses Mal mehr Gas zu geben?«

»Mache ich«, versprach Edward. Dann war es an ihm zu zögern. »Gefallen wird denen das bestimmt nicht.«

Michael zuckte mit den Schultern. »Anfänglich sicher so manchem nicht.«

»Du sprichst von Schatzkanzler Breakwater, nicht wahr?«

»Er gehört auf jeden Fall zu denen, die mir als Erstes einfallen«, erwiderte Michael. Dann: »Mir scheint, deine Minute ist um.«

Edward rang sich ein Lächeln ab. »Und das war, ebenfalls mit großer Beständigkeit, deine Antwort«, rief er seinem Vater ins Gedächtnis zurück.

»Du hast um eine Minute gebeten, ich habe dir eine Minute eingeräumt«, erklärte Michael, und wieder huschte ein Lächeln über sein Gesicht. »Die hohe Kunst des Kompromisses.« Schlagartig wurde er ernst. »Aber vergiss nicht, dass man einem Kompromiss niemals seine Grundwerte opfert. Wirklich niemals.«

»Ich weiß«, entgegnete Edward leise.

»Gut.« Michael straffte die Schultern …

… und plötzlich war er wieder König Michael, der Regent des Sternenkönigreichs von Manticore. »Es ist so weit. Ziehen wir es durch.«

Er durchquerte das Königliche Refugium und schritt auf die Tür zu. Edward folgte ihm.

Dabei fragte er sich, ob der Kragen vielleicht nicht ganz so unbequem wäre, hätte ein gewisser Kronprinz nicht einen solchen Kloß im Hals.

»Wow!«, entfuhr es Travis, als Lisa ihren Bericht beendet hatte. »Das war ... wirklich, da kann man nur Wow sagen! Ihr könnt ja von Glück reden, dass niemand ums Leben gekommen ist!«

»Da ist sehr wohl jemand ums Leben gekommen«, erinnerte ihn Lisa.

»Ich meinte, niemand von der *Damocles*«, verbesserte sich Travis hastig und spürte sofort, wie ihm das Blut ins Gesicht schoss.

»Weiß ich doch«, gab Lisa zurück. »Aber nachdem uns Commodore Henderson ein bisschen über diesen General Khetha erzählt hat, hält sich mein Mitgefühl deutlich in Grenzen.«

»Ist denn jetzt sicher, dass er unter den Toten war?«

»Ganz sicher sogar«, bestätigte Lisa. »Erst haben die Ermittler erfahren, dass jemand Khethas Schiff gestohlen hat, Hinweis eins, und dann haben die Beschäftigten aus seinem Landhaus sie aufgeklärt, dass er vermisst wird. Also wussten sie genau, wonach sie suchen mussten. Danach hieß es noch, genug DNA für eine eindeutige Identifizierung zusammenzukratzen, und das war's.« Sie nahm eine Erdbeere aus der Schale, die Travis vor ihr ans Sofa gestellt hatte. Während sie von den Vorkommnissen im Casca-System berichtet hatte, hatte sie das Obst weitgehend unbeachtet gelassen. »Die Polizei hat alles an Informationen und Hinweisen zusammengetragen, was es über die Situation auf Kanaan zu wissen gibt. Man hat auch herausgefunden, was sich Khetha so alles geleistet hat, bevor er aus seiner Heimat vertrieben wurde. Deshalb hat man das Ganze als Racheakt abgetan.«

»Rache? Glaube ich nicht«, entgegnete Travis. »Da steckt was anderes dahinter.«

»Meine Rede, Travis, meine Rede!«, sagte Lisa, und ihre Miene hellte sich auf. »Aber Henderson und Nabaum – das ist der Lieutenant der örtlichen Polizei, die den Fall bearbeitet hat – glauben fest, es ginge nur um Rache. Sie meinen, es könnte nicht um Schätze gegangen sein, die Khetha geraubt hat, weil das Landhaus nicht durchwühlt war, und in Bankschließfächern oder Tresoren hat er nichts eingelagert.«

»Soweit bekannt«, gab Travis zu bedenken. »Vielleicht hatte er doch noch irgendwo ein Versteck angelegt, und der Killer brauchte einen Zugangscode oder so was.«

»Seine Leute behaupten, dem wäre nicht so«, widersprach Lisa. »Aber die könnten natürlich auch lügen, dass sich die Balken biegen.«

»Hm, klar«, meinte Travis und suchte schon nach einem anderen Thema. Es war immer nett, sich mit Lisa zu unterhalten, aber irgendwie hatte er gehofft, an diesem Abend könnte es ausnahmsweise einmal nicht um die Arbeit gehen. »Wo du gerade von ›biegen‹ sprichst: Hast du schon gesehen, dass Crumpet ein neues Spielzeug hat? Darauf kaut sie gern herum, zerrt es hinter sich her oder verbiegt es nach Strich und Faden.«

»Klar, ist mir schon aufgefallen«, sagte Lisa und griff nach dem halbzerkauten Etwas aus buntem Stoff und deutlich robusterem Rohleder. »Hat sie ihr altes verloren oder einfach ganz runtergeschluckt?«

»Gute Frage«, gab Travis zurück. »Wahrscheinlich Letzteres. Schließlich habe ich diese Wohnung vom Heck bis zum Bug durchsucht und keine Spur von dem alten entdeckt.«

Lisa deutete auf das Sofa, auf dem sie saß. »Hast du schon zwischen den Kissen nachgeschaut? Nicht nur unter dem Sofa, sondern auch wirklich *zwischen* den Kissen?«

Einen Augenblick lang starrte Travis sie nur verständnislos an. Wie um alles in der Welt sollte ein Hund dieser Größe …?

»Nein, habe ich nicht«, gestand er dann und erhob sich. »Öhm …«

»Wenn Sie gestatten?« Lisa stand auf, vollführte mit beiden Händen die Abrakadabrageste der großen Bühnenzauberer und hob das Sofakissen an, auf dem sie gesessen hatte.

Und da war das Hundespielzeug! Es sah deutlich mitgenommener aus als beim letzten Mal, da Travis es gesehen hatte, aber es war doch ganz eindeutig Crumpets altes Spielzeug.

»Ich glaube, ich frag gar nicht erst«, sagte er.

»Besser so, ja«, lachte Lisa, schob das Kissen wieder an seinen Platz zurück und setzte sich. Kurz wedelte sie mit dem Hundespielzeug vor Crumpets' Schnauze herum, dann warf sie es im hohen Bogen durchs Wohnzimmer, und der kleine Hund jagte ihm begeistert hinterher. »Wir haben immer vermutet, dass sie das in ihrer Nähe wissen und es die ganze Zeit wittern wollte, wenn sie zusammen mit uns auf dem Sofa gesessen hat.«

»Ah«, sagte Travis nur und spürte, wie sich ihm die Kehle zuschnürte. *Wir. Uns.* Wie schaffte es Lisas Ex-Mann bloß immer wieder, sich so in ihre Gespräche hineinzuschmuggeln? »Na, dann hat die Kleine jetzt ja wohl zwo.«

»Glaub mir: Zu *viel* Spielzeug kann ein Hund nicht haben!«, versicherte ihm Lisa. »Hast du schon eine Vorstellung, worum es bei dieser Übertragung eigentlich gehen soll?«

»Nö«, antwortete Travis wahrheitsgemäß und schaute zu, wie Crumpets mit ihrem wiederentdeckten Schatz zu ihrem Frauchen zurückgetapst kam. Erst legte sie das Spielzeug vor Lisas

Füßen ab, dann machte sie sich daran, nach Leibeskräften darauf herumzukauen. »Ich dachte, *du* wüsstest vielleicht schon was.«

Lisa schüttelte den Kopf. »Keinen blassen Schimmer.«

Aus der anderen Hälfte des Raumes war ein Klingelton zu vernehmen, und schon erwachte der Vid-Schirm zum Leben.

»Ah ... jetzt geht's los«, sagte Travis und schwenkte seinen Sessel herum.

»Von hier aus kannst du viel besser sehen«, gab Lisa zu bedenken und deutete neben sich auf das Sofa.

»Danke«, sagte Travis. Es kam ihm sonderbar vor, aber er stand auf und setzte sich neben sie. Nicht zu nah, natürlich, aber auch nicht so weit von ihr entfernt, dass man es irgendwie als Beleidigung auffassen könnte.

Auf dem Bildschirm war zu sehen, wie König Michael an ein Podium herantrat, das das Königliche Wappen des Hauses Winton zierte. Gekleidet in das volle Staatsornat, sah er ganz und gar aus wie ein Monarch.

»Mein Volk«, sprach er in die beiden Mikrofone auf dem Podium, und seine tiefe Stimme war voller Selbstbewusstsein.

Trotzdem, so volltönend die Stimme war, so viel Autorität sie ausstrahlte, glaubte Travis einen Hauch von Müdigkeit zu bemerken.

»Bürger von Manticore, Sphinx und Gryphon, verehrte Abgeordnete, Mylords und Myladys.«

Grund genug, müde zu sein, hatte Seine Majestät natürlich. Tagtäglich Gerangel mit dem Parlament, Entscheidungen, die nötig waren, damit im Sternenkönigreich alles reibungslos lief, die unablässigen Machtkämpfe zwischen der Royal Manticoran Navy und dem MPARS.

»Während der achtzehn Jahre, die ich nun schon die Ehre habe, Ihr König zu sein, hat das Sternenkönigreich von Manticore beispielloses

Wachstum erlebt. Mehr und mehr erholen wir uns von den verheerenden Auswirkungen der Seuche, und nicht zuletzt dank der neuen Bürgerinnen und Bürger, die uns das Einwanderungsförderprogramm beschert hat, sind wir zu einer stärkeren Gemeinschaft geworden. Die Royal Manticoran Navy hat uns vor Bedrohungen aus anderen Systemen bewahrt, während sich der Manticoran Patrol and Rescue Service der Herausforderung gestellt hat, all jene zu beschützen, die sich innerhalb des Territoriums des Sternenkönigreichs auf Reisen befinden.«

Das Bild teilte sich: Während die ein Bildhälfte weiterhin Seine Majestät zeigte, war in der anderen Hälfte ein langsamer Schwenk über die versammelten Angehörigen des Oberhauses zu sehen. Schatzkanzler Breakwater war deutlich zu erkennen, das Gesicht ausdruckslos. Zwei Sitze neben ihm erkannte Travis seinen Bruder Gavin, dessen Mimik exakt der des Schatzkanzlers entsprach.

»Wir bauen eine eigene Handelsmarine auf, und unsere Produktionskapazitäten wachsen weiter an. Mit Geduld und Stärke haben Sie zusammengestanden und zusammengearbeitet, und ich bin mir sicher, dass uns eine glänzende Zukunft bevorsteht.

Aber es wird nicht an mir sein, diese Zukunft zu gestalten.«

Travis war, als fasste eine kalte Hand nach seinem Herzen. Mit einem Mal besaß die Müdigkeit im Gesicht des Königs etwas zutiefst Beunruhigendes. War er vielleicht krank? Entmutigt?

Stand sein Tod kurz bevor?

»Aus persönlichen Gründen, die hier nicht weiter erläutert werden sollen, habe ich beschlossen, dass ich die Geschicke des Sternenkönigreichs von Manticore nicht weiter zu bestimmen vermag. Entsprechend verzichte ich mit sofortiger Wirkung zugunsten meines Sohnes, Kronprinz Edward, auf den Thron.«

Unwillkürlich weiteten sich Travis' Augen. Seine Majestät König Michael dankte ab? Neben sich hörte er Lisa Unverständliches flüstern; sie klang zutiefst schockiert. Doch Travis registrierte es kaum.

»Ich bin mir sicher, dass er Sie mit der Würde, die seiner Stellung bedarf, und mit der Kraft, die zu regieren nötig ist, führen wird, und ich weiß, dass Sie ihm die gleiche unverbrüchliche Treue entgegenbringen, wie Sie sie mir entgegengebracht haben.

Ich danke Ihnen. Möge Gott mit Ihnen allen sein.«

Mit diesen Worten trat er vom Podium zurück.

Und war fort.

Wortlos starrte Travis den Bildschirm an. Ein wenig verspätet folgte die Kamera dem König – dem *ehemaligen* König –, zeigte den Zuschauern, wie Michael Winton die Bühne verließ, dann schwenkte sie wieder zu den Lords und Ladys hinüber.

Sie alle schienen ebenso fassungslos wie Travis.

König Roger war im Amt gestorben. Gleiches galt für seine Tochter, Königin Elizabeth. Sein ganzes Leben lang hatte Travis angenommen, so sei das eben: Manticoranische Monarchen widmeten ihr ganzes Leben ihrem Volk und der Krone. *Der König ist tot, es lebe der König.*

Mit dem heutigen Tag hatte sich das geändert, ganz ohne Vorwarnung: Die Bürgerinnen und Bürger des Sternenkönigreichs standen auf unbekanntem Terrain.

Auf unbekanntem Terrain hatte sich Travis noch nie wohlgefühlt.

»Travis?«

Er fuhr zusammen, sein Kopf zuckte zu Lisa herum. Sie saß da, neben ihm, auf dem Sofa in seinem Wohnzimmer … und blickte ihn besorgt an. »Ist mit dir alles in Ordnung?«, fragte sie.

Travis rang sich ein Nicken ab. »Klar«, sagte er dann. »Bloß … damit hatte ich am allerwenigsten gerechnet.«

»Da geht's dir wie wohl dem ganzen Rest des Sternenkönigreichs«, meinte Lisa düster. Dann machte sie eine Kopfbewegung in Richtung Display. »Sieht aus, als wollte jetzt Kronpri… als wollte jetzt *König* Edward sprechen.«

Travis schaute wieder auf den Bildschirm. Nachdem Michael Winton die Bühne verlassen hatte, trat Edward an das Podium. Ein wenig weiter hinter ihm stand sein Sohn, Richard Winton; die schwarzgoldene Kadettenuniform stand ihm prächtig.

Sie waren nicht mehr Kronprinz und Dritter in der Thronfolge, sondern König Edward und Kronprinz Richard.

Travis atmete tief durch. Er hatte sich schon des Öfteren auf unbekanntes Terrain gewagt, und er hatte es überlebt. Er würde es auch dieses Mal überleben.

Lisa hatte Crumpets zwischen ihnen beiden auf das Sofa gesetzt. Geistesabwesend kraulte sie den Hund zwischen den Ohren, und Travis wappnete sich innerlich gegen jene neue, unbekannte Zukunft.

BUCH ZWEI

1541 P. D.

10

»... und wie immer wünsche ich dir gute Reise, Lorelei«, sagte der ältere Herr auf dem Display, »und sichere Heimkehr!«

Die Nachricht endete. Einen langen Moment starrte Feuerleittechnikerin Senior Chief Lorelei Osterman noch das schwarze Display an. Sie fühlte sich wie eine Flipperkugel. Einerseits war da das vertraute Gefühl von Wärme und gegenseitiger, unverbrüchlicher Zuneigung zwischen ihr und ihrem verwitweten Vater, andererseits war sie wütend auf ihn: Wie konnte er sie nur in eine solche Lage bringen!

Kümmer dich ein bisschen um den jungen Locatelli, hatte er gesagt. Gemeint hatte er: *Spiel Babysitter für den rotznäsigen Neffen des Navy-Oberkommandierenden von System Command.*

Eigentlich war damit zu rechnen gewesen. Die Locatellis und ihre Eltern verband eine lange Freundschaft. Daran hatte auch der Tod von Mrs. Osterman, Loreleis Mutter, vor sechs T-Jahren nichts geändert. Als Senior Chief Osterman also zu Ohren gekommen war, dass unter den fünf der *Salamander* zugeteilten frischgebackenen Ensigns Locatellis Neffe war, war es ihr nur logisch erschienen, dass dessen Vater seinen Bruder und der wiederum ihren Vater anrufen würde, um über ihn von seiner Tochter diesen Gefallen zu erbitten.

Blieb zu hoffen, dass der Kleine für die Waffenabteilung achtern vorgesehen war und nicht der Abteilung Vorschiffbewaffnung, Ostermans Abteilung, zugeteilt würde. Eine vage Hoffnung: Denn Admiral Locatelli wusste ja, wo Lorelei Osterman Dienst tat und würde alle nur erdenklichen Beziehungen spielen lassen, um den Neffen in ihrer Nähe unterzubringen. Damit sie ein Auge auf ihn hätte.

Also setzte sich der Abstieg der Royal Manticoran Navy in die Hölle unweigerlich fort.

Dass König Michael vor zwei Jahren so plötzlich abgedankt hatte, war nur das erste Warnzeichen gewesen. Nicht, dass Edward ein schlechter König wäre – ganz im Gegenteil. Außerdem war er selbst Offizier der Royal Manticoran Navy, also verstand er die Bedürfnisse der Navy besser noch als sein Vater vor ihm.

Das Problem war: Schatzkanzler Breakwater war nach wie vor fest entschlossen, der Navy selbst noch den letzten Blutstropfen auszusaugen und diesen dann seinem ganz persönlichen MPARS-Lehensgut zugutekommen zu lassen ... und bislang hatte Edward noch nicht das Rückgrat gehabt, sich dem Mann entgegenzustellen.

Dass das Ausbluten der Navy sich noch verschlimmern würde, hatte ein zwotes Warnzeichen angekündigt, besser eine zwote Totenglocke: Verteidigungsministerin Calvingdells plötzlicher Rücktritt kurz nach der Rückkehr der *Damocles* aus dem Casca-System.

Danach hatte die Gerüchteküche gebrodelt, dass es nur so eine Art hatte – ohne jemals zu handfesten Schlussfolgerungen zu kommen. Andeutungen hingegen gab es reichlich. In den ersten Wochen nach der Rückkehr der *Damocles* hatten Ostermans Zuträger von mehreren Besprechungen hochrangiger Persönlichkeiten berichtet: Calvingdell, Premierminister Burgundy und Erster Lord der Admiralität Cazenestro. All diese Besprechungen hatten hinter verschlossenen Türen stattgefunden. Bei manchen dieser Besprechungen waren auch Offiziere und Petty Officers der *Damocles* dabei, und an mindestens zweien hatte sogar König Edward persönlich teilgenommen.

Die Gerüchte, die sich um die Casca-Reise selbst rankten,

machten, was immer dort geschehen war, noch undurchsichtiger, was natürlich höchst unbefriedigend war, die Gerüchteküche erst recht zum Brodeln brachte – mit dem bekannten Erfolg. In den offiziellen Nachrichten wurde von einem Mehrfachmord berichtet, der in Quechua City verübt worden sei, während die *Damocles* im Orbit von Casca gestanden habe. Doch niemand schien zu wissen, in welcher Weise (oder ob überhaupt) das etwas mit der Royal Manticoran Navy und dem Sternenkönigreich zu tun hatte.

Nur eines wusste Osterman mit absoluter Sicherheit: Als es ein Ende hatte mit diesen Besprechungen hinter verschlossenen Türen, war Calvingdell nicht mehr Verteidigungsministerin. Bedauerlicherweise war Breakwater auch bei dieser Entwicklung zur rechten Zeit am rechten Ort gewesen, und irgendwie hatte er es geschafft, auf Premierminister Burgundy so viel Druck auszuüben, dass dieser tatsächlich James Mantegna, den Earl von Dapplelake, wieder ins Amt einsetzte.

Osterman hatte Calvingdell gemocht: eine Frau, unaufdringlich und elegant, die sich klar und deutlich auszudrücken verstand. Sie war das perfekte Gegengewicht zu Breakwaters Intrigen gewesen. Sie hatte das Parlament davon überzeugt, auch außerhalb des Sternenkönigreichs auf Piratenjagd zu gehen, und hatte die Goodwill-Fahrten in andere Systeme durchgesetzt. Nach dem Secour-Zwischenfall war das die einzig angemessene Reaktion gewesen, eine Reaktion nämlich, die dafür gesorgt hatte, dass die unmittelbaren Nachbarn das Sternenkönigreich deutlich bewusster wahrnahmen – ein Prestigegewinn für Manticore, keine Frage.

Dapplelake hingegen hatte während seiner ersten Amtszeit als Verteidigungsminister das *Mars*-Debakel autorisiert.

Und jetzt? Jetzt hörte Osterman die dritte Totenglocke läuten: die Wiedergeburt der Vetternwirtschaft.

Auch der hatte Calvingdell Einhalt geboten – oder sie zumindest deutlich ausgebremst. Dass die Navy kurzzeitig deutlich besser finanziert worden war und mehr Planstellen geschaffen wurden, hatte es ermöglicht, tatsächlich auf die Qualität der Bewerber zu achten, statt den Traum von Ruhm und Ehre des Hochadels zu befriedigen – wobei die Strippenzieher selbst ja schön brav am Boden blieben.

Ostermans UniLink klingelte. Innerlich wappnete sie sich, dann schaltete sie das Gerät ein. »Osterman.«

»Todd hier«, war die Stimme von Maximilian Todd, dem Ersten Offizier der *Salamander*, zu hören. »Der Captain wünscht Sie in seinem Büro zu sehen.«

»Aye, aye, Sir«, bestätigte Osterman und unterdrückte ein Seufzen. *Dreimal darfst du raten, worum es dabei wohl geht!*

Natürlich wartete Ensign Locatelli bereits im Büro von Captain John Ross, dem Baron von Fairburn, als Osterman dort eintraf.

»Senior Chief«, begrüßte sie Captain Fairburn und nickte ihr zu, »ich möchte Ihnen den jüngsten Offiziersneuzugang der *Salamander* vorstellen. Ensign Fenton Locatelli, Senior Chief Lorelei Osterman.«

»Es freut mich, Sie kennenzulernen, Senior Chief«, sagte Locatelli und deutete ein knappes Nicken an. Fast hätte Osterman das Gesicht verzogen: Der Kleine versuchte doch tatsächlich, seinen Onkel, den Admiral, zu geben! Aber was bei einem Offizier, dessen faltendurchfurchtes Gesicht von reichlich Flottenerfahrung kündete, sachlich, angemessen und zackig aussah, wirkte bei einem jungen Kerl, der noch grün hinter den Ohren war, lächerlich und gekünstelt, beinahe schon anmaßend. »Mein Vater und mein Onkel haben mir schon viel Gutes über Sie berichtet. Ich freue mich darauf, Sie unter meinem Kommando zu haben.«

»Danke, Sir«, gab Osterman zurück. *Unter meinem Kommando zu haben.* Nicht: *von Ihnen zu lernen, wie ich meine Arbeit zu machen habe*, oder wenigstens: *zusammen mit Ihnen dem Sternenkönigreich zu dienen.*

Selbst erfahrene Offiziere, die sich das Recht verdient hatten, dergleichen zu sagen, taten es fast nie. Das Kunststück, selbstüberschätzende Arroganz mit offenkundiger Ignoranz zu verknüpfen, brachten wirklich nur Ensigns zustande!

Fairburn behielt seinen Senior Chief fest im Blick und hoffte offenkundig darauf, dass sie verbal ein wenig katzbuckelte. So schade es für den Captain auch sein mochte: Osterman hatte nicht die Absicht, ihm diesen Gefallen zu tun. Nach einigen Sekunden des Schweigens zuckte kurz die Lippe des Captains – eine offenkundige Geste der Resignation –, dann nickte er erneut. »Also gut. Ensign Locatelli, weggetreten! Senior Chief, wenn ich Sie kurz sprechen könnte?«

Kaum dass sich die Tür hinter dem Ensign versiegelt hatte, sagte er: »Senior Chief, ich habe das Gefühl, dass Sie den jüngsten Neuzugang zu unserer kleinen Familie nicht sonderlich schätzen.«

»Ich bedauere, wenn Sie diesen Eindruck haben, Sir«, versetzte Osterman. »Ich habe nicht das Geringste gegen Ensign Locatelli.«

»Außer, dass er ein Ensign ist? *Und* ein Locatelli?«

»Nichts davon trifft zu, Sir.«

»Ich bin richtig froh, das zu hören, Senior Chief«, versetzte Fairburn beißend. »Sie sind sich doch wohl im Klaren darüber, dass Admiral Locatelli der Hauptgrund dafür ist, dass Sie jetzt die Uniform der Navy tragen, und nicht die vom MPARS.«

Osterman verzog das Gesicht. Aber der Captain hatte recht: Seit dem *Mars*-Zwischenfall war kein Verlass mehr auf das Urteilsvermögen und das Rückgrat des Verteidigungsministers gewesen. Der Einzige, der seinerzeit zwischen der Navy und Schatzkanzler Breakwater gestanden hatte, war tatsächlich der System Commander gewesen. »Jawohl, Sir«, räumte sie ein. »Ich ... darf ich offen sprechen, Sir?«

»Ich bitte darum.«

»Sie haben voll und ganz recht, Sir«, setzte sie an. »Und das weiß auch jeder an Bord. Deswegen befürchte ich, dass Ensign Locatelli anders behandelt werden könnte als irgendein Ensign Namenlos.«

Fairburn kniff die Augen zusammen. »Ich versichere Ihnen, Senior Chief, dass weder ich noch irgendjemand unter meinem Kommando ihn anders behandeln wird als jeden anderen hirntoten Jungspund, der noch nicht trocken hinter den Ohren ist und dringend einen Petty Officer braucht, um morgens überhaupt nur seine Stiefel zu finden.«

»Das hoffe ich, Sir«, gab Osterman zurück. »Wäre das alles, Sir?«

»Vorerst.« Fairburn wölbte die Brauen. »Und Sie sorgen dafür, dass Sie nicht genau ins andere Extrem verfallen und ihn unsanfter anfassen als jeden Ensign Namenlos!«

»Sir, das wird nicht geschehen, Sir.« Sie leistete sich ein kleines Lächeln. »Als ob das überhaupt möglich wäre.«

Fairburn stieß ein Schnauben aus. »Natürlich, Senior Chief. Was habe ich mir bei dieser Bemerkung bloß gedacht?«, und setzte mit dem entsprechenden Wink hinzu: »Wegtreten.«

»Es freut mich, Sie kennenzulernen, Mr. Llyn«, sagte Cutler Gensonne, auf dessen Schultern unverkennbar die – selbstverliehenen – Rangabzeichen eines Admirals prangten, während er hinter seinem Schreibtisch wieder Platz nahm. »Verzeihen Sie, wenn die Überfahrt etwas ereignisreicher war, als Sie erwartet hatten.«

»Gar kein Problem«, versicherte ihm Llyn.

Das hieß natürlich nicht, dass er über die Verspätung sonderlich erbaut war. Das Hauptquartier der Volsung-Söldner hatte sich genau dort befunden, wo es sich laut Ulobos Daten auch befinden sollte: in Rochelle, einer der großen Städte auf dem Planeten Telmach, der der Silesianischen Konföderation angehörte. Zuerst allerdings hatte sich Llyn in der Geheimabteilung des Axelrod-Bergbaus auf Minorca eine anständige Besatzung zusammengesucht, um sämtliche Möglichkeiten von General Khethas umgebautem Schiff nutzen zu können. Trotzdem war er weniger als sechs Monate nach seiner recht übereilten Flucht von Casca vor Rochelle eingetroffen.

Dort hatte sich jedoch herausgestellt, dass Gensonne und diverse seiner Schiffe anderenorts auf dem Territorium der Konföderation weilten.

Der Verbindungsmann, den man in den Räumlichkeiten der Söldner zurückgelassen hatte, konnte Llyn nur sagen, dass die Volsungs mindestens ein Jahr fortbleiben würden, wahrscheinlich eher zwei. Llyn, der keineswegs die Absicht gehabt hatte, derart lange zu warten, war sofort wieder aufgebrochen, um nach ihnen zu suchen.

Diese Fahrt hatte einen Großteil der Zeit aufgefressen, die ihm die glückliche Fügung beschert hatte, dass sich Khetha seinerzeit tatsächlich auf Casca aufgehalten hatte. Schade, aber zu verschmerzen. Es gab immer noch einen Test, den die Axelrod-Mitarbeiter unbedingt abschließen mussten, bevor Llyn grünes Licht für die Invasion geben konnte. »Ich hoffe, ich störe Sie nicht gerade bei etwas Wichtigem«, setzte er hinzu.

»Keineswegs«, versicherte ihm Gensonne. »Tatsächlich haben wir das, was es hier zu erledigen gab, rascher abschließen können als erwartet. Noch einen Monat, vielleicht zwo, dann können wir uns um den Job kümmern, den Sie für uns haben.« Fragend hob er eine Augenbraue. »Vorausgesetzt, das Ganze ist für uns überhaupt lohnenswert.«

»Schauen wir doch mal«, schlug Llyn vor und reichte ihm einen Tablet-Rechner über den Schreibtisch.

Mit einem nichtssagenden Brummen nahm Gensonne das Gerät entgegen, lehnte sich in seinem Sessel zurück und las in aller Ruhe.

Llyn nutzte die Gelegenheit, den Mann ausgiebig zu mustern.

Gensonne sah recht durchschnittlich aus – so wie das bei Anführern von Söldnertrupps häufig der Fall war. Er war hellhäutig und blond, mit blauen Augen, und dass sein Blick fast nie in die Ferne schweifte, war typisch für jemanden, der einen Großteil seines Lebens an Bord von Raumschiffen verbrachte.

Sein Lebenslauf war deutlich interessanter, als sein unauffälliges Äußeres vermuten ließ. Mehrere Jahre lang hatte er unter Gustav Anderman gedient; er war auch dabei gewesen, als Anderman Ronald Devane besiegt und auf diese Weise seinem stetig anwachsenden Kaiserreich das Nimbalkar-System hatte einverleiben können. Während sich Anderman dann in seine neue Rolle als Kaiser eingewöhnte, hatte es zunächst ganz danach ausgesehen, als würde Gensonne eine wichtige – und führende – Rolle in Andermans Flotte übernehmen. Gensonne schien sogar gehofft zu haben, die Erfolge seines Bosses nachzuahmen. Dafür hatte er einige kleine Koloniewelten in einer Region vorgesehen, die sich gut dem Andermanreich hätten zuschlagen lassen.

Doch dann, ohne Erklärung – zumindest fand Llyn keine in den Dateien, die ihm auf der Überfahrt nach Rochelle als Lektüre dienten – hatte Anderman plötzlich Gensonnes Ambitionen einen Riegel vorgeschoben. Zum Dank hatte Gensonne sich seine Stammmannschaft und einige der Schiffe aus Andermans Beständen geschnappt und war auf und davon. Sein erstes Ziel waren Außenbezirke der Solaren Liga gewesen, wo er eine eigene Organisation aufgebaut hatte – die sich, anders als Andermans Söldnertrupp, nicht durch Unpraktisches und Unnützes wie Skrupel einengen ließ. Dann erfolgte der Umzug mit Mann und Maus, also allen Mitarbeitern und Schiffen, nach Silesia. Seitdem hatten die Volsungs, wie sie sich nannten, einen Job nach dem anderen angenommen, allesamt von der Sorte, die Anderman nicht einmal mit der Feuerzange angepackt hätte.

Llyn wusste nicht, warum Anderman und Gensonne getrennter Wege gegangen waren, aber er hatte durchaus seine Vermutungen. Trotzdem gab es nichts, was an Gensonnes Kompetenz zweifeln ließ. Davon war genug vorhanden, um das Sternenkönigreich von Manticore zu unterwerfen. Und darauf kam es letztendlich doch an.

Gensonnes Verbindung zu Anderman machte das Ganze tatsächlich sogar perfekt. Nachforschungen würden in der einen Richtung ihr Ende beim verblichenen General Khetha und dessen Bestrebungen, in die Heimat zurückzukehren, finden, und in die andere Richtung zu dem Schluss kommen, Gensonne habe sich vom Beispiel seines ehemaligen Chefs, Planeten zu erobern, inspirieren lassen. Wie auch immer es liefe: Niemand hätte die Axelrod Corporation im Blick oder in Verdacht.

Gensonne rührte sich in seinem Schreibtischstuhl. »Interessant«, sagte er dann, den Blick immer noch auf den Tablet-Rechner gerichtet.

Einen Moment lang wartete Llyn, ob mehr käme, doch Gensonne wischte nur zur nächsten Seite, die Augenbrauen konzentriert zusammengezogen. »Ist das jetzt ›interessant gut‹ oder ›interessant schlecht‹?«, erkundigte sich Llyn schließlich.

»Na ja, das ist auf jeden Fall nicht gut«, knurrte Gensonne. »Ihnen ist doch bewusst, dass es hier um eine Sternnation geht, die möglicherweise bis zu *dreißig* Kriegsschiffe aufzubieten hat? Darunter sechs bis acht Schlachtkreuzer?« Er neigte den Kopf. »Das ist eine verdammt schlagkräftige Streitmacht, Mr. Llyn.«

Llyn lächelte. Das war ein Standard-Schachzug unter Söldnern – ein Schachzug, den schon mindestens zwei Gruppen bei ihm versucht hatten: durch Überbetonen der möglichen Risiken die Entlohnung zu steigern. »Sie haben anscheinend die Abschnitte fünfzehn und sechzehn überlesen«, entgegnete er. »Ein Großteil besagter Flotte ist eingemottet und wartet nur darauf, abgewrackt zu werden. Was dann noch übrig bleibt, ist entweder nur halb bewaffnet oder halb bemannt ... oder beides. Wir gehen davon aus, dass Sie es mit nicht mehr als acht bis zehn Schiffen zu tun bekommen, wobei sich dann darunter möglicherweise auch *ein* Schlachtkreuzer befindet.«

»Ich habe die Abschnitte fünfzehn und sechzehn sehr wohl gelesen, vielen Dank«, gab Gensonne zurück. »Und ich habe auch bemerkt, dass die jüngsten Daten bereits mehr als fünfzehn Monate alt sind.«

»Ich verstehe.« Llyn stand auf, griff über den Schreibtisch hinweg nach dem Tablet-Rechner in Gensonnes Händen. »Offenkundig sind Sie nicht die Truppe, die wir brauchen, Admiral. Ich wünsche Ihnen für Ihre zukünftigen Unternehmungen alles Gute.«

»Warten Sie mal!«, protestierte Gensonne und wollte sich das Tablet zurückholen. Damit aber hatte Llyn gerechnet und zog es rasch außer Reichweite. »Ich habe nicht gesagt, dass wir den Job nicht annehmen.«

»Ach, wirklich?«, gab Llyn zurück. Pokern konnte er auch. »Für mich klang das aber ganz so, als wäre dieser Job einfach eine Nummer zu groß für Sie.«

»Solch einen Job *gibt* es nicht«, erklärte Gensonne steif und stand auf, als wäre er notfalls bereit, Llyn bis zur Tür seines Büros zu verfolgen, um das Tablet wieder in die Finger zu bekommen. Dass Llyn allerdings keinerlei Anstalten machte, den Raum zu verlassen, schien ihn ein wenig aus dem Konzept zu bringen. »Ich habe nur darauf hingewiesen, dass Ihre Informationen veraltet sind, und dass *jeder* militärisch versierte Anführer neuere Daten verlangen würde, bevor er überhaupt etwas unternimmt.«

»Ach, das wollten Sie damit sagen!«, tat Llyn überrascht und täuschte sogar ein entsprechendes Stirnrunzeln vor. »Aber warum haben Sie dann angedeutet, die Erfolgschancen ...« Er hielt inne und verwandelte das Stirnrunzeln in ein wissendes Lächeln. »Ach, jetzt verstehe ich! Sie wollten den Preis in die Höhe treiben!«

Normalerweise, das wusste Llyn, verabscheuten es Menschen, wenn man ihre Manipulationsversuche aufdeckte. Doch Gensonne verzog keine Miene. Er war offenkundig jemand, der im Zweifelsfall die Flucht immer nach vorn antrat und den Stier bei den Hörnern packte: keine Ausflüchte, keine Entschuldigungen, kein Bedauern – so hatte Llyn den Mann auch eingeschätzt. »Natürlich«, bestätigte er. »Und ich habe auch nach weiteren Informationen gesucht.« Er deutete auf den Tablet-Rechner. »Den Job bekommen wir hin, glauben Sie mir. Die Frage ist, *warum* wir uns überhaupt die Mühe machen sollten.«

»Eine gute Frage«, gab Llyn zurück. Als ob er den Anführer eines Söldnertrupps in die intimsten Geheimnisse und Pläne der Axelrod Corporation einweihen würde! »Aber Sie werden mir gewiss verzeihen, wenn ich voller Respekt davon absehe, diese Frage zu beantworten.«

Gensonne kniff die Augen zusammen, und einen kurzen Moment lang rechnete Llyn schon damit, der andere würde es mit einer weiteren Finte versuchen. Doch dann hellte sich das Gesicht des Admirals auf, und er zuckte mit den Schultern. »Na gut«, sagte er, »schließlich wollen Sie Söldner anheuern, nicht Investoren anwerben.«

»Ganz genau«, bestätigte Llyn, und schon wieder stieg sein Gegenüber ein Stückchen mehr in seiner Achtung. Gensonne wusste, wie das Spiel gespielt wurde, aber er wusste auch, wann er damit aufhören musste. »Also? Sind die Volsungs die Richtigen für den Job? Oder möchten Sie lieber weiterhin kleine Bergbaukolonien und hilflose Frachter angreifen?«

Wieder kniff Gensonne die Augen zusammen. Doch dieses Mal war es Zeichen raubtierhafter Konzentration: wachsam die Beute beäugen, jede ihrer Bewegung, jedes Muskelspiel beobachten. »Was soll das heißen?«, fragte er lauernd.

»Ach, machen Sie sich keine Sorgen – ich hatte nicht die Absicht, das herumzuerzählen«, versicherte ihm Llyn, selbst ein wenig überrascht, dass sein Schuss ins Blaue – Piraterie – tatsächlich getroffen hatte. Der Gedanke war ihm erst vor wenigen Tagen gekommen, während er darüber nachgedacht hatte, wie viel Aufmerksamkeit Manticore und Haven der Piratenjagd widmeten.

Natürlich wurden allmählich überall in der Galaxis die Jobs knapp, die weniger zu Skrupeln neigenden Truppen wie eben Gensonnes überhaupt offenstanden. Das Raubtier lauerte immer noch, zunehmend hungrig … und daher verzweifelt.

Verzweiflung aber wusste Llyn hervorragend zu nutzen.

»Mir ist bewusst, dass es für jeden ehrlichen Söldner heutzutage schwierig ist, über die Runden zu kommen«, fuhr er fort. »Ich wollte lediglich anmerken, dass dieser Job nicht nur ungleich lukrativer ist als einfache Piraterie, sondern auch ungleich befriedigender.«

Einen kurzen Moment lang traf ihn noch Gensonnes Raubtierblick, dann zuckte der Söldnerführer kurz die Achseln. »Wahrscheinlich«, sagte er. »Aber Sie übersehen hier das Wichtigste: Die Frachter sind keineswegs ein Zubrot. Sie sind die Übungseinheiten.«

»Übungseinheiten?«

»Schiffe aufzubringen ist eine hohe Kunst, Mr. Llyn«, erklärte Gensonne. »Eine Kunst, die beständig geübt werden will, damit man sie nicht verlernt. Übungen und Drills, durch die ich meine Männer scheuche, helfen nur bis zu einem gewissen Grad. Letztendlich muss man sich auch an das lebende Objekt begeben, das ehrlich, aufrichtig und verzweifelt zu entkommen versucht.«

»Ah«, sagte Llyn und musste einen Schauer unterdrücken. Allmählich begriff er, warum Anderman diesen Mann aus seinem Team geworfen hatte.

»Das missbilligen Sie?«

»Ich habe zu diesem Thema überhaupt keine Meinung, weder in die eine noch in die andere Richtung«, entgegnete Llyn. »Wie schon gesagt: Mich interessiert nur, ob Sie die Richtigen für diesen Job sind.«

Gensonne lächelte grimmig. »Die Volsungs sind ganz genau die Richtigen für diesen Job, Mr. Llyn«, erklärte er. »Setzen Sie sich, dann reden wir über Geld.«

Lenkwaffentechniker Chief Charles Townsend befand sich bereits seit einer ganzen Wochen an Bord von HMS *Phoenix*, bevor Travis endlich die Zeit fand, während der Mittwache einmal zur Waffenabteilung achtern zu gehen und seinen alten Kameraden aus dem Ausbildungslager wiederzusehen.

Das Zusammentreffen lief nicht so ab, wie Travis das erwartet hatte.

»Lieutenant«, begrüßte ihn Chomps förmlich. Er schwebte über der Überwachungsstation der Schnellfeuerkanone und nahm, soweit in Schwerelosigkeit möglich, Haltung an. »Ich freue mich, Sie wiederzusehen, Sir. Ist lange her seit unserer gemeinsamen Zeit in Casey-Rosewood. Gratuliere zu Ihrem Erfolg auf der Offiziersanwärterschule und zur Beförderung.«

Travis überlegte gerade fieberhaft, wie er auf die unerwartet kühle Korrektheit seines Gegenübers reagieren sollte, als sich auf Chomps' Gesicht ein gewaltiges Grinsen ausbreitete. Er packte Travis am Arm und riss ihn an seine breite Brust. »Du verdammter Kerl«, sagte er Travis direkt ins Ohr. »Mann, tut das gut, dich zu sehen, Pingelkopp!«

Während Travis' lahmes Hirn jetzt losholperte, um nach einer Strategie für eine Reaktion auf Insubordination dieser Art zu suchen, ließ Chomps ihn los, schwebte zurück und nahm Formaldiensthaltung an – ganz so, wie sich ein Petty Officer in Gegenwart eines Vorgesetzten zu verhalten hatte. »Ich meine, Mann, tut das gut, Sie wiederzusehen, Pingelkopp, *Sir!*«, korrigierte er sich.

»Schön zu sehen, dass du in all den Jahren deinen Sinn für Humor nicht verloren hast«, war so ungefähr alles, was Travis' Hirn an Reaktion zuließ. »Wenn das deine normale Art ist, Offiziere zu begrüßen, wundert es mich, dass du nicht mittlerweile wieder beim Spacer *Third* Class angekommen bist!«

»Oder noch tiefer«, pflichtete ihm Chomps bei. »Die könnten mich auch zum MPARS strafversetzen, stimmt's? Aber mach dir keine Sorgen, dazu wird's nicht kommen – so viel Verstand habe ich dann doch.«

»Gut«, entgegnete Travis, und seine Gedanken reisten zu seinem ersten Wiedersehen mit Lisa Donnelly zurück, dazu, wie unbehaglich er sich gefühlt hatte. Gut, sie war ja auch recht überraschend in sein Leben zurückgekehrt, das musste man ihm schon zugestehen. Außerdem hatte sich aus naheliegenden Gründen Lisa wiederzusehen natürlich ganz anders angefühlt, als wieder mit Chomps vereint zu sein. »Und? Wie ist es dir so ergangen?«

»Man schleppt sich langsam nach oben«, antwortete Chomps und verfiel in jene Art halbförmlichen Verhaltens, das Travis auch schon bei anderen Offizieren und Petty Officers erlebt hatte, die persönlich befreundet waren. »Anscheinend hat das Computersystem von BuPers eine Macke, weswegen ich dauernd befördert werde. Und siehe da ...«, er vollführte eine ausladende Handbewegung, die mehr als nur den ganzen Raum hier umfasste, »... da sind wir jetzt, in alter Frische wiedervereint.«

»Tja, alter Junge, gut gemacht«, lobte Travis mit einem Grinsen.

Chomps grinste zurück, wurde dann jedoch überraschend ernst. »Das hab ich dir zu verdanken. Ich weiß nicht, was mit mir passiert wäre, wenn du nicht damals für den ganzen Ärger geradegestanden hättest.«

»Wahrscheinlich das Gleiche, was mit mir passiert ist«, gab Travis zurück und bemühte sich, so zu klingen, als sagte er das leichthin. »Ein kleiner Klaps auf die Hand, und dann ging's ganz normal mit Dienst nach Vorschrift weiter.«

»Ja, vielleicht«, sagte Chomps. »Vielleicht aber auch nicht.« Er schürzte die Lippen. »Ich weiß, dass ich dir damals dafür gedankt habe, aber ... aber je mehr Jahre ins Land gehen und mich mit Alter und Weisheit schlagen, desto deutlicher sehe ich, was du damals für ein Risiko eingegangen bist. Also, Mann, noch mal: danke.«

»Gern geschehen, Chief«, erwiderte Travis. »Aber das ist dann jetzt das letzte Mal, dass wir darüber reden, okay? Offiziere werden von Petty Officers verflucht, wir kennen das nicht anders. Danksagungen bringen uns völlig aus dem Tritt, und wer will das schon?«

Chomps grinste. »Aye, aye, Sir«, sagte er. »Also: Hypergrenzen-Wachdienst. Hochspannend!«

»Auf jeden Fall weniger spannend als Casca«, pflichtete Travis bei.

»Du weißt davon?«, fragte Chomps nach und runzelte die Stirn.

»So weit wie jeder andere auch«, antwortete Travis und musste sich sehr zusammennehmen, um nicht gequält das Gesicht zu verziehen. In einem Anflug alter Kameradschaft hatte er völlig vergessen, dass Lisa ihn gebeten hatte, damit nicht hausieren zu gehen, auch wenn das Thema nicht offiziell unter die dienstliche Geheimhaltungspflicht fiel. Aber wenn es jemanden an Bord der *Phoenix* gab, mit dem er darüber reden konnte, dann Chomps, oder nicht? »Für mich sieht's ganz so aus, als könntest du dich glücklich schätzen, überhaupt noch am Leben zu sein.«

»Stimmt«, sagte Chomps und zog die Nase kraus. »Wäre Commander Donnelly nicht gewesen ...«

Er verstummte, als aus dem Intercom unvermittelt das Alarmsignal ertönte. »Klar Schiff zum Gefecht!«, drang kühl die Stimme von Lieutenant Commander Bajek, dem Waffenoffizier der *Phoenix*, aus dem Lautsprecher. »Klar Schiff zum Gefecht! Bereitschaftsstufe zwo. Ich wiederhole: Schiffsweit herrscht Bereitschaftsstufe zwo.«

Travis' Magen krampfte sich zusammen. Bereitschaftsstufe *zwo?* Noch vor sechzig Sekunden hatte an Bord der *Phoenix* Bereitschaftsstufe *fünf* geherrscht.

Was zum Henker war gerade passiert?

»War wohl etwas voreilig von mir, von Langeweile zu sprechen, Sir«, meinte Chomps, und jegliche zwanglose Vertrautheit war abrupt verschwunden.

»Wir erfahren gleich, was los ist, Chief«, gab Travis zurück und erkannte in seiner eigenen Stimme die gleiche militärische Präzision und Förmlichkeit wieder. »Alles Weitere später.«

»Jawohl, Sir.«

In der Abteilung Vorschiffbewaffnung traf Travis auf Lieutenant Brad Fornier, den Leiter der Lenkwaffenabteilung der *Phoenix*. Schweigend schaute der Lieutenant zu, wie nach und nach die Rumpfbesatzung, herbeigerufen durch Bereitschaftsstufe zwo, in den Raum hineinschwebte und sich an den Konsolen anschnallte. »Bisschen spät, Long!«, merkte Fornier an, als Travis zu ihm schwebte.

»Verzeihung, Sir«, sagte Travis, während sein Blick schon über die Monitore flog. Noch hatte die Vorschiffbewaffnung Bereitschaft nicht hergestellt, aber die Systeme wurden mit durchaus zufriedenstellendem Tempo hochgefahren.

Zumindest die, die sich hochfahren ließen: Einer der Ortungssensoren war ausgefallen, ebenso ein Signalverstärker der Feuerleitung, und der Assembler für die Elektronische Kampfführung stand kurz davor, den Geist aufzugeben. Wie jedes andere Schiffe der Navy auch, hatte die *Phoenix* weder genug Ersatzteile noch genug Arbeitskräfte zur Verfügung, um alles ordnungsgemäß am Laufen zu halten. »Was ist das hier? Eine Übung?«

»Klingt nicht danach«, gab Fornier zurück. »Anscheinend hat OPZ einen Hyperabdruck gemeldet – auf einem zeitoptimierten Kurs von Casca.«

»Könnte der havenitische Frachter sein, der nächste Woche eintreffen sollte«, schlug Travis vor.

»Bisschen arg früh dran, was?«, meinte Fornier. »Na ja, beispiellos wär's nicht.«

»Aber auch nicht gerade üblich.«

»Nein.«

Verärgert verzog Travis die Lippen, als der Assembler noch ein letztes Mal aufflackerte und dann den Dienst einstellte. »Das wäre dann das.«

»Verdammt«, murmelte Fornier. »Skorsky?«, rief er dann. »Bringen Sie diesen Assembler wieder ans Laufen!«

»Jawohl, Sir!«

»Auf jeden Fall klingt es ganz so, als wäre der Captain heute nicht sonderlich gewillt, Fremden übergroßes Vertrauen entgegenzubringen«, fuhr Fornier dann fort. »Wir gehen auf Abfangkurs.«

Mit zusammengekniffenen Augen betrachtete Travis die Abstandsanzeige und rechnete die Lage kurz im Kopf durch. Noch ungefähr zehn Minuten, bis das fremde Schiff in Rufweite wäre. »Na, dann sollten wir ja bald mehr wissen.«

»Falls der Captain beschließt, die anderen anzurufen, sobald sie in Reichweite sind«, gab Fornier zu bedenken. »Vielleicht will er ja auch damit warten, bis wir ein bisschen näher aufgekommen sind.«

»Wird er nicht«, widersprach Travis. »Das einkommende Schiff hat schon unseren Keil geortet und weiß, dass wir Kurs darauf gesetzt haben. Wenn wir uns nicht so rasch wie möglich melden, könnten die da drüben glauben, es mit Piraten zu tun zu haben – und dann treten die bestimmt die Flucht an.«

»Ziemlich genau das Gleiche würden die auch machen, wenn sie selbst Piraten wären«, räumte Fornier jetzt ein. »Also würden wir, wenn wir Funkstille hielten, nicht das Geringste herausfinden.«

»Genau.«

»Dann schauen wir doch mal, ob der Captain das genauso sieht wie Sie«, entschied Fornier. »Ganz zu schweigen davon, was die Vorschriften besagen. Hängen Sie sich an ein Schott und machen Sie es sich gemütlich.«

11

»Captain Castillo, ich versichere Ihnen«, erklärte Captain Shresthra, auf dessen kleinem, braunen Gesicht ein dünner Schweißfilm glänzte, »dass es hier keinerlei Unregelmäßigkeiten gibt – nicht bei meinem Schiff, nicht bei meiner Besatzung, nicht bei meinen Passagieren und nicht bei meiner Fracht. Ich hatte keine Ahnung, dass die Strecke zum Sternenkönigreich von Manticore derart gründlich überwacht und kontrolliert wird.«

Der Mann, der sich selbst Grimm nannte, schwebte schweigend hinter dem Captain auf der beengten Brücke der *Ibicca*, während Pickers, einer von Shresthras Ingenieuren, mit einer Diagnosesonde die Schaltungen einer Leiterplatte überprüfte. Allzu große Schwierigkeiten machte die Leiterplatte nicht, was im Übrigen für den gesamten Computer galt. Doch während des Jahres, das seine zwei Kollegen, Bettor und Merripen, und er nun schon an Bord waren, hatte sich Grimm angewöhnt, hin und wieder eine kleine, harmlose Störung in das System einzuschleusen. Es bestand schließlich eine gute Chance, dass er innerhalb der nächsten Wochen einen größeren Computerausfall würde herbeiführen müssen, und dafür war es dringend erforderlich, dass der Besatzung des Schiffes technische Probleme völlig normal erschienen.

Shresthra hatte gesagt, was es zunächst zu sagen gab, und so begann nun das lange Warten auf die Antwort der *Phoenix*.

»Meinen Sie, Castillo wird Leute an Bord schicken wollen?«, fragte Pickers nervös. »Wir hinken sowieso schon viel zu weit hinter dem Zeitplan her.«

»Ach was – der klingt eigentlich ganz vernünftig«, beruhigte ihn Shresthra. »Allerdings wird er genau das tun, wonach ihm gerade der Sinn steht. Wie alle aus unbedeutenden, rückständigen Welten. Wann immer sie eine Gelegenheit dafür finden, spielen sie sich furchtbar gegenüber Menschen aus fortschrittlicheren Welten auf.«

Grimm lächelte in sich hinein. Das sagte natürlich genau der Richtige! Die Solare Liga mochte ja unbestritten das Alphamännchen im gesamten bekannten Kosmos sein, aber längst nicht alle Welten der Liga hielten den Standard, den die wohlhabendsten Welten vorlegten. Zumindest in Grimms Augen gehörte Shreshthras Heimatwelt Berstuk eindeutig zu jenen Planeten, die den Durchschnitt drückten.

»Aber von den möglichen negativen Auswirkungen auf unseren Zeitplan einmal abgesehen, stellt dieser Zwischenfall hier keine ernst zu nehmende Schwierigkeit dar«, fuhr Shresthra fort. »Am meisten zu verlieren haben Mr. Grimm und seine Freunde.«

»Wohl wahr«, bestätigte Grimm und wandte sich Shresthra zu. Denn mit dieser Bemerkung hatte dieser genau ins Schwarze getroffen – ohne zu ahnen, wie sehr! »Wir können nur hoffen, dass Captain Castillo unsere Dokumente akzeptiert und berücksichtigt, falls er sich doch dafür entscheiden sollte, eine Entermannschaft auszuschicken.«

»Und wenn nicht?«, setzte Shresthra nach. »Wird die minorcanische Regierung Konventionalstrafen wegen des Verstoßes gegen eine Verschwiegenheitserklärung verhängen, selbst wenn dieser Verstoß Ihnen weder persönlich angelastet werden kann, noch unmittelbar oder mittelbar auf Ihr eigenes Handeln zurückzuführen ist?«

»Das will ich wirklich nicht hoffen«, antwortete Grimm. »Bedauerlicherweise wird in entsprechenden Verschwiegenheitserklärungen auf derlei Möglichkeiten nicht weiter eingegangen, also liegt die Entscheidung ganz allein bei denen.« Er nickte in Richtung Gravitationsdisplay, auf dem ein Icon die Position der *Phoenix* anzeigte. »Und noch bedauerlicher ist, dass eine Einmischung der Manticoraner alles noch verschlimmern würde.«

»Das kann ich mir vorstellen«, gab Shresthra zurück und nickte.

»Nein, können Sie nicht«, widersprach Grimm, und mit einem Mal klang seine Stimme deutlich härter. Er bezweifelte, dass sich Castillo die Mühe machen würde, einen ganz offenkundig völlig harmlosen Frachter aufzubringen und zu entern, und da ihre ganze schöne Ausrüstung noch in ihren Kisten verpackt war, würden einfache Spacers der Navy auch nichts Auffälliges oder Verdächtiges entdecken.

Doch Grimm legte Wert darauf, nach Möglichkeit selbst noch die kleinsten Risiken zu vermeiden, und wenn die Manticoraner tatsächlich beschließen sollten, an Bord zu kommen, wollte er Shresthra auf seiner Seite wissen.

»Ich kann Ihnen nur so viel erzählen«, fuhr er fort, »und zwar, dass das, was wir da im Frachtraum haben, ein völlig revolutionäres neues System für ... ist na ja, darüber muss ich Stillschweigen bewahren. Aber wenn die Minorcaner die Einzigen in der Region sind, die darüber verfügen, wird das im Laufe der nächsten Jahre für gewaltigen Profit sorgen. Sollte eine Sternnation wie Manticore, die die industrielle Basis und die entsprechenden finanziellen Ressourcen besitzt, auch nur ahnen, was da in Ihrem Frachtraum steht, Captain, könnte Manticore das minorcanische Monopol unterlaufen – und damit auch all die schönen Profite einsacken. Für eine so kleine Welt wie Minorca wäre das ein finanzielles Desaster.«

»Verstanden«, sagte Shresthra, und nun schwang auch in seiner Stimme eine Spur Härte mit, wie sie eben Grimm selbst an den Tag gelegt hatte. »Machen Sie sich keine Sorgen! Selbst hier draußen gelten für Frachter, die unter solarischer Flagge fahren, immer noch gewisse Rechte. Sie können sich darauf verlassen, dass ich alles in meiner Macht Stehende tun werde, um dafür zu sorgen, dass Ihre Fracht geheim bleibt.«

»Ich danke Ihnen«, erwiderte Grimm und verneigte sich. »Nicht nur in unserem Namen, sondern im Namen des ganzen Volkes von Minorca.« Dann galt sein Blick wieder dem Computer. »Wo wir gerade von unserer Fracht sprechen: Wenn Sie mich wohl entschuldigen würden? Ich möchte da etwas überprüfen.«

»Selbstverständlich«, versicherte Shresthra. »Ich sage es noch einmal: Machen Sie sich keine Sorgen. Alles wird reibungslos laufen, und dieser Manticoraner wird uns nicht weiter aufhalten.«

In Frachtraum Nummer zwei traf Grimm auf die beiden Männer, die zusammen mit ihm an Bord der *Ibicca* gekommen waren. »Wie sieht's aus?«, fragte er, kaum dass sich die Luke hinter ihm geschlossen hatte und er auf die beiden zuschwebte.

»Ich habe alles durchgemessen, was ging«, berichtete Bettor. »Sieht alles intakt aus. Soll ich jetzt aufbauen?«

»Noch nicht«, gab Grimm zurück. »Da draußen steht gerade ein äußerst ungünstig positioniertes Schiff der Royal Manticoran Navy und stellt Fragen. Ich vermute, dass die eigentlich hergekommen sind, um den havenitischen Frachter zu eskortieren, der bei unserer Abreise von Casca dort noch beladen wurde.«

»Dann wollen wir hoffen, dass die sich brav an ihren eigentlichen Einsatzplan halten und uns in Ruhe lassen«, brummte Bettor.

»Genau«, sagte Grimm. »Die interessieren sich wahrscheinlich bloß für uns, weil der Verkehr hier draußen so spärlich ist, dass jeder Neuankömmling gleich zu Erstaunen und Neugier führt.«

»Dürfte stimmen«, meinte Bettor. »Also lassen wir alles noch eingepackt, bis wir auf jeden Fall in Sicherheit sind?«

»Richtig«, bestätigte Grimm. »Das sollte höchstens ein paar Stunden dauern.«

»Hoffen wir, dass es schneller geht«, sagte Bettor. »Das ist alles ohnehin schon verdammt knapp kalkuliert – vor allem, wenn ich alles wieder eingepackt haben soll, bevor wir in den Orbit einschwenken! Wenn wir jetzt hier draußen ein paar Stunden verlieren, könnte das am Ende der Reise ganz schön unangenehm werden.«

»Das klappt schon«, versuchte Grimm ihn zu beruhigen. »Solange Shresthra die Manticoraner nicht unabsichtlich misstrauisch macht, lassen die uns wahrscheinlich einfach ziehen und warten weiter auf den Haven-Frachter.« Er blickte zu Merripen hinüber und hob fragend die Brauen – eine wortlose Aufforderung, ebenfalls etwas zu dem Gespräch beizutragen.

Merripen zuckte nur mit den Schultern. Er war kein Mann vieler Worte, das hatte Grimm schon bemerkt. Auf einer derart langen Überfahrt wie dieser war das meist eher von Vor- denn von Nachteil.

»Und was für ein Kriegsschiff ist es?«, fragte schließlich Bettor.

»Ein Zerstörer«, antwortete Grimm. »HMS *Phoenix.* Ich sage euch Bescheid, wenn ihr mit dem Aufbau anfangen könnt.«

»Okay«, bestätigte Bettor. »Aber was ich über das Timing gesagt habe, habe ich ernst gemeint. Das dauert seine Zeit! Wir brauchen die Hinfahrt, dazu alles an Zeit, was Sie Shresthra aus dem Kreuz leiern können, damit er sich nach neuer Fracht umschaut, und dann noch die Rückfahrt. Und selbst das alles zusammen wird vielleicht nicht reichen – vor allem nicht mit dieser zusätzlichen Verzögerung.«

Grimm zog die Nase kraus. Tja, ließ sich nun einmal nicht ändern! Die unglaublich empfindliche und teure Ausrüstung, die sie an Bord des Schiffes gebracht hatten, sollte zumindest theoretisch in der Lage sein, Gravitationsanomalien im Manticore-System hinreichend detailliert zu erfassen, um ein für alle Mal festzustellen, ob es hier draußen nun einen Wurmlochknoten gab oder nicht.

Wie Bettor schon ganz richtig gesagt hatte: Diffizile Präzision kostete nun einmal Zeit, Zeit und nochmals Zeit.

»Sehen Sie einfach zu, alles im Griff zu behalten«, sagte er. »Wenn wir dann aus dem Orbit ausschwenken, sagen Sie mir, wie viel zusätzliche Zeit Sie brauchen.«

»Das erfahren Sie, sobald ich es selbst weiß.«

»Das ist früh genug.«

So oder so, erinnerte sich Grimm selbst. Wenn die *Ibicca* das Sternenkönigreich verließe, würden sie wissen, ob nun ein Manticore-Wurmlochknoten existierte oder nicht.

So oder so.

Drei Stunden später kehrte zu Travis' leisem, nicht gern eingestandenem Bedauern die *Phoenix* zur langweiligen Geschäftigkeit von Bereitschaftsstufe fünf zurück. Was für Befürchtungen Captain Castillo auch immer gehegt haben mochte: Anscheinend hatte sich, was den unerwarteten Besucher betraf, alles zufriedenstellend klären lassen.

Ja, sogar so zufriedenstellend, dass die *Phoenix* ihren gewöhnlichen Patrouillendienst wiederaufnehmen konnte, während der Besucher ohne Eskorte nach Manticore weiterreisen durfte.

Travis war sich selbst nicht ganz sicher, was er davon halten sollte. Einerseits besagten ihre Befehle nun einmal, sie sollten an der Hypergrenze des Systems patrouillieren. Befehle wie diese missachtete man nicht ohne guten Grund. Andererseits hielt er es für nicht sonderlich schlau, ein unbekanntes Schiff ungehindert ins Territorium des Sternenkönigreichs vorstoßen zu lassen. Nicht, ohne vollständigen Sensor-Scan, und dafür war die *Phoenix* dem fremden Schiff kaum nah genug gekommen.

Doch in dem Jahr, das Travis nun schon an Bord diente, hatte er festgestellt, dass Captain Castillo ziemlich genau wusste, was er tat. Es stand zu vermuten, dass dies auch hier und jetzt der Fall wäre.

Vier Tage später nutzte Lieutenant Commander Bajek den Leerlauf an Bord dazu, ihre Geschützbedienungen durch einen Gefechtsübungsdrill zu scheuchen. Zeitgleich erhielt Travis die Nachricht, so rasch wie möglich Kontakt zu Chomps aufzunehmen.

›So rasch wie möglich‹ bedeutete in diesem Fall: sechs Stunden später.

»Danke, dass Sie gekommen sind, Sir«, begrüßte ihn Chomps, als Travis durch die Luke in den Überwachungsraum der Waffenabteilung achtern geschwebt kam. Aha, förmlicher Ton, wie er im Gespräch zwischen Offizieren und Unteroffizieren üblich war.

Beim Hereinkommen hatte Travis auf einem der Displays an der Konsole, an der Chomps gerade arbeitete, Ungewöhnliches erspäht.

»Ich wollte Ihnen etwas zeigen, Sir«, erklärte Chomps dann, sich des Gefälles in der Weisungsbefugnis offenbar deutlich bewusst. Dabei deaktivierte er beiläufig den Bildschirm. Vielleicht ein bisschen zu beiläufig ... »Können Sie mir zunächst sagen, was Sie über den Liga-Frachter wissen, den wir vor vier Tagen haben passieren lassen?«

»Ich weiß auch nur das, was Captain Castillo allen Besatzungsmitgliedern mitgeteilt hat«, gab Travis zurück. »Das Schiff heißt *Ibicca*, stammt von Beowulf und wurde dafür angeheuert, Fracht nach Minorca zu befördern. Auf dem Weg zu ihrem Ziel legt sie hier und dort Zwischenstopps ein, um noch weitere Aufträge zu erledigen. Warum fragst du, Chomps?« Das Signal zu etwas weniger Förmlichkeit.

»Ich hatte gehofft, dir eine Arbeitshypothese vorlegen zu können«, antwortete Chomps. »Die ist zwar ein bisschen ... sonderbar ... aber ich weiß, dass du ziemlich gut darin, um die Ecke zu denken.«

»Okay, leg los!«

»Na dann.« Chomps holte tief Luft. »Also: Ich frage mich, ob dieser Kanaan-Diktator im Exil – dieser General Khetha – vielleicht doch noch lebt.«

»Haben die Cascaner nicht gemeldet, Khetha sei eines der Mordopfer?«

»Die haben auch gedacht, der Täter wäre blond und hätte einen Schnurrbart«, gab Chomps zu bedenken. »Und selbst die Cascaner haben zugegeben, dass die DNA des Opfers schon ziemlich weit zersetzt war und sie ihm erst eine der Proben haben zuordnen können, nachdem sie wussten, wonach sie suchen mussten. Wer kann schon sagen, ob das wirklich der General war?«

»Also gut: Nehmen wir an, du hättest recht und Khetha lebt noch«, entschied Travis. »Was dann?«

»Tja also, dieser Khetha bringt jemanden um – ein Zufallsopfer, das aber in Körperbau und Gewicht ihm zum Verwechseln ähnelt – sofern man die Leiche lange genug in einen Zersetzungssack gelegt hat. Vielleicht manipuliert er zusätzlich noch die Aufzeichnungen von seinem Landsitz und tauscht die DNA dieses Fremden gegen seine eigene aus, aber vielleicht glaubt er auch, der Zersetzungssack allein würde schon ausreichen. Wenn das so wäre, dann könnte es *Khetha* gewesen sein, nicht der Täter, der das Kurierboot genommen hat und abgehauen ist.«

»Könnten nicht beide an Bord gewesen sein?«, fragte Travis nach.

»Laut den Überwachungsvids ist nur *ein* Mann an Bord gegangen.«

»Gibt es von dem eine Beschreibung?«

»Zumindest keine, die man uns mitgeteilt hätte.«

Travis nickte. »Okay, also ist jetzt Khetha von Casca entkommen, nicht der Täter. Weiter?«

»Jetzt verschwindet der Killer von Casca erst einmal ein paar Jahre lang von der Bildfläche«, fuhr Chomps fort. »Unmöglich ist das nicht, wenn er entsprechende Dokumente vorbereitet hat und über genug Geld verfügt. Irgendwann während der Fahrt kommt Khetha zu dem Schluss, dass er noch irgendetwas von Kanaan braucht – entweder noch mehr Raubgüter oder etwas anderes. Also schickt er eine Nachricht an jemanden in der Liga, und der chartert die *Ibicca.* Dieser Jemand und dazu noch ein Kumpel gehen selbst als Passagiere an Bord. Der Frachter steuert Kanaan an und legt dabei noch ein paar Zwischenstopps auf irgendwelchen anderen Raumhäfen ein, um die Spur ein bisschen zu verwischen, während gleichzeitig Khethas Agenten die transportierten Waren in Empfang nehmen. Und dann fahren sie nach Casca.«

»Warte mal«, unterbrach ihn Travis. In seinem Hinterkopf schrillten die ersten Alarmglocken, sehr tief in seinem Hinterkopf und daher noch sehr moderat in der Lautstärke. Von Passagieren an Bord des Frachters war nie die Rede gewesen, und eine Kopie von dessen Fahrtroute hatte er erst recht nicht zu Gesicht bekommen. Also woher wusste Chomps das alles? »Also bringen die einfach die Goldbarren oder was auch immer an Bord?«

»Die Passagiere der *Ibicca* haben zwo der Frachträume gechartert und dort eine geheime Fracht verstaut«, erklärte Chomps. »Angeblich fahren die unter Diplomatenflagge im Auftrag der Regierung von Minorca. Der Schatz – oder was auch immer – könnte sich durchaus an Bord befinden. Also steuern sie Casca an, da treiben sie dann noch ein bisschen mehr Handel und nehmen auch noch unseren Killer an Bord. Damit befinden sich im Schiff jetzt genau die drei zusätzlichen Personen, die in der Besatzungsliste der *Ibicca* verzeichnet sind.« Beinahe schon beschwichtigend hob er die Hände. »Ergibt das überhaupt irgendeinen Sinn? Oder versuche ich gerade verzweifelt, mit ein bisschen Spucke einen Großbrand zu löschen?«

»Wohl zu viele Krimis gelesen, Chief«, gab Travis zurück. »Warum sollte sich Khetha all diese Mühe machen? Und ich beziehe mich damit sogar schon auf die Geschehnisse von Casca. Das war *sein eigenes* Kurierboot. Er hätte jederzeit damit abreisen können.«

»Es sei denn, er wollte seinen eigenen Hofstaat hinters Licht führen«, widersprach Chomps. »Wenn der auch vor denen weglaufen oder irgendwelche Feinde täuschen wollte, dann ist ein Versteck auf Minorca doch ungefähr das Beste, was man sich vorstellen kann – da ist man doch wirklich praktisch unauffindbar.«

»Das ist immer noch viel komplizierter als nötig«, entschied Travis. »Themenwechsel: Woher kennst du eigentlich so viele Details über die *Ibicca*? Ich weiß von alledem nicht das Geringste.«

»Ich habe da so meine Quellen«, wich Chomps aus. »Aber

wenn du findest, dass ist alles zu verquast, dann rede ich hier wahrscheinlich wirklich nur ...«

»Moment!«, fiel ihm Travis ins Wort, als vor seinem geistigen Auge noch einmal der Bildschirm auftauchte, den Chomps so beiläufig abgeschaltet hatte. »Was genau hattest du dir auf dem Display da eigentlich gerade angesehen?«

»Ach, nichts«, erklärte Chomps ein bisschen arg schnell. Mit seiner großen Hand stieß er sich vom Schott ab und schwebte fast unmerklich langsam auf einen Punkt zu, der sich genau zwischen Travis und besagtem Bildschirm befand. »Nur so Zeug, an dem ich gerade arbeite.«

»Schwachsinn!«, versetzte Travis scharf. »Das waren vertrauliche Schiffsdaten, oder?«

Chomps' Gesicht war wie erstarrt. »Nein, Sir.«

»Lügen Sie mich nicht an, Chief!«, warnte ihn Travis ernst, stieß sich ebenfalls vom Schott ab und schwebte auf den Bildschirm zu.

Chomps erreichte ihn als Erster. »Ich darf Sie das nicht sehen lassen, Sir.«

»Warum nicht?«, verlangte Travis zu wissen. »Weil ich das melden würde?«

»Jawohl, Sir, das würden Sie«, antwortete Chomps. »Und das wäre sehr schlecht. Für uns beide.«

»Chief ...«

»Sir ...« Chomps schluckte heftig. »Travis, bitte! Du musst mir hier vertrauen – so wie damals im Ausbildungslager.«

»Damals ging es nicht um Vertrauen, Chief«, erklärte Travis scharf. »Damals ging es darum, einen Kameraden aus meinem eigenen Trupp zu retten.«

»Genau darum geht es hier auch, Sir.« Es war Chomps anzusehen, dass er sich gegen alles wappnete, was kommen mochte, als er die Frage stellte: »Was werden Sie jetzt tun?«

Travis spürte, wie sein Blick zu Chomps' Schulter hinüber- und hinunterwanderte; er suchte verzweifelte nach einer Lösung, mit der er seinen Freund aus dieser Patsche herausholen könnte. Das hatte er schon einmal geschafft, damals im Ausbildungslager. Das bekäme er gewiss noch ein zweites Mal hin.

Nein, bekäme er nicht. Damals war es um bedrohliche Unterernährung gegangen, und Travis hatte keinerlei Schwierigkeiten damit gehabt, einen Verstoß gegen die Vorschriften damit zu rechtfertigen, dass er moralisch richtig sei.

Aber hier gab es keine solche moralische Grauzone. Jemand – Chomps oder irgendjemand anderes – hatte sich in die Daten der *Phoenix* gehackt und auf vertrauliche oder sogar geheime Unterlagen zugegriffen. Das war ein klarer, unbestreitbarer Verstoß gegen die Einheitlichen Verhaltensregeln.

So sehr Travis das auch bedauerte: Damit hatte Chomps endgültig eine Grenze überschritten.

»Ich muss wissen, wer Ihnen diese Informationen verschafft hat, Chief.«

Chomps' ohnehin schon steinerne Miene verhärtete sich noch mehr. »Niemand, Sir«, erklärte er. »Ich habe selbst auf die entsprechenden Datensätze zugegriffen.«

»Wie?«

»Ich würde es vorziehen, diesbezüglich nicht ins Detail zu gehen, Sir.«

Falls Travis nicht ganz offiziell eine Untersuchung dieses Zwischenfalls anforderte, käme er hier nicht weiter. »Also gut, Chief«, sagte er. »Weitermachen.«

»Aye, aye, Sir«, entgegnete Chomps. Er machte den Eindruck, als habe er gerade seinen besten Freund verloren.

So jedenfalls kam es Travis vor, und vielleicht stimmte es ja auch.

Später, als Travis allein in seiner Kajüte saß und die völlige

Stille der Mittwache nur durch Forniers leises Schnarchen in der Koje gestört wurde, suchte er eine ganze Stunde lang nach einer Möglichkeit, Chomps' Fehlverhalten zu melden, ohne ihm die Karriere zu ruinieren. Schließlich entschied er sich für den Vorwurf *Ungenehmigter Zugriff auf Schiffsdaten.* Wenn er Glück hatte – und Chomps auch –, würde man das Ganze als Kleinigkeit abtun, wie sie eben nur von Pingelkopp Long stammen konnte … und dann würde sich niemand die Mühe machen, dem Vorwurf nachzugehen.

Aber es wäre trotzdem in Chomps' Personalakte verzeichnet. Von jetzt an bis hin zum Wärmetod des Universums könnte jederzeit jemand Travis vor einen Untersuchungsausschuss zitieren und ihn fragen, warum er bei der Meldung keine Details angegeben habe – und wie besagte Details nun aussähen. Wenn das geschähe, würde Travis diese Frage auch beantworten müssen.

Und dann würden Chomps und er mit den aus dieser Untersuchung erwachsenden Konsequenzen leben müssen.

Eine kurze Fingerbewegung, und die Meldung verschwand in den Untiefen des Bordcomputers der *Phoenix.* Irgendwann morgen würde Commander Vance Sladek, der Erste Offizier der *Phoenix*, die bis dahin eingegangenen Meldungen aufrufen und sie lesen … oder zumindest grob überfliegen.

Doch bis dahin würde sich Travis in die Koje hauen, alle Erinnerungen an diesen Zwischenfall aus seinem bewussten Denken verdrängen und sich so viel Schlaf holen, wie er nur bekommen könnte. *Jeder Tag hat genug*, so zitierte er müde, *an seiner eigenen Plage.*

Am nächsten Tag wurde Travis Uriah Long nicht zum Eins-O zitiert. Am Tag darauf ebenso wenig, und auch nicht am Tag danach. Am vierten Tag hatte Travis allmählich das Gefühl, wieder ein bisschen freier durchatmen zu können. Mittlerweile mussten doch Berichte aus dem Alltagsgeschäft Travis' Bericht praktisch unter sich begraben haben. Danach würde das alles *en masse* nach Manticore übertragen, geradewegs in das gewaltige Computersystem von BuPers.

Am fünften Tag wurde Travis unvermittelt in Commander Sladeks Büro zitiert.

Das Gespräch war kurz und für Travis so ziemlich das unangenehmste Ereignis der letzten sieben T-Jahre, die seit der Secour-Geschichte vergangen waren. Er wurde ausdrücklich ermahnt, niemals wieder Berichte derart zu verstecken, die augenblicklich die Aufmerksamkeit des Ersten Offiziers verlangt hätten. Ihm wurde erklärt, er solle sich gefälligst nicht in Klatsch und Tratsch und wilden Verschwörungstheorien ergehen. Und ihm wurde noch etwas unmissverständlich erklärt: Sollte sich Derartiges wiederholen, würde das zu einem Eintrag in seiner Personalakte führen. Als Travis wagte, sich nach Chomps zu erkundigen, wurde ihm gesagt, das gehe ihn nichts an.

Doch ein Blick in die offiziellen Schiffsunterlagen verriet ihm kurz nach Beendigung dieses – sehr einseitigen – Gesprächs, dass sein alter Freund zum Lenkwaffentechniker Erster Klasse degradiert worden war.

Seitdem sprach Chomps an Bord der *Phoenix* kein Wort mehr mit Travis – außer, wenn es sich absolut nicht vermeiden ließ, und dann ausschließlich mit aller dienstlich gebotenen Förmlichkeit.

Vielleicht hatte Chomps wirklich seinen besten Freund verloren.

Aber das galt dann für Travis auch.

12

Sie waren in Manticores Orbit eingeschwenkt und hatten ihn dann wieder verlassen. Nun war Manticore kaum mehr als ein schwacher Lichtpunkt auf dem Heckschirm der *Ibicca.*

Doch Captain Shresthra war, gelinge gesagt, alles andere als glücklich.

»Sie haben gesagt, auf Manticore gäbe es Frachtgut bis zum Anschlag«, knurrte er – ein weiteres Mal – und wies anklagend mit dem Zeigefinger auf Grimm. »Erinnern Sie sich noch? Genau das haben Sie gesagt: bis zum Anschlag!«

»Ich weiß«, gab Grimm in seinem besten zerknirschten Tonfall zurück. Allzu leicht fiel ihm das nicht, denn eigentlich hätte er jetzt gern besagten Zeigefinger gepackt und ihn kurzerhand gebrochen. *Geduld!*, mahnte er sich innerlich mit fester Stimme. »Aber genauso war das damals, vor acht Jahren, als ich das letzte Mal diese Region durchquert habe. Ich konnte doch unmöglich wissen, dass der Frachtverkehr im System seitdem so dermaßen zugenommen hat!«

Shresthra schniefte verächtlich. »Ein Dutzend Schiffe pro Jahr kann man ja wohl kaum als ›Frachtverkehr‹ bezeichnen, Mr. Grimm. Sie hätten auf Casca ja wenigstens bei dem havenitischen Frachter nachfragen können, ob er und noch andere Schiffe diese Route vollständig bedienen. Hätte ich das gewusst, dann hätten wir Minorca direkt ansteuern können, statt drei Wochen auf diesen Umweg zu verschwenden!«

»Ich weiß«, wiederholte Grimm und gab sein Bestes, zumindest verbal vor dem bemerkenswert kleinen Captain zu Kreuze zu kriechen. In Wahrheit *hatte* er mit den Haveniten gesprochen: Er hatte dort in Erfahrung gebracht, dass der gesamte Frachtguttransport von Manticore bereits bestens organisiert war, und er hatte sorgsam darauf geachtet, den Eindruck zu erwecken, er würde diese Informationen auf jeden Fall an Captain und Besatzung der *Ibicca* weiterleiten. Doch nur wegen dieses sogenannten Umwegs über Manticore befanden sich Grimm und seine Partner an Bord: Das Letzte, was er gewollt hatte, war, dass Shresthra einen großen Bogen um das System machte!

Genauso wenig wollte er, dass Shresthra hier großes Gewese machte – so viel, dass sich Grimm gezwungen sähe, den kleinen Mann und dessen Besatzung umzubringen. Sie waren dem Planeten – und erst recht den Schiffen auf der Route zwischen Manticore und Sphinx – immer noch nahe genug, als dass durchaus Bedarf für die eine oder andere Kommunikation bestehen mochte. Und es gab nichts, was effizienter für Neugier sorgte, als wenn im Funkverkehr plötzlich neue, bislang unvertraute Stimmen zu hören waren.

»Aber da gibt es ja auch noch den Planeten Gryphon«, fuhr er fort und deutete auf den Hauptschirm. »Ganz zu schweigen von der ganzen Rohstoffgewinnung vor Manticore-B. Wir könnten einen Mikrosprung dorthin machen, eine Anfrage an die verschiedenen Minen schicken und schauen, ob die da irgendwelche Produkte verkaufen wollen.«

»Nein«, entschied Shresthra mit fester Stimme. »Das Sternenkönigreich hatte seine Chance. Wir steuern jetzt die Hypergrenze an, und dann geht's geradewegs nach Minorca.«

Verdammt. »Natürlich, wenn Sie das so wünschen«, sagte Grimm. »Ich wollte nur versuchen, aus diesem Abstecher doch noch etwas Brauchbares herauszuschlagen.«

»Herausschlagen sollten Sie sich nur derart brillante Ideen

aus Ihrem Kopf, und das ist alles!«, knurrte Shresthra. Er packte einen Haltegriff, drehte sich um die eigene Achse und stieß sich ab. Immer noch grummelnd schwebte er in Richtung Brücke.

Grimm wartete, bis der Captain außer Sicht war. Dann verzog er mürrisch das Gesicht und kehrte in den Frachtraum zurück.

Bettor schwebte vor dem Analysator und schaute zu, wie der jüngste Datensatz durchlief. »Und?«, fragte er.

»Wir steuern jetzt Minorca an«, berichtete Grimm. »Stört uns das?«

»Leider ja«, antwortete Bettor. »Grob geschätzt brauchen wir zehn bis zwölf Stunden mehr, als uns bleiben, wenn die *Ibicca* den bisherigen Zeitplan einhält.«

»Zehn bis zwölf?«, wiederholte Grimm und runzelte die Stirn. »Ich dachte, wir bräuchten allerhöchstens sechs!«

»Das war, bevor Shresthra Pickers angewiesen hat, noch ein paar Gravos mehr aus den Impellern herauszukitzeln«, erklärte Bettor. »Der Mann meint es wirklich ernst: Er will seinen ursprünglichen Zeitplan einholen.« Er wölbte die Augenbrauen. »Was machen wir jetzt? Mord rufen und des Krieges Merripen entfesseln?«

Ernstlich in Versuchung geführt, schürzte Grimm die Lippen. Doch seine Sorge, es könnte bei etwaigen zukünftigen Kommunikationen mit anderen Schiffen zu Irritationen führen, wenn plötzlich mitten während der Fahrt das zuständige Personal ausgetauscht wurde, galt natürlich nach wie vor. »Noch nicht«, entschied er. »Ich habe schon das Interface an den Hyperantrieb gekoppelt. Das sollte uns die Zeit verschaffen, die Sie brauchen. Wenn Sie fertig sind, finde ich – oh Wunder – eine Lösung für unsere technischen Schwierigkeiten, und dann kann Shresthra jeden Kurs anlegen, den er nur möchte.«

»Klingt gut«, pflichtete Bettor ihm bei. »Hoffen wir, dass er das nicht herausfindet.«

»Wird er nicht«, meinte Grimm. »Wir hatten auf der Fahrt hierher schon so viele kleinere technische Schwierigkeiten, dass er weitere Probleme bloß einem herumzickenden Gerät zuschreiben wird.«

»Wenn Sie meinen«, gab Bettor zurück. »Aber bleiben Sie wachsam. Vielleicht ist der Captain ja gar nicht so naiv, wie Sie denken.«

»Machen Sie sich keine Sorgen«, sagte Grimm. »Ich werde ebenso wachsam bleiben wie Merripen.«

»Und Merripen ist *immer* wachsam?«

Grimm lächelte grimmig. »Ja. Immer.«

»Dies ist eine Übung!«, dröhnte Captain Castillos Stimme aus dem Intercom-System der *Phoenix*. »Klar Schiff zum Gefecht! Für das gesamte Schiff besteht Bereitschaftsstufe zwo. Ich wiederhole: Klar Schiff zum Gefecht! Für das gesamte Schiff besteht Bereitschaftsstufe zwo! Dies ist eine Übung!«

Travis erreichte als Zweiter seines Teams seinen Platz in der Abteilung Vorschiffbewaffnung, unmittelbar hinter Spacer Second Class Skorsky. Alle anderen trafen innerhalb von weniger als zwei Minuten ein – deren Glück!

Zwei Minuten und zwölf Sekunden später meldeten Raketen, Strahlenwaffen und sämtliche Unterstützungssysteme Einsatzbereitschaft.

»Nicht übel«, meinte Fornier und warf einen Blick auf sein Chronometer. »Das ist für mich eine Verbesserung um knapp acht Prozent. Gute Arbeit, Lieutenant Long. Wenn Sie so weitermachen, sind Sie in ein paar Monaten das Junior Grade vor Ihrem Dienstgrad los!«

»Danke, Sir«, erwiderte Travis und musste sich sehr zusammenreißen, nicht das Gesicht zu verziehen. Eine Verbesserung um acht Prozent mochte sich in den Akten ja gut machen, aber letztendlich ließ sich die ganze Verbesserung damit erklären, dass die *Phoenix* mittlerweile nur noch über einen einzigen Ortungssensor am Bug verfügte: Das Sekundärsystem hatte man ausgeschlachtet und mit gleich mehreren wichtigen Bauteilen den herumzickenden Eloka-Assembler wieder ans Laufen gebracht.

Ein System, das sowieso nicht funktionierte, ließ sich in Nullzeit hochfahren, durchchecken und einsatzbereit melden.

Das alles wusste Fornier natürlich. Aber wie jeder andere bei der Navy auch hatte der Lieutenant gelernt, alles in ein gutes Licht zu rücken, was sich nur irgendwie dorthin rücken ließ.

»Klingt, als würde die Schnellfeuerkanone achtern noch hochfahren«, fuhr Fornier fort und lauschte angestrengt den Meldungen, die über das Intercom eintrafen. »Geben wird den Ortern etwas zu orten.«

»Jawohl, Sir«, bestätigte Travis. Er packte einen Haltegriff, stieß sich ab und schwebte zum Hauptdisplay hinüber.

Wie üblich gab es dort draußen nicht viel zu sehen. Im inneren Manticore-A-System standen drei Schiffe – zwei Transporter von lokalen Firmen, dazu HMS *Salamander* auf einer Art Ausbildungsfahrt.

Zwischen der *Salamander* und dem Transporter ließ sich noch etwas orten: der solarische Frachter *Ibicca*, der nach einer erfolglosen Suche nach Frachtgütern das Manticore-System verlassen wollte.

Genau das Richtige.

»Geben Sie mir eine Kursermittlung für den Bogey auf einsvier-sechs zu zwo-zwo-neun«, wies er seine Mannschaft an.

»Eine Kursermittlung, Sir?«, fragte Skorsky, offenkundig

ernstlich verwirrt. »Sir, dafür ist das Schiff viel zu weit entfernt.«

»Zu weit entfernt, um den Kurs mit Radar und Lidar zu ermitteln, das stimmt«, bestätigte Fornier mit einem Hauch zur Schau gestellter Geduld. »Außerdem wird der Bogey durch das Achter-Viertel des Impellerkeilbodens blockiert. Also? Was haben Sie noch anzubieten?«

»Die Gravsensoren, Sir«, antwortete Skorsky, bei dem endlich der sprichwörtliche Groschen fiel. »Jawohl, Sir. Kursermittlung des Bogeys durch Gravitationssensoren eingeleitet, Sir.«

»Glauben Sie bloß nicht, das wäre lediglich eine Arbeitsbeschaffungsmaßnahme!«, setzte Fornier hinzu. Er sprach nun etwas lauter, sodass sämtliche Anwesenden in der Schiffssektion ihn hörten. »Natürlich, normalerweise gehört eine Kursermittlung zu den Aufgaben von OPZ oder der Brücke. Aber es kann immer mal passieren, dass die Kommunikation gestört ist, und dann sind Sie auf sich gestellt.«

»Verstanden, Sir«, sagte Skorsky zackig. »Kurs ermittelt und auf dem Schirm.«

Travis verrenkte sich fast den Hals bei dem Versuch, das Display zu betrachten. Darauf waren nun die Position der *Ibicca* und eine grobe Abschätzung ihres Vektors verzeichnet – soweit das über eine solche Entfernung hinweg auf der Basis von Gravitationsdaten eben möglich war. Er betrachtete die Daten …

… und runzelte die Stirn.

»Position bestätigen«, wies er an.

»Position bestätigen, aye.«

»Schwierigkeiten?«, fragte leise Fornier, der hinter ihm schwebte.

»Das weiß ich noch nicht«, gab Travis zurück. »Schauen Sie mal, wo die gerade steht.«

»Jenseits der Hypergrenze«, raunte Fornier.

»Beachtlich jenseits der Hypergrenze«, bestätigte Travis. »Gute dreihunderttausend Kilometer, und sie hat immer noch keine Alpha-Transition durchgeführt. Und sie beschleunigt auch nicht.«

»Tatsächlich, sie scheint dort zu treiben«, pflichtete Fornier ihm bei. »Meinen Sie, die ist in Schwierigkeiten?«

»Könnte sein«, antwortete Travis. Irgendwo in seinem Hinterkopf hörte er Chomps' Stimme: Sie erklärte ihm noch einmal seine Arbeitshypothese, der cascanische Mehrfachmörder befinde sich an Bord des Frachters. Hatte er vielleicht doch recht?

Nein, diese Arbeitshypothese war schlichtweg lächerlich. Und selbst wenn sie doch stimmte, konnte das kaum etwas mit dieser Situation hier zu tun haben. Ein Killer auf der Flucht würde ja wohl kaum Aufmerksamkeit auf sich lenken wollen, indem er das Schiff sabotierte, das ihn fortbringen sollte – schon gar nicht in der Nähe eines bewohnten Systems.

Travis mochte ja nicht viel über Frachter und deren Skipper wissen, aber eines wusste er sehr wohl: Zeitpläne waren ihnen sehr wichtig. Kein Captain würde Zeit jenseits der Hypergrenze vertrödeln, wenn es sich irgendwie vermeiden ließe.

»Wir könnten der *Salamander* Signal geben«, schlug Travis vor. »Sie steht dem Frachter nahe genug, um kurz hinüberzufahren und nachzuschauen, was da vor sich geht.«

»Außerdem verfügt sie über exakt das gleiche Ortungssystem wie wir«, ergänzte Fornier. »Machen Sie sich keine Sorgen: Wenn es da drüben etwas Untersuchenswertes gibt, wird sich Fairburn längst damit befassen.«

»Das hoffe ich.«

Im Hintergrund nahm Travis die Stimme des Ersten Offiziers wahr: Für die *Phoenix* galt jetzt Bereitschaftsstufe eins.

»Und wir haben uns in der Zwischenzeit um eine Übung zu kümmern«, sagte Fornier. »Also legen wir los.«

»Ich versichere Ihnen, Captain Lord Baron Fairburn, wir benötigen keinerlei Unterstützung«, drang die Stimme des Skippers der *Ibicca* aus den Brückenlautsprechern der *Salamander.*

Captain Fairburn!, korrigierte ihn Fairburn in Gedanken. *Oder Baron Fairburn. Oder Lord Fairburn. Suchen Sie sich was aus, und dann bleiben Sie dabei!*

Vielleicht nahm dieser Mann an, Baron wäre Fairburns Vorname. Vielleicht war er auch einfach nur ein Idiot, der sich nicht die Mühe machte, sich mit dem jeweils gültigen Protokoll all der Orte zu befassen, die er während seiner Fahrten ansteuerte.

Müsste Fairburn wetten, würde er auf Letzteres setzen.

»Einer unserer Passagiere hat so etwas schon einmal erlebt«, fuhr Shresthra fort. »Er sagt, es müsse nur einmal das Interface auseinandergenommen und gereinigt werden. Anschließend sind dann nur noch sämtliche Verbindungen zu überprüfen, und dann kann man das Ganze wieder zusammensetzen. In ein paar Stunden sind wir schon wieder unterwegs.«

»Also gut, Captain Shresthra«, gab Fairburn zurück. »Es sei noch einmal erwähnt: Wir sind nur wenige Stunden Fahrtzeit von Ihnen entfernt. Bitte scheuen Sie sich nicht, uns zu rufen, falls Sie zum Schluss kommen sollten, es wäre doch ganz gut, wenn wir uns Ihres Problems annähmen.«

Eine Antwort würde anderthalb Minuten auf sich warten lassen. Aber Fairburn rechnete höchstens noch mit einer höflichen Verabschiedungsfloskel des Skippers. Anscheinend hatte Shresthra alles im Griff, und die Sache war erledigt – oder würde es sehr bald sein.

Und doch ...

»Signal, haben Sie den Bericht gefunden?«, fragte er.

»Jawohl, Sir, ich glaube schon«, erwiderte Chief Marulich von der Signalstation aus und tippte mit dem Finger auf einen Schalter ihrer Konsole. »Ist es der?«

Fairburn warf einen Blick auf den Bericht. Er war schon mehrere Wochen alt; bei System Command eingereicht hatte ihn der Erste Offizier der *Phoenix*, Commander Vance Sladek. Jemand an Bord hatte sich in die völlig hirnrissige Vorstellung verstiegen, der Mehrfachmörder von Casca befinde sich an Bord der *Ibicca*. Aus irgendeinem Grund war Sladek diese Vorstellung hinreichend plausibel erschienen, dass er eine Anfrage nach Manticore geschickt hatte. »Genau der«, bestätigte er dann. »Haben Sie noch Folgeberichte gefunden?«

»Nichts Ausführlicheres«, antwortete Marulich und betrachtete konzentriert ihr Display. »Sieht so aus, als hätte der Zoll die bisherige Route der *Ibicca* zurückverfolgt und dann Aufnahmen der Besatzung sowie eines Passagiers mit dem Bildmaterial abgeglichen, das über den gesuchten Mörder vorliegt. Da es keine Übereinstimmung gab, ist die Datei mit ›erledigt‹ markiert.«

Mehr konnte man vom Zoll wohl auch kaum erwarten, das wusste Fairburn – vor allem, wenn man bedachte, woher der ursprüngliche Verdacht eigentlich gekommen war. Im Laufe der Jahre hatte er Auswüchse aus der bordeigenen Gerüchteküche schon zuhauf erlebt. Sicher fehlte nicht viel, und zu den geheimnisvollen Passagieren der *Ibicca* hätte gleich auch noch der fliegende Holländer gezählt. Da es keinerlei härtere Verdachtsmomente gab, hätten die Mitarbeiter vom Zoll ganz gewiss nicht ihre großen Brüder vom MPARS aufgefordert, das Schiff zu boarden.

Andererseits ...

»Wie viele Passagiere befinden sich an Bord?«, fragte er.

»Laut Liste? Drei.«

»Und der Zoll hat nur einen einzigen Passagier überprüft?«

»Die beiden anderen sind nicht zur Oberfläche des Planeten gereist, also wurden sie auch nicht gescannt.«

Fairburn runzelte die Stirn. Eine ganze Woche lang hatte die *Ibicca* im Orbit gestanden, soso. Aber er hatte noch keine einzige Frachterbesatzung erlebt, bei der nicht jeder so rasch wie physikalisch möglich von Bord gegangen und zur Oberfläche gereist wäre.

Doch zwei Passagiere der *Ibicca* sollten überhaupt nicht von Bord gegangen sein? »Das Schiff ist von Casca gekommen, richtig? Wissen wir, ob besagte Passagiere während des Aufenthalts *dort* von Bord gegangen sind?«

»Ich kann versuchen, das zu überprüfen, Sir«, erwiderte Marulich skeptisch. »Aber ich bezweifle, dass darüber Informationen vorliegen.«

»Und Shresthra hat gesagt, einer der beiden Passagiere sei der gewesen, der am Interface des Hyperantriebs gearbeitet hat«, bemerkte Commander Todd gleich hinter Fairburn leise.

»Und das heißt?«, fragte Fairburn sofort nach.

»Keine Ahnung, Sir«, gestand der Erste Offizier. »Es erscheint mir nur sonderbar, dass Shresthra einen seiner *Passagiere* in die Eingeweide seines Schiffes hineingelassen haben soll.«

Mit der Fingerspitze fuhr sich Fairburn über die Lippe. Sonderbar. Nicht bedrohlich oder verdächtig, sondern nur sonderbar. Auf jeden Fall nichts, was die *Salamander* einmal genauer unter die Lupe nehmen müsste.

Andererseits gab es auch keinen Grund, warum sie es nicht unter die Lupe nehmen *sollte*.

»Ruder, berechnen Sie einen Kurs für ein Rendezvous mit

der *Ibicca*«, wies er an. »Beschleunigung eins Komma zwo Kps Quadrat.«

Er schwenkte herum und blickte seinen Eins-O an. »Dann werden wir doch mal nachbarschaftlich.«

»Wie lange noch?«, fragte Shresthra. In kaum noch beherrschter Ungeduld ballte er immer wieder die Fäuste.

»Zwei Minuten weniger als noch vor zwei Minuten, als Sie das letzte Mal gefragt haben«, antwortete Grimm so besänftigend, wie er es hier und jetzt zustande brachte.

Was nicht gerade viel war. Er verstand durchaus, warum Bettor dringend weitere Daten sammeln musste und war auch bereit, die Arbeit am Interface so weit in die Länge zu ziehen wie nötig. Aber allmählich wünschte er sich, Shresthra würde plötzlich einen Herzanfall oder sonst etwas erleiden und einfach tot umfallen.

»Sie haben gesagt, das würde drei Stunden dauern«, versetzte Shresthra scharf. »Jetzt dauert es schon vier, und Sie haben kaum angefangen.«

»Sie haben *wirklich* gesagt, es würde nur drei Stunden dauern«, bestätigte Pickers, der Ingenieur.

»Da habe ich noch nicht gewusst, was für ein Durcheinander hier herrscht«, gab Grimm zurück und schwenkte, um seiner Erläuterung Nachdruck zu verleihen, die Leiterplatte, an der er gerade arbeitete. »Ich glaube nicht, dass Sie beide einschätzen können, wie sehr dieser ganze festgebackene Schmutz die Leitfähigkeit beeinflusst. Diese Dinger sind extrem empfindli...«

»Captain?«, dröhnte die Stimme von Nguema, dem Rudergänger, aus dem Intercom des Wartungsschachts. »Dieses Navy-Schiff, die *Salamander*, hält auf uns zu.«

Grimms Magen krampfte sich zusammen. Was zum Teufel …?

»Warum das denn?«, fragte Shresthra. »Verdammt noch mal, ich habe denen doch *gesagt,* dass wir keine Hilfe brauchen!«

»Das wissen die auch«, bestätigte Nguema. »Sie sagen, sie würden bloß eine Übung durchführen, und dabei könnten sie genauso gut auch in unsere Richtung fahren.«

»Sehr praktisch«, bemerkte Grimm, und seine Gedanken überschlugen sich fast. Er musste sich dieses Navy-Schiff um jeden Preis vom Hals halten! Wenn die Manticoraner jemanden an Bord schickten, aus welchem Grund auch immer, würden die vielleicht ihre Eierköpfe auch in den Frachtraum stecken.

Nun, wo Bettors Messinstrumente ausgepackt waren, wäre das eine Katastrophe. Allein schon die Tatsache, dass jemand in Manticores Territorium heimlich ein Experiment durchführte, wäre für Captain Fairburn Grund genug, den Frachter sicherzustellen und für weitere Untersuchungen zum Heimatplaneten zu schaffen.

»Möglicherweise auch sehr kostspielig«, setzte er hinzu. »Einige Systeme verlangen für Rettungseinsätze empfindliche Gebühren, wissen Sie?«

»Wir *brauchen* doch überhaupt keinen Rettungseinsatz!«, beharrte Shresthra.

»Natürlich nicht«, bestätigte Grimm. »Wir haben das hier in Nullkommanix im Griff.« Aber nicht, bevor die *Salamander* sie erreichte, das wusste er. Es sei denn, die *Ibicca* käme in die Hufe und würde den Abstand ein wenig vergrößern. »Am besten können wir denen das zeigen, indem wir ein paar Gravos zulegen und Abstand gewinnen. Früher oder später wird denen die Lust, uns zu verfolgen, schon vergehen.«

»Machen Sie sich doch nicht lächerlich!«, höhnte Nguema. »Dafür verschwende ich doch keine Energie!«

»Die werden uns sowieso kein Geld abverlangen«, setzte Pikkers hinzu. »Das mit den Rettungsgebühren ist doch bloß ein Gerücht.«

»Und es hätte auch überhaupt keinen Sinn, noch weiter hinauszufahren, als bis hierher«, beendete Shresthra die kurze Debatte. »Vor allem, wenn sich herausstellt, dass Sie das eben *doch nicht* in den Griff bekommen.« Anklagend wies er mit dem ausgestreckten Zeigefinger auf das zerlegte Interface.

Grimm biss die Zähne zusammen. Sein Plan hatte anders ausgesehen, ganz anders. Aber allein schon die Tatsache, dass die *Salamander* auf sie zuhielt, zeigte allzu deutlich, dass ihr Captain misstrauisch geworden war. Ginge der Zerstörer erst einmal längsseits zu ihnen, bliebe ihnen nichts anderes mehr, als darauf zu hoffen und darum zu beten, dass die Manticoraner nicht Bettors kostbare Instrumente fänden.

Und vom Beten hatte Grimm noch nie allzu viel gehalten.

»Wir müssen uns in Bewegung setzen«, erklärte er Shresthra mit leiser, ruhiger Stimme. Er wusste, dass sich Merripen auf der Brücke befand und dort alles im Blick behielt. »Bitte.«

Der Captain kniff die Augen zusammen. »Ach, müssen wir das, ja?«, fragte er in der gleichen Lautstärke wie Grimm. »Und warum das?«

»Das ist doch jetzt nicht wichtig«, gab Grimm zurück. »Sagen Sie Nguema, er soll wieder Fahrt aufnehmen.«

»Ich verstehe.« Shresthra atmete tief durch. »Nguema?«

»Jawohl?«

»Schalten Sie die Impeller ab«, wies ihn Shresthra an. »Ich wiederhole: Schalten Sie die Impeller ab. Und dann rufen Sie die *Salamander* und ...«

»Merripen?«, fiel ihm Grimm ins Wort.

»Bin da«, drang leise Merripens Stimme aus dem Intercom.

»Legen Sie los.«

Stirnrunzelnd blickte ihn Shresthra an. »Womit soll er denn los...«

Er stockte, als aus dem Lautsprecher ein leises, dumpfes *Krach* zu hören war.

»Nguema?«, rief er. *»Nguema?«*

»Es tut mir leid«, sagte Grimm. »Aber ich hatte Bitte gesagt.«

Noch bevor der Captain mehr unternehmen konnte, als ungläubig die Augen aufzureißen, zog Grimm die Waffe und erschoss ihn. Pickers blieb gerade noch genug Zeit für einen spitzen, bemerkenswert weiblich klingenden Schrei, dann erschoss Grimm auch ihn.

»Merripen?«, rief er erneut.

»Brücke gesichert«, war erneut Merripens Stimme zu hören, so unerschütterlich und emotionslos wie stets. »Er hat den Impeller nicht mehr herunterfahren können. Soll ich Fahrt aufnehmen?«

»Augenblicklich«, bestätigte Grimm und schob die nur halb gereinigte Leiterplatte wieder in deren Steckplatz im Interface zurück. »Und dann kümmern Sie sich um den Rest der Mannschaft. Ich schicke Ihnen solange Bettor auf die Brücke.«

»Gut«, sagte Merripen. Eine kurze Pause schloss sich an. »Okay, wir haben Fahrt aufgenommen – Beschleunigung achtzig Gravos. Wie lange noch, bis Sie das Ding wieder zusammengebaut haben?«

»Mindestens noch ein paar Stunden«, antwortete Grimm und ertappte sich bei dem Wunsch, er hätte das Gerät nicht ganz so vollständig zerlegt. »Machen Sie sich bloß Sorgen um Ihren Teil des Jobs.«

»Wird gemacht.«

Grimm aktivierte sein UniLink und gab Bettors Nummer ein. »Lagebericht?«

»Es geht voran«, meldete Bettor, und seine Stimme verriet Anspannung. »Habe ich da gerade einen Schuss gehört?«

»Ja«, bestätigte Grimm. »Das Schiff der Royal Manticoran Navy, die *Salamander*, ist zu dem Schluss gekommen, sie müsse doch mal vorbeikommen und mit uns kuscheln. Shresthra hat sich geweigert, Fahrt aufnehmen zu lassen, also habe ich ihn des Kommandos enthoben.«

»Und jetzt *haben* wir Fahrt aufgenommen?«, knurrte Bettor. »Na wunderbar! Das sieht natürlich *überhaupt nicht* verdächtig aus, oder so.«

»Für Sie heißt das: Vielleicht werden wir Ihre Messzeit ein wenig einschränken müssen«, ignorierte Grimm die sarkastische Bemerkung. »Reichen Ihnen zwei oder drei weitere Stunden?«

»Werden wir dann ja sehen. Soll ich hier unten alles abriegeln und auf die Brücke gehen?«

»Ja. Zumindest, bis Merripen seinen Rundgang im Schiff beendet hat.«

»Okay. Und was mache ich, wenn sich die Manticoraner melden?«

»Dann leiten Sie deren Anruf nach hier unten weiter«, entschied Grimm. »Ich kümmere mich darum.«

»Die *flüchten?!*«, fragte Fairburn ungläubig; ein Teil seines Verstands schien sich schlichtweg zu weigern, die Fakten zu verarbeiten, die ihm seine Augen lieferten.

»Bestätigt«, sagte Taktischer Offizier Wanda Ravel. »Sie ist bis auf null Komma acht Kps Quadrat gegangen. Dabei haben die es aber auch bewenden lassen, obwohl ein Schiff dieser

Klasse durchaus noch ein paar Gravos in Reserve haben müsste.«

»Wahrscheinlich wollen die sehen, wie wir reagieren«, brummte Todd.

Mürrisch betrachtete Fairburn seine Displays. Es gab einfach keinen Grund für die *Ibicca*, derart zu handeln. Wirklich *überhaupt* keinen. Das war doch ein Frachter, verdammt noch eins, und Frachter hatte nur einen einzigen Lebensinhalt: Frachtgüter hin und her zu schippern und dabei Geld einzubringen. Die *Ibicca* befand sich bereits jenseits der Hypergrenze, sie war auf dem Weg nach Minorca, und als Nächstes hätte sie gefälligst ihren Hyperantrieb ans Laufen bringen und zum Alpha-Band transistieren sollen! Diese zusätzliche Beschleunigung im N-Raum ergab doch gar keinen Sinn!

Es sei denn, dieses Schiff hätte einen neuen Lebensinhalt gefunden: sich so weit wie möglich von der *Salamander* zu entfernen.

Schmuggler? Eine lächerliche Vorstellung! Die *Ibicca* hatte mehr als eine Woche lang im Orbit von Manticore gestanden, und während jeder einzelnen Stunde hätte der Zoll unvermittelt beschließen können, einen Blick auf die Fracht zu werfen. Gewiss, die Wahrscheinlichkeit, dass das tatsächlich jemand täte, war recht klein, aber möglich war es eben durchaus. Wenn sich Captain Shresthra seinerzeit nicht um eine entsprechende Untersuchung gesorgt hatte, warum sollte sich daran jetzt etwas geändert haben?

Aber was war mit dem Mehrfachmörder von Casca? Für den galt selbstredend dasselbe.

Also: Warum floh dieser Frachter vor der *Salamander*? Und warum gerade jetzt? Ob es daran lag, dass Fairburn, anders als der manticoranische Zoll, ausdrücklich davon gesprochen hatte, an Bord zu kommen?

Innerlich zuckte er die Achseln. Spekulieren könnte er jetzt noch den ganzen Tag lang – und würde dabei doch nicht mehr herausfinden. Manchmal war es das Einfachste, ein paar Fragen zu stellen.

»Beschleunigung auf eins Komma vier Kps Quadrat erhöhen und neuen Rendezvouskurs berechnen«, befahl er. »Signal, stellen Sie eine Laserverbindung zur *Ibicca* her. Schauen wir doch mal, ob dieser Shresthra eine logische Erklärung abzugeben hat.«

»Und wenn nicht?«, erkundigte sich Todd.

»Für den Fall sollten wir uns dann wohl am besten bereithalten, nicht wahr?«, entgegnete Fairburn. »Lassen Sie freundlicherweise Klarschiff zum Gefecht befehlen.« Er lächelte angespannt. »Schließlich befinden wir uns gerade mitten in einer Übung! Da können wir mit der Crew doch auch gleich bis zum Maximum gehen.«

»Verdammt«, murmelte Grimm.

»Jou, ich glaube, das fasst die Lage ziemlich treffend zusammen«, drang Bettors angespannte Stimme aus dem Intercom. »Und was jetzt?«

»Bloß nicht in Panik verfallen«, versuchte ihn Grimm zu beruhigen, während er die Leiterplatte, die er gerade vorbereitet hatte, wieder in die richtige Position zurückschob. Nur noch drei weitere Platinen, dann wäre das Interface wieder zusammengesetzt und einsatzbereit. »Die können uns unmöglich einholen, bevor wir von hier verschwinden können.«

»Die könnten immer noch eine Rakete abfeuern.«

»Das machen die nicht«, versicherte ihm Grimm. »Die haben keinerlei Grund, uns anzugreifen, und gewinnen können die dadurch auch nichts. Außerdem sind Raketen verdammt teuer.«

»Jou.« Einen Moment lang schwieg Bettor nur. »Aber … wissen Sie was? Vielleicht sollten wir denen einen Grund *liefern.*«

Grimm blinzelte ihn verdutzt an. »Wie meinen?«

»Ich meine, vielleicht sollten wir denen einen guten Grund nennen, weswegen wir Fahrt aufgenommen haben«, erklärte Bettor. »Ich meine: einen Grund, der denen auch einleuchtet. Schmuggler können wir unmöglich sein – wenn wir nicht schon vor einer Woche Angst gehabt haben, der manticoranische Zoll könnte bei uns an Bord irgendwelche heiße Fracht entdecken, dann bräuchten wir uns auch keine Sorgen zu machen, die *Salamander* könnte *jetzt* etwas in dieser Art entdecken. Und einfach nur aus Spaß an der Freude können wir auch nicht beschleunigt haben: Für eine derartige Energieverschwendung ist die Gewinnspanne bei Handelsschiffen einfach viel zu klein. Also? Was bleibt da noch übrig?«

Nachdenklich schürzte Grimm die Lippen. Leider hatte Bettor recht: Die Manticoraner müssten schon einen beeindruckenden Geistesblitz haben, um von selbst darauf zu kommen, dass die *Ibicca* hier heimlich Daten sammelte, um die Existenz eines Wurmlochknotens zu beweisen, von dem bislang niemand auch nur das Geringste ahnte. Aber wenn niemand einen anderen, besseren Grund zu benennen wusste, war es durchaus möglich, dass früher oder später doch jemand in genau diese Richtung dachte …

Und Grimms Aufgabe bestand nicht nur darin, besagte Daten zusammenzutragen, sondern auch dafür zu sorgen, dass niemand von dieser Datensammelaktion erführe.

»Dann bleibt wohl nur noch die offensichtlichste Erklärung von allen«, erläuterte er Bettor. »Warten die noch?«

»Ja.«

»Okay. Dann stellen Sie mich durch.«

Eine kurze Pause, dann: »Verbindung steht.«

»Hallo, Captain Fairburn«, sagte Grimm über das Intercom. »Hier spricht Captain Stephen Grimm des solarischen Handelsschiffes *Ibicca.* Was kann ich für Sie tun?«

Lange Stille folgte – länger, als sich angesichts des derzeitigen Abstandes der beiden Schiffe durch die Verzögerung lichtschneller Signale erklären ließ. Grimm hatte die vorvorletzte Leiterplatte schon fast eingebaut, als sich die *Salamander* endlich meldete. »Anscheinend sind unsere Unterlagen fehlerhaft«, erklang Fairburns ruhige Stimme. »Bei uns ist Stephen Grimm als Passagier vermerkt, nicht als Captain des Schiffes.«

»Die Weisungskette an Bord wurde geringfügig überarbeitet«, erklärte Grimm. »Aber das braucht Sie nicht zu beunruhigen. Was wollen Sie?«

Wieder schloss sich zunächst Stille an, während seine Worte träge und behäbig mit Lichtgeschwindigkeit ihre Reise zum weit entfernten Schiff der Royal Manticoran Navy antraten. »Was genau wollen Sie damit eigentlich erreichen?«, fragte Bettor. »Wollen Sie den glauben machen, wir wären Piraten?«

»Das ist doch derzeit hier das absolute Modewort«, rief ihm Grimm ins Gedächtnis zurück. »Also dürfte es nicht allzu schwer sein, die zu genau dieser Schlussfolgerung zu bringen. Und wenn das erst einmal passiert ist, denken die über andere Möglichkeiten gar nicht mehr nach.«

»Und was machen Sie, wenn er fragt, warum wir das Schiff nicht schon viel früher übernommen haben?«

»Wahrscheinlich erzähle ich ihm ein bisschen Unfug darüber, dass wir gehofft hätten, Shresthra würde in Manticore irgendwelche kostspielige High-Tech-Fracht aufnehmen, um unsere Beute noch großzügiger ausfallen zu lassen«, antwortete Grimm. »Aber ich glaube nicht, dass er überhaupt nachfragen wird. Die werden sich ganz darauf konzentrieren, wie sie uns doch noch erwischen können.«

»Aber das *können* die nicht, oder doch?«, fragte Bettor nach, und seine Stimme klang unverkennbar besorgt. »Sie kriegen das Interface doch rechtzeitig fertig, oder?«

»Zerbrechen Sie sich nicht den Kopf darüber«, beruhigte ihn Grimm. »Ein Zerstörer der *Salamander*-Klasse erreicht zwar maximal zweihundert Gravos, aber mehr als einhundertsiebzig legen die nie vor. Und wir können gefahrlos bis auf achtzig hochgehen. Bei unseren derzeitigen Vektoren ... ach, Sie können das ja selbst durchrechnen, wenn Sie mögen. Aber es läuft darauf hinaus, dass wir hier weg sind, bevor die auch nur ansatzweise zu uns aufschließen.«

Aus dem Lautsprecher drang ein tiefer Seufzer. »Wenn Sie meinen«, sagte Bettor. »Steht zu hoffen, dass Sie recht haben.«

Grimms – nein, *Captain* Grimms – Antwortübertragung endete, und lange Zeit herrschte auf der Brücke der *Salamander* Stille.

Es lag nicht daran, dass es nichts zu sagen gegeben hätte, das wusste Fairburn. Es lag daran, dass alle Anwesenden exakt das Gleiche dachten.

Die *Ibicca* war gekapert worden, und es gab nur einen einzigen Grund, einen einfachen Frachter aufzubringen, wenn er noch nicht einmal Passagiere an Bord hatte, für die ein Lösegeld auszurufen sich lohnen würde.

Grimm und die anderen ›Passagiere‹ waren Piraten.

Piraten!

Wie in Leuchtschrift schien dieses Wort vor Fairburns geistigem Auge zu schweben. Nach all den Jahren, die sie unzählige Datensätze durchgearbeitet und immer und immer wieder den Interstellarraum durchquert hatten, waren seine *Salamander* und er tatsächlich auf echte Piraten gestoßen.

Und wenn er nicht bald etwas unternähme, würden besagte Piraten entkommen.

Er straffte die Schultern. »Beschleunigung auf eins Komma acht Kps Quadrat erhöhen«, befahl er und ertappte sich kurz bei dem Wunsch nach einer viel tieferen, volltönenderen Stimme. *Hier wird Geschichte geschrieben.* »Rendezvouskurs neu berechnen.«

Kurz intensivierte sich die Stille auf der Brücke des Zerstörers. Achtzig Prozent der Maximalbeschleunigung entsprachen nur eins Komma *sechs* Kps Quadrat, und der Dauerbefehl lautete nach wie vor, dieser Wert dürfe außer in Notfällen nicht überschritten werden.

Doch die *Ibicca* war der Beweis, der endlich Schatzkanzler Breakwater und all die anderen Zweifler im Parlament endgültig zum Schweigen bringen würde. Nie und nimmer würde Fairburn zulassen, dass ihm dieser Beweis durch die Lappen ginge.

Genau das wusste auch seine Brückencrew. Entweder das, oder sie alle wussten, dass es hier und jetzt überhaupt keine gute Idee gewesen wäre, mit ihm eine Grundsatzdebatte zu führen.

»Eins Komma acht Kps Quadrat, aye«, bestätigte der Rudergänger.

»Rendezvouskurs wird neu berechnet«, setzte Ravel hinzu.

»Gut«, sagte Fairburn. »Und gehen Sie auf Bereitschaftsstufe eins«, setzte er dann hinzu. »Anscheinend wurde die *Ibicca* von Piraten gekapert.« *Hier wird Geschichte geschrieben* ... »Und wir werden sie zurückerobern!«

13

Bereitschaftsstufe zwo.

Wieder und wieder gingen die beiden Worte Osterman durch den Kopf, während sie vorsichtig die instand gesetzte Leiterplatte zum Aufladen in die Steuerungseinheit des Kondensators ihres Vorschiffraketenwerfers zurückschob. Captain Fairburn hatte sich nicht die Mühe gemacht, eine Erklärung darüber abzugeben, was überhaupt vor sich ging, und Osterman vermutete, die meisten Besatzungsmitglieder glaubten, das wäre alles Teil der aktuellen Übung.

Doch die Jahre bei der Navy hatten Ostermans Instinkte bemerkenswert geschärft: Mittlerweile waren sie eigenständige Hochleistungssensoren. Lorelei Osterman spürte sehr deutlich die echte Anspannung in der Luft, und auch die kaum merkliche Schärfe in den – äußerst sporadischen – Befehlen und Durchsagen, die von der Brücke kamen.

Doch, es ging etwas vor, ganz eindeutig!

Aber was? Ein Rettungseinsatz? Wurde das Sternenkönigreich angegriffen?

Piraten?

Bereitschaftsstufe zwo.

Aus dem Augenwinkel sah sie, dass eine Gestalt mit geschickten Bewegungen an der Lukenöffnung der Abteilung vorbeischwebte. Sie hob gerade noch rechtzeitig den Kopf, um zu bemerken, dass er etwas annähernd Faustgroßes in der Hand hielt. *Ein Elektronikmodul,* identifizierte ihr Verstand automatisch. *Wahrscheinlich ein Hex.*

Was an sich keineswegs ungewöhnlich war. Seit Klarschiff zum Gefecht gegeben worden war, rangen Offiziere, Petty Officers und Spacers nach Kräften darum, bei nur halbwegs funktionstüchtigen Systemen vollständige Einsatzbereitschaft herzustellen. Das traf auch auf die Abteilung Vorschiffbewaffnung zu, und Osterman wäre zweimal beinahe mit Spacers kollidiert, die mit eindeutig überhöhter Geschwindigkeit bei Nullschwerkraft Halterungen und schwere, große Bauteile durch die Gegend wuchteten.

Ungewöhnlich an dem jetzigen Anblick war nur, dass es in der Richtung, aus der besagter Spacer gekommen war, keinerlei Lagerräume oder Bauteilcontainer gab.

Unweigerlich drängte sich da der Gedanke auf, besagter Spacer müsste besagten Hex andernorts ›geborgt‹ haben.

Ihr Verstand hatte die Lageeinschätzung noch nicht abgeschlossen, da stieß sich Osterman schon kräftig ab, schoss hinaus aus der Abteilung und folgte nun ebenfalls mit überhöhter Geschwindigkeit dem Hex und dem, der ihn sich ›borgte‹. Dass etwas über den ganz kurzen Dienstweg organisiert wurde, war an Bord der *Salamander* wahrlich nicht beispiellos, im Gegenteil: Es geschah deprimierend häufig. Wie sollte es auch anders sein bei chronischem Materialmangel? Aber es machte einen gewaltigen Unterschied, ob man sich ein benötigtes Bauteil aus einem Sekundärsystem auslieh oder aus einem System, das für die anstehenden Aufgaben unerlässlich war. Was auch immer dieser Spacer mit jenem Hex vorhaben mochte, sie war fest entschlossen herauszufinden, wo er das Bauteil … organisiert hatte.

Zwei Biegungen des Korridors später hatte sie ihn schon fast eingeholt, und Osterman stellte ohne jede Überraschung fest, dass sie es mit Spacer First Class Hugo Carpenter zu tun hatte. »Stehen bleiben!«, rief sie ihm hinterher, während sie sich bemühte, ganz zu ihm aufzuschließen. »Carpenter, stehen bleiben, habe ich gesagt!«

Anfänglich schien Carpenter den unmissverständlichen Befehl überhören zu wollen. Namentlich angesprochen zu werden hatte ihn wohl davon überzeugt, dass dieser Versuch töricht und obendrein nutzlos wäre. Also packte er einen Haltegriff und bremste so seine Flucht bis zum Stillstand – offenkundig widerwillig.

»Jawohl, Senior Chief«, begrüßte er sie, während er sich zu ihr herumdrehte und möglichst unauffällig mit der anderen Hand den Hex eng am Körper hielt. Vielleicht hoffte er, Osterman würde das Bauteil nicht bemerken.

Na klar doch! Selbst hier an Bord, wo es vor Organisationstalenten und Hamstern nur so wimmelte, war Carpenter zumindest unter den Petty Officers beinahe schon so etwas wie eine Legende.

»Da hat sich gänzlich unbemerkt von Ihnen wohl was an Ihre Hand geklebt«, sagte Osterman. »Brauchen Sie nicht vielleicht Hilfe, den bösen Schlingel loszuwerden?«

Die überwiegende Mehrheit aller Menschen errötete in der Schwerelosigkeit nicht. Um so bedauerlicher war es für Carpenter, dass er dieser überwiegenden Mehrheit nicht angehörte.

»Öhm ...«, machte er und lief noch eine Nuance röter an.

»Kommen Sie, für so etwas haben wir jetzt keine Zeit!«, knurrte Osterman und deutete auf den Hex in seiner Hand. »Woher haben Sie das?«

Carpenter seufzte. »Ensign Locatelli hat uns angewiesen, die Ortungssensoren ans Laufen zu bringen«, erklärte er und streckte ihr – unverkennbar zögerlich – den Hex entgegen.

»Was denn, gleich alle drei Systeme?«, fragte Osterman nach und runzelte die Stirn. Ein Schiff Seiner Majestät konnte sich heutzutage glücklich schätzen, wenn überhaupt *zwei* der Ortungssysteme liefen: Meistens musste man mit einem einzigen zurechtkommen.

»Alle drei«, bestätigte Carpenter und wagte ein zaghaftes Lächeln. »Er hat gesagt, es sei ihm völlig egal, wie wir das hinbekämen, aber dass wir das bei Gott zu schaffen hätten.«

Ach, wie gern hätte Osterman jetzt das Gesicht verzogen! Das klang eindeutig nach Locatelli. Immer noch versuchte er, Autorität auszuüben, die er nicht einmal ansatzweise besaß.

»Und woher haben Sie das Teil jetzt?«, fragte sie erneut.

»Aus dem Temperaturfühler vom Laser«, antwortete Carpenter. »Ich dachte mir, wo das System doch jetzt ohnehin schon seit Wochen deaktiviert ist und die Bauteile ungenutzt herumliegen ...«

»Jou, schon klar«, fiel sie ihm ins Wort und nahm ihm den Hex ab. Da ohnehin der Röntgen-Emitter der Strahlenwaffe ausgefallen war, konnte man sie als dauerhaft außer Betrieb genommen ansehen – und so erfreuten sich die restlichen Bauteile immenser Beliebtheit: Fast jedes Organisationstalent und jeder Hamster an Bord hatte sich dort bereits wenigstens einmal bedient.

Tatsächlich wirkte Carpenters Hex beinahe funkelnagelneu. Es gab keine Dellen, keine Ausbesserungsspuren und nur ein paar Kratzer am Gehäuse, gleich neben den Montageschrauben – offenkundig hatten ein paar Techniker beim Einbau nicht aufgepasst und waren mit den Schraubendrehern abgerutscht. Alles in allem ließ sich festhalten: Allzu häufig war dieses Bauteil noch nicht genutzt worden.

»Und Sie haben stattdessen Ihren alten Hex eingebaut, nehme ich an?«

»Jawohl, Senior Chief«, bestätigte Carpenter. »Unser Hex war auch nicht kaputt, nur ein bisschen ... unzuverlässig, deswegen war ich mir nicht sicher, ob der einen von Ensign Locatellis gefürchteten Tests übersteht. Und wenn nicht ... na ja, Sie wissen ja, wie der so ist.«

»Ihr Ton gefällt mir ganz und gar nicht, Spacer«, warnte ihn Osterman. »Sie reden hier von einem Offizier.«

»Verzeihung, Senior Chief.«

Osterman grunzte: Ton hin oder her, Carpenter hatte ja recht. Locatelli der Jüngere war bekannt dafür, dass er Untergebene und Geräte gleichermaßen weit über ihre Grenzen trieb, und er zeigte nur äußerst wenig Geduld, wenn die Ergebnisse hinter seinen Erwartungen zurückblieben.

Hätte die Navy über unbegrenzte Gelder und unbegrenzte Ressourcen verfügt, wäre es durchaus effizient gewesen, Bauteile zehn Prozent über ihre Nominalbelastung zu treiben. Auf diese Weise ließe sich alles aussieben, was ansonsten möglicherweise nicht den Belastungen im Gefechtsfall widerstanden hätte. Aber da die Navy nun einmal nur in äußerst begrenztem Maße über Gelder und Ressourcen verfügte, war diese Art der Menschen-und-Material-Schinderei nichts anderes als eine sehr effiziente Methode, Schwierigkeiten regelrecht heraufzubeschwören.

Doch wer sollte Locatelli das erklären? Niemand würde auch nur *den Versuch* dazu unternehmen. Dafür hing viel zu bedrohlich der Schatten seines einflussreichen Onkels über ihm.

Trotzdem war diese Art der Materialbeschaffung – diese Art Wilderei – nichts, wobei ein Senior Chief ein Auge zudrücken sollte. Osterman blieb nur eine Entscheidung, über die sie nachzudenken hatte: Reichte es aus, Carpenter ausdrücklich anzuweisen, den Hex zurückzubringen, oder sollte sie sich die Zeit nehmen, ihn zu begleiten und den Einbau zu überwachen? Sie steckte noch mitten in der Überlegung, als unvermittelt das Alarmsignal des Schiffes aufheulte.

»Alle Mann auf Gefechtsstation! Alle Mann auf Gefechtsstation! Bereitschaftsstufe eins! Ich wiederhole: Schiffsweit herrscht Bereitschaftsstufe eins!«

Osterman verbiss sich einen Fluch. Gefechtsstation! Was auch immer da draußen vor sich gehen mochte: Jetzt wurde es ernst.

»Hier«, sagte sie und drückte Carpenter den Hex wieder in die Hand. »Bringen Sie die Ortung ans Laufen, bevor Ihnen Locatelli das Fell über die Ohren zieht!«

»Jawohl, Ma'am«, antwortete der Spacer angespannt. Dann stieß er sich vom Haltegriff ab, prallte in seiner Eile mit einer Schulter schmerzhaft gegen ein Schott und sauste dann zurück in Richtung der Abteilung Vorschiffraketen.

Für Osterman galt es nun, die restliche Steuerungseinheit zum Aufladen des Kondensators auf vollständige Funktionsfähigkeit zu überprüfen. Sie stieß sich ebenfalls ab, wenngleich in die entgegengesetzte Richtung, und schwebte den Korridor entlang.

Dabei fragte sie sich, was um alles im All Captain Fairburn nur vorhatte.

»Verzeihen Sie, Sir«, kleidete Ravel ihre Bedenken in Worte, »aber selbst wenn Captain Shresthra die Wahrheit gesagt hat und das Hyperantriebsinterface seines Schiffes gerade zerlegt war, wissen wir nicht, in welchem Zustand es war, als Grimm das Kommando übernommen hat. Ohne dieses Wissen können wir unmöglich einschätzen, wann die *Ibicca* transistieren kann.«

Fairburn warf einen verärgerten Blick auf das Gravitationsdisplay. Die *Ibicca* war immer noch weit von ihnen entfernt: Der T-O hatte gemeldet, dass sie noch eine halbe Stunde brauchen würden, um den berechneten Rendezvouspunkt zu erreichen.

Allerdings nur, wenn der Frachter nicht beschleunigte. Die *Salamander* legte schon jetzt mehr Gravos vor, als Fairburn lieb war, und noch stärker als in diesem Augenblick wollte er den Kompensator nicht belasten.

Nun ja, der Hyperantrieb der *Ibicca* könnte eh jederzeit hochfahren, wie Ravel ganz richtig eingeworfen hatte. Vielleicht war Grimm ja ein sadistischer Mistkerl, der einen Heidenspaß daran hatte, die *Salamander* bis *fast* in Reichweite aufkommen zu lassen, um sich dann im letzten Moment doch noch aus dem sprichwörtlichen Staub zu machen.

Führe aber die *Salamander* weit genug über die Hypergrenze hinaus, könnte Fairburn dem Piratenschiff in den Hyperraum folgen – zumindest theoretisch. Die *Salamander* wäre der Hypergrenze aber immer noch recht nah, und damit würde das Ganze ohnehin arg riskant. Hätte die *Ibicca* zudem einen Vorsprung von nur einer einzigen vollen Minute, brächte die ganze Eile Fairburn nur drei Dinge ein: einen sarkastischen Funkspruch, ein paar gänzlich nutzlose Sensordaten und zwei Hände voll Garnichts.

Schatzkanzler Breakwater und seine Seilschaft würden ihren Spott- und Verachtungsfeldzug gegen die Navy ungehindert fortsetzen.

Das durfte Fairburn nicht zulassen. Nicht jetzt! Nicht, wo die *Salamander* das Ziel zum Greifen nahe hatte!

»T-O? Wie sehr vertragen sich unsere Reichweite und unsere jetzige Position mit einem Raketenstart?«, fragte er ruhig.

Um zu spüren, wie die Anspannung auf der Brücke in die Höhe schnellte, war es nicht nötig, den Blick zu heben und sich umzuschauen.

»Wie bitte, Sir?«, fragte Ravel vorsichtig nach.

»Ganz ruhig, T-O! Es ist nicht meine Absicht, die vom Himmel zu putzen«, erklärte Fairburn und schwenkte den Sessel so, dass er seinen Taktischen Offizier geradewegs anblicken konnte. Ravels Miene war ebenso ausdruckslos wie ihre Stimme. »Ich möchte eine Rakete geradewegs an deren Keil vorbeischicken und den Gefechtskopf unmittelbar *vor* ihr detonieren lassen – vielleicht dem Schiff gerade nahe genug, um die Sensoren zu beschädigen. Wenn wir richtig viel Glück haben, bringen wir damit sogar den Hyperantrieb oder die Impeller durcheinander. Aber die Detonation muss auf jeden Fall weit genug vom Schiff selbst entfernt stattfinden, dass der Frachter nicht augenblicklich verdampft. Kriegen Sie so einen Schuss hin?«

»Jawohl, Sir, sollte ich doch«, bestätigte Ravel, und ihre Stimme wurde sogar noch ausdrucksloser und förmlicher. »Aber selbst mit Nahbereichstelemetrie kann ich nicht versprechen, dass die Detonation die *Ibicca* hinreichend beschädigt, um sie aufzuhalten. Und wenn ich mich in der anderen Richtung verschätze, könnte der Gefechtskopf den ganzen Frachter zerstören.«

»Verstanden«, bestätigte Fairburn. »Aber es wird vielleicht gar nicht erforderlich sein, sie fahrtuntauglich zu machen. Wenn wir erst einmal unter Beweis gestellt haben, dass wir bereit und in der Lage sind, das Schiff zu zerstören, ist Grimm vielleicht deutlich eher bereit zu kapitulieren.«

»Das mag wohl sein, Sir«, ergriff Commander Todd das Wort; Miene und Tonfall waren ebenso ausdruckslos und förmlich wie zuvor beim Taktischen Offizier des Schiffes. »Für das Protokoll, Sir: Ich bin verpflichtet, Sie darauf hinzuweisen, dass eine Rakete einen teuren, wertvollen Teil des Waffenarsenals des Sternenkönigreichs darstellt. Eine Rakete in einer Art und Weise einzusetzen, die sich als Warnschuss auslegen lässt, könnte Ihnen als Verschwendung vorgeworfen werden.«

Ja, genau so würde Breakwater das darstellen. Fairburn war

sich da ganz sicher. Eine Rakete gegen die *Ibicca* einzusetzen war also gleich in mehrerlei Hinsicht riskant.

»Für das Protokoll muss ich weiterhin anmerken«, fuhr Todd fort, »dass gemäß dem entsprechenden Dauerbefehl die Verwendung einer Rakete sowie anderen Feldzeugmaterials, das Verwendungsbeschränkungen unterliegt, durch die jeweils gegebene Situation unmissverständlich gerechtfertigt sein muss und nur nach Rücksprache mit dem Ersten Offizier und dem Taktischen Offizier erfolgen darf.«

»Zur Kenntnis genommen«, gab Fairburn zurück, und ein unangenehmer Schauer kroch ihm über den Rücken. Er hatte den Befehl gelesen, als er vor fünf T-Jahren in Kraft getreten war. Er erinnerte sich noch sehr genau an die zynische Verbitterung, die ihn damals beschlichen hatte – ebenso wie vermutlich jeden anderen Offizier der Navy. Doch hier und jetzt, in dieser konkreten Situation, klangen diese Worte längst nicht mehr so lächerlich. »Für das Protokoll weise ich im Gegenzug ausdrücklich darauf hin, dass ich Rücksprache mit Erstem Offizier Commander Todd und Taktischem Offizier Lieutenant Commander Ravel gehalten habe. Wünscht jemand von Ihnen etwas hinzuzufügen?«

Todd und Ravel tauschten vielsagende Blicke aus. Fairburn sah deutlich, dass beide nicht gerade begeistert von seinem Plan waren. Aber keiner der beiden wollte in die Geschichte des Sternenkönigreichs als der Offizier eingehen, der seinem Captain die erste Chance der Navy ruiniert hatte, tatsächlich echte Piraten festzunageln.

»Ich stimme Captain Fairburns Lagebeurteilung zu«, erklärte Todd schließlich förmlich. »Die gegebenen Umstände rechtfertigen den Einsatz einer Rakete.«

»Ich pflichte dem bei«, sagte Ravel.

»Zur Kenntnis genommen und im Protokoll vermerkt«,

schloss Fairburn – und dankte innerlich Gott dafür, dass Breakwater nicht auch noch eine Klausel aufgenommen hatte, bevor ein Offizier der Navy seine Arbeit machen könnte, wäre die persönliche Rücksprache mit dem Schatzkanzler erforderlich.

»Waffenoffizier, bereiten Sie eine Rakete vor. T-O, Feuerleitlösung für einen Warnschuss berechnen. Schnappen wir uns diese Dreckskerle!«

Die letzte Leiterplatte war schon halb wieder zusammengesetzt, und allmählich erlaubte sich Grimm etwas entspannteres Durchatmen, als plötzlich ein Fluch aus dem Intercom drang und Merripens Stimme: »Grimm – die feuern auf uns!«

Grimm war, als setzte sein Herz aus. »Reden Sie von einer Rakete? Die haben eine Rakete abgefeuert?«

»Nein, ein Sahnetörtchen!«, versetzte Merripen beißend. »Ja, natürlich rede ich von einer gottverdammten Rakete! Was soll ich jetzt machen?«

»Als Erstes Ruhe bewahren«, gab Grimm zurück und überlegte fieberhaft. Solange der Zerstörer seine Beschleunigung nicht deutlich erhöhte – und Bettor hatte Merripen beim Wachwechsel auf der Brücke ausdrücklich aufgefordert, darauf zu achten –, blieben ihnen immer noch mehrere Minuten, bis selbst eine Hochgeschwindigkeitsrakete sie erreichen könnte. »Ändern Sie den relativen Neigungswinkel – ob auf- oder abwärts, ist egal. Und zwanzig Grad sollten ausreichen. Kriegen Sie das hin?«

»Jou, klar kriege ich das hin«, erwiderte Merripen. »Aber wenn ich das mache, verliere ich die *Salamander* aus dem Blick.«

Grimm runzelte die Stirn. Das hatte er gar nicht bedacht: Wenn sie den Impellerkeilboden der *Ibicca* der einkommenden Rakete entgegenhielten, war das die Folge: kein Blick auf die *Salamander*.

Legte es Captain Fairburn vielleicht genau darauf an? Sollte die *Ibicca* das manticoranische Kriegsschiff aus den Augen verlieren, während es …?

Während es … was? Eine weitere Rakete abfeuerte, dieses Mal in einem anderen Winkel, sodass sie genau im Kilt der *Ibicca* landete? Oder wollte er für die Verfolgungsjagd eine Beschleunigung vorlegen, die weit über die angeblichen Leistungsgrenzen seines Schiffes hinausginge?

Beide Möglichkeiten erschienen Grimm verdammt unwahrscheinlich. Aber beide Möglichkeiten waren denkbar.

Doch was blieb zur Wahl? Nichts. Ihnen näherte sich eine Rakete, und was auch immer Fairburn vorhatte: Es wäre völlig bedeutungslos, wenn die Rakete die *Ibicca* in ihre Atome zerlegte.

»Machen Sie's einfach«, knurrte er ins Intercom.

»Na gut«, knurrte Merripen zurück. »Und Sie sehen zu, dass Sie dieses Drecks-Interface endlich fertig kriegen, okay? Auf einmal kommt mir diese Gegend gar nicht mehr so gemütlich vor!«

»Jou, schon klar«, bestätigte Grimm, und ihm trat erneut Schweiß auf die Stirn. »Ich arbeite dran.«

Die Rakete war abgefeuert, die *Salamander* hatte die Beschleunigung lange genug gedrosselt, dass die Rakete sich unter dem Schub ihrer Brennstufe rasch genug vom Schiff entfernen konnte. Als das Geschoss dann seinen Impellerkeil aufgebaut hatte, beschleunigte die *Salamander* sofort wieder.

»Die haben das durchgezogen«, kommentierte der für die Vorschiffbewaffnung verantwortliche Artillerieoffizier, Lieutenant Junior Grade Pascal Navarre leise von seinem Platz hinter Lorelei Osterman aus. »Die haben das wirklich durchgezogen!«

Osterman nickte schweigend. Captain Fairburn hatte tatsächlich eine der Raketen der *Salamander* zum Einsatz gebracht.

Oder vielmehr: Die ranghöchsten Offiziere der *Salamander* hatten *gemeinsam* entschieden, eine Rakete zum Einsatz zu bringen. Wie alle Senior Chiefs hatte Osterman den lächerlichen Dauerbefehl des Komitees gelesen, als er seinerzeit ausgegeben worden war – die ranghöchsten Offiziere eines Kriegsschiffs der *Royal Manticoran Navy* mussten allen Ernstes erst darüber abstimmen, bevor der Captain eines solchen Schiffes derart kostspieliges Feldzeug zum Einsatz bringen durfte.

Offenkundig hatten besagte Offiziere zugestimmt.

Was zum Teufel war denn dort draußen los?!

Osterman hatte keine Ahnung. Aber angesichts der offenkundig prekären Lage war Ensign Locatellis eigentlich geradezu unverschämte Forderung, bei allen dreien seiner Ortungssysteme solle volle Funktionstüchtigkeit hergestellt werden, vielleicht doch nicht so dämlich.

Kurz darauf war in der Ferne ein dumpfes *Fump* zu hören.

Auf der Statustafel meldeten sämtliche Anzeigen der Telemetriesektion schlagartig rot.

»Die Telemetrie«, meldete Navarre unnötigerweise. »Verdammt! Was ist mit dem Notfallsatz?«

»Wahrscheinlich nicht vollständig«, antwortete Osterman, packte einen Haltegriff und zog sich schon halb auf den Korridor hinaus. »Ich hole zusätzlich den von der Schnellfeuerkanone.«

»Nein, den hole ich«, widersprach Navarre. »Sie sausen schon zur Telemetrie.«

»Aye, aye, Sir«, bestätigte Osterman. Mit Hilfe des Haltegriffs und ihrer eigenen Massenträgheit änderte sie ihre Flugbahn und steuerte auf die Telemetrieabteilung zu.

Sie hatte gerade die Abdeckung der Hauptkonsole gelöst, als sie hinter sich jemanden durch die Luke kommen hörte. »Meldung?«, verlangte Ensign Locatelli barsch.

»Telemetrie ausgefallen, Sir«, erwiderte Osterman und biss beim letzten Wort die Zähne zusammen, denn genau in dem Augenblick hatte sie das Problem erkannt. »Anscheinend ist ein Hex durchgebrannt.«

Sie gestattete sich einen kurzen Seitenblick in Richtung des Ensign, während sie sich vom Deck abstieß und auf den Notfallsatz zuschwebte. Aber in Locatellis Blick erkannte sie keinen Funken des Begreifens – er hatte die Zusammenhänge noch nicht verstanden, so offensichtlich sie auch waren. Er sah ein ausgefallenes Ersatzteil und eine Aufgabe für seinen Senior Chief Petty Officer. »Dann sollten wir den wohl lieber ersetzen, nicht wahr?«, sagte er.

»Jawohl, Sir«, bestätigte Osterman. Sie hatte Schwierigkeiten, dafür die zusammengebissenen Zähne weit genug auseinander zu bekommen. Dies hier war nicht der richtige Zeitpunkt, einen Welpen mit der Nase in die eigene Pfütze zu stupsen. Eine Rakete der *Salamander* raste durch das All, und ohne funktionsfähiges Telemetriesystem war es unmöglich, sie zu lenken. Derzeit verfügte die Rakete nur über ihre interne Zielobjektortung, und die war für Fairburns Plan vielleicht nicht ganz das Richtige. »Würden Sie die Abdeckung der Hilfskonsole ablösen, Sir?«, fragte sie über die Schulter hinweg.

Wenigstens wusste Locatelli, was er bei Bedarf zu tun hatte. Als Osterman mit dem Notfallsatz zurückkehrte, hatte er bereits die Abdeckung der Zweitkonsole gelöst und beiseite gelegt. Die Füße gegen die Konsolenhalterung gestemmt, kam Osterman zum Stillstand und öffnete den Notfallsatz.

Eigentlich sollte ein abteilungsspezifischer Notfallsatz von jedem der wichtigsten Ersatzteile mindestens eines, laut Vorschrift sogar zwei enthalten. Bedauerlicherweise wurden Notfallsätze bei der Bauteilorganisation auf dem ganz kurzen Dienstweg ebenso gern geplündert wie alle anderen Ersatzteilvorräte auch. Genau wie eine gewisse Lorelei Osterman Lieutenant Navarre schon vorhergesagt hatte, war der Notfallsatz der Telemetrieabteilung beklagenswert unvollständig – bei nicht einmal einem Drittel der Bauteile, die für unbefugte Nutzung tabu hätten sein sollen, hatte man dieses Tabu beachtet.

Zu den fehlenden Ersatzteilen gehörten natürlich auch die zwei Hexe, die eigentlich dort hätten sein müssen.

»Verdammt«, knurrte Locatelli nach einem kurzen Blick in das Innere der Box. »Und jetzt?«

»Erst holen wir das durchgeschmorte Teil raus«, entschied Osterman, griff nach dem Acht-Millimeter-Schraubenschlüssel, der vorschriftsgemäß am Werkzeug-Haltestreifen hing, und machte sich an die Arbeit. »Der Lieutenant holt gerade den Notfallsatz von der Schnellfeuerkanone. Vielleicht ist da ja noch ein Hex drin.«

»Und wenn nicht?«

»Dann sollten Sie wohl Carpenter anweisen, den Hex zurückzugeben, den er für Ihr Ortungssystem Nummer drei geklaut hat, meinen Sie nicht auch?«, versetzte Osterman. Das war vielleicht nicht die beste Art und Weise für einen Petty Officer, mit einem Offizier zu sprechen, aber derzeit war Lorelei Osterman nicht in der Stimmung für übersteigertes Taktgefühl.

»Ich habe keine Ahnung, wovon Sie da reden«, gab Locatelli scharf zurück. »Meine Leute *klauen* keine Ersatzteile! Sie lassen sie sich im Lager ordnungsgemäß aushändigen oder halten sich anderweitig an die vorgeschriebenen Versorgungswege.«

Osterman biss wieder die Zähne zusammen. Entweder war dieser Mann dumm wie Brot, oder er drückte ganz bewusst ein Auge zu, wenn es um die unausweichlichen Konsequenzen seiner ›Kriegen Sie das irgendwie hin, sonst ...‹-Befehle ging. »Es sei denn, im Lager ist das Benötigte nicht mehr verfügbar«, erklärte sie. »Und dann ...«

Sie brach ab, als Navarre mit Schwung gegen die Lukenkante prallte und sich auf diese Weise geschickt in die Abteilung katapultierte. »Ich hab's«, keuchte er. »Was wird gebraucht?«

»Ein Hex«, antwortete Osterman und drückte innerlich bereits alle Daumen.

Es half nichts. Navarres Notfallsatz enthielt keinen einzigen Hex.

»Und jetzt?«, wiederholte Locatelli.

Dumm wie Brot. Osterman beugte sich an dem Ensign vorbei und drückte die Intercom-Taste.

»Bug-Ortung? Telemetrie hier«, rief sie. »Osterman. Fahren Sie eines Ihrer Ortungssysteme herunter, holen Sie einen Hex heraus und bringen Sie mir den.«

»*Was?!*«, entfuhr es Locatelli. »Warten S...«

»In der Zwischenzeit, Sir«, fuhr Osterman fort, nachdem sie das Intercom wieder deaktiviert hatte, »darf ich vielleicht vorschlagen, dass Lieutenant Navarre und Sie sich bei den anderen Stationen melden und sich erkundigen, ob es in deren Notfallsätzen vielleicht noch einen Hex gibt.«

»Senior Chief ...«, setzte Locatelli an, und seine Stimme hatte unverkennbar in den Autoritätsmodus umgeschaltet – oder was er dafür hielt.

»Gute Idee, Senior Chief«, fiel ihm Navarre ins Wort. »Ensign, Sie fangen bei den Abteilungen für Elektronische Kampfführung und Sensoren an – nehmen Sie das Intercom in der benachbarten Abteilung. Und ich rufe von hier aus bei der Gravtechnik und den Bugimpellern an.«

»Sir …«

»Kurz, schnelle Schritte, Locatelli!«

Aus dem Augenwinkel bemerkte Osterman, dass Locatelli ihr einen finsteren Blick zuwarf. Doch dann nickte er und schwebte durch die Luke.

»Danke, Sir«, raunte sie dem Lieutenant zu.

»Ich mach hier bloß meinen Job«, brummte Navarre und schwebte zum Intercom hinüber. »Und Sie sollten sich in der Zwischenzeit vergewissern, dass nicht noch was anderes in Mitleidenschaft gezogen wurde, als der Hex den Geist aufgegeben hat.«

»Schon dabei!«

Im Schneckentempo verstrichen die Sekunden. Nach und nach verwandelten sie sich in eine ganze Minute.

Und die Rakete raste immer noch ungesteuert durchs All.

Fairburn stellte fest, dass sich seine Hände irgendwann ohne sein Zutun zu Fäusten verkrampft hatten. Er zwang sich dazu, sie wieder zu entspannen. Eine führerlose Rakete mochte ja nicht gerade das Schlimmste sein, was ein Kommandant zu befürchten hatte, aber auf der Liste ›Schlimme-Dinge-die-einem-nicht-passieren-sollten‹ stand so etwas ganz schön weit oben.

Die Rakete flog weiter und weiter. Wie lange konnte es denn dauern, einen gottverdammten Telemetrietransmitter zu reparieren?

»Ortung meldet die Rakete nach wie vor auf Abschusskurs, Sir«, meldete Ravel angespannt.

Fairburns Hände ballten sich erneut zu Fäusten. Abschusskurs. Das war nicht das, was er beabsichtigt hatte: Die Rakete sollte am Zielobjekt vorbeirasen und dann *vor* der *Ibicca* detonieren! Aber nun, wo die Telemetrieverbindung zur *Salamander* abgerissen war, hatte die Rakete auf interne Steuerung umgeschaltet.

Die Standardprogrammierung einer jeden Rakete lautete jedoch, das Zielobjekt zu zerstören.

Ob die Rakete dazu überhaupt in der Lage sein würde, war natürlich nach wie vor fraglich. Bei der derzeitigen Positionierung der *Ibicca* würde der Boden ihres Impellerkeils eine geradlinig anfliegende Rakete blockieren, und je mehr Geschwindigkeit die Rakete aufbaute, desto mehr büßte sie an ohnehin sehr beschränkter Manövrierfähigkeit ein. Derzeit gab es also nur drei Möglichkeiten: Die Rakete würde am Boden der *Ibicca* zerschellen, sie würde dem Boden gerade noch ausweichen und dann an der Decke einschlagen, oder sie würde genau den Mittelweg wählen und in exakt dem Sekundenbruchteil detonieren, in dem sie sich genau zwischen den beiden Verzerrungsbändern befände.

Die beiden erstgenannten Möglichkeiten würden vermutlich keine sonderlichen Auswirkungen haben – außer dass die Rakete natürlich verschwendet wäre. Möglichkeit Nummer drei aber würde vermutlich dafür sorgen, dass der ganze Frachter verdampfte.

Falls Grimm Shresthra und all die anderen Besatzungsmitglieder umgebracht hatte, ließe sich die Zerstörung der *Ibicca* noch als Schnelljustiz auslegen: An einer Hand voll Mörder wurde ohne Gerichtsverfahren die Todesstrafe vollstreckt. Aber falls die Piraten die ursprüngliche Besatzung des Frachters nur eingesperrt hätten, würde sich Fairburn selbst des mehrfachen Mordes schuldig machen.

»Telemetrie steht wieder!«, meldete Ravel unvermittelt. »Übernehme die Steuerung.«

Fairburn warf einen Blick auf den Timer. Zwei Minuten und vier Sekunden waren seit dem Raketenstart verstrichen. Noch sechsundfünfzig Sekunden, bis der Keil ausbrannte.

»Bekommen Sie die Rakete wieder auf den ursprünglich vorgesehenen Kurs?«

»Wir arbeiten daran, Sir«, antwortete Ravel.

Fairburn zählte zehn weitere Sekunden ab …

»Nein, Sir«, meldete Ravel dann. »Die Rakete befindet sich schon zu weit auf dem Abschusskurs. Vielleicht könnte ich sie zur Detonation bringen, wenn sie gerade vor die Verzerrungsbänder der *Ibicca* kommt, aber es dürfte ziemlich knifflig werden, da den genau richtigen Zeitpunkt zu erwischen.«

Fairburn betrachtete das taktische Display. Sein Blick folgte dem Kurs der Rakete, die immer näher zur *Ibicca* aufkam …

»Soll ich den Selbstzerstörungscode schicken?«, fragte ihn Ravel.

»Nein«, entschied er. »Jagen Sie die Rakete in den Keil der *Ibicca*, und versuchen Sie, den Gefechtskopf kurz vor dem Aufprall zu zünden. Falls das nicht geht, soll die Rakete einfach den Keil treffen.«

»Wenn wir sie genau vor den Bändern detonieren lassen, können wir immer noch so tun, als wäre es ein bewusster Warnschuss gewesen«, gab Todd zu bedenken.

»Das wird zu knapp, Eins-O«, widersprach Fairburn. »Selbst wenn Commander Ravel das Timing wirklich hinbekommt, ist es entschieden zu wahrscheinlich, dass wir alle an Bord des Frachters umbringen.«

Todd räusperte sich. »Verstanden, Sir«, sagte der Erste Offizier dann, nun deutlich leiser. »Darf ich darauf hinweisen, dass der ganze Zweck dieses Warnschusses darin bestanden hat, der Gegenseite zu zeigen, wir könnten eine Rakete ganz genau dorthin platzieren, wo wir sie haben wollen? Wenn wir sie jetzt hart in den Keil hineinschicken, würde das genau diese Nachricht übermitteln.«

»Sir, die *Ibicca* ist auf maximale Beschleunigung gegangen«, traf eine Meldung aus der Operationszentrale ein. »Die reizen ihren Kompensator bis zum Anschlag aus.«

»Sie zieht uns davon«, stellte Todd fest. »Sollen wir zum Ausgleich ebenfalls die Beschleunigung steigern?«

»Negativ«, knurrte Fairburn. Theoretisch hatte die *Salamander* noch mehr als genug Gravos in der Hinterhand. Praktisch hingegen machte die zweifelhafte Zuverlässigkeit ihres Kompensators jede weitere Leistungssteigerung entschieden zu gefährlich.

Ein Wagnis war Fairburn bereits eingegangen – und sein Schiff hatte ihn im Stich gelassen. Er war nicht bereit, mit derart ungünstig präparierten Würfeln ein Spiel zu riskieren. »Wir könnten es mit einem zwoten Warnschuss versuchen«, schlug Ravel ähnlich leise vor. »Vielleicht bleibt uns dafür noch die Zeit.«

»Jetzt, wo unsere Telemetrie vermutlich nur durch Klebeband zusammengehalten wird?« Fairburn schüttelte den Kopf. »Nein. Bestenfalls zeigen wir damit, dass bei uns nur jeder zwote Schuss sitzt – und das ist nun wirklich nicht gerade das, was wir der Gegenseite vermitteln wollen. Schlimmstenfalls bringen wir die da drüben doch noch alle um.«

»Das sind Piraten, Sir«, gab Todd zu bedenken.

»Ich weiß«, entgegnete Fairburn. »Aber Leichen allein sind noch kein Beweis. Wenn wir sie nicht lebendig aufgreifen können, bringt es nichts, sie tot aufzugreifen.«

Eine kurze Pause folgte. »Jawohl, Sir«, sagte Todd schließlich.

»Alle Mann bereit, dem Schiff zu folgen, sobald die *Ibicca* in den Hyperraum transistiert«, befahl er, nun wieder laut genug, dass die gesamte Brückenbesatzung ihn verstand. »Vielleicht können wir sie doch noch einholen.«

Zur Antwort erhielt er leise die üblichen Bestätigungsmeldungen.

Doch Fairburn bekam es kaum mit. Hier wurde immer noch Geschichte geschrieben, zweifellos. Aber leider nicht die glorreiche Geschichte, die er sich vorgestellt hatte.

Dies hier mochte sogar der Anfang vom Ende der Royal Manticoran Navy sein. Breakwater würde diesen Zwischenfall nach Strich und Faden ausschlachten, sobald er davon erführe. Es war durchaus denkbar, dass ein derartig ausgewachsenes Fiasko der Tropfen sein würde, der das sprichwörtliche Fass zum Überlaufen brächte und das Parlament davon überzeugte, es wäre wirklich das Beste, wenn der Schatzkanzler die Navy vollständig abwickelte und in den MPARS eingliederte.

Selbst wenn das nicht geschähe, wäre dieses Fiasko gewiss das Ende der Karriere eines gewissen Captain John Ross, seines Zeichens Baron von Fairburn.

»Mist, Mist, *Mist*«, drang gedämpft Merripens Stimme aus dem Intercom. »Die haben uns getroffen, Grimm. Die verdammten Manticoraner haben eine Rakete auf uns abgefeuert und uns *getroffen!*«

»Ja, weiß ich«, erwiderte Grimm mit all der Geduld, die er noch aufzubringen in der Lage war. Er hatte die Auswirkungen des Raketentreffers auf den Wiederholdisplays gesehen.

Die Auswirkungen beliefen sich auf ganz genau *gar nichts*. Der Keil der *Ibicca* hatte kurzen Prozess mit der Rakete gemacht – genau so, wie sich das für Verzerrungsbänder auch gehörte. Kurz hatte es zwar ein paar Stromschwankungen an Bord gegeben, aber das war auch schon alles.

»Und? Sind wir tot?«, fragte er Merripen.

»Was?!«, gab Merripen zurück. »Nein, natürlich sind wir *nicht* tot!«

»Na, dann jammern Sie doch nicht herum!«, versetzte Grimm. »Ziehen wir denen immer noch davon?«

»Jou. Vorerst.«

»Mehr brauchen wir nicht«, sagte Grimm. »Entspannen Sie sich! Wir sind fast so weit. Haben Sie Kurspaket Nummer eins aufgerufen, wie ich es Ihnen gesagt habe?«

»Jou, ist aufgerufen und eingegeben«, knurrte Merripen. »Aber Ihnen ist schon klar, dass die jetzt ebenfalls jenseits der Hypergrenze sind, oder? Und dass wir denen mit diesem Ding hier unmöglich davonrennen können?«

»Vertrauen Sie mir!«, sagte Grimm, die Lippen zu einem angespannten Lächeln verzogen. Er stellte die letzte Verbindung her ... »Fertig«, sagte er dann, verband die Leiterplatte mit dem Interface und leitete einen Selbsttest ein. »Nichts anfassen, ich bin gleich oben bei Ihnen.«

Der Selbsttest war bereits abgeschlossen, als Grimm die Brücke erreichte, und alle Statusanzeigen meldeten befriedigendes Grün.

»Ich hoffe, Sie haben noch ein Ass im Ärmel«, warnte ihn Merripen mürrisch, während er sich von der Konsole des Rudergängers zurückzog. »Fairburn hat schon zweimal angerufen und uns zur Kapitulation aufgefordert.«

»Warum haben Sie den Anruf denn nicht zu mir nach unten durchgestellt?«, erkundigte sich Grimm und aktivierte die Konsole.

»Weil Sie beschäftigt waren«, antwortete Merripen. »Ich dachte, Sie hätten keine Zeit, den Gegner mit Häme zu überschütten.«

»Dafür ist *immer* Zeit«, meinte Grimm tadelnd. »Okay, los geht's ...«

»Da geht sie hin!«, fauchte Ravel. »Kurs ... wir haben ihren Vektor, Sir.«

»Los!«, befahl Fairburn scharf und drückte sich und seinen Leuten innerlich nach Kräften die Daumen. Wenn der Hyperantrieb der *Salamander* in ähnlich mitleiderregendem Zustand war wie das Telemetriesystem, würde das hier eine sehr kurze Fahrt werden.

Glücklicherweise war das nicht der Fall. Ohne auch nur das geringste Problem transistierte die *Salamander* in das Alpha-Band.

Nur um festzustellen, dass die *Ibicca* verschwunden war.

»Wo ist sie hin?«, verlangte Fairburn zu wissen und ließ den Blick über sämtliche Sensordisplays zucken, als könnte er mit reiner Willenskraft das Abbild des Frachters heraufbeschwören. »Die kann doch unmöglich derart rasch außer Reichweite gelangt sein, oder?«

»Nein«, bestätigte Todd grimmig, »ich vermute, dass die einen Mikrosprung durchgeführt hat und genau in dem Moment in den N-Raum zurückgekehrt ist, als wir ihn verlassen haben.«

Fairburn biss die Zähne zusammen. Todd hatte recht. Das erforderte zwar ein äußerst präzises Timing, aber genau das musste die Erklärung sein.

»T-O, berechnen Sie, wie weit die *Ibicca* gekommen sein kann, als sie in dem Augenblick, in dem wir transistiert sind, in den Normalraum zurückgekehrt ist«, befahl er. »Ruder, bringen Sie uns diesem Punkt so nahe wie möglich wieder zurück in den N-Raum. OPZ, unmittelbar nach unserer Transition brauche ich einen vollständigen Sensor-Scan.«

»Verstanden«, meldete Ravel. »Ich leite die Koordinaten an das Ruder weiter.«

»Bereit zur Transition«, meldete der Rudergänger.

»Los«, befahl Fairburn.

Die *Ibicca* war nicht dort. Die *Ibicca* war nirgends zu finden.

Die nächsten sechs Stunden verbrachte die *Salamander* mit der Suche nach der *Ibicca* – ohne jeden Erfolg.

Bettor hob das Weinglas – den Wein hatte Merripen in den privaten Räumlichkeiten des mittlerweile verblichenen Captain Shresthra entdeckt.

»Das«, sagte er kategorisch, »war so ziemlich der abgefahrenste Trick, den ich je erlebt habe.«

»Nichts da«, widersprach Grimm und nahm einen Schluck aus dem eigenen Glas. Was auch immer man sonst über Shresthra sagen konnte: Was alkoholische Getränke betraf, hatte er einen ausgezeichneten Geschmack besessen. »Alles eine Frage des Timings. Man muss bereit sein, bei seinen Transitionen auch ein bisschen was zu riskieren. Vergessen Sie nicht, dass ich während der Fahrt reichlich Zeit damit verbracht habe, mir dieses Schiff anzusehen. Ich wusste ganz genau, was die *Ibicca* kann – und was nicht.«

»Ich find's immer noch abgefahren«, sagte Merripen. »Aber wie sagt man so schön? ›Der Erfolg gibt ihm recht.‹«

»Vor allem, wenn sich der Erfolg derart fürstlich auszahlt«, ergänzte Grimm. »Wo wir gerade dabei sind: Ich hoffe, Sie haben alle Daten bekommen, die Sie brauchen, weil wir nämlich ganz gewiss nicht wieder zurückfahren werden.«

»Ich habe genug«, versicherte ihm Bettor. »Ein paar zusätzliche Stunden wären schon nett gewesen, aber ich sollte auch so genug haben, um die Existenz des Wurmlochknotens endgültig bestätigen und zumindest eine erste Einschätzung vorlegen zu können, wo genau er sich versteckt.«

»Das soll mir reichen«, entschied Grimm.

»Und die Manticoraner«, grollte Merripen, »wissen jetzt, dass es in dieser Region Piraten gibt.«

Vorsichtig schwenkte Grimm sein Weinglas. Ja, das war tatsächlich der Nachteil an der ganzen Sache. Im Nachhinein kam er zu dem Schluss, es wäre besser gewesen, alle eingehenden Anrufe zu ignorieren und Fairburn von ganz allein auf die Piraten-/Schiffsentführer-Schlussfolgerung kommen zu lassen. Dafür hätte gewiss auch der Verstand dieses kleinen Mannes ausgereicht. Das Problem war: Ohne Grimms ausdrückliche Erklärung hätte ein leistungsfähigeres Gehirn vielleicht auch ein wenig um die Ecke gedacht und sich gefragt, ob es nicht vielleicht noch einen *anderen* Grund für die Passagiere der *Ibicca* gegeben haben könnte, dem Sternenkönigreich einen Besuch abzustatten.

Die Wahrscheinlichkeit, dass man auf den eigentlichen Grund käme, nämlich dass jemand in ihrem System nach Wurmlochknoten suchte, war natürlich extrem gering. Aber selbst extrem geringe Wahrscheinlichkeiten waren immer noch größer als null; selbst ein extrem unwahrscheinliches Ereignis konnte also eintreten. Sollten die Manticoraner auch nur vermuten, auf welchem Schatz sie nichtsahnend hockten, würden sie in Windeseile versuchen, sämtliche derzeit eingemotteten Schiffe wieder in Dienst zu stellen, um sich selbst und ihren unglaublichen Schatz zu verteidigen.

Piraten hingegen waren längst keine derart ernste Bedrohung – schon gar nicht für ein System, das bereits jetzt über eine Reihe von Kriegsschiffen verfügte. Die wahrscheinlichste Reaktion des Sternenkönigreichs auf die Entführung der *Ibicca* würde wohl darin bestehen, die Anzahl ihrer Mitarbeiter beim Zoll ein wenig aufzustocken und ein Reihe neuer Vorsichtsmaßnahmen einzuführen. Vielleicht würden auch häufiger Geleitschiffe eingesetzt.

Das Beste wäre es natürlich gewesen, wenn sie einfach nach Minorca hätten weiterfahren können, ohne im Sternenkönigreich irgendetwas ins Rollen zu bringen. Dann hätten sie in aller Ruhe von Bord der *Ibicca* gehen und den Axelrod-Frachter besteigen können, der dort schon bald eintreffen würde – natürlich in Zusammenhang mit gänzlich anderen Geschäften, die mit dem Einsatz von Grimm und den anderen nicht das Geringste zu tun hätten. Auf diese Weise wäre allen die Gnade der Unwissenheit über die Geschehnisse im Sternenkönigreich von Manticore zuteil geworden, und niemand hätte einen Grund gehabt, jemals wieder einen Blick auf dieses Schiff, dessen Passagiere oder deren Fracht zu werfen.

Aber geschehen war nun einmal geschehen.

Zudem war es äußerst unwahrscheinlich, dass das wirklich ernste Folgen hätte.

»Kein Problem«, versicherte er Merripen. »Wahrscheinlich wird Manticore ab sofort jegliche im System eintreffenden Passagiere noch ein bisschen genauer unter die Lupe nehmen, aber das wird's auch schon sein.«

»Sie glauben nicht, dass die Navy weiter aufgestockt wird?«

»Wegen einer vagen Bedrohung durch ein paar Piraten?« Grimm schüttelte den Kopf. »Keine Chance. Seien wir doch mal ehrlich: Manticores Navy hat doch schon alles, was sie dafür braucht.«

»Sie wird mehr haben wollen«, entgegnete Merripen. »Das wollen Navys immer!«

Grimm schnaubte. Eine ganze Woche im Orbit von Manticore hatte gereicht, um die Lokalnachrichten zu studieren, sich ein wenig mit Manticores jüngster Geschichte zu befassen und alles in allem ein gewisses Gespür für das Sternenkönigreich zu entwickeln. Deswegen konnte er auf diese Bemerkung auch voller Überzeugung reagieren. »Natürlich werden die *mehr* haben wollen«, sagte er. »Aber kriegen werden die es nicht. Nicht in Manticore.«

»Sind Sie sich da sicher?«, bohrte Merripen nach.

Als wolle Grimm einen Trinkspruch ausbringen, hob er das Glas, und vor seinem geistigen Auge sah er die Abschrift der letzten Rede, die der Schatzkanzler des Sternenkönigreichs, der Earl von Breakwater, vor dem Parlament gehalten hatte. »Das kann ich sogar garantieren.«

14

Das waren nicht die Worte, die Captain Fairburn hören wollte, das wusste Osterman und hätte selbst gern das Gegenteil von dem gesagt, was sie zu sagen hatte.

Aber ihr blieb keine andere Wahl.

»Nein, Sir«, sagte sie mit rauer Kehle. »Ich kann nicht guten Gewissens die Schuld Ensign Locatelli geben.«

»Nicht?!«, verlangte Fairburn zu wissen. »Verzeihen Sie, Senior Chief, aber haben Sie nicht gerade eben ausgesagt, dass er seine Mannschaft angewiesen hat, die für seine Ortungssysteme erforderlichen Ersatzteile *in jeder nur erdenklichen Weise* aufzutreiben?«

»Jawohl, Sir«, bestätigte Osterman. »Aber solange Ensign Locatelli seine Untergebenen nicht ausdrücklich angewiesen hat, die Ersatzteile notfalls auch anderen Systemen zu entnehmen – und ich habe keinerlei Beleg dafür, dass er dergleichen gesagt hat –, ist er nicht persönlich haftbar für die ... äh, sagen wir: für den Übereifer seiner Untergebenen.«

»Er ist nicht verantwortlich dafür, was seine Leute machen?!«, blaffte da Commander Todd.

»Doch, Sir«, antwortete Osterman. »Aber nur innerhalb eines gewissen Rahmens. In diesem Falle, wo auf der *Salamander* Bereitschaftsstufe zwo herrschte, waren alle darauf bedacht, bei ihren Systemen volle Einsatzbereitschaft herzustellen. Die Frage nach der Herkunft der benötigten Ersatzteile stellte sich da nicht.«

»Dann sollte in seiner Personalakte auf jeden Fall eine Rüge wegen Nachlässigkeit vermerkt werden«, setzte Fairburn nach.

Osterman spürte, wie ihr Ärger sauer aufstieß. Das passte doch überhaupt nicht zu dem, was sie gerade gesagt hatte! Hörte ihr der Captain überhaupt zu?

Wahrscheinlich nicht. Fairburn hatte für nichts und wieder nichts eine teure Rakete verschwendet, und nun suchte er verzweifelt nach einem Sündenbock, auf den er wenigstens einen Teil der Schuld an diesem Fiasko abwälzen könnte. Wenn dieser Sündenbock seiner guten Beziehungen hier wäre, um so besser.

Osterman verstand das nicht nur, sie konnte es wirklich nachempfinden: Dass Locatelli eine entsetzliche Nervensäge war, hätte sie sofort bestätigt.

Aber es gab Grenzen, die zu übertreten sie einfach nicht bereit war. Dies war eine jener Grenzen.

»Ensign Locatelli hat sich darauf konzentriert, Gefechtsbereitschaft herzustellen, Sir«, erklärte sie. »Und das galt, wage ich zu behaupten, für jeden Einzelnen an Bord der *Salamander.*« Kurz zögerte sie, doch auch das musste gesagt werden. »Zudem ist das Ausfallen des Telemetriesystems nicht darauf zurückzuführen, dass Spacer Carpenter den Hex ausgetauscht hat: Grund dafür war, dass jemand anschließend den Telemetrie-Hex gegen das unzuverlässige Ersatzteil ausgetauscht hat, das von Spacer Carpenter in den Temperatursensor eingebaut worden war.«

Fairburn runzelte die Stirn. »Es gab einen *zwoten* Ersatzteilaustausch?«

Als wäre fröhlicher Ersatzteilaustausch an Bord dieses Schiffes nicht gang und gäbe! »Soweit sich das belegen lässt: ja, Sir«, bestätigte Osterman. »Ich habe die Seriennummern überprüft, und auch wenn manche Daten ein wenig … unscharf sind, stützen sie doch meine Schlussfolgerung.«

»Dann ist derjenige verantwortlich, der diese beiden Bauteile ausgetauscht hat«, entschied Fairburn.

»Nur dass er oder sie nicht wissen konnte, dass der Hex im Temperatursensor bereits abgenutzt war«, brummte Todd jetzt. Seine Stimme verriet, dass er das nur widerwillig eingestand. »Der- oder diejenige hielt es für das ursprüngliche Sensorbauteil.«

Fairburn öffnete schon den Mund, vermutlich um anzumerken, dass der Spacer einen vollständigen Systemcheck hätte durchführen lassen müssen, nachdem er den neuen Hex eingebaut hatte ...

... doch dann überlegte es sich der Captain anders und schloss den Mund wieder, ohne ein Wort zu sagen. Natürlich war überhaupt keine Zeit für mehr als nur eine rasche, oberflächliche Überprüfung geblieben, bis auf der *Salamander* Bereitschaftsstufe eins ausgerufen und die Rakete gestartet worden war.

Es gab hier reichlich Verantwortung, Haftung und Schuld zu verteilen, das wusste Osterman. Mehr als genug. Aber Verantwortung und Schuld verteilten sich so gleichmäßig auf eine Vielzahl von Leuten, dass Fairburn nicht den Hauch einer Chance hatte, genug Belege zusammenzutragen, um exemplarisch einen einzelnen Schuldigen teeren und federn zu können.

Den Sündenbock, den er zu finden hoffte, gab es nicht.

Außerdem war Captain Fairburn der Kommandant der *Salamander.* Er war die letzte Instanz. Für alles, was rings um ihn geschah, kam die Verantwortung *ihm selbst* zu.

Fairburn atmete tief durch. »Ich verstehe«, sagte er. Und damit, das wusste Osterman, war die Hexenjagd vorbei. »Commander, Aufzeichnung abschließen.«

Todd deaktivierte den Aufzeichner und legte dabei die Stirn

in tiefe Falten. Anscheinend gehörte dieser Schritt nicht zu den üblichen Vernehmungsmethoden. »Aufzeichnung abgeschlossen, Captain.«

Fairburn blickte Osterman fest in die Augen. »Was ich jetzt sage, bleibt zwischen uns dreien, Senior Chief«, sagte er. »Ich werde diese Untersuchung abschließen, und ich werde, so schwer es mir auch fällt, keine Einträge in die Personalakten der in diesen Zwischenfall Verwickelten vornehmen. Aber ich lasse mir den Ensign und sein Gehabe nicht länger gefallen. Ich habe endgültig genug. Ich will, dass er mein Schiff verlässt.«

Osterman blickte zu Todd hinüber und sah in dessen Blick ihr eigenes Erstaunen widergespiegelt. Mit dieser Entwicklung hatte auch der Commander offenkundig nicht gerechnet. »Meinen Sie Ensign Locatelli, Sir?«, fragte sie vorsichtig nach.

»Wen denn sonst?«, versetzte Fairburn scharf. »Ich habe schon mit Admiral Locatelli gesprochen, und Captain Castillo hat sich bereit erklärt, den Ensign zu übernehmen. Soll er doch eine Zeit lang das Problem der *Phoenix* sein!«

»Jawohl, Sir«, sagte Osterman nur und atmete, kaum merklich für die anderen, erleichtert durch.

»Die Sache hat nur einen Haken«, fuhr Fairburn säuerlich fort. »Der Admiral stellt eine Bedingung: Wenn sein Neffe versetzt wird, gehen *Sie* mit ihm.«

Osterman starrte ihn an. »Wie bitte, Sir?«, fragte sie.

»Ensign Locatelli und Sie werden auf die *Phoenix* abkommandiert, Senior Chief«, erläuterte Fairburn. »Die Abkommandierung gilt von unserer Rückkehr nach Manticore an.«

»Und wie lange, Sir?«, fragte Osterman. »Ich meine …«

»Ich weiß, was Sie meinen, Senior Chief«, fiel ihr Fairburn ins Wort. »Die Antwort auf Ihre Frage lautet: Das weiß nur Gott allein. Vermutlich, bis Ensign Locatelli ein weiteres Mal abkommandiert oder dauerhaft versetzt wird. Ich kann da auch nur raten.«

»Ich verstehe, Sir«, sagte Osterman und klang so neutral, wie es einem Petty Officer anstand. Bis Locatelli der Jüngere endlich erwachsen geworden wäre.

Na, prächtig!

»Das wäre alles, Senior Chief«, sagte Fairburn. »Wegtreten.« Als Osterman aufstand, setzte er zu einer weiteren Bemerkung an, zögerte dann aber. Schließlich sagte er: »Und Gott möge Ihrer Seele gnädig sein.«

Osterman verkniff sich einen Seufzer. »Jawohl, Sir«, sagte sie nur. »Ich danke Ihnen, Sir.«

Vorsichtig legte Breakwater seinen Tablet-Rechner auf den Tisch. »Außergewöhnlich«, sagte er. »Ich brauche doch gewiss niemandem hier zu sagen, wie viel diese Rakete das Sternenkönigreich gekostet hat?«

Das war – Gavin Vellacott, seines Zeichens Baron von Winterfall, kannte den Tonfall – eindeutig eine rhetorische Frage. Breakwater und ihm gegenüber saßen Premierminister Burgundy, Verteidigungsminister Dapplelake und Admiral Locatelli. Am Kopfende thronte König Edward, selbst ehemaliger Captain der Royal Manticoran Navy. Sie alle waren bestens informiert über die Anschaffungskosten einer Rakete.

Sie kannten den Preis nicht nur in Manticoranischen Dollar, sondern auch in Solarischen Credits, in Havenitischen Francs und in Jahresgehältern eines Captains. Ja, sie wussten, wie viel diese Rakete gekostet hatte.

»Wir sind mit den betreffenden Zahlen vertraut, Mylord«, entgegnete Dapplelake ruhig. »Wenn es Ihnen nichts ausmacht, könnten wir dann vielleicht gleich auf das volle Pfund

Fleisch zu sprechen kommen, das Sie gleich als Buße dafür fordern werden.«

»Bitte, Mylord«, gab Breakwater in einem tadelnden Tonfall zurück, mit dem ihm das Kunststück gelang, gleichzeitig gekränkt und herablassend zu klingen. »Es geht hier nicht um Sanktionen oder Strafen. Ganz im Gegenteil: Angesichts des Berichts, den Captain Fairburn über diesen Zwischenfall eingereicht hat, bin ich sofort bereit zuzugeben, dass Sie recht hatten, was Piraterie in jenem Raumabschnitt betrifft.«

»Ach was«, gab Locatelli zurück, »davon war in Ihren Reden nichts zu hören.«

»Und auch nicht während der Parlaments- oder Komiteesitzungen«, setzte Burgundy leise hinzu.

»Ein jegliches hat seine Zeit, öffentliche Ankündigungen, Mylords, und vertrauliche Gespräche«, erklärte Breakwater aalglatt. »Hier scheint mir deutlich Letzteres der Fall zu sein.« Er wandte sich König Edward zu. »Euer Majestät, ich bin der Ansicht, dass die von Captain Fairburn berichteten Geschehnisse ohne jeden Zweifel beweisen, dass es tatsächlich externe Bedrohungen gibt, derer man sich annehmen muss. Entsprechend würde ich gern erneut auf mein Ersuchen verweisen, die fünf noch verbliebenen Korvetten dem MPARS zu überstellen.«

»Und?«, forderte ihn der König zum Weitersprechen auf.

»*Und* den Schiffen ihre gesamte ursprüngliche Bewaffnung zu belassen«, fuhr Breakwater fort. »Einer Bedrohung durch Piraten können wir uns nur entgegenstellen, wenn es überall im Sternenkönigreich starke, bewaffnete Sicherheitskräfte gibt.«

»Willkommen in meiner Welt, Mylord«, sagte Dapplelake trocken. »Leider scheinen Sie vergessen zu haben, dass nach wie vor das Problem besteht, besagte Schiffe auch zu bemannen.«

»Ein Problem, das längst gelöst wäre, wenn man den Angehörigen des MPARS in der Kadettenanstalt und in Casey-Rosewood mehr Ausbildungsplätze zur Verfügung gestellt hätte«, gab Breakwater zurück.

»Ihnen wurden so viele Ausbildungsplätze zur Verfügung gestellt, wie es uns möglich war, Mylord«, antwortete Dapplelake. »Aber vielleicht gibt es auch noch eine andere Möglichkeit, dieses Problem zu lösen.«

Neugierig neigte Breakwater den Kopf zur Seite. »Ich höre?«

»Die *Aries* und die *Taurus* wurden dem MPARS bereits überstellt«, erklärte Dapplelake. »Da sich die von Baron von Winterfall vorgeschlagenen Rettungsmodule nicht als übermäßig nützlich erwiesen haben«, kurz blickte er zu Winterfall hinüber und deutete im Sitzen eine Verneigung an, als bitte er für diese Feststellung um Vergebung, »schlage ich vor, wir bauen die Werferkästen wieder ein. Die Navy wird Petty Officers der Artillerie und Schützen zu Ihnen abkommandieren, die sich damit auskennen, und wir werden uns bemühen, noch einige weitere Plätze in entsprechenden Schulungen für Sie freizuräumen.«

»Das klingt akzeptabel«, entschied Breakwater. »Und was ist mit den anderen fünf Schiffen?«

»Auch deren Werfermannschaften können wir zum MPARS abkommandieren«, antwortete Dapplelake. »Die restlichen Besatzungsmitglieder können wir leider nicht entbehren, also werden Sie sich den Ersatz dafür wohl oder übel doch selbst zusammensuchen müssen. Den aktuellen Zahlen der Rekruten und Absolventen zufolge sollten Sie innerhalb der nächsten drei bis vier Jahre sämtliche Schiffe voll und ganz einsatzbereit haben. Wäre das so in Ihrem Sinne?«

»Nicht ganz«, beantwortete Breakwater die Frage und runzelte die Stirn. »Sie sagen, Sie könnten die restlichen Besatzungsmitglieder nicht entbehren – *warum* eigentlich nicht?

Die Korvetten *sind* doch bereits vollständig bemannt, also könnten Sie deren Besatzungen eigentlich auch zur Gänze zu uns abkommandieren. Schließlich werden diese Männer und Frauen nicht anderweitig benötigt.«

»Da täuschen Sie sich, Mylord«, widersprach Dapplelake. »Die meisten Schiffe der Navy sind entsetzlich unterbesetzt – das gilt auch für die Korvetten selbst. Sogar bei der Geschwindigkeit, mit der unsere Rekruten ihren Abschluss in Casey-Rosewood hinbekommen, können wir diese Leerstellen erst nach und nach füllen. Und was noch wichtiger ist: Wir werden alles an Leuten benötigen, was wir nur kriegen können, weil …«, er legte eine Pause ein, die Gavin übertrieben dramatisch erschien, »… wir die eingemotteten Schlachtkreuzer *Swiftsure* und *Victory* wieder voll funktionstüchtig machen und in den aktiven Dienst stellen.«

Gavin riss unwillkürlich die Augen auf, und irgendwo in seinem Hinterkopf registrierte er, dass Dapplelakes Pause keineswegs übertrieben gewesen war. Wenn überhaupt, hatte er den Ernst der Lage noch heruntergespielt.

»Das ist doch lächerlich!«, ereiferte sich Breakwater. Die Bombe war geplatzt, und sie hatte ihn ebenso überrascht wie Gavin. Doch der Schatzmeister fand sein Gleichgewicht rasch wieder. »Darüber haben wir doch schon gesprochen, Mylord, und das mehr als einmal. Diese Schiffe werden nicht gebraucht, und das Sternenkönigreich verfügt weder über genug Geld noch über die erforderlichen Arbeitskräfte, um sie wieder in Dienst zu stellen.«

»Das sehe ich anders«, widersprach Dapplelake. »Und was vielleicht noch viel wichtiger ist: Seine Majestät der König ebenfalls.«

Breakwaters Blick wanderte zu Edward hinüber … und auf dem Gesicht des Schatzkanzlers zeichnete sich etwas ab, was

Gavin Vellacott schon lange nicht mehr gesehen hatte – etwas, das beinahe ebenso überraschend und bestürzend war wie Dapplelakes Enthüllung.

Was auf dem Gesicht des Schatzkanzlers zu lesen stand, war Unsicherheit.

»Euer Majestät?«, fragte Breakwater vorsichtig nach.

»Sie haben den Earl von Dapplelake schon richtig verstanden, Mylord«, bestätigte der König. »Falls in besagtem Raumabschnitt wirklich Piraten aktiv sind – und Sie haben gerade eben selbst eingeräumt, dass dies der Fall zu sein scheint –, müssen sie ganz in der Nähe einen Stützpunkt unterhalten. Wir können nicht einfach abwarten, bis sie uns und unsere Nachbarn angreifen. Wir müssen sie aufspüren und ausschalten.«

»Und das erfordert den Einsatz einer größeren Anzahl von großen Schiffen, als uns derzeit zur Verfügung stehen«, setzte Dapplelake hinzu. »Daher die Wiedereinsetzung.«

Eine Weile wanderte Breakwaters Blick zwischen Verteidigungsminister und König hin und her. Dann straffte er kampflustig die Schultern. »Es tut mir leid, Euer Majestät und Mylord«, setzte er an, »aber ich kann ein solches Vorgehen nicht guten Gewissens billigen. Es liegt in meiner Verantwortung – und in der Ihren –, unsere drei Welten zu verteidigen und zu beschützen, und nicht unsere Leute auf das große Abenteuer auszuschicken, kreuz und quer in der Galaxis gegen jegliches Unrecht zu kämpfen. Wir sind mitnichten die Polizei dieser Region, und ich habe nicht die Absicht, uns dazu machen zu lassen.«

»Sie haben die Absicht, sich uns entgegenzustellen, Mylord?«, erkundigte sich Burgundy. »Denn wenn dem so sein sollte, dann kann ich Ihnen schon hier und jetzt sagen: Sie verlieren.«

Einen Moment lang maßen sich die beiden Männer mit Blicken. Gavin ertappte sich dabei, den Atem anzuhalten. Es gab eine ganze Reihe Angehörige des Oberhauses, die offen Breakwaters Linie vertraten oder zumindest dazu neigten, sich seiner Meinung anzuschließen. Aber die Schar war nicht ansatzweise groß genug, um ein Misstrauensvotum zu erzwingen und damit Burgundys Regierung zu Fall zu bringen. Selbst wenn doch, würde der König Burgundy dann vermutlich alle erforderliche Zeit einräumen, sich neue Koalitionspartner zu suchen, um die neue Regierung zu stellen.

Die andere offenkundige Möglichkeit, die Breakwater blieb – mit dieser Frage an die Öffentlichkeit zu gehen und das Volk zu befragen –, wäre sogar noch schlimmer. Nicht nur, dass der König bei der überwiegenden Mehrheit des Volkes geschätzt wurde – nein, eine solche Herausforderung könnten Seine Majestät und Burgundy unmöglich unwidersprochen hinnehmen: Allein schon die *Drohung*, sich an das Volk zu wenden, würde den Schatzkanzler vermutlich schlagartig den Job kosten.

Oder doch nicht?

Denn allen Gesetzen der Logik gemäß hätte Breakwater schon längst seines Postens enthoben sein müssen. Ebenso wie alle anderen Kabinettsmitglieder auch, hatte er seinen Rücktritt eingereicht, als König Michael abgedankt und sein Sohn Edward den Thron bestiegen hatte. Burgundy und die meisten anderen hatte der neue König anschließend erneut im Amt eingesetzt, doch allgemein war man seinerzeit davon ausgegangen, er werde die Gelegenheit nutzen, endlich Breakwater loszuwerden, den unablässigen Stachel im königlichen Fleische.

Edward hatte das nicht getan. Nach Besprechungen hinter verschlossenen Palasttüren war auch Breakwater wieder ins Amt eingesetzt worden.

Soweit Gavin wusste, kannte niemand den Grund für diese Entscheidung.

Arbeitshypothesen dazu gab es natürlich zuhauf. Eine Meinung lautete, Breakwater sei sehr wohl einflussreich genug, um notfalls auch die Burgundy-Regierung zu Fall zu bringen, und der Posten des Schatzkanzlers sei der Preis, den er dafür gefordert habe, die Regierung – widerwillig – zu stützen. Andere waren der Ansicht, er kenne entschieden zu viele skandalträchtige Details aus der real existierenden Politik, und seine Wiedereinsetzung sei lediglich der Preis für sein Schweigen.

Gavin selbst vertrat die sogenannte Staatsmann-Hypothese: Wie lästig Breakwater Burgundy und dessen Regierung auch werden konnte, der Mann überzeugte darin, das Schatzamt des Sternenkönigreichs zu führen. Deshalb hatte der Premierminister auf parteipolitisches Kalkül verzichtet und getan, was das Beste für das Sternenkönigreich war.

Keine der vielen Hypothesen sah Breakwater allerdings in unangreifbarer Position. Er könnte den einen Schritt zu weit gehen und über sich selbst stolpern.

Gerade hier und jetzt bot sich eine prächtige Gelegenheit dazu. Glücklicherweise wusste Anderson L'Estrange seine Kämpfe sehr genau zu wählen.

»Selbstverständlich werde ich mich dem ausdrücklichen Willen meines Königs nicht entgegenstellen«, sagte er also und deutete Edward gegenüber eine Verneigung an. »Wenn Seine Majestät dieses Vorgehen für erforderlich hält, werde ich die Entscheidung Seiner Majestät selbstverständlich akzeptieren.« Er ließ den Blick zu Dapplelake wandern. »Ich darf doch wohl darauf vertrauen, Mylord, dass die Waffen und die Besatzungen, die Sie mir für meine anderen Korvetten zugesagt hatten, pünktlich eintreffen?«

»Ja«, bestätigte Dapplelake, »denn wie bereits angemerkt,

verfolgen wir alle dasselbe Ziel: Die Anzahl bewaffneter Schiffe in den Raumstraßen des Sternenkönigreichs zu erhöhen.«

»Dann sind wir uns einig und können uns, so meine ich, jetzt vertagen«, verkündete König Edward ernst. »Ich danke Ihnen allen für Ihr Kommen. Mylord Burgundy, wenn Sie vielleicht noch einen Augenblick Zeit für mich hätten?«

Breakwater schwieg, während er gemeinsam mit Gavin den Palast verließ und auf den Wagen zuschritt, der für sie schon bereitstand. Gavin spürte, wie seine eigene Anspannung mit jedem Schritt zunahm. Er wartete auf die unvermeidbare Explosion und fragte sich dabei, wie viel von ihrer Wucht sich wohl gezielt gegen *ihn* richten würde.

Denn er hätte diese Entwicklung vorhersehen müssen – doch, hätte er! Ihm war nicht entgangen, dass es während der letzten Tage immer wieder kurze Treffen unter Ausschluss der Öffentlichkeit gegeben hatte ... und beteiligt gewesen waren immer der Premierminister, der Verteidigungsminister und der eine oder andere Mitarbeiter der Admiralität. Doch Gavin Vellacott hatte das als den Versuch der Schadensbegrenzung abgetan. Schließlich hatte das Zusammentreffen der *Salamander* mit der *Ibicca* und den Männern, die dieses Schiff in ihre Gewalt gebracht hatten, zu einem alles andere als beeindruckenden Endergebnis geführt.

Gavin hatte geglaubt, Burgundy und Dapplelake würden sich bemühen, Unterstützer für ihr Vorhaben zu finden. Nicht ein einziges Mal war ihm der Gedanke gekommen, sie könnten ausgerechnet diesen Augenblick dazu nutzen, ihrerseits in die Offensive zu gehen.

Breakwater und er erreichten den Wagen und stiegen ein. Der Schatzkanzler schloss die Tür hinter sich, und Gavin wappnete sich gegen das, was nun kommen musste.

»Interessant«, murmelte Breakwater nur.

Gavin warf ihm aus dem Augenwinkel einen Blick zu. Breakwaters Miene verriet ebenso wenig Zorn wie sein Tonfall. »Wie meinen, Mylord?«, fragte er vorsichtig.

Breakwater lächelte angespannt. »Entspannen Sie sich, Gavin – ich bin nicht wütend auf Sie«, versicherte er seinem jüngeren Begleiter. »Überraschenderweise bin ich nicht einmal wütend auf Burgundy mit seiner Holzhammertaktik. Ich bin fasziniert, nicht wütend.«

Gavin war überrascht. Holzhammertaktik? Davon hatte er beim Premierminister nichts entdecken können.

»Ich weiß nicht recht, ob ich verstehe, was Sie meinen, Mylord.«

»Ach, bitte!«, schalt ihn Breakwater. »Mittlerweile sollten Sie doch in der Lage sein, bei diesem Mann auch das zu bemerken, was unausgesprochen geblieben ist – zwischen den Zeilen zu lesen, wie man so schön sagt. Er war bereit, für diese Schlachtkreuzer in den Kampf zu ziehen. Ja, ich wage sogar zu behaupten, er wäre bereit gewesen, bei Bedarf alle nur erdenklichen Gefallen einzufordern, die ihm andere noch schulden.« Er hob den Zeigefinger. »Die Frage ist nun: Warum, und warum gerade jetzt?«

»Ich vermute, weil der König wünscht, dass diese Schiffe wieder in Dienst gestellt werden.«

»Ja, aber *warum* das?«, beharrte Breakwater. »Will er damit seine Unterstützer entlohnen? Will er mir eins auswischen?« Er schüttelte den Kopf. »Nein. Zu so etwas wäre Burgundy wohl fähig, aber nicht der König.«

»Ich hätte ja behauptet, Burgundy ist zu praktisch *überhaupt nichts* fähig«, murmelte Gavin mehr zu sich selbst.

»Weil Sie ihn nicht erlebt haben, bevor König Michael den Thron bestiegen hat«, erläuterte Breakwater und klang dabei unverkennbar wehmütig. »Während Elizabeths Regierungszeit war er ein durchaus bemerkenswerter Politiker, der die Schwächen seiner Gegner bestens auszunutzen verstand und einen guten Blick dafür hatte, welche Gesetzesvorlagen oder Vorgehensweisen seine Monarchin durchgeboxt wissen wollte.« Er schüttelte den Kopf. »Ich hatte angenommen, das zunehmende Alter und auch das Fehlen eines starken Monarchen hätte ihm die Kraft geraubt. Anscheinend habe ich das falsch eingeschätzt.«

Gavins Überraschung hielt an. Noch vor wenigen Minuten hatten der Schatzkanzler und dessen Verbündete furchtlos den politischen Wellen des Sternenkönigreichs getrotzt, und jetzt auf einmal schienen sie allesamt gleichzeitig darin zu versinken. »Und was jetzt?«

»Ich kann Ihnen genau sagen, was wir jetzt *nicht* machen«, gab Breakwater zurück. »Wir werden uns hier nicht auf ein Gefecht einlassen und mit aller Macht auf unserem Standpunkt beharren. Das riecht viel zu sehr, als wäre es der Nachgang des Secour-Zwischenfalls, und ich habe nicht die Absicht, eine derartige Schmach und Demütigung erneut durchzumachen. Nein, ich glaube, vorerst werden wir dieses Vorgehen nach Kräften unterstützen.«

»Unterstützen?«, wiederholte Gavin ungläubig und runzelte die Stirn. »Sie meinen wirklich tatkräftig und aktiv, statt das alles nur tatenlos zuzulassen?«

»Ganz genau, sogar sehr tatkräftig und aktiv«, versicherte ihm Breakwater. »Zum einen befinden wir uns gerade mitten in einer Piratereikrise. Zum anderen sind unsere Widersacher, wenn sie diese Karte wirklich ausspielen wollen, praktisch gezwungen, uns die noch fehlenden Korvetten zeitnah zu überstellen.« Er neigte den Kopf zur Seite. »Ja, wenn wir es richtig anstellen, können wir für die Öffentlichkeit sogar Ursache und Wirkung vertauschen. Dann sieht es so aus, als hätte uns die Navy diese Korvetten im Austausch für unser großzügiges Angebot überstellt, ihnen die Wiederindienststellung der Schlachtkreuzer zuzugestehen.«

»Macht ja wohl keinen großen Unterschied«, meinte Gavin.

»Das ist alles eine Frage der Darstellung, mein Junge«, erklärte ihm Breakwater. »Vorerst wird es voll und ganz ausreichen, wenn es nach einem Sieg aussieht.« Er lehnte sich in die Polster zurück. »Und früher oder später wird Edward die Karten auf den Tisch legen müssen. Wenn wir erst einmal herausgefunden haben, worum es in Wahrheit geht, finden wir auch Mittel und Wege, das zu unserem Vorteil zu nutzen.«

Gavin atmete hörbar aus. »Das hoffe ich doch.«

»Vertrauen Sie mir«, sagte Breakwater. »Burgundy mag ja ein ausgezeichneter Politiker sein, aber ich bin besser. Viel, viel besser.«

Die Tür schloss sich, und König und Premier waren allein.

»Also wollen Sie es ihnen nicht erzählen?«, fragte Burgundy.

»Noch nicht«, antwortete Edward und ein Teil der Anspannung fiel von ihm ab. Er hatte versucht, sich vor Burgundy und Dapplelake nichts anmerken zu lassen, aber er hatte sich wegen dieser Konfrontation ernstlich Sorgen gemacht. Sorgen darüber, was Breakwater und dessen Verbündete wohl unternehmen würden angesichts von Burgundys Staatsstreich. Denn eigentlich war es nichts anderes.

Und es war auch noch nicht vorbei. Noch lange nicht. Allem Anschein nach hatte sich Breakwater darauf festgelegt, die Krone und den Rest des Kabinetts zu unterstützen. Aber keine Sekunde lang glaubte Edward, damit habe sich die Sache erledigt. Höchstwahrscheinlich trat der Schatzkanzler nur ein wenig auf der Stelle, während er die Lage durchdachte und sich Strategien für seinen nächsten Zug überlegte.

Wie dieser Zug aussehen würde, wusste Edward nicht. Aber er würde auf jeden Fall unerfreulich werden. Nicht gut. Nicht gut für ihn, nicht gut für Burgundy, nicht gut für das Sternenkönigreich.

»Wann dann?«, bohrte Burgundy nach. »Das ist eine ernst zu nehmende Bedrohung, Euer Majestät.«

»Ich wünschte fast, Sie hätten recht«, versetzte Edward seufzend. »Bedrohungen kann man sich entgegenstellen und etwas gegen sie unternehmen. Das Problem ist, dass wir es immer nur mit *möglichen* Bedrohungen zu tun haben, und mit diesem Argument kommen wir einfach nicht weiter. Nicht bei Breakwater.«

»Ich hatte bereits angeführt, dass Gustav Andermans jüngst erneut erweitertes Reich mehr als nur eine *mögliche* Bedrohung darstellt, Euer Majestät«, gab Burgundy zurück. »Ich weiß, dass er wieder und wieder betont, er lege es nicht auf eine Ausdehnung seines Einflussbereiches an, aber irgendwie wird sein Territorium trotzdem immer größer und größer. Nimmt man dazu noch die Lageeinschätzung aus Haven – dass die Silesianische Konföderation allmählich über ihre Grenzen hinausblickt –, dann folgt daraus, dass wir die Sicherheitsbedürfnisse des Sternenkönigreichs grundlegend überdenken müssen.«

»Ich bin mir des Problems durchaus bewusst, Davis«, mahnte Edward sanft.

Burgundy zog den Kopf zwischen die Schultern. »Ich bitte um Verzeihung, Euer Majestät«, sagte er. »Ich bin einfach nur ... Andermans Streitkräfte könnten praktisch jeden Nachbarn überrennen, selbst Haven geriete in Schwierigkeiten. Ich wollte lediglich anmerken, dass der Versuch, die Schlachtkreuzer zu reaktivieren, ohne dass Breakwater ganz und gar auf unserer Seite ist, ungefähr so wäre, wie mit einem Wagen loszufahren, dessen Handbremse noch angezogen ist.«

»Auch das verstehe ich«, sagte Edward. »Und wenn ich mir sicher sein könnte, dass er auch wirklich auf unserer Seite steht, würde ich ihn eher jetzt als gleich einweihen. Aber da gibt es ein Problem: Wenn er all die vielen Wenns und Vielleichts addiert und am Ende zum Ergebnis null kommt, wäre das schlimmer, als mit angezogener Handbremse zu fahren. Dann wäre das eher so, als würde er uns mit einem Abschleppwagen in die entgegengesetzte Richtung zerren – geradewegs dorthin, wo wir sämtliche Ressourcen, einfach alles, ausschließlich dem MPARS zukommen lassen müssten.«

Einen Moment lang schwieg Burgundy.

»Wahrscheinlich haben Sie recht, Euer Majestät«, sagte er schließlich. »Für eine Herausforderung fehlt es ihm an Stärke, aber er könnte immer noch ordentlich Wellen schlagen und uns die Sache erschweren. Solange er keine Erklärung verlangt, brauchen wir keine schlafenden Hunde zu wecken.« Er blickte Edward ernst an. »Aber früher oder später werden Sie ihm davon berichten müssen.«

»Früher oder später mache ich das auch«, versicherte ihm Edward. »Aber vorerst muss genügen, was er zu hören bekommen hat.« Er lächelte. »Außerdem hat Daddy ihm doch gerade erst einen ganzen Satz funkelnagelneuer Korvetten geschenkt. Wenn wir ein bisschen Glück haben, zieht er sich mit denen in seine Lieblingsecke zurück und spielt erst einmal eine Zeit lang damit.«

»Ich hoffe, Sie haben recht, Euer Majestät«, sagte Burgundy skeptisch. »Denn wenn nicht, gibt das schon bald *so richtig* Ärger.«

»Du machst Witze«, sagte Redko und verrenkte sich fast den Hals bei dem Versuch, einen Blick über Chomps' Schulter zu werfen. »Die schicken euch zum MPARS?«

»Genau das«, bestätigte Chomps säuerlich und ließ den Blick erneut über den Tablet-Rechner schweifen. Was auf dem Display stand, war ganz und gar nicht das, was er erwartet hatte.

41-05-08
BuPers Befehl 41-7762

(1) Lenkwaffentechniker Erster Klasse Townsend, Charles, Personenkennziffer RN01-962-1183, freigestellt vom Dienst bei der Royal Navy, mit Wirkung zu 41-05-22, 00:01 Uhr.
(2) Lenkwaffentechniker Erster Klasse Townsend, Charles, Personenkennziffer RN01-962-1183, abkommandiert zum MPARS, mit Wirkung zu 41-05-22, 00:01 Uhr.
(3) Lenkwaffentechniker Erster Klasse Townsend, Charles, Personenkennziffer RN01-962-1183, zugewiesen HMS Aries, *CT05, mit Wirkung zu 41-05-22, 00:01 Uhr.*
(4) Personenbeförderung von Lenkwaffentechniker Erster Klasse Townsend, Charles, Personenkennziffer RN01-962-1183, zu HMS Aries, *CT05, hiermit autorisiert und angewiesen; durchzuführen nach Maßgabe des zuständigen BuPers/MPARS-Verbindungsmanns (siehe dazu Anhang Nr. 1).*

Lt. Cmd. George Sukowski
auf Anweisung von
Adm. Anastasiya Dembinski,
BuPers, Royal Manticoran Navy

»Ach du meine Fresse«, raunte Redko und schüttelte den Kopf, »das tut mir echt leid, Kumpel!«

»He, das hätte doch noch viel schlimmer kommen können«, beruhigte ihn Chomps. »Die hätten mich genauso gut auch gleich ganz rausschmeißen können!«

»Die *haben* dich rausgeschmissen! Genau wie Calvingdell!«

»Ist nicht ganz das Gleiche«, widersprach Chomps leise. Die letzte Person, über die er hier und jetzt reden wollte, war Gräfin von Calvingdell.

»Nein, du hast schon recht«, bestätigte Redko spöttisch. »Die wurde ja nur aus dem Verteidigungsministerium geworfen und darf nun ein bequemes Leben im Parlament führen.«

Chomps bedachte ihn mit einem finsteren Blick. Doch Redko blickte immer noch fassungslos auf den Marschbefehl, und auf seinem Gesicht zeichneten sich keinerlei Hinweise auf neue Erkenntnisse ab.

»Die brauchen dich wahrscheinlich für ihre neuen Raketen«, fuhr Redko fort. Dann zögerte er. »Weißt du ... ich habe mich nie bei dir dafür bedankt, dass du bei dieser Geschichte da auf Casca meinen Namen rausgehalten hast.«

»Kein Problem«, versicherte ihm Chomps. »Der Captain war so schon sauer genug. Warum sollten wir beide mitten in der Schussbahn stehen?«

»Ich weiß es trotzdem echt zu schätzen«, sagte Redko. »Vor allem ...«, er deutete auf den Tablet-Rechner, »... deswegen.«

»Kein Problem«, wiederholte Chomps. »Du hast ja gesehen: Ich habe noch zwo Wochen Zeit, bis ich mich da melden muss.«

»Genau«, sagte Redko. »Vielleicht wird der Marschbefehl ja noch widerrufen.«

»Könnte passieren«, meinte Chomps und wusste dabei verdammt genau, dass nichts dergleichen geschehen würde. »Vielleicht wird gleich auch der ganze MPARS aufgelöst.«

»Oder wir sterben alle bei einem Meteoriteneinschlag.«

»Na, du bist mir ja ein fröhliches Kerlchen!«, sagte Chomps. »Ich dachte mehr so in die Richtung, dass du bis dahin noch reichlich Zeit hast, mir einen Drink auszugeben.«

»Mehr als nur einen«, versprach ihm Redko. »Und wir könnten eigentlich auch gleich damit anfangen. Wir haben doch jetzt Dienstschluss, oder?«

Chomps warf einen Blick auf sein Chrono. »Noch sieben Minuten.«

»Also noch sieben Minuten«, sagte Redko. »Lass den Countdown laufen. Und solltest du je was brauchen – ganz egal, was! –, dann scheu dich bloß nicht, mich zu fragen.

»Mach ich«, versicherte ihm Chomps. »Und du kannst dich darauf verlassen, dass ich dir irgendwann Gelegenheit biete, dich zu revanchieren. Wirklich, darauf kannst du dich verlassen.«

15

»Lieutenant Long?« Die barsche Stimme hallte im Korridor von HMS *Phoenix* wider. »Sir!«

Zögerlich bremste Travis ab und atmete erst einmal tief durch – ganz so, wie er es für genau derartige Situationen eingeübt hatte. Senior Chief Osterman war eine Nervensäge ersten Ranges – und das hieß wirklich etwas auf einem Schiff, dessen Offizierskorps und Mannschaftsdienstgrade miteinander um genau diesen Ehrentitel wetteiferten.

»Ja, Senior Chief?«, antwortete er, umklammerte einen der in die Wandung eingelassenen Haltegriffe und kam ganz zum Stillstand.

Osterman war noch etwa zwanzig Meter von ihm entfernt, schwebte nun auf ihn zu, hangelte sich von einem Haltegriff zum nächsten und vermied dabei geschickt Zusammenstöße mit anderen Besatzungsmitgliedern, die sich ebenfalls durch den schmalen Korridor bewegten. An Bord der *Phoenix* gab es eine ganze Reihe Besatzungsmitglieder, die zum ersten Mal an Bord eines Sternenschiffs eingesetzt waren und so ihre liebe Not in der Schwerelosigkeit hatten, aber bei alten Hasen wie Osterman lief jede Fortbewegung rasch und effizient ab.

Darauf sich rasch zu bewegen schien Osterman aber im Moment nicht erpicht zu sein. Ja, wo Travis nun an Ort und Stelle schwebte, schien es ihm, als ließe sich der Petty Officer bewusst Zeit, den Abstand zu ihm zu verringern. Travis wartete, übte sich in Geduld und widerstand dem Bedürfnis, sie anzuweisen, gefälligst in die Hufe zu kommen. Er hatte derlei Befehle bereits am eigenen Leib erfahren dürfen – damals, als er selbst noch zu den einfachen Mannschaftsdienstgraden gehört hatte. Deswegen erinnerte er sich nur zu gut daran, wie es sich anfühlte, von einem Offizier angebrüllt zu werden.

Schließlich, nach einigen schier endlosen Sekunden, traf Osterman gemächlich bei ihm ein. »Ich wollte Sie nur wissen lassen, Sir«, erklärte sie in einem Tonfall, der ebenso haarscharf an der Insubordination vorbeischrammte wie zuvor ihr Getrödel, »dass Captain Castillo Sie sprechen möchte.«

Travis runzelte die Stirn und blickte auf sein UniLink, um sich zu vergewissern, dass es auch eingeschaltet war. War es. »Ich habe davon noch nichts gehört.«

»Weil er es selbst noch nicht weiß, Sir«, entgegnete sie ruhig. »Aber ich garantiere Ihnen, dass er Sie wird sprechen *wollen*.«

Also hatte sogar Ostermans Abteilung davon Wind bekommen. »Ensign Locatelli hat sich das selbst zuzuschreiben«, sagte Travis mit fester Stimme.

Oder vielmehr: Er versuchte sich an einer festen Stimme. Sogar in seinen eigenen Ohren klangen seine Worte verdammt nach Selbstverteidigung und störrischer Abwehrhaltung.

Das war offenkundig auch Osterman nicht entgangen. »Es ging um einen von drei gänzlich voneinander unabhängigen Ortungssensoren«, rief sie ihm ins Gedächtnis zurück. »Sobald die nächste Schicht einen Selbsttest eingeleitet hätte, wäre das sofort bemerkt worden.«

»Aber der nächste Selbsttest stand erst in zwo Stunden an«, versetzte Travis. »Was wäre wohl passiert, wenn Sie irgendwann während dieser zwo Stunden eine Ihrer Schnellfeuerkanonen zum Einsatz hätten bringen müssen?«

Osterman hob die Augenbrauen. »Gegen wen?«

»Gegen was auch immer Captain Castillo den Einsatz der Waffen befohlen hätte.«

Osterman hob in unausgesprochener Herausforderung die Augenbrauen und hätte nicht mehr Spott in ihre Mimik legen können. Ehrlich gesagt, konnte Travis es ihr nicht einmal verübeln.

Denn draußen im All hatte es wirklich nichts gegeben, wogegen die *Phoenix* ihre Waffen hätte zum Einsatz bringen können. Es gab keine Angreifer, keine Feinde – weder aus einer fremden Sternnation, noch aus der eigenen –, und der letzte bedrohliche Kinderschreck, der jemals in dieser Region aufzutauchen gewagt hatte, war vor beinahe einem Jahrhundert irgendwo in der Ferne verschwunden. Angeblich gab es dort draußen Piraten, aber seit dem Zwischenfall vor Secour, der mittlerweile neun T-Jahre zurücklag, hatte sich bislang kein einziger Pirat auch nur blicken lassen.

Vor ein paar Monaten war es dann zum sogenannten *Ibicca*-Zwischenfall gekommen, den die örtlichen Medien natürlich nach Strich und Faden ausgeschlachtet hatten. Aber in Wahrheit war der Frachter eher entführt worden, als dass man von echter Piraterie hätte sprechen können. Was widerrechtliche Übergriffe durch Fremde betraf, war der manticoranische Hoheitsraum so weit sicher, wie das eben möglich war – und das war auch allgemein bekannt.

Trotzdem: Was der *Ibicca* widerfahren war, sollte für einen allgemeinen Weckruf taugen. Wenn es möglich war, im Hoheitsraum des Sternenkönigreichs ein Schiff zu entführen, dann konnte das auch ein zweites Mal geschehen ... und das Einzige, was eine solche Wiederholung wegen des großen Erfolges verhindern könnte, wäre eine Navy, bei der anständig ausgebildete Mannschaften vollständig funktionstüchtige Systeme nutzten. Wenn es jemanden gab, der das verstehen *musste,* dann war das Osterman, oder nicht?

Außerdem sollten sich alle in der Uniform der Royal

Manticoran Navy gefälligst bemühen, anständige Arbeit zu leisten.

Osterman schien seine Gedanken gelesen zu haben. »Und Sie sind der Ansicht, Sie wären der Einzige, der sich hier richtig verhalten hat, Sir?«, fragte sie höflich.

»Nein, natürlich nicht«, gab Travis leise zu. »Aber ...«

Der Klingelton seines UniLinks rettete ihn. Er nahm das Gespräch an und hielt sich das kleine Gerät vor die Lippen. »Long hier«, sagte er forsch.

»Bajek«, drang die Stimme des Waffenoffiziers der *Phoenix* aus dem kleinen Lautsprecher. »Melden Sie sich umgehend im Büro des Captains.«

Travis schluckte. »Aye, aye, Ma'am.«

»Commander Bajek?«, erkundigte sich Osterman und blickte Travis wissend an, als er das UniLink wieder ausschaltete.

»Ja«, bestätigte Travis säuerlich. Hatte diese selbstgefällige Chief eigentlich *immer* recht? »Weitermachen!« Eine kurze Drehung des Handgelenks, und Travis machte in der Schwerelosigkeit kehrt, dann stieß er sich von seinem Haltegriff ab und sauste den Korridor hinab.

»Sie sollten lernen, nach den richtigen Regeln zu spielen, Lieutenant!«, rief ihm Osterman hinterher.

Travis verzog das Gesicht. Spielen zu lernen – diesen Ratschlag meinte ihm anscheinend wirklich jeder Bewohner dieses Universums geben zu müssen. Wenn man das Spiel spielte, sollte man die Regeln kennen. Da war es doch egal, ob das Spiel gut oder schlecht war, und ob es sauber gespielt wurde oder gezinkte Karten zum Einsatz kamen. Man musste einfach nur das Spiel spielen.

Keine Chance, nicht mit ihm!

Osterman blickte Long hinterher und fragte sich, ob sie nun wütend sein sollte oder frustriert ... oder ob sie Mitleid mit dem Lieutenant haben müsste.

Mit dem Geschick eines Senior Chiefs, der ständig auf dem schmalen Grat zwischen Offizieren und Mannschaftsdienstgraden balancierte, entschied sie sich für eine Kombination von allen drei Möglichkeiten.

Long war ein durchaus anständiger Offizier, gar keine Frage. Er hatte die erforderliche Sachkenntnis und war in der Lage, diese auch umzusetzen. Und die Vorschriften kannte er wie kein Zweiter.

Aber er musste unbedingt lernen, im Vorfeld einzuschätzen, mit wem er sich anlegen durfte und mit wem nicht. Ensign Locatelli war, so sehr er sich selbst auch dafür anbot, eindeutig nicht der richtige Gegner. Genau das würde Long wohl jetzt gleich herausfinden.

Er müsste noch lernen, andere Menschen zu verstehen. Wie die Kühlrippen eines Reaktors hatte er Verärgerung abgestrahlt, während sie den Korridor hinab auf ihn zugeschwebt war, und war dabei offensichtlich davon ausgegangen, sie trödle so, nur um ihn zu ärgern. Er war nicht einmal auf die Idee gekommen, sie habe ein wenig Zeit geschunden, um ihn zum genau richtigen Zeitpunkt zu erreichen: nämlich dann, wenn alle anderen den Korridor verlassen hatten, sodass sie ihm die schlechte Nachricht unter vier Augen mitteilen konnte.

Einen derart blinden Fleck in seiner Wahrnehmung, einen so ausgeprägten toten Winkel, hätte sie bei jemandem, der bereits Erfahrungen als einfacher Mannschaftsdienstgrad gemacht hatte, schlichtweg nicht erwartet. Ganz offenkundig war Lieutenant Long kein geselliger Mensch, wie ihr Vater das nennen würde. Mit anderen konnte er nicht gut umgehen.

In mancherlei Hinsicht war das vielleicht sogar gut. Osterman hatte höchste Achtung vor Offizieren, die sich ernsthaft bemühten, ihre Arbeit zu tun, statt einfach alles schleifen zu lassen. Aber es galt nun einmal, diese beiden Dinge sorgsam gegeneinander abzuwägen, und dabei legte Long in etwa so viel Fingerspitzengefühl an den Tag wie eine Dampframme. Ja, wenn es um andere Menschen ging, schien er … überdurchschnittlich unmusikalisch zu sein.

Schlimmer noch: Er schien keinen blassen Schimmer zu haben, wie sehr gewisse familiäre Verbindungen auch auf seine eigene Position Einfluss nahmen. Dass es Schatzkanzler Breakwater gelungen war, der Navy zwei ihrer Korvetten für den MPARS abzunehmen, hatte niemandem bei der Royal Manticoran Navy zugesagt – und dass fünf weitere noch der Überstellung harrten, machte es nicht gerade besser. Genau so sahen das auch die Offiziere und Mannschaftsdienstgrade der *Phoenix*, und dass Longs Halbbruder einer von Breakwaters standhaftesten Verbündeten war, hatte dazu geführt, dass sich wirklich alle dem jungen Lieutenant gegenüber äußerst reserviert verhielten. ›Die kalte Schulter zeigen‹ war da noch milde ausgedrückt.

Aber anders als alle anderen schien Long keinerlei Zusammenhänge zwischen dem Sozialverhalten an Bord und seiner Verwandtschaft zu erkennen.

Die wahre Ironie des Ganzen war – auch wenn Long das niemals erfahren würde –, dass das, was der Lieutenant mit Nachdruck von Locatelli verlangt hatte, nämlich bei allen drei Ortungssystemen Einsatzbereitschaft herzustellen, genau das war, was zu Locatellis Versetzung von der *Salamander* hierher an Bord geführt hatte. Und zu Ostermans eigenen.

Seufzend machte sie kehrt und steuerte ihren Arbeitsplatz an. Long kannte alle Vorschriften und Dienstanweisungen – jede einzelne davon hatte er studiert und verinnerlicht.

Jetzt musste er nur noch lernen, zwischen den Zeilen zu lesen.

Die Fahrt mit dem Aufzug durch die rotierende Sektion der *Phoenix* war, wie stets, ein wenig unangenehm, denn die rapide Veränderung der effektiven Schwerkraft reizte Travis' äußerst empfindliches Innenohr. Während der ganzen Fahrt blickte er strikt geradeaus und verwünschte die Gesetze der Physik: Einerseits gestatteten sie die Erzeugung leistungsstarker Verzerrungsbänder. Mit diesen konnte man gewaltige Gravitationsfelder erzeugen und formen. Darüber hinaus machten sie Kompensatoren möglich, die eine Beschleunigung von mehr als zweihundert Gravos auszugleichen vermochten. Andererseits legten eben jene Gesetze der Physik der Menschheit beharrlich Steine in den Weg. So gab es gerade erste magere Erfolge bei dem Versuch, auch nur ein einziges Gravo genau auf die Decks eines Kriegsschiffs auszurichten. Eine Kajüte in der rotierenden Sektion eines Schiffes, in der wenigstens ein halbes Gravo Pseudoschwerkraft herrschte, war natürlich schon etwas. Denn man musste dort nicht in Schwerelosigkeit essen und schlafen. Aber an sämtlichen wichtigen Arbeitsplätzen des Schiffes musste man seinen Dienst immer noch in Schwerelosigkeit versehen. Es war nervig, sich wie ein luftatmender Fisch fühlen zu müssen.

Als Travis eintraf, wartete Bajek bereits in Captain Castillos Büro. »Kommen Sie herein, Lieutenant«, forderte ihn der Captain auf, Gesicht und Tonfall streng. »Wie ich höre, haben Sie die Absicht, einen Eintrag in Ensign Locatellis Personalakte vorzunehmen.«

Travis setzte bereits zu einer Erwiderung an, doch dann bemerkte er, was genau der Captain da gerade gesagt hatte. Nein, Travis hatte keineswegs nur *die Absicht*, einen Eintrag in

Ensign Locatellis Personalakte vorzunehmen: Er hatte es bereits *getan.*

Das zumindest hatte er gedacht. »Jawohl, Sir, habe ich«, bestätigte er daher vorsichtig. »Gibt es ein Problem?«

Eine angespannte Sekunde lang glaubte er schon, mit dieser Frage eine unsichtbare Grenze übertreten zu haben. Castillos Miene veränderte sich keinen Deut, doch Bajek verlagerte ihr Gewicht von einem Bein auf das andere – was bei ihr eine äußerst ungewöhnliche Zurschaustellung ihres Unbehagens darstellte.

»Sie wissen sicher, dass Admiral Carlton Locatelli der Onkel von Ensign Locatelli ist, ja?«, sagte Castillo, denn eine Frage war das nicht.

»Jawohl, Sir, das weiß ich«, erwiderte Travis. Kurz zog er in Erwägung nachzufragen, was Locatellis Familienstammbaum mit der Einhaltung der vorgeschriebenen Vorgehensweise zu tun habe. Dann jedoch kam Travis zu dem Schluss, er sitze auch so schon tief genug in der Patsche. Außerdem war er sich ziemlich sicher, die Antwort auf diese Frage bereits zu kennen.

Dass er damit recht hatte, erfuhr er sogleich. »Admiral Locatellis Familie blickt auf eine lange und ruhmreiche Geschichte im Dienst der Royal Manticoran Navy zurück«, erläuterte Castillo in einer Art und Weise, die Travis an jemanden denken ließ, der eine vorformulierte Textdatei ablas. »Sein Neffe setzt als Vertreter der jüngsten Generation dieser Familie diese Tradition fort. Der Admiral legt viel Wert darauf, dass es sein Neffe in der gleichen Weise zu Ruhm und Ehre bringt und sich ebenso einen Namen macht wie seine Vorfahren.« Castillo hob beide Augenbrauen, und auf sein Gesicht trat exakt der gleiche Ausdruck, den Travis vor wenigen Minuten bei Osterman erlebt hatte. »Muss ich mich noch deutlicher ausdrücken?«

Travis atmete tief durch. Bedauerlicherweise brauchte sich

weder der Captain noch irgendjemand sonst aus den Reihen der Royal Manticoran Navy deutlicher auszudrücken. »Nein, Sir«, sagte er.

»Wie Ihnen vielleicht bekannt ist, gibt es im Parlament zunehmende Bestrebungen, die Royal Manticoran Navy noch weiter zur Ader zu lassen, als das ohnehin schon geschehen ist.« Castillos Tonfall fiel ein wenig schärfer aus als der Ostermans, und auch sein Blick verriet deutlich mehr Härte. Ganz offenkundig war der Captain fest entschlossen, sich doch einer deutlicheren Ausdrucksweise zu befleißigen – obwohl Travis versichert hatte, das sei unnötig. »Männer wie Admiral Locatelli und deren Verbündete sind die, die sich für uns und unsere Arbeit einsetzen. Für Sie und *Ihre* Arbeit ebenfalls, Lieutenant.«

Was natürlich überhaupt *nichts bedeutet,* dachte Travis düster, *wenn der Preis dafür darin besteht, bei der Navy Leute aufsteigen zu lassen, obwohl sie unwillig und/oder unfähig sind, ihre Arbeit zu* machen, *nur weil das politisch so gewollt ist.*

Deutlich ausgedrückt. »Verstanden, Sir«, sagte er.

»Gut«, gab Castillo zurück. »Bislang sieht es aus, als stünde Ihnen eine vielversprechende Karriere bevor, Mr. Long. Es wäre mir überhaupt nicht recht, wenn dieser Karriere für nichts und wieder nichts ein schlagartiges Ende bereitet würde.« Kurz schürzte er die Lippen. »Und behalten Sie im Hinterkopf, dass es auch andere Mittel und Wege gibt, sich fachlicher Unfähigkeit und Nachlässigkeit anzunehmen – Mittel und Wege, die sich nicht dauerhaft in der Personalakte des betreffenden Individuums wiederfinden. Es wäre ratsam, sich diese Methoden anzueignen.«

»Jawohl, Sir.« Zumindest einige dieser Mittel und Wege kannte Travis bereits.

Manchmal funktionierten sie auch. Manchmal jedoch auch nicht.

»Gut.« Castillo blickte zu Bajek auf. »Ist er noch im Dienst?«

»Jawohl, Sir«, bestätigte Bajek, ohne auch nur eine Sekunden lang den Blick von Travis abzuwenden.

Castillo nickte und bohrte wieder seinen Blick in Travis. »Dann kehren Sie zu Ihrer Station zurück, Lieutenant. Wegtreten!«

Während der ganzen Restzeit seiner Schicht herrschte unübersehbare Anspannung, aber es war nicht so schlimm, wie Travis befürchtet hatte. Niemand aus seiner Abteilung sagte auch nur ein einziges Wort, doch er bemerkte bei so mancher im Flüsterton geführten Unterhaltung den schneidenden Unterton. Locatelli selbst besaß immerhin genug Anstand, sich ein selbstgefälliges Grinsen zu verkneifen. *Schreib niemals der Bösartigkeit zu, was sich mit reiner Dummheit erklären lässt!* Diesen Rat hatte Travis irgendwann einmal von jemandem erhalten, und es war immerhin durchaus möglich – wenn auch unwahrscheinlich –, dass Locatelli trotz all seiner Arroganz in Wahrheit eben nicht entsetzlich desinteressiert an der ganzen Sache war, sondern einfach nur sehr, sehr langsam lernte.

Travis hoffte, Letzteres wäre der Fall. Ein langsames Lerntempo ließe sich mit Zeit und Geduld überwinden. Arroganz hingegen erforderte meist eine möglichst große Peitsche.

Als er ein letztes Mal sämtliche Systeme überprüfte, die ihm während dieser Dienstzeit anvertraut waren, empfand er tatsächlich doch etwas mehr Optimismus als zu Beginn des Tages.

Zumindest, bis er feststellte, dass der Hauptortungssensor der Schnellfeuerkanone im Vorschiff schon wieder fehlkalibriert war.

Vielleicht, dachte er, während er sich erschöpft zu seiner

Kajüte schleppte, *wird es allmählich Zeit, nach einer Peitsche Ausschau zu halten.*

»Frachter *Hosney*, Sie haben Freigabe, den Orbit zu verlassen«, drang die Stimme der Raumüberwachung Manticore aus dem Brücken-Com.

Interessante Tonlage, dachte Tash McConnovitch. Unter dem offiziell-sachlichen Auftreten verbargen sich Spuren von Aufregung und Bedauern: Aufregung, weil in einem System, das vielleicht ein oder zweimal im T-Monat Besuch erhielt, jeder Solly-Frachter eine willkommene Abwechslung von der öden Routine eines Lotsen bot; Bedauern, weil mit der Abreise der *Hosney* genau jene Langeweile wieder Einzug halten würde.

Nur Geduld!, sandte McConnovitch düster einen Gedanken in Richtung des Lotsen. *Bis wir mit dir fertig sind, wirst du um Langeweile und Routine betteln!*

Nun, vielleicht auch nicht. Den letzten Dateien gemäß, die Jeremiah Llyn von den Axelrod-Spionen erhalten hatte, bestand die Flotte von Manticore aus ungefähr zehn Kriegsschiffen, und davon war bestenfalls ein einziger Schlachtkreuzer auf ein Gefecht vorbereitet.

Aber diese Dateien waren schon recht alt gewesen – gefährlich alt, wie sich herausgestellt hatte. Aus Gründen, die McConnovitch noch würde herausfinden müssen, hatte König Edward ein ehrgeiziges Programm ins Leben gerufen: Bereits eingemottete Schiffe der Royal Manticoran Navy waren wieder in den aktiven Dienst zurückzuholen und zugleich eine Vielzahl von Frauen und Männern durch das Ausbildungslager Casey-Rosewood und die Kadettenanstalt zu schleusen, um diese Schiffe auch anständig zu bemannen.

Aber Edwards Flottenrevitalisierung war noch längst nicht

abgeschlossen. Auf dem Papier (oder dem Bildschirm) mochte die Royal Manticoran Navy ja inzwischen wieder ganz ordentlich dastehen und beeindruckend wirken, aber bislang hatte noch keines der frisch überholten Schiffe auch nur ansatzweise seine volle Schlagkraft erreicht. Also sollten sie auch kein Problem für die Volsungs sein.

Allerdings könnten die Volsungs selbst das ein wenig anders beurteilen.

Glücklicherweise war das alles nicht McConnovitchs Problem. Seine Aufgabe bestand lediglich darin, die Daten in das System zu schaffen, in dem sich der Kampfverband der Söldner versammelte. Die Entscheidung, loszuschlagen oder nicht, fiel diesem arroganten kleinen Kerl Llyn zu.

»Sind ausgeschwenkt, Sir«, meldete der Rudergänger. »Kurs liegt an.«

»Gut«, sagte McConnovitch und meinte das sogar ehrlich. Er war mehr als bereit, diesem schäbigen kleinen Hinterwäldlersystem den Kilt zu zeigen. »Dann legen Sie mal ein paar Gravos vor, Hermie! Wir wollen Mr. Llyn doch nicht warten lassen.«

»Admiral auf der Brücke!«, rief der Petty Officer an der Ortungsstation.

Captain Allegra Metzger ließ ihren Sessel im vorderen Teil der Brücke von HMS *Invincible* herumwirbeln. Soeben war Admiral Locatelli eingetreten und zog sich nun in der Schwerelosigkeit geradewegs auf sie zu.

»Admiral«, begrüßte sie ihn und tastete schon nach ihren Anschnallgurten. Wenn der Admiral unerwartet auf die Brücke kam, dann meist, um selbst das Kommando zu übernehmen.

Nicht dass das hier und jetzt besonders aufregend gewesen

wäre. Die *Invincible* war auf einer Testfahrt; an Bord befanden sich jede Menge frisch gebackener Spacers und Petty Officers, die sich gerade erst in die reale Welt einarbeiteten. So ziemlich das Einzige, was Locatelli tun konnte, war das, was Metzger bereits den ganzen Tag schon tat: die jungen Offiziere fest im Blick behalten und sicherstellen, dass keiner von ihnen etwas Dämliches anstellte, dass ihnen den Tod bescherte.

Anscheinend sah der Admiral das ebenso. Mit einer Handbewegung bedeutete er Metzger, wieder zu ihrem Posten zurückzukehren. Er selbst kam hinter der Konsole des Rudergängers zum Stillstand. »Haben Sie die Position und den Vektor der *Phoenix*?«, fragte er ohne einleitende Worte.

»Äh ... jawohl, Sir«, bestätigte Lieutenant Tessa Griswold, und ihre Finger huschten über die Instrumente. »Einen Moment, Sir. Da ist sie! Peilung ...«

»Ja, ich seh sie«, fiel ihr Locatelli ins Wort. Einen Augenblick lang betrachtete er schweigend den Plot, dann machte er mit einem Handzeichen den Signaloffizier neben ihm auf sich aufmerksam. »Signal, nehmen Sie Kontakt mit der *Phoenix* auf. Ich möchte Captain Castillo sprechen – persönlich und unter vier Augen.«

»Aye, aye, Sir.«

Eine Minute später hatte der Signaloffizier eine Verbindung zur Brücke der *Phoenix* hergestellt und die Gesprächsanfrage weitergeleitet. Drei Minuten später erschien Castillo.

»Guten Tag, Captain«, begrüßte ihn Locatelli. »Darf ich annehmen, dass Sie allein sind?«

»Jawohl, Sir, ich befinde mich in meiner Kajüte«, bestätigte Castillo. »Die Kontingenzbefehle sind schon griffbereit.«

Aus dem Augenwinkel sah Metzger, dass Locatelli lächelte. Castillo war ein guter Kommandant – und schlau genug zu vermuten, dass ein solches Zusammentreffen zweier Schiffe entschieden zu unwahrscheinlich war, um sich mit einem Zufall erklären zu lassen.

»Sehr gut«, sagte Locatelli. »Sie sind hiermit autorisiert und angewiesen, Befehl Nummer sieben zu öffnen. Ich gebe das Passwort durch.« Er las den fünfzehnstelligen Code vor. »Sagen Sie Bescheid, wenn Sie die Datei gelesen haben.«

»Jawohl, Sir.«

Das Com verstummte. Innerlich zählte Metzger die Sekunden ab: fünfundzwanzig, sechsundzwan ...

»Verstanden, Admiral«, sagte Castillo. »Darf ich mir erlauben, Ihnen zu gratulieren? Das ist das erste Mal seit Jahren, dass ich erfahre, dass jemand bereits im Vorfeld autorisiert ist, im Bedarfsfall nach eigenem Ermessen eine Rakete zum Einsatz zu bringen – selbst wenn es sich nur um eine Übungsrakete handelt.«

»Das schreibe ich nicht mir, sondern dem *Ibicca*-Zwischenfall zu«, gab Locatelli zurück. »Mit an Sicherheit grenzender Wahrscheinlichkeit wird die neuentdeckte Großzügigkeit des Schatzkanzlers im Laufe der Zeit drastisch nachlassen. Haben Sie noch Fragen?«

»Nein, Sir«, entgegnete Castillo. »Aber eine Bitte. Einer meiner jüngeren Offiziere ist ausgezeichnet darin, sich Wissen aus Lehrmaterialien anzueignen, aber Ereignisse aus der realen Welt scheinen zu ihm nicht so recht durchzudringen. Wenn Sie gestatten, würde ich ihn während der Übung gern auf die Brücke holen und ihn vielleicht die eine oder andere Entscheidung treffen lassen.«

»Das ist eine recht außergewöhnliche Bitte, Captain«, meinte Locatelli; sein Tonfall verriet Missbilligung. »Zum Teil geht es bei dieser Übung ja auch darum, Ihre Brückencrew einem Test zu unterziehen. Dieses Ziel wird ja wohl kaum erreicht, wenn jemand anderes die Anweisungen erteilt.«

»Wenn ich Ihnen bei allem schuldigen Respekt widersprechen darf, Admiral? Die Brückencrew wird exakt so agieren, wie das auch sonst der Fall wäre«, sagte Castillo. »Der Einzige, der diesem Test *nicht* unterzogen würde, wäre ich selbst. Oder ist genau das ein spezifischer, wichtiger Teil dieser Übung?«

»Das ist zwar tatsächlich auch Teil dieser Übung, aber nicht sonderlich wichtig«, antwortete Locatelli. »Ansonsten würde ich Ihrer Bitte nicht nachkommen. Das ist aber ziemlich kaltes Wasser, in das Sie einen Subalternoffizier da stoßen wollen. Darf ich davon ausgehen, dass er sich bislang vielversprechend anlässt?«

»Jawohl, Sir. Es gibt da nur noch die eine oder andere Kante zu schleifen.«

»Wie heißt der Bursche? Kenne ich ihn?«

»Nur vom Hörensagen, Sir.« Castillos Stimme klang mit einem Mal bemerkenswert trocken. »Lieutenant Travis Uriah Long.«

Lange herrschte Schweigen. »Lieutenant Long«, wiederholte Locatelli schließlich und mühte sich dabei ganz offenkundig, möglichst neutral zu klingen. »*Der* Lieutenant Long?«

»Jawohl, Sir.«

»Dann, Captain«, entschied Locatelli, »sorgen Sie nach Kräften dafür, dass der junge Mann ein paar Erfahrungen in der wahren Welt sammeln kann.«

»Ich danke Ihnen, Sir«, sagte Castillo. »Ich glaube, es wird ihm guttun.«

»Wollen wir's hoffen«, versetzte Locatelli. »Kehren Sie auf die Brücke zurück und ziehen Sie das durch. *Invincible*, over and out.

Einen kurzen Moment lang stand der Admiral noch hinter der Konsole des Rudergängers in der Luft. Dann stieß er sich behutsam ab und schwebte zu Metzger hinüber.

»Captain, wenn ich mich nicht irre, haben Sie eine Zeit lang zusammen mit Lieutenant Long gedient. Trifft das zu?«

Metzger wappnete sich gegen alles, was da kommen mochte. Das hier könnte unschön werden. »Jawohl, Sir, das trifft zu.«

»Ist er wirklich so ein Pedant, wie es immer heißt?«

»Er achtet sehr auf die Einhaltung jeglicher Vorschriften«, antwortete sie und wählte dabei jedes ihrer Worte mit Bedacht. »Aber zugleich ist er äußerst einfallsreich und begnadet darin, um die Ecke zu denken.«

»Also einer, der immer fest davon überzeugt ist, recht zu haben?«, setzte Locatelli nach. »Einer, der stets glaubt, alles zu wissen?«

Metzger runzelte die Stirn. Das hatte sie doch überhaupt nicht gesagt! War das, was sie gesagt hatte, *so* bei Locatelli angekommen? »So würde ich das gewiss nicht ausdrücken, Admiral«, sagte sie.

»Na, wir werden ja sehen, ob er wirklich so schlau ist, wie er selbst glaubt.« Locatelli ließ sich in den Sessel neben Metzgers Station sinken und lehnte sich in einer Art und Weise zurück, die ihr sehr deutlich verriet, dass er die Absicht hatte, eine ganze Weile zu bleiben. »Bereiten Sie sich vor, Klarschiff zu geben. Schauen wir doch mal, wie gut unsere neue Crew ist.«

Travis hatte schon die Versiegelung des ersten Stiefels gelöst und machte sich gerade am zweiten zu schaffen, als Fornier ihn bemerkte. Bisher hatte er sich auf der oberen Pritsche ihrer winzigen Kajüte gelümmelt und sich irgendwo in den Tiefen seines Tablet-Rechners verloren, weshalb er erst verspätet zu bemerken schien, dass er nicht mehr allein im Raum war.

»Ach, *da* steckst du!«, meinte er, als er über die Kante des Bettes spähte. »Hat Bajek dir eine Extra-Schicht aufs Auge gedrückt? Oder hast du einfach schon ein bisschen früher als alle anderen mit dem Feiern angefangen?«

»Was feiern wir denn?«, fragte Travis zurück.

»Na, den unmittelbar bevorstehenden Landgang natürlich!«, erklärte Fornier. »Erzähl mir bloß nicht, du würdest dich nicht darauf freuen, endlich mal wieder ein paar Wochen auf der Planetenoberfläche zu verbringen!«

Travis zuckte mit den Schultern. »Hängt davon ab, ob der Ortungssensor von Schnellfeuerkanone zwo endlich ausgetauscht werden soll. Wenn ja, dann schon. Sonst eher nicht.«

»Hmpf«, kommentierte Fornier. »Wenigstens gibst du jetzt nicht mehr Locatelli die Schuld daran.«

Travis verzog das Gesicht. Nein, er gab dem jungen Ensign nicht mehr die Schuld daran, dass der Sensor verrückt gespielt hatte. Zumindest nicht direkt.

»Er hätte das Problem erkennen und entweder selbst beseitigen oder melden müssen.«

»So, so«, gab Fornier zurück, und in seinem Tonfall schwang ein unüberhörbares und äußerst unangenehmes ›Ich weiß genau, was hier läuft‹ mit. »Wie viele Leute gehören zu deiner Abteilung, Travis?«

»Neun, mich mitgezählt.«

»Und wie viele von denen sind nutzlose politische Günstlinge wie Locatelli?«

Erneut verzog Travis das Gesicht. Es war ziemlich deutlich abzusehen, worauf Fornier hier hinauswollte. »Zwo vielleicht.«

»Zwo vielleicht, aha«, wiederholte Fornier. »Machen wir anderthalb daraus. Anderthalb von acht Personen – ach, sagen wir neun, schließlich bist du selbst kein bisschen politisch, und ich gehe einfach davon aus, dass du dich selbst nicht für nutzlos hältst. Also kommen wir hier auf siebzehn Prozent. Alles in allem betrachtet, ist das doch gar keine schlechte Quote.«

»Nein, wohl nicht«, räumte Travis ein. Aber Fornier ignorierte bei diesem Rechenbeispiel geflissentlich, dass das politische Problem umso schlimmer wurde, je weiter man in Nahrungskette und Hackordnung aufstieg. Solange Breakwaters Fraktion immer noch alles in ihrer Macht Stehende tat, um der Navy die Gelder zu streichen oder sie gleich ganz abzuschaffen, rannten sich die Polit-Heinis, die einzig für Ruhm und Ehre zur Navy gegangen waren, beinahe schon wechselseitig über den Haufen, um bis zu dem ersehnten eigenen Kommando aufzusteigen, bevor ihnen der Teppich unter den Füßen weggezogen würde.

Vielleicht würde König Edward diese Entwicklung aufhalten können. Sein Umbau- und Anwerbungsprogramm machte zumindest Fortschritte. Dass die Schlachtkreuzer *Swiftsure* und *Victory* wieder im aktiven Dienst standen, war auf jeden Fall ein gutes Zeichen.

Aber Travis hatte schon erlebt, wie ähnliche Bestrebungen im Laufe der Jahre immer wieder in der Versenkung verschwunden waren. Er ging nicht davon aus, dass es dieses Mal anders laufen würde.

Derzeit jedenfalls gab es mehr Earls und Barons in der Kommandostruktur, als man gebrauchen konnte.

Vielleicht war das der Endvektor aller Streitkräfte während langer Friedensphasen. Vielleicht ging der Trend immer mehr zu Offizieren, die ihren Posten ausschließlich aus politischen Gründen erhielten ... und zu Leuten, die nichts anderes konnten ... und zu den Herumtreibern, die glaubten, wenn man zur Navy ginge, könnte man bequem, gemütlich und in aller Ruhe durchs Leben schlendern. Vielleicht war das Einzige, was diese Entwicklung aufhalten könnte, ein neuer Krieg.

Trotzdem: So interessant es gewiss auch wäre, einmal zu sehen, wie sich diese drei Gruppen in einem echten, unerwarteten Gefecht schlagen würden, wünschte Travis dem Sternenkönigreich ganz gewiss keinen Krieg. Anderen Sternnationen im Übrigen auch nicht.

»Glaub mir, so schlimm ist das wirklich nicht«, setzte Fornier trocken hinzu. »Hier kann man wirklich nicht gerade von einer Travestie oder so was reden.«

Travis bedachte ihn mit einem finsteren Blick. »Nicht du jetzt *auch* noch«, knurrte er.

»'tschuldigung«, sagte Fornier, konnte sein Grinsen aber nur halb verbergen. »Das passt einfach so gut zu dir, weißt du? Wie um alles in der Welt fängt man sich eigentlich so einen Dauerspruch ein?«

»Ist 'ne lange Geschichte«, sagte Travis nur und widmete seine ganze Aufmerksamkeit wieder den Stiefeln.

»Okay, schon gut, dann erzähl's mir halt nicht«, sagte Fornier gleichmütig. »Aber ernsthaft jetzt: Glaub ruhig jemandem, der zwo Jahre im Einzelhandel gearbeitet hat, bevor er zur Navy gegangen ist: Achte einfach mal auf alle Verkäufer, Händler, Bürokraten und Amtspersonen, mit denen du während der zwo Wochen Landgang zu tun bekommst. Ich wette einen Hunderter, dass du auf deutlich mehr als siebzehn Prozent Idioten komm ...«

Unvermittelt dröhnten rings um sie Alarmsirenen; ihnen beiden blieb fast das Herz stehen. Zwei Sekunden lang war das Heulen mit voller Lautstärke zu vernehmen, dann verklang die Kakophonie beinahe schon zu einem Flüstern. »Klar Schiff zum Gefecht! Klar Schiff zum Gefecht!«, übertönte Commander Sladeks Stimme klar und deutlich den Alarm. »Für das gesamte Schiff gilt Bereitschaftsstufe eins! Ich wiederhole: Für das gesamte Schiff gilt Bereitschaftsstufe eins!«

Ein dumpfer Aufprall war zu hören, als Fornier von seiner Pritsche auf Deck sprang. Travis stand schon vor dem Notspind, zog die Raumanzüge hervor, warf Fornier den für ihn bestimmten Anzug zu und machte sich bereits daran, den eigenen anzulegen. »Ist ja 'n toller Zeitpunkt für einen Probealarm!«, knurrte Fornier.

»Wenn's ein Probealarm ist«, gab Travis zu bedenken.

»Sladek hat nicht gesagt, dass es *keiner* ist!«

»Er hat auch nicht gesagt, dass es einer ist«, versetzte Travis. »Aber Probealarm hin oder her, Bajek zieht uns beiden das Fell über die Ohren, wenn wir zu spät kommen, also mach voran!«

Als Travis eintraf, befanden sich vier der acht Männer und Frauen aus seiner Abteilung bereits auf ihren Gefechtsstationen. Verärgert stellte er fest, dass Ensign Locatelli nicht darunter war.

»Diagnoseprogramm?«, fragte er und schwebte in der Schwerelosigkeit, die im Bug des Schiffes nun einmal herrschte, auf seine Leute zu.

»Ist bereits gestartet«, bestätigte Strahlenwaffen-Techniker Zweiter Klasse Tomasello. »Die Peilung von Nummer zwo macht noch Schwierigkeiten ...«

»Long!«, hallte dröhnend Bajeks Stimme durch die beengte Abteilung. »Lieutenant Long?«

»Hier, Ma'am«, meldete sich Travis und entfernte sich von der Kühlleitung, die ihn in ihrer ganzen Breite fast verdeckt hatte.

»Der Captain will Sie auf der Brücke sehen«, sagte Bajek nur.

Travis riss unwillkürlich die Augen auf. »Auf der *Brücke,* Ma'am?«

»Auf der Brücke«, bestätigte sie scharf. »Ich übernehme hier.« Dann bedachte sie ihn mit einem finsteren Blick. »Und legen Sie los«, setzte sie hinzu. »Kurze, schnelle Schritte! Der Captain wartet nicht gern!«

16

»Jawohl, Ma'am«, sagte Travis. Mit einem Mal raste sein Puls.

Er manövrierte sich an ihr vorbei und schoss den Korridor hinab, geradewegs auf die Brücke zu. Sein ohnehin schon vor Anspannung verkrampfter Magen verwandelte sich obendrein gerade in einen dicken Klumpen Eis. Travis hatte keine Ahnung, was er jetzt wieder falsch gemacht hatte, aber wenn Castillo meinte, sich zu einem solchen Zeitpunkt mit ihm befassen zu müssen, musste es etwas wirklich Gravierendes gewesen sein.

Ebenso wie die anderen Offiziere an Bord der *Phoenix* hatte auch Travis schon seit den ersten Tagen seiner neuen Verwendung immer wieder turnusmäßig die Brückenwache übernommen. Aber er hatte sie noch nie unter Gefechtsbedingungen erlebt, und das Erste, was ihm auffiel, als er durch die Luke schwebte, war, wie ruhig alle zu sein schienen. Die Stimmen, die Befehle ausgaben oder Meldung machten, verrieten zwar eindeutig ein gewisses Maß an Anspannung, aber sie waren klar und deutlich und sehr beherrscht. Captain Castillo hatte sich in seinem Sessel angeschnallt, sein Blick wanderte methodisch über zahlreiche Displays. Commander Sladek wich auch jetzt nicht von seiner Seite, und gelegentlich tauschten die beiden leise Bemerkungen aus. Sämtliche Monitore waren eingeschaltet: Sie zeigten Position, Vektor und Beschleunigung des Schiffes ebenso wie den Status der beiden Bugraketenwerfer, des Lasers auf Mittschiffslinie und der drei Abwehrbatterien aus Schnellfeuerkanonen.

Genau in der Mitte des taktischen Displays stand der Gegner, der sich ihnen näherte.

Ein Kriegsschiff, keine Frage. Daran hatte die Signatur des Impellerkeils von Anfang an keine Zweifel gelassen. Derzeit legte das Schiff einhundertundzwanzig Gravos vor – was Travis nicht viel verriet: Praktisch jedes Kriegsschiff käme mit dieser Beschleunigung zurecht, die meisten schafften einiges mehr. Laut Abstandsmarker war der Feind etwas weniger als vierhunderttausend Kilometer von ihnen entfernt – bei ihrem derzeitigen Annäherungsvektor hieß das: etwas mehr als zwölf Minuten.

Seine erste Reaktion: Erleichterung. Ein Kriegsschiff konnte sich unmöglich so nah heranschleichen, ohne dass die Sensoren der *Phoenix* es erfassten. Fornier hatte recht gehabt: Das Ganze war bloß eine Übung.

Aber für welche Art Übung würde man Travis extra von seinem Posten fort auf die Brücke scheuchen? Wollte Castillo überprüfen, wie gut Bajek die Abteilung Vorschiffbewaffnung im Griff hatte? Diese Vorstellung kam Travis geradezu lächerlich vor.

»Lageabschätzung, Mr. Long?«

Das riss Travis abrupt aus seinen Gedankengängen. Castillo und Sladek hatten ihr leises Gespräch beendet und blickten zu ihm, Travis Long, hinüber.

Travis schluckte schwer. Warum fragten die beiden ausgerechnet *ihn*? »Eindeutig ein Kriegsschiff, Sir«, sagte er und versuchte verzweifelt, sein eingefrorenes Hirn wieder ans Laufen zu bringen, während sein Blick über die Vielzahl von Bildschirmen hastete. OPZ hätte mittlerweile längst eine Datenzusammenstellung und vielleicht sogar eine Identifikation ausspucken müssen, doch auf dem Bildschirm war immer noch nichts anderes zu sehen als die Zusammenstellung der Vorabberichte. Wahrscheinlich zickten wieder einmal die Sensoren der

Phoenix herum – wie so oft. »Aber nicht übermäßig aggressiv«, fuhr er fort und versuchte mit diesen Worten ein wenig Zeit zu schinden. »Die einhundertzwanzig Gravos, die sie vorlegt, dürften nur etwa siebzig Prozent des Standard-Beschleunigungsvermögens sein.«

»Bislang hat sie auf unseren Anruf nicht reagiert«, erklärte Sladek. »Wie würden Sie weiter vorgehen?«

Zu Travis immenser Erleichterung erwachte bei dieser Frage der Sensor-Identifikationsbildschirm endlich zum Leben. Das aufkommende Schiff gehörte tatsächlich zu ihnen: ein Schlachtkreuzer der *Triumph*-Klasse. Genau genommen handelte es sich um HMS *Invincible*, das Flaggschiff von Kampfgruppe Grüneins.

Einen Sekundenbruchteil lang war ihm neuerlich Erleichterung vergönnt: Das hier war tatsächlich nur eine Übung. Doch gleich darauf brachte sich der Eisklumpen, zu dem sein Magen mutiert war, in Erinnerung.

Grün-eins stand unter dem Kommando von Admiral Carlton Locatelli. Ensign Fenton Locatellis Onkel. Ensign Locatelli, über den Travis ständig Meldung machen musste.

Also befand sich Travis gerade auf der Brücke der *Phoenix* und wurde von seinem Captain um Rat gefragt, während Locatelli in ein simuliertes Gefecht gegen ihn zog.

Was um alles im All ging hier vor?

»Mr. Long?«, setzte Castillo auffordernd nach.

Unter gewaltiger Anstrengung gelang es Travis, sich zu konzentrieren und die Schreckensstarre abzuschütteln. »Wissen wir, ob sie allein ist?«, fragte er und blickte sich erneut auf der Brücke um. Nach allem, was er erkennen konnte, war die *Invincible* das einzige Schiff in der Nähe, aber Travis war nicht ganz bereit, allein dem zu vertrauen, was auf den entsprechenden Bildschirmen angezeigt wurde.

»Bestätigt«, beantwortete Sladek die Frage. »Es befindet sich nichts Weiteres in Reichw …«

»Raketenspur!«, bellte jemand.

Ungläubig zuckte Travis' Blick zum taktischen Display. Die *Invincible* hatte tatsächlich eine *Rakete* abgefeuert?

Natürlich war es nur eine Übungsrakete, ohne Gefechtskopf. Aber trotzdem war es einfach beispiellos, dass eine Rakete während einer Übung eingesetzt wurde.

Oder *überhaupt*, aus welchem Grund auch immer. Captain Davison hatte sich seinerzeit geweigert, eine der Raketen der *Vanguard* einzusetzen, obwohl es dabei im wahrsten Sinne des Wortes um Leben und Tod gegangen war. Captain Metzger hatte vor Secour den Einsatz einer Rakete angeordnet, ja, richtig. Sie durfte später stundenlange Anhörungen über sich ergehen lassen – und damals hätte nicht mehr viel gefehlt, und sie wären in eine *echte* Gefechtssituation geraten. Es hielten sich auch hartnäckig Gerüchte, der Captain der *Salamander* sei seines Kommandos vor allem deswegen enthoben worden, weil er beim *Ibicca*-Zwischenfall eine Rakete zum Einsatz gebracht habe.

Aber es war eindeutig ein neuer Impellerkeil auf den Displays zu sehen: der kleinere, kompaktere Keil einer Rakete, die geradewegs auf die *Phoenix* zuhielt. Entweder hatte Locatelli einen speziellen Dispens erhalten, oder es interessierte ihn einfach nicht mehr, was das Parlament dachte.

»Beschleunigung drei fünf null null Gravos; Zeit bis Einschlag: zwo Minuten, vierzig Sekunden«, meldete der taktische Offizier.

»Schnellfeuerkanone bereit machen«, befahl Castillo ruhig. »Fünfzehn Sekunden vor dem abgeschätzten Einschlag eigenständig das Feuer eröffnen.«

Scharf sog Travis den Atem ein. Das war, das wusste er genau, exakt die vorgeschriebene Reaktion auf einen Angriff mit Raketen. Die selbstlenkenden Geschosse der Schnellfeuerkanone mit ihrer effektiven Reichweite von einhundertundfünfzig Kilometern waren darauf ausgelegt, sich einer einkommenden Rakete in den Weg zu stellen und zu explodieren. Dabei entstand eine massive Schrapnellwand, die alles zerriss, was sie zu durchqueren versuchte – vor allem etwas, das sich mit einer Geschwindigkeit von fünftausend Kilometern pro Sekunde bewegte. Und genau das war die Endgeschwindigkeit einer Rakete.

So zumindest *sollte* es laufen. Da eine Rakete erst eine Zweihundertstelsekunde, bevor sie ihr Ziel traf, die Schrapnellzone erreichte, gab es immer nur zwei Möglichkeiten: Entweder die Taktik funktionierte tadellos und prächtig, oder sie scheiterte grandios und katastrophal. Doch generell funktionierte sie schon. Zumindest in Simulationen.

Nur dass dies hier keine Simulation war. Und die Ortung von Schnellfeuerkanone Nummer zwo der *Phoenix* arbeitete nicht einwandfrei.

»Haben Sie einen Einwand, Mr. Long?«, erkundigte sich Castillo.

Travis zuckte zusammen. Ihm war nicht bewusst gewesen, dass er etwas laut ausgesprochen hatte. »Wir haben Schwierigkeiten mit der Schnellfeuerkanone, Sir«, sagte er. »Ich überlege gerade ...« Er hielt inne, denn plötzlich wurde ihm bewusst, wie ungeheuerlich anmaßend er hier gerade war: Er, ein einfacher kleiner Lieutenant, versuchte dem *Captain* des Schiffes zu erklären, wie dieser seinen Job zu machen habe?!

Aber wenn Castillo über die Einwände des einfachen kleinen Lieutenants verärgert war, ließ er es sich nicht anmerken. »Fahren Sie fort«, sagte er nur.

Travis straffte die Schultern. Schließlich hatte man ihn gefragt. »Ich überlege, ob es besser wäre, die aufkommende Rakete mit dem Keil abzufangen«, sagte er. Die Worte sprudelten geradewegs aus ihm heraus, weil er befürchtete, jeden Moment die Nerven zu verlieren. »Wenn die Rakete ventral aufkommt, besteht die Möglichkeit, dass die Schnellfeuerkanonen nicht ausreichen, um sie aufzuhalten.«

Möglicherweise hatten Castillos Lippen gezuckt. Aber sein Nicken fiel kräftig genug aus. »Ruder, Neigungswinkel sechsundzwanzig Grad positiv«, befahl er.

»Neigungswinkel sechsundzwanzig Grad positiv, aye, aye, Sir«, bestätigte der Rudergänger sofort. »Änderung des Neigungswinkels um sechsundzwanzig Grad positiv eingeleitet.«

Auf dem taktischen Bildschirm veränderte sich die Ausrichtung der *Phoenix* relativ zum aufkommenden Geschoss: Quälend langsam zog das Schiff die Nase höher und höher. Angespannt betrachtete Travis die Displays, während die einkommende Rakete mit wachsender Geschwindigkeit näher und näher kam. Er fragte sich, ob sein vorgeschlagenes Manöver womöglich zu spät eingeleitet worden war.

Zu seiner großen Erleichterung war das nicht der Fall. Die Rakete war noch sechsundzwanzig Sekunden entfernt, als die vorderste Kante des Keilbodens der *Phoenix* deren Vektor schnitt.

»Countdown bis zum Einschlag beibehalten«, entschied Castillo. »Ausweichbewegung: einen Kilometer backbord.«

Als der Rudergänger den Befehl wiederholte, runzelte Travis die Stirn. Einen gewissen Bewegungsspielraum innerhalb seines Keils besaß jedes Schiff – vor allem bei der Nullbeschleunigung, wie sie die *Phoenix* derzeit vorlegte.

Aber das Schiff in dieser Weise zu bewegen, war nicht ganz einfach und kostete auf jeden Fall Manövrierfähigkeit. Was hatte Castillo vor?

»Rakete hat den Keil getroffen«, verkündete der Taktische Offizier. »Anweisungen?«

Castillo blickte schweigend zu Travis hinüber und hob fragend die Brauen. »Vorschläge, Mr. Long?«, setzte er dann noch hinzu.

Travis starrte das taktische Display an: Darauf war die Position der *Invincible* nun mit blinkendem Rot markiert. Das zeigte an, dass diesbezügliche Informationen auf den mehr als ungenauen Gravitationsdaten der *Phoenix* basierten. Schließlich mussten die zugehörigen Sensoren dafür den eigenen Keil mit all seinen Verzerrungseffekten durchdringen. Zumindest derzeit befanden sich beide Schiffe in einer Pattsituation. Die *Phoenix* konnte nicht das Feuer auf einen Gegner eröffnen, den sie für ein Anvisieren nicht sauber genug orten konnte, und ihr Keilboden, der nun geradewegs zwischen den beiden Schiffen stand, schützte sie vor allem, was die *Invincible* ihr entgegenschleudern mochte.

Doch die *Phoenix* war ein Schiff der Royal Manticoran Navy. Ihre Aufgabe bestand nicht darin, in geschützter Position untätig im All zu stehen. Ihre Aufgabe war es, das Volk des Sternenkönigreichs zu beschützen. Worum auch immer es bei dieser Übung gehen sollte und nach welchen Kriterien Locatelli ihre Leistungen wohl bewerten würde: Wenn sich die *Phoenix* weiter nur hinter ihrem Keil verschanzte, würde diese Bewertung nicht positiv ausfallen.

»Mein Vorschlag lautet, wieder den ursprünglichen Neigungswinkel einzunehmen und vollen Sensorkontakt herzustellen, Sir«, sagte er. Er zögerte, denn die Vorschrift, die den Einsatz von Raketen faktisch untersagte, stand im eklatanten Widerspruch zu allem, was er im Rahmen seiner taktischen Ausbildung gelernt hatte. Aber wenn bei dieser Übung hier alles erlaubt und nichts verboten war, dann galt das gewiss für *alle* Teilnehmer. »Weiterhin schlage ich vor, ebenfalls den Einsatz von Raketen vorzubereiten.«

Dieses Mal hatten Castillos Lippen eindeutig gezuckt. Doch er nickte nur. »Sonst noch etwas?«

Travis runzelte die Stirn. Castillos Tonfall ließ ihn vermuten, dass er etwas übersehen hatte. Keil, Sensorkontakt, Raketen ...

Natürlich! »Weiterhin empfehle ich Feuerschutz durch die Schnellfeuerkanonen, sobald der Gegner wieder erfasst wurde.«

»Gut.« Castillo vollführte eine Handbewegung. »Neigungswinkel sechsundzwanzig Grad negativ, Raketen und Schnellfeuerkanonen bereit machen.«

»Neigungswinkel sechsundzwanzig Grad negativ, aye, aye, Sir.«

»Raketen und Schnellfeuerkanonen bereit machen, aye, aye, Sir.«

Wieder veränderte sich die Anzeige auf dem taktischen Display. Wie bei Formaldiensthaltung Vorschrift, nur dass es jetzt Anspannung war, presste Travis die Daumen der gestreckten Hände fest gegen die Zeigefinger. Aus dem Vorschiff war gedämpftes Grollen zu hören: Die Schnellfeuerkanonen hatten das Feuer eröffnet. Die rote Markierung rings um die *Invincible* verschwand, kaum dass die Sensoren den Schlachtkreuzer wieder erfasst hatten ...

»Raketenspur!«, bellte der Taktische Offizier.

Travis blinzelte. Viel zu schnell, er hatte gar nichts gesehen! Aber der Vektor auf dem Taktischen Display zeigte deutlich, dass die einkommende Rakete haarscharf am Schussfeld der falsch ausgerichteten Schnellfeuerkanone Nummer zwo und dann in einem Abstand von elf Kilometern an der *Phoenix* selbst vorbeigejagt war. Sie würde ihren Weg mit derselben Geschwindigkeit fortsetzen und unweigerlich am Dach des Keils zerschellen.

Verwirrt verfolgte Travis den Kurs auch dieser Rakete auf dem Display. Wie hatte es eine zweite Rakete überhaupt schaffen können, sich an den Sensoren vorbeizuschleichen? Und noch rätselhafter: Wie hatte Locatelli es geschafft, die Genehmigung für den Einsatz nicht nur einer, sondern gleich *zweier* Übungsraketen einzuholen? Travis hatte den Gedanken noch nicht ganz zu Ende gebracht, als der Combildschirm aufflammte und Admiral Locatelli persönlich darauf erschien. Wenn man vom Teufel spricht.

»Also, Captain«, drang die Stimme des Admirals dröhnend aus dem Lautsprecher, »ich glaube, damit habe ich Sie erledigt.«

»So gut wie, Sir«, entgegnete Castillo ruhig. »Mir scheint, Sie werden feststellen, dass Ihre Rakete uns *nicht ganz* erwischt hat.«

Locatelli runzelte die Stirn; sein Blick fiel auf etwas außerhalb des Aufzeichnerbereichs. Sein siegesgewisses Lächeln bekam eine unverkennbar säuerliche Note, und er knurrte, widerstrebend anerkennend: »Clever. Aber Sie sind immer noch blind wie ein Maulwurf – diese Rakete hätte Ihre ganze Ortung zerstört. Die Telemetrie auch.«

»Ich kann immer noch Raketen starten lassen«, gab Castillo zu bedenken.

»Nur wenn noch ein weiteres Schiff in der Nähe wäre, dem Sie die Telemetrie der Raketen überlassen könnten«, versetzte Locatelli, »was nicht der Fall ist.« Er schüttelte den Kopf. »Alles in allem, Captain, scheint mir Ihre Reaktion auf die Lage ein wenig schlampig. Vielleicht sollten Sie Ihrem Taktischen Offizier ein paar zusätzliche Schulungsstunden zur Auffrischung verpassen.«

»Ich habe nicht mit meiner üblichen taktischen Mannschaft gearbeitet, Sir«, gab Castillo zu bedenken. »Einer meiner anderen Offiziere hat den Einsatz geleitet.«

Locatelli schniefte lautstark. »Dieser andere Offizier hat noch eine ganze Menge zu lernen.«

»Jawohl, Sir.« Mit neutraler Miene – dessen war sich Travis sicher – blickte Castillo zu ihm herüber. »Ich glaube, das ist ihm bewusst.«

Ungläubig versuchte Travis die Situation zu begreifen, sein Magen wieder ein Eisklumpen. Sollte er glauben, ein Admiral der Royal Manticoran Navy könnte sich eventuell all diese Mühe gemacht haben, um einem jungen, unerfahrenen Offizier, der ihn verärgert hatte, gehörig auf die Finger zu klopfen? Nein, unmöglich und obendrein anmaßend!

Travis' eigener Captain jedoch war aktiver Teil der Demütigung. So paranoid Travis war, damit hatte er nicht gerechnet, nicht damit, dass Castillo ihn in dieser Weise vor der gesamten Brückenbesatzung der *Phoenix* fertigmachte ...

Er schluckte. Verraten und verkauft hatte man ihn. Der Schmerz war groß, aber tapfer kämpfte er dagegen an. Castillo war immer noch sein Vorgesetzter, und als solcher erwartete er eine Antwort auf diese unausgesprochene Frage. »Jawohl, Sir«, brachte er heraus.

»Perfektion ist ein hehres Ziel«, fuhr Castillo fort, den Blick immer noch auf Travis gerichtet. »Da verliert man durchaus aus dem Blick, dass Perfektion nur der *Weg* ist, nicht das Ziel selbst.«

Ich habe niemals behauptet, perfekt zu sein! Der Protest, der Travis sofort durch den Kopf schoss, blieb unausgesprochen. Ganz offenkundig war das die Retourkutsche für sein Beharren darauf, dass Ensign Locatelli gefälligst anständige Arbeit zu leisten hätte. Weder Castillo noch der Admiral wären also an logischen Argumenten interessiert.

Oder an jämmerlichen Ausflüchten, und genauso würde alles, was er jetzt sagte, aufgefasst werden. Unweigerlich. »Ich verstehe, Sir«, sagte er daher nur. »Ich werde die heutige Lektion auf jeden Fall beherzigen.«

»Dessen bin ich mir sicher.« Castillo wandte sich wieder dem Combildschirm zu. »Weitere Befehle, Admiral?«

»Derzeit nicht«, entgegnete Locatelli, und in seinem Tonfall schwang – dezent, aber doch unüberhörbar – Befriedigung mit. »Gehen Sie wieder auf Kurs nach Manticore. Ich wünsche so rasch wie möglich eine vollständige Analyse des Verhaltens Ihrer Besatzung im Rahmen dieser Übung.«

»Sie wird Ihnen vorliegen, sobald Sie von Ihrer Schulungsfahrt zurückgekehrt sind, Sir«, versprach Castillo.

»Gut«, entgegnete Locatelli. »Weitermachen.« Er streckte die Hand aus dem Aufzeichnerbereich heraus, und sein Abbild verschwand.

Sobald Locatelli den Comschalter betätigt hatte, verschwand das Abbild der Brücke der *Phoenix* vom Bildschirm.

»Ausgezeichnet«, sagte der Admiral, sichtlich befriedigt. »Die Daten zu den einzelnen Aktionen werden wir uns natürlich sehr genau anschauen, aber bislang sieht es ganz so aus, als wäre die Übung recht gut gelaufen.«

»Jawohl, Sir«, sagte Metzger und achtete dabei darauf, nicht nur möglichst neutral zu klingen, sondern ihrem Vorgesetzten nicht ihr Gesicht und den verräterischen Ausdruck darauf zu zeigen.

Ein nutzloses Unterfangen. Wie stets, wusste der Admiral auch dieses Mal genau, was sie gerade dachte. »Sie missbilligen die Entwicklung?«

Sie zögerte. Doch Locatelli hatte seine leitenden Offiziere schon immer dazu aufgefordert und ermutigt, stets geradeheraus zu sprechen. »Ich bin lediglich der Ansicht, dass diese

Übung auch ihre Schattenseiten hatte, Sir. Die Entscheidungen hätten von Captain Castillos taktischem Team kommen sollen, nicht von einem jungen, unerfahrenen Offizier.«

»Mit anderen Worten: Sie missbilligen, dass Castillo Lieutenant Long eine Lektion erteilt hat, einen Denkzettel?«

Metzger verzog das Gesicht. War sie wirklich so leicht zu durchschauen? »Ich missbillige den Zeitpunkt und den Ort für diese Lektion«, schwächte sie ihre bisherige Aussage ab. »Diese Übung war wirklich teuer. Daher wäre es nach meinem Dafürhalten besser gewesen, wenn man sich ganz auf deren eigentliches Ziel konzentriert hätte.«

»Das eigentliche Ziel einer jeden Übung ist, die Navy besser werden zu lassen«, gab Locatelli zurück. »Manchmal werden auf diese Weise Offiziere und Mannschaftsdienstgrade gleichermaßen aus ihrer Alltagsroutine und der damit einhergehenden Selbstzufriedenheit aufgerüttelt. Manchmal werden bei derlei Übungen Fehler in der Ausrüstung oder in der Taktik offenkundig. Und manchmal werden durch derlei Übungen wichtige Lektionen erteilt.« Er schwieg einen Moment, ehe er fortfuhr: »Oder sind Sie der Ansicht, Ihrem prächtigen Lieutenant Long müsse nicht hin und wieder eine Lektion erteilt werde?«

Metzger biss die Zähne zusammen. Long war schlau und einfallsreich ... und ihres Erachtens ein aufgehender Stern am Himmel der nächsten Navy-Offiziersgeneration.

Aber verdammt noch mal: Der Admiral hatte recht! In Longs Denken gab es wirklich ein paar tote Winkel, und dagegen musste unbedingt etwas unternommen werden.

»Long hat ohnehin schon genug Schwierigkeiten im Umgang mit anderen«, erläuterte sie. »Ihn vor der Brückencrew seines Schiffes wie einen Idioten hinzustellen, wird ihm die Sache nicht vereinfachen.«

»Ich bin nicht der Ansicht, ihn wie einen Idioten hingestellt zu haben«, entgegnete Locatelli. »Aber wenn ich Ihrem Gedankengang zunächst einmal folge, bleibt ihm damit immer noch die Wahl: Friss, Vogel, oder stirb. Hopp oder topp? Schafft er's, oder schafft er's nicht?« Er deutete auf ihre Instrumente. »Und während Lieutenant Long über diese Wahl sinniert, könnten Sie sich schon daransetzen, die Daten über diese Übung zusammenzutragen. Ich möchte wissen, wie gut sich die *Invincible* angestellt an – idealerweise, noch bevor wir die Ergebnisse der *Phoenix* erhalten.«

»Aye, aye, Sir«, sagte Metzger.

Aus dem Augenwinkel blickte sie dem Admiral hinterher, bis er die Brücke verlassen hatte. Dann wandte sie sich wieder ihren Displays zu. Unentschlossenheit nagte an ihr.

In gewisser Hinsicht hatte Locatelli ja ganz recht: Long brauchte tatsächlich ein bisschen mehr Erfahrung mit der realen Welt, und eine solche Übung kam einem echten Gefecht noch am nächsten.

Aber dass sein Captain ihm diese Erfahrung auf derart unschöne Weise verschafft hatte …

Metzger verzog das Gesicht. *So wild war's jetzt auch nicht!*, sagte sie sich mit fester Stimme. Demütigungen kamen bei der Navy immer wieder vor. Verbale Einläufe hatte Long schon mehr als genug bekommen; er würde auch diesen hier überstehen.

Trotzdem wurde Allegra Metzger das Gefühl nicht los, etwas zu übersehen. Vielleicht sollte sie sich das Ganze ein wenig genauer anschauen?

Sie straffte die Schultern. Warum denn auch nicht? Long war ein guter Offizier, und Castillo war ein anständiger, kompetenter Captain, mit dem sie sich wirklich gut verstand. Außerdem gab es ganz gewiss keinen Grund, weswegen zwei Captains, deren Schiffe zufälligerweise nahe genug für ein zwangloses Gespräch beieinanderstanden, nicht ein wenig miteinander plaudern sollten. Vor allem, wenn sie beide gerade eine wichtige Übung hinter sich gebracht hatten.

»Signal, nehmen Sie Kontakt zur *Phoenix* auf«, befahl sie. »Meinen Gruß an Captain Castillo. Erkundigen Sie sich bitte, wann er wohl Zeit für ein kleines, privates Gespräch hätte.«

»Jawohl, Ma'am.«

»Und«, setzte Metzger hinzu, »sehen Sie bitte zu, dass Sie das Wort ›privat‹ hinreichend betonen.«

»Alarmstufe eins aufheben«, befahl Castillo. »Kurs nach Manticore wiederaufnehmen. Und bringen Sie die rotierende Sektion wieder auf Sollgeschwindigkeit.«

Dann wandte er sich an Travis. »Die erste Regel im Gefecht, Mr. Long: Erwarten Sie stets das Unerwartete. In diesem Falle konnte die *Invincible*, weil wir nicht beschleunigt haben und einen relativ gut vorhersagbaren Kurs angelegt hatten, im Keilschatten der ersten Rakete eine zwote an unseren Sensoren vorbeischmuggeln. Wenn der Angreifer bei einem solchen Manöver besonders geschickt vorgeht und das Timing hinbekommt, kann er dafür sorgen, dass der Keil der hinteren Rakete genau zu dem Zeitpunkt ausbrennt, in dem die vordere Rakete am Keil des Zielobjektes zerschellt. Wenn dann nichts auf den Displays zu sehen ist, bleibt einem Schiff, das zuvor den Neigungswinkel verändert hat, gerade genug Zeit, wieder in die Ausgangsposition zurückzukehren, bis die zwote Rakete eintrifft.«

»Manchmal kann man so ein Manöver daran erkennen, dass während der Annäherungsphase kurzzeitig doch der zwote Keil aufblitzt«, setzte Sladek hinzu. »Ein weiteres Warnzeichen ist verzögertes Ansprechen der vorderen Rakete auf die Steuerung, weil die Übertragung der Telemetriedaten gestört ist. Schließlich befindet sich diese Rakete im Funkschatten der zwoten.«

»Jawohl, Sir«, entgegnete Travis. Wenn die Rakete mit einem Fusionsbooster auf den Weg geschickt wurde, wie das bei der Royal Manticoran Navy fast immer der Fall war, könnte man bei deren Start ein charakteristisches Aufflackern orten. Außerdem würde das angreifende Schiff seine Beschleunigung zumindest kurzzeitig drosseln, um sicherzustellen, dass sich die Rakete weit genug entfernt hätte, bevor sie ihren Keil aufbaute.

Das alles war natürlich bei den Taktikschulungen für Ressortoffiziersanwärter behandelt worden. Aber im Eifer des Gefechts und wo ihm die Rolle des Kommandanten derart unerwartet zugefallen war ...

Er verkniff sich den Gedanken fortzuführen. Oder vielmehr: die Suche nach Ausflüchten. Man hatte ihm eine Aufgabe übertragen, und Lieutenant Travis Long hatte sie vergeigt. So einfach war das.

Wenn das hier keine Übung gewesen wäre, bei der entsprechend keine echten, sondern nur Übungsraketen zum Einsatz gekommen waren, dann wären er und alle anderen an Bord der *Phoenix* jetzt vermutlich tot. »Jawohl, Sir«, wiederholte er. »Ich bedauere, Sir.«

Castillo stieß ein Brummen aus, während er den Sicherheitsgurt löste, der ihn an seiner Konsole hielt. »Bedauern ist nicht nötig, Lieutenant. Nötig ist nur das Lernen.« Er deutete auf das taktische Display. »Wie gesagt: Für diesen Trick muss man neben einer guten Portion Glück das Timing genau hinbekommen und viel Geschick mitbringen. Zu Ihren Aufgaben als Offizier der Royal Manticoran Navy gehört, beides nach

Kräften zu kultivieren ... und davon auszugehen, dass Ihnen Ihr Gegner in nichts nachsteht.«

Er schwebte von seinem Sessel, orientierte sich kurz im Raum, stieß sich dann ab und schwebte quer durch die Brücke. Rasch wich Travis aus, um dem Captain nicht im Weg zu sein. »Mr. Sladek, gehen Sie wieder auf Bereitschaftsstufe fünf«, wies der Captain über die Schulter hinweg seinen Ersten Offizier an. »Mr. Long, Sie können für die Nachbesprechung zu Ihrer Station zurückkehren.«

»Jawohl, Sir«, bestätigte Travis. Lektion erteilt, Lektion gelernt, und schon war der Captain wieder beim Alltagsgeschäft angekommen.

Travis würde die Lektion dieses Tages nicht vergessen, das versprach er sich hoch und heilig. Die *ganze* Lektion.

Sie würde ihn sein Leben lang begleiten.

»Eines muss ganz klar sein, Allegra«, sagte Castillo, »was ich Ihnen gerade gesagt habe, bleibt auf jeden Fall unter uns.«

»Selbstverständlich«, bestätigte Metzger mit einem widerlich sauren Geschmack im Mund. So einfach. So offensichtlich!

Und so ... unvermeidbar.

Auf der einen Seite: Lieutenant Travis Long, ein einfallsreicher, schlauer junger Mann, der sich immer und überall und bis ins letzte Detail an Vorschriften, Regeln und Dienstanweisungen hielt – vor allem, wenn es um die vorschriftsmäßige Wartung und Verwendung von Systemen ging. Auf der anderen: Ensign Fenton Locatelli, der ganz und gar keinen Einfallsreichtum besaß und den die Geschichte seiner Familie eine Größe anstreben ließ, die er frühestens in mehreren Jahren erreichen mochte – wenn überhaupt. Natürlich mussten die beiden aneinandergeraten! Und dass sie ausgerechnet über ein fehlerhaftes Ausrüstungsteil aneinandergeraten waren, von dem sie beide nicht gewusst hatten, dass es beschädigt war und sich nicht warten *ließ*, hatte die Aufmerksamkeit des zurecht angesehenen Onkels besagten Ensigns auf sich gezogen.

Castillo war ein guter Offizier und ein guter Captain. Aber er war sich auch sehr genau bewusst, wie das Sternenkönigreich im Ganzen funktionierte ... und welcher Aufruhr sich genau dort ergab, wo die politischen Aspekte der Flotte und des Oberhauses aufeinandertrafen. Longs beständige Schwierigkeiten mit Ensign Locatelli mochten sich nicht nur früher oder später zugunsten aller Gegner der Navy ausnutzen lassen, sondern gefährdeten auch Castillos eigene Position und dessen Status.

Also hatte er, als sich eine Gelegenheit dazu geboten hatte, Long mit der Nase darauf gestoßen, dass niemand perfekt war.

Nur dass das nicht funktionieren würde, das wusste Metzger genau. Vorerst mochte Long ja eingeschüchtert sein, aber früher oder später würde sich seine prinzipielle Unfähigkeit doch wieder manifestieren, bei dem einen oder anderen Regelverstoß ein Auge zuzudrücken. Wenn Ensign Locatelli Schwierigkeiten machte, würde Long keinen Moment lang zögern, einen entsprechenden Vermerk in der Personalakte vorzunehmen.

Long war ein wirklich guter Soldat. Aber er hatte keine Ahnung, wie Politik funktionierte.

Allegra Metzger war sich ziemlich sicher, dass Castillo das ebenfalls wusste.

»Wie sehen Ihre Pläne aus?«, fragte sie.

»Idealerweise würde ich die beiden gern voneinander trennen«, antwortete Castillo mit schwerer Stimme. »Der eine bleibt in der Abteilung Vorschiffbewaffnung, der andere wird zur Heckschnellfeuerkanone versetzt. Das Problem ist: Long ist für diese Versetzung entschieden zu qualifiziert, und ich bezweifle, dass der Admiral es sonderlich wohlwollend aufnehmen würde, wenn ich auf diese Weise seinen Neffen derart offenkundig zurücksetze.«

»Und wenn Sie einen der beiden von Ihrem Schiff zu einem anderen abkommandieren?«

»Wie soll das denn gehen?«, fragte Castillo sofort nach. »Ich habe doch praktisch versprochen, Locatelli zumindest eine Weile hierzubehalten – fragen Sie nicht! Und als ich das letzte Mal nachgeschaut habe, gab es keine freie Planstelle für einen Artillerieoffizier, auf die ich Long verschieben könnte.«

»Und was ist mit einer Verwendung an Land?«

»Er ist doch gerade erst von BuShips gekommen. Ihn jetzt gleich wieder auf eine Verwendung an Land zu schicken, würde sich in seiner Personalakte wahrscheinlich nicht allzu gut machen, und das will ich ihm wirklich nicht antun. Von seiner Anfälligkeit für Persönlichkeitskonflikte einmal abgesehen, macht er sich wirklich ziemlich gut als Offizier.«

»Und schlau ist er auch«, setzte Metzger hinzu. Plötzlich kam ihr eine Idee. Es war vielleicht ein wenig weit hergeholt, aber doch nicht so außergewöhnlich, dass es andere beunruhigen könnte. »Wie schätzen Sie Longs heutige Leistung ein? Ganz inoffiziell?«

»Inoffiziell hat er sich wirklich gut geschlagen«, antwortete Castillo. »Vor allem, wenn man bedenkt, dass er wirklich ohne jegliche Vorwarnung einfach ins kalte Wasser geworfen wurde. Ein bisschen mehr Erfahrung, ein bisschen mehr Übung, und er dürfte einen ziemlich brauchbaren Taktischen Offizier abgeben.«

»Und wie sieht's jetzt gleich aus?«, setzte Metzger nach. »Natürlich nicht als T-O, aber als Zwoter T-O?«

»Wissen Sie denn von einer freien Zwo-T-O-Stelle?«

»Vielleicht«, entgegnete Metzger. »Der Umbau der *Casey* ist fast abgeschlossen. Vielleicht ist die Stelle ja noch frei.«

»Sie belieben wohl zu scherzen!«, versetzte Castillo und schnaubte lautstark. »Die halbe Royal Manticoran Navy will an Bord dieses Schiffes Dienst tun!«

»Was bedeutet, dass vielleicht noch keine endgültigen Entscheidungen getroffen wurden«, gab Metzger zu bedenken. »Ich an Ihrer Stelle würde den Vorschlag an Verteidigungsminister Dapplelake persönlich schicken.«

Eine kurze Pause schloss sich an. »Dapplelake«, wiederholte Castillo schließlich und beinahe schon tonlos. »Gibt es da etwas, das ich über Long unbedingt wissen sollte, Captain?«

»Nichts, was irgendwie relevant wäre«, wich Metzger aus. Gewiss, es gab da einige Details hinsichtlich des Secour-Zwischenfalls, die immer noch nur den obersten Rängen des Sternenkönigreichs bekannt waren – Details, über die Stillschweigen zu bewahren Metzger ausdrücklich angewiesen worden war.

Aber der Verteidigungsminister wusste genau Bescheid über Longs Beitrag dazu, das potenzielle Desaster in einen nur geringfügig getrübten Sieg zu verwandeln. Ja, er wusste Bescheid, und Gleiches galt für König Edward. Gemeinsam sollten die beiden eigentlich in der Lage sein, die entsprechenden Strippen zu ziehen oder ziehen zu lassen.

»Ich kann Ihnen nur sagen, dass dem Verteidigungsminister alle relevanten Daten vorliegen«, setzte sie hinzu.

»Also gut, ich kann's ja mal versuchen«, entgegnete Castillo. »Aber nur, weil mich Ihre Idee wirklich interessiert. Wenn das Ganze tatsächlich klappt, dann schulden Sie mir einen Drink.«

»Das nächste Mal, wenn wir auf Manticore sind«, versprach Metzger.

»Und ...«, war es nun an Castillo, noch etwas hinzuzusetzen,

»... Sie schulden mir dann auch eine Erklärung. Eine volle Erklärung – genauso voll wie mein Glas!«

»Aber natürlich«, bestätigte Metzger und lächelte. »Also geht da ein halb volles Glas auf mich!«

Die darauffolgenden fünf Tage bewegte sich Travis wie auf rohen Eiern: Unablässig wartete er auf die unschönen Folgen, die sein Beitrag zu diesem Übungsfiasko zeitigen mussten.

Zu seiner Überraschung geschah nichts. Zumindest ihm nicht. Gerüchten zufolge verbrachte Captain Castillo ungewöhnlich viel Zeit in seiner Kajüte und sprach wieder und wieder mit System Command, doch weitere Details erfuhr man nicht, und Travis wurde niemals zum Captain gerufen. Da der *Phoenix* einiges an Wartungs- und Umbauarbeiten bevorstanden, standen die Chancen nicht schlecht, dass es in besagten langen Gesprächen vornehmlich darum ging.

Die *Phoenix* glitt in die für sie vorgesehene Parkposition im Orbit von Manticore, und Travis wagte allmählich wieder normal zu atmen, als der Hammer doch noch fiel.

»Du machst Witze«, sagte Fornier und starrten ihn mit großen Augen an. »Nach all dem Zeug wirst du *befördert*?«

»Zumindest werde ich versetzt«, korrigierte ihn Travis. »Ich glaube immer noch, dass das mit der Beförderung ein Irrtum ist.«

»Ach, bitte«, versetzte Fornier trocken, »solche Irrtümer unterlaufen BuPers nicht! Oder wenn doch, dann werden die das niemals zugeben. Außerdem ist es ja schon ein höllischer Sprung auf der Karriereleiter, *überhaupt* auf die *Casey* zu kommen!«

»Ja, vielleicht«, knurrte Travis, während er die Jacke seiner Paradeuniform vorsichtig ganz oben in seinen Seesack legte.

»Aber wenn Locatelli hinter der Sache steckt, dann könnte ›höllisch‹ auch noch auf ganz andere Dinge zutreffen!«

Fornier schüttelte den Kopf. »Du bist noch viel zu jung, um schon so zynisch zu sein«, sagte er. »Und wer sagt überhaupt, dass Locatelli was damit zu tun hat? Genauso gut könnte doch auch Castillo die Empfehlung ausgesprochen haben, dich zum Zwo-T-O der *Casey* zu machen.«

»Nach meiner großartigen Leistung auf der Brücke während dieser Übung?« Nun war es an Travis, den Kopf zu schütteln. »Höchst unwahrscheinlich.«

»Meinetwegen«, versetzte Fornier, dem allmählich die Geduld ausging. »Also hat Castillo beschlossen, dir eine Lektion in Bescheidenheit und Demut zu verpassen. Willkommen in der Welt der normalen Menschen! Aber vielleicht hat er, während er dir diese Lektion verpasst hat, auch etwas bei dir gesehen, das ihm gefallen hat – irgendein Potenzial, das ihm vorher noch nicht aufgefallen war.«

»Das bezweifle ich«, sagte Travis. »Ich habe eigentlich nichts anderes gemacht, als das Lehrbuch wiederzukäuen. Oder zumindest die Hälfte dessen, was im Lehrbuch steht. Nein, angesichts von Heissmans Ruf gehe ich davon aus, dass die mich bloß aus Castillos väterlicher Obhut entfernen und dafür eine Zeit lang unter einen richtigen Vorschlaghammer packen wollen.«

Einen Moment lang schwieg Fornier. Travis blickte sich in der Kajüte um, ging in Gedanken all die Dinge durch, die er bereits eingepackt hatte, und versuchte herauszufinden, ob er wohl doch noch etwas vergessen haben könnte.

»Es gibt immer zwo Wege, wie man an das Leben an sich herangeht, Travis«, unterbrach Fornier schließlich sein Nachdenken. »Entweder du gehst davon aus, dass alle anderen immer und überall hinter dir her sind. Dann musst du in jeder Situation stets wachsam bleiben und dich gegen Ärger wappnen. Oder du gehst einfach davon aus, dass zumindest die meisten Menschen ziemlich freundlich oder dir gegenüber zumindest völlig neutral eingestellt sind, und dass in den meisten Fällen alles schon irgendwie laufen wird.«

»Mir scheint Möglichkeit zwo eine prima Einladung, sich von anderen aufs Kreuz legen zu lassen.«

»Moment, ich habe nie gesagt, dass man nicht mit Ärger rechnen muss!« Unvermittelt grinste Fornier ihn an. »He, wir sind Flottenoffiziere! Es ist unser Job, immer mit Ärger zu rechnen. Ich will damit nur eines sagen: Wenn du immer damit rechnest, von anderen verraten zu werden, dann wirst du niemals jemandem vertrauen können.« Er zuckte mit den Schultern. »Und aus eigener Erfahrung weiß ich, dass es in der Welt da draußen eine ganze Menge Leute gibt, die dein Vertrauen wirklich verdienen. Nicht alle, natürlich. Aber doch eine ganze Menge. Genug.«

»Ja, vielleicht«, sagte Travis, versiegelte seinen Seesack und wuchtete ihn sich über die Schulter. »Ich denk drüber nach.« Er streckte seinem Kajütengenossen die Hand entgegen. »War prima, zusammen mit dir zu dienen und sich mit dir eine Kajüte zu teilen, Brad. Meld dich mal, ja?«

»Mach ich«, versprach Fornier, drückte Travis fest die Hand und schüttelte sie kräftig. »Alles Gute!«

BUCH DREI

1543 P. D.

17

Aus dem Lautsprecher des Wiederholdisplays in Llyns Kabine an Bord der *Score Settler* drang ein leiser Klingelton. Llyn schrak aus seinem leichten Schlaf auf und warf sofort einen Blick auf die Anzeige.

Endlich – endlich! Ein Hyperabdruck. McConnovitch und die *Hosney* waren eingetroffen.

Llyn rieb sich den Schlaf aus den Augen und genoss die Erleichterung, die ihn wie eine Welle trug. Seit zwei Wochen umkreiste die Mehrheit des Volsung-Kampfverbands den Roten Zwerg, nur einer der Schlachtkreuzer fehlte noch. Allmählich wurde Gensonne unruhig. Die frischen Daten, die McConnovitch aus Manticore mitbrachte, sollten ausreichen, um die anhaltenden Sorgen des Admirals hinsichtlich der Besonderheiten der Streitmacht, der er sich entgegenstellen wollte, deutlich zu lindern.

Ein weiterer Ton war zu hören: das Zeichen für einen eingehenden Anruf.

Llyn verdrehte die Augen. Das konnte unmöglich McConnovitch sein – die *Hosney* war noch mehr als neun Lichtminuten entfernt. Also: zweifellos Gensonne.

Und so war es auch. »Ist das jetzt endlich der Mann, auf den Sie warten?«, knurrte der Admiral.

»Ja, davon gehe ich aus«, antwortete Llyn.

»Wird auch Zeit«, versetzte Gensonne säuerlich. »Ich hoffe, nach all der Warterei hat er wenigstens etwas Anständiges vorzuweisen.«

»Da bin ich mir ganz sicher«, sagte Llyn und übte sich nach Kräften in Geduld. McConnovitch war gut – einer der besten Datenorganisatoren der ganzen Branche. Aber er neigte dazu, Termine eher als unverbindliche Vorschläge anzusehen. Angesichts der Arbeit, die er gemeinhin tat, war das sogar vernünftig.

Leider war Gensonne in dieser Hinsicht das genaue Gegenteil: Der Admiral behandelte Zeitpläne so, als hätte eine höhere Macht sie ihm ausgehändigt – und zwar in Stein gemeißelt. McConnovitch hatte sich an den jüngsten Zeitplan nicht gehalten, und der Admiral hatte sich nicht gescheut, Llyn in regelmäßigen Abständen seine Sicht der Dinge darzulegen: Von Schlamperei war die Rede.

Doch endlich hatte das Warten ein Ende. Wenn McConnovitch erst einmal bestätigt hätte, wie schwach die Royal Manticoran Navy tatsächlich war, könnte Llyn die Volsungs losschlagen lassen. Er selbst würde dann dorthin aufbrechen, wo seine Axelrod-Vorgesetzten schon auf die Meldung warteten, die Operation sei endlich in Angriff genommen worden. Bis Gensonne Landing eingenommen und Manticores Regierende in seiner Gewalt hätte, wären die Leute von Axelrod auch schon auf dem Weg, um das Ganze zu übernehmen.

Oder vielmehr: die Nation, mit der Axelrod inzwischen ein Geschäft abgeschlossen hatte und die nun, ganz offiziell, in das Sternenkönigreich einmarschieren und es erobern würden. Die Hand voll Ratgeber von Axelrod an Bord der betreffenden Schiffe würden sich selbstredend bedeckt halten und nur dort eingreifen, wo es erforderlich würde.

Es war wie bei jeder guten Marionettenshow: Wenn alle anständige Arbeit leisteten, würden selbst die harschesten Kritiker in Haven und der Solaren Liga die Fäden nicht erkennen.

Die Minuten verstrichen, und nach exakt neun Minuten klingelte Llyns Com. »Seine Nachricht trifft gerade ein«, berichtete er Gensonne. »Sobald ich sie entschlüsselt habe, leite ich sie weiter.«

Gensonne grunzte nichtssagend. »Machen Sie schnell«, setzte er dann noch hinzu.

»So schnell ich kann«, versprach Llyn. »Aber er wird die Daten zumindest zur Hälfte manuell verschlüsselt haben, also werde ich das ebenfalls zumindest zum Teil manuell machen müssen.«

»Das ist doch wohl ein Scherz!«, knurrte Gensonne. »Schon mal was von Computer-Verschlüsselungsalgorithmen gehört?!«

»Klar«, bestätigte Llyn. »Das sind die Dinger, die ein guter Hacker mühelos dazu nutzen kann, die betreffenden Systeme für jeden Außenstehenden ungeschützt offenzulegen. Manchmal sind die alten Methoden eben doch noch die besten.«

»Wenn Sie meinen. Aber beeilen Sie sich!«

»Mache ich.«

Llyn beendete das Gespräch und schaute dann nach, was es mit der jüngst eingegangenen Nachricht auf sich hatte. Es war ein Datenpaket, und die Ursprungs-ID verriet ihm, dass es tatsächlich von der *Hosney* stammte.

Er runzelte die Stirn und seine Nackenhaare stellten sich auf. Kein Gruß, keine Identifikation, nur das Datenpaket? Das passte gar nicht zu McConnovitch!

Die Übertragung endete, und der Bericht erschien auf seinem Display. Stirnrunzelnd begann Llyn zu lesen.

Und aus dem Kribbeln in seinem Nacken wurde ein ausgewachsener Schauer, der ihm über den Rücken lief.

Kampfgruppe Grün-zwo, die Kundschafter, Rufzeichen Janus: vier Schiffe.

Kampfgruppe Grün-eins, die Hauptverteidigungseinheit, Rufzeichen Aegis: neun Schiffe, darunter zwei Schlachtkreuzer. Nicht bloß einer, sondern gleich zwei!

Kampfgruppe Rot, die Verteidigungseinheit von Gryphon, Rufzeichen Backstop: vier Schiffe, darunter noch ein weiterer Schlachtkreuzer.

Llyn lehnte sich in seinem Sessel zurück und seine Lippen formten lautlos einen deftigen Fluch. Aus den zehn Schiffen, darunter ein Schlachtkreuzer, mit denen Gensonne rechnete, waren siebzehn Schiffe geworden, darunter nicht weniger als *drei* Schlachtkreuzer. Und dabei waren noch gar nicht die zwei Schlachtkreuzer und die sechs weiteren Kriegsschiffe mitgezählt, die McConnovitch als ›derzeit in Wartung oder Umbau‹ markiert hatte.

Das würde Gensonne nicht gefallen. Ganz und gar nicht. Vielleicht würde es ihm sogar so wenig gefallen, dass er einfach seine Siebensachen packte und nach Hause führe.

Angesichts dieser neuen zahlenmäßigen Größe der Royal Manticoran Navy gestattete der Vertrag, den Llyn und Gensonne unterzeichnet hatten, den Volsungs nicht nur, die vertraglich eigentlich vereinbarte Leistung nicht zu erbringen, sondern verpflichtete Axelrod zusätzlich noch zur Zahlung einer Stornogebühr, die sich gewaschen hatte.

Dass sich sein schöner Plan in diese Richtung entwickelte, würde Llyn nicht zulassen. Nicht, nachdem sie schon so weit gekommen waren!

Um sich zu beruhigen, atmete er erst einmal tief durch. Dann ging er die Zahlen noch einmal methodisch und systematisch durch.

Nachdem er sich etwas länger damit befasst hatte, erschien ihm die Lage längst nicht mehr so schlimm. Nein, wirklich nicht. Die Kampfgruppen Grün-eins und Grün-zwo waren zwar durchaus schlagkräftig, aber gerade weil sich die Schiffe auf zwei Untergruppen aufteilten, sollte Gensonne sie eine nach der anderen ausschalten können. Selbst wenn das nicht ginge, stünden dort immer noch bloß *zwei* Schlachtkreuzer der Royal Manticoran Navy den *drei* Volsung-Schlachtkreuzern gegenüber.

Und was noch besser war: Kampfgruppe Rot befand sich weit entfernt, stand drüben bei Manticore-B. Diese Schiffe würden also dem Geschehen lange fernbleiben und könnten sich frühestens dann zeigen, wenn die Schlacht schon längst geschlagen wäre. Zudem dürften die Schiffe, die sich derzeit noch für die Umbauten in der Werft befanden, gar nicht erst auftauchen.

Nein, Gensonne würde es hier nicht mit einem Gegner aufnehmen, mit dem er nicht zurechtkäme. Nicht mit seinen drei Schlachtkreuzern, seinen vierzehn anderen Schiffen und seinem beachtlichen Selbstvertrauen.

Es gab gewiss keinen Grund, den Admiral mit albernen, irreführenden Zahlen und unnötigen Bedenken zu belästigen.

Er nahm einige letzte feine Veränderungen an der Aufstellung vor, dann drückte er die Taste, um eine Verbindung zu Gensonnes Flaggschiff herzustellen.

»Ich habe den Bericht entschlüsselt, Admiral. Ich schicke ihn sofort zu Ihnen.«

»Danke«, gab Gensonne zurück. »Ich darf wohl davon ausgehen, dass sich die Lage seit Ihrem letzten Bericht nicht geändert hat.«

»Nicht nennenswert«, versicherte ihm Llyn, »nicht nennenswert.«

Commodore Rudolph Heissman, Kommandant des Leichten Kreuzers HMS *Casey* und zugleich Kommandeur der anderen drei Schiffe von Kampfgruppe Grün-zwo, war zweifellos ein viel beschäftigter Mann. Doch für Travis, der auf der anderen Seite von Heissmans Schreibtisch stand, wirkte es ganz so, als nehme sich der Commodore außergewöhnlich viel Zeit dafür, Travis' Marschbefehl zu studieren. Sein Erster Offizier, Commander Celia Belokas, saß neben ihm und schien ebenso wenig wie ihr Vorgesetzter in Eile zu sein.

Endlich, nach einer mittleren Ewigkeit, blickte Heissman auf. »Lieutenant Long«, sagte er, und sein sachlicher Tonfall ließ nichts von dem durchblicken, was er wohl denken mochte, »laut diesem Schreiben besitzen Sie beachtliches Potenzial.« Er schwieg, als erwarte er eine Antwort.

»Danke sehr, Sir«, war das Einzige, was Travis einfiel. Diese Worte, die ihm in seinen Gedanken durchaus sinnvoll erschienen waren, klangen nun, da sie laut ausgesprochen waren, furchtbar dämlich.

Diese Ansicht teilte Heissman anscheinend. »Wissen Sie, was ich höre, wenn jemand von beachtlichem Potenzial spricht, Mr. Long?«, fragte er, ohne dass sich seine Mimik auch nur im Geringsten änderte. »Ich höre Ausflüchte. Ich höre, dass da jemand nicht hart genug gearbeitet hat, um das zu erreichen, wozu er oder sie fähig wäre. Ich höre, dass da jemand nicht zur Royal Manticoran Navy passt. Ich höre, dass da jemand kein bisschen an Bord von HMS *Casey* gehört.«

»Jawohl, Sir«, sagte Travis. Diese Reaktion klang auch nicht besser als die letzte.

»Ich will kein Potenzial sehen«, fuhr Heissman fort, »ich will Ergebnisse sehen.« Fragend neigte er den Kopf zur Seite. »Wissen Sie, was die Aufgabe des Zwoten Taktischen Offiziers ist, Mr. Long?«

»Jawohl, Sir.« Dieses Mal klang es schon ein bisschen besser. Ein bisschen. »Dem Captain und dem Taktischen Offizier bei Manövern behilfli…«

»Das ist die *Stellenbeschreibung*«, fiel ihm Heissman ins Wort. »Aber die *Aufgabe* eines Zwo-T-O ist es, Muster und Fehler im

Verhalten der Gegenseite zu finden und sie beim eigenen Schiff zu vermeiden.«

Er blickte Travis geradewegs in die Augen, und seine Miene verhärtete sich. »Captain Castillo erwähnt hier oft das Wort ›Glück‹. An Bord meines Schiffes möchte ich Sie niemals dieses Wort aussprechen hören. Haben wir uns verstanden?«

»Jawohl, Sir«, sagte Travis.

»Gut«, brummte Heissman. »Wie ich schon sagte: Eine Ihrer Aufgaben ist es, die Schwächen Ihres eigenen Schiffes zu kennen und Mittel und Wege zu finden, sie zu minimieren. Der erste Schritt dabei besteht verständlicherweise darin, das Schiff kennenzulernen.« Er nickte dem Commander neben sich zu. »Aus diesem Grund hat sich Commander Belokas freundlicherweise bereit erklärt, Sie durch das Schiff zu führen. Passen Sie gut auf und behalten Sie alles im Gedächtnis, was sie zu sagen hat. Anschließend werden Sie erst einmal Stunde um Stunde mit dem technischen Handbuch des Schiffes verbringen, bevor Sie auch nur ansatzweise auf dem Laufenden sind.«

»Jawohl, Sir«, sagte Travis, dann richtete er den Blick auf Belokas. »Ma'am.«

Heissmans Augenbrauen wanderten einige Millimeter aufwärts. »Es sei denn, natürlich, Sie hätten sich vielleicht schon eine Weile mit dem technischen Handbuch befasst«, setzte er hinzu, als wäre ihm dieser Gedanke gerade erst gekommen. »Ist dem so?«

»Ja, Sir, dem ist tatsächlich so«, bestätigte Travis und zwang sich mit Macht dazu, nicht das Gesicht zu verziehen. Während der zwei Wochen, die er sich nun schon auf dem Planeten aufhielt, hatte er ungefähr achtzig Prozent sämtlicher nicht im Schlaf verbrachten Stunden dazu genutzt, alles durchzuarbeiten, was sich über die *Casey* und deren Ausstattung hatte auftreiben lassen. Angesichts all der bürokratischen Hürden, die er hatte überwinden müssen, um überhaupt auf das Handbuch zugreifen zu können, war er sich sicher, dass Heissman darüber bereits längst informiert war. »Natürlich nur die frei zugänglichen Informationen …«

»Dann werden Sie selbst die Führung übernehmen«, entschied Heissman. »Sie erklären Commander Belokas alles, was Sie wissen, und sie erstellt eine Liste von allem, was Sie noch nicht wissen. Klingt das fair für Sie?«

»Jawohl, Sir«, sagte Travis.

»Gut«, wiederholte Heissman. »In zwo Stunden haben Sie sich bei Lieutenant Commander Woodburn zu melden, also sollten Sie wohl lieber loslegen.« Er nickte knapp und richtete den Blick dann wieder auf den Bericht. »Wegtreten.«

»Ich hoffe, Sie verstehen diese Frage nicht falsch, Ensign«, sagte Captain Adrian Hagros steif und behielt seine Position im hinteren Teil der Hauptluke von HMS *Hercules* bei, »aber was zum Teufel machen Sie an Bord meines Schiffes?«

Kronprinz Richard Winton – oder besser: der frisch gebackene Ensign Richard Winton – verkniff sich ein Lächeln. Nicht wegen dieser Frage, auch nicht wegen der darin kaum verhohlenen Unverschämtheit, sondern einfach, weil er ganz genau wusste, welche Blicke die beiden Leibwächter aus dem King's Own Regiment, dem Garde-Infanterieregiment Seiner Majestät, dem Kommandanten der *Hercules* gerade zuwarfen.

Was dafür sorgte, dass Hagros in Richards Achtung noch ein wenig weiter stieg. So ungewöhnlich die Situation auch sein mochte: Der Mann gab nicht einfach klein bei. Jemand, der kein Blatt vor den Mund nahm.

»Ich bin Offizier der Royal Manticoran Navy, Sir«, rief er

Hagros höflich ins Gedächtnis zurück. »Ich bin hier, weil mich mein Marschbefehl hierher beordert hat.«

»Klar doch«, entgegnete Hagros. »Und Sie wurden nicht auf die *Invincible* oder die *Swiftsure* versetzt, weil ...«

»Weil Erfahrung mit kleinen Schiffen ebenso wichtig ist wie Erfahrung mit großen Schiffen, Sir«, antwortete Richard. »Weil die *Hercules* das Schiff ist, auf das ich gemäß der normalen Zuweisungsverteilung versetzt worden wäre. Und weil ich keine Sonderprivilegien wünsche.«

Eine ganze Reihe vertrauter Emotionen flackerte der Reihe nach über Hagros' Gesicht – man konnte darin lesen wie in einem offenen Buch. Zunächst einmal, dass ein breites Erfahrungsspektrum nur für jene Offiziere wichtig war, die tatsächlich Karriere bei der Navy machen wollten, und das traf auf Richard ja nun zweifellos *nicht* zu. Zweitens, dass Sonderprivilegien im Leben eines Kronprinzen wohl eher die Regel als die Ausnahmen waren, ob er das nun so wünschte oder nicht.

Richard wusste, dass Hagros genau das dachte, weil auch alle anderen immer genau das gedacht hatten – bei jedem einzelnen frustrierenden Schritt, den er im Leben zu tun anging.

Immerhin hatte Richard es bis hierher geschafft. Er hatte vermeiden können, auf einen gemütlichen, ruhigen Posten versetzt zu werden, ebenso Verwendungen vermeiden können, die glanzvoll und augenscheinlich nur dem Kronprinzen offenstanden. Er hatte seine Vorgesetzten sogar dazu nötigen können, ihn die ganz normale Laufbahn eines Ensign beschreiten zu lassen. Er würde sich nicht hier und jetzt aufhalten lassen, bloß weil der Captain der *Hercules* der Ansicht war, eine Korvette der *Pegasus*-Klasse, die immerhin schon einhundert T-Jahre auf dem Buckel hatte, wäre des Kronprinzen nicht würdig.

Vielleicht erkannte Hagros genau das in Richards Blick. Vielleicht begriff er aber auch, was die Anwesenheit des Kronprinzen hier und jetzt bedeutete: dass schon Erfahrenere und Einflussreichere als Hagros versucht hatten, ihn auf einen bequemeren Posten abzuschieben … und daran gescheitert waren.

»Das hört man gern«, knurrte er. »Denn die kriegen Sie hier auch nicht. Der Maat draußen zeigt Ihnen Ihre Kajüte.« Sein Blick zuckte über Richards Schulter hinweg. »Und Ihren Männern die ihren«, setzte er hinzu. »In einer Stunde haben Sie sich bei Lieutenant Petrenko beim Bugimpeller zu melden. Fragen?«

»Nein, Sir.«

»Dann willkommen an Bord, Ensign«, sagte Hagros, etwas weniger aufrichtig. »Nur noch eine Warnung: Korvetten sind wirklich alte Schiffe. Deren Besatzungen rackern sich wirklich den A… Hintern ab. Rechnen Sie damit, dass es Ihnen nicht besser ergeht.«

»Ich weiß, Sir.«

Hagros stieß ein Schnauben aus und nickte Richard knapp zu. Vielleicht zuckte auch der Anflug eines Lächelns über sein Gesicht. Vielleicht. »Wegtreten.«

Während Richard hinter dem Maat den Korridor hinabschwebte, ertappte er sich dabei, vor Aufregung und Vorfreude etwas tiefer als normal zu atmen. Keine weiteren Streits mit seinem Vater mehr, nie wieder würde er nervöse Bürokraten von BuPers eher überreden als überzeugen müssen, und nie wieder würde er seine Position vertreten und verteidigen müssen. Endlich, *endlich*, hatte er ein Schiff!

Er würde sich den Hintern abrackern, gar keine Frage. Sein aktueller Marschbefehl besagte, dass er ein ganzes Jahr an Bord der *Hercules* Dienst tun würde. Dieses Jahr würde er dazu nutzen, zum besten Offizier zu werden, den die *Hercules* und Captain Hagros je gesehen hatten.

»Admiral Gensonne?«

In Gedanken immer noch ganz mit Llyns Bericht beschäftigt, streckte Gensonne die Hand aus und aktivierte das Com. »Was gibt es, Imbar?«

»Hyperabdruck, Sir«, meldete Captain Sweeney Imbar, der Kommandant der *Odin*. »Sieht ganz so aus, als wäre die *Tyr* endlich eingetroffen.«

Mit einem Grunzen nahm Gensonne die Meldung zur Kenntnis. Wurde auch Zeit, verfraggt noch mal! Schon seit geschlagenen vier Wochen warteten sie darauf, dass Blakely endlich seinen Hintern herschaffte. Die anderen Captains wurden allmählich unruhig. Jetzt, wo auch der Letzte von Gensonnes drei Schlachtkreuzern vor Ort war, konnten sie endlich zur Tat schreiten. »Meinen Gruß an Captain Blakely«, wies er Imbar an. »Sagen Sie ihm, er möchte endlich in die Hufe kommen und Versorgungsgüter und Armierung aufnehmen. In fünf Tagen brechen wir nach Manticore auf, und wenn er bis dahin nicht fertig ist, bleibt er eben hier zurück.«

»Aye, Admiral«, bestätigte Imbar, und Gensonne konnte sich das gehässige Grinsen seines Gesprächspartners nur zu deutlich vorstellen. Imbar mochte es, derlei Anweisungen weiterzugeben.

Gensonne deaktivierte das Com wieder und wandte sich mürrisch erneut Llyns Bericht zu.

Siebzehn Kriegsschiffe. Mehr brachten die Volsungs zur Schlacht nicht mit: drei Schlachtkreuzer, sechs Kreuzer, sieben Zerstörer und einen Truppentransporter. Dazu kamen noch die vier Treibstoff- und Versorgungsschiffe, die jenseits der Hypergrenze warten würden, aber diese zählten nicht. Die Manticoraner hingegen hatten dem nur dreizehn Kriegsschiffe entgegenzusetzen.

Na ja, genau genommen waren es natürlich auch siebzehn,

wenn man die Kampfgruppe mitzählte, die vor Gryphon Wache hielt. Aber die stand weit draußen, drüben bei Manticore-B. Wenn die Volsungs anständige Arbeit leisteten, würde diese Kampfgruppe überhaupt keine Rolle spielen. Llyns Spione hatten es nicht geschafft, bei den beiden Kampfgruppen, die in der Nähe von Manticore-A standen, sämtliche Schiffstypen zu identifizieren, aber den vorangegangenen Berichten gemäß verfügte die größere der beiden Gruppen über einen einzelnen Schlachtkreuzer, und die jüngsten Daten sagten nichts darüber aus, dass sich in dieser Hinsicht etwas geändert hätte. Die zusätzlichen Schiffe, die in den jüngsten Daten erstmalig auftauchten, mussten also klein sein: Zerstörer oder Korvetten.

Außerdem konnte man selbst mit allem nur erdenklichen Enthusiasmus nicht unbegrenzt viele Impellerringe montieren und Besatzungsmitglieder ausbilden. Selbst wenn Llyn mit seiner Schätzung um ein oder zwei Schiffe danebenlag, sollten die Volsungs maximal so vielen Schiffen gegenüberstehen, wie sie selbst in die Schlacht führten.

Trotzdem …

Nachdenklich fluchte Gensonne vor sich hin. Der Joker in diesem Spiel – ein Joker, den Llyn entweder nicht als solchen erkannt oder in seiner Bedeutung ganz bewusst heruntergespielt hatte – war diese verdammte HMS *Casey*. Verzeichnet war sie als einfacher Leichter Kreuzer in Standardausführung, aber schon die technischen Daten, die Llyns Spione hatten auftreiben können, zeigten, dass an diesem Schiff überhaupt nichts dem Standard entsprach – schon gar nicht dem Standard von Schiffen hier draußen mitten im hinterwäldlerischen Nirgendwo. Allein schon die Formgebung verriet Gensonne, dass die Manticoraner einen modernen, mit Schwerefeldgeneratoren ausgestatteten Quartierbereich und ein äußerst leistungsfähiges Abwärmesystem eingebaut und die Länge ihrer Raketenwerfer deutlich vergrößert hatten. Möglicherweise verfügte das Schiff jetzt über ein Werfersystem für Schienenkanonen. Wahrscheinlicher war allerdings, dass, was man gesichtet hatte, in Wahrheit Absorptionszylinder waren. Diese würden das unvermeidbare Auflodern startender Raketen verdecken. Nichts Revolutionäres ... und nichts, womit Gensonne nicht zurechtkäme.

Trotzdem: Das war deutlich fortschrittlicher, als Schiffe hier draußen sein sollten – und besser als die Ausstattung der meisten Schiffe der Volsungs, die aus zweiter Hand oder aus Überschussbeständen stammten. Was Armierung oder Verteidigungssysteme betraf, ging der Bericht nicht ins Detail, aber Gensonne war sicher, dass die Designer der *Casey* nicht vergessen hatten, sie auch mit beachtlicher Feuerkraft auszustatten.

Wenn König Edward die Autorität, das Selbstvertrauen und die nötigen finanziellen Mittel besaß, entsprechende Designer und Konstrukteure bei der *Casey* nach Gutdünken schalten und walten zu lassen, dann mochte er auf die gleiche Weise und mit den gleichen Mitteln vorangetrieben haben, die anderen Schiffe aus der Mottenkiste zu holen.

Das Klügste wäre, den Einsatz zu verschieben, bis Gensonne seine eigenen Leute nach Manticore geschickt hätte. Dann könnten sie vor Ort eine militärische Lageeinschätzung vornehmen, statt sich auf Llyns bürokratische Papiertiger-Raterei verlassen zu müssen.

Aber hier vor Ort verfügte Gensonne nun einmal nur über Kriegsschiffe, und die würden bei der Einreise in das Territorium des Sternenkönigreichs deutlich mehr Neugier und fragende Blicke auf sich ziehen, als ihm lieb sein konnte. Die einzigen zivilen Spionageschiffe, die ihm zur Verfügung standen, befanden sich weit entfernt in Silesia. Eine entsprechende

Nachricht dorthin abzusetzen und dann eines dieser Schiffe erst nach Manticore zu entsenden und anschließend hierher zu beordern, um ihm Bericht zu erstatten, würde mehr als ein Jahr dauern.

Gensonne hatte kein Interesse daran, den Einsatz so lange aufzuschieben. Was das Timing betraf, war Llyn sogar noch entschlossener als er selbst.

Damit blieb nur noch eine andere Option: Llyns Kurierboot. Aber Kurierboote befanden sich gemeinhin im diplomatischen Dienst, und ein privates Kurierschiff würde vermutlich beinahe ebenso viele unliebsame Fragen aufwerfen wie eines seiner Militärschiffe.

Außerdem: Wenn er nicht darauf vertraute, dass Llyns Spione ihm anständige, zuverlässige Daten lieferten, konnte er wohl auch kaum Llyn mit dieser Aufgabe betrauen.

Gensonne verzog das Gesicht. Hinter der ganzen Sache verbarg sich ein großes Geheimnis: Was um alles in der Welt mochten die Manticoraner besitzen, das einen derartigen Aufwand lohnte? Llyn zahlte den Volsungs eine gewaltige Summe, bloß um drei Planeten am hinterletzten Winkel, am Allerwertesten des Alls, zu übernehmen. Schon zu verschiedenen Gelegenheiten hatte Gensonne versucht, dem aalglatten, kleinen Mann dieses Geheimnis zu entlocken. Jedes Mal hatte Llyn es geschafft, der Frage ruhig und geschickt, geradezu kunstvoll, auszuweichen.

Aber das war in Ordnung so. Die Volsungs waren ja schließlich auch nicht ganz ohne Ressourcen ... und auch wenn Gensonne immer noch nicht beim Warum angekommen war, kannte er mittlerweile wenigstens schon einmal das Wer.

Llyns Auftraggeber – die Gestalt im Hintergrund, die heimlich, still und leise die ganze Operation finanzierte –, war jemand aus der Chefetage des transstellaren Multibilliarden-Konzerngiganten namens Axelrod Corporation.

Also lautete die Frage nun, warum *Axelrod* an Manticore interessiert war. Ging es um die Baumkatzen? Verbarg sich etwas wirklich Profitträchtiges in der Wäldern von Sphinx oder den Wüsten von Gryphon?

»Admiral?«, drang Imbars Stimme aus dem Com-Lautsprecher.

»Ja?«

»Captain Blakely lässt grüßen, Sir«, setzte Imbar an. »Er bestätigt, in die Hufe zu kommen und rechnet mit einem Rendezvous in vierzehn Stunden.«

Gensonne warf einen Blick auf sein Chronometer. »Sagen Sie ihm: Wenn er es nicht in zwölf Stunden schafft, braucht er sich gar nicht erst die Mühe zu machen.«

»Mit einer derartigen Anweisung hat er bereits gerechnet«, erklärte Imbar, und seine Stimme verlor ein wenig an Robustheit. »Er hat mich angewiesen, Ihnen auszurichten, vierzehn Stunden würden voll und ganz ausreichen, wenn Sie es hinbekämen, dass die Verlader wenigstens halb so kräftig in die Hufe kommen wie er selbst. Und wenn Sie das *nicht* hinbekämen, müsse er das eben selbst machen.« Der Captain schnaubte leise. »Er hat dann noch ein ›Sir‹ angefügt, aber ich glaube, das hat er nicht so richtig ernst gemeint.«

Gensonne lächelte. Einen noch arroganteren und selbstgefälligeren Hurensohn als Blakely hatte er noch nie erlebt. Aber zugleich war dieser Kerl eben auch ein verdammt guter Soldat, und Gensonne war durchaus bereit, sich das eine gefallen zu lassen, solange er sich darauf verlassen konnte, das andere zu bekommen. »Dann richten Sie ihm aus, für jeweils zehn Minuten, die er nach den erwähnten zwölf Stunden zu spät kommt, büßt er ein Prozent seines Anteils ein.«

»Jawohl, Sir, das dürfte genügen«, meinte Imbar verschlagen. »Ich sag's ihm.«

»Machen Sie das«, bestätigte Gensonne geistesabwesend. In Gedanken war er schon wieder ganz bei dem bevorstehenden Feldzug.

Die Standard-Militärdoktrin besagte natürlich, dass man sich zunächst der größten Schiffe des Gegners annahm: Die galt es zu erledigen, sobald man deren zugehörige Abschirmverbände beiseitegeräumt hatte. Aber in diesem Fall wäre es vielleicht klüger, sich eher früher als später um die *Casey* zu kümmern und dafür zu sorgen, dass sie an dem Gefecht nicht mehr teilnehmen könnte. Wenn sie wirklich das Modernste war, das die Manticoraner aufzubringen hätten – das Aushängeschild der Royal Manticoran Navy –, dann mochte ihre Zerstörung das Sternenkönigreich dazu bewegen, noch rascher um Kapitulationsbedingungen zu ersuchen.

Das könnte sich als nützlich erweisen. Das allgemein anerkannte Kriegsrecht schrieb vor, ein Planet habe zu kapitulieren, wenn ein Gegner den Orbit des besagten Planeten eingenommen habe – diese Konvention sollte verhindern, dass in einem sich in die Länge ziehenden Krieg die Zivilbevölkerung abgeschlachtet würde. War die *Casey* erst einmal zerstört, könnten die Volsungs den Orbit des Planeten umso rascher einnehmen – und wenn Gensonne König Edward erst einmal dazu gebracht hätte, die Kapitulationserklärung zu unterzeichnen, wären alle Streitkräfte des Sternenkönigreichs rechtlich dazu verpflichtet, Waffenruhe einzuhalten.

Gensonne mochte rasche Kapitulationen. Damit sparte man Einsatzkräfte und Material gleichermaßen, was den Profit steigerte – vor allem, da die Schiffe der Royal Manticoran Navy, die beim Gefecht nicht zerstört würden, sofort den Siegern zufielen. Dieser Passus würde zweifellos in den Kapitulationsbedingungen auftauchen, und selbst alte Schiffe ließen sich nutz- und gewinnbringend in seine bereits bestehende Streitmacht integrieren. Wenn eine rasche Zerstörung der *Casey* dieses Ergebnis herbeiführte, um so besser.

Und wenn die *Casey* in Wahrheit doch nichts Besonderes war?

Er zuckte mit den Schultern. Es war sowieso äußerst wahrscheinlich, dass dieses Schiff schon während des ersten Angriffs zerstört würde. Natürlich wäre es nett, ein richtig modernes Schiff der Manticoraner in die Finger zu bekommen, aber man konnte schließlich nicht alles haben.

»Admiral, eine Antwort von Captain Blakely ist eingetroffen«, unterbrach Imbar erneut die Gedankengänge des Admirals. »Er grüßt Sie und lässt Ihnen ausrichten, Sie sähen sich in der Hölle wieder.«

Gensonne lächelte. »Sagen Sie ihm, dass unser Date dort steht«, gab er zurück. »Er erkennt mich sofort: Ich bin der ganz in Weiß.«

»Commander Donnelly?«, rief Chief Lydia Ulvestad von der Signalstation aus. »Signal von Coxswain Plover. Er und die anderen sind von Bord der *Aries* gegangen und befinden sich auf dem Rückweg.«

»Danke, Chief«, gab Lisa zurück. Der Ärger wegen dieser ganzen Sache bekam einen neuen Schub. Gewiss, sie und die restliche Besatzung der *Damocles* hatten in letzter Zeit wirklich nicht übermäßig viel zu tun gehabt, aber das, was sich Breakwater da wieder einmal geleistet hatte, grenzte an Beleidigung! Die Royal Manticoran Navy musste Gasten anderer Tätigkeitsfelder zu einem ihrer eigenen ehemaligen Schiffe abkommandieren, einfach weil es die Superhirne vom MPARS nicht fertigbrachten, ihre eigenen Raketen auch einsatzbereit zu kriegen, Himmel noch eins!

Breakwater selbst hatte doch schon Angehörige der Navy ausgewählt und dafür eingeteilt, dem MPARS zur Hand zu gehen. Sollten doch *die* sich gefälligst darum kümmern, nicht die Leute von der *Damocles!*

»Hat Plover gesagt, ob es ihnen gelungen ist, Einsatzbereitschaft der Raketen herzustellen?«, erkundigte sie sich.

»Klingt zumindest so, Ma'am«, antwortete Ulvestad. »Nach allem, was ich gehört habe, hat es wohl ein Problem mit der Elektronik gegeben, und so etwas bekommen Mallare und Redko immer gut in den Griff.« Sie zögerte. »Ich weiß nicht, ob Sie darüber schon informiert wurden, Ma'am, aber an Bord der *Aries* befindet sich auch Lenkwaffentechniker Townsend.«

»Ja, ich weiß«, gab Lisa zurück und spürte, wie sich ihr die Kehle zusammenschnürte. Travis hatte das während eines hastig eingenommenen gemeinsamen Mittagessens beiläufig erwähnt. Es war einer jener seltenen Tage gewesen, an denen sie beide sich gleichzeitig in Landing aufgehalten hatten. Anscheinend war Travis der Ansicht, er habe selbst etwas mit Townsends Abkommandierung zu tun, doch ins Detail war er nicht gegangen.

Doch von diesem einen unschönen Moment abgesehen, war die Zeit, die sie gemeinsam verbracht hatten, wirklich nett gewesen. Sogar mehr als nur nett. All die Leute, die in Travis nur Pingelkopp Long sahen und die eigentümlichsten Sprachverrenkungen unternahmen, nur um irgendwo das Wort Travestie einzubauen, ob das nun Sinn ergab oder nicht ... die alle hatten überhaupt nichts verstanden. Sicher, wenn es um Regeln und Vorschriften an Bord ging, war Travis sehr, vielleicht zu gewissenhaft und unbeugsam, aber außer Dienst – und wenn man ihn dazu bewegen konnte, sich ein bisschen zu entspannen – war er ein überraschend angenehmer Zeitgenosse. Er war schlau, schlagfertig, aufmerksam und rücksichtsvoll.

Ja, was mit dem Gefallen begonnen hatte, ihren Hund zu hüten und nach und nach zu Freundschaft geworden war, schien sich mittlerweile in etwas anderes zu wandeln: Allmählich erblühte hier ...

Lisa schob den Gedanken von sich. Sie wusste wirklich nicht, wohin sich ihre Beziehung zu Travis entwickeln würde ... oder sollte. Denn sie war sich nicht einmal sicher, ob sie eine Beziehung wollte. Den ganzen Beziehungskram hatte sie schon einmal versucht – mit dem verstörenden Erfolg, gescheitert zu sein. Nein, sie hatte es wirklich nicht eilig, noch einmal in den gleichen Dornbusch hineinzurennen.

Aber mit Travis wäre es vermutlich anders. Bei Rolfe hatte es von Anfang an Warnzeichen gegeben. Sie hatte diese, obwohl vorhanden, und das unbestreitbar, mit Hilfe ihrer rosaroten Brille geflissentlich ignoriert. Nichts dergleichen galt für Travis.

Natürlich, vielleicht übersah sie bei ihm andere Warnzeichen, solche, auf die sie noch nicht geeicht war, solche, die eine gewisse Lisa Donnelly nun ebenfalls bewusst übersah. Perfekt war schließlich niemand, und Travis hatte vermutlich ein ganzes Dutzend Angewohnheiten oder Eigenheiten, die ein Zusammenleben mit ihm erschwerten.

Wie dem auch sei: Sie war gern in seiner Nähe.

»Signal von der *Aries*, Ma'am«, unterbrach Ulvestad ihren Gedankengang. »Captain Hardasty lässt Sie grüßen und bedankt sich dafür, dass wir ihr Mallare und Redko ausgeliehen haben.«

Wenigstens ging Hardasty an das Ganze mit Höflichkeit heran. »Grüßen Sie bitte zurück«, entschied Lisa. »Hat sie irgendwelche Andeutungen gemacht, ob das Problem nun gelöst ist?«

»Das nicht«, antwortete Ulvestad. »Aber Plover hat wohl

gehört, sowohl die *Aries* als auch die *Taurus* würden noch eine ganze Weile im Orbit von Manticore bleiben und einige Tests durchführen.«

Lisa nickte. Eine vernünftige Entscheidung – es wäre wirklich töricht gewesen, die beiden Korvetten sofort zu ihrem neuen Posten im Einhorn-Gürtel aufbrechen zu lassen, bevor sichergestellt wäre, dass die Raketensysteme auch wirklich einsatzbereit waren. Bei Manticore-B mochte sich ja der Hauptstützpunkt des MPARS befinden, aber die überwiegende Mehrheit der Waffentechnikexperten residierte immer noch hier auf Manticore.

Es sei denn, Hardasty würde später vom Gürtel aus Gryphon ansteuern und bei Admiral Jacobson um Hilfe ersuchen. Da die *Aries* aber ursprünglich zu Jacobsons Kampfgruppe Rot gehört hatte, bezweifelte Lisa, dass der Admiral hocherfreut wäre, diese Hilfe zu gewähren.

»Erinnern Sie sie freundlicherweise daran, dass wir gemäß dem Zeitplan in drei Stunden aufbrechen müssen, um zum Rest von Grün-eins zu stoßen«, sagte sie. »Sollte sie zu einem späteren Zeitpunkt Unterstützung benötigen, wird sie diese wohl anderweitig organisieren müssen.«

»Jawohl, Ma'am.«

Lisa warf einen Blick auf ihr Chrono. In etwa einer halben Stunde würde Captain Marcello für den Wachwechsel eintreffen. Lisa wollte sich sicher sein können, dass der Shuttle bis dahin ordnungsgemäß verstaut und die *Damocles* bereit zum Aufbruch wäre, um zum Rest von Admiral Locatellis Verband zu stoßen.

Danach stünde ein Abstecher in die Offiziersmesse an – für ein kurzes Abendessen. Wahrscheinlich ganz allein. Auf jeden Fall nicht in Gegenwart von jemandem, der sie verstand und sie zum Lachen brachte.

Es war wirklich erstaunlich, wie sehr sie Travis vermisste.

»Und?«, fragte Gensonne und trommelte ungeduldig mit den Fingerspitzen auf sein Pult.

»Wir sind bereit, Sir«, meldete Imbar. Einen Augenblick lang lauschte er schweigend dem Com, dann schaltete er es aus. »Alle Schiffe sind in Position, alle Timer synchronisiert. Wir erwarten Ihre Befehle, Admiral.«

Gensonne nickte. Genauso sollte es sein. Alle Schiffe, alle Offiziere, alle Besatzungsmitglieder – sie alle erwarteten seine Befehle.

Alle Schiffe, mit Ausnahme von Llyns Kurierboot natürlich. Gensonne hatte ihn eingeladen, sich ihnen anzuschließen und sich die Show anzuschauen. Doch er hatte sich in Ausflüchten ergangen und war dann aufgebrochen – zweifellos, um seinen Herren und Meistern von Axelrod Bericht zu erstatten. Es wäre ja auch schlichtweg undenkbar gewesen, dass sich jemand aus derart erlesenen, geschmackvoll gekleideten Kreisen die Hände schmutzig machte – und das auch noch mit etwas so Widerwärtigem wie einem echten Gefecht!

Auch in Ordnung. Gensonne hätte auch für Llyn und dessen Schiff eine sinnvolle Aufgabe gefunden, aber angewiesen war er darauf nun wirklich nicht. Das Einzige, was er wirklich brauchte, war Llyns Geld – und zumindest die erste Rate davon hatte er bereits erhalten.

Er würde dafür sorgen, dass er auch den gesamten Rest in Händen hätte, bevor seine Schiffe sich wieder von Manticore zurückzögen. Vielleicht würde er ein kleines Ritual daraus machen und Llyn die Schlüssel zu König Edwards Palast erst im Austausch gegen die letzten Creditchips aushändigen. Vermutlich entspräche das sogar genau dem Humor des kleinen Mannes.

Aber jetzt hatten die Volsungs erst einmal eine Aufgabe zu erledigen.

»Signal an alle Schiffe«, wies Gensonne Imbar an. »Transition auf mein Zeichen.«

Diese Aufgabe würden sie mit Geschick und Präzision erledigen, doch das Versprechen gab er sich. Mit all jenem Geschick und jener Präzision, die Gustav Anderman so sehr schätzte und von denen der alte Spinner behauptet hatte, genau daran mangele es Gensonne.

Na, die Volsungs würden es ihm schon noch zeigen. Sie würden es *ihnen allen* noch zeigen!

Wenn das hier vorbei wäre, würde Gensonne mit seinen neuen Schiffen und den neuen Besatzungen, die er mit Llyns Geld anheuern könnte, wieder nach Potsdam zurückkehren. Und dort würde er seinem ehemaligen Vorgesetzten dann zeigen, wie geschickt und präzise ein Angriff ausfallen konnte.

Doch, der Gedanke hatte etwas!

Aber jetzt ...

»Alle Schiffe bereithalten«, rief er. »Auf mein Zeichen ... *jetzt!*«

18

Offiziell war die Mittwache die erste Wache eines jeden neuen Tages an Bord. Ob sie sich allerdings eher wie die ultimative Frühschicht oder eben doch eher die ultimative Spätschicht anfühlte, hing vor allem davon ab, wie die eigene biologische Uhr tickte. Einige der Offiziere und Mannschaftsmitglieder der *Casey* verabscheuten es zutiefst, für diese Wache eingeteilt zu sein, während andere dem Thema deutlich mehr Gleichmut entgegenbrachten … aber über den Dienst selbst waren sie auch nicht glücklicher als die andere Fraktion.

Travis hatte überhaupt keine Schwierigkeiten damit, für die Mittwache eingeteilt zu sein. Ganz im Gegenteil: Er genoss es regelrecht, zu dieser Zeit Dienst zu haben. Während der Mittwache war es an Bord eines Schiffe mit Abstand am ruhigsten: Die Mehrheit der Besatzung befand sich im Quartiermodul des Schiffes und schlief. Nur die Systeme, die wirklich rund um die Uhr aktiv bleiben mussten, arbeiteten noch, und auch die Wartungsroutinen beschränkten sich in diesem Zeitfenster auf ein Minimum.

Kurz gesagt: Das war die beste Zeit des Tages, wenn man einfach nur in aller Ruhe nachdenken wollte.

Und nachzudenken gab es für Travis reichlich! Während der letzten sechs Wochen hatte er, wie er es gern anging, den Großteil seiner gesamten nicht im Schlaf verbrachten Lebenszeit darauf verwendet, alles nur Erdenkliche über die *Casey* zu erfahren, über ihre Waffensysteme, ihre Leistungswerte … und ihre Besatzung. Lieutenant Commander Woodburn, den man wohl mit Fug und Recht als reizbar beschreiben konnte, hatte ihn ordentlich rangenommen, und das eigentlich die ganze Zeit über. Doch im Gegensatz zu so manchem Offizier, mit dem Travis auf der *Phoenix* zu tun gehabt hatte, war Woodburn dabei überaus fair geblieben und schien wirklich viel eher daran interessiert, Travis einzuarbeiten, als sich selbst als überlegen oder seinen Lehrling als dämlich hinzustellen.

Gleiches galt für alle anderen an Bord. Soweit Travis das bislang beurteilen konnte, behandelte man ihn hier genauso wie jeden anderen Offizier auch. Entweder die Besatzung interessierte sich nicht für Politik, oder sie wussten nichts von Travis' Verwandtschaft zu Baron Winterfall.

Oder sie wussten es, und es war ihnen herzlich egal.

Travis hoffte, Letzteres wäre der Fall. Traf nämlich eine der beiden anderen Möglichkeiten zu, würde sich ein gewisser Aspekt seines Familienstammbaums früher oder später doch noch herumsprechen, und dann würde es hier genauso werden wie auf der *Phoenix*.

Gemächlich ließ er den Blick über die Brücke wandern: Alle saßen angeschnallt vor ihren Konsolen, immer noch voller Wachsamkeit – selbst jetzt, wo wirklich absolut nichts passierte. Die *Casey* war nicht gerade sein Zuhause – Travis wusste nicht einmal, ob es irgendeinen Ort gab, den er jemals wirklich als sein Zuhause ansehen würde. Doch Schiff und Besatzung besaßen all die kleinen Macken, Schrullen und liebenswürdigen Eigentümlichkeiten, die er sich immer als unerlässlich für ein echtes Zuhause vorgestellt hatte. Gewiss, Woodburn war wirklich nicht der Einzige an Bord, dessen Verhalten gelegentlich irritierend war, und mit manchen davon hatte Travis auch schon den einen oder anderen Strauß ausgefochten, aber im Großen und Ganzen schienen die verschiedenen Besatzungsmitglieder gut zueinanderzupassen.

Unter den Offizieren an Bord war dieses Gefühl, Teil einer Familie zu sein, sogar noch etwas stärker ausgeprägt. Auf der Brücke verzichtete Commodore Heissman meist auf all die Formalitäten, auf die Captain Castillo an Bord der *Phoenix* stets so viel Wert gelegt hatte: Der Commodore sprach seine Ressortoffiziere mit Vornamen oder gelegentlich sogar mit Spitznamen an – von denen einige Travis derzeit noch Rätsel aufgaben. Alles in allem herrschte auf der Brücke eine Atmosphäre ungezwungener Kameraderie – ganz so, wie Travis das in Büchern über das Militär immer gelesen hatte. In gewissem Rahmen hatte er das auch selbst schon einmal erleben dürfen: damals, als er noch einfacher Gravtechniker an Bord der *Guardian* gewesen war.

Gleichzeitig jedoch hatten auch diese Familiarität und Kameraderie ihre Grenzen: Heissman und die anderen ranghöheren Offiziere sprachen Travis immer noch ganz förmlich als *Lieutenant* oder *Mr. Long* an, und natürlich erwartete man damit von ihm im Gegenzug ebenfalls entsprechende Förmlichkeit. Er hoffte, dies ließe sich damit erklären, dass er sich ja derzeit zumindest inoffiziell, also auf Probe, an Bord befand und man ihn in absehbarer Zeit als vollwertiges Mitglied der *Casey*-Familie anerkennen würde.

Es sei denn, auch hier erhielten, wie an Bord der *Phoenix*, politische Günstlinge eine Vorzugsbehandlung – bislang nur eben unbemerkt. Sollte dem so sein, konnte sich Travis gleich an die Rolle des hässlichen Entleins auch auf der *Casey* gewöhnen. Vor allem, wenn sich erst einmal herumgesprochen hätte, wer sein Halbbruder war.

»Eins-O auf der Brücke!«, verkündete Lieutenant Rusk lautstark von der Ortungsstation hinter ihm.

Travis schwenkte seinen Sessel herum, und sah Commander Belokas auf die Brücke schweben. »Ma'am«, begrüßte er sie, griff reflexartig nach der Entriegelung seines Haltegurts und konnte dem Impuls gerade noch widerstehen. Wenn ein ranghöherer Offizier auf der Brücke eintraf, so hatten Besatzungsmitglieder, das verlangte eine entsprechende zentrale Dienstvorschrift, augenblicklich Haltung anzunehmen. Die Einhaltung dieser dauerhaft gültigen Anweisung hatte Captain Castillo an Bord der *Phoenix* unnachgiebig eingefordert. Commodore Heissman und Commander Belokas hingegen verzichteten auf diese Förmlichkeit, und die Umstellung bereitete Travis immer noch Schwierigkeiten.

Kurz hatte ihn die Frage umgetrieben, ob wohl die Offiziere und einfachen Mannschaftsdienstgrade vom Schlachtkreuzer *Invincible* jedes Mal senkrecht in der Schwerelosigkeit stehen bleiben mussten, wenn der große Admiral Carlton Locatelli die Brücke oder andere Abteilungen betrat. Wenn das Verhalten von Locatellis Neffen Rückschlüsse auf den Admiral zuließ, dann vermutlich schon.

»Was kann ich für Sie tun, Ma'am?«, erkundigte er sich, während Belokas die Brücke durchquerte und ihr Blick dabei von einem Monitor zum nächsten zuckte.

»Ich wollte mich erkundigen, ob es etwas Neues über dieses Flackern gibt, das wir während Lieutenant Dahls Wache aufgefangen haben«, antwortete sie.

»Ich glaube nicht, Ma'am«, sagte Travis und runzelte die Stirn, während er das Logbuch aufrief. In dem Wachbericht, den er zu Dienstantritt vor einer Stunde gelesen hatte, war nichts über irgendwelche Aktivitäten verzeichnet gewesen.

Kein Wunder. Das Flackern, das Belokas ansprach, war wirklich nur eine winzige Unregelmäßigkeit gewesen. Sie wäre niemandem aufgefallen, wäre es im Rest des Universums nicht so ereignislos gewesen ... und die Crew der *Casey* entsprechend gelangweilt. Dahl, der Leiter der Abteilung Vorschiffbewaffnung, hatte es einem Sensorecho zugeschrieben. Nach einer gründlichen Untersuchung der gesamten gravitationstechnischen Ausrüstung hatte der OPZ-Supervisor vorgeschlagen, es könnte auch ein Hypergeist dahinterstecken, also ein Phänomen, das genau zu orten oder zu identifizieren die bordeigenen Instrumente bedauerlicherweise nicht leistungsstark genug waren. Dafür bedurfte es einer ausgewachsenen Gruppenantenne für die Ortung, die man sinnvollerweise im Orbit stationierte – und ein solches Riesending würde Manticore in absehbarer Zeit ganz gewiss nicht anschaffen. Außerdem war diese Unregelmäßigkeit, was auch immer nun dahinterstecken mochte, bereits vor sechzehn Stunden aufgetreten, hatte sich seitdem aber nicht mehr wiederholt. Auch das sprach für ein Sensorecho oder ein Geistersignal.

Doch Belokas' Stirnrunzeln ließ vermuten, dass sie mit beiden Erklärungen nicht zufrieden war. Travis erschien das sonderbar, denn Geistersignale waren nun wahrlich nicht beispiellos.

Dieser spezielle Sektor war berüchtigt dafür, weil sie sich hier häuften: Sensoren spielten hier gern verrückt, und Abwärts-Alphatransitionen verliefen immer etwas unsanfter als sonst. Einmal hatte sich Travis ein wenig länger mit diesem eigentümlichen Phänomen befasst. Er hatte festgestellt, dass anscheinend niemand einen Grund dafür kannte, obwohl man versuchsweise der Arbeitshypothese folgte, es mit einer Wechselwirkung der beiden Sonnen von Manticore und einer bislang noch nicht kartografierten Gravwellenfront zu tun zu haben.

»Bislang nichts Neues, Ma'am«, meldete Travis. »Sollen wir erneut eine Sensorselbstdiagnose durchführen?«

Mehrere Sekunden lang schwieg Belokas und trieb dabei wortlos weiter auf Travis' Station zu. Er sah die Eins-O näher und näher kommen, und sein Herzschlag beschleunigte sich.

Daran, dass er als Offizier die ganze Verantwortung trug, hatte er sich noch nicht zur Gänze gewöhnt. Belokas' Mimik wie auch ihre Körpersprache verrieten ihm unmissverständlich, wie erbärmlich er sich auf diesem Feld anstellte. Hätte er die Diagnose eigenständig bereits im Vorfeld veranlassen müssen? Schwieg der Commander gerade, weil sie vorhatte, Travis aus allernächster Nähe zur Schnecke zu machen, ohne dass der Rest der Brückencrew es mitbekäme?

»Weitere Selbstdiagnosen werden uns auch nichts Neues verraten«, sagte sie schließlich, umschlang mit ihren langen Fingern einen Haltegriff nahe seiner Konsole und kam zum Stillstand. »Versuchen wir etwas ganz anderes: Finden Sie durch eine Simulation heraus, wie eine Transition unter minimalem Schub in ungefähr fünfzehn Lichtminuten Entfernung zur Hypergrenze aussehen würde.«

»Jawohl, Ma'am«, bestätigte Travis und drehte sich wieder zu seiner Konsole herum. Dem Bericht hatte er entnehmen können, dass man auch diese Möglichkeit bereits in Betracht gezogen hatte. Aber irgendwann zwischen dem Einleiten der Selbstdiagnose und der Arbeitshypothese Hypergeist war sie wohl verworfen worden. Zumindest gab es keinerlei Aufzeichnungen darüber, dass jemand eine entsprechende Simulation durchgeführt oder auch nur einen Kurvenverlauf mit den entsprechenden Daten erstellt hätte.

Glücklicherweise war das eine recht einfache Aufgabe: Die wichtigsten Prozessvorlagen und Templates waren im Bordcomputer bereits gespeichert. Nach wenigen Minuten war Travis fertig. »Los geht's«, kündigte er an und startete den Rechenprozess. »Ich habe die Simulation jetzt auf den Distanzbereich dreizehn bis achtzehn Lichtminuten beschränkt. Wenn das nicht reicht, kann ich den Bereich auch noch wei...«

»Hyperabdruck!«, rief Rusk hinter ihm.

Einen Sekundenbruchteil lang dachte Travis, sein Mit-Lieutenant beziehe sich auf die Simulation. Dann war sein Verstand wieder online. »Verstanden«, bestätigte er, schwenkte den Sessel erneut herum und warf einen Blick auf den entsprechenden Monitor. Ja, das war wirklich eine Transition: eine richtig dicke, fette, laute, mit reichlich aus dem Hyperraum mitgenommener Geschwindigkeit.

Sie lag auf exakt dem Vektor, auf dem zuvor die unerklärliche Unregelmäßigkeit aufgetaucht war. »Wissen wir schon etwas über das Schiff?«, erkundigte er sich.

»Ist ganz schön groß«, gab Rusk zurück. Weitere Displays erwachten zum Leben, als OPZ die Daten, die ihr die verschiedenen Sensoren der *Casey* lieferten, zusammentrug, sortierte und auswertete und die Ergebnisse dann umgehend an die Brücke weiterleitete. »Geringe Impellerstärke, geringe Beschleunigung. Wahrscheinlich ein Frachter, möglicherweise ein Passagierschiff. Aber irgendetwas ist komisch an deren Keil ... da tritt eine arhythmische Fluktuation auf. Wahrscheinlich hat sie Probleme mit ihren Emittern.«

Travis blickte zu Belokas hinüber und fragte sich dabei, ob sie ihn nun offiziell ablösen und selbst die Wache übernehmen würde. Unbekannte Schiffe tauchten schließlich nicht alle Tage in der Nähe von Manticore auf – und die wenigen, auf die das doch zutraf, erweckten selten gleich beim ersten Kontakt den Eindruck, ernsthaft Ärger machen zu wollen.

Doch der Eins-O studierte nur schweigend die Displays. Anscheinend wartete sie darauf, dass der wachhabende Offizier auf die Situation reagierte.

Travis straffte die Schultern. Ob die Situation nun außergewöhnlich war oder nicht, sie wurde auf jeden Fall von den Standard-Dienstvorschriften hinreichend präzise umrissen. »Erbitten Sie Identifikation und Statusbericht, dann informieren Sie den Rest von Janus, dass wir Besuch haben«, wies er an. »Anschließend schicken Sie einen Bericht an System Command.« Mit zusammengekniffenen Augen betrachtete er das taktische Display. »Wie weit ist die noch entfernt? Zehn Lichtminuten?«

»Jawohl, Sir, sogar noch ein bisschen weniger«, bestätigte Rusk. »Also werden wir von denen wohl erst in zwanzig Minuten etwas hören.«

»Es sei denn, die hätten wirklich Schwierigkeiten«, widersprach Belokas. »Dann werden die nämlich jetzt schon lautstark um Hilfe schreien.« Nachdenklich tippte sie sich mit einer Fingerspitze rhythmisch gegen die Wange. »Wo steht Aegis derzeit?«

»Auf der anderen Seite von Manticore«, antwortete Travis. »Etwa zwoundzwanzig Lichtminuten von uns entfernt – Distanz zu unserem Bogey etwa dreizehn oder vierzehn Lichtminuten. Soll ich Admiral Locatelli direkt informieren?«

»Das wäre eine gute Idee«, bestätigte Belokas. »Wenn der Bogey in Schwierigkeiten ist, sind wir ihnen definitiv am nächsten. Aber je nachdem, was da draußen wirklich läuft, wird der Admiral vielleicht seinen Verband umgruppieren wollen, während wir rüberfahren.« Kurz presste sie die Lippen aufeinander. »Und während Sie das alles erledigen, sollten Sie vielleicht auch Commodore Heissman auf die Brücke bitten.«

»... und ich glaube, die Reaktorflasche fällt auch bald aus«, drang Captain Olvers Stimme hektisch aus dem Com-Lautsprecher der *Odin*. »Laut dem Maschinenraum könnte die sich jeden Moment verabschieden.«

Aufmerksam lauschte Gensonne und hoffte dabei, Olver werde sich an seine Anweisungen halten: Sein Hilferuf sollte flehend wirken, aber nicht weinerlich. Wirklich *jeder* verabscheute Weinerlichkeit, selbst aufrechte Flottenoffiziere, die bereit waren, ihr eigenes Lebens aufs Spiel zu setzen, um andere, die in Not geraten waren, zu retten. Wenn der Skipper der *Naglfar* stoisch und sympathisch wirkte, mochte das die Manticoraner dazu bewegen, auf seinen Hilferuf hin so schnell wie möglich aufzubrechen … und dabei idealerweise möglichst wenig Vorsicht walten zu lassen.

»Ich wiederhole: Hier spricht das Passagierschiff *Leviathan* auf Kurs in den Haven-Sektor, mit dreitausend Passagieren an Bord«, fuhr Olver fort. »Die gleiche Spannungsspitze, durch die unsere bugwärtigen Alpha-Emitter und die Fusionsflasche beschädigt wurden, hat auch unser Lebenserhaltungssystem in Mitleidenschaft gezogen. Wir versuchen das derzeit zu reparieren, aber gut sieht es nicht aus. Ich weiß nicht, wie lange die Lebenserhaltung noch mitspielt, bevor sie völlig ausfällt. Falls Sie irgendwelche Schiffe in der Nähe haben, dann schicken Sie eines davon bitte um Himmels willen zu uns. Wir legen so viele Gravos vor, wie wir eben können, aber ich weiß nicht, wie viel Zeit uns noch bleibt, bis wir den Keil vollständig herunterfahren müssen – und wir sind hier verdammt weit weg von *allem.* Bitte schicken Sie uns, was für Schiffe auch immer Sie zur Verfügung haben mögen – Frachter, Passagierschiffe, Erztransporter … Hauptsache unsere Leute passen irgendwo an Bord! Ich bitte Sie, helfen Sie uns!«

Sein Gesuch um Unterstützung wurde unterbrochen, als eines von Olvers Besatzungsmitgliedern mit sorgsam besorgter Stimme einen Bericht über neue Auswirkungen des vorgeblichen Stellaratorversagens ablieferte – gerade so laut, dass es vom Mikro noch aufgefangen wurde. Gensonne schaltete den Lautsprecher ab. Bis zum Systeminneren war es noch ein gutes Stück, aber es sah ganz danach aus, als wäre die nächstgelegene

Kampfgruppe der Manticoraner nur ungefähr zehn Lichtminuten weit entfernt, also ergäbe sich bei jeglicher Kommunikation eine Signalverzögerung von zwanzig Minuten.

Die Antwort der Manticoraner dürfte ... interessant ausfallen. Aber bis es so weit wäre, gab es noch reichlich anderes, womit sich Gensonne beschäftigen musste. »Wie ist der Status des Hauptverbands?«, fragte er lautstark quer über die Brücke.

»Wir haben vorübergehend den Kontakt verloren, Admiral«, rief Imbar zurück. »Die Schiffe befinden sich eindeutig immer noch hinter uns, aber bei derart gedrosselter Impellerstärke sind sie schwer zu orten.«

Gensonne nahm die Meldung mit einem verärgerten Grunzen entgegen und musterte nacheinander die betreffenden Displays. Na, schließlich ging es ja darum, dass die Schiffe möglichst schwer zu orten wären – aber wenn man wusste, wo man suchen musste, sollte man sie verdammt noch mal auch finden können!

Aber vielleicht tat er Imbar und dem Ortungsteam damit unrecht. Vor sechzehn Stunden waren die vierzehn Volsung-Schiffe gemeinsam in den N-Raum transistiert, heimlich, still und leise etwa vierzig Lichtminuten von Manticore A entfernt. Dort sollten sie sich eigentlich außerhalb der Reichweite aller Sensoren der Royal Manticoran Navy befinden. Die gewaltigen Passivantennen, die in bevölkerungsreicheren Sonnensystemen beinahe schon alltäglich waren, hätten sie ganz gewiss geortet, aber die Reichweite bordeigener Gravitationssensoren war deutlich eingeschränkter. In jener Abgeschiedenheit hatte sich der Verband der Invasoren umgruppiert: zu Gensonnes Vorhut, die aus sechs Schiffen bestand, und dem Hauptverband unter Führung der *Thor.* Dann hatten sie, in einem Abstand von etwa einer Stunde, in zwei getrennten Wellen das Zentrum des Systems angesteuert. Sie hatten es mit moderater

Beschleunigung getan, um im Laufe der Zeit Geschwindigkeit aufzubauen. Die Impellerkeile waren so weit gedrosselt, dass sie – so stand zumindest zu hoffen – unentdeckt bleiben würden. Nun hielten beide Teilverbände auf ihre Ziele zu.

Ziele, die sich erfreulicherweise ganz genau dort befanden, wo sie auch erwartet wurden. *Umbriel* und *Miranda*, die beiden Zerstörer von Kampfgruppe Sidewinder, hatten während der vergangenen achtundvierzig Stunden heimlich als Aufklärer gedient: Vorsichtig waren sie in den Außenbereich des Systems hineintransistiert und hatten sich dort unter minimalem Schub sozusagen treiben lassen. Auf diese Weise konnten sie die aktuellen Positionen und die Vektoren der beiden wichtigsten Kampfgruppen der Manticoraner-Flotte herausfinden. Anschließend waren sie, ebenso unbemerkt, wieder aus dem System hinaustransistiert und zu den zwei Hauptverbänden der Volsungs gestoßen. Ausgehend von diesen Aufklärungsdaten hatte Gensonne berechnet, wo sich die Manticoraner derzeit befinden mussten und die Annäherungsvektoren seiner eigenen Schiffe entsprechend angepasst: Sie würden auf die kleinere Kampfgruppe mit der Kennung Grün-zwo stoßen, lange bevor dieser die größere Kampfgruppe Grün-eins zu Hilfe kommen könnte.

Nun, nach all den Stunden der tatenlosen Langeweile, schien endlich etwas zu geschehen. Weit vor ihnen war die *Naglfar* genau an der Hypergrenze transistiert – nicht ebenso dezent und unmöglich auszumachen wie alle anderen Volsung-Schiffe, sondern mit einer dicken, lautstarken Transition, um die Aufmerksamkeit wirklich jedes Schiffes der Royal Manticoran Navy in dieser Region auf sich zu ziehen. Dieser markante Auftritt und dazu Olvers angsterfüllter Hilferuf ... das alles sollte dafür sorgen, dass sich die verschiedenen Schiffe der Manticoraner praktisch wechselseitig ins Gehege kämen bei dem hastigen Versuch, dem in Not geratenen Schiff zu Hilfe zu kommen.

Es wäre zweifellos höchst unterhaltsam geworden, miterleben zu dürfen, wie eine manticoranische Entermannschaft, die an Bord eine Ladung hilfloser Zivilisten erwartete, auf fünf ganze Bataillone Volsung-Stoßtrupps reagierte. Leider würde Gensonne auf dieses Spektakel verzichten müssen. Denn wenn alles nach Plan verliefe, würde der Erstkontakt der Manticoraner mit besagten Stoßtrupps nicht hier mitten im offenen All zustande kommen, sondern am Royal Palace in Landing.

Aber dann wäre es natürlich keine Überraschung mehr. Andererseits ging es hier ja nicht um Unterhaltung, sondern darum, Schiffe der Royal Manticoran Navy aufzubringen und zu übernehmen. Wäre die RMN erst einmal ausgeschaltet, wäre es nur noch reine Formsache, dass die Volsungs auch die Zentren der manticoranischen Macht einnähmen.

»Habe die *Naglfar* angepeilt, Admiral«, rief Imbar. »Wir befinden uns auf einem guten Abfangkurs. In etwa siebenundneunzig Minuten sollten wir sie passieren.«

Gensonne warf einen Blick auf das taktische Display. Siebenundneunzig Minuten, das war etwas weniger, als er eigentlich geplant hatte, aber es lag noch innerhalb der akzeptablen Toleranzgrenzen. »Olver soll die Beschleunigung auf fünfundneunzig Gravos steigern«, wies er Imbar an. Sollte sich später als erforderlich erweisen, das bevorstehende Rendezvous genauer abzustimmen, konnte er die *Naglfar* immer noch abbremsen lassen. »Schon irgendwelche Bewegungen der Manticoraner?«

»Nein, Sir«, antwortete Imbar. »Aber Grün zwo sollte ziemlich genau jetzt Olvers Hilferuf auffangen.«

»Behalten Sie die Gegner im Auge«, befahl Gensonne. »Sobald wir Startzeitpunkt und Beschleunigung wissen, möchte ich einen Plot von deren Rendezvouspunkt sehen. Wir müssen sicher sein, dass wir der *Naglfar* weit genug voraus sind, damit die Manticoraner unmöglich noch ausweichen und flüchten können, wenn die uns erst einmal geortet haben.«

Eigentlich sollte die Kampfgruppe Sidewinder dieses Problem noch weiter eindämmen, das war die Idee des Gefechts. Wenn die Zerstörer ganz nach Zeitplan an den vorgesehenen Positionen nahe der Hypergrenze transistierten, bestand eine gute Chance, dass sie ihren Teil dazu beitrugen, Rückzugsbestrebungen der Manticoraner zu unterbinden.

»Jawohl, Sir«, sagte Imbar. »Wir haben jetzt die Bestätigung für die Impellergruppe, die Sidewinder gemeldet hat: Peilung null zwo eins zu null eins acht. Der Signatur nach zu urteilen, scheinen zu dieser Gruppe deutlich mehr Schiffe zu gehören als zur ersten. Das bestätigt, dass es sich dabei um den Hauptteil der manticoranischen Streitkräfte handelt, Kampfgruppe Grün-eins. Die kleinere Gruppe konnte als Grün-zwo identifiziert werden.«

»Zielzuweisungen entsprechend anpassen«, befahl Gensonne. »Distanz zu Grün-eins?«

»Knapp vierzehn Lichtminuten.«

Befriedigt nickte Gensonne. Die Sidewinder-Aufklärungsdaten waren ein wenig ... unscharf ausgefallen, schließlich hatten sich die Zerstörer beachtlich weit vom Systeminneren entfernt befunden. Trotzdem entsprachen sowohl deren Daten als auch Gensonnes eigene Extrapolationen exakt den tatsächlichen Gegebenheiten.

Nun, nachdem die Positionen der Verteidiger ermittelt waren, trat der Plan ganz offiziell in Kraft. Wenn die Manticoraner Olver die ganze Sache abkauften, würde ihm Grün-zwo zu Hilfe kommen ... und von der *Odin* und dem Rest der Vorhut rasch zerstört werden. Wenn dann Grün-eins nachstieße, um in den Kampf einzugreifen, würden die Schiffe dieser Kampfgruppe gerade rechtzeitig für eine schöne Links-Rechts-Kombination eintreffen, denn bis zu diesem Zeitpunkt sollten die *Thor* und der Rest des Hauptverbands zu Gensonnes Vorhut aufgeschlossen haben.

Wenn Grün-eins sich allerdings dafür entschiede, den Kampf zu vermeiden und stattdessen nach Hause zu rennen, würde es letztendlich auf das gleiche Ergebnis hinauslaufen – es würde nur ein paar Stunden auf sich warten lassen. Aber wie es auch käme: Manticore war so gut wie erledigt.

Llyn wäre erfreut. Und was noch viel wichtiger war: Llyns Bosse bei Axelrod würden, ganz vertragsgemäß, einen ordentlichen Bonus zahlen.

Ein angespanntes Lächeln auf den Lippen lehnte sich Gensonne in seinem Sessel zurück und wartete darauf, dass die Manticoraner den Köder schluckten.

»Wir legen so viele Gravos vor, wie wir eben können«, drang eine angespannte Stimme aus dem Lautsprecher der Brücke, »aber ich weiß nicht, wie viel Zeit uns noch bleibt, bis wir den Keil vollständig herunterfahren müssen – und wir sind hier verdammt weit weg von *allem.* Bitte schicken Sie uns, was für Schiffe auch immer Sie zur Verfügung haben mögen – Frachter, Passagierschiffe, Erztransporter ... Hauptsache unsere Leute passen irgendwo an Bord! Ich bitte Sie, helfen Sie uns!«

Heissman vollführte eine kleine Handbewegung, und Chief Kebiro an der Signalstation drosselte die Lautstärke. »Eins-O«, wandte sich der Commodore an Belokas, »was meinen Sie, wie viele Passagiere wir an Bord nehmen können?«

Belokas atmete für alle hörbar aus. »Alle vier Schiffe unserer Gruppe gemeinsam können wohl kaum mehr als fünfhundert

Mann aufnehmen. Und dafür müssten wir die schon an den Schotts vertäuen – Luxusreisen sehen anders aus.«

»Immer noch besser, als in der Kälte des Alls zu ersticken«, brummte Woodburn.

»Das wohl«, pflichtete Heissman Woodburn bei. »Also gut. Aegis wird den Hilferuf vermutlich selbst empfangen haben, aber leiten Sie die Aufzeichnung davon sicherheitshalber trotzdem weiter – zusammen mit der offiziellen Bitte um Unterstützung. Die sind zwar weiter entfernt als wir, aber dafür haben die mehr Platz an Bord.«

»Vorausgesetzt, die Flasche der *Leviathan* hält lange genug durch, dass Locatelli das Schiff überhaupt noch erreichen kann«, merkte Belokas warnend an.

»Da können wir nun überhaupt nichts ausrichten«, sagte Woodburn.

»Also steuern wir sie wirklich an, ja?«, fragte Travis.

Alle wandte sich zu ihm. »Haben Sie etwas anzumerken, Lieutenant?«, fragte Heissman.

»Irgendetwas *Handfestes?*«, setzte Woodburn hinzu. »Weil irgendwelche Vorahnungen oder so ...«

Eine kurze Handbewegung Heissmans ließ ihn verstummen. »Sprechen Sie weiter«, forderte ihn der Commodore auf.

Travis nahm all seinen Mut zusammen. »Irgendwas an der ganzen Sache stimmt nicht, Sir«, setzte er an und hoffte dabei, seine Worte hörten sich für die andere längst nicht so lahm und kraftlos an, wie sie ihm selbst erschienen. Vor allem, da Woodburn bereits darauf hingewiesen hatte, niemand hier wolle Vorahnungen hören. »Das Timing, der Vektor – genau die gleiche Peilung wie der Hypergeist ... Dass die gerade hierhergekommen sind, statt es irgendwo anders zu versuchen ...«

»Deren Keil zeigt wirklich Anzeichen einer Störung«, erinnerte ihn Heissman. »Und es sieht ganz danach aus, als handle es sich um ein Handels- oder Passagierschiff, nicht um einen Kriegsraumer.«

»Sir, Rendezvouskurs berechnet und bereit«, meldete der Rudergänger. »Ich gehe davon aus, dass die *Leviathan* ihre derzeitige Beschleunigung aufrechterhalten kann. Wenn ihr Keil tatsächlich ausfällt, muss neu berechnet werden.«

»Verstanden«, gab Heissman zurück. »Nachricht an die anderen Schiffe, und dann sollten wir ein paar anständige Gravos vorlegen.« Er blickte zu Travis hinüber. »Und lassen Sie auf allen Schiffen Bereitschaftsstufe drei ausrufen«, setzte er hinzu. »Nur für den Notfall.«

»Die kommen«, verkündete Imbar. »Ihr Vektor ist ... es ist noch ein bisschen früh, um sicher zu sein, aber es sieht ganz danach aus, als würden die ein Rendezvous mit der *Naglfar* anstreben.«

»Ausgezeichnet«, sagte Gensonne und strahlte vor Befriedigung regelrecht. Die Manticoraner waren wirklich darauf hereingefallen! »Haben wir Sidewinder schon auf dem Schirm?«

»Noch nicht«, antwortete Imbar. »Aber wir tasten die Region ab, in der sie jetzt stecken sollten. Davon ausgehend, dass alles geklappt hat, sollten sie irgendwann innerhalb der nächsten Stunden die Keile aufbauen, um dann ihren eigenen Abfangkurs für Grün-zwo zu optimieren.«

Gensonne nickte. Wenn die *Umbriel* und die *Miranda* gerade rechtzeitig einträfen, um die Manticoraner ins Kreuzfeuer zu nehmen, wäre das wirklich praktisch, aber keineswegs unerlässlich für seinen Plan. Wenn die zwei Zerstörer noch zu weit entfernt wären, um sich an diesem ersten Scharmützel zu beteiligen, könnten sie immer noch eine ähnliche Angreiferrolle übernehmen, wenn es die Volsungs mit Grün-eins aufnahmen.

Verpassten sie dort ebenfalls das Beste, wären sie immer noch als Kundschafter und Störer zu gebrauchen: Wenn die beiden Verteidigungsgruppen erst einmal erledigt wären, könnten die Zerstörer auf dem Weg zum Planeten Manticore der Volsung-Flotte vorausfliegen.

So oder so, versprach sich Gensonne, würde sich wirklich jedes Schiff der Volsung-Angriffsstreitmacht an diesem Tag seinen Sold verdienen.

Kampfgruppe Janus war immer noch zwei Stunden von dem berechneten Rendezvous mit *Leviathan* entfernt. Die vier Schiffe nahmen gerade eine weitere kleine Kurskorrektur vor, und das beschädigte Passagierschiff veränderte ein weiteres Mal seine Beschleunigung, als von der *Gorgon* die Meldung eintraf, in der Ferne seien zwei weitere kleine Impellerkeile geortet worden.

»Shapira sagt, es sei reines Glück, dass sie sie überhaupt bemerkt hat«, erklärte Belokas, die dicht neben Heissmans Konsole schwebte und gemeinsam mit dem Captain die unerwarteten – und zumindest für Travis beunruhigenden – Daten betrachtete, die der Captain der *Gorgon* ihnen geschickt hatte. »Und wenn man bedenkt, dass unsere Keile relativ zu dieser Richtung stehen und die Crews ganz mit Kurskorrekturen beschäftigt sind, muss ich ihr beipflichten.«

»Captain Shapira hat die schlechte Angewohnheit, auch jene Dinge dem Glück zuzuschreiben, die in Wahrheit einer guten Ausbildung und lobenswerter Wachsamkeit zu verdanken sind«, bemerkte Heissman nachdenklich und ließ den Blick zum taktischen Display hinüberwandern. »Vergessen Sie nicht, für Shapira selbst, ihrer Brückencrew und ihrer OPZ eine Belobigung in den Akten zu vermerken. Und was halten Sie davon?«

»Die sind eindeutig kleiner als die *Leviathan*«, setzte Belokas an. »Könnten kleine Frachter sein. Definitiv keine Erztransporter oder anderes von der Art Schiffe, die sich eigentlich in dieser Gegend herumtreiben sollten.«

»Oder es sind kleine Kriegsschiffe«, setzte Woodburn hinzu. »Zerstörer oder Leichte Kreuzer. Vor allem ... da! Na, wenn *das* mal nicht interessant ist!«

Unwillkürlich kniff Travis die Augen zusammen. So abrupt, wie die geheimnisvollen Impellerkeile erschienen waren, waren sie auch wieder verschwunden. Als hätten sich die Schiffe für eine Kurskorrektur oder Ähnlichem kurz aus ihrem Versteck herausgewagt und sich dann, nachdem das Gewünschte abgeschlossen war, wieder in die alles verbergende Schwärze des interplanetaren Raums zurückgezogen.

Woodburn dachte offenkundig ebenso. »Die verstecken sich, gar keine Frage«, erklärte er grimmig. »Und Ihnen wird auch nicht entgangen sein, dass die mit ihrem Manöver gewartet haben, bis wir selbst eine Kurskorrektur vorgenommen haben und deswegen besonders unaufmerksam waren – zumindest theoretisch. Bei allem schuldigen Respekt, Commodore, aber das Ganze sieht für mich immer weniger nach einer Rettungsaktion aus und immer mehr nach einer Invasion.«

»Sehe ich auch so«, bestätigte Heissman. »Ich glaube, wir schulden Mr. Long eine Entschuldigung.«

»Dem schließe ich mich an, Commodore«, sagte Woodburn und nickte Travis kurz zu. »Sieht ganz so aus, als hätten Sie recht gehabt, Lieutenant. Gut erkannt!«

»Danke, Sir«, gab Travis zurück. Reizbar, aber fair.

»Aber jetzt, wo wir wissen, was da in Wirklichkeit gespielt wird«, fuhr Heissman fort, »stellt sich die Frage nach unserem Waffeninventar. Wie sieht es aus, Mr. Long?«

»Nicht so gut, wie es aussehen sollte, Sir«, antwortete Travis.

Und bereute seine Wortwahl sofort. Die Schuld daran, dass Kampfgruppe Janus nicht mit voller Kampfstärke in den Einsatz gegangen war, lag bei den Politikern des Parlaments, nicht beim Oberkommando der Royal Manticoran Navy. Doch seine gedankenlose Bemerkung ließe sich leicht als Kritik an eben jener Führungsebene lesen.

Glücklicherweise schien Heissman das nicht zu tun. »Da will ich gar nicht widersprechen, Lieutenant«, gab er nur trocken zurück. »Weiter?«

»Ohne redaktionelle Anmerkungen, wenn ich bitten darf«, setzte Belokas noch trockener hinzu.

»Jawohl, Ma'am«, sagte Travis und verzog das Gesicht. Schließlich war die *Casey* immer noch besser bewaffnet und ausgestattet als fast der gesamte Rest der Flotte. »Ich bitte um Verzeihung. Wir verfügen über achtzehn Raketen, aber Bug- und Hecklaser sind voll funktionstüchtig und einsatzbereit. Gleiches gilt für die Breitseitenbewaffnung mit Energietorpedos. Eine unserer Schnellfeuerkanonen ist ein wenig unzuverlässig – Probleme mit der Kühlung, die Techniker arbeiten schon daran. Der Aufladezustand liegt bei etwa sechzig Prozent. Und wir verfügen über neunzehn Antiraketen.«

»Was ist mit den anderen Schiffen?«

»Die *Gorgon* hat acht Raketen, die *Hercules* und die *Gemini* je vier«, antwortete Travis sofort. *Und die können sich glücklich schätzen,* überhaupt *so viele zu haben,* setzte er in Gedanken hinzu. »Deren Nahbereichsabwehr ist in etwa gleich leistungsstark wie unsere eigene, und auch der Aufladezustand ist ähnlich.«

»Wie viele Raketen von dieser Liste sind Übungsraketen?«, fragte Heissman nach.

»Keine, Sir«, antwortete Travis und runzelte die Stirn. »Ich dachte nicht, dass ich die auch mitzählen sollte.«

»Sie sehen nun mal wie echte Raketen aus, auch wenn sie

nicht *Rumms* machen«, gab Heissman zu bedenken. »Stückzahlen?«

»Die *Gorgon* und wir haben jeweils zwo; die *Hercules* und die *Gemini* jeweils eine«, meldete Travis. Aber wenn die Raketen doch keine Gefechtsköpfe hatten ...?

Die Verwirrung musste ihm anzusehen gewesen sein, denn sowohl Heissman als auch Woodburn schenkten ihm ein kurzes Lächeln. »Sie sollten niemals die Wirkung eines einfachen, unverschämten Bluffs unterschätzen, Mr. Long«, mahnte ihn Heissman. »Schlimmstenfalls kann so eine Raketenattrappe den Feind dazu bewegen, Munition der Nahbereichsabwehr zu verschwenden. Im besten Falle kann der Impellerkeil einer Übungsrakete immer noch einen Schiffsrumpf zerfetzen.«

Travis verstand und sah das Lächeln auf dem Gesicht des Commodore verschwinden.

»Also«, fuhr er fort, »sind wir kurzgesagt unterbewaffnet und unterbemannt, und selbst wenn Aegis sämtliche nur erdenklichen Gravos rauskitzelt, wird es noch seine Zeit dauern, bis Verstärkung eintrifft. Ihre Empfehlungen?«

»Das Sicherste wäre, den Einsatz abzubrechen«, lautete Woodburns Vorschlag. »Bei unserem angeschlagenen Passagierschiff könnte es sich um alles Mögliche handeln, bis hin zu einem ausgewachsenen Schlachtkreuzer. Vielleicht sogar ein Linienschiff – groß genug dafür ist es auf jeden Fall. Das Problem ist: Wenn wir nahe genug herangekommen sind, um anständige Sensordaten zu erhalten, ist es viel zu spät, um noch rechtzeitig wegzukommen.«

Er deutete auf ein Display. Alle Blicke folgten seinem Fingerzeig dorthin.

»Und dann«, fuhr er fort, »haben wir da noch diese beiden Schiffe, die Verstecken mit uns spielen. Wenn innerhalb eines Monats ein paar Schiffe bei uns vorbeischauen, können wir uns normalerweise ja schon glücklich schätzen, und jetzt sollen wir plötzlich drei Besucher am gleichen Tag haben? Und dann auch noch drei Schiffe, die ihre Bewegungen anscheinend genau miteinander koordinieren?«

»Also empfehlen Sie, dass wir System Command informieren und uns dann zurückziehen – und möglicherweise zu Aegis stoßen?«, fragte Heissman völlig ruhig nach.

»Ich habe gesagt, das wäre das *Sicherste*«, korrigierte ihn Woodburn ebenso ruhig. »Aber wir sind ja nicht hier draußen, um auf Nummer sicher zu gehen. Wir sind hier draußen, weil wir nachschauen sollen, wo es Ärger gibt – und wenn wir ihn finden, sollen wir die Bedrohungslage einschätzen und uns ihrer annehmen.«

»Also lautet Ihre eigentliche Empfehlung, wir sollten dem Untier geradewegs in den Rachen fliegen?«, fragte Belokas.

»Ganz genau das, geradewegs«, bestätigte Woodburn. »Begleitend empfehle ich, dass wir die *Gorgon* hinter uns und die Korvetten zurückfallen lassen. Nicht so schnell und nicht so weit, dass unsere Freunde da draußen es bemerken und sich fragen, was wir wohl im Schilde führen, aber doch weit genug, dass die *Gorgon* unsere Kommunikation koordinieren und weiterleiten kann, wenn wir unsere Seitenschilde aufbauen.« Sein Mund wurde ein dünner Strich aus Anspannung. »Es steht zu hoffen, dass sie auch lange genug Abstand halten kann, um eine vollständige Aufzeichnung all dessen weiterzuleiten, was hier so als Nächstes passiert.«

Travis musste schlucken. Was das bedeutete, war ihm nur zu bewusst. Woodburn rechnete nicht damit, dass die *Casey* oder die beiden Korvetten die bevorstehende Begegnung überleben würden.

Aber auch das gehörte dazu, wenn man bedachte, warum Kampfgruppe Janus hier draußen stand.

»Eins-O?«, fragte Heissman nur.

»Ich schließe mich Commander Woodburns Lageeinschätzung ebenso an wie seinen Empfehlungen, Sir«, sagte Belokas und klang dabei ungewohnt förmlich.

»Sind Sie beide der Ansicht, dass die gegebenen Umstände den Verbrauch einer oder sogar mehrerer Raketen rechtfertigen?«, setzte Heissman nach.

Unter den gegebenen Umständen, sinnierte Travis, *klingt diese Formalität einfach unfassbar dämlich.* Doch keiner der drei leitenden Offiziere zuckte auch nur mit der Wimper.

»Ich schon«, sagte Belokas.

»Ich auch«, schloss sich Woodburn an.

»Also gut«, entschied Heissman und klang nun genau wie seine beiden Untergebenen. »Informieren Sie sämtliche Schiffe über die Lage und weisen Sie alle Kommandanten an, weitere Anweisungen abzuwarten. Alfred, Sie arbeiten einen Zeitplan für die geplante Detachierung der *Gorgon* und den Übergang in die Gefechtsformation aus. Eins-O, rufen Sie Bereitschaftsstufe zwo aus. Und falls wir noch überschüssige Gefechtsköpfe an Bord mitführen, soll die Besatzung die jetzt an die Übungsraketen koppeln.«

»Jawohl, Sir.« Woodburn gab Travis einen kurzen Stoß. »Kommen Sie, Lieutenant! Wir haben zu arbeiten.« Er stieß sich von seinem Haltegriff ab und schwebte auf seine Konsole zu.

Travis folgte ihm; jahrelange Übung erlaubten ihm, dicht hinter seinem Vorgesetzten zu bleiben, ohne Gefahr zu laufen, mit ihm zu kollidieren. »Gestatten Sie eine Frage, Sir?«, erkundigte er sich.

»Warum gerade die *Gorgon* und nicht eine der Korvetten, ist es das?«

Travis' Lippe zuckte. »Jawohl, Sir«, gestand er. »Die *Gorgon* verfügt über mehr Raketen, eine bessere Panzerung und leistungsstärkere Seitenschilde. Wenn wir ins Gefecht ziehen, könnten wir sie gut an unserer Seite gebrauchen.«

»Außerdem verfügt sie über eine Schnellfeuerkanone am Heck«, rief ihm Woodburn ins Gedächtnis zurück. »Wenn es darauf hinausläuft, dass nur noch einem einzigen Schiff von Kampfgruppe Jason die Flucht gelingt, müssen wir sicherstellen, dass dieses Schiff die besten Chancen hat, auch eine ganze Salve von Schüssen in den Kilt zu überstehen.«

Travis nickte, und ein sonderbarer und äußerst unangenehmer Gedanke durchlief ihn wie ein Schauer. Militärisch betrachtet war Woodburns Argumentation wirklich logisch, aber hier ging es um mehr als nur militärische Überlegungen. Ensign Richard Winton, der Kronprinz des Sternenkönigreichs, diente derzeit an Bord der *Hercules*. Nicht die *Gorgon*, sondern die *Hercules* mit der Aufgabe zu betrauen, die Kommunikation von Kampfgruppe Janus zu koordinieren und als Ass im Ärmel zu fungieren, hätte für Heissman ein Gebot politischer Logik sein müssen.

Aber Heissman hatte anders entschieden. Für ihn waren militärische Überlegungen offenkundig wichtiger als alles andere. *Und genau so*, so ging es Travis durch den Kopf, *sollte es eigentlich immer sein.*

Doch diese Überlegung führte gleich zu einem weiteren, noch unschöneren Gedanken. Ebenso wie die *Gorgon* verfügte die *Casey* über eine Heckschnellfeuerkanone. Doch sie besaß auch noch einen Hecklaser, der ihr gegen Angriffe in den Kilt eine noch bessere Überlebenschance verschaffte. Wenn also die Priorität auf der Notwendigkeit lag, Informationen über die Invasoren einzuholen und diese dann in Sicherheit zu bringen, dann hätte Woodburn nach streng militärischer Logik die Aufgabe, die Nachhut von Kampfgruppe Jason zu übernehmen, der *Casey* zuweisen müssen. Aber je nach Art Kriegsraumer, als der sich das angeschlagene Passagierschiff entpuppte, machte es vielleicht gar keinen so großen Unterschied, dass die *Casey* in den Kampf geschickt wurde.

Auch diese Möglichkeit schien Woodburn nicht in den Sinn gekommen zu sein. Und Belokas oder Heissman auch nicht.

Und auch hier ließ sich nur sagen: So sollte es eigentlich immer sein. Die drei hatten das Kommando inne, und natürlich würden sie die *Casey* geradewegs und mitten in das hineinsteuern, was dem Kampfverband bevorstand.

Aber Travis war diese Möglichkeit *sehr wohl* in den Sinn gekommen.

Hieß das, dass er ein Feigling war?

Vielleicht war die *Leviathan* ja tatsächlich ein beschädigtes Passagierschiff. Vielleicht gab es auch für die zwei Jetzt-bin-ich-da-jetzt-bin-ich-weg-Impellerkeile eine völlig vernünftige Erklärung. Vielleicht war das alles nur ein völlig abstruser Zufall, und irgendwann später würden sie sich alle zu einem Drink zusammensetzen und über das Ganze lachen.

Aber wenn nicht, dann würden sie alle schon bald wissen, wie sich die Royal Manticoran Navy in einem echten Gefecht schlug, nicht bloß in einer Simulation.

Damals, an Bord der *Phoenix*, hatte sich Travis gefragt, ob ein erster Vorgeschmack auf echten Krieg das Sternenkönigreich wohl aus seiner Selbstgefälligkeit reißen würde. Jetzt sah es ganz danach aus, als würde diese Frage schon bald beantwortet.

»Alle Mann auf Gefechtsstation! Alle Mann auf Gefechtsstation!«, drang Captain Hagros' raue Stimme aus dem Intercom-Lautsprecher des Bugimpellerraums der *Hercules.* »Für das gesamte Schiff gilt Alarmstufe zwo. Ich wiederhole: Für das gesamte Schiff gilt Alarmstufe zwo.«

»Na, verdammich aber auch«, murmelte Impellertechniker Chief Labatte. Dann zuckte sein Blick zu dem Mann hinüber, der unmittelbar neben ihm saß. »Verzeihen Sie, Sir.«

»Passt schon, Chief«, gab Ensign Richard Winton zurück. Er spürte, wie sich die Schmetterlinge in seinem Bauch zu einer eisigen, bleischweren Masse zusammenballten. *Alarmstufe zwo.* Gefecht steht unmittelbar bevor.

Kampfgruppe Janus, HMS *Hercules* und Ensign Richard Winton zogen in den Krieg.

In den *Krieg.*

Der reine Wahnsinn! Seit fast einhundert Jahren war die Royal Manticoran Navy in kein einziges Gefecht mehr verwickelt gewesen. Niemand, nicht einmal Admiral Locatelli, hatte eine Vorstellung davon, wie man ein ausgewachsenes Gefecht mit einer Vielzahl beteiligter Schiffe zu koordinieren hatte.

Aber sie mussten es lernen, und das verdammt rasch! Das Überleben des ganzen Sternenkönigreichs mochte davon abhängen, was hier und heute geschah.

»Sir?«

»Bin schon da, Chief«, sagte Richard. Kurz schüttelte er den Kopf und verbannte Ängste und Zweifel in einen kleinen, vorerst unzugänglichen Teil seines Verstands. Seine Flotte und sein Volk verließen sich auf ihn. Und was noch wichtiger war: Sein Vater, der König, verließ sich auf ihn.

Keinen von ihnen würde er im Stich lassen.

»Geben Sie mir eine neue Diagnose der Impeller und Seitenschilde«, befahl er. »Vor allem von diesem Wackelkandidaten da, Nummer zwo. Finden Sie heraus, welche Bauteile am ehestens auszufallen drohen, und sorgen Sie dafür, dass die erforderlichen Ersatzteile bereitliegen.«

»Wir werden vielleicht nicht alles finden, was wir brauchen«, warnte ihn Labatte.

»Ach, das habe ich mir schon gedacht«, versetzte Richard säuerlich. »Dann werden wir wohl mit dem zurechtkommen müssen, was wir haben, was?«

»Genau.« Labatte stieß ein Schnauben aus. »Ist schon ein bisschen ironisch, oder? Hätte sich Breakwater für seine geliebte MPARS-Flotte die *Hercules* ausgesucht statt … sagen wir: der *Taurus*, würden wir jetzt am Spielfeldrand sitzen.«

Statt in den Tod zu gehen, zuckte Richard ein unschöner Gedanke durch den Kopf. »Was haben wir doch für ein Glück!«, sagte er stattdessen. »Wir bekommen die Gelegenheit, eine Invasion zurückzuschlagen.«

»Stimmt, Sir«, sagte Labatte. »Okay. Hier sind die Diagnosedaten, und hier ist die Liste der mutmaßlichen Sollbruchstellen. Ich schnappe mir Nathan und mache mich daran, Ersatzteile zusammenzuorganisieren.«

»Gut«, gab Richard zurück. »Sagen Sie Bescheid, wenn Sie Hilfe brauchen.«

19

Es war an der Zeit.

Ein letztes Mal ließ Gensonne den Blick über die Brückendisplays der *Odin* schweifen. Sein Schiff und die *Tyr* hatten sich zu einer Gefechtssäule positioniert: Die *Odin* stand eintausend Kilometer senkrecht über dem anderen Schlachtkreuzer. Daher hatten beide Schiffe trotz aller Einschränkungen durch Impellerkeil und Seitenschilde optimale Schussfelder für ihre Raketen und Schnellfeuerkanonen. Die zwei Schweren Kreuzer, *Copperhead* und *Adder*, bildeten ebenfalls eine Gefechtssäule. Sie standen etwa eintausend Kilometer vor den beiden Schlachtkreuzern, dabei aber in ihrer Höhenposition etwas versetzt. Ihre Antiraketen würden also beiden größeren Kriegsschiffen gleichermaßen zugutekommen. Fünfzehnhundert Kilometer vor den Kreuzern und um eintausend Kilometer nach Steuerbord versetzt, bewachte der Zerstörer *Ganymede* die Steuerbordflanke des Verbandes.

Wäre es einzig und allein nach Gensonne gegangen, hätte sich die *Phobos* als Spiegelbild zur *Ganymede* positioniert und so die Backbordflanke ihres Kampfverbandes gesichert. Aber da sich Kommunikation durch Seitenschilde hindurch bestenfalls … knifflig gestaltete, war es viel wichtiger, dass die *Phobos* den anderen Schiffen in hinreichend weitem Abstand folgte, um als Com-Relais zu dienen. Im Gefechtsfall konnte ein Kommunikationsblackout, wie kurz er auch sein mochte, zur Katastrophe führen. Das ließ sich nur auf eine Weise vermeiden: Man stellte eines seiner Schiffe als Nachrichtenüberbringer ab, das die entsprechenden Signale durch die Öffnungen im Kilt der anderen Schiffe übermittelte, denn durch diese war Kommunikation jederzeit ungehindert möglich.

Außerdem wurde für die anstehende Aufgabe wohl kaum die maximale Schlagkraft des Verbandes benötigt. Notfalls könnten die *Odin* und einer von Gensonnes Kreuzern die vier kleinen Schiffe, denen sich die Volsungs näherten, sogar im Alleingang ausschalten – vermutlich, ohne dabei auch nur einen einzigen Kratzer im Lack abzubekommen!

Trotzdem wollte Gensonne die Manticoraner die gesamte Schlagkraft seines Kampfverbands spüren lassen. Schließlich gab es etwas, das noch besser war als ein schmerzloser Sieg: ein *schneller*, schmerzloser Sieg. Und ein schneller, *deutlicher* Sieg würde sich auf die Kampfmoral beider Seiten auswirken.

Gensonne aktivierte das Com. »An alle Schiffe, hier spricht der Admiral«, sagte er in das Mikrofon hinein. »Alle Mann auf Gefechtsstation. Übertragung der Statusdaten einleiten.«

Einen Augenblick lang geschah nichts. Dann blitzten in der korrekten Reihenfolge nach und nach die entsprechenden Anzeigen auf der Statustafel auf. Die *Odin* meldete grün, die *Tyr* meldete grün, die *Copperhead* …

Gensonne kniff die Augen zusammen. Inmitten eines ganzen Ozeans aus beruhigendem Grün glommen zwei rote Lichter. »Captain Imbar?«

»Das liegt an der Ventral-Schnellfeuerkanone«, drang Imbars Stimme aus dem Lautsprecher der Signalstation. »Der Steuerbordsensor ist falsch kalibriert. Es wird schon dran gearbeitet.«

Gensonnes Lippen formten lautlos einen Fluch, während er den Blick wieder auf die Statustafel richtete, an der rings um die roten Lämpchen der *Copperhead* weitere grüne Lichter aufflammten. Sollte er der *Copperhead* noch ein paar Minuten Zeit geben? Die manticoranische Kampfgruppe bremste derzeit ab, und ihre Kilts wiesen genau auf die aufkommenden Volsungs, schließlich bereiteten sie ja ein Rendezvous mit der *Naglfar* vor, die sich jetzt weit hinter der Vorhut seines Verbandes befand. Wenn Gensonne die *Naglfar* nun anwies, ihre Beschleunigung ein wenig zu steigern, würden die Manticoraner darauf vermutlich mit gesteigerter Abbremsung reagieren, und das würde den schon bald anstehenden Moment hinauszögern, an dem die Sensoren des Feindes schließlich *doch* die Kriegsschiffe auffingen, die hier getarnt im freien Fall durch das All trieben.

Gensonne richtete sich auf und spürte, wie ihn der Kragen seiner Uniform, der über den Helmdichtungsring seines Raumanzugs hinausragte, am Nacken scheuerte. Lächerlich! Selbst wenn jede einzelne Statusleuchte der *Coppperhead* jetzt auf Rot umspränge, war sein Verband dem Gegner meilenweit überlegen.

Außerdem raste in diesem Augenblick auch die deutlich größere Kampfgruppe Grün-eins quer durch das Manticore-System auf sie zu. Wenn sie das Scharmützel mit Grün-zwo noch hinauszögerten, hätten sie anschließend weniger Zeit, sich wieder zu organisieren und nachzuladen, bevor Grün-eins einträfe.

Grün-zwo war fast in Reichweite.

Es wurde Zeit, dass Manticores Besatzungen den Tod schmeckten.

»Sagen Sie der *Copperhead*, sie soll sich weiter bemühen, das in den Griff zu bekommen«, knurrte er Imbar zu. Dann schaltete er das Mikro wieder ein und straffte die Schultern. »An alle Einheiten: Bereit, die Keile hochzufahren.«

Heissman hatte Belokas und Woodburn von der Brücke geschickt, damit die beiden wenigstens eine kurze Pause bekämen. Travis hatte sich vor der Konsole des Taktischen Offiziers angeschnallt, als der Moment, auf den alle an Bord der *Casey* warteten, endlich kam.

Nur sahen sie eben nicht nur das eine Schiff, mit dem sie gerechnet hatten. Nein, es war schlimmer, viel schlimmer.

»Neuer Kontakt!«, fauchte Rusk an der Ortungsstation, und diese beiden Worte durchschnitten jegliche im Flüsterton geführten Gespräche auf der Brücke. »Ich orte sechs Schiffe auf einem Abfangvektor, mit zwohundertfünfzig Gravos. Raketenreichweite wird in etwa sechzehn Minuten erreicht.«

»An alle Schiffe: Beschleunigung auf zwo Kps Quadrat steigern. Ab sofort gilt Bereitschaftsstufe eins!«, rief Heissman in sein Mikro, und die völlige Ruhe seiner Stimme bildete einen bemerkenswerten Kontrast zu Travis' Herzen, das plötzlich hämmerte wie verrückt. »Mr. Long?«, setzte Heissman dann hinzu.

Verstohlen tastete Travis nach dem Helm seines Raumanzugs – natürlich war er ganz vorschriftsgemäß neben seiner Konsole befestigt. Genau zu wissen, dass dieser Helm dort war, wo er hingehörte, sorgte dafür, dass sich Travis ein wenig sicherer fühlte. Ein ganz klein wenig. »Bogey drei besteht aus drei Schiffen«, meldete er, und sein Blick zuckte zwischen den Displays und der OPZ-Echtzeitanalyse der eingehenden Daten hin und her. Zu den vielen Dingen, die ihm Woodburn im Laufe der vergangenen Wochen eingebleut hatte, gehörte auch, dass man niemals einem Computer glauben sollte, wenn die Möglichkeit bestand, eine eigene Analyse und Lageeinschätzung vorzunehmen. »Die jeweiligen Impellerstärken lassen zwo Schlachtkreuzer vermuten, zwo Schwere Kreuzer und zwo Leichte Kreuzer oder Zerstörer. Eines der beiden letztgenannten Schiffe bleibt hinter den anderen in Com-Position zurück.«

»Was man wohl als Beleg dafür ansehen muss, dass es sich um eine Kriegsflotte handelt«, hörte Travis über seine Schulter hinweg Woodburns Stimme.

Er blickte auf und sah, dass der Taktische Offizier unmittelbar hinter ihm schwebte und mit unbewegter Miene den Blick zwischen den verschiedenen Bildschirmen hin und her zucken ließ. »Jawohl, Sir«, pflichtete ihm Travis bei und griff schon nach der Entriegelung seiner Haltegurte.

Zu Travis' großer Überraschung bedeutete ihm Woodburn mit einer beiläufigen Handbewegung, an der Konsole sitzen zu bleiben.

»Gibt es bereits Informationen über die Herkunft oder die Schiffsklassen?«, erkundigte sich Heissman. »Ich weiß, dass sie ihre Transponder nicht aktiviert haben.«

»Wir sind noch zu weit entfernt«, antwortete Woodburn. »Aber die vertikale Positionierung ihrer Schiffe passt zur Doktrin des solarischen Militärs.«

»Was uns nicht gerade viel verrät«, gab Belokas zu bedenken, während sie quer durch die Brücke schoss, auf ihre Konsole zu. »An der Doktrin der Solarier orientieren sich viele Militärs.«

»Vielleicht ist man höflich genug, um sich uns vorzustellen«, meinte Heissman. »Alle Mann aufgepasst und zugehört.« Er langte an Travis vorbei und aktivierte das Com. »Unidentifizierte Schiffe, hier spricht Commodore Rudolph Heissman von der Royal Manticoran Navy. Seien Sie bitte so freundlich, sich zu identifizieren und uns darüber zu informieren, zu welchem Zweck Sie in manticoranisches Hoheitsgebiet eingereist sind.«

Es folgte eine Pause, nur wenig länger, als sich mit der Signalverzögerung aufgrund des Abstands der Schiffe hätte erklären lassen. Offenkundig hatte der Kommandeur der Gegenseite einen solchen Anruf erwartet und wusste bereits, was er antworten wollte. »Meinen Gruß, Commodore Heissman«, drang eine tiefe Stimme aus den Brückenlautsprechern.

Travis betrachtete das Com-Display. Das Gesicht, das auf dem Bildschirm erschienen war, wirkte für ihn bemerkenswert hell – die Hautfarbe ließ vermuten, dass dieser Mann nur selten Sonnenlicht abbekam. Seine Augen waren blau, sein Mund hatte einen entschieden sardonischen Zug. Form und Winkel der Fältchen an den Mundwinkeln ließen Travis vermuten, dass der Mann gern auf sardonisch machte. Eingerahmt war das Gesicht von allmählich schütter werdendem, militärisch kurz geschnittenem, blondem Haar. Unterhalb des Kinns ragten die obersten Zentimeter eines hohen Uniformjacken-Stehkragens aus der Halskrause eines Raumanzugs.

»Blaugrau gewirkter Kragen, schwarz abgesetzt«, brummte Woodburn. Travis nickte und gab schon die entsprechenden Parameter ein, nach denen der Computer das Archiv durchsuchen sollte.

»Mein Name und meine Herkunft sind irrelevant«, fuhr der Mann fort, »aber um der Zweckmäßigkeit willen können Sie mich Admiral Tamerlane nennen. Der Zweck meiner Einreise ist, so bedauerlich es auch ist, die Zerstörung Ihrer gesamten Kampfgruppe. Allerdings bin ich durchaus willens, über Kapitulationsbedingungen zu verhandeln.«

Er neigte den Kopf ein wenig zur Seite, und durch diese kleine Bewegung war das an seinem Kragen befestigte Rangabzeichen besser zu erkennen: ein Komet, dessen Schweif einen Drittelkreis bildete, mit einem Stern an dessen Innenkante. Travis fügte es zu den Suchkriterien hinzu.

»Natürlich gilt dieses Angebot nur innerhalb eines sehr engen Zeitraums«, erläuterte Tamerlane. »Ich sehe, dass Sie in etwas weniger als achtzehn Minuten in Raketenreichweite kommen. Es wird noch etwas rascher so weit sein, wenn Sie Ihren völlig vergeblichen Fluchtversuch abbrechen und sich zum Kampf stellen. Ich erwarte Ihre Antwort.« Er streckte die Hand aus dem Bereich des Aufzeichners hinaus aus, und sein Abbild verschwand.

»Ganz schön von sich überzeugt, dieser Mistkerl«, merkte Heissman an. »Hat jemand ihn oder seinen Akzent erkannt?«

Auf der Brücke blieb es still, und als sich Travis verstohlen umblickte, bemerkte er hier und dort ein Kopfschütteln. »Mr. Long?«, fragte Heissman.

»Die Uniform könnte solarischen Ursprungs sein«, erläuterte Travis und überflog die Suchergebnisse. »Aber bei vielen Flotten der Kernwelten werden sehr ähnliche Uniformen getragen. Das wenige, was wir gesehen haben, scheint mir eher zur Navy von Tahzeeb zu passen.«

»Ist ähnlich, aber nicht identisch«, widersprach Belokas. »Aber es könnte ein Indiz sein, dass dieser Kerl zumindest schon einmal mit der Flotte von Tahzeeb zusammengearbeitet hat. Vermutlich handelt es sich also um Söldner.«

»Höchstwahrscheinlich sogar«, pflichtete ihr Woodburn bei. »Aber ich weiß noch nicht genau, was es zu bedeuten hat, dass er sich selbst Tamerlane nennt. Der ursprüngliche Tamerlane – auch Tamerlan oder Timur-i Läng genannt – war ein Eroberer auf Alterde, der vor etwas mehr als zwotausend Jahren ziemlich rücksichtslos einen beachtlichen Teil des ganzen Planeten in seine Gewalt gebracht hat.«

»Außerdem galt Tamerlan als militärisches Genie«, ergänzte Heissman. »Ich frage mich, auf welchen dieser beiden Aspekte der Kerl da wohl anspielen will.«

»So oder so, auf jeden Fall haben wir es hier mit angewandtem Größenwahn in Reinkultur zu tun«, entschied Belokas.

»Von sich überzeugt ist er, aber wahrscheinlich nicht so sehr, dass wir ihn dazu bringen könnten, uns zu sagen, was er mit Manticore vorhat, wenn wir erst einmal aus dem Weg geräumt sind.«

»Nicht, solange er sich nicht sicher ist, dass wir unmöglich noch irgendetwas Nützliches an System Command oder Aegis weiterleiten können«, pflichtete Heissman ihr bei. »Wo wir gerade von Aegis sprechen: Wie ist deren aktuelle ETA?«

»Sind noch fast zwo Stunden weit entfernt«, antwortete Belokas. »Wenn wir unsere Kompensatoren bis an die Belastungsgrenze treiben, könnten wir das Gefecht noch ein wenig hinauszögern, aber nicht genug, um sie vor Beginn der Kampfhandlungen hier eintreffen zu lassen.«

»Was ist mit Bogey zwo?«, fragte Heissman nach.

»Nichts Neues seit der letzten Kurskorrektur«, antwortete Woodburn. »Je nachdem, wo genau die sich innerhalb des Ortungskegels befinden, werden sie wahrscheinlich innerhalb der nächsten zehn bis zwanzig Minuten in Sensorreichweite kommen.«

»Also sind es keine Verbündeten, sondern weitere Gegner«, entschied Heissman. »Dann sehe ich keinen Grund, das Unvermeidbare künstlich hinauszuzögern.« Er aktivierte das Com. »An alle Schiffe, hier spricht der Commodore. Man hat uns zum Kampf aufgefordert, und ich habe die Absicht, denen den verdammt noch mal heftigsten Kampf zu liefern, den die je erlebt haben. *Gorgon*, derzeitigen Kurs und aktuelle Beschleunigung beibehalten. Ihre Aufgabe ist es, alle nachfolgenden Geschehnisse aufzuzeichnen und die Daten nach Manticore zu schaffen. *Hercules* und *Gemini*, bereithalten für eine koordinierte Vertikalwende.«

Travis legte die Stirn in Falten. »Eine *Vertikal*wende?«, fragte er leise. Bei den meisten Wendemanövern, die er bislang miterlebt hatte, war das Schiff um die lotrechte Achse herumgeschwenkt. Bei einer Vertikalwende rollte sich ein Schiff über seine Längsachse herum, sodass kurzzeitig die zwar stärkeren, aber für sämtliche Sensoren völlig undurchdringlichen Verzerrungsbänder zwischen dem Schiff und der aufkommenden Bedrohung zu liegen kamen.

»Eine Vertikalwende«, bestätigte Woodburn, und in seiner Stimme lang ein unverkennbarer Hauch von grimmiger Belustigung. »Dann können wir eine Raketensalve absetzen, kurz bevor unser Keil weit genug in die Tiefe geht, um aus dem gegnerischen Blickfeld zu verschwinden. Auf diese Weise dürften dem Gegner die Boosterflammen entgehen. Wenn wir das Wendemanöver abgeschlossen haben, sind die Raketen dann so weit, dass sie ihre Keile hochfahren können. Es fehlt nur noch Commodore Heissmans Befehl, welches Ziel als Erstes anzugreifen ist.«

Travis nickte. Die *Casey* selbst verfügte über elektromagnetische Raketenwerfer, die einen Raketenstart eben nicht gleich so deutlich verrieten, während die Raketen der *Hercules* und *Gemini* nur mit Standardboostern ausgestattet waren, die dafür sorgten, dass sich die Raketen auch wirklich weit genug von ihrem Mutterschiff entfernten, bevor die Keile hochgefahren wurden. Wenn es den Schiffen von Kampfgruppe Janus gelänge, Raketen zum Einsatz zu bringen, ohne dass Tamerlane sie bemerkte, würde das den Manticoranern zumindest kurzfristig einen Vorteil verschaffen.

»Vertikalwende: jetzt!«, rief Heissman. »Bereit machen für Raketenstarts – jeweils zwo pro Korvette, vier von uns, wieder auf mein Zeichen.«

Travis betrachtete das taktische Display. Seite an Seite wendeten die *Casey* und beide Korvetten, und ihr Geschwindigkeitsabbau sorgte dafür, dass die *Gorgon* fast im Bildrand verschwand, während die Formation der Angreifer einen regelrechten Satz in ihre Richtung zu machen schien.

Bedauerlicherweise würde dem Feind reichlich Zeit bleiben, zu ihnen aufzukommen. Ob nun Vertikal- oder klassische Horizontalwende: Eine solche Drehung um einhundertundachzig Grad dauerte immer gut zwei Minuten.

»Raketen bereit?«, fragte Heissman leise, den Blick fest auf das taktische Display gerichtet.

»Raketen bereit«, bestätigte Belokas. »Zielobjekt?«

Einen Moment lang studierte Heissman schweigend das Display, dann wandte er sich Woodburn zu. »Vorschläge, Alfred?«

»Ich würde alle acht auf einen der Kreuzer setzen«, antwortete Woodburn. »Deren Formation lässt vermuten, dass sich die Schlachtkreuzer dafür entschieden haben, zusätzliche Raketen an Bord zu nehmen, statt Antiraketen zu laden – und das bedeutet, die verlassen sich darauf, dass ihre Kreuzer die Abschirmung übernehmen. Wenn wir einen von denen gleich als Erstes ausschalten können, bekommen wir möglicherweise sogar die Chance, auch einem der ganz dicken Brummer ordentlich die Nase einzubeulen.«

»Admiral Locatelli würde es gewiss zu schätzen wissen, wenn wir die für ihn schon ein bisschen weichkochen«, merkte Belokas trocken an. »Ich gebe Alfred voll und ganz recht.«

Heissman blickte zu Travis hinüber. »Mr. Long?«

Auch Travis hatte das taktische Display nicht aus den Augen gelassen. Drei kleine Schiffe gegen sechs ... »Ich würde vier Raketen gegen jeden der beiden Kreuzer einsetzen, Sir.«

»Begründung?«

»Wir wissen noch nicht genau, um welche Schiffsklassen es sich handelt«, setzte Travis an. »Vielleicht können wir mehr darüber erfahren, was das für Schiffe sind und wie man sie effektiver angreifen kann, wenn wir deren Abwehrmaßnahmen beobachten. Und wenn wir zwo Schiffe gleichzeitig angreifen, erhalten wir diese Daten ein wenig rascher.«

»Alfred?«, wandte sich Heissman erneut an seinen Taktischen Offizier.

»Es wäre trotzdem besser, bei einem der beiden Schiffe die Abwehr zu übersättigen«, beharrte Woodburn. »Offen gesagt, Sir, wir werden in der Zeit, die uns bleibt, nicht allzu viele Raketen absetzen können. Wir sollten uns darauf konzentrieren, maximalen Schaden anzurichten.«

»Da könnten Sie recht haben«, bestätigte Heissman. »Aber Mr. Long hat da ein gutes Argument vorgebracht. Informationen sind hier im Augenblick das Wichtigste – für uns wie für Admiral Locatelli. Mir scheint es das Risiko wert.« Er aktivierte das Com. »*Hercules* und *Gemini*: Jeder von Ihnen setzt jeweils eine Rakete auf die beiden Vorhutkreuzer ab. Wir tun es Ihnen mit jeweils zwo Raketen gleich.« Kurz schenkte er Travis ein dünnes Lächeln. »Schauen wir doch mal, wie gut dieser Admiral Tamerlane tanzen kann.«

Auf der Brücke der *Invincible* herrschte schon angespannte Betriebsamkeit, als Metzger eintraf. Der Schlaf, aus dem man sie so unsanft gerissen hatte, zerrte immer noch wild entschlossen an ihren Lidern. Systematisch studierte sie sämtliche Displays, während sie an Personen, Konsolen und Monitoren vorbeischoss und dabei nach Hinweisen darauf suchte, weswegen Commander McBryde Bereitschaftsstufe eins ausgerufen hatte.

Dann sah sie es.

Sechs Kontakte, die geradewegs auf Manticore zuhielten.

Sechs.

Und in ihrem Weg standen nur die vier Schiffe von Kampfgruppe Grün-zwo.

»Lagebericht?«, verlangte sie leise, während sie an Locatelli vorbeiglitt und dann vor der Konsole des Kommandanten abbremste.

»Aus dem Bogey, den Janus vor ein paar Stunden gemeldet hat, sind schlagartig *sechs* Bogeys geworden«, erklärte McBryde grimmig, während er seine Haltegurte löste und aus dem Sessel schwebte. »Bislang haben wir noch keine ID – Janus ist noch zu weit entfernt, als dass uns jüngere Übertragungen hätten erreichen können, und von hier aus können wir Details nicht erkennen. Aber allein schon die Impellerstärke legt nahe, dass es sich um Kriegsschiffe handelt.« Er deutete auf das Display. »Der Admiral hat Fall Zulu ausgegeben.«

Fall Zulu. Unablässig hallten diese beiden Worte in ihren Gedanken wieder, während sie sich vor ihre Kommandostation schnallte. *Fall Zulu.* Das absolute Worst-Case-Szenario in Locatellis persönlicher Sammlung an Notfallplänen. Der Notfall, den niemals zu erleben sich Metzger absolut sicher gewesen war.

Invasion. Gott helfe uns.

»Wir haben die Beschleunigung auf eins Komma neun Kps Quadrat gesteigert«, fuhr McBryde fort. »Aber wir sind immer noch eine gute Stunde vom Ort des Geschehens entfernt – was auch immer nun geschieht.«

»Verstanden«, bestätigte Metzger und verzog das Gesicht. Eins Komma neun Kps Quadrat entsprach fast vierundneunzig Prozent der Maximalbeschleunigung der *Invincible*: satte neun Prozentpunkte oberhalb des Standard-Sicherheitslimits ihres Kompensators. Aber damit kam sie zweifellos deutlich rascher ins Kampfgebiet.

Ob sich die Zeit, die sie durch dieses Überschreiten jeglicher Sicherheitsgrenzen gewann, würde nutzen lassen, war eine ganz andere Frage. Manche Taktiker vertraten die Ansicht, wenn zwei gegnerische Kampfverbände aufeinander zurasten, sollte man auf keinen Fall abbremsen, sondern einfach seine Raketen zu einem massiven Angriff zusammenfassen und dann an der Formation des Gegners vorbeijagen – und sich dabei an die Hoffnung klammern, aus den eigenen Reihen würden genügend Schiffe durchkommen, um anschließend, wenn sich der Staub gelegt hätte, etwaige Überlebende abzubergen.

Aber diese Strategie kam hier keinesfalls infrage. Was auch immer mit Grün-zwo geschähe, Grün-eins musste so lange wie möglich die Stellung zwischen der Invasionsflotte und Manticore halten. Das bedeutete: Mit welchem Schub Locatelli seine Schiffe auch ins Gefecht schickte, er würde auf jeden Fall diese zusätzliche Annäherungsgeschwindigkeit wieder abbauen müssen, während der Feind näher kam: Er musste dafür sorgen, dass die beiden Verbände so dicht wie möglich beieinanderstanden und sich über kürzeste Distanz einen wilden Schlagabtausch lieferten.

Bis es so weit wäre, musste sich Grün-zwo den Angreifern im Alleingang stellen. Vier Schiffe gegen sechs, und das größte, was sich auf der manticoranischen Seite befand, war ein Leichter Kreuzer. Die *Casey*. Auf der derzeit auch ein gewisser Travis Long diente.

Den auf genau dieses Schiff zu versetzen Metzger viel Zeit und Mühe aufgewendet hatte.

Ein jegliches hat seine Zeit, Bedauern und Trauer, Schuldgefühle und Furcht.

Hier und jetzt war dafür nicht die Zeit.

McBryde war schon fort, auf dem Weg zu seiner Gefechtsstation in der Operationszentrale. Doch nun war der Taktische Offizier eingetroffen, Lieutenant Commander Perrow. Sie hielt geradewegs auf ihre Konsole zu, die unmittelbar vor der Metzgers stand.

»T-O, ich brauche eine Statusüberprüfung sämtlicher Zielerfassungssysteme«, wies Metzger sie an, als Perrow gerade an ihr vorbeisauste. »Und legen Sie mir auch Ihre Liste sämtlicher Waffen von Aegis vor – mitsamt Bereitschaftswerten. Ich möchte ganz genau wissen, was wir alles haben – und was noch wichtiger ist: was wir alles *nicht* haben.«

Die drei nächststehenden manticoranischen Schiffe beendeten ihr Wendemanöver – interessanterweise hatten sie sich für eine Vertikalwende entschieden –, und nun standen ihre Rachen für jede Form des Angriffs sperrangelweit offen.

»Klarmachen zum Raketenstart«, befahl Gensonne. Die erste Salve würde der *Casey* gelten, hatte er beschlossen. Die Telemetrie der *Odin* konnte sechs Raketen gleichzeitig lenken, und normalerweise hätte er jetzt noch ein paar zusätzliche Raketen aus seinem ganzen Geschwader eingestreut: je massiver die Salve, desto überwältigender. Doch derzeit war es nützlicher, zu erfahren, welche Abwehr die Manticoraner gegen eine weniger massive Salve zum Einsatz bringen konnten. »Salve abfeuern: Eins bis sechs, Zielobj ...«

»Raketen!«, fauchte Imbar.

Was denn sonst?, lautete Gensonnes erster, reflexartiger Gedanke. Hatte er denn nicht gerade ›Klarmachen zum Raketenstart‹ befohlen?

Dann begriff er, was Imbar damit gemeint hatte. Ruckartig drehte er sich zum taktischen Display um.

Ja, dort draußen befanden sich wirklich Raketen: acht Stück. Sie kamen auf ihn zu, ohne Impellerkeil. Einzig ihre relative Geschwindigkeit und die der Volsung-Schiffe sorgten dafür, dass überhaupt Bewegung stattfand. Gensonne wollte Imbar schon eine Erklärung abverlangen, woher die Raketen gekommen seien und warum sie nicht unter eigenem Schub ...

... da, ganz unvermittelt, bauten alle acht Raketen ihren Impellerkeil auf und machten einen Satz geradewegs auf den Volsung-Verband zu.

»Woher zum Teufel *kommen* die?!«, fauchte Imbar.

»Deswegen diese verdammte Vertikalwende«, entfuhr es Gensonne, als er endlich begriff, was gerade geschah. Dann warf er einen Blick auf den Countdown. Noch einhundertdrei Sekunden bis zum Einschlag. »Die haben diese Dinger abgefeuert, als die uns mit ihrem Keil den Blick auf deren Boosterflammen versperrt haben.«

»Clever«, brummte Imbar.

»Sehr sogar«, bestätigte Gensonne. »Aber machen Sie sich keine Sorgen. Clever können wir auch.«

Aber nicht während der nächsten einhundert Sekunden. In vierzig Sekunden, sechzig Sekunden vor dem Einschlag der einkommenden Raketen, würden die *Copperhead* und die *Adder* den aufkommenden Geschossen eine Salve Antiraketen entgegensetzen. Fünfundvierzig Sekunden danach sollten dann alle sechs Volsung-Schiffe das Feuer mit ihren Schnellfeuerkanonen eröffnen und versuchen, alle Raketen zu erwischen, die doch irgendwie an den Antiraketen vorbeigekommen wären.

Das Frustrierende daran: Während diese Raketen aufkamen, war es fast völlig unmöglich, vorherzusagen, auf welches Schiff oder welche Schiffe sie zielten. Doch wenn Heissman auch nur einen Funken Verstand besaß, würde er diese erste Salve gegen einen der beiden Kreuzer oder gleich beide richten. Ein leidlich kompetenter Flaggoffizier musste aus der Formation der Volsungs ableiten können, dass nur die Kreuzer Antiraketen an Bord hatten, also mussten diese auch ausgeschaltet werden, bevor die Manticoraner auch nur den Hauch einer Chance hätten, sich an der *Odin* oder der *Tyr* zu versuchen.

Na, sollten sie doch! Die Kreuzer waren mit voller Abwehrarmierung für den Nahbereich ausgestattet, und wenn Heissman seine Raketen auf diese Ziele verschwenden wollte, dann war er dazu herzlich eingeladen.

Nur ...

Gensonne stieß einen Fluch aus und wirbelte zur Statustafel herum. Dort, immer noch leuchtend rot zwischen all den grünen Lämpchen, war die Meldung über die Schwierigkeiten der *Copperhead* mit der ventralen Schnellfeuerkanone.

Wenn eine der manticoranischen Raketen zufälligerweise von der Seite her aufkäme, an der ein gewisser Ortungssensor Schwierigkeiten machte ...

»An alle Schiffe: Auf mein Zeichen Beschleunigung abstellen!«, bellte er und wandte sich wieder dem taktischen Display zu. Es gab zwei Standardreaktionen auf eine solche Lage: Entweder die *Copperhead* gierte nach Steuerbord, damit sie dem aufkommenden Angreifer ihren Backbordseitenschild zuwandte, während die schadhaften Steuerbordsensoren in eine andere Richtung ausgerichtet würden, oder sie veränderte ihren Neigungswinkel, damit ihr Impellerkeil zwischen dem Schiff und den einkommenden Raketen zu liegen käme.

Aber wenn der Rest der Formationen zu diesem Zeitpunkt gerade beschleunigte, würden beide Gegenmaßnahmen bedauerlicherweise zum Zusammenbruch der Volsung-Formation führen. Die einzige Möglichkeit, ihre relativen Positionen aufrechtzuerhalten, bestand darin, dass alle sechs Schiffe auf Nullbeschleunigung gingen und sich treiben ließen.

Das würde den Schiffen von Grün-zwei eine kurze Atempause verschaffen: Das Verderben, das so unaufhaltsam auf sie zukam, würde ein wenig länger auf sich warten lassen. Aber Gensonne konnte sich nicht vorstellen, was die Manticoraner mit diesen wenigen geschenkten Minuten würden anfangen wollen. Das Nachhutschiff, von dem Heissman ganz offenkundig hoffte, es könnte sich zusammen mit allen Daten über dieses Gefecht in Sicherheit bringen, würde tatsächlich ein wenig Distanz gewinnen können, aber das war immer noch zu wenig ... und schlicht und einfach zu spät.

Was die anderen drei Schiffe betraf, so würden sie ein weiteres Mal den Schub umkehren müssen, wenn sie wirklich darauf hofften, noch die Flucht ergreifen zu können. Und ein solches Manöver würde relativ langsam ablaufen und von der Gegenseite augenblicklich bemerkt.

Nein, Heissmans Kampfgruppe würde nicht entkommen! Gensonne konnte sich genug Zeit nehmen, dass hier richtig hinzubekommen. »An alle Schiffe, Beschleunigung abstellen – *jetzt.* Imbar?«

»Alle Schiffe im freien Fall«, meldete Imbar. »Formation beibehalten.«

Gensonne nickte und blickte wieder angestrengt zum taktischen Display hinüber. Die *Copperhead* nutzte die Gelegenheit bereits und gierte nach Steuerbord.

Zur Hölle damit! Wenn sie hier ohnehin schon dazu gezwungen wurden, unter Nullschub durch das All zu treiben, gab es keinen Grund, warum die *Copperhead* auch nur das geringste bisschen ihrer Nahbereichsabwehrbewaffnung ungenutzt lassen sollte. »Von Belling, Gieren abstellen«, sprach er den Befehl ins Mikrofon. »Keilneigungswinkel den einkommenden Raketen anpassen.«

»Ich komme schon klar«, drang von Bellings Stimme aus dem Lautsprecher.

»Keilneigungswinkel anpassen, habe ich gesagt!«, fauchte Gensonne.

»Aye, aye, *Sir*«, bestätigte von Belling mit kaum verhohlenem Abscheu. »Keilneigungswinkel wird angepasst.«

Auf dem taktischen Display hörte das Gieren der *Copperhead* auf, stattdessen veränderte sich der relative Neigungswinkel des Schiffes: Ihr Bug sank ein wenig ab, sodass ihr Dach genau in die Richtung der einkommenden Raketen wies. Gensonne verfolgte das Manöver, widmete seine Aufmerksamkeit dabei gleichermaßen dem Kreuzer und den einkommenden Raketen. *Wenn von Bellings kurzes Herumgezicke jetzt dafür sorgt, dass das ganze Manöver zu spät abgeschlossen wird,* so versprach sich der Admiral finster, *kann der Kerl nur hoffen, dass ihn die manticoranischen Raketen erwischen, bevor* ich *ihn in die Finger kriege!*

Glücklicherweise stellte sich das Problem nicht. Die *Copperhead* beendete ihren Positionswechsel mehr als rechtzeitig, und als die Schnellfeuerkanonen der *Odin* als Feuersturm zum Leben erwachten, verfolgte Gensonne gespannt mit, wie sich die einkommende Salve in zwei Gruppen aufteilte – jeweils vier Raketen hielten auf jeden der beiden Kreuzer zu. Die Raketen, die der *Copperhead* gegolten hatten, lösten sich harmlos am Dach von deren Impellerkeil auf, während die Antiraketen und Schnellfeuerkanonen der *Adder* kurzen Prozess mit der anderen Raketengruppe machten. »Bereithalten zum Beschleunigen«, wies Gensonne an. Die *Copperhead* schwenkte gerade wieder zurück in ihren Ausgangsneigungswinkel, und sobald sie wieder ihre ursprüngliche Positionierung eingenommen hätte, könnten die Volsungs wieder die Verfolgung der Manticoranern aufnehmen – mit maximaler Beschleunigung.

Aber es gab keinen Grund für Gensonne, auf die Wiederaufnahme der Beschleunigung zu warten, wenn es darum ging, nun seinerseits gegen Heissman loszuschlagen. »Raketen bereit?«, rief er.

»Raketen bereit«, bestätigte Imbar.

»Sechs gegen den Leichten Kreuzer«, entschied Gensonne. »Feuer.«

20

Schon beim Eintreffen vor dem Oberhaus erhielt Gavin Vellacott, Baron von Winterfall, ein erstes Indiz dafür, dass etwas ganz und gar nicht stimmte: Vor dem Eingang standen nicht die üblichen zwei zeremoniellen Gardisten, sondern vier Marineinfanteristen.

Bewaffnete Marineinfanteristen.

Das kurze Schreiben, mit dem Breakwater Gavin aufgefordert hatte, sich hier einzufinden, hatte eine bislang nicht näher umrissene Krise ernst und bedrohlich klingen lassen. Doch anscheinend war sie sogar noch bedrohlicher, als Gavin bislang angenommen hatte.

Im riesigen Foyer des Gebäudes traf er nur auf wenige Angehörige des Oberhauses – was ungewöhnlich war. Gerade das Foyer war üblicherweise ein beliebter Ort für ungezwungene Gespräche und ein wenig Smalltalk. Doch an diesem Morgen hielt sich hier niemand länger auf als unbedingt notwendig. Jeder, den Gavin erblickte, wirkte gehetzt, eilte zügig ins eigene Büro oder in die von politischen Freunden oder Verbündeten.

Nein. Nicht jeder. Vor den Zugängen zu den beiden Bürotrakten des Gebäudes waren wiederum zwei bewaffnete Marineinfanteristen postiert.

Was um alles in der Welt war denn hier los? Hatte es einen Aufstand gegeben? Bürgerunruhen?

Einen Putsch?

Yvonne Rowlandson, Baronin von Tweenriver, wartete bereits in Breakwaters Büro, als Gavin dort eintraf. »Kommen Sie herein, Gavin, kommen Sie herein!«, begrüßte ihn der Schatzkanzler und winkte ihn zu der kleinen Gruppe der hier Versammelten, die dicht beieinanderstanden und erregt miteinander sprachen. L'Estranges Bewegungen erschienen Gavin ungewohnt nervös und ruckartig – als habe ihn irgendetwas gehörig aus der Fassung gebracht. »Ich wurde soeben von Verteidigungsminister Dapplelake darüber informiert, dass das Sternenkönigreich angegriffen wird.«

Unwillkürlich weiteten sich Gavins Augen. Beinahe wäre er gestolpert, als er just in diesem Moment mit der Stiefelspitze an der Teppichkante hängen blieb. *»Angegriffen?«*

»Es wurden sechs Schiffe geortet – den Ortungsdaten gemäß augenscheinlich Kriegsraumer, die geradewegs auf Manticore zuhalten«, ergriff Tweenriver das Wort, und ihre Stimme zitterte ein wenig. »Man könnte hier vor einer Invasion sprechen.«

»Ich verstehe«, gab Gavin zurück und erkannte auch in seiner eigenen Stimme ein unverkennbares Zittern.

»Irgendwann innerhalb der nächsten halben Stunde wird es eine offizielle Bekanntgabe seitens des Palastes geben«, übernahm wieder Breakwater. »Bis dahin sollte das gesamte Parlament im Vorfeld informiert worden sein, und Burgundy hat gewiss auch schon eine Dringlichkeitssitzung anberaumt.«

»Ich verstehe«, wiederholte Gavin. Breakwater bemühte sich, seine Stimme im Griff zu behalten, doch im Blick des Schatzkanzlers erkannte Gavin Vellacott die gleiche Furcht, die auch von Tweenriver und ihm selbst Besitz ergriff.

Doch bei Breakwater rührte diese Furcht nicht nur daher, dass es möglicherweise ein Ende mit dem ganzen Sternenkönigreich haben mochte. Bei Anderson L'Estrange kam noch die bittere Erkenntnis hinzu, wie unermüdlich seine Verbündeten – darunter auch Tweenriver und Winterfall – und er darum gerungen hatten, der Navy Schlagkraft, Waffen und

Personalbestand abzujagen. Nach Kräften hatte er jene Flotte unterminiert, die nun als Einzige noch die Zerstörung des Sternenkönigreichs zu verhindern fähig war.

Mit dieser bitteren Erkenntnis ging noch eine weitere Gewissheit einher: Selbst wenn es auf wundersame Weise gelingen sollte, die Angreifer doch zurückzuschlagen, wäre Breakwaters Karriere vorbei.

Wie Gavins. Von allen Verbündeten Breakwaters hatte er immer besonders weit im Vordergrund gestanden und sich auffallend wortreich geäußert.

»Ich habe Sie vor dieser offiziellen Zusammenkunft hierhergebeten«, sagte Breakwater da. Seine Stimme erschien Gavin als unerwünschter Eindringling in seine sich überschlagenden Gedanken. Und Breakwater fuhr fort: »Ich wurde nämlich darüber informiert, dass es sich bei dem ersten Verband von Schiffen, der direkten Kontakt mit den Invasoren haben wird, um Kampfgruppe Grün-zwei handelt, Rufzeichen Janus. Angeführt wird diese Kampfgruppe durch den Leichten Kreuzer *Casey.*« Er schwieg einen Augenblick, ehe er weitersprach. »Ich weiß nicht, ob Sie sich in dieser Hinsicht auf dem Laufenden gehalten haben, aber … auf diesem Schiff befindet sich Ihr Bruder, Travis Long.«

Gavin starrte den Schatzkanzler an, und plötzlich dreht es ihm den Magen um. *Großer Gott!* In all seiner kleinmütigen Angst vor politischen Auswirkungen hatte er völlig seinen Bruder vergessen! »Sind Sie sich da sicher?«, fragte er nach und verwünschte sich, weil er das nicht selbst wusste. Breakwater hatte recht – er hatte den Werdegang seines Bruders wirklich nicht im Blick behalten.

Und nun stand Travis einer feindlichen Streitmacht gegenüber, die deutlich größer und schlagkräftiger war als seine eigene Kampfgruppe.

Was bedeutete, dass er sterben würde.

Vor Winterfalls geistigem Auge tauchten ein Dutzend Bilder gleichzeitig auf: Ihre Mutter und wie Gavin sie über den Tod ihres Sohnes informierte ... und ob sie das überhaupt interessieren würde. Das letzte Mal gesehen hatte er Travis vor fast drei T-Jahren – oder war das schon vier Jahre her? –, während eines hastigen gemeinsamen Mittagessens. Gavin hatte die Hektik hereingetragen, denn er hatte unbedingt zum Parlament zurückkehren müssen. Es war um irgendein blödes Gesetz gegangen, an das er sich hier und jetzt nicht einmal mehr erinnerte ... und das ganz bestimmt keinen Unterschied für Wohl und Wehe des Sternenkönigreichs machte. Seitdem wäre Travis vielleicht ein halbes Dutzend Mal auf Manticore erreichbar gewesen, und jedes Mal hatte Gavin zumindest darüber nachgedacht, ihn anzurufen ... um dann letztendlich doch nicht dazu zu kommen.

Aber weswegen hätte er das denn auch tun sollen? Das hatte doch keine Eile! Travis und er waren beide noch jung und gesund, und ein Posten bei der Navy war ebenso sicher und ungefährlich wie eine Karriere in der Politik. Da hatte doch alles noch reichlich Zeit ...

Doch nun war diese Zeit abgelaufen. Endgültig.

»Selbstverständlich wurde der gesamte MPARS in Alarmbereitschaft versetzt.« Wieder war Breakwater zu hören, doch seine Stimme klang weit entfernt und schien völlig ohne Bedeutung zu sein. »Aber Cazenestro hat angeordnet, die Kampfvorbereitung abzubrechen. Besatzungen wie Offiziere sind auf Derartiges nicht vorbereitet, und außerdem steht sowieso keines der MPARS-Schiffe nahe genug an der Gefechtsregion, um noch rechtzeitig einzutreffen. Sollte allerdings auch Gryphon angegriffen werden, könnten die Schiffe des MPARS unterstützend eingreifen.«

»Ja«, murmelte Gavin.

»Im Augenblick sind alle Lageberichte noch sehr grob umrissen«, fuhr Breakwater fort. »Aber ich stehe in direkter Verbindung mit dem Zentralen Kommandoraum und sollte über Neuigkeiten unmittelbar informiert werden. Wenn Sie mögen, dürfen Sie gern hier warten, bis uns Burgundy zu sich ruft.«

»Ich danke Ihnen«, brachte Gavin heraus, obwohl seine Kehle wie zugeschnürt war. »Das mache ich.«

»Alle Raketen zerstört«, meldete Lieutenant Rusk an der Ortungsstation. »Kein Treffer.«

»Verstanden«, bestätigte Heissman. »Alfred, was haben wir herausgefunden?«

»Deren Nahbereichsabwehr scheint mir mit der unseren vergleichbar zu sein«, antwortete Woodburn und studierte konzentriert die OPZ-Echtzeitanalyse. »Die Kreuzer haben Antiraketen, alle anderen Schnellfeuerkanonen – beide anscheinend von ziemlich guter Qualität. Deren Eloka ist ebenfalls gut – mindestens eine unserer Raketen haben sie durch Naheinschlag vernichtet, vielleicht sogar zwo. Außerdem scheuen sie anscheinend nicht davor zurück, reichlich Mun zu verblasen.«

»Raketenspur, zwo Raketen!«, rief Rusk dazwischen. »Dreitausendfünfhundert Gravos; Zeit bis Einschlag: einhundertfünfzig Sekunden. Korrektur: vier Raketen, gleiche Zeit bis Einschlag ... Korrektur: Raketenspur, *sechs* Raketen. Zeit bis Einschlag: einhundertachtundvierzig Sekunden.«

»Und mit Raketen sind sie auch nicht knauserig«, ergänzte Woodburn angespannt.

Travis verzog das Gesicht. Sechs Raketen, und bei allen vier manticoranischen Schiffen lag die Kapazität der Nahbereichsabwehr bei nur sechzig Prozent.

In genau die gleiche Richtung dachte gerade ganz offenkundig auch Woodburn. »Commodore, ich glaube nicht, dass wir in der Lage sind, uns so vieler Vögelchen gleichzeitig anzunehmen.«

»Sehe ich auch so«, bestätigte Heissman. »Aber wir brauchen weitere Daten über deren Leistungsfähigkeit.«

»Also lassen wir die näher an uns ran?«, fragte Belokas.

»Wir kommen denen entgegen«, korrigierte Heissman sie. »Lassen Sie nach Backbord gieren – nicht zu weit, und auch nicht zu schnell, nur ein paar Grad. Ich möchte der Raketenformation den Steuerbordseitenschild entgegenstellen, sodass nur eine oder zwei an dessen Kante vorbeikommen – und vertraue ansonsten darauf, dass die dann schon von den Antiraketen erledigt werden. So können wir uns die Raketen und auch deren Leistungsfähigkeit gut anschauen, ohne das Risiko einzugehen, dass hier zu viele gleichzeitig eintreffen, um sie alle noch abzuwehren.«

Verstohlen blickte Travis zu Woodburn hinüber und wartete darauf, dass der T-O das offenkundige Risiko aussprach, das dieser Plan nun einmal barg: Wenn die Seitenschildbrecher der einkommenden Raketen ordnungsgemäß funktionierten, konnte der Versuch, vier oder fünf Raketen gleichzeitig mit dem Seitenschild der *Casey* abzuwehren, geradewegs in die Katastrophe führen. In den meisten Fällen war ein solches Manöver zwar durchaus sinnvoll; schließlich waren diese Schildbrecher dafür berüchtigt, alles andere als zuverlässig zu sein. Aber immer, wenn es so viele Bedrohungen gleichzeitig gab, um die man sich kümmern musste, konnte es durchaus knifflig werden.

Vor allem, wenn Tamerlanes Schiffe und Raketen mit fortschrittlicheren Seitenschildbrechern ausgestattet waren, die gegenüber störenden Einflüssen nicht mehr ganz so empfindlich waren.

Doch Woodburn schwieg. Eigentlich hatte Travis auch nichts anderes erwartet. Der Commodore hatte bereits eingeräumt, dass die Hauptaufgabe der *Casey* derzeit lautete, Informationen zusammenzutragen, die Locatelli möglicherweise entscheidend dabei helfen würden, diese Invasion abzuwehren.

Die Raketen kamen näher und näher. Auf dem taktischen Display sah Travis, dass Belokas die Position der *Casey* optimierte … und in diesem Augenblick kam ihm ein Gedanke. Nein, vielmehr bislang nur eine vage Vorstellung, eine Idee. Er meinte, während der ersten Janussalve etwas gesehen zu haben. Wenn das stimmte …

Er schwenkte zu seiner eigenen Konsole herum und rechnete Zahlen, Abstände und Winkel durch. *Ja, das müsste klappen,* entschied er dann. Es würde knifflig werden, und das Timing wäre wieder einmal entscheidend, aber es müsste klappen.

Die Kondensatoren der Werfer summten pulsierend, als die *Casey* eine ganze Salve Antiraketen lodernd ins All hinausschleuderte … und dann begriff er: Wenn Heissmans Trick nicht funktionierte, bestand eine gute Chance, dass er das niemals erführe: Die Raketen rasten mit einer solchen Geschwindigkeit dahin, dass sie die *Casey* ungefähr zwei Zehntelsekunden später erreichen würden, als sie in den Wirkungsbereich der Antiraketen kämen. Wenn die Nahbereichsabwehr diesen Angriff nicht aufhielte, oder wenn der Seitenschild zerstört würde …

Zwei Blitze zuckten auf dem taktischen Display auf, als zwei der Raketen auf Antiraketen trafen und augenblicklich zerstört wurden. Travis' Augen und der zugehörige Verstand hatten diese Tatsache gerade erst registriert, als das Deck unter ihnen abrupt erzitterte und die angespannte Stille auf der Brücke vom markerschütternden Heulen des Notalarms zerrissen wurde.

Travis wirbelte zur Statustafel herum. Keine der vier Raketen, die den Steuerbordseitenschild getroffen hatten, war durchgekommen, aber zwei waren nur Mikrosekunden vor dem Aufschlag detoniert, und diese Detonation hatte den Buggenerator überladen, vermutlich sogar zerstört.

»Seitenschild zwo ist ausgefallen!«, übertönte Belokas lautstark das Heulen des Alarms und bestätigte damit Travis' Vermutung. »Seitenschild vier ist unbeschädigt und übernimmt.«

»Verlustmeldung«, rief Chief Kebiro an der Signalstation angespannt, »sieben Mann, Zustand unbekannt. Sanitäter sind unterwegs, Schadenserfassung läuft.«

Travis' Lippen formten einen lautlosen und absolut nutzlosen Fluch. Jeder der beiden Generatoren auf den beiden Seiten des Schiffes war darauf ausgelegt, im Bedarfsfall den gesamten Seitenschild aufzubauen. Aber da gab es dieses alte Sprichwort: Zwo Personen können genauso billig leben wie eine, aber eben nur halb so lange. Der Seitenschild der *Casey* stand zwar noch, aber nur noch mit halber Leistung. Noch ein solcher Doppeleinschlag, und er würde vollständig ausfallen.

Die Kreuzer und Schlachtkreuzer des Gegners aber machten nicht gerade den Eindruck, als würden ihnen die Raketen ausgehen.

Der Alarm verstummte.

»Alfred?«, fragte Heissman nur, ruhig wie eh und je.

»Gegnerische Raketen scheinen ähnlich leitungsstark wie unsere«, antwortete Woodburn und klang dabei deutlich angespannter als sein Kommandant. »Deren Eloka scheint mir im direkten Vergleich ein bisschen besser zu sein, aber unsere Antiraketen sind bestens damit zurechtgekommen.«

»Was wieder eher auf Söldner als auf die offizielle Flotte irgendeines Systems schließen lässt«, griff Heissman den Gedanken auf. »Auf jeden Fall gehören die nicht zu einer Flotte, die in irgendeiner Weise Beziehungen zur Solaren Liga unterhält. Die würden doch nicht Zweit- oder Drittgenerationsausrüstung verwenden.«

»Das ist die gute Nachricht«, übernahm wieder Woodburn. Irgendwo im Hinterkopf registrierte Travis, dass der Taktische Offizier mit einem Mal ein wenig lauter klang – als beuge er sich gerade über Travis' Schulter. »Die schlechte Nachricht lautet, dass deren Raketen genauso gut sind wie unsere und die wahrscheinlich verdammt viel mehr als wir davon in petto haben.«

»Ich frage mich, worauf der Gegner wartet«, sinnierte Heissman laut. »Das wäre doch jetzt der perfekte Zeitpunkt für eine zwote Angriffswelle.«

»Wahrscheinlich nimmt man sich Zeit für die Datenauswertung«, vermutete Belokas. »Der Gegner dürfte ebenso erpicht darauf sein, unsere Stärken und Schwächen auszuloten wie wir die seinen – und warum auch mehr Raketen aufwenden als unbedingt nötig? Der Gegner will auf jeden Fall alles nur Erdenkliche über uns in Erfahrung gebracht wissen, bevor er sich an ein Gefecht mit Aegis wagt.«

»Und da wir die Mistkerle davon nicht abhalten können«, schlussfolgerte Heissman in aller Ruhe, »sieht unser Optimalszenario wie folgt aus: Wir halten sie lange genug auf, dass die *Gorgon* so viele Daten wie möglich sammeln und weiterleiten kann, und dabei richten wir ein Maximum an Schaden an.«

»Die Korvetten und wir verfügen zusammen noch über achtzehn Raketen, und dazu noch vier Übungsraketen«, fasste Belokas die Lage zusammen. »Wenn wir denen alles entgegenschleudern, was wir überhaupt haben, sollten wir zumindest einen der Kreuzer ausschalten können.«

»So viele Raketen können wir noch nicht einmal ansatzweise gleichzeitig steuern«, rief ihr Woodburn ins Gedächtnis zurück.

»Solange Tamerlanes Schiffe nicht zu Ausweichmanövern ansetzen, ist das vielleicht gar nicht von Bedeutung«, gab Belokas zu bedenken. »Die müssen unsere Raketen immer noch abwehren, und selbst wenn wir damit nichts anderes erreichen, als bloß deren Nahbereichsabwehr zu erschöpfen, ist es das immer noch wert.«

»Oder wir schaffen sogar noch ein bisschen mehr«, sagte Woodburn. »Mr. Long hatte da gerade eine Idee.«

Travis verdrehte sich fast den Hals bei dem Versuch, den Taktischen Offizier anzublicken. »Sir?«

Woodburn deutete auf die Simulation, die Travis während der letzten Minuten durchgerechnet hatte. »Erläutern Sie«, befahl er.

Travis spürte, wie es ihm die Kehle zuschnürte. Unvermittelt wähnte er sich wieder auf der Brücke der *Phoenix* und wagte es, Captain Castillo unausgegorene Ratschläge zu erteilen.

Aber Heissman war nicht Castillo. Und wenn dieser Trick hier funktionierte …

»Mir scheint, die Ventralschnellfeuerkanone des oberen Kreuzers macht Schwierigkeiten«, sagte er. »Wenn das stimmt, dann …«

»Woher wollen Sie das denn bitte wissen?«, fiel ihm Belokas ins Wort und runzelte missbilligend die Stirn. »Die haben doch noch nicht einmal *versucht*, dieses Geschütz abzufeuern.«

»Weil das Schiff gerade nach Steuerbord schwenken wollte, dann aber doch um die Längsachse gerollt ist, um seinen Keil anders zu positionieren«, erläuterte Travis. »Für mich sah das so aus, als habe sich der Kommandant eigentlich für diese Seite entschieden, und dann hat er es sich doch noch anders überlegt.« Er spürte, wie seine Unterlippe zuckte. »Auf der *Phoenix* habe ich selbst ein wenig Erfahrung mit einer störrischen Schnellfeuerkanone sammeln dürfen – und das, was ich hier gesehen habe, sah eindeutig nach einem fehlkalibrierten Sensor aus.«

»Alfred?«, fragte Heissman.

»Er könnte recht haben«, gab Woodburn zurück. »Ich bin gerade noch einmal die Daten durchgegangen, und das abgebrochene Schwenkmanöver war eindeutig da.«

»Angenommen, Sie hätten recht«, wandte sich Heissman wieder an Travis, »was dann?«

»Lassen Sie uns davon ausgehen, dass Tamerlane tatsächlich so schlau ist, wie er selbst von sich glaubt«, sagte Travis. »Wenn dem so ist, wird er, nachdem sein Kreuzer die Schwenkbewegung abgebrochen hat, vermuten, dass wir es bemerkt und die richtigen Schlüsse daraus gezogen haben. Er wird davon ausgehen, dass wir diese Schwäche ausnutzen, indem wir eine ganze Raketensalve auf dieses Schiff abfeuern.«

»Dann muss er sich entweder doch auf die unzuverlässige Nahbereichsabwehr verlassen, oder er wird erneut das ganze Schiff rollen lassen, um den Keil richtig auszurichten«, übernahm Woodburn, griff über Travis' Schulter hinweg und drückte die Taste, die Travis' Simulation an die Konsole des Commodore weiterleitete. »Und wenn er sich für Letzteres entscheidet, können wir ihn vielleicht überraschen.«

Einige Herzschläge lang betrachtete Heissman das Display. Dann verzog er die Lippen zu einem schmalen Lächeln. »Ja, ich verstehe. Ganz schön gewagt, aber wer nicht wagt, der nicht gewinnt – vor allem, wenn er keine andere Chance hat.« Er nickte knapp. »Bereiten Sie den Schuss vor.«

»Analyse abgeschlossen, Admiral«, verkündete Imbar, der auf Schulterhöhe neben Clymes, dem Taktischen Offizier des Schiffes, in der Luft schwebte. »Ähnliche Antiraketen wie wir, mit einer Reichweite von etwa dreizehnhundert Kilometern. Auch deren Schnellfeuerkanonen sind ähnlich leistungsstark.«

Mürrisch verzog Gensonne das Gesicht. Also war die Reichweite der manticoranischen Antiraketen ein bisschen geringer als die der *Copperhead* und der *Adder.*

Es hieß allerdings, die *Casey* sei das fortschrittlichste Schiff der gesamten manticoranischen Flotte. Wenn Llyn damit recht hatte, dann würde die Bewaffnung der größeren Kampfgruppe Grün-eins, die gerade auf die Volsungs zuraste, deren Waffensystemen sogar noch mehr unterlegen sein.

Ja, es hätte wirklich schlimmer kommen können. Aber es hätte auch ungleich besser sein dürfen! Mit Engelszungen hatte er auf Llyn eingeredet, ihm leistungsstärkere Ausrüstung zukommen zu lassen, aber dieser verdammte kleine Buchhalter hatte jede Materialanforderung abgelehnt. *Etwas Leistungsstärkeres werden die Volsungs nicht brauchen,* hatte er völlig ruhig behauptet, und außerdem würde ihnen allen die Solare Liga aufs Dach steigen, wenn man dort jemals hiervon erführe.

Was natürlich eiskalt gelogen war. Die Axelrod Corporation war entschieden zu einflussreich, um sich Gedanken darüber machen zu müssen, welchen Bürokraten die Aufgabe zufiel, die Einhaltung von derlei Vorschriften zu überwachen. Llyn wollte einfach nicht, dass ein Haufen freiberuflich tätiger Söldner mit richtig fortschrittlichem Kriegsgerät durch die Gegend zog, so war das!

Aber das würde sich schon bald ändern. Wenn Llyn erst einmal sah, wie rasch und effizient Gensonne ihm Manticore auf dem Silbertablett servierte, würde Axelrod die Volsungs gewiss auch für das nächste Projekt auf ihrer Liste anheuern wollen.

Llyn könnte sein Hinterteil darauf verwetten, dass die Frage nach fortschrittlicherer Bewaffnung dann wieder auf die Tagesordnung käme.

»Salve bereit, Sir«, meldete Imbar.

»Verstanden«, gab Gensonne zurück. Die Frage war nun, ob sie der Situation schon sämtliche Daten abgerungen hatten, die ihnen Heissman und die *Casey* bieten konnten. Wenn ja, wurde es jetzt Zeit, diese Scharade zu beenden und die manticoranische Kampfgruppe zu erledigen. Wenn nicht, erwiese es sich vielleicht als ratsam, noch ein wenig länger Zurückhaltung an den Tag zu legen.

»Raketen einkommend«, unterbrach Clymes die Gedanken des Admirals. »Sieht so aus, als hätte jede der Korvetten zwo abgefeuert.«

Gensonne schwenkte seinen Sessel so herum, dass er das Sensordisplay einsehen konnte. Zweifellos: An beiden der kleineren Schiffe waren die charakteristischen Boosterflammen zu erkennen. Reine Zeitverschwendung, aber was sollten die auch sonst machen? »Sechs Raketen auf den Kreuzer abfeuern«, befahl er. »Feuererlaubnis.« Auf dem Display hatten die Raketen nun den Wirkungsbereich der Korvettenimpellerkeile hinter sich gelassen und fuhren ihren eigenen Keil hoch.

Zwo Raketen pro Korvette … aber von der *Casey* kam nichts.

Gensonne legte die Stirn in Falten. Konnte sich der Schaden, den sein erster Angriff am Seitenschild des Kreuzers angerichtet hatte, auch auf Werfer oder Feuerleitsysteme ausgewirkt haben? Llyn hatte behauptet, die *Casey* sei auf Manticore entwickelt worden. War den Konstrukteuren womöglich ein fataler Fehler unterlaufen?

»Noch mehr Boosterflammen«, rief Clymes. »Von jeder Korvette eine.«

»Immer noch nichts von der *Casey*?«

»Nein, Sir.«

Das ergab überhaupt keinen Sinn … es sei denn, der Kreuzer hätte tatsächlich die Möglichkeit eingebüßt, selbst noch Raketen zum Einsatz zu bringen. Auf jeden Fall ein bemerkenswertes kleines Detail – vor allem, wenn es ähnliche Konstruktionsmängel auch bei den anderen auf Manticore entwickelten Schiffen gäbe.

Letztendlich war es bedeutungslos, welche Schiffe der Manticoraner nun feuerten und welche nicht. Von Bedeutung war, dass sie ein weiteres Mal versuchten, die Abwehr ihres Gegners zu überlasten – und es war ziemlich offensichtlich, wohin sie bei diesem Angriff gezielt hatten. Heissman war augenfällig jemand, der ziemlich genau beobachtete, und von Bellings nicht ganz ausgeführter Schwenk hatte den Manticoranern ganz offenkundig einen Hinweis auf die momentane Schwäche der *Copperhead* geliefert.

Aber auch das hatte kaum Bedeutung. Gensonnes Kampfverband glitt immer noch antriebslos im freien Fall durch das All. Die *Copperhead* könnte ihr letztes Manöver noch einmal wiederholen, ohne dass die Formation des Verbandes dadurch auseinanderfiele. »Weisen Sie die *Copperhead* an, den Neigungswinkel ihres Keils der Bedrohung entsprechend anzupassen«, wandte er sich an Imbar. »An die *Adder*: Antiraketen vorbereiten. Für alle anderen Schiffe: Schnellfeuerkanonen bereit.«

Er lauschte den nach und nach eintreffenden Bestätigungen, den Blick fest auf die sechs Impellerkeile gerichtet, die mit einer Beschleunigung von dreitausendfünfhundert Gravos auf seinen Kampfverband zurasten. Der Abstand betrug noch eine Minute und fünfzehn Sekunden, und in etwa vierzig Sekunden würden sie ihre Formation entweder enger zusammenschließen und sich auf die *Copperhead* stürzen, oder sie würden ausschwärmen und die *Copperhead* und die *Adder* bestreichen. In diesem Augenblick würde dann offenkundig, ob Heissman tatsächlich die technische Schwäche der *Copperhead* erkannt hatte oder zu den militärischen Genies gehörte, die dem Feind immer weiter Raketen entgegenschleuderten, weil es das Einzige war, was sie an Taktik kannten.

Letzteres wäre armselig, aber nicht überraschend. Auf Manticore herrschte schon seit Langem Frieden – viel länger, als für das Sternenkönigreich gut war. Krieg hielt die Besatzungen stark und wachsam. Die Konsequenzen eines Überlebenskampfes, den nur die Stärksten überstanden, sorgte für eine sich stets erneuernde Reinheit der ganzen Spezies. Zu Friedenszeiten hingegen, wo dieses Korrektiv nicht mehr griff, verwandelten sich Menschen in nutzlose Drohnen.

Hatte Llyn deswegen Manticore als Ziel ausgewählt? Hielt Axelrod Ausschau nach bislang unterentwickelten, aber vielversprechenden Immobilien, und der Konzern hatte sich gedacht, es würde niemand bemerken (oder zumindest niemanden stören), wenn es bei ein paar fetten, faulen Hinterwäldlerplaneten plötzlich zum Regimewechsel käme?

Das klang nach Geldverschwendung im großen Stil. Aber die Axelrod Corporation hatte ja auch Geld wie Heu. Wenn die einen Teil ihrer Portokasse dazu nutzen wollten, sich ihr ganz persönliches kleines Königreich aufzubauen – nur zu!

Die *Copperhead* hatte den Neigungswinkel ihres Keils nun geändert, das Manöver war abgeschlossen, und das Dach des Impellerkeils stellte für die einkommenden Raketen erneut eine undurchdringliche Barriere dar. Die Raketen blieben nach wie vor in Formation, und sie verrieten durch nichts, auf welches Zielobjekt sie es abgesehen hatten. Doch wie auch immer Heissmans Plan aussehen mochte, er hatte gewiss begriffen, dass die Zerstörung seiner eigenen Kampfgruppe unausweichlich war. Vermutlich legte er es darauf an, dem Gegner so viele Raketen wie möglich entgegenzuschleudern, damit dieser möglichst viele Abwehrressourcen verbrauchte und …

Gensonne warf einen Blick auf das Gravitationsdisplay und kniff die Augen zusammen. Die Manticoraner hatten sechs Raketen abgefeuert – das hatte Clymes bereit bestätigt. Auf sämtlichen Displays waren auch entsprechend sechs Raketenimpellerkeile zu erkennen.

Aber laut den Sensoren waren alle sechs Raketen ein wenig überhitzt.

Wieso überhitzt?

Auf dem taktischen Display stob jetzt aus dem Rachen der *Adder* ein ganzer Schwarm Antiraketen, erblühte zu einem schützenden Konus, der sowohl das Schiff selbst als auch die Schlachtkreuzer einhüllte, die sich eintausend Kilometer dahinter befanden. Gensonne schaute zu, wie sich der Kegel den einkommenden Raketen entgegenreckte ...

... und spürte plötzlich, wie ihn ein Adrenalinstoß elektrisierte: *ein* schützender Konus! Nicht die zwo Kegel, mit denen diese Konfiguration eigentlich die Schlachtkreuzer abschirmen sollte. Nicht, solange die *Copperhead* das Dach ihres Impellerkeils in Richtung des Feindes streckte, um sich selbst vor den einkommenden Raketen zu schützen.

Trotzdem gab es nichts Neues von den Sensoren. Nichts Neues über die Raketenspuren. Aber Gensonne war nun einmal ein Mann des Krieges, und so hatte er auch die Instinkte, die man zum Überleben im Krieg brauchte. Sein ausgeprägtes Bauchgefühl sagte ihm, schrie ihm zu, was die uneindeutigen Datenlagen des Universums ihm nicht zu sagen vermochten.

Nicht die *Copperhead* war Heissmans Ziel, es war die *Odin*.

»Alle Schnellfeuerkanonen aktivieren!«, fauchte er. Sein Blick zuckte zum taktischen Display hinüber. Er wollte eine Alarmstartkehrtwende anordnen ... und wusste ganz genau, dass es dafür zu spät war. Sechs Raketen tauchten auf den Monitoren auf ... doch sein Bauchgefühl verriet ihm, dass das nicht die Gesamtzahl aller Raketen war, die auf sie zurasten. Irgendwie war es der *Casey* gelungen, unbemerkt einen Beitrag zu dieser Salve zu leisten. Irgendwie waren diese Raketen heimlich hinter denen aus den Korvettenmagazinen gelangt. Irgendwie hatten sie genau das richtige Timing und genau den richtigen Kurs angelegt, dass diese Raketen verborgen blieben, bis sie ihren eigenen Keil hochfuhren.

Die vier Schnellfeuerkanonen der *Odin* spieen dem Gegner ihren ganzen Zorn entgegen, füllten den Raumabschnitt vor dem Schiff mit Schrapnell. In hilfloser Wut schaute Gensonne zu, wie die einkommenden Raketen dem Keil der *Copperhead* weiträumig auswichen, ungehindert den Rand des Antiraketenkegels der *Adder* passierten und geradewegs auf den weit offenen Rachen der *Odin* zuhielten ...

Das Schiff verwandelte sich in ein Chaos aus kreischendem Metall und schrillenden Alarmsirenen.

»Erwischt!«, rief Rusk, sein Tonfall eine Mischung aus Triumph und Unglaube. »Eine ist tatsächlich durchgekommen.«

»Schaden?«, fragte Heissman sofort.

»Wird noch abgeschätzt«, antwortete Woodburn. »Trümmer gibt es reichlich, aber bei so einem Brocken wie einem Schlachtkreuzer könnten die immer noch von reinen Oberflächenbeschädigungen stammen.

»Raketenspur«, rief Belokas. »Sechs auf dem Weg zu uns.«

»Antiraketen und Schnellfeuerkanonen bereit«, bestätigte Woodburn.

»Erste Schadenserfassung trifft ein«, meldete Rusk. »Sieht ganz so aus, als hätte der Bug einiges abbekommen – wahrscheinlich genug, um die Telemetriesysteme auszuschalten. Wenn wir Glück haben, hat es auch gleich mindestens einen von deren Werfern erwischt, vielleicht sogar noch den Buglaser.«

»Ausgezeichnet!«, freute sich Heissman. »Feuern Sie vier weitere Raketen ab – schauen wir doch mal, ob wir die durchbekommen, bevor der obere Kreuzer begreift, was hier los ist, und in die Verteidigungsposition zurückschwenkt.«

»Aye, Sir«, bestätigte Travis, verfolgte die Spuren von Tamerlanes einkommenden Raketen und verspürte kurz grimmige Befriedigung. Alle an Bord würden zwar höchstwahrscheinlich trotzdem sterben, aber wenigstens hatten sie es geschafft, diesem Tamerlane eine blutige Nase zu verpassen.

Das Zittern der Schnellfeuerkanone durchlief die ganze Brücke. »Alle Raketen zerstört«, verkündete Woodburn. »Vier Treffer, zwo durch Naheinschläge ausgeschaltet. Unsere Raketen befinden sich nach wie vor im Zielanflug.«

Nachdenklich studierte Travis die Formation des Gegners und versuchte zu erahnen, was Tamerlane wohl als Nächstes unternehmen würde, als ganz am Rand des Displays zwei weitere Impellerkeile aufflammten.

Bogey zwo, die beiden geheimnisvollen Schiffe, die sie vor Kurzem geortet hatten, war eingetroffen.

21

Captain Hardastys Name war Programm, denn die erste Silbe sagte alles über sie. Sicher sahen auch andere als Chomps das, die Leute im Reaktorraum der *Aries* etwa, die der Captain angebrüllt hatte, sie seien zu langsam, Lahmärsche seien sie, jawohl. Die Besatzung im Impellerraum hatte sie auch angebrüllt und ihnen vorgeworfen, *noch lahmarschiger* zu sein.

Nun war Chomps an der Reihe.

»Waffen?«, drang Hardastys raue Stimme aus dem Intercom. »Jemand wach in der Waffenabteilung? Statusbericht!«

»Wir arbeiten daran, das Ortungssystem ans Laufen zu bringen, Ma'am«, rief Chomps in Richtung Mikrofon und widerstand heldenhaft dem Bedürfnis, noch eine persönlichere Aussage hinzuzufügen. Ensign Kyell, der zumindest nominell für die Waffensysteme der *Aries* zuständig war, befand sich nicht vor Ort; für Spacer Second Class Ghanem galt das nicht, und die hatte an Chomps nicht gerade einen Narren gefressen. Oder an irgendjemandem sonst, der von der Navy kam. In vielen Fällen beruhte das auf Gegenseitigkeit.

Chomps hoffte, die feindselige Haltung, die ihm an Bord der *Aries* entgegenschlug, würde sich im Laufe der Zeit legen. Bislang sah es allerdings nicht danach aus.

Trotzdem vermutete Chomps, dass selbst Ghanem ausnahmsweise seiner Meinung wäre und seinen Unwillen teilte: Warum um alles in der Welt mussten die Raketen der *Aries* unbedingt jetzt für eine neue hirnlose MPARS-Übung vorbereitet werden?

»Dann arbeiten Sie schneller«, stieß Hardasty hervor. »Alle herhören – und ich meine wirklich *alle!* Aus dem Hauptquartier ist gerade eine Meldung reingekommen. Es handelt sich nicht, ich wiederhole, nicht um eine weitere dämliche Übung. Wir haben hier sechs einkommende Impellerkeile ...« Sie stockte, als irgendjemand in ihrer Nähe etwas zu ihr sagte, das über das Intercom allerdings nicht verständlich war. »Ach, verdammt! Streiche sechs, setze *acht* einkommende Impellerkeile«, korrigierte sie ihren Bericht. »Sieht ganz nach Kriegsschiffen aus, und die sind ... ach, verdammt! Wir haben hier Raketenspuren, Leute. Reichlich Raketenspuren.

Invasoren greifen Kampfgruppe Janus an!«

Chomps blickte zu Ghanem hinüber und sah, wie sie die Augen aufriss. »Großer Gott«, flüsterte sie kaum hörbar.

»Wir können es unmöglich schaffen, rechtzeitig dort einzutreffen, um selbst einzugreifen«, fuhr Hardasty grimmig fort. »Aber wenn die Invasoren an Janus vorbeikommen und dann auch noch an Aegis, dann sind wir so ungefähr das Einzige, was noch zwischen denen und Manticore steht.

Also sehen wir zu, dass wir das alles in den Griff kriegen, Leute – und zwar *hier und jetzt!*«

Mit einem Klicken schaltete sich das Intercom ab.

»Großer Gott«, wiederholte Ghanem, dieses Mal ein wenig lauter. »Chomps, was *machen* wir denn jetzt?«

Was fragst du mich *das?* Doch die Worte blieben unausgesprochen. Natürlich wandte sich Ghanem ratsuchend an ihn. Sie gehörte doch nur zum MPARS, er hingegen zur Royal Manticoran Navy. *Selbstverständlich* wusste er, was in einer solchen Situation zu tun war.

Wusste er aber nicht. Niemand wusste das.

»Wie der Captain schon sagt: Wir kriegen das in den Griff«, erklärte er ihr. »Hier – erst einmal die Ortung fertig prüfen. Ich stelle sicher, dass die Plasmazuleitungen der Raketen einsatzbereit sind.«

»Telemetrietransmitter ausgefallen«, drang eine angespannte Stimme aus dem Brückenlautsprecher der *Odin*; inmitten der allgegenwärtigen Kakophonie von Schreien und Flüchen war sie kaum zu verstehen. »Laser Nummer eins ist offline, Nummer zwo zickt herum, und die Schnellfeuerkanonen eins und drei sind durchgeschmort.«

»Die Aufzeichnungen besagen, dass diese Salve aus zehn Raketen bestanden hat«, übertönte Imbar zornig den Lärm. »Wie zum Teufel konnten da *zehn* verdammte Raketen sein?«

»Weil die *Casey* über ein Werfersystem für Schienenkanonen verfügt, so halt!«, versetzte Gensonne ebenso scharf. Seine Wut war so groß, dass sie ihm wie ein roter Schleier den Blick trübte, während er die Zusammenfassung der Sensordaten sämtlicher Ereignisse in den letzten Sekunden überflog.

Natürlich konnte man immer erst im letzten Sekundenbruchteil wissen, welche Zielobjekte die einzelnen Raketen jeweils ansteuerten – und wenn sie den Verband potenzieller Ziele dann erreichten, waren sie für derartige Schätzungen einfach schon viel zu schnell. Die Standardreaktion – die einzige *mögliche* Reaktion – bestand darin, zu diesem Zeitpunkt sämtliche mutmaßlichen Ziele alles an Schnellfeuerkanonen und Antiraketen zum Einsatz bringen zu lassen. So entstand eine hoffentlich undurchdringliche Wand aus Tod und Vernichtung bringenden Metallsplittern.

Nur in diesem Falle nicht: Die Längsachsenverlagerung der *Copperhead*, die sie hatte schützen sollen, hatte eine Lücke in der vorgesehenen Schutzzone erzeugt – eine todbringende Lücke. Genau das hatten die Raketen ausgenutzt: Sie waren an beiden Kreuzern vorbeigesaust und hatten geradewegs auf die *Odin* zugehalten.

Damit hätte alles enden können. Nachdem den aufkommenden Raketen nur noch die Schnellfeuerkanone der *Odin* selbst entgegenstand, hätten zehn Raketen die Nahbereichsabwehr eigentlich übersättigen und den Schlachtkreuzer in einen Flammenball aus überhitztem Plasma verwandeln müssen.

Doch die *Odin* hatte Glück gehabt. Unfassbar viel Glück. Um diese vier zusätzlichen Raketen zu verstecken, hatte Heissman die Salve so absetzen müssen, dass die Raketen eine ungewöhnlich dichte Formation einnahmen. Das Endergebnis: Während die Schnellfeuerkanone der *Odin* nur vier der sechs vordersten Raketen erwischt hatten, führten die Trümmer, die bei deren Zerstörung entstanden waren, zu einer Kettenreaktion, bei der auch noch drei der vier nachfolgenden Raketen zerstört wurden. Von den beiden vordersten Raketen war die eine nicht vollständig detoniert, die andere war dank der Eloka der *Odin* vom Kurs abgekommen ... allerdings bedauerlicherweise nicht vollständig. Als sie detonierte, reichte die Wirkung immer noch aus, um die Backbordsensoren des Schlachtkreuzers zu blenden und daneben weniger bedeutende Elektronik ausfallen zu lassen.

Nur die letzte Rakete, eine der vier von der *Casey*, war wirklich durchgekommen. Selbst diese eine aber war weit genug von ihrem eigentlichen Zielgebiet detoniert, um das Schiff nicht vollständig manövrierunfähig zu machen oder es gar ganz zu zerstören.

Aber viel hatte nicht gefehlt. Es hatte sogar *verdammt wenig* gefehlt!

Sämtliche Telemetrieantennen auf der Oberseite und dem Bug des Schiffes waren fort. Beide Schnellfeuerkanonen am

Bug waren nicht mehr einsatzbereit: SFK 1 war zerstört, SFK 2 zwar noch bedingt funktionstüchtig, aber ohne aktive Sensoren völlig unbrauchbar. Die Luken der Dorsalraketenwerfer waren zusammengeschmolzen, das dortige Abwärmesegel war nur noch ein Trümmerhaufen.

Von den schiffsinternen Sekundärschäden ganz zu schweigen! Die Mannschaft war noch voll und ganz damit beschäftigt, Schadenserfassungen vorzunehmen und zu melden.

Doch trotz allem war die *Odin* immer noch ein funktionsfähiges Kriegsschiff. Das war das Einzige, was zählte. Heissman hatte gespielt und verloren, einen neuerlichen Spielzug würde er nicht bekommen. Dafür würde Gensonne sorgen.

»*So* haben die also vier zusätzliche Raketen absetzen können, ohne dass wir etwas davon mitbekommen!« Imbar stieß einen drastischen Fluch aus. »Und deswegen waren auch die Dinger, die wir gesehen haben, so überhitzt.«

»Meinen Sie?«, stieß Gensonne hervor.

»Vier weitere Raketen einkommend«, warnte Clymes. »Die *Copperhead* schwenkt herum ... die *Copperhead* kümmert sich darum.«

»Wird auch Zeit«, knurrte Gensonne durch zusammengebissene Zähne. Sein Blick wanderte über den immer länger werdenden Schadensbericht. *Denk nach, Mann, denk nach!* Der Reaktor sollte das alles gut überstehen – dafür gab es im System genug Redundanzen. Möglicherweise könnten die Werfermannschaften die beschädigten Raketenluken manuell lösen und absprengen, aber das würde dauern. Die Ventralsensoren arbeiteten weitgehend, auch wenn der Naheinschlag die Software durcheinandergebracht haben dürfte.

»Feindliche Salve zerstört«, meldete Imbar. »Die Antiraketen der *Copperhead* haben alles erwischt.«

Gensonne stieß ein bestätigendes Brummen aus; seine Gedanken kreisten immer noch ganz um sein eigenes Schiff. Die Strahlenwaffen waren vermutlich ausgefallen – und selbst wenn nicht, durfte er nicht wagen, sie zum Einsatz zu bringen. Und jetzt, wo nur noch zwei Schnellfeuerkanonen einsatzbereit waren, bestand für die *Odin* bei weiteren Übersättigungsangriffen ein handfestes Risiko.

»Neue Kontakte!«

Augenblicklich galt Gensonnes Aufmerksamkeit dem taktischen Display. Wenn es die Manticoraner irgendwie geschafft hatten, hier heimlich weiterer Schiffe ins Spiel zu bringen ...

Hatten sie nicht. Die beiden neuen Impellerkeile waren ganz am rechten Rand des Kampfgebiets aufgetaucht. Nun machten sie einen Satz vorwärts und hielten von der linken Flanke aus auf die Janus-Formation zu.

Kampfgruppe Sidewinder war endlich eingetroffen: die *Umbriel* und die *Miranda.*

»Admiral?«, rief Imbar.

»Habe sie gesehen«, gab Gensonne zurück und verzog die Lippen zu einem Lächeln, das ebenso gut ein Zähnefletschen sein mochte. *Wird auch Zeit, verdammt!* »Geben Sie Befehl, Raketen abzufeuern. Ach, zum Teufel, geben Sie den Befehl an alle Schiffe!«

Er straffte die Schultern. Sie hatten genug Daten zusammengetragen. Sogar mehr als genug.

Es wurde Zeit, dass Heissman und seine Schiffe in den Tod gingen.

»Als Erstes die Nachhut der Kampfgruppe anvisieren«, entschied Gensonne, »und dann den ganzen Rest zerstören.«

In dieser einen, entsetzlichen Mikrosekunde änderte sich alles.

»Raketenspur!«, rief Rusk grimmig. »Vier von Bogey zwo –

scheinen die *Gorgon* anzuvisieren. Die Schiffe von Bogey drei feuern ebenfalls ... zehn Raketenspuren einkommend.«

»Der hat alles herausgefunden, was es herauszufinden gab, und hat beschlossen, dem Ganzen ein Ende zu machen«, meinte Heissman. »Wir sollten es ihm gleichtun.«

Er aktivierte sein Com. »*Hercules, Gemini*: Schwalbenschwanz! Ich wiederhole: Schwalbenschwanz! Viel Glück!«

Travis verzog das Gesicht. ›Schwalbenschwanz‹ war die offizielle Bezeichnung für das letzte, verzweifelte Manöver in einer solchen Situation, ein selbsterklärender Name, wenn man wusste, wie das Manöver aussah: Die beiden Korvetten sollten ihre Keile Tamerlanes Hauptverband zudrehen und dann in entgegengesetzte Richtungen beschleunigen, sodass die beiden resultierenden Vektoren die Schiffe über oder unter die feindliche Streitmacht führten ... und das idealerweise, bevor die gegnerischen Schiffe schnell genug und weit genug rotieren konnten, um den Flüchtenden einen letzten Schuss geradewegs unter den Kilt zu verpassen.

Natürlich war das eine höchst riskante Taktik, gerade angesichts der Reichweite moderner Raketen und Laser. Aber nun, wo an der Flanke von Kampfgruppe Janus noch eine zweite Bedrohung lauerte, war diese Bedrohung größer als das einzugehende Risiko bei diesem Manöver. Die relative Positionierung der Angreifer machte es unmöglich, die Keile der beiden Korvetten so auszurichten, dass sie Raketen aus beiden Richtungen gleichermaßen blockieren könnten.

Für die *Casey* war die Lage sowieso verzweifelt: Der Seitenschild, den sie Bogey zwo zuwandte, wurde ja nur noch von einem Generator gespeist. Ein einziger Treffer noch, und der Schild könnte vollständig ausfallen –, und damit wäre die gesamte Flanke jedem Angriff schutzlos ausgeliefert.

Auf dem taktischen Display verfolgte Travis, wie die *Hercules* und die *Gemini* in entgegengesetzte Richtungen rollten: Die erste Korvette legte einen positiven Steigungswinkel an, der sie über Tamerlanes Verband hinweg befördern sollte, die zweite nahm den negativen. Weit hinter ihnen sah Travis, dass die *Gorgon* ebenfalls rollte, um ihren Impellerkeil den beiden Schiffen von Bogey zwo zuzuwenden – womit ihr Kilt immer noch ungeschützt in Richtung von Tamerlanes Hauptstreitmacht wies.

Was hieß: Die *Casey* stand dem Feind allein gegenüber.

»Commodore?«, fragte Belokas angespannt.

»Vektor beibehalten«, entschied Heissman, und sein Blick zuckte zwischen den beiden Raketensalven hin und her, die auf seine Kampfgruppe zurasten. »Ich möchte eine letzte Salve Antiraketen abfeuern. Mal sehen, ob wir wenigstens ein paar der Raketen wegräumen können, die Bogey drei der *Gorgon* auf den Hals gehetzt hat.«

»Es halten auch noch zwo Raketen auf unsere Steuerbordflanke zu«, warnte ihn Woodburn. »Wenn das hier zu knapp wird, könnten wir alles verlieren.«

»Verstanden«, sagte Heissman. »Antiraketen klar machen ... Feuer! Neigungswinkel neunzig Grad negativ, Beschleunigung null.«

»Beschleunigung null, Sir?«, wiederholte Belokas leise.

»Beschleunigung null«, bestätigte Heissman. »Wir halten geradewegs auf das Zentrum von deren Formation zu.« Seine Mundwinkel zuckten. »So ein Ablenkungsmanöver verschafft den beiden Korvetten vielleicht bessere Fluchtchancen.«

Einen Moment lang herrschte völliges Schweigen auf der Brücke, dann hörte Travis, wie Woodburn Unverständliches in seinen nicht vorhandenen Bart murmelte.

»Verstanden, Sir«, bestätigte Belokas knapp.

»Steuerbordraketen einkommend«, warnte dann Rusk. »Ich weiß nicht, ob der Seitenschild mit denen fertig wird.«

»Dann versuchen wir mal was ganz Ausgefallenes«, entschied Heissman. »Sobald die beiden Raketen in Reichweite der Energietorpedos kommen, lassen Sie den Seitenschild flackern, geben Sie zwo Feuerstöße entlang des Vektors der Raketen ab und ziehen den Seitenschild wieder hoch. Vielleicht erwischen wir auf diese Weise wenigstens eine davon, bevor sie einschlägt.«

Travis schnürte es schon wieder die Kehle zu. Über kurze Entfernungen hinweg besaßen Energietorpedos – eingedämmtes Plasma, geradewegs aus dem Reaktor des Schiffes abgezapft – eine geradezu verheerende Wirkung. Aber sie waren eigentlich nicht auf die Abwehr einkommender Raketen ausgelegt.

Offenkundig war Woodburn exakt der gleichen Ansicht. »Das ist riskant«, warnte er, »vor allem, weil wir den Seitenschild vielleicht nicht rasch genug wiederaufbauen können. Und wenn wir beide Raketen verfehlen, könnte das bedeuten, dass uns dann gleich zwo der Dinger völlig schutzlos erwischen.«

»Stimmt«, pflichtete ihm Heissman bei, »aber die Alternative lautet, darauf zu vertrauen, dass ein Seitenschild mit halber Kapazität sie abhalten kann.« Ein müdes Lächeln huschte über sein Gesicht. »Und bislang sind unsere Schüsse doch ganz ordentlich gelaufen.«

»Stimmt«, bestätigte Woodburn und erwiderte das Lächeln des Commodore. »Sehr wohl, Sir. Energietorpedos bereit.«

Auf dem taktischen Schirm flackerte das Abbild der *Gorgon* kurz und verschwand dann.

»Wir haben die *Gorgon* verloren, Sir«, meldete Rusk grimmig.

Übelkeit stieg in Travis auf. Ein ganzes Schiff, all die Männer und Frauen, einfach fort – in einem Sekundenbruchteil vergangen, in einem lodernden, nuklearen Feuer.

Doch darüber durfte er nicht nachdenken. Nicht jetzt. Er war Offizier der Royal Manticoran Navy, seine ganze Aufmerksamkeit musste seinem eigenen Schiff und dessen Besatzung gelten.

»Unterer feindlicher Kreuzer schwenkt herum, um die *Gemini* anzuvisieren«, fuhr Rusk fort.

»Computer ist bereit, den Seitenschild flackern zu lassen und Energietorpedos abzufeuern«, setzte Woodburn hinzu.

»Verstanden«, sagte Heissman. »Computer übernimmt.«

»Computer übernimmt, aye«, bestätigte Woodburn. »Los geht's …«

Travis fühlte, dass die *Casey* leicht erzitterte, als die schweren Maschinen eine ganze Salve Torpedos ins All entsandten. Die Waffen arbeiteten bemerkenswert schnell, beinahe so rasch wie die bordeigenen Röntgenlaser. Ein zweites Erzittern, eine zweite Salve folgte der ersten …

»Seitenschild steht wieder«, rief Woodburn. Travis hielt den Atem an …

Alle Hoffnungen, alles Daumendrücken waren vergeblich. Einen Augenblick später wurde die *Casey* heftig erschüttert – in entsetzlich vertrauter Art und Weise. Sofort heulten wieder Alarmsirenen auf.

Die Raketen waren tatsächlich aufgehalten worden. Doch dabei hatte es auch den zweiten Seitenschildgenerator an Steuerbord überladen und zerstört.

»Schadensbericht!«, rief Heissman, während der Alarm die ganze Brücke einhüllte.

»Generator ausgefallen«, meldete Belokas. »Dort auch Sekundärschäden. Verlustmeldungen sind eingegangen; Details liegen noch nicht vor.«

Travis hatte das Gefühl, eine Eisenfaust zerquetschte ihm den Brustkorb. Der Steuerbordseitenschild war fort, sie hatten nur noch ein Drittel ihrer Raketen übrig, und nun hielten sie auf ballistischem Kurs und im freien Fall geradewegs auf die Mitte der feindlichen Formation zu.

Schlimmer noch: Sie würden die anderen Schiffe in einem Abstand passieren, der eindeutig innerhalb der Reichweite von Strahlenwaffen lag. Das würde kein Schusswechsel werden, sondern eine Messerstecherei … und bei der *Casey* waren Rachen, Kilt und die Steuerbordflanke ungeschützt. Damit stellte sich für Tamerlane nur noch eine einzige Frage: Welchem seiner Schiffe die Ehre zukäme, den Leichten Kreuzer HMS *Casey* der Royal Manticoran Navy zu erledigen.

Stirnrunzelnd betrachtete er das taktische Display, und seine Finger flogen über die Bedienfelder. Tamerlane hatte bereits unter Beweis gestellt, dass er schlau war und in angemessener Weise vorsichtig vorging. Er würde davon ausgehen, dass die *Casey* über Bug- und Hecklaser verfügte. Also würde er sich vermutlich dafür entscheiden, den Angriff von der Steuerbordseite aus vornehmen zu lassen, an der es keine Abwehr mehr gab – von den Energietorpedos einmal abgesehen. Dort konnte man ein deutlich größeres Profil des Schiffes anvisieren.

Die *Casey* hatte nur noch sechs richtige Raketen an Bord, aber da waren auch noch die beiden Übungsraketen. Dank des elektromagnetischen Werfersystems statt der konventionelleren Booster sollten sie in der Lage sein, zumindest *eine* dieser Raketen aus dem Rohr zu befördern, ohne sie augenblicklich dem Feind entgegenzuschleudern.

Und wenn das möglich wäre …

Er räusperte sich. »Commodore Heissman? Ich hätte da eine Idee.«

Ein kurzer Schauer durchlief den Rumpf der *Hercules*, als ihr ventraler Werferkasten seine letzte Rakete ausspie. »Da geht sie hin, Sir«, meinte Labatte leise, »unsere Letzte.«

Richard nickte. Damit war die *Hercules* streng genommen kein Kriegsschiff mehr. Jetzt war sie nur noch eine durch das All jagende Ansammlung von Bauteilen und Menschen, völlig außerstande, noch irgendetwas gegen die Invasoren zu unternehmen, die auf Manticore zuhielten.

Außerstande, etwas anderes zu tun, als möglicherweise zu entkommen. Wenn das überhaupt noch möglich war.

»Aber wahrscheinlich können wir immer noch dabei helfen, die *Casey* zu beschützen«, fuhr Labatte fort. »Angenommen, die Schnellfeuerkanone ist noch nicht völlig erschöpft. Ich frage mich, ob ... *meine Fresse!*«

»Was ist?«, fragte Richard nach und blickte zu den Statustafeln hinüber. Impeller und Seitenschilde standen noch – so unerschütterlich, wie das bei diesem Schiff überhaupt möglich war.

»Neue Kontakte, Sir«, meldete Labatte angespannt und deutete mit dem Zeigefinger auf das Gravitationswiederholdisplay. »Zwo Stück. Verdammt noch mal!«

Richard verbiss sich einen Fluch. Im buchstäblichen Eifer des Gefechts hatte er sich so sehr darauf konzentriert, die störrischen Impeller der *Hercules* am Laufen zu halten, dass er überhaupt nicht mehr an die beiden Impellerkeile gedacht hatte, die die *Gorgon* vor mehreren Stunden geortet hatte und die immer wieder auf den Displays erschienen waren, um kurz darauf wieder zu verschwinden.

Genau diese Geisterschiffe waren jetzt eingetroffen. Und laut der ID, die ihnen OPZ zugewiesen hatte ...

»Na, wunderprächtig!«, raunte Labatte. »Zerstörer! Dann stecken wir jetzt so richtig tief drin, Sir. Bis zum Hals, würde ich sagen.«

Die Darstellung auf dem Gravitationsdisplay verschob sich. »Wir verändern den Neigungswinkel«, kommentierte Richard und runzelte die Stirn. *Sogar ziemlich heftig.*

Wozu überhaupt den Neigungswinkel ändern? Wenn der Captain die Raketen abwehren wollte, die ihnen die Zerstörer entgegengeschickt hatten, dann sollte er das Schiff lieber *rollen* lassen.

»Sieht ganz so aus, als würden wir's mit dem Schwalbenschwanz versuchen«, merkte Labatte an. »Verdammt, da kommen sie!«

Richard betrachtete das Gravitationsdisplay. Ja, da kamen sie, ohne Zweifel: gleich zwei Raketensalven – die eine stammte von den beiden Zerstörern, die andere von der Hauptinvasionsstreitmacht.

Bedauerlicherweise ließ sich unmöglich herausfinden, wie viele davon die *Hercules* anvisiert hatten und wie viele den anderen Schiffen von Kampfgruppe Janus zugedacht waren. Genug für alle waren in jedem Fall da.

»Los geht's, Sir«, sagte Labatte und deutete mit dem Kinn in Richtung Gravdisplay. »Der Captain will wohl rollen, um den Raketen den Keil entgegenzustellen.«

»Ja«, antwortete Richard fast im Flüsterton. Bedauerlicherweise folgten die beiden Salven so dicht aufeinander, dass es schlichtweg unmöglich wäre, sie beide auf diese Weise zu blokkieren. Es sah ganz so aus, als hätte sich Captain Hagros dafür entschieden, den Angriff der Zerstörer mit dem Dach des *Hercules*-Impellerkeils abzuwehren und dann darauf zu hoffen, dass die Seitenschilde mit allem zurechtkämen, was der Hauptverband der Invasionsflotte aufzubieten hatte.

Richard betrachtete die Hauptstatustafel. »Alpha vier zickt schon wieder herum«, warnte er. »Muss wohl doch noch einmal kalibriert werden.«

»Kann schon sein«, bestätigte Labatte und löste seine Haltegurte. »Ich seh's mir mal an, Sir. Wenn Sie wohl so freundlich wären, auch noch die Nummer sechs im Blick zu behalten – irgendwie scheint sich das mit der Nummer vier zu synchronisieren, warum auch immer … und wir wollen ganz bestimmt nicht gleich beide auf einmal verlieren.«

»Stimmt«, bestätigte Richard, »beeilen Sie sich.«

»Verstanden, Sir«, gab Labatte zurück, stieß sich ab und schwebte auf die Luke zu. »Wenn wir schon sterben müssen, sollten wir die Gegenseite dafür wenigstens arbeiten lassen!«

Hektische Betriebsamkeit und Lärm legten sich schlagartig. Im Zentralen Kommandoraum, tief unter dem Palast, war es völlig still.

Zu still.

Ich sollte jetzt wohl irgendetwas sagen, dachte König Edward. Er saß an der Kommandoplattform zwischen Verteidigungsminister Dapplelake und dem Ersten Lord der Admiralität, Admiral a. D. Thomas Cazenestro. Unwillkürlich hatte er beide Hände um die Armlehnen verkrampft. *Etwas Inspirierendes oder Beruhigendes … oder Heldenhaftes.*

Aber die rechten Worte wollten ihm nicht einfallen.

Außerdem hatten Worte ohnehin keinen Sinn mehr. Nicht, wenn sie von hier aus gesprochen würden. Sämtliche Befehle, die auszugeben auch nur ansatzweise sinnvoll sein konnten, waren ausgegeben, alle Ideen, die sich noch umsetzen ließen, waren umgesetzt … und alle Strohhalme, an die man sich noch klammern konnte, waren fest umklammert.

Lord Dapplelake und Admiral Cazenestro hatten alles in ihrer Macht Stehende getan. Wie die Krise sich entwickelte, lag nicht mehr in ihrer Hand. Alles Weitere entschieden nun die

Männer und Frauen, die sich an Bord einer kleinen Ansammlung von Schiffen befanden, draußen im All.

Die schaffen das!, sagte sich Edward fest. Es waren mutige und bestens ausgebildete Besatzungen – Männer und Frauen, die Söhne und Töchter dieses Sternenkönigreichs waren. Was auch immer sie unternehmen könnten, um diesen sinnlosen Angriff zurückzuschlagen, sie würden es auch tun. Und sie würden es schaffen.

Oder bei dem Versuch sterben.

»Euer Majestät? Mylords?«, wagte der junge Petty Officer an der Überwachungsstation zögerlich die Stille zu brechen. »Es sieht so aus, als ...« Seine Stimme brach. »Die *Gorgon* ist fort.«

Edward umklammerte die Armlehnen noch ein wenig fester, während er den Blick auf das Gravitationsdisplay richtete. Ohne Zweifel: Der Keil der *Gorgon* war erloschen.

»Sie könnten durchaus noch am Leben sein, Euer Majestät«, raunte Dapplelake zögerlich. »Vielleicht sind ihre Impeller ausgefallen, ohne das ganze Schiff zu zerstören.«

»Ja, vielleicht«, gab Edward zurück.

Aber es wäre natürlich töricht gewesen, sich auf diese Hoffnung zu versteifen, das wussten sie alle. Vor seinem geistigen Auge sah Edward deutlich den wahrscheinlichen und unvermeidbaren Ablauf der Ereignisse: Commodore Heissman bestimmte die *Gorgon* zur Nachhut, die zugleich als Signalrelais fungieren sollte ... die Invasoren erkundeten die Leistungsfähigkeit von Kampfgruppe Janus zunächst durch Raketenangriffe. Sie kamen zu dem Schluss, damit genug Daten gesammelt zu haben, und gingen zum Großangriff über ... die *Casey* setzte vielleicht Antiraketen ein, vielleicht hatte sich der Kommandant aber auch dafür entschieden, den Gegner mit einer Salve Schiffskiller einzudecken ... sie und die anderen Schiffe brachten die Schnellfeuerkanonen zum Einsatz ... eine Rakete des Gegners, vielleicht auch mehrere, kamen trotzdem durch den schützenden Schrapnellhagel hindurch ...

Und eine jener Raketen schickte die *Gorgon* und ihre gesamte Besatzung in die Ewigkeit.

Edward atmete tief durch. Die *Gorgon* war der erste Verlust heute und würde nicht der letzte sein.

»Gibt es Nachrichten von der *Vanguard* und der *Nike*?«

»Warten Sie, das überprüfe ich«, antwortete Cazenestro, schwenkte eines seiner Displays ein wenig näher zu sich heran und gab einige Befehle ein, um den entsprechenden Statusbericht aufzurufen. »Die *Vanguard* hat ihren Bugreaktor ans Laufen gebracht und fährt gerade die Impeller hoch. Der Reaktor der *Nike* ist stabil; auch dort ist man gerade mit den Impellern beschäftigt.«

»Anscheinend sind die letzten Besatzungsmitglieder auf dem Weg nach oben«, setzte Dapplelake hinzu, den Blick auf das eigene Display gerichtet.

Edward nickte, ihm war das Herz schwer. Die wenigen Besatzungsmitglieder, die es gab. Die Schlachtkreuzer in deren aktuellem Zustand. Allesamt Papiertiger: minimal ausgebildet, minimal bewaffnet, ohne auch nur den Hauch einer Chance, selbst wenn sie nur gegen eine Korvette mit kompetenter Besatzung antreten müssten – von einer vollständigen Invasionsstreitmacht ganz zu schweigen. Beide Schlachtkreuzer hatten die letzten beiden Monate in der Werft verbracht. Sie waren umgebaut, gewartet und repariert worden – und während beide zwar leidlich *raum*tauglich waren, konnte keiner der beiden auch nur ansatzweise als gefechtstauglich bezeichnet werden.

Aber diese Schlachtkreuzer waren alles, was Manticore noch aufzubieten hatte. Wenn die Invasoren erst Janus und dann Aegis zerstörten – und bislang sprach alles dafür, so und nicht anders würde es kommen –, dann konnten die *Vanguard* und die *Nike* wenigstens so tun, als würden sie sich ihnen in den Weg stellen und sie angreifen wollen.

Eine weitere törichte Hoffnung. Aber törichte Hoffnungen waren das Einzige, was ihnen noch blieb.

Törichte Hoffnungen … und innige Gebete, es möge doch noch ein Wunder geschehen.

»Weil ich diesen Schuss absetzen *kann*, Sie aber nicht«, erklärte Captain Blakely in seiner üblichen, provozierenden Art pedantischer Überlegenheit. »Sie wollen Heissman und die *Casey* zerlegt wissen, fein! Aber Sie tragen die Verantwortung für diesen kleinen Einsatz hier, und das heißt, Sie können nicht einfach aus der Formation ausscheren, bloß weil Ihnen gerade der Sinn danach steht. Nicht, wenn in absehbarer Zeit Grün-eins hier auftauchen und uns die Hölle heiß machen wird. Sie müssen genau dort vorn an der Front stehen, wo Sie die Rolle des Admirals spielen können.« Er machte eine Kunstpause, und ein selbstgefälliges Lächeln huschte über sein Gesicht. »Und wo Sie sich dann bereithalten können, den ersten Schuss abzugeben.«

Gensonne durchbohrte das Com-Display mit einem finsteren Blick. Alles in ihm schrie danach, diesen blasierten Kerl in seine Schranken zu verweisen.

Aber leider hatte Blakely recht. Die *Casey* folgte im freien Fall einer flachen Flugbahn, die sie geradewegs durch die Formation der Volsungs führen würde – ein träges, leicht zu erledigendes Ziel, wie aus dem Lehrbuch. Aber in der richtigen Position, sie zu erledigen, ihr den Todesstoß zu versetzen, befand sich nun einmal die *Tyr*, nicht die *Odin*.

Mindestens ebenso wichtig: Die Armierung der *Tyr* war immer noch in einwandfreiem Zustand, die der *Odin* nicht.

»Fein«, knurrte er. »Aber passen Sie bloß auf! Sie werden in Reichweite von Heissmans Energietorpedos sein, und als Bestandteil einer Glutwolke sähen Sie noch dämlicher aus als jetzt.«

»Wollen Sie rüberkommen und mir das Händchen halten?«, versetzte Blakely. »Ich weiß, wie man ein Schwein absticht! Außerdem kann er meinen Schuss unmöglich abwehren: Bei der Zeitsequenz Laden-Zielerfassen-Schießen schlägt der Laser *immer* das Energietorpedo. Ich bin mindestens eine Viertelsekunde schneller als der, vielleicht sogar eine halbe!«

»Vielen Dank, Herr Professor«, spie Gensonne aus. »Wie Waffensysteme funktionieren, weiß ich selbst.«

»Freut mich zu hören«, gab Blakely zurück. »Außerdem muss der Manticoraner dafür noch zur Zielerfassung fähig sein – und dass das nach allem, was wir seinem Seitenschild angetan haben, überhaupt noch der Fall ist, bezweifle ich.« Er gestikulierte ungeduldig. »Konzentrieren Sie sich ganz darauf, Grün-eins auszuschalten ... und sehen Sie zu, dass Llyn, wenn wir fertig sind, auch wirklich zügig zahlt. Ich kümmere mich um Heissman und seine heiß geliebte *Casey*.«

»Fein«, wiederholte Gensonne, wieder knurrig. »Aber beeilen Sie sich! Ich will Sie wieder in der Gefechtssäule stehen sehen, bevor Grün-eins hier eintrifft.«

»Ich bin so schnell zurück, da merken Sie gar nicht, dass ich weg war!«, gab Blakely beschwichtigend zurück. »Und wenn Sie sich langweilen, lassen Sie sich von Imbar ein Buch bringen.«

Gensonne verbiss sich einen Fluch und deaktivierte das Display. Einen Moment lang durchbohrte er den nun schwarzen Bildschirm mit finsterem Blick, dann wandte er sich wieder dem taktischen Display zu. Auch hier hatte Blakely recht: Die Feuersequenz der Energietorpedosysteme war von Natur aus langsamer als die des Mittschiffslinienlasers. Vermutlich würde Heissman versuchen, sein Schiff, geschützt vom Keil, in eine andere Position zu bringen. Damit ließen sich die Zielerfassungssysteme der *Tyr* in die Irre zu führen. Doch wenn Blakely gleich in dem Augenblick das Feuer eröffnete, in dem der Kreuzer in Sicht käme, sollte er keine Schwierigkeiten haben, ihn auszuschalten, bevor die *Casey* zurückschießen könnte.

Blakely wollte seinen Admiral noch einmal kräftig mit der Nase darauf stoßen: Die *Tyr* würde das lächerlich kleine Schiff ausschalten, dem es gelungen war, der *Odin* eine Ohrfeige zu verpassen. Fein, über solchen Kleinigkeiten war Gensonne doch erhaben! Er sah das große Ganze. Deswegen war er ja auch Admiral und Blakely bloß Captain.

Und wenn Blakely Ehrgeiz in genau diese Richtung entwickelte?

Gensonnes Lächeln fiel sehr schmal aus. Er hoffte, dass Blakely keineswegs so töricht wäre – um Blakelys willen.

Eine Dreiviertelsekunde.

Travis hatte es durchgerechnet. Gleiches galt für Woodburn und für Heissman ... und vermutlich auch für jeden anderen, der sich auf der Brücke oder in der Operationszentrale befand. Die harten, nackten, kalten, Zahlen führten zu dem ebenso harten, nackten, kalten Ergebnis: Die *Casey* war dem Untergang geweiht.

Der feindliche Schlachtkreuzer hatte sein Schwenkmanöver abgeschlossen, der Laser auf Mittschiffslinie am Bug wies bereits genau auf den Punkt, den die Casey auf ihrem Weg quer durch die Formation der gegnerischen Schiffe in exakt neunzig Sekunden erreichen würde. Dort befände sie sich in Kernschussweite dieses Geschützes, kaum eintausend Kilometer entfernt – eine geradezu aberwitzig geringe Distanz, gerade im Zeitalter von Langstreckenraketen und hochleistungsfähigen Röntgenlasern.

Der Captain des Schiffes würde die damit einhergehenden Risiken gewiss erkennen. Aber auch er hatte die Lage zweifellos durchgerechnet: Im gleichen Augenblick, in dem der Bug seines Schiffes den Rand des manticoranischen Impellerkeils passierte, würden seine Zielerfassungssensoren die *Casey* orten, die Daten an den Mittschiffslinienlaser weiterleiten und die Waffe auslösen. Das alles würde automatisch ablaufen, ohne dass irgendwo ein Mensch eine Entscheidung treffen müsste oder anderweitig einzugreifen hätte ... Wenn der Schlachtkreuzer mit moderner Elektronik ausgestattet wäre, wovon auszugehen war, würde das Ganze zwischen einer Viertelsekunde und einer halben Sekunde dauern.

Das wäre der einzige Schuss, den der Schlachtkreuzer zunächst abgeben könnte, schließlich dauerte es seine Zeit, bis ein Laser wiederaufgeladen war. Aber wenn das Zeitfenster für diesen einen Schuss beinahe zwei Sekunden betrug, wäre diese halbe Sekunde mehr als genug.

Auch das Gegenfeuer der *Casey* war bereits einprogrammiert, vorbereitet und nun voll automatisiert – auch die Waffen des Leichten Kreuzers würde schnellstmöglich feuern. Doch Energietorpedos waren langsamer: Der Gegenangriff der *Casey* würde beinahe eine halbe Sekunde später erfolgen als der Angriff des Schlachtkreuzers.

Mit anderen Worten: eine halbe Sekunde später, als die *Casey* noch existieren würde.

Eine Dreiviertelsekunde.

Travis wusste, was ein Röntgenlaser einem Schiff anzutun vermochte. Wenn der Strahl des Schlachtkreuzers die *Casey* traf, würde er den Rumpf und sämtliche inneren Sektionen durchschneiden: Das Schiff, das einem Zuhause am nächsten kam, würde ausgeweidet wie ein Fisch. Wenn der Strahl der Waffe auch noch den Stellarator träfe, fände die gesamte Besatzung ihr Ende in einem gewaltigen Flammenball. Wenn nicht, käme der Tod langsamer: Einige würden dort, wo der Rumpf des Schiffes beschädigt war und ungehindert die Atemluft entwich, rasch ersticken, während andere im zweifelhaften Schutz ihrer Raumanzüge hilflos in die Unendlichkeit hinaustrieben.

Das Einzige, was das noch verhindern konnte, war Travis' völlig abwegige Idee.

Genauer gesagt: Travis' abwegige Idee und die Tatsache, dass Heissman bereit war, sich trotzdem daran zu versuchen.

Eine Dreiviertelsekunde.

»Noch zehn Sekunden«, verkündete Woodburn.

Ein letztes Mal betrachtete Travis seine Displays; vor seinem geistigen Auge lief automatisch der Countdown ab. Zehn Kilometer achtern der *Casey* und ungefähr zwanzig Kilometer von deren Steuerbordseite entfernt, fixiert durch einen Traktorstrahl, befand sich eine der Übungsraketen. Sie wartete auf den automatisierten Befehl, der bewirken würde, dass sie ihren Keil aufbaute und immens beschleunigte. Wenn der feindliche Schlachtkreuzer eintausend Kilometer entfernt wäre – Travis rechnete es im Kopf automatisch durch –, würde die Rakete siebeneinhalb Sekunden benötigen, ihr Ziel zu erreichen. Unter den gegebenen Umständen waren diese siebeneinhalb Sekunden eine Ewigkeit.

Glücklicherweise brauchte die Rakete ihr Ziel nicht zu treffen.

Wieder warf Travis einen Blick auf das taktische Display und wunderte sich ein wenig, dass er überhaupt in der Lage war, derartige Zeitaspekte in seine Berechnungen einzubeziehen.

Schließlich brachte all das Adrenalin in seinen Adern sein Zeitgefühl völlig durcheinander: Er kam sich selbst schon vor wie eine Rakete unter Maximalbeschleunigung. Der Countdown vor seinem geistigen Auge erreichte die Null ...

Auf dem Taktikschirm tauchte am Rand des Impellerdachs der *Casey* der Schlachtkreuzer auf – mit völlig freiem Schussfeld. Eine Viertelsekunde noch, so hatte Travis geschätzt, bis dessen Laser den hilflosen Kreuzer zerschnitte.

Auf der Steuerbordseite der *Casey* baute die Übungsrakete ihren Keil auf und machte einen Satz vorwärts.

Sie raste nicht auf den Schlachtkreuzer zu, und sie entfernte sich auch nicht von der *Casey*, aus deren Waffenbeständen sie stammte. Sie blieb vielmehr auf einem Kurs parallel zu deren Rumpf.

Bei Raketen gab es nur zwei voreingestellte Beschleunigungsraten: Beim Langstreckeneinsatz wurden dreitausendfünfhundert Gravos vorgelegt, im für Kurzstrecken gedachten Sprintmodus ganze zehntausend. An diesen Voreinstellungen ließ sich nichts ändern, zumindest nicht mit Bordmitteln der *Casey* – und selbst mit der geringeren der beiden Beschleunigungsraten würde die Rakete nicht allzu lange Seite an Seite mit der *Casey* bleiben.

Aber das war auch gar nicht nötig. Der Impellerkeil der Rakete maß zehn Kilometer, die *Casey* selbst war nur dreihundertundsiebzig Meter lang: Den feindlichen Laser blockierte die Rakete mit ihrem Impellerkeil daher von dem Augenblick an, wo dieser mit seiner äußersten Spitze den Bug der *Casey* passierte, bis zu dem Moment, wo sozusagen sein äußerstes Schwanzende am Heck des Schlachtkreuzers vorbeizog.

Die ganze entscheidende Dreiviertelsekunde lang.

Irgendwann während dieses Augenblicks, der nur einen einzigen Herzschlag währte, hatte der gegnerische Schlachtkreuzer zweifellos den einen Schuss, der ihm blieb, auch abgefeuert. Travis sollte es nie erfahren – der Impellerkeil der Rakete blockierte ja auch die Sensoren der *Casey*, sie war blind dem gegenüber, was jenseits der Rakete und ihres Keils geschah. Dann hatte die Rakete die *Casey* passiert, und die Massenträgheit des Schiffes sog den Schlachtkreuzer in den Bereich zwischen den Verzerrungsbändern der *Casey*.

Sie holte zum entscheidenden Schlag aus – mit einer letzten, massiven Salve von Energietorpedos.

Ungläubig starrte Gensonne seine Displays an. Sein Mund stand offen; sein Verstand weigerte sich zu verarbeiten, was er sah. Das war unmöglich, schlichtweg unmöglich! Die Zahlen, alle Berechnungen ... sie hatten es unbestreitbar *belegt!* Die *Tyr* konnte ihr Ziel unmöglich verfehlen, und die *Casey* konnte unmöglich den ersten Schuss abgeben.

Doch die Zahlen, die Berechnungen ... sie hatten gelogen. Irgendwie hatten sie gelogen!

Hilflos und starr vor Entsetzen musste Gensonne mitansehen, wie die *Tyr* ... verschwand. Sie löste sich einfach auf.

Der Bug verschwand als Erstes: In dem Augenblick, da das erste Projektil aus überhitztem Plasma das Metall des Rumpfes traf, schälte dieser sich wie altes, brüchiges Papier ab. Noch während dieser erste Plasmaball ausbrannte, wurde der Schlachtkreuzer von einem zweiten getroffen, der noch tiefer in den Schiffsrumpf eindrang. Dabei wurde der Bugimpellerring zerstört, und in einem Chaos widerstreitender und rasch zerfallender Schwerkraftfelder verschwand der ganze Keil der *Tyr*.

Alles ging zu schnell, unbegreiflich für den menschlichen Verstand, nicht zu erfassen für das menschliche Auge – und dann war es auch schon vorbei. Der *Tyr* blieb einzig noch die Hoffnung, dass der Zwillingsreaktor – in der Hecksektion des Schiffes untergebracht, um genau einem solchen Angriff nicht schutzlos ausgeliefert zu sein –, gut genug abgesichert wäre, um das Inferno zu überstehen …

War er nicht. Der letzte Energietorpedo durchzuckte das bereits geborstene Schiff …

… und die *Tyr* verwandelte sich in eine lodernde Feuerwolke aus zerfetztem Metall und zerschmetterten Leibern.

Lange sagte niemand auf der Brücke der *Odin* auch nur ein einziges Wort. Gensonne ließ den Blick zur *Casey* hinüberschweifen, die nach wie vor im freien Fall die Formation seiner Schiffe durchquerte.

Oder besser: das, was von der Formation seiner Schiffe jetzt noch übrig war.

»Admiral?«, fragte schließlich Imbar mit gedämpfter Stimme. »Die *Casey* kommt zur *Phobos* auf. Soll sie schießen?«

Ja! Gensonne hätte es schreien mögen. *Ja, verdammt, schießt! Bringt sie alle um!*

Aber diesen Befehl konnte er nicht ausgeben. Was auch immer für Zauberwerk Heissman gegen die *Tyr* zum Einsatz gebracht hatte, es gab keinen Grund zu glauben, die gleiche Zauberwaffe lasse sich nicht auch gegen die *Phobos* anwenden. Gensonne wagte nicht, ein zweites Schiff zu riskieren, solange er keine Ahnung hatte, wie die *Casey* das erste hatte zerstören können. »Nein«, sagte er, und das Wort schien sich in seiner Kehle zu einem Klumpen nutz- und hilfloser Wut zusammenzuballen. »Weisen Sie die *Phobos* an, den Keil herumzurollen und die Manticoraner ziehen zu lassen.«

Wieder spürte er den Kragen seiner Uniformjacke im Nacken. Seine Hauptflotte stand genau in der Richtung, die die *Casey* nun ansteuerte, jederzeit bereit, ihre Keile hochzufahren und den Überresten der Vorhut zur Hilfe zu eilen. Sie würden sich mit der *Casey* befassen, danach wäre mit vereinter Schlagkraft Grün-eins an der Reihe.

Er warf einen Blick auf die sich immer weiter ausbreitende Materiewolke, die einst die *Tyr* gewesen war. »Wir sehen uns in der Hölle wieder«, murmelte er. »Sie erkennen mich sofort: Ich bin der ganz in Weiß.«

Alles geschah zu schnell, als dass Travis Details hätte ausmachen können. Aber nur wenige Sekunden, nachdem der Impellerkeilboden die *Casey* blind gemacht hatte, bestätigten die Gravitationssensoren, dass der Impellerkeil des Schlachtkreuzers verschwunden war. Einige weitere Sekunden später fassten Radar und Lidar die ersten Anzeichen einer sich rasch ausbreitenden Trümmerwolke auf.

Travis' abwegige Idee hatte funktioniert. Der feindliche Schlachtkreuzer war zerstört.

Aber das bedeutete nicht, dass die *Casey* schon über den Berg wäre. Travis spürte, wie die eigene Anspannung immer weiter zunahm, als sie auf das Signalrelaisschiff aus der hintersten Reihe der Formation von Bogey drei zuhielten. Er fragte sich, ob der *Casey* gleich noch ein weiteres Gefecht bevorstünde.

Doch der Verlust seines Schlachtkreuzers hatte Tamerlane offenkundig schwer erschüttert. Die *Casey* raste auch am letzten Schiff der gegnerischen Formation vorbei und sah nur noch, dass das Schiff herumgerollt war, um sich hinter seinem Impellerkeil vor ihnen zu verstecken.

Zu sagen, dass es auf der Brücke ein kollektives erleichtertes Ausatmen gegeben hätte, wäre übertrieben gewesen, doch die Anspannung ließ erkennbar nach, das fiel Travis sofort auf.

Belokas brach das Schweigen als Erste. »Und jetzt, Sir?«, fragte sie.

»Keine Ahnung«, gestand Heissman nachdenklich. »Darüber, was man macht, wenn man unbeschädigt hinter eine feindliche Formation gelangt ist, schweigen sich bemerkenswerterweise sämtliche Dienstvorschriften aus. Liegt wahrscheinlich daran, dass so etwas nicht allzu häufig vorkommt.«

»Dann müssen wir wohl improvisieren«, schlug Woodburn vor.

»Müssen wir wohl«, pflichtete ihm Heissman bei, ebenso nachdenklich wie zuvor. »Gehen wir doch erst einmal auf Abstand, damit wir nicht mehr in Reichweite des Hecklasers sind. Dann schauen wir, was uns sonst noch so einfällt.«

»Tod und Teufel!«, entfuhr es Dapplelake mit gedämpfter Stimme. In ungläubigem Tonfall fuhr er fort: »Ist der Schlachtkreuzer da gerade …?«

»Der ist fort«, bestätigte Cazenestro und klang dabei ebenso ungläubig wie der Verteidigungsminister. »Zumindest ist sein Keil zusammengebrochen. Wie in Gottes Namen hat Heissman *das* denn hingekriegt?«

»Wir hatten gehofft, *Sie* könnten es uns sagen«, meinte Edward, und zumindest ein Teil des Drucks, der auf seinen Schultern lastete, ließ nach, als sein Blick erneut auf das Gravitationsdisplay fiel. Der Schlachtkreuzer war eines der beiden kampfstärksten Kriegsschiffe der Invasoren gewesen – und die *Casey* hatte ihn soeben zerstört.

»Ich wünschte, das könnte ich, Euer Majestät«, erwiderte Cazenestro. »Die *Casey* ist ein wirklich gutes Schiff, gar keine Frage, aber nicht im Traum hätte ich angenommen, sie könnte gegen einen Schlachtkreuzer bestehen. Irgendwie muss sie nahe genug zum Feind aufgekommen sein, um Energietorpedos zum Einsatz zu bringen – aber wie ihr das gelungen ist, ohne dabei vom Gegner praktisch ausgeweidet zu werden, weiß Gott allein.«

»Wenigstens steht uns nun ein deutlich fairerer Kampf bevor«, entschied Dapplelake. »Locatelli hat zwei Schlachtkreuzer, und die haben nur noch einen.«

»Nur dass die Schlachtkreuzer von Grün-eins nur teilweise bemannt und bewaffnet sind«, gab Cazenestro grimmig zurück.

»Das hatte ich berücksichtigt«, erklärte Dapplelake. »Wir sollten froh sein, dass er überhaupt so viel hat.« Er deutete Edward gegenüber eine Verneigung an. »Und das hat er *Ihnen* zu verdanken, Euer Majestät.«

Schweigend nickte Edward. Ihm und Premierminister Burgundy und all den Menschen, bei denen Gefallen hatten eingefordert werden müssen, um die Wiederbewaffnung der Navy durchzusetzen. Gefallen, die Edward so manche Freundschaft gekostet hatten. Gefallen, die ihm den Unmut von Leuten wie Breakwater und Verbündeten eingebracht hatten. Gefallen, die dafür gesorgt hatten, dass man ihn sogar im Kreise seiner eigenen Unterstützer in mancherlei Hinsicht wie einen Ausgestoßenen behandelt hatte.

Endlich zahlten sich all die Opfer aus, die Edward gebracht hatte.

Während er darüber nachdachte, was er dem Parlament und den Bürgern des Sternenkönigreichs sagen sollte, veränderte sich die Anzeige auf dem Gravitationsdisplay erneut.

Aber dieses Mal war darauf nicht das willkommene Verschwinden eines feindlichen Impellerkeils zu erkennen. Dieses Mal zeigte das Display in der Ferne eine neue Gruppe von Fremdkontakten.

Es waren acht Schiffe. Sie näherten sich auf exakt dem Vektor, den auch die ersten Invasoren angelegt hatten. Ganz offenkundig gehörten sie dem gleichen Invasionsverband an.

Und sie hielten auf Manticore zu.

Acht Schiffe.

»Großer Gott«, wisperte Dapplelake. »Was zum Teufel machen wir jetzt?«

Diese Frage konnte ihm Edward nicht beantworten.

22

Mit zusammengebissenen Zähnen stieß Imbar einen Fluch nach dem anderen aus. Die gesamte restliche Brückenbesatzung der *Odin* blieb still und stumm.

Eine sonderbare Stille, bemerkte Gensonne geistesabwesend. Zum Teil Unglauben, zum Teil Wut, zum Teil Entschlossenheit.

Zumindest hoffte er verdammt darauf, dass auch Entschlossenheit darunter wäre. Denn diese Schlacht war noch nicht vorbei. Noch *lange* nicht.

»Was zum Teufel ...?«, entfuhr es Clymes unvermittelt. »Admiral, der Hauptverband hat soeben die Keile hochgefahren.«

»Was?!«, fauchte Gensonne. *Was zum Teufel* traf es ziemlich gut – de la Roza hätte die Keile erst aufbauen sollen, nachdem Gensonne ihn ausdrücklich dazu aufgefordert hätte. »Stellen Sie mir eine Verbindung zur *Thor* her!«, befahl er. »Haben Sie mich gehört, Captain?«

»Ich habe Sie gehört, Admiral«, knurrte Imbar, und in seinem Tonfall schwang nur noch ein Mindestmaß an Höflichkeit mit. »Wir arbeiten dran.«

Voller Zorn kämpfte Gensonne gegen all die Worte an, die ihm auf der Zunge lagen und dringend herauswollten ... die aber hier und jetzt nicht ausgesprochen werden sollten. *Noch* nicht. Und so ertrug Gensonne schweigend die Sekunden, die sich immer weiter in die Länge zogen.

Und dann ...

»De la Roza«, drang abrupt die Stimme des Kommandanten

der *Thor* aus dem Brückenlautsprecher. »Was zum Teufel ist denn bei euch da vorn passiert?«

»Was zum Teufel ist gerade bei Ihnen passiert?«, versetzte Gensonne scharf. »Sie hatten doch auf mein Signal warten sollen! Jetzt hat Grün-eins Zeit, Timing und Strategie der veränderten Lage anzupassen.«

Es gab eine Pause, bis das Signal die *Thor* erreicht und deren Signal die Rückreise angetreten hatte.

»Verzeihen Sie, Admiral«, sagte de la Roza im gleichen nur gerade eben noch höflichen Tonfall, den zuvor auch schon Imbar verwendet hatte. »Ich habe mitbekommen, dass es einen Ihrer Schlachtkreuzer zerbröselt hat, und angesichts der Schäden, die Sie im Vorfeld davongetragen haben, musste ich davon ausgehen, dass es sich dabei um Ihr Schiff handelt. Damit wäre das Kommando über diesen Einsatz *mir* zugefallen – und ich bin zu dem Schluss gekommen, die Überreste Ihrer Formation könnten die Unterstützung eher früher als später gebrauchen.«

»Tja, ich *bin* aber nicht tot, und *Sie* haben nicht das Kommando«, knurrte Gensonne. »Erwischt hat es Blakely, nicht mich. Das nächste Mal erkunden Sie erst einmal die Lage, bevor Sie etwas unternehmen, verstanden?«

Wieder eine Verzögerung ... »Verstanden, Admiral«, antwortete de la Roza. »Wie lauten Ihre Befehle, Sir?«

Gensonne mahlte mit den Zähnen. Vorerst würde er den Captain vom Haken lassen – aber nur, weil es derzeit Wichtigeres zu tun gab.

Aber auch hier war das letzte Wort noch nicht gesprochen – noch lange nicht! Irgendwann in absehbarer Zeit würde er ein sehr ausführliches Gespräch mit de la Roza führen. Thema: korrekte Vorgehensweise und korrektes Verhalten Vorgesetzten gegenüber. Was das betraf, konnte Imbar wohl auch eine Auffrischung gebrauchen.

»Nachdem Sie nun Ihre Anwesenheit hier im System allgemein kundgetan haben, können Sie genauso gut gleich mitmischen«, erklärte er de la Roza. »Behalten Sie Ihren aktuellen Vektor ebenso bei wie Ihre Formation.«

»Verstanden, Sir«, gab de la Roza zurück. »Wollen Sie Ihre Beschleunigung drosseln, sodass wir Sie einholen können?«

Finster blickte Gensonne zum taktischen Display hinüber. Nachdem nun einer seiner Schlachtkreuzer fort war, wäre das wirklich das Logischste. Auf diese Weise könnte er die beiden Teilverbände vereinigen und sich dann mit einem deutlich schlagkräftigeren Verband auf die aufkommenden Manticoraner stürzen. Auf jeden Fall wäre das die Vorgehensweise, die die Vorsicht gebot.

Aber Gensonne hatte seine jetzige Position nicht dadurch erreicht, dass er immer und überall auf Nummer sicher gegangen war. Außerdem bestünde, wenn er die beiden Volsung-Verbände zu einem zusammenzöge, auf jeden Fall das Risiko, dass zumindest einige der manticoranischen Schiffe dem Beschuss entkämen. Er hatte aber keinesfalls die Absicht, selbst auch nur ansatzweise einsatzfähige feindliche Einheiten in seinem Rücken zu wissen, während er versuchte, eine planetare Regierung zur Kapitulation zu zwingen.

»Halten Sie sich einfach an den Plan«, wies er de la Roza an. »Sollte ich Änderungen beschließen, lassen ich Sie das wissen. Und behalten Sie diesen Kreuzer im Augen, diese *Casey*. Haben Sie das Schiff auf dem Schirm?«

»Jou, die sehen wir hier. Was zum Teufel hat die mit der *Tyr* angestellt?«

»Das weiß Gott allein«, knurrte Gensonne. »Behalten Sie sie einfach im Blick. Was auch immer sie für einen Trick auf Lager haben mag, ich möchte deswegen nicht noch jemanden verlieren.«

»Oh, die behalten wir schon im Auge«, versprach de la Roza düster. »So richtig, richtig fest.«

»OPZ meldet acht Kontakte in Feindformation zwo«, sagte Taktischer Offizier Perrow und drehte sich an ihrer Station halb zu Metzger herum. »Der Eins-O ist sich ziemlich sicher, dass zumindest eines davon ein Schlachtkreuzer ist. Verdammt noch mal – verzeihen Sie, Ma'am –, sieht aus, als hätten die gerade die *Gemini* erwischt.«

Metzger nickte, den Blick fest auf jene leere Stelle auf dem Gravitationsdisplay gerichtet, an der sich gerade eben noch der Impellerkeil einer Korvette befunden hatte. Das Manöver Schwalbenschwanz galt unter anderem deshalb als echte Verzweiflungstat, weil dabei ein Schiff jedem Angreifer, der es von oben oder von unten passierte, schutzlos ausgeliefert war. Eines der Invasorenschiffe hatte die *Gemini* ausgeschaltet, und die Zerstörung der *Hercules* stand vermutlich ebenfalls unmittelbar bevor.

Allen Wahrscheinlichkeiten zum Trotz hatte es die *Casey* geschafft, unbeschadet durch die feindliche Formation zu stoßen. Metzger wäre bereit zu wetten, dass Tamerlane vor allem deswegen davon abgesehen hatte, den Leichten Kreuzer anzugreifen, weil es der *Casey* irgendwie gelungen war, den zweiten Schlachtkreuzer von Feindformation eins zu zerstören.

Ebenso wäre Metzger bereit zu wetten, dass dieser Trick irgendetwas mit einem gewissen Travis Long zu tun hatte.

Doch derzeit hatte Kampfgruppe Aegis genug eigene Probleme – Probleme, die sich soeben verdoppelt hatten.

»ETA für Feindformation zwo?«, fragte sie und mühte sich dabei um eine feste Stimme. »Relativ zu FF-eins?«

»Derzeit sind sie etwa fünfzig Minuten voneinander entfernt«, antwortete Perrow. »Aber FF-zwo kommt rasch auf. Wenn beide Feindformationen nicht ihre aktuellen Beschleunigungswerte ändern, werden sie wahrscheinlich noch höchstens dreißig Minuten voneinander entfernt sein, wenn wir in Angriffsentfernung zu FF-eins kommen.«

»Wahrscheinlich sogar noch näher«, ergänzte Locatelli. Bewundernd (und mit einem gewissen Neid, der beinahe schon an Verärgerung grenzte) stellte Metzger fest, dass die Ruhe und Gelassenheit in seiner Stimme kein bisschen gezwungen wirkten. »Irgendwann innerhalb der nächsten zehn Minuten machen wir eine Kehrtwende und bremsen ab.«

Metzger schnürte es die Kehle zu. Stand man zwei voneinander unabhängig agierenden Wellen von Angreifern gegenüber, lautete die klassische Militärdoktrin, durch die Reihen der ersten Feindformation geradewegs hindurchzustoßen und dabei möglichst viel Schaden anzurichten – und im Zuge dessen die eigenen Verluste so gering wie nur möglich zu halten. Anschließend stürzte man sich dann auf die zweite Angriffswelle, wobei das Ziel dieses Einsatzes vornehmlich lautete, den Feind davon abzuhalten, seine Truppen zusammenzuziehen und neu aufzustellen. Letztendlich lief es darauf hinaus, so viel Feuerkraft wie möglich zusammenzuziehen – eine Strategie, die sich bis auf die Ära des ersten Schießpulvers auf Alterde zurückführen ließ.

Aber so konnte Kampfgruppe Aegis nicht vorgehen. Es lag in Locatellis Verantwortung, Manticore und Sphinx zu verteidigen, und wenn er durch die Front der Angreifer hindurchstieße, würde er damit beide Welten einem Angriff schutzlos ausliefern. Nun, es gab zwar eine Raketenabschussbasis auf Thorson, dem Mond von Manticore, allerdings gab diese dem alten Sprichwort ›mehr Schein als Sein‹ eine ganz neue Bedeutung.

Also würde Aegis umkehren und abbremsen, um sich an die Geschwindigkeit der Invasoren anzupassen und sich ihnen möglichst lange in den Weg zu stellen – und ihnen dabei möglichst viel Schaden zuzufügen.

Bedauerlicherweise hatte diese Vorgehensweise einen Nachteil: Je mehr Zeit Aegis bliebe, um den Feind mit Raketen zu beharken, desto mehr Zeit bliebe dem Feind, Gleiches mit Gleichem zu vergelten. Metzger bezweifelte nicht, dass der Feind selbst nach dem Zusammentreffen mit Janus über eine umfangreichere Armierung verfügte als Aegis.

Locatellis Gedanken gingen ganz offenkundig in genau die gleiche Richtung. »OPZ, welche aktuellen Daten gibt es für das Duell zwischen Janus und Feindformation eins?«, rief er.

»Die Lage ist ein bisschen unsicher, Sir«, drang McBrydes Stimme aus dem Brückenlautsprecher. »Das Relais, über das wir sauber mit denen kommunizieren konnten, ist ausgefallen, als die *Gorgon* ausgeschaltet wurde, und jetzt, wo uns die *Casey* und die *Hercules* ihre Keile zuwenden, erhalten wir von denen natürlich auch keine neueren Daten mehr. Aber einer ersten vorsichtigen Lageeinschätzung zufolge hat Janus während des Gefechts vermutlich zwoundzwanzig Raketen zum Einsatz gebracht. Es ist möglich, dass die *Casey* eine weitere Rakete im Zuge einer Fehlzündung verloren hat – das lässt sich derzeit noch sehr schlecht sagen.«

»Gegnerische Schäden?«

»Zum einen natürlich der Schlachtkreuzer, den die *Casey* erledigt hat«, antwortete McBryde. »Ich bin mir ziemlich sicher, dass auch der andere Schlachtkreuzer in Mitleidenschaft gezogen worden ist – wie sehr, lässt sich nicht abschätzen. Die anderen vier Schiffe scheinen unbeschädigt.«

»FF-eins hat offensichtlich ebenfalls reichlich Raketen verbraucht«, gab Metzger zu bedenken. »Ganz zu zu schweigen davon, dass Janus auch dessen Nahbereichsabwehr dezimiert haben dürfte.«

»Korrekt«, bestätigte McBryde. »Aber da wir nicht wissen, mit wie vielen Raketen oder Antiraketen der Gegner ins Gefecht gezogen ist, können wir auch nicht einschätzen, was er noch in den Rohren hat.«

Die *Invincible* strotzte derzeit leider nicht vor Raketen, das war Metzger nur zu bewusst. Theoretisch hätten sich vierundzwanzig Stück an Bord befinden können; geladen hatte sie nur achtzehn.

Außerdem hätten zur Ausstattung noch zwei Übungsraketen gehört – damit hätte man den Gegner wenigstens zwingen können, weiterhin Antiraketen und die Munition der Schnellfeuerkanonen zu verbrauchen. Doch beide Übungsraketen hatte Locatelli während der Übung mit der *Phoenix* verbraucht – und seitdem war kein Ersatz mehr aufgenommen worden. Irgendwo in ihrem Hinterkopf fragte sich Allegra Metzger, ob der Admiral sein damaliges Vorgehen wohl gerade bedauerte.

»Was ist mit denen dort?«, setzte Locatelli nach und deutete auf den Bildschirm. »Die Schiffe, die Janus als Bogey zwo markiert hat. Sind das Zerstörer?«

»Jawohl, Sir«, bestätigte McBryde, »vermutlich der *Luna*-Klasse. Praktisch baugleich mit unserer alten *Protector*-Klasse.«

»Vermutlich auch ähnlich alt«, knurrte Locatelli. »Und niemand weiß, wie schwer bewaffnet sie sind.«

»Vermutlich schwer genug, um einiges an Zerstörung herbeizuführen, Sir«, gab Metzger zu bedenken. »Wir können die *Phoenix* und die *Damocles* detachieren und sie anweisen, die Zerstörer nach Möglichkeit abzufangen.«

»Ja, könnten wir«, stimmte ihr Locatelli zu. »Das Problem dabei …« Er verstummte und wies stattdessen mit dem Kinn in Richtung des taktischen Displays.

Mit einem Mal hatte Metzger einen Kloß im Hals. Das Problem dabei war natürlich, dass der Rest der Invasionsstreitmacht geradewegs auf sie zuhielt. Nachdem Heissman das Manöver Schwalbenschwanz angeordnet hatte, spielte Kampfgruppe Janus im weiteren Gefecht effektiv keine Rolle mehr, und Kampfgruppe Aegis war beklagenswert unterbesetzt. Wenn sie nun noch zwei Zerstörer dafür abstellten, Bogey zwo hinterherzujagen, würde das Kräfteverhältnis dadurch nur noch unausgeglichener.

Aber Locatelli konnte nicht zulassen, dass der Feind ungehindert in das Territorium des Sternenkönigreichs vorstieße. Ob sich der Hauptverband der Invasionsflotte aufhalten ließe oder nicht: Zwei Zerstörer, die in den Orbit von Manticore einschwenkten, reichten unter Umständen aus, um König Edward und dem Parlament die Kapitulation abzuringen. Irgendjemand *musste* sie also verfolgen – und sei es auch nur, um sie zu stören und zu plagen und nach Kräften aufzuhalten. Locatellis Schiffe waren die Einzigen, die sich dafür überhaupt in einer auch nur ansatzweise brauchbaren Position befanden.

Als Metzger diese Erkenntnis durchs Hirn zuckte, wusste sie mit einem Mal, was der Admiral tun würde.

Er konnte es sich unmöglich leisten, zwei Schiffe mit diesem Auftrag zu betrauen. Er konnte es sich unmöglich leisten, kein Schiff loszuschicken.

Also bekäme genau *ein* Schiff den Auftrag zur Verfolgung der beiden feindlichen Zerstörer.

Auf den ersten Blick war das reiner Wahnwitz. Laut der Standard-Militärdoktrin schickte man *niemals* ein einzelnes Schiff gegen zwei Gegner aus. In Unterzahl war man in der Regel bereits im Nachteil, hier kam ein weiterer, obendrein taktischer Nachteil hinzu: Zwei Schiffe gemeinsam konnten einen Einzelgänger durch geschicktes Manövrieren nur allzu leicht in eine

Position bringen, aus der heraus er sich unmöglich gegen beide gleichzeitig verteidigen konnte.

Verzweiflung aber ließ auch Wahnwitziges zu: Dieser Einsatz war nötig, um den Feind von Manticore fernzuhalten. Also würde Locatelli ein Schiff detachieren. Ein Selbstmordkommando, auch wenn es niemand ausspräche ...

Die einzige Frage, die es noch zu beantworten galt, lautete: Welchem Schiff fiele diese Aufgabe zu?

Die *Damocles* hatte die größere Stückzahl an Raketen geladen. Jeder militärischen Logik nach hieß das, dass sie damit die beiden Schiffe von Bogey zwo länger beharken und damit auch die Abwehrsysteme des Feindes stärker erschöpfen könnte.

Auf der *Phoenix* hingegen tat derzeit Locatellis Neffe Dienst. Die Logik, der Familienbande nun einmal folgten, gebot, ihn so weit wie möglich vom Hauptgefecht fortzuschaffen.

Vielleicht war Locatelli beiden Gedankengängen bereits gefolgt. Vielleicht wusste er, dass auch andere dies tun würden.

Aber vielleicht war er auch einfach ein so guter und so objektiver Kommandeur, wie sein Ruf nahelegte.

»Signal, Nachricht an die *Damocles*«, befahl er. »Captain Marcello ist hiermit aufgefordert, aus der Formation auszuscheren und Bogey zwo zu verfolgen, dessen Schiffe ab sofort als Feindformation drei zu markieren sind. Primärziel seines Auftrages ist es, die feindlichen Schiffe von Manticore fernzuhalten. Wenn Marcello sie angreifen und vernichten kann, um so besser.«

»Aye, aye«, traf die Bestätigung von der Signalabteilung ein.

»Und was ist mit der *Phoenix*?«, erkundigte sich Perrow.

»Was soll mit ihr sein?«, stellte Locatelli die Gegenfrage.

»Ich hatte mich gefragt, ob Sie darauf Wert legen, dass sie dann im Alleingang die Vorhut übernimmt oder ob sie wieder in die Formation eingegliedert werden soll«, erläuterte Perrow. »Möglicherweise zwischen der *Sphinx* und der *Bellerophon.*«

Dort, das war Metzger nicht entgangen, befände sich die *Phoenix* – und damit auch Ensign Locatelli – unter dem Antiraketenschutzschirm der Schweren Kreuzer: noch eine Gelegenheit für Locatelli, Günstlingswirtschaft zu betreiben.

Und noch eine Gelegenheit, die er sich entgehen ließ. »Die *Phoenix* bleibt, wo sie ist«, entschied er. »Eins-O, haben Sie den optimalen Zeitpunkt für die Schubumkehr ermittelt?«

»Jawohl, Sir«, bestätigte McBryde. Auf Metzgers taktischem Display erschien eine grafische Darstellung der Vorgehensweise, die der Erste Offizier empfehlen würde. »Selbstverständlich bin ich hier davon ausgegangen, dass der Gegner seine derzeitige Formation nicht verändert.«

»Und sollte er es doch tun, werden Sie und der T-O ganz gewiss entsprechende Gegenmaßnahmen ergreifen«, sagte Locatelli. »Captain Metzger, behalten Sie die *Casey* im Auge. Sollte sie weit genug herumrollen, dass wir ihr ein Signal zukommen lassen können, informieren Sie Commodore Heissman, dass er alles in seiner Macht Stehende zu unternehmen hat, FF-zwo zu stören oder aufzuhalten.«

»Jawohl, Sir«, bestätigte Metzger. Kurz fragte sie sich, ob unter ›alles‹ auch zu verstehen wäre, notfalls sogar das eigene Schiff aufzugeben.

Selbstverständlich. Genau das war schließlich die Aufgabe der Royal Manticoran Navy: Notfalls auch in den Tod zu gehen, um das Leben und die Freiheit der Bürger des Sternenkönigreichs zu retten.

Janus hatte bereits hohe Verluste hinzunehmen gehabt. Ein Großteil von Aegis würde den gefallenen Kameraden vermutlich schon bald folgen. Machte da der Verlust eines weiteren Schiffes überhaupt noch einen Unterschied?

»Dann sollten wir uns jetzt wohl offiziell identifizieren«, fuhr Locatelli fort. »Signal, richten Sie einen Laser auf den Schlachtkreuzer aus. Und dann, Captain, wenn das Gespräch vorbei ist – und es dürfte recht kurz ausfallen –, lassen Sie alle Schiffe eine Kehrtwende machen. Die Abbremsung erfolgt mit eins Komma acht Kps Quadrat.«

»Eins Komma acht Kps Quadrat, aye«, bestätigte Metzger und spürte, dass der Kloß in ihrem Hals größer und größer wurde. Jetzt war es so weit.

Janus hatte seine Chance gegen die Invasoren gehabt. Nun war es an Kampfgruppe Aegis, sich dem Gegner zu stellen.

Bei moderner Kriegführung waren nur die darüber informiert, was außerhalb des Schiffsrumpfs vorging, die sich auf der Brücke oder in der Operationszentrale befanden. Der Rest der Besatzung war so von den eigenen Pflichten in Anspruch genommen, dass sie nie von der Rakete erfuhr, die sie letztendlich in den Tod riss.

Kronprinz Richard Winton teilte dieses Schicksal.

Plötzlich herrschte völlige Stille im Kommandoraum. König Edward bemerkte es kaum. Die Displays und Monitore an den Wänden waren verblasst und unscharf, Linien und Kanten flirrten wie Luft in der Sommerhitze. Auch das bemerkte Edward kaum.

Ein einzelner Monitor nämlich zeigte immer noch ein klares, scharfes Bild. Ein einzelner Monitor war immer noch fest mit der Wirklichkeit verbunden, mit Seiner Majestät dem König, seiner Seele, seinem Herzen. Dieser Monitor zeigte die Überreste von Kampfgruppe Janus.

Er zeigte den nächsten Verlust: Denn soeben war die *Hercules* vom Display verschwunden.

Soeben hatte der König des Sternenkönigreichs von Manticore vom Tod seines Sohnes erfahren.

Langsam wurde sich Edward wieder der dumpfen Stimmen bewusst, die in der Düsternis wohnten, die ihn einhüllten – leise Stimmen, die im Flüsterton Lageänderungen meldeten und Statusberichte weitergaben.

Und dann, mit der Wucht eines Schmiedehammers, traf ihn die Erkenntnis, dass auch andere Väter überall im Sternenkönigreich an diesem Tag Söhne und Töchter verloren hatten. Dass Frauen ihre Männer, Männer ihre Frauen niemals wiedersehen würden, dass Kinder ihre Eltern verloren hatten. Die meisten wussten bislang nichts von Verlust und Schmerz, doch all das schmälerte das Entsetzen keinen Deut ... auch die Endgültigkeit nicht, mit der es verschwistert war.

Mühsam und unter Schmerzen erinnerte sich Edward daran, dass er nicht nur Vater war. Er war der König.

Der König von Menschen, die heute ebenfalls einen schweren Verlust erlitten hatten.

Zum Trauern blieb keine Zeit. Hier und jetzt hatte er alles in seiner Macht Stehende zu unternehmen, um so vielen seiner Untertaten wie möglich das Leben zu retten.

Er atmete durch, gegen den Schmerz an, denn als sich seine Lungen mit Luft füllten, war ihm, als ob sich spitze Glasscherben, unzählige scharfe Scherben, in sein Herz bohrten. »Damit bleibt als einziges Janus-Schiff die *Casey*«, sagte er und zwang sich dazu, mit völlig ruhiger Stimme zu sprechen. Selbst in einer Krise sollte ein König stets Ruhe ausstrahlen. »Wie ist es um die Kampfbereitschaft von Aegis bestellt, Mylord?«, wandte er sich an Cazenestro.

Er hörte die Antwort des Ersten Lords der Admiralität. Er

versuchte sogar zuzuhören. Doch während der nächsten Minuten vermochte selbst die harsche Realität des Krieges nicht, zu ihm durchzudringen.

Sein Sohn war tot.

»Neuer Kontakt«, drang Commander Shifletts Stimme scharf aus dem Brückenlautsprecher der *Damocles.* »Zwo Kontakte, Peilung zwo vier null zu null zwo sieben. Distanz etwa acht Komma sechs Millionen Kilometer.«

Der erste, entsetzliche Gedanke, der Lisa durch den Kopf schoss: Weitere Invasoren! Sie mussten irgendwie unbemerkt hinter sie gelangt sein. Doch nur einen Augenblick später ging ihr auf, dass das schlichtweg unmöglich war. Das hieße also ...«

»ID trifft ein«, fuhr Shiflett fort. »HMS *Aries* und HMS *Taurus.*«

Wie, nichts weiter als ein Reflex, auf Entsetzen Entspannung gefolgt war, folgte nun auf Enttäuschung Hoffnung. Hier waren zwei weitere Schiffe der Royal Manticoran Navy, unerwarteterweise in Positionen, von denen aus sie der *Damocles* bei deren Mission zu Hilfe kommen könnten, die zwei Zerstörer aus FF-drei aufzuhalten!

Doch dann siegte Verstand über Reflexe, und Lisa bekam vom Universum eine Kopfnuss verpasst, die sich gewaschen hatte. Bedauerlich, aber wahr: Diese beiden Korvetten gehörten nicht zur Royal Manticoran Navy. Nicht mehr.

MacNiven am Ruder fand als Erster die richtigen Worte. »MPARS?«, sagte er, und sein Tonfall machte das Akronym gleichermaßen zur Frage wie zur Verwünschung. »Ich dachte, die wären angewiesen, Waffenruhe einzuhalten.«

»Waren sie auch«, knurrte Captain Marcello. »Anscheinend

haben die *Aries* und die *Taurus* das entsprechende Memo nicht gelesen.«

»Oder ignoriert«, murmelte Lisa.

»Oder ignoriert«, wiederholte Marcello und nahm damit Lisas Selbstgespräch auf. »Na ja, einem geschenkten Gaul … und so weiter. Signal, richten Sie einen Laser aus. Meine Empfehlung an die Captains Hardasty und Kostava. Schauen wir doch mal, ob die beiden was beizutragen haben.«

»Aye, aye, Sir.«

Sie gab die Nachricht ein, und dann lief vor Lisas geistigem Auge der mittlerweile gewohnte Countdown. Angesichts der Entfernung zu den beiden MPARS-Schiffen belief sich die Signalverzögerung auf fast eine Minute.

In der Zwischenzeit fragte Lisa in sämtlichen Abteilungen des Schiffes die Gefechtsbereitschaft ab, und dann trafen auch schon die ersten Statusmeldungen ein.

Sie hatte gerade die Hälfte der bislang eingetroffenen Meldungen abgearbeitet und bestätigt, als der Com-Lautsprecher zum Leben erwachte. »Captain Hardasty von der *Aries* hier«, erklang eine schneidige Frauenstimme. »Ich bedauere, dass wir ein wenig verspätet zu den Festlichkeiten eintreffen, Captain Marcello. Aber eigentlich können Sie von Glück reden, dass wir überhaupt hier sind. An sich sollten wir uns jetzt nämlich auf halbem Wege nach Manticore-B befinden. Aber wir hatten ein paar Schwierigkeiten mit unserem Reaktor, und bei der *Taurus* musste einer der Emitter neu kalib …«

»Ja, ja, schon gut«, schnitt ihr Marcello das Wort ab.

Vielmehr: Er versuchte es. Bei einem Abstand von einer halben Lichtminute mochte diese Frau noch Ewigkeiten weiterplappern, bis sie endlich Marcellos Versuch, sie zu unterbrechen, überhaupt bemerkte.

Glücklicherweise kam es nicht so weit. Schwierigkeiten mit

dem Reaktor, Schwierigkeiten mit dem Emitter, eine Mannschaft, die nicht genau wusste, wo bei einer Rakete vorne und hinten war ... »Aber endlich waren wir einsatzbereit und konnten aufbrechen«, beendete sie ihren Bericht. »Was können wir für Sie tun?«

»Es nähern sich uns zwo feindliche Zerstörer«, erklärte Marcello. »Markiert als Feindformation drei. Unsere Anweisung lautet, sie von Manticore fernzuhalten und nach Möglichkeit auszuschalten. Es sieht so aus, als befänden Sie sich in einer Position, aus der heraus Sie in einem spitzen Winkel zu denen aufkommen könnten.«

Die Minute zog sich unerträglich in die Länge. Lisa las die restlichen Statusmeldungen und bestätigte ihrerseits, dass alles in Ordnung sei.

Wobei ›in Ordnung‹ nicht gleichbedeutend war mit ›gut‹. Die *Damocles* hatte noch sieben Raketen an Bord, und die Magazine der Schnellfeuerkanonen waren nur zu etwa sechzig Prozent gefüllt. Für die Feldzeugverhältnisse, die in letzter Zeit bei der Navy geherrscht hatten, war das zwar schon überdurchschnittlich, aber für ein echtes Gefecht alles andere als optimal.

Glücklicherweise kamen die *Aries* und die *Taurus* gemeinsam auf sechs weitere Raketen. Aber das hieß natürlich ganz genau überhaupt nichts, wenn die beiden Captains es nicht fertigbrächten, ihre Schiffe auch anständig zu nutzen.

»Und dann einkesseln?«, war wieder Hardasty zu vernehmen. »Gute Idee – so machen wir das! Leider ist unser T-O, Ensign Badakar, noch ein wenig ... unerfahren, deswegen sind wir nicht so recht vorbereitet.«

»Verstanden«, gab Marcello zurück. »Was zu tun *sind* Sie denn vorbereitet?«

Wieder machte sich die Signalverzögerung bemerkbar. »Was

wissen wir über Ensign Badakar, T-O?«, erkundigte sich Marcello.

»Einen Moment, Sir«, gab Lisa zurück und rief die Personalakten der Navy auf. »Ensign Ro Badakar, Grundausbildung beendet 1541, erste Verwendung an Bord der *Damocles*... sieht so aus, als hätten die den gleich an Bord behalten, nachdem das Schiff zum MPARS überstellt wurde. Im Prinzip macht der Bursche gerade eine extralange Kadettenfahrt mit. Alle Noten gerade einmal durchschnittlich.«

»Und unerfahren noch dazu«, ergänzte Marcello säuerlich. »Na, überraschen sollte uns das kaum.«

Lisa nickte. Durch die Wiederindienststellung der Schlachtkreuzer war der Nachschub an brauchbaren Ersten und Zwoten Taktischen Offizieren noch ausgedünnter als sonst schon, und die Besten der Navy hatte Cazenestro ganz gewiss nicht an den MPARS verleihen wollen.

Genau diese Haltung, genau diese Vorgehensweise, drohte ihnen allen nun schmerzhaft in den Hintern zu beißen. Dass Hardasty und Kostava ihre Befehlslage so eiskalt missachtet hatten, sorgte zwar dafür, dass nun zwei weitere Schiffe zur Verteidigung des Sternenkönigreichs bereitstanden. Aber ohne angemessenes taktisches Fachwissen mochten sie sich als praktisch nutzlos erweisen.

»Alles, was wir können«, traf endlich Hardastys Antwort auf Marcellos letzte Frage ein. Ihre Stimme, das entging Lisa nicht, klang angespannt, aber festentschlossen. »Sagen Sie uns einfach, was wir machen sollen.«

Geradezu widerwillig musste Lisa feststellen, dass sie diesen MPARS-Captain in gewisser Weise bewunderte. Mit voll bemanntem Schiff und ausgebildeter Besatzung ins Gefecht zu ziehen war schon riskant genug. Unter diesen Umständen aber gehörte noch deutlich mehr Mut dazu. Hardasty hatte nicht freie Hand, mehr noch: Ihr waren, um im Bild zu bleiben, die Hände auf den Rücken gefesselt, verglichen mit dem, was Marcello für Möglichkeiten hatte, der über eine anständig ausgebildete Besatzung verfügte ... Ach was, eingewickelt wie eine Mumie war sie! Trotzdem war sie bereit, ins Gefecht zu ziehen. Das war drei Stufen oberhalb von allem, was man noch als Mut bezeichnet konnte. Noch eine Überraschung – und das an einem Tag, der sich in dieser Hinsicht nun wahrlich nicht zurückgehalten hatte.

»Kein Problem«, hörte Lisa Marcello sagen. »Mein T-O, Lieutenant Commander Donnelly, wird als Verbindungsoffizier dienen. Commander?«

»Jawohl, Sir«, bestätigte Lisa und war sehr froh, dass ihre Station auf der Brücke so positioniert war, dass Marcello nicht ihr Gesicht sehen konnte. Natürlich war die Entscheidung des Captains nur logisch, und die beiden MPARS-Schiffe brauchten sie dringend.

Aber als Verbindungsoffizier zu fungieren bedeutete, dass sie nicht ihre ganze Aufmerksamkeit ihrem eigenen Schiff widmen konnte – und das war ihre eigentliche Aufgabe als Taktischer Offizier der *Damocles.* Sie fragte sich, wie Cazenestro und die Admiralität darüber wohl denken würden.

Dann ging ihr auf, dass ihr das eigentlich völlig egal war. Hardasty und Kostava hatten ihre *Befehle* missachtet. Wenn Marcello und Lisa angesichts der aktuellen Lage vom sonst üblichen Protokoll abwichen, dann war das eben so. In der Not frisst der Teufel ... und so weiter – und wenn das hier keine Not war, was dann?

»Ich bin schon dabei, für beide Schiffe Abfangkurse zu berechnen.«

»Ausgezeichnet«, lobte Marcello. »Captain Hardasty? Commander Donnelly berechnet gerade Abfangkurse für Sie und die *Taurus*. Das sollte uns die Koordination vereinfachen. Halten Sie sich bereit, die Daten zu empfangen und zu implementieren.«

Wieder kam die Phase der Signalverzögerung. »Sobald Sie die Kurse übermittelt haben, T-O, werden Sie und der Eins-O die Stationen tauschen«, wies Marcello Lisa an. »Die Schiffe können Sie von OPZ aus ebenso gut koordinieren wie von hier, und jegliche Veränderungen im Status von FF-drei erfahren Sie da drüben sogar noch einen Tacken eher als hier.«

»Verstanden, Sir«, sagte Lisa.

»Und nun mal Kopf hoch, Leute!«, meinte Marcello und hob die Stimme so weit, dass auch der Rest der Brücken- und OPZ-Besatzung ihn verstehen konnte. »Angefangen haben wir mit einer gegen zwo. Jetzt sind wir bei drei gegen zwo!«

Unwillkürlich schnitt Lisa eine Grimasse. Klar doch! Drei Schiffe, die herbeieilten, um dem Sternenkönigreich beizustehen. Und zwo dieser Schiffe kamen vom MPARS.

Ob beten half?

»Na ja«, sagte Captain Heissman mit kalter Stimme, »das ändert die Lage natürlich.«

»Das wohl«, bestätigte Woodburn ebenso kalt. »Ziemlich sogar.«

Travis starrte das Gravitationsdisplay an, und ein eisiger Schauer lief ihm über den Rücken. Vor dreißig Sekunden hatte der Plan gelautet, die *Casey* sollte abwarten, bis sie außerhalb der Raketenreichweite der Invasionsstreitmacht wäre, und dann den Keil herumrollen, den Feind verfolgen – um ihn dann idealerweise früher oder später einzuholen und dessen Nachhut anzugreifen. Mit ein wenig Glück würde Admiral Locatellis Kampfgruppe Aegis ungefähr zum gleichen Zeitpunkt entgegengesetzt angreifen, und so könnten sie den Feind in die Zange nehmen.

Doch dieser schöne taktische Vorteil hatte sich gerade eben in Luft aufgelöst. Angesichts des dramatischen und völlig unerwarteten Auftauchens jener acht neuen Schiffe, die zu Tamerlanes zwoter Angriffswelle gehörten, war es nun die *Casey* selbst, die schon bald in die Zange genommen würde.

»Vorschläge?«, forderte Heissman die Brückenbesatzung auf. »Celia? Alfred?«

»Allzu viele Möglichkeiten sehe ich nicht«, gestand Woodburn als Erster. »Selbst wenn wir den Kompensator bis zum Anschlag ausreizen, können wir nicht vollständig abbremsen und dann schnell genug wieder in Richtung Manticore beschleunigen, um außer deren Raketenreichweite zu bleiben.«

»Wir könnten den Keil herumrollen und von hier verschwinden«, schlug Belokas zögerlich vor. »Dafür haben wir genug Zeit. Aber damit würden wir uns ganz aus dem Gefecht zurückziehen, und diese Vorstellung behagt mir gar nicht.«

»Nicht, wenn wir immer noch sechs Raketen haben, die wir den Gegner schmecken lassen können«, pflichtete ihr Heissman bei. »Also nehmen wir den Mittelweg: Wir behalten Kurs und Tempo bei, bis wir nicht mehr in Raketenreichweite sind. Dann schwenken wir um neunzig Grad, steuern den oberen Teil der Feindformation an und bremsen dabei ab. Angenommen, der Feind stellt kein Schiff eigens dafür ab, uns auszuschalten, sollten wir in der Lage sein, hinter die Formation zu kommen und zu genau der Sorte Störfaktor zu werden, der ihnen Geradewegs-in-den-Kilt-Schüsse verpassen kann, wie wir das eigentlich für Tamerlanes erste Angriffswelle geplant hatten.«

»Klingt gut, Sir«, merkte Belokas an.

»Ist wohl das Beste, was wir hinbekommen können«, schloss

sich Woodburn an. »Natürlich bleibt da immer noch die Frage, ob wir sie noch rechtzeitig einholen können, um überhaupt was zu bewirken. Trotzdem: besser als nichts. Und irgendwann müssen die ja auch abbremsen.«

»Es sei denn, sie hätten die Absicht, geradewegs in den Planeten Manticore hineinzukrachen«, meinte Heissman grimmig.

Das wäre natürlich nicht nur glatter Selbstmord, sondern zudem ein Verstoß gegen den Eridanus-Erlass der Solaren Liga. Aber Tamerlane schien eher zu jener Sorte Söldner zu gehören, die man als zwielichtig beschreiben durfte. Deswegen war Travis nicht bereit, sich darauf zu verlassen, dass sich dieser sogenannte Admiral auch wirklich an das allgemein akzeptierte Kriegsrecht halten würde. Sicher wäre auch Captain Heissman nicht bereit, dem Söldneranführer so viel Vertrauen entgegenzubringen.

Das Schlimmste an einem derartigen Szenario war: Sollte ein solcher Angriff tatsächlich erfolgen – sollte Tamerlane wirklich eines seiner Schiffe geradewegs in Manticore hineinsteuern oder eine Rakete auf den Planeten abfeuern –, würde System Command das zwar bemerken, hätte aber nicht den Hauch einer Chance, etwas dagegen zu unternehmen. Die Geschwindigkeiten wären einfach zu groß, die Zeit zum Reagieren zu kurz, und die auf Thorson installierten Abwehrsysteme waren unzureichend.

Die Zeit zum Reagieren zu kurz ...

»Hoffen wir einfach, dass der Gegner nicht lebensmüde ist«, entgegnete Woodburn da. »Kurs berechnet, Sir. Aber ich meine, in Mr. Longs Augen schon wieder dieses Funkeln zu erkennen.«

»Ach, tatsächlich?«, kommentierte Heissman. »Mr. Long? Ist Ihnen eine Idee gekommen?«

Irgendwo in seinem Hinterkopf registrierte Travis, dass sein

Tonfall etwas gutmütig Spöttisches hatte – doch unter diesem Spott verbarg sich eine Spur echten Respekts.

Travis' letzte Idee hatte tatsächlich funktioniert. Vielleicht schaffte er eine Wiederholung wegen des großen Erfolgs?

»Ich denke da an Folgendes, Sir ...«, setzte er an. »Derzeit ist unser Boden der zwoten Welle zugewandt, also bekommen die nichts davon mit, was wir hier treiben. Mir war der Gedanke gekommen, wir könnten einfach die Stellung halten und sie weiter aufkommen lassen ...«

»Weiter aufkommen lassen?!«, wiederholte Belokas.

»Jawohl, Ma'am«, sagte Travis halsstarrig, »und während denen die Sicht versperrt ist, könnten wir den Rest unserer Raketen unbemerkt aus den Werfern holen und sie mit einem Traktorstrahl neben unserer Flanke verankern – und zwar so, dass sie genau auf die zwote Angriffswelle ausgerichtet sind. Dann lassen wir deren Front dicht aufkommen und beschleunigen, genau wie Sie das schon vorgeschlagen hatten, Sir. Sobald unser Keil weit genug entfernt ist, aktivieren wir die Raketen und lassen sie starten.«

»Clever«, meinte Heissman nachdenklich. »Wenn der Feind nicht genau aufpasst, bemerkt er unsere Raketen vielleicht gar nicht, bis unsere Vögelchen ihre Impellerkeile aufbauen. Und sollte der Feind was mitbekommen, wird ihm längst nicht so viel Zeit für Gegenmaßnahmen bleiben wie bei Raketen, die über die übliche Distanz hinweg abgefeuert werden.«

»Zumindest würde der Gegner einen Teil der Nahbereichsabwehr darauf verwenden, sie zu zerstören«, warf Travis ein, und wohlige Wärme breitete sich in seinem Magen aus. *Wiederholung wegen des großen Erfolgs ...*

»Wirklich sehr clever«, sagte Heissman, »bedauerlicherweise nicht praktikabel.« Er wandte sich um. »Ruder, vom T-O berechneten Kurs anlegen.«

»Vom T-O berechneten Kurs anlegen, aye«, bestätigte der Rudergänger.

»Und Sie sollten den Mund wieder schließen, Mr. Long«, setzte Heissman hinzu, und ein feines Lächeln umspielte seine Lippen. »So perplex zu sein schickt sich nicht für einen Brückenoffizier.«

Travis hatte nicht einmal bemerkt, dass ihm die Kinnlade heruntergeklappt war. »Ich verstehe nicht, Sir«, brachte er zustande, während sich die wohlige Wärme in seinem Magen in kalte Asche verwandelte und sich in seinen Eingeweiden ein höchst vertrautes Gefühl ausbreitete: Scham.

»Oh, Ihr Plan würde durchaus funktionieren«, bestätigte Heissman. »Zumindest in gewisser Weise. Das Problem ist, dass wir keine Möglichkeiten hätten, die Raketen, wenn sie denn einmal gestartet wären, noch in irgendeiner Weise zu lenken. Schon durch einen Seitenschild hindurch grenzt jegliche Telemetrie an reine Glückssache; durch einen Keil würde sie überhaupt nicht funktionieren.«

»Das weiß ich, Sir«, wagte Travis Widerstand. »Ich hatte daran gedacht, sich auf die raketeneigenen Navigationssysteme zu verlassen.«

»Wenn diese Systeme ein bisschen leistungsstärker wären, wäre ich durchaus versucht, es auszuprobieren«, mischte sich nun Woodburn ein. »Sind sie aber leider nicht. Sie haben doch selbst gesehen, über was für eine Eloka Tamerlanes Schiffe verfügen. Die würden sämtliche Raketen vom Kurs abbringen, bevor die auch nur in Reichweite der Antiraketen kämen.«

Travis verzog das Gesicht. Er hatte gehofft, da nun die Grundparameter der gegnerischen Elektronischen Kampfführung bekannt seien, könnten die Lenkwaffentechniker die raketeninternen Navigationssysteme rasch entsprechend umprogrammieren. Anscheinend ging das nicht. »Jawohl, Sir. Ich verstehe.«

»Das bezweifle ich, Lieutenant«, widersprach Woodburn, doch es war keineswegs unfreundlich gemeint. »Zumindest nicht die gesamte Tragweite.«

»Unter anderen Umständen wäre es möglicherweise immer noch einen Versuch wert«, sagte Heissman jetzt. »Aber hier und jetzt ergäbe sich ein Problem, wenn wir derart lang im freien Fall durchs All trieben: Den Gegner wieder einzuholen, wenn wir erst einmal hinter ihm stehen, wäre unmöglich. Sie haben selbst gehört, was Alfred gesagt hat: Schon jetzt ist mehr als fraglich, ob wir das hinbekommen. Aber genau das ist unsere einzige Chance, uns weiterhin am Kampf zu beteiligen. Die würden wir mit Ihrer Idee aufgeben – für eine Taktik mit äußerst geringen Erfolgsaussichten.«

»Jawohl, Sir, ich verstehe«, wiederholte Travis. Dieses Mal meinte er es ganz und gar ernst.

»Gut«, sagte Heissman. »Kurz gesagt: Hören Sie nicht auf, neue Ideen zu entwickeln, und hören Sie *niemals* auf, neue Ideen vorzutragen. Sie haben die *Casey* heute schon einmal gerettet. Vielleicht bekommen Sie noch vor Ende des heutigen Tages eine zwote Chance, das zu wiederholen!«

23

»Grün-eins ist in Reichweite gekommen, Admiral«, meldete Imbar.

Und das mit offenen Kilts, die in der sprichwörtlichen Brise flatterten. Gensonne lächelte schmal, und sein schwelender Zorn ob der Zerstörung der *Tyr* fokussierte sich: Rasiermesserscharf war, was herauskam, und bitterkalt.

Der Verlust seines zweiten Schlachtkreuzers hatte ihn dazu gezwungen, vom ursprünglichen Plan abzuweichen. Glücklicherweise hatte er sich bereits einen Kontingenzplan zurechtgelegt. Nun wurde es Zeit, diesen in die Tat umzusetzen.

So würde er nicht nur dem Gefecht ein Ende bereiten, sondern auch dem Sternenkönigreich von Manticore.

»Admiral?«, setzte Imbar nach.

»Nicht schießen«, entschied Gensonne. »Locatelli hat nach Kräften versucht, sich unserer Geschwindigkeit anzupassen, aber er wird nicht mehr lange so stehen, dass er uns seinen Kilt zuwendet. Es hat doch keinen Sinn, die Raketen so abzuschießen, dass sie gerade rechtzeitig beim Ziel eintreffen, um an dessen Impellerkeil zu zerschellen! Wir warten, bis er sich uns zuwendet und der Rachen seiner Schiffe weit offen steht.«

»Jawohl, Sir«, bestätigte Imbar. »Ich hoffe einfach nur ...« Er beendete den Satz nicht.

»Sie hoffen was, Captain?«

»Nichts, Sir.«

»Ich habe gefragt: Sie hoffen *was*, Captain?«, wiederholte Gensonne.

Imbars Schultern sanken herab. »Ich hatte mich einfach nur gefragt, ob die Manticoraner nicht vielleicht noch ein paar weitere Überraschungen in petto haben«, räumte er erkennbar widerwillig ein.

»Was denn zum Beispiel?«, knurrte Gensonne. »Eine Willkommensparty für uns vielleicht?«

»Ich dachte eher an Überraschungen, wie sie die *Casey* für uns hatte«, versetzte Imbar und klang nun beinahe ebenso knurrig wie sein Admiral. »Oder dass sie plötzlich über zwo Schlachtkreuzer verfügen, nicht bloß einen, wie es uns dieser Wurm Llyn verkauft hat.«

»Lageänderung, Admiral«, verkündete Clymes. »Grün-eins hat das Abbremsen eingestellt und wendet.«

»Vertikal oder horizontal?«, fragte Gensonne nach.

»Horizontal, Sir.«

»Sind die Seitenschilde hochgefahren?«

»Noch nicht.«

»Da – sehen Sie?«, fragte Gensonne und deutete in die Richtung, in der in weiter Ferne der Feind stand. »Standard-Horizontalwende mit deaktiviertem Seitenschild, sodass er uns während des ganzen Wendemanövers im Blick behalten kann. Dieser Locatelli ist entweder nervös oder einfallslos – auf jeden Fall spielt er nicht in der gleichen Liga wie Captain Heissman. Genau diese Art Hinterwäldler-Navy haben wir hier erwartet, Captain, und genau damit haben wir es auch zu tun. Das mit der *Casey*, das war nur ein Glückstreffer.«

Imbar entgegnete nichts.

Doch das war auch nicht nötig. Gensonne wusste genau, was der Captain dachte: dass dieser Glückstreffer sie einen Schlachtkreuzer gekostet hatte.

Apropos *Casey* …

Gensonne warf einen Blick auf das taktische Display, das den

Raumabschnitt achtern seines Schiffes zeigte. Die *Casey* fuhr mit beachtlicher Geschwindigkeit weiter, den Boden ihres Impellerkeils immer noch der Hauptstreitkraft der Volsungs zugewandt. Ganz offenkundig hatte sie die Absicht, sich irgendwie in Sicherheit zu bringen, bevor de la Rozas Schiffe sie überrollten.

Oder aber Heissman plante, über den Verband der Volsungs hinauszuschießen, um sich dann *hinter* sie zu setzen. Bei Letzterem mochte ihnen der Manticoraner durchaus noch mehr Schwierigkeiten bereiten.

Besser eine Warnung absetzen. Gensonne holte bereits Luft und …

»Grün-eins hat das Wendemanöver abgeschlossen«, meldete Clymes. »Seitenschilde sind hochgefahren; das Schiff ist gefechtsbereit.«

»Dann sollten wir sie nicht enttäuschen«, entschied Gensonne und wandte sich vom taktischen Display ab. Zum Teufel mit weiteren Warnungen! Wenn de la Roza nichts mit einem Leichten Kreuzer anzustellen wusste, der ihm im Nacken saß, dann hatte er es nicht einmal verdient, einen Leichter zu befehligen, geschweige denn einen Schlachtkreuzer. »Raketensalve. Visieren Sie die Vorhut an – diesen Zerstörer –, und den Schweren Kreuzer backbord noch dazu.«

»Nicht den Schlachtkreuzer?«, fragte Imbar nach.

»Wie Sie selbst schon sagten: Es geht um Überraschungen«, antwortete Gensonne. »Grün-eins ist mein Geschenk an de la Roza.« Er lächelte angespannt. »Wir packen's nur schon ein bisschen aus.«

»Jawohl, Sir«, entgegnete Imbar. »T-O?«

»Zerstörer und Schwerer Kreuzer anvisiert«, bestätigte Clymes.

Gensonne nickte. »Ihre Entscheidung, Captain: Feuern Sie, sobald es Ihnen genehm ist.«

Lorelei Osterman befand sich auf Station in der Abteilung Vorschiffbewaffnung, überwachte die Systeme und fragte sich, warum um alles im All jemand das Sternenkönigreich angreifen sollte, als sie plötzlich in die Hölle geschleudert wurde und Qualen litt, wie nur die Hölle sie kannte.

Unerträglich laut, unfassbar blutig, grausam und tödlich – es konnte nur die Hölle sein.

Nach und nach kam Osterman wieder zu sich: Als Erstes spürte sie die entsetzlichen Schmerzen in ihrem Brustkorb, dann den nicht ganz so gewaltigen Schmerz im linken Unterarm. Sie roch den Gestank brennender Schmier- und Kühlflüssigkeiten und verschmorter Isolierungen, und schließlich bemerkte sie, dass sich ihre Schläfe sonderbar klebrig und heiß anfühlte. Vor ihrem geistigen Auge blitzte absurderweise ein in allen Dienstvorschriften farblich hervorgehobener Absatz auf: *Im Falle ernster Verletzungen ist von selbsttätiger Bewegung abzusehen und das Eintreffen von Sanitätern oder anderweitig geschultem Personal sowie die Begutachtung des eigenen Gesundheitszustands abzuwarten.* Vorsichtig öffnete Lorelei Osterman die Augen.

Die Hölle, die sie durchlitten hatte, war kein Albtraum gewesen: Rings um sie bestand die ganze Abteilung nur noch aus verbogenem Metall und halb geschmolzenem Plastik, und alles war in ein rauchgeschwängertes Halbdunkel gehüllt, in dem nur noch rote Anzeigen und hin und wieder flackernde Notbeleuchtungen deutlich zu erkennen waren. Durch die halb geöffnete Luke auf der anderen Seite der Abteilung erkannte sie, dass im Korridor die gleichen chaotischen Zustände herrschten.

Lange starrte Osterman ungläubig auf die Zerstörung, und ein winziger Teil ihres Verstands katalogisierte währenddessen völlig distanziert ihre Verletzungen, während ein anderer, etwas größerer Teil ihres Denkens bereits erste Mutmaßungen darüber anstellte, was sich jetzt wohl über den Gesamtzustand der *Phoenix* aussagen ließe. Osterman selbst schien einige gebrochene Rippen zu haben, und dass sie beim Einatmen Schmerzen durchzuckten, ließ sie vermuten, zumindest die eine oder andere Bruchstelle wäre der Lunge gefährlich nahe. Auch ihr linker Unterarm war gebrochen; allerdings arbeiteten die Finger der linken Hand noch mehr oder minder vernünftig. Dass ihre linke Gesichtshälfte widernatürlich warm war, ließ sich vermutlich mit einer Schnittwunde knapp oberhalb ihrer Schläfe erklären, aus der immer noch Blut pulsierte.

Sie als angeschlagen zu bezeichnen, war eine Untertreibung. Aber immerhin lebte sie noch.

Was man über die *Phoenix* kaum noch behaupten konnte.

Osterman war nicht die Zeit geblieben, ihren Helm anzulegen, aber sie atmete noch. Das bedeutete: Was auch immer die feindliche Rakete dem Schiff angetan hatte, zumindest diese Sektion war nach wie vor luftdicht versiegelt. Wie groß der Abschnitt des Schiffes war, dem das Glück vergönnt war, sich in einer schützenden Blase zu befinden, wäre reine Spekulation und daher unnütz.

Auch Strom gab es noch – zumindest genug Energie, um die Anzeigen und einen Teil der Elektronik zu versorgen. Osterman dachte seltsam träge darüber nach, ob der Reaktor wohl nach wie vor arbeitete oder die Systeme jetzt von Batterien gespeist würden. Sie war noch nicht zu Ende mit diesem Gedanken, als sie auf dem Korridor eine Reflexion sah – Licht, das ein bisschen weißer war als die Notbeleuchtung. Diese Reflexion musste von der ganz gewöhnlichen Schiffsbeleuchtung stammen, und die bezog ihre Energie *immer* nur aus dem Hauptreaktor.

Also hatte es weder eine Notabschaltung des Reaktors gegeben, noch war er aus Sicherheitsgründen abgesprengt worden.

Die *Phoenix* verfügte immer noch über Luft und über Energie. Dann musste es wohl ein Naheinschlag gewesen sein: Die Rakete war dem Zielobjekt nahe genug detoniert, um es kampfunfähig zu machen, ohne es dabei vollständig zu verdampfen. Unter normalen Umständen hieß das, dass eine Rettung zumindest im Bereich des Möglichen lag.

Aber derzeit waren die Umstände wohl alles andere als normal. Die Schwere der Schäden deutete darauf hin, dass zumindest einige der Emitter in Mitleidenschaft gezogen worden waren – und das hieß: kein Impellerkeil. Das wiederum bedeutete: keine Antriebskraft. Kein Schub. Der letzten Meldung zufolge hatte sich die *Phoenix* auf einem Kurs befunden, der sie von Manticore fortführte. Also entfernte sich das manövrierunfähige Schiff derzeit im freien Fall weiter und weiter von der Heimatwelt ... und damit von jeglicher Chance auf Rettung.

Schlimmer noch: Kein Impellerkeil bedeutete auch keinerlei Schutz. Die *Phoenix* war so hilflos, wie es ein Kriegsschiff nur sein konnte. Der erste Feind, dem der Sinn danach stand, eine weitere Rakete auf sie abzufeuern, würde sie in seine Atome zerlegen.

Die *Phoenix* war bereits tot. Und Lorelei Osterman würde ihr gewiss rasch folgen.

Aber es half nichts, hilflos in der Schwerelosigkeit herumzutreiben und darauf zu warten, ihrem Schöpfer entgegenzutreten. Also könnte Lorelei Osterman sich noch ein bisschen umsehen und herausfinden, ob vielleicht noch jemand aus dieser Schiffssektion überlebt hatte.

Mit einem Fuß stieß sie sich von der Steuertafel ab und schaffte es, mit der rechten Hand einen Haltegriff zu packen. Dann zog sie sich durch die Luke, auf den Korridor hinaus. Mit vor Schmerzen fest zusammengebissenen Zähnen machte sie sich auf die Suche nach weiteren Überlebenden.

Die Raketenwelle von Feindformation eins hatte ihre Wut entfesselt und Schaden angerichtet.

Gewaltigen Schaden.

Metzger wollte den Kopf zur Seite drehen. Wollte den Blick vom Displays abwenden, von den darauf blinkenden neutralen, keimfreien, schmerzfreien, nackten Zahlen und Daten. Sie wollte Admiral Locatelli anblicken und ihrer Trauer und ihrem Mitgefühl Ausdruck verleihen.

Aber sie tat es nicht. Sie konnte es nicht. Ihre Aufgabe war es, die Kampfbereitschaft der *Invincible* aufrechtzuerhalten, und diese Aufgabe erforderte einhundert Prozent ihrer Aufmerksamkeit.

Der Admiral hatte gerade seinen Neffen verloren. Er verdiente jeden Augenblick ungestörter Privatsphäre, die sie ihm verschaffen konnte.

Dieser Augenblick ungestörter Privatsphäre währte etwa fünf Sekunden. »Schadenserfassung, Admiral«, meldete McBryde aus der Operationszentrale. *Seine Stimme*, ging es Metzger durch den Kopf, *klingt aber ungewöhnlich gedämpft für jemanden, der sonst so oft von sich behauptet, Emotionen überhaupt nicht zu kennen.* Vielleicht bildete sie sich das aber auch nur ein. »Die *Sphinx* ist fort – anscheinend ist das Reaktoreinschlussfeld ausgefallen. Die *Phoenix* ...« Dieses Mal hatte sich Metzger die belegte Stimme des Eins-O eindeutig nicht eingebildet. »Die *Phoenix* ist manövrierunfähig«, fuhr er dann fort. »Ihr Keil ist ausgefallen, auf der Steuerbordseite ist alles tot. Ihr Reaktor arbeitet noch, aber nur noch gerade so eben. Wie lange er noch durchhält, lässt sich unmöglich einschätzen. Wenn er hochgeht, wird die Automatik ihn kaum rechtzeitig ausstoßen können – nicht bei derart schweren Schäden an Bord.«

»Verstanden«, gab Locatelli zurück. »Was ist mit der Besatzung?«

»Unmöglich zu beurteilen, Sir«, antwortete McBryde. »Der Bug ... Ich bedauere, Sir. Wir können einfach nichts darüber aussagen, ob jemand da drüben noch lebt.«

»Ich habe nicht nach dem Bug des Schiffes gefragt, Ein-O«, versetzte Locatelli scharf. »Mich interessiert der Status der *gesamten* Besatzung dieses Schiffes!«

»Verstanden, Sir«, gab McBryde zurück. »Kein Lebenszeichen von Brücke oder OPZ. Unmöglich zu sagen, ob es daran liegt, dass der Transmitter ausgefallen ist, oder ob ... einfach niemand mehr da ist, der mit uns reden könnte.«

»Versuchen Sie es weiter«, wies ihn Locatelli an. »Captain, wie ist der Status von dem, was von Aegis noch bleibt?«

Auf ihrem Bildschirm scrollte Metzger bis zur Zusammenfassung des jüngsten Berichtes herunter. »Die *Swiftsure* meldet Ventralwerfer und Schnellfeuerkanone drei ausgefallen«, beantwortete sie dann die Frage. »Die *Bellerophon* ...«

»Wurde die *Swiftsure* denn getroffen?«, fiel ihr Perrow ins Wort und runzelte die Stirn. »Ich dachte, die einzigen Raketen, die durchgekommen sind, hätten die *Sphinx* und die *Phoenix* erwischt.«

»Die *Swiftsure* hat technische Schwierigkeiten«, erklärte Metzger. »Gleiches gilt für die *Bellerophon*: Deren Steuerbordseitenschild ist ausgefallen. *Pegasus*, *Aquila* und *Libra* sind voll funktionsfähig und gefechtsbereit.« Oder zumindest so funktionsfähig, wie einfache Korvetten nun einmal sein konnten – was nicht gerade viel war.

»Wir nutzen das, was wir haben«, entschied Locatelli. »Signal an die *Bellerophon*: Sie soll sich eintausend Kilometer weit zurückfallen lassen, sodass sie uns und der *Swiftsure* gleichermaßen Deckung geben kann.«

»Was ist mit ihrem ausgefallenen Seitenschild?«, fragte Perrow nach. »Den wird sie wohl kaum verbergen können.«

»Sogar ganz bestimmt nicht«, pflichtete ihm Locatelli bei. »Deswegen können wir sie früher oder später vielleicht als Köder einsetzen, um eines von Tamerlanes Schiffen anzulocken – vielleicht sogar gleich mehrere.«

»Jawohl, Sir«, gab Perrow zurück. Diese Idee schien ihr zwar nicht zuzusagen, aber sie kämpften hier alle gerade um ihr Leben, und der T-O verstand viel zu viel von Taktik, um nicht zu begreifen, dass Locatelli hier jeden Trick und jedes Werkzeug nutzen musste, das ihm zur Verfügung stand. »Erlauben Sie mir eine Anmerkung: Wenn unsere Daten zutreffen, hat auch die *Casey* einen Seitenschild verloren, bevor sie Tamerlanes anderen Schlachtkreuzer ausgeschaltet hat. Vielleicht wird er misstrauisch, wenn nun ein weiteres Schiff vorgeblich genau das gleiche Problem hat.«

»Das ist sogar noch besser«, versetzte Locatelli sofort. »Entweder wir locken ihn damit an, oder wir können ihn zurückdrängen – uns nutzt wirklich alles, womit die *Bellerophon* die gegnerische Formation durcheinanderbringen kann. Eins-O, behalten Sie den Gegner genau im Auge. Achten Sie darauf, in welche Richtung er springt.«

»Jawohl, Sir«, drang McBrydes Stimme aus dem OPZ-Lautsprecher. »Bislang gibt es nichts zu ... Raketenspur!«, unterbrach er sich selbst. »Vier Raketen, Beschleunigung dreitausendfünfhundert Gravos, Zeit bis Einschlag: abgeschätzt einhundertzwounddreißig Sekunden.«

»Hab sie«, bestätigte Perrow. »Antiraketen und Schnellfeuerkanonen klarmachen.«

Metzger betrachtete den taktischen Schirm. Ja, da kamen wirklich sechs Raketen auf sie zu.

Sie runzelte die Stirn. Feindformation eins hatte während der letzten Salve beinahe doppelt so viele Raketen abgefeuert – und dieser Angriff hatte zwo Schiffe der Verteidiger kampfunfähig gemacht. Der nächste Schritt hätte standardmäßig darin bestanden, eine zwote ebenso massive Salve nachzulegen, während sich der Gegner von der ersten noch nicht erholt hatte.

Doch Tamerlane hatte nur sechs Raketen abgefeuert – das war nicht einmal ansatzweise eine massive Salve!

Ging ihm langsam das Feldzeug aus? Wollte er vielleicht ein paar Raketen für später aufsparen?

Aber das ergab überhaupt keinen Sinn! Aegis war die einzige Kampfgruppe, die zwischen den Angreifern und Manticore stand. Tamerlane konnte nicht das Geringste dadurch gewinnen, Raketen zu sparen, statt sie allesamt einzusetzen.

Der Mistkerl führte etwas im Schilde. Aber was?

Auch Perrow war stutzig geworden. »Ist aber ein ziemlich moderates Nachsetzen«, meinte sie mit sichtlichem Unbehagen.

Locatelli antwortete nicht. Metzger schaute zu, wie die Raketenspuren mit zunehmender Geschwindigkeit auf Kampfgruppe Aegis zukamen. »Admiral?«, hakte sie nach.

»Der will uns provozieren«, erklärte Locatelli unvermittelt. »Er will uns dazu bringen, unsererseits das Feuer zu eröffnen.«

Metzger runzelte die Stirn. Okay, das klang durchaus plausibel. Eine massive Salve würde die Telemetrie und die Feuerleitsysteme der *Invincible* überfordern: Sie müsste sich entscheiden, ob sie die Antiraketen steuern oder selbst eine Raketensalve zum Einsatz bringen wollte. Indem er sich auf sechs Raketen beschränkte, wollte Tamerlane Aegis vielleicht eine Chance zum Zurückschießen einräumen.

Aber wozu? Tamerlane *hatte* doch schon Raketen, Antiraketen und Schnellfeuerkanonen der Royal Manticoran Navy im Einsatz erlebt. Was hoffte er hier denn noch Neues herauszufinden?

»Und da er über unsere Armierung vermutlich bereits alles weiß, was er wissen will«, griff Locatelli genau diesen Gedanken auf, »liegt die Schlussfolgerung nahe, dass er uns einfach dazu anstacheln will, ein paar Raketen zu verschwenden. T-O, wie viele Übungsraketen haben wir derzeit noch an Bord?«

»Vier, Sir«, antwortete Perrow.

»Feuern Sie sie ab«, befahl Locatelli. »Alle vier. Visieren Sie den Schlachtkreuzer an.« Er schnaubte leise. »Er möchte, dass wir auf ihn schießen. Da sollten wir den Mann doch nicht warten lassen!«

»Raketenspur!«, rief Clymes. »Vier Raketen, ETA einhundertundzwanzig Sekunden.«

Gensonne lächelte. Der Kommandeur von Kampfgruppe Grün-eins hatte den Köder geschluckt. Er hatte die Schüsse der Invasoren erwidert – und auf diese Weise vier kostbare Raketen verschwendet.

»An alle Schiffe: auf mein Zeichen Beschleunigung abstellen«, rief er ins Mikrofon. »*Jetzt!* Auf mein Zeichen Rollen und Gieren um jeweils neunzig Grad. *Jetzt!*«

Sein Blick wanderte zum taktischen Display hinüber. Die fünf Schiffe seiner Vorhut vollführten exakt das angewiesene Manöver, perfekt miteinander synchronisiert. Träfen die Raketen von Grün-eins ein, würden sie all ihre schöne Energie auf nichts anderes als fünf undurchdringliche Impellerkeile verschwenden – eine echte Standard-Taktik.

Nur dass Gensonne nicht nach Standard vorgehen wollte. Sobald die Schiffe ihr Wendemanöver abgeschlossen hätten und exakt im rechten Winkel zu ihrem bisherigen Vektor lägen, würden sie mit ihren Impellern auf maximale Beschleunigung gehen und damit aus der Reichweite der Manticoraner fahren.

Damit würde er Locatelli vor eine schier unmögliche Wahl stellen: Er könnte ebenfalls den Kurs ändern und Gensonne verfolgen – dann überließe er Manticore schutzlos dem Kampfverband von Captain de la Roza. Oder er behielt den Kurs bei und stellte sich de la Roza direkt – damit ließe er Gensonne alle Freiheiten der Welt, nach Herzenslust Verwüstung und Zerstörung anzurichten. Natürlich könnte Locatelli seine Schiffe auch aufteilen und beides gleichzeitig versuchen.

Gensonne hoffte ehrlich, der manticoranische Admiral würde sich für diese dritte Möglichkeit entscheiden – dann wäre es so viel einfacher, den Gegner zu vernichten!

Aber für was sich Locatelli auch entscheiden mochte: Es war völlig bedeutungslos. Er hatte längst verloren.

Er wusste es bloß noch nicht.

Die schützende Blase, die einen Teil der *Phoenix* einhüllte, stellte sich als größer heraus, als Osterman befürchtet hatte: Sie erstreckte sich über einen Großteil des Backbordbugs und reichte achtern fast bis zur Brücke und zur Operationszentrale. Breiter als erwartet war sie auch noch: An einigen Stellen reichte sie bis Axial-drei.

Doch kein Teil des Schiffes war in einem besseren Zustand als die Abteilung Vorschiffbewaffnung – und in einigen sah es sogar schlimmer aus. Viel schlimmer.

Und dann waren da die Leichen. Sie waren überall: Widernatürlich verdreht und grauenerregend schlaff trieben sie durch den Raum; bei manchen war die Uniform blutdurchtränkt, andere waren in der Glut geborstener Plasmaleitungen verbrannt; wieder andere wiesen keinerlei erkennbare Verletzungen auf. Erst als Osterman die Abteilung Strahlenwaffen-Feuerleitung erreichte, fand sie endlich einen weiteren Überlebenden.

Und das Universum spielte ihr einen letzten Streich.

»Wird auch Zeit«, krächzte Ensign Locatelli, als sich Osterman behutsam durch die Luke in die Sektion zwängte. »Ich hatte schon befürchtet, die gesamte Besatzung habe die Dienstpflichten vernachlässigt und ihre Posten verlassen.«

So ernst die Lage war, musste sich Osterman zusammennehmen, um nicht die Augen zu verdrehen. Der Kleine versuchte sich an der gleichen Sorte Galgenhumor, der seinem Onkel vor dreißig Jahren während der Gryphon-Krise nachgesagt wurde. Nur dass Locatelli der Jüngere weder die Ausstrahlung noch das Talent dafür besaß.

»Nur, wenn Sie es als Vernachlässigung der Dienstpflichten ansehen, dass jemand vor ein höheres Gericht berufen wird oder sich auf der falschen Seite eines Sperrschotts wiederfindet, Sir«, gab sie zurück. »Sind Sie verletzt?«

»Ich komme schon klar«, antwortete Locatelli. »Obwohl: vielleicht doch nicht. Wie schlimm sieht es aus?«

»Schlimm genug«, sagte Osterman und verspürte den sonderbaren Impuls, ihre sonst schonungslose Offenheit zumindest ein wenig abzumildern. »Soweit ich das bislang beurteilen kann, befinden wir uns in der einzigen Sektion des Schiffes, die noch weitgehend intakt ist. Alle internen Coms, die ich bislang ausprobiert habe, sind ausgefallen, und auch über UniLink habe ich niemanden erreicht.«

»Vielleicht liegt es ja daran, dass Ihr UniLink nicht funktioniert«, meinte Locatelli. »Ich habe es ebenfalls versucht, und Sie haben mich ganz offenkundig nicht gehört.«

Osterman verzog das Gesicht. Es sagte eine ganze Menge darüber aus, wie wenig klar sie zu denken vermochte, dass ihr diese Möglichkeit nicht einmal in den Sinn gekommen war: Die Anzeige ihres UniLinks behauptete, das Gerät wäre funktionsfähig, also musste das ja wohl stimmen. Das hätte sie wirklich besser wissen müssen!

»Es gibt einige Abteile achtern, in denen immer noch Druck

herrscht«, fuhr der Ensign fort und deutete mit dem Daumen auf eine Schadensanzeige. »Auch dort habe ich niemanden erreicht, aber es ist gut möglich, dass sich in diesem Moment gerade Reparaturtrupps auf den Weg dorthin begeben.«

»Möglich«, sagte sie, unwillig, ihm diesen Punkt zuzugestehen. »Endergebnis: Hier sind sie nicht, und selbst wenn sie hier auftauchen sollten, sind wir immer noch völlig unfähig, uns zu wehren – von einem eigenen Angriff ganz zu schweigen. Wir sind, wie man so schön sagt, völlig zahnlos. Wenn Tamerlane zu dem Schluss kommt, es lohne sich, eine weitere Rakete auf uns zu verschwenden, dann sind wir erledigt.«

»Vielleicht«, sagte Locatelli, »vielleicht auch nicht.«

»Vielleicht *was* auch nicht?«, stieß Osterman zwischen zusammengebissenen Zähnen hervor. Sie hasste es, wenn andere plötzlich auf überschlau machten. »Nicht erledigt?«

»Nicht zahnlos.« Mit einem Finger wies Locatelli auf eine Statusanzeige zu seiner Linken. »Laut diesem Display hier ist der Laser der *Phoenix* noch funktionsfähig.«

Osterman stockte der Atem; den scharfen Schmerz, der in diesem Moment ihre ganze Seite durchzuckte, nahm sie kaum wahr. Der Laser sollte noch funktionsfähig sein? Das konnte doch unmöglich stimmen!

Doch die Statusanzeige behauptete es steif und fest. Allen Lämpchen und allen Zahlenwerten auf dem Display zufolge ließe sich dieser Laser tatsächlich noch abfeuern.

Wenn sie irgendwoher Energie bekämen. *Wenn* sie die Schaltungen für Steuerung und Feuerleitung reparieren könnten. *Wenn* sie ein paar Sensoren und Steuerdüsen auftreiben könnten, um den Laser auf sein Ziel auszurichten.

Und wenn sie ein Ziel fänden, das all die Mühe wert wäre.

Die ersten drei Punkte standen noch nicht einmal ansatzweise fest. Aber was den vierten Punkt betraf ...

»Haben Sie zufälligerweise mitbekommen, wie weit die zwote Welle von uns entfernt war, als wir getroffen wurden?«, fragte sie. »Ich war ganz damit beschäftigt, mich um die Schnellfeuerkanone zu kümmern.«

»Ein paar Minuten, bevor wir getroffen wurden, standen die in einer Entfernung von sechsunddreißig Minuten«, antwortete Locatelli.

»Also sind sie jetzt wahrscheinlich noch ungefähr fünfundzwanzig Minuten entfernt«, schätzte Osterman. »Die Energiespeicher haben anscheinend den Geist aufgeben, also werden wir ein paar Kaskadenrelais irgendwie direkt in den Plasmastrom hineinimprovisieren müssen. Können Sie die holen gehen? Mein linker Arm ist nicht sonderlich brauchbar.«

»Klar«, bestätigte Locatelli. Er löste seine Haltegurte und stieß sich vom Sessel der Überwachungsstation ab.

Als er in die Mitte der Abteilung geschwebt war, lief Osterman ein eisiger Schauer über den Rücken: Locatellis rechtes Bein endete unmittelbar unterhalb des Knies; bei jeder Bewegung flatterte das behelfsmäßig abgedichtete Ende seines Raumanzugs ein wenig.

»Ich hatte mir gedacht, die Sanitäter hätten vermutlich reichlich zu tun, also habe ich es selbst versorgt«, erklärte der Kleine. »Die Kaskadenrelais sind in Nummer sechs, richtig?«

»Da sollten sie zumindest sein«, antwortete Osterman beinahe mechanisch; es gelang ihr nicht, den Blick von Locatellis zerfetztem Bein abzuwenden. »Ich mach mich zum Wartungsschacht mit den Leitungen auf und schaue, was wir brauchen, um die Zielerfassung wieder ans Laufen zu bringen. Bitte kommen Sie nach, Sir.«

»Klar.«

Der Ensign schwebte aus der Abteilung hinaus und verschwand auf dem Korridor. Osterman schüttelte den Kopf: Der

Schmerz, der ihr dabei durch den ganzen Körper fuhr, brachte auch ihren wie eingefrorenen Verstand wieder in Gang, und so steuerte sie ebenfalls die Luke an.

Sie hatte schon Unfälle miterlebt, bei denen jemand ein Körperteil eingebüßt hatte. Aber nur selten hatte sie jemanden erlebt, der derart gelassen mit der Situation umging. Vielleicht hatte Locatelli doch mehr von der Persönlichkeit, dem Schwung und der Zähigkeit seines Onkels, als ihm bislang jemand zugestanden hatte.

Mehr, als *sie selbst* ihm zugestanden hatte.

Osterman schwebte den Korridor hinab, und irgendwo in der bitteren Düsternis ihrer Lage flammte ein Funken Hoffnung auf. Bislang hatte sie dieses Projekt als eine Art Arbeitsbeschaffungsmaßnahme für sich selbst angesehen – etwas, womit sie ihren Geist und ihren Körper gleichermaßen beschäftigen könnte, während sie auf den unausweichlichen Tod wartete. Doch jetzt, plötzlich, war daraus etwas Größeres geworden.

Vielleicht, nur vielleicht, musste man die *Phoenix* bei diesem Gefecht doch noch nicht ganz abschreiben.

»Lageänderung, Captain«, meldete Commander Jenz aus der Operationszentrale der *Thor*. »Die *Casey* steht jetzt exakt über uns. Sie setzt gerade an, um zu rollen.«

»Und nimmt einen negativen Steigungswinkel ein, um ihren Impuls abzubauen«, ergänzte Obregad, der Taktische Offizier. »Außerdem baut sie nach wie vor ihren Schubvektor ab. Sieht wirklich ganz danach aus, als wolle sie sich hinter uns setzen.«

»Natürlich will die sich hinter uns setzen«, knurrte de la Roza und durchbohrte das Taktische Display mit einem finsteren Blick. Als die *Casey* Schub gegeben hatte, da hatte er noch gehofft, Heissman täte das einzig Vernünftige und nähme Reißaus.

Aber nein: Dieser Captain gehörte eindeutig zu jener Sorte edelmütiger Idioten, die nicht begriffen, wann sie eine Schlacht unweigerlich verloren hatten – selbst nicht, wenn das effektiv schon geschehen war. Entweder das, oder bei den Manticoranern wurde ›Feigheit vor dem Feind‹ mit der Todesstrafe geahndet. De la Roza war schon in Systemen tätig gewesen, auf die genau das zutraf.

Denn von nun an war jeder Versuch der Gegenwehr oder des Widerstands wirklich und wahrhaftig völlig zwecklos. Die Volsungs *würden* diese Schlacht gewinnen, die manticoranische Regierung *würde* kapitulieren, und damit hätte es sich! Der Planet würde nicht großflächig bombardiert, es würde nicht das vielzitierte Morden und Brandschatzen, Vergewaltigen und Plündern geben, keine weinenden Kinder, keine großflächige Brandstiftung, keinen Zusammenbruch der gesamten Wirtschaft. Der König würde kapitulieren, und danach würde das Leben fast wie gewohnt weitergehen.

Heissman verteidigte hier nicht mehr Freunde und Familie. Er verteidigte nur die Regierung von Manticore. De la Roza hatte reichlich Regierungen kommen und gehen sehen – häufig hatte der Durchschnittsbürger davon kaum etwas mitbekommen.

Doch der Kommandant der *Casey* war ganz offenkundig fest entschlossen, maximale Sturheit an den Tag zu legen. Und diese Sturheit würde ihn teuer zu stehen kommen.

Bedauerlicherweise würde es auch die Volsungs teuer zu stehen kommen. Momentan besaß der Vektor der *Casey* relativ zu ihrer Position ein positives Vorzeichen; verglichen mit dem Volsung-Verband aber, den sie einzuholen versuchte, war der Vektor negativ. Allen derzeitigen OPZ-Schätzungen zufolge würde sie diesen aktuellen Vektor noch abbauen und beinahe in Raketenreichweite aufkommen, bevor sich die *Thor* und der

Rest von Gensonnes Verband Grün-eins weit genug genähert hätten, um ihrerseits anzugreifen. Wenn also de la Roza nicht eine Schmeißfliege hinter sich wissen wollte, die ihn zu plagen gedachte, würde er eines seiner Schiffe detachieren müssen, sich der *Casey* anzunehmen.

Leider war das nicht so einfach. OPZ durchforstete bereits die Daten, die Gensonne geschickt hatte, aber man wusste dort immer noch nicht, wie dieser verdammte Leichte Kreuzer die *Tyr* hatte ausschalten können. Wenn die *Casey* diesen Trick an dem detachierten Schiff noch einmal versuchte, sollte ein zweites Schiff in der Nähe sein. Das könnte dann in Erfahrung bringen, um was im Namen der Hölle es sich bei der Geheimwaffe der Manticoraner handelte. Das Problem: Wenn de la Roza jetzt zwei Schiffe für diesen Einsatz abstellte, schrumpfte sein Kampfverband für den Angriff auf sechs Schiffe zusammen. Schlimmer noch: Eines der Schiffe, die für den Auftrag, die *Casey* abzuwehren, besonders gut geeignet wäre, war der Zerstörer *Fox*, der derzeit in Signalrelaisposition ein gutes Stück hinter dem Hauptverband stand. Aber wenn an dieser Position überhaupt niemand mehr stünde, würde de la Roza Fehlkommunikationen riskieren müssen. Denn damit war immer zu rechnen, wenn Schiffe Nachrichten und Daten per Laser durch ihre Seitenschilde hindurch zu übermitteln versuchten.

Aber dieses Risiko würde er eingehen müssen. Er würde für die *Casey* ganz gewiss nicht gleich *drei* Schiffe aus dem eigentlichen Gefecht abziehen!

Nun, die Volsungs waren immer noch eindeutig im Vorteil – sie waren zahlenmäßig überlegen und besaßen mehr Kampfkraft. Unerwartete Verluste hin oder her: Sie würden diese Schlacht heute eindeutig gewinnen.

»Nachricht an *Fox* und *Selene*«, befahl er. »Beide Schiffe sollen sich zurückfallen lassen und den Vektor der *Casey* ansteuern. Aufgabe: angreifen und vernichten. Und sagen Sie denen, sie sollen sich beeilen.«

»Alle Schiffe haben die Keile herumgerollt, Admiral«, meldete Imbar.

»Gut«, gab Gensonne zurück und betrachtete aufmerksam das Gravitationsdisplay. Ein sauber ausgeführtes Manöver. Was auch immer das vorhin für Unzulänglichkeiten gewesen sein mochten: Jetzt waren alle seine Captains und auch die Besatzungen wieder ganz auf Linie. »Nachricht an alle Schiffe: Vektor beibehalten, bis die einkommenden Raketen zerstört sind. Auf mein Zeichen hin beschleunigen wir auf unserem aktuellen Kurs mit eins sechs fünf Gravos. Sobald das geschieht, übernehmen die *Adder* und die *Ganymed* die Vorhut, während die *Phobos* die Signalrelaisposition einnimmt.«

»Jawohl, Sir«, bestätigte Imbar. »Sonst noch etwas?«

Nachdenklich schürzte Gensonne die Lippen und betrachtete das taktische Display erneut. De la Rozas Hauptverband stand immer noch fast eine halbe Stunde hinter ihnen, und natürlich würde Gensonnes Verband ohnehin bald vom aktuellen Kurs abweichen. Dass sie den zweiten Schlachtkreuzer verloren hatten, ließ sich natürlich nicht einfach so ausgleichen, aber es wäre vielleicht wirklich ratsam, die Zahlen ein wenig zu verbessern. Die *Umbriel* und die *Miranda* befanden sich immer noch auf einem Kurs, der sie von Gensonnes Schiffen fortführte, aber der Winkel war nicht so extrem, dass sie nicht ohne größere Schwierigkeiten wieder zu ihnen stoßen könnten.

»Nachricht an Kampfgruppe Sidewinder«, wies er den Captain an. »Kursänderung. Sie sollen sich unserem Vektor anpassen und an unserer Seite bleiben. Weisen Sie die Kommandanten an, wachsam zu bleiben – es ist gut möglich, dass wir bei Bedarf den Vektor erneut verlagern.«

»Jawohl, Sir«, wiederholte Imbar. »Äh ... Sie haben wohl bemerkt, dass die Schiffe durch ihre Kursänderung, damit sie zu uns stoßen können, in Raketenreichweite der beiden manticoranischen Verbände geraten, von denen sie derzeit gejagt werden?«

»Die werden denen ja wohl nahe genug kommen, um sie zu zerstören, oder?«, gab Gensonne zurück.

»Ich meinte ja nu ... Jawohl, Sir«, sagte Imbar. Ganz offenkundig hatte er es sich anders überlegt.

Und das war auch gut so! Zwo Volsung-Zerstörer gegen einen Zerstörer und ein paar Korvetten?

Vor allem, wo diese beiden Korvetten nicht einmal zur regulären Navy gehörten, sondern dem Manticoran Patrol und Rescue Service! Zu Llyns Bericht über die Kampfkraft des Sternenkönigreichs hatte auch eine genaue Übersicht über den MPARS gehört – eine noch armseligere Zusammenstellung von Möchtegern-Militärs wäre Gensonne nicht in der Lage, sich auch nur vorzustellen! Wenn die Captains Patterson und Hawkin nicht Mittel und Wege fänden, eine derart lächerliche Bedrohung auszuschalten, hätten sie es verdient, aus dem All gefegt zu werden!

Gensonne schnürte es plötzlich die Kehle zu. Ironischerweise hatte er vor nicht allzu langer Zeit exakt das Gleiche auch über Captain Blakely gedacht, den Kommandanten der *Tyr.* Das war nicht gerade gut ausgegangen.

»Also gut«, knurrte er. »Weisen Sie die Captains Patterson und Hawkin noch einmal ausdrücklich darauf hin, auf der Hut zu bleiben und nicht übermütig zu werden. Die Manticoraner sind nicht ganz die leichten Gegner, die man uns versprochen hat.«

»Jawohl, Sir«, bestätigte Imbar und klang tatsächlich ein wenig erbaut davon, Kampfgruppe Sidewinder noch einmal ausdrücklich warnen zu dürfen.

Wieder schnaubte Gensonne. Die Volsungs waren immer noch im Vorteil, der Sieg gehörte immer noch ihnen.

Aber was Locatelli ihn hier an Schiffen und Männern kostete, ersetzten ihm Llyn und dessen Bosse von Axelrod, ganz sicher! Dafür würde Gensonne schon sorgen.

24

Als Ensign Locatelli mit den Kaskadenrelais zu Osterman kam, hatte sie bereits einen Großteil der Verkabelungen repariert, umgeleitet oder mehr schlecht als recht zusammengestöpselt.

Das alles hatte im Vorfeld deutlich einfacher geklungen, als es letztendlich gewesen war. Mehrere der Plasmaleitungen waren beim Angriff geborsten. Obwohl das Plasma selbst sich schon längst verflüchtigt hatte, war überall im Schiff ein Gewirr aus überhitztem Metall und Plastik entstanden. Innerhalb kürzester Zeit hatte sich Osterman ein halbes Dutzend neue Verbrennungen zugezogen, darunter so manche schwerere. Dazu kamen ein paar frische Schnittwunden an Gesicht und Händen.

Das Schlimmste an Verletzungen hatte sie inzwischen versorgt. Weitere Schmerzmittel wären schön gewesen, aber das konnte sie unmöglich riskieren. Der pulsierende Schmerz lenkte sie zwar ab, aber damit kam sie zurecht. Nur was sich Lorelei Osterman jetzt absolut nicht leisten konnte, wären körperliche Taubheit und ein in Watte gepackter Verstand.

Die eigentlich vorgeschriebenen Desinfektionsstandards hatte sie natürlich geflissentlich ignoriert – die hätten ohnehin keinen Sinn, nicht unter diesen Umständen.

»Warum zum Teufel hat das so lange gedauert?«, knurrte sie, als der Ensign endlich mit diversen Gerätschaften durch die Luke kam. Eigentlich sollten Petty Officers einen solchen Ton Offizieren gegenüber natürlich nicht anschlagen. Der Schmerz in Ostermans Arm aber bildete einen äußerst unschönen Kontrapunkt zu den jüngsten Verbrennungen und

Schnittwunden, und sie hatte wirklich keine Lust, jetzt noch Spielchen zu spielen. Ihr Leben würde doch sowieso nur noch wenige Minuten dauern.

»Ich musste mich fast bis zur OPZ durchschlagen, um genug Relais aufzutreiben«, antwortete er, das Gesicht in lautlosem Schmerz verzerrt. Auch er hatte sich ein paar Verbrennungen eingefangen, wie Osterman schuldbewusst bemerkte, und es sah auch ganz danach aus, als wäre er beim Schmerzmittelkonsum ähnlich zurückhaltend wie sie. »Durch das Sichtfenster habe ich nicht viel erkennen können, aber mir scheint, die OPZ ist leckgeschlagen. Der Druckverlust muss zu schnell gewesen sein, als dass noch jemand den Helm aufsetzen konnte.«

Bedrückt nickte Osterman. Insgeheim hatte sie noch gehofft, Brücke oder Operationszentrale wären noch intakt, und dass niemand auf Locatellis UniLink-Anruf geantwortet hatte, ließe sich anders erklären. Offenkundig war diese Hoffnung vergebens gewesen.

»Aber zumindest ein Teil der Geräte scheint mir noch funktionsfähig«, fuhr Locatelli fort. »Allen voran der Com-Signalverstärker.«

»Tatsächlich?«, gab Osterman zurück, und ein Funken neuer Hoffnung keimte in ihr auf. Wenn sie es irgendwie schafften, die *Invincible* oder die *Swiftsure* zu erreichen, würden sich ihnen mit einem Mal völlig neue Möglichkeiten eröffnen!

So rasch sie gekommen war, verflog die Hoffnung auch schon wieder. Um in die Operationszentrale vorzustoßen, würden sie eine Mikroluftschleuse aufbauen müssen, und für sie, die im Augenblick nur einen Arm benutzen konnte, wäre das schlichtweg unmöglich.

»Ich kann dort nicht rein«, fuhr Locatelli fort und wies auf den unter dem Knie behelfsmäßig abgedichteten Raumanzug. »*Sie* hingegen schon.«

»Nur dass …«

»Die Mikroluftschleuse habe ich schon aufgebaut«, fiel er ihr ins Wort. »Ich könnte mir vorstellen, dass Sie und die Besatzung der *Invincible* gemeinsam einen vernünftigen Plan auf die Beine stellen können.«

»Jawohl, Sir«, sagte Osterman nur, und der Respekt, den sie dem Kleinen widerwillig einräumen musste, wuchs noch einmal ein ganzes Stück. »Können Sie diese Relais im Alleingang einbauen?«

»Ich bin Offizier, Chief«, antwortete Locatelli und schenkte ihr ein äußerst geisterhaft ausfallendes Lächeln, »wir können alles. Steht so in allen Zentralen Dienstvorschriften. Legen Sie los! Sollte ich hier fertig sein, bevor Sie zurück sind, gehe ich ins Vorschiff und kümmere mich um die Ortungssensoren.«

Perfekt aufeinander abgestimmt, rollten die fünf Schiffe von Feindformation eins und veränderten gleichzeitig den Neigungswinkel.

Gerade rechtzeitig, dass die gesamte Raketensalve von Aegis an den Keilen der Invasoren zerschellte.

Ein angespanntes Lächeln huschte über Metzgers Gesicht. Genau wie der Admiral gesagt hatte: Tamerlane hielt sich für ganz besonders schlau.

Aber er wusste nicht, dass das für ihn nur ein halber Sieg war.

»Übungsraketen am Verzerrungsband des Schlachtkreuzers zerschellt«, bestätigte Perrow.

Und nun, nachdem Tamerlane Kampfgruppe Aegis dazu provoziert hatte, Raketen zu vergeuden – die der Anführer dieser Invasoren natürlich für echt gehalten hatte –, würde er die Schiffe erneut rollen lassen, um sich seinen Gegnern zu stellen.

Nur dass die Invasoren eben *doch* nicht rollten! Stattdessen …

»Beschleunigung!«, bellte Perrow. »Feindformation eins steuert … Admiral, die *flüchten!*«

Ungläubig starrte Metzger das taktische Display an. Tatsächlich: Die Invasoren traten die Flucht an. Ihr neuer Kurs führte sie in einem spitzen Winkel fort vom Aegis-Vektor.

»Wohl kaum«, widersprach Locatelli. »Tamerlane teilt seine Schiffe einfach nur auf.«

»Aber das ergibt doch überhaupt keinen Sinn!«, protestierte Metzger. »Zusammen kommen die beiden Feindformationen doch auf eine überwältigende Schlagkraft. Aufgeteilt ist keine stärker als wir!«

»Theoretisch, ja«, brummte Perrow, »die Wirklichkeit könnte anders aussehen.«

»Sie übersehen das vielzitierte große Ganze, Captain«, gab Locatelli zu bedenken. »Tamerlane ist ein guter Schachspieler. Er legt es nicht *per se* darauf an, Bauern vom Feld zu räumen. Ihm geht es darum, den König matt zu setzen – was in diesem Falle wortwörtlich zu verstehen ist.«

Ein weiteres Mal krampfte sich Metzger der Magen zusammen. Natürlich! Wenn Tamerlane an Aegis vorbeikäme und Manticore erreichte, würde er sich im Orbit des Planeten positionieren und ein Ultimatum stellen – an Landing und König Edward persönlich.

Eridanus-Erlass hin oder her: Der König konnte sich nicht darauf verlassen, dass die Invasoren nicht doch Entsetzliches anstellten. Also würde er entweder kapitulieren müssen oder den Untergang seiner Welt und seines Volkes riskieren.

»Damit bleibt uns nur noch eine Option«, fuhr Locatelli fort. »T-O, berechnen Sie mir einen Kurs, mit dem wir hinter Feindformation eins kommen. Den leiten Sie dann an alle

Schiffe weiter und informieren sie die Captains, dass Aegis auf mein Zeichen hin eine Horizontalwende vornimmt, um FF-eins zu verfolgen und anzugreifen.«

»Und FF-zwo bleibt unbehelligt, Sir?«, fragte Metzger leise nach.

»FF-zwo ist zwanzig Minuten weit entfernt«, rief ihr Locatelli ins Gedächtnis zurück. »FF-eins hat freien Weg bis nach Manticore. Was auch immer geschieht: Um die müssen wir uns zuerst kümmern.«

Metzger seufzte. »Verstanden.«

»Kurs berechnet, Sir«, meldete Perrow.

Der Kurs, den sie vorgeschlagen hatte, erschien auf Metzgers taktischem Display und überlagerte die Vektoren der Schiffe. Sie betrachtete sie aufmerksam, und ihr Magen zog sich noch weiter zusammen. Das war eine wirklich schlechte Idee – das spürte sie ganz deutlich. Aegis dazu zu bewegen, die Schiffe der Invasionsflotte zu verfolgen, war genau das, was Tamerlane beabsichtigte – Locatelli tappte in genau jene Falle, die ihre Feinde gerade planten ... wie auch immer sie aussehen mochte.

Trotzdem hatte der Admiral voll und ganz recht. Manticore drohten in diesem Moment zwei verschiedene Gefahren, und die Schiffe von Grün-eins waren im Augenblick die Einzigen, die das Sternenkönigreich noch verteidigen konnten. Man musste sich der drohenden Gefahren nacheinander annehmen.

Admiral Locatelli, der Oberbefehlshaber von System Command, hatte seine Entscheidung getroffen. Metzgers Aufgabe war es, den Befehlen Folge zu leisten, die man ihr gab ... und darauf zu hoffen, dass die Raketenbasis auf Thorson irgendwie doch in der Lage wäre, FF-zwo zumindest so lange abzuwehren, bis Aegis sich um FF-eins gekümmert hätte und zurückkehren könnte.

Vorausgesetzt, dazu wäre Aegis überhaupt noch in der Lage.

»Alle Schiffe bereit, Admiral«, meldete McBryde.

»Danke, Eins-O«, sagte Locatelli. »Auf mein Zeich …«

»Sir!«, rief Chief Warren plötzlich von der Signalstation aus. »Signal trifft ein. Es ist schwach und ziemlich unfokussiert …« Sein Kehlkopf hüpfte auf und ab. »Sir … es stammt von der *Phoenix.*«

»Aufpassen, Captain«, rief Lisa ins Mikrofon, »Gegner ändern den Kurs!«

Die Sekunden der Signalverzögerung verstrichen – sie fiel jetzt nicht mehr ganz so groß aus wie zu Beginn der Verfolgungsjagd. Lisa nutzte die kurze Atempause dazu, noch einmal das jüngste Manöver von Feindformation drei durchzurechnen. Die Schiffe der Invasoren vollführten eine Horizontalwende nach Steuerbord und hatten bei ihrem Abbremsmanöver noch ein paar Gravos dazugepackt. Alles zusammengenommen, sah es ganz danach aus, als hätten sie ihren ursprünglichen Vorstoß in Richtung Manticore aufgegeben. Hatten sie vielleicht beschlossen, ihren Angriff abzubrechen und die Flucht anzutreten? War das möglich?

Sie stieß ein leises Schnauben aus. Nein, natürlich nicht! Bei einem genaueren Blick auf die jüngsten Vektoren von Tamerlanes Kampfverband wurde klar, dass die Zerstörer es einfach nur darauf anlegten, wieder zu Feindformation eins zu stoßen.

»Ich sehe sie, Commander«, war Hardastys Stimme zu hören. »Kurs wird angepasst, um den Abfangvektor beizubehalten. Wie ich sehe, hat sich FF-eins ebenfalls in Bewegung gesetzt. Meinen Sie, die versuchen sich zu vereinigen?«

»Sieht ganz so aus«, erwiderte Lisa. Die Zerstörer stimmten ihre Manöver immer noch aufeinander ab, und so überprüfte sie ihre eigenen Daten und die zugehörige Auswertung erneut.

»Gut«, erklärte Hardasty mit unverkennbarer Befriedigung.

Lisa schnürte es die Kehle zu. Hardasty mochte das ja vielleicht gut finden. Schließlich waren die beiden MPARS-Schiffe noch ziemlich weit entfernt, und bis sie schließlich in Raketenreichweite kämen, würden die feindlichen Zerstörer – das ließen die aktuellen Daten zumindest vermuten – quer zu ihnen stehen und könnten sie so unmöglich angreifen.

Die *Damocles* hingegen befand sich bedauerlicherweise in einer deutlich weniger angenehmen Position. Da sie es obendrein mit zwei Gegnern zu tun hatte, die in ihren Arsenalen auch noch über eine unbekannte Anzahl von Raketen verfügten, war die Lage alles andere als rosig.

»T-O?«, drang Marcellos Stimme aus dem OPZ-Lautsprecher.

»Überarbeiteter Kurs liegt vor, Sir«, gab Lisa zurück. »Wird übermittelt.«

»Sind Raketen und Mannschaften bereit?«

Wieder überprüfte Lisa die eingegangenen Meldungen. »Beide Werfer melden Bereitschaft, Captain«, bestätigte sie dann. »Lieutenant Nikkelsen behauptet, seine Leute könnten die Werfer innerhalb von fünfunddreißig Sekunden nachladen.«

»Sagen Sie ihm, sie haben fünfundzwanzig Sekunden«, gab Marcello zurück. »Nein, besser noch: Sagen Sie ihm, wenn das hier vorbei ist, lade ich die schnellste Werfermannschaft zu einem Abendessen mit anschließenden Cocktails in Landing ein.«

Trotz aller Anspannung huschte ein Lächeln über Lisas Gesicht. Ein nettes Angebot, das der Moral der Truppe zweifellos zuträglich wäre.

Zu schade, dass niemand mehr am Leben sein würde, es auch anzunehmen.

»Ich gebe es so weiter, Sir«, sagte sie.

»Gut«, gab Marcello zurück. »Ruder, neuen Kurs anlegen. Diese Dreckskerle laufen gerade heim zu Mama. Schauen wir doch mal, ob wir sie festnageln können, bevor sie bei Mama eingetroffen sind!«

Gensonnes erster Gedanke war, mit seinem kleinen Thu'ban-Sidestep-Manöver müsste er, unwahrscheinlich oder nicht, Locatelli völlig überrascht haben.

Denn ganz genau danach sah es aus. Kampfgruppe Grün-eins, die jetzt an seiner Backbordseite stand, rührte sich nicht, war immer noch dorthin ausgerichtet, wo Gensonnes Schiffe vor wenigen Sekunden gestanden hatten.

Doch als die Sekunden verstrichen und schließlich eine ganze Minute vergangen war, begriff der Admiral, dass der Manticoraner keineswegs überrascht worden war. Er hatte das Manöver gesehen, keine Frage, er hatte die Lage richtig eingeschätzt, und dann hatte er beschlossen, stattdessen auf de la Roza und die *Thor* zu warten.

Gensonne schüttelte den Kopf. Wirklich *gute* Entscheidungen konnte man in dieser Lage überhaupt nicht treffen, aber die Vorhut ziehen zu lassen, um stattdessen de la Roza anzugreifen, war zweifellos das Dümmste, was sich momentan anbot.

Denn das Gefecht, auf das sich Locatelli nun eingestellt hatte, würde niemals stattfinden – zumindest nicht so, wie sich das der manticoranische Admiral vorstellte. Sobald die Vorhut so weit vorgestoßen wäre, dass Grün-eins sie unmöglich noch einholen könnte, würde Gensonne von de la Roza eine Kursänderung verlangen: Er sollte dann im rechten Winkel von seinem derzeitigen Vektor abweichen und damit Locatelli noch weiter fortlocken. Auf diese Weise bliebe Gensonne genug Zeit, mit dem Rest seines Verbandes Manticore zu erreichen, die auf dem Mond dieser Welt stationierten Abwehreinrichtungen zu zerstören und sein Ultimatum zu stellen.

Hatte der König erst kapituliert, wäre es völlig bedeutungslos, wie viele Schiffe der Royal Manticoran Navy noch geblieben wären: Mit der Kapitulation der Sternnation war deren Navy rechtlich verpflichtet, die Waffen zu strecken.

»Lageänderung«, meldete Clymes. »Der Schlachtkreuzer von Grün-eins schwenkt in unsere Richtung.«

Erneut schüttelte Gensonne den Kopf. Eine falsche Entscheidung zu treffen, das war schon schlimm genug. Aber eine falsche Entscheidung zu treffen, es sich dann anders zu überlegen und dann noch eine andere auszuprobieren, das war noch schlimmer. Bislang hatte Locatelli hier nur eines erreicht: Er hatte Zeit verschwendet und seinen Verband völlig durcheinander gebr...

»Raketenspur«, setzte Clymes hinzu. »Vier Raketen – dicht gebündelt. Beschleunigung dreitausendfünfhundert Gravos, Einschlag in zwoundneunzig Sekunden.«

Gensonne runzelte die Stirn und betrachtete konzentriert das taktische Display. Also gut, dann war dieser Locatelli doch kein Vollidiot. Er hatte das Schiff lediglich erst dann herumschwenken und feuern lassen, nachdem dank des neuen Vektors der Volsungs das hintere Ende ihres Seitenschilds weit genug herumgeschwenkt war, dass ein Angriff überhaupt möglich geworden war.

Natürlich war das kein klassischer Schuss in den Kilt, und damit die Raketen überhaupt ihr Ziel träfen, bräuchte man immens ausgefeilte Telemetrie. Nun gut, Locatelli wollte seine Raketen also nicht am gegenüberliegenden Seitenschild zerbersten lassen. Nein, er wollte sie dicht genug an den Grenzbereich der gegnerischen Seitenschilde platzieren und dann detonieren lassen. Netter Zug, denn dort könnten sie durchaus ernsthaften Schaden anrichten.

Genau, und gerade *weil* es kein klassischer Schuss in den Kilt war, würde die Eloka der *Odin* versuchen, durch ihren eigenen Seitenschild hindurch aktiv zu werden – was die Eloka nutzlos machte. Die Raketen würden ungehindert aufkommen können, bis sie die Kante des Seitenschilds passierten.

War vielleicht genau *das* die Geheimwaffe der Manticoraner? War es in Wahrheit gar keine Waffe, sondern vielmehr ein Durchbruch auf dem Gebiet der Raketensteuerung?

Möglich. Auf jeden Fall würde dann vor allem Hinterzimmerforschung dahinterstecken, nicht die Neuentwicklung hochleistungsfähiger Hardware – und so etwas mochte Llyns Spionen und Informanten durchaus entgangen sein.

Natürlich war das sehr unwahrscheinlich, das wusste Gensonne selbst. Derart unfähig *konnten* Llyns Leute doch nicht sein!

Trotzdem ...

»Signal an alle Schiffe«, befahl er. »Auf mein Zeichen hin Beschleunigung abstellen, dann Neigungswinkel auf dreißig Grad negativ einstellen.«

»Dreißig Grad, Sir?«, fragte Imbar, und der Admiral hörte regelrecht das Stirnrunzeln des Captains.

»Ich habe doch wohl dreißig Grad gesagt, oder?«, versetzte Gensonne. »Dann nehmen Sie auch die dreißig Grad!«

Das war ein wenig mehr, als notwendig gewesen wäre, auch das wusste er. Aber nach dem *Tyr*-Debakel zog es Gensonne vor, lieber ein bisschen mehr als zu wenig Vorsicht walten zu lassen. Eine Abweichung vom aktuellen Kurs um dreißig Grad würde dafür sorgen, dass die Seitenschilde der Volsungs genau quer zum Schussfeld des Schlachtkreuzers lägen, und damit wäre die ›schräge Hintertür‹ unter den Kilt versperrt. »Die werden ein paar Raketen abfeuern«, fuhr er fort. Eine Erklärung hatte Imbar zwar nicht verdient, aber es gab keinen Grund, sie ihm nicht trotzdem zu liefern.

»Wann sollen wir zu unserem derzeitigen Kurs zurückkehren?«, setzte Imbar nach. »Oder behalten wir dann den neuen Kurs bei?«

Es entging Gensonne nicht, dass diese Frage Kritik barg. Das war mehr, als *Gensonne* verdient hatte, und eindeutig mehr, als Imbar zustand. Möglicherweise glaubte der Captain ja, der Alte verliere allmählich die Nerven.

Vielleicht sollte, wenn das hier vorbei war, jemand anderes zum Captain der *Odin* befördert werden.

»Wir behalten diesen Kurs bei«, erklärte Gensonne in einem Tonfall, der unmissverständlich jede weitere Diskussion unterband. »Er führt uns genau dorthin, wohin wir müssen. Vielleicht nicht ganz so rasch wie der alte, und auch nicht ganz so direkt. Aber er führt uns zum Ziel.«

»Jawohl, Sir«, bestätigte Imbar, und in seiner Stimme schwang immer noch unverkennbar Skepsis mit.

Gensonne wandte sich wieder dem taktischen Display zu. Zum Teufel mit diesem Kerl! Zum Teufel mit ihnen allen! Sollten sie doch denken, was sie wollten! Ihn selbst interessierte hier nur, die ganze Sache hinter sich zu bringen, ohne weitere Schiffe zu verlieren.

»Beschleunigung abstellen: *jetzt*«, sagte er, den Blick fest auf die Monitore gerichtet. Die Beschleunigung der *Odin* sank auf null herab, als die Impeller keinen Druck mehr auf die Verzerrungsbänder ausübten. Gensonne warf einen Blick auf die Raketen, überprüfte den geschätzten Einschlagszeitpunkt auf dem taktischen Display … »Veränderung des Neigungswinkels: *jetzt.*«

»Neigungswinkel wird verändert«, bestätigte Clymes. »Seitenschilde in Blockadeposition. Raketeneinschlag in zwanzig Sekunden.«

Gensonne betrachtete das taktische Display. Die Manticoraner waren längst nicht so hilflos, wie er gedacht hatte. Gelernt hatte er das auf die harte Tour.

Aber so lange er in der Lage war, die Manöver des Gegners vorherzusagen, beliefen sich dessen großartige Strategie und cleveren taktischen Schachzüge auf wenig mehr als hilflose, ziellose Rundumschläge.

Denn es war immer noch unmöglich, dass die Manticoraner gewannen. Völlig unmöglich.

»Position erreicht, Captain«, meldete Woodburn von der Taktischen Station der *Casey* aus. »Sieht ganz so aus, als hätten die ein Empfangskomitee für uns zurückgelassen.«

»Stimmt«, pflichtete ihm Heissman bei. »Celia? Was können Sie uns darüber sagen?«

»Beides Zerstörer«, drang Belokas Stimme aus der Operationszentrale zu ihnen. »Einer gehört der *Hyperion*-Klasse an, den anderen finde ich auf unserer ID-Liste nicht.«

»Etwas ganz Neues?«, fragte Heissman nach.

»Eher ein völlig obskures und veraltetes Modell«, widersprach Belokas. »Alles, was die haben, scheint aus Überschussbeständen oder von Gebrauchtwarenhändlern zu stammen.«

Heissman ließ ein Grunzen vernehmen. »Man sollte auch für Kleinigkeiten dankbar sein.«

Travis studierte eingehend das taktische Display. Die beiden feindlichen Zerstörer hatten sich wieder zu einer Gefechtssäule positioniert. Sie bewegten sich mit der Geschwindigkeit, die wohl auch der Rest ihrer Gruppe vorgelegt hatte, als diese beiden Schiffe aus dem Verband ausgeschert waren und sich zum mutmaßlichen Vektor der *Casey* orientiert hatten.

In Richtung der *Casey* beschleunigten sie nicht, obwohl das typisch für Angriffsvorbereitungen gewesen wäre. Immerhin! Aber dass der Rest der Invasorenflotte immer noch in Richtung Manticore beschleunigte, bedeutete auch, dass diese beiden Schiffe Vorstöße der *Casey* blockieren würden.

»Und, Alfred, wie möchten Sie das angehen?«

»Das hängt davon ab, was wir erreichen wollen«, gab Woodburn zurück. »Wenn wir sie einfach nur an Ort und Stelle festnageln wollen, dann sollten wir weiter beschleunigen, bis wir unsere Geschwindigkeit der gegnerischen angepasst haben. Dann behalten wir die Position, schauen grimmig drein und knurren viel und laut. Wenn wir uns daran versuchen wollen, sie auszuschalten – ohne dabei selbst ausgeschaltet zu werden –, müssen wir beim Gegner irgendeine Blöße finden. So wie die Lage aussieht, können wir schon einmal eines sagen: Falls dem Gegner nicht zufälligerweise die Mun für die Schnellfeuerkanonen ausgegangen ist, wird es vermutlich nicht viel bringen, ihn mit Raketen zu beharken – vor allem, weil er immer noch den Keil herumrollen kann, ohne dafür die Formation aufzugeben.«

»Celia?«

»Ich neige zu Alfreds erstem Vorschlag«, antwortete Belokas. »Bleiben wir doch realistisch: Ausschalten können wir den Gegner nicht – nicht mit nur sechs Raketen und einem Kräfteverhältnis von zwo zu eins.«

»Stimmt«, meinte Heissman. Dann wölbte er fragend eine Augenbraue. »Es sei denn, Lieutenant Long hätte noch einen Vorschlag in petto?«

Wieder betrachtete Travis das taktische Display und dachte noch angestrengter nach. Sie konnten nicht einfach tatenlos herumsitzen – nicht, wo dem Sternenkönigreich tödliche Gefahr drohte und der Rest der Navy anderweitig beschäftigt war.

Doch ihm kam keine Idee. »Nein, Sir«, gestand er. »Der Trick mit dem Versteckpferd könnte zwar klappen, aber nur, wenn der Gegner den Keil herumrollt, um die erste Rakete abzuwehren und für die zwote Rakete wieder zurückrollt. Mit der Schnellfeuerkanone wird er aber wahrscheinlich beide Raketen einfach so erledigen.«

»Und der Gegner wird wohl kaum so entgegenkommend sein, den Keil ganz nach unseren Wünschen herumzurollen«, ergänzte Woodburn. »Aber wir sollten die Idee trotzdem im Hinterkopf behalten – nur für den Fall, dass eines der beiden Schiffe herumschwenkt, um sich wieder am aktiven Kampf zu beteiligen. Dann können wir wenigstens versuchen, dessen Nahbereichsabwehr zu schröpfen.«

»Aber wenn einer oder sogar beide herumschwenken, können wir denen sauber in den Kilt schießen«, gab Heissman zu bedenken. »Und wir können rasch genug aufholen, um diese Schiffe in Raketenreichweite zu haben, bevor sie wieder zum Rest ihres Verbandes stoßen. Also gut. Ruder, Geschwindigkeit anpassen! Ist das erst einmal erreicht, geben Sie genug Zusatzschub, dass wir allmählich zu denen aufkommen – aber nicht zu schnell. Die zwei sollen bloß glauben, wir würden irgendwie versuchen, in Raketenreichweite zu kommen.«

»Beschleunigung angelegt, Commodore.«

»Und was gehörte noch dazu, Alfred?«, erkundigte sich Heissman.

»Grimmig dreinschauen und viel und laut knurren?«

»Genau«, bestätigte Heissman. »Überlegen wir doch mal, wie wir das hinbekommen könnten.«

»Oh je«, entfuhr es Ensign Kyell. Angespannt kauerte er auf der anderen Seite des Sekundären Ortungssystems der *Aries*. »Die ändern schon wieder den Kurs.«

»Wohin dieses Mal?«, erkundigte sich Chomps. Das letzte Wort ging in ein Grunzen über, als der Bolzen, an dem Lenkwaffentechniker Charles Townsend nun schon geraume Zeit herumlaborierte, endlich aufgab und sich löste.

»Nicht unsere«, erklärte Kyell. »Nicht Feindformation drei, meine ich«, korrigierte er sich dann. »Zumindest noch nicht. Ich meine die erste Angriffswelle von Tamerlanes Schiffen – Feindformation eins. Die haben einen anderen Winkel angelegt ... sieht aus, als ziehen sie ein bisschen weiter nach Backbord.«

»Nimmt Aegis eine entsprechende Kurskorrektur vor?«, fragte Chomps nach, spähte währenddessen in das Innere der Ortungskonsole und widerstand dem beinahe übermächtigen Bedürfnis, einen Fluch über denjenigen auszusprechen, der dieses Ding derart schlampig neu verkabelt hatte. Husovski wahrscheinlich – sogar Stangensellerie hatte Gott mehr Verstand geschenkt als dieser Frau! Und zu allem Überfluss glaubte sie auch noch, dank ihrer guten Beziehungen auf den Gebrauch dieser ohnehin raren Ressource verzichten zu können.

Wenigstens war klar, wo das Problem lag. Der lose Draht dort am Rand des Gewirrs musste wieder an den Hex-Verbinder gelötet werden, und zwar ... genau *da*. Vorsichtig schob Chomps zwei Finger und den Lötkolben in den schmalen Spalt und befestigte den Draht wieder mehr oder minder ordnungsgemäß.

»Bislang ni... Moment!«, unterbrach sich Kyell selbst. »Jou, los geht's.«

»Aegis?«

»Nein, Feindformation drei.«

Wieder gelang es Chomps, seine Ungeduld zu zügeln. »*Was* geht denn los?«

»Die passen den Kurs an«, erklärte Kyell. »Vermutlich haben sie wieder einen Abfangkurs berechnet, angepasst an den neuen Vektor von Feindformation eins. Aber sicher bin ich mir nicht.«

Chomps hob den Kopf über die Kante der Konsole hinaus und spähte auf das Display. Die Ortungssoftware der *Aries* war so ungefähr das Lahmste, was überhaupt jemals entwickelt worden war, und was taktische Überlegungen betraf, war die Rechenkapazität des Bordcomputers schlichtweg jämmerlich.

Aber soweit Chomps ungeschultes Auge das beurteilen konnte, lag Kyell mit seiner Einschätzung richtig: Die beiden Zerstörer von FF-drei versuchten immer noch, zu Tamerlanes FF-eins zu stoßen.

»Stimmt, sieht so aus«, teilte er Kyell mit. »Ich wünschte, wir wüssten, was das heißt: Kommen die jetzt dichter zu uns oder dichter zur *Damocles* auf?«

Kyell presste zischend Atemluft zwischen den Zähnen heraus. »Und ich wünschte, ich könnte sagen, was mir lieber ist«, meinte er. »Gott, mir ist vielleicht schlecht! Fühlt sich das immer so an, wenn man in eine Schlacht zieht?«

Chomps unterdrückte ein Seufzen. Woher sollte *er* das denn wissen?

Doch er sprach es nicht aus. Kyell hatte einfach Angst – wahrscheinlich hatte jeder an Bord Angst.

Chomps konnte es niemandem verübeln. Er hatte seine Ausbildung wenigstens bei der Royal Manticoran Navy erhalten, wo jedem zumindest Grundkenntnisse auf dem Gebiet der Gefechtsführung nahegebracht wurden – auch wenn niemand damit gerechnet hatte, so etwas jemals zu brauchen. Aber die armen, doofen MPARS-Heinis hatten nicht einmal das!

Natürlich hatten sie Angst. Aber sie machten trotzdem immer noch ihre Arbeit.

Und das sogar gut. Verdammt gut. Besser, als Chomps ihnen je zugetraut hätte. Im Prinzip lebte der MPARS nur von dem, was bei der Navy aussortiert oder ausgemustert worden war – und Chomps, der mittlerweile Erfahrungen aus erster Hand hatte sammeln dürfen, wusste jetzt auch, welche Qualität das Ausgemusterte besaß, so emsig sich Breakwater auch bemühen mochte, daran etwas zu ändern. Trotzdem befand sich die *Aries* immer noch auf Kurs, und ihre Offiziere und Mannschaftsdienstgrade gleichermaßen bereiteten sich darauf vor, für das Sternenkönigreich in die Schlacht zu ziehen – und dabei vermutlich zu sterben.

Vielleicht war das eine letzte Ironie des Schicksals: Die Besatzung der *Aries* hatte all die Jahre der Rivalitäten und der Feindseligkeiten (hinter denen nichts als der reine Selbsterhaltungstrieb gestanden hatte!) einfach verdrängt oder vergessen. Nun wandten sie sich Chomps und der Hand voll ehemaliger Angehöriger der Royal Manticoran Navy an Bord ihrer Schiffe zu und hofften darauf, von ihnen angeführt und ermutigt zu werden. Nachdem genau die gleichen MPARS-Heinis monatelang nur abfällig auf Chomps und seine Kameraden herabgeblickt hatten (was zugegebenermaßen auf Gegenseitigkeit beruhte), fühlte sich die geänderte Lage an wie eine erholsam frische Brise.

Jetzt musste Chomps nur noch lange genug leben, damit sich der neu entwickelte Respekt und die frisch erblühte Kameradschaft auszahlten.

Das dürfte das Schwierigste werden. Hier in der Waffenabteilung kam Chomps kaum in den Genuss mit anzuhören, was auf der Brücke besprochen wurde, aber soweit er das den Displays entnehmen konnte, wollten die *Damocles* und die beiden MPARS-Schiffe ungefähr gleichzeitig zu den feindlichen Zerstörern bis auf Raketenreichweite aufkommen. Wahrscheinlich würde das der *Aries* und der *Taurus* sogar ein ganz klein wenig früher gelingen.

Theoretisch gesehen war das völlig in Ordnung. Trotz der im Sternenkönigreich allgegenwärtigen chronischen Waffenknappheit hatte Schatzkanzler Breakwater für jede seiner beiden neuen Korvetten immerhin drei Raketen auftreiben können. Viel war das nicht, gewiss, aber die Abwehrsysteme typischer Zerstörer waren zum einen nicht sonderlich üppig, und die Bandits da draußen mussten zumindest einen Teil der Munition ihrer Schnellfeuerkanonen schon bei dem kurzen Zusammenstoß mit der *Casey* und Kampfgruppe Janus verbraucht haben. Begänne das Gefecht, würden die sechs Raketen, die die *Aries* und die *Taurus* gemeinsam vorzuweisen hatten, durchaus ihre Wirkung haben.

Das Problem: Diese Raketen abzufeuern war wirklich das Einzige, was die Korvetten unternehmen konnten. Denn wenn die Zerstörer zurückschössen, und das täten sie sicher, steckten die Schiffe des MPARS in ganz besonders schwarzer Tinte. Was die Abwehrsysteme der Korvetten betraf, war Breakwater nicht annähernd so kompromisslos wie bei den Raketen gewesen. Bei einer der beiden *Aries*-Schnellfeuerkanonen war das Magazin höchstens zu einem Viertel gefüllt. Eine kräftige Salve, dann wäre diese Munition aufgebraucht, und die *Aries* könnte wahlweise den Keil herumrollen oder sich zügig vom Acker machen ... und in beiden Fällen wäre sie dann nicht mehr am weiteren Gefecht beteiligt.

Zu Chomps' gelinder Überraschung sagte ihm sein Instinkt, dass die Besatzung seines neuen Schiffes das nicht tun würde. Sie mochten ja MPARS-Heinis sein, aber sie waren immer noch Bürger des Sternenkönigreichs. Sie würden alles in ihrer Macht Stehende tun, um ihre Heimatwelten zu retten.

Ein wenig Zuspruch könnte ihnen dennoch guttun. »Jedes Gefecht läuft anders«, erklärte Chomps Kyell und zitierte aus seinem reichhaltigen Schatz an weise scheinenden, aber entsetzlich platten Sprüchen, die man sich im Ausbildungslager Tag um Tag anhören durfte. »Man muss einfach zusehen, immer so gut vorbereitet wie nur ...«

Er beendete den Satz nicht. Die Linien auf den Displays veränderten sich ...

»Was ist?«, fragte Kyell besorgt und blickte ebenfalls auf den Monitor, »was gibt's denn?«

Einen Moment lang starrte Chomps schweigend den Bildschirm an. Wenn er das hier richtig einschätzte – und es war gut möglich, dass er sich täuschte ...

Er klatschte seinen Schraubenschlüssel auf den Haltestreifen, dann stieß er sich ab und schwebte quer durch die Abteilung auf das Intercom zu. »Brücke, Raketenabteilung Vorschiff hier«, meldete er sich. »Sind die ...?«

»Was ist los?«, fiel ihm der Erste Offizier ins Wort. »Gibt's Schwierigkeiten mit den Raketen?«

»Nein, Sir, keine Schwierigkeiten«, versicherte ihm Chomps. »Ich wollte nur wissen, ob die Schiffsvektoren, die wir hier zu sehen bekommen, Echtzeitdaten sind oder Projektionen.«

»Das sind Echtzeitdaten, Townsend«, meldete sich unerwarteterweise Captain Hardasty persönlich zu Wort. »Warum fragen Sie?«

»Weil es für mich ganz so aussieht, als hätte sich Feindformation drei in die Ecke manövriert«, erklärte Chomps. »Wenn wir in Raketenreichweite kommen, dann ... wann wird das so weit sein? Noch zehn Minuten?«

»Zwölfeinhalb«, antwortete Hardasty. »Und die *Damocles* trifft etwa fünf Minuten nach uns ein. Worauf wollen Sie hinaus?«

»Ma'am, ich will darauf hinaus, dass sich die feindlichen

Schiffe in ihrer aktuellen Position mit ihrem Keil oder ihren Seitenschilden entweder gegen uns und die *Taurus* abschirmen können oder gegen die *Damocles.* Aber sie können uns unmöglich alle drei gleichzeitig blocken.«

Eine Pause schloss sich an. »Ah ja, gut, ich verstehe, was Sie meinen«, sagte Hardasty schließlich gedehnt. »Und was heißt das?«

»Das heißt, Ma'am«, antwortete Chomps und spürte, wie sich Lachfältchen in seine Wangen gruben, »dass wir vielleicht hier ganz unerwarteterweise im Vorteil sind. Ich hatte mir überlegt, wir könnten ...«

»Sie ändert eindeutig den Kurs, Admiral«, meldete Clymes, und sein Tonfall schwankte irgendwo zwischen Unglauben und echter Aufregung. »Die ... ja. Sie schert aus der Formation von Grün-eins aus und kommt uns hinterher.«

Gensonne schüttelte den Kopf. Unglaublich! Noch ein unverzeihlicher Fehler dieses Möchtegern-Großmuftis Locatelli.

Dieses Mal war der Fehler wirklich gewaltig. Katastrophal sogar. Die Volsungs hatten ihre Kräfte einzig mit dem Ziel aufgeteilt, die Manticoraner zu genau demselben Vorgehen zu verleiten, nämlich sich aufzuteilen. Und nun, nachdem die *Odin* und ihre Eskorten aus dem Verbund ausscherten, hatte der Manticoraner den Köder endlich geschluckt.

In der dümmstmöglichen Art und Weise. Statt die ihm noch verbliebenen sieben Schiffe in mehr oder minder gleich starke Gruppen aufzuteilen, schickte dieses Würstchen Locatelli seinen zweiten Schlachtkreuzer allein und ohne weitere Unterstützung Gensonnes Schiffen hinterher.

Zugegeben: Der Kreuzer würde auf diese Weise hinter Gensonne gelangen und vor sich einen einladend offenen Kilt vorfinden. Trotzdem war das ein verzweifelter und äußerst törichter Zug.

Vielleicht waren Verzweiflung und Torheit das Einzige, was den Manticoranern noch blieb.

So bedauerlich das für Locatelli auch sein mochte: Das hier war nicht nur Verzweiflung. Das war reiner Selbstmord.

Denn anscheinend hatte der manticoranische Admiral vergessen, dass de la Rozas Schiffe schon bald in Raketenreichweite kommen würden – und ebenfalls leicht den Kurs ändern könnten.

»Signal an die *Thor*«, befahl er. »Sagen Sie de la Roza, dass dank meiner Vorbereitung für ihn das Ganze zum Kinderspiel wird.«

»Aye, aye, Admiral.«

»Wollen Sie ihn wirklich dafür detachieren?«, fragte Imbar leise. »Vielleicht ist das ja genau das, was Locatelli sich erhofft.«

»Mit welchem Ziel denn?«, höhnte Gensonne. »Um de la Roza aufzuhalten? Pah, die Mühe ist es doch gar nicht wert!«

»Ich meinte, die *Thor* von ihrem Vektor abzuziehen«, beharrte Imbar.

»Noch einmal: Mit welchem Ziel denn?«, gab Gensonne zurück. »Außerdem *wird* de la Roza seinen Vektor ja gar nicht ändern. Er muss nur zweierlei tun: nicht weiter beschleunigen und ungefähr zwanzig Grad gieren. Dann kann er dem Schlachtkreuzer in aller Ruhe ein paar Raketen in den Kilt jagen. Wenn er danach wieder zurückgiert, liegt er vielleicht zwo Minuten hinter seinem jetzigen Zeitplan zurück. Zwo Minuten werden hier wohl kaum über Wohl oder Wehe entscheiden.«

»Stimmt«, pflichtete ihm Imbar zögerlich bei. »Aber diese letzte Kursänderung kommt mir so ... dämlich vor.«

»Dem Gegner sind eben die Ideen ausgegangen«, erklärte

Gensonne. »So kann er kämpfend untergehen, statt kapitulieren zu müssen.«

»Leuchtet ein«, sagte Imbar, klang aber immer noch skeptisch.

»Captain de la Roza hat bestätigt, Admiral«, meldete der Signalgast. »Er wünscht Ihnen viel Spaß bei der Show.«

»Den werden wir haben«, gab Gensonne zurück und lächelte. In drei Minuten, höchstens vier, würde er den Manticoranern gegenüber mit seinen Schlachtkreuzern wieder eine Zwo-zu-Eins-Übermacht haben.

Dass er die *Tyr* verloren hatte, ließe sich durch nichts wiedergutmachen. Aber was jetzt folgte, würde es verdammt erträglicher machen.

Bei dieser Show würde er auf jeden Fall Spaß haben. Reichlich sogar.

»Euer Majestät? Mylords?«, rief der Petty Officer von seiner Überwachungsstation aus. »*Vanguard* und *Nike* melden Startbereitschaft.«

Edward schluckte schwer. Startbereitschaft. Nicht Gefechtsbereitschaft oder Abwehrbereitschaft – noch nicht einmal die Bereitschaft, dem Gegner ernstlich zu drohen. Einfach nur Startbereitschaft.

Aber das war alles, was das Sternenkönigreich aufzubieten hatte.

»Euer Majestät?«, wandte sich Cazenestro neben ihm leise an seinen König.

Edward wappnete sich gegen das, was nun kommen musste. Wenn es zum Essen nichts anderes als Krümel gab, dann musste man sich eben mit Krümeln zufrieden geben. »Informieren Sie Admiral Locatelli, dass wir sie aussenden«, sagte er.

Streng genommen, das wusste er selbst, hätte diese Entscheidung bei Locatelli gelegen, nicht beim König und dem Ersten Lord der Admiralität. Doch Locatelli war mehrere Lichtminuten weit entfernt, und seine Kampfgruppe kämpfte gerade selbst ums Überleben. In seinen Händen lagen schon genug Menschenleben. »Und dann geben Sie den entsprechenden Befehl aus.«

Cazenestro nickte. »Lassen Sie ausrücken!«, rief er dem Petty Officer zu. Dann tauschte er einen Blick mit Edward. »Möge Gott ihren Seelen gnädig sein«, setzte er leise hinzu.

Düster nickte Edward. »Und den unseren.«

25

Zu Chomps' Überraschung war Hardasty einverstanden.

Nicht dass diese Zustimmung mit Begeisterung oder Enthusiasmus einhergegangen wäre.

»Ich will hoffen, dass Sie recht haben«, warnte ihn der Captain von HMS *Aries* gleich dreimal. »Wir hängen uns hier so richtig, richtig weit aus dem Fenster.«

»Jawohl, Ma'am«, gab Chomps zurück. »Das wird funktionieren, Ma'am.«

Ein Grunzen drang aus dem Lautsprecher. Hardasty klang nur halb überzeugt. »Das will ich hoffen«, sagte sie und betonte es damit zum vierten Mal. »Und Sie sind sich sicher, dass Commander Donnelly das ebenfalls versteht?«

»Jawohl, Ma'am«, bestätigte Chomps – ebenfalls zum vierten Mal.

Das zumindest hoffte er – inständig sogar. Die *Damocles* war den feindlichen Zerstörern zu nahe, als dass sie es riskieren könnten, Captain Marcello mit Hilfe eines Lasersignals in ihren Plan einzuweihen, selbst wenn sie die Nachricht verschlüsseln würden.

Doch Lisa Donnelly befand sich an Bord, und spätestens seit dem Casca-Zwischenfall wusste Chomps, dass sie gut darin war, Kleinigkeiten, egal wie unauffällig, zu bemerken und dann rasch zu schalten.

Also blieb ihm nichts anderes, als darauf zu hoffen, dass sie hier und jetzt genau aufpasste. Sehr genau.

»Okay«, entschied Hardasty, »los geht's.«

Chomps blickte quer durch die Abteilung zu Kyell hinüber und stellte fest, dass der MPARS-Ensign ihn wie gebannt anstarrte. Also lächelte er und zeigte ihm den hochgereckten Daumen, dann wandte er sich wieder seiner Konsole zu.

Das müsste eigentlich funktionieren, doch ja, eigentlich schon. Vor Beginn dieser Invasion war der von Piraten gekaperte Frachter – die *Ibicca* – das letzte ungewöhnliche oder unvertraute Schiff in manticoranischem Hoheitsraum gewesen. Logischerweise stellte also dieses Schiff auch die jüngste Quelle für Informationen dar, die Tamerlane vor diesem Angriff über das Sternenkönigreich hatte zusammentragen können.

Welche Fragen Tamerlane dabei besonders interessiert hatten, war Chomps durchaus klar. Die Frage war nun, wie clever Tamerlane und seine Captains wirklich waren.

Und mindestens ebenso wichtig: für wie schlau sie sich selbst *hielten.*

»Unidentifizierte Kriegsschiffe, hier spricht Captain Ellen Hardasty vom Manticoran Patrol and Rescue Service«, drang Hardastys Stimme gebieterisch aus dem Lautsprecher. »Sie werden hiermit aufgefordert ...«

»... die Keile zu streichen und zu kapitulieren«, drang Captain Hardastys raue Stimme aus den OPZ-Lautsprechern der *Damocles.* »Sollten Sie davon absehen, werden wir das Feuer eröffnen.«

»Was zum Teufel ...?«, raunte Shiflett so leise, dass es nicht die Worte übertönte, die sie über das Signalrelais erreichten.

»Wir verfügen über einen vollständigen Satz Zulu-Kickback-Raketen«, fuhr Hardasty fort, »und sind auch autorisiert, sie zum Einsatz zu bringen. Ich wiederhole: Streichen Sie den Keil, oder Sie werden zerstört.«

Lisa stockte der Atem. *Zulu-Kickback* …

Townsend?

»Greifen Sie auf die Besatzungsliste der *Aries* zu«, befahl sie. »Schauen Sie nach, ob sich Lenkwaffentechniker Charles Townsend immer noch an Bord befindet.«

»Haben Sie etwas für uns, T-O?«, erkundigte sich Marcello.

»Vielleicht, Sir«, antwortete Lisa. »Erinnern Sie sich noch an einen gewissen Townsend? Aus der Casca-Sache?«

»Eine Nervensäge, die sich beinahe hätte umbringen lassen«, warf Shiflett säuerlich ein.

»Der aber sehr genau weiß, wie man blufft, und der ganz großartig darin ist, mit der Wahrnehmung anderer Menschen zu spielen«, rief ihr Lisa ins Gedächtnis zurück. Ihre Gedanken überschlugen sich fast; wieder und wieder gingen ihr Hardastys Worte durch den Kopf. Fieberhaft versuchte sie herauszufinden, was Townsend sich hierbei wohl gedacht hatte. War ›Zulu Kickback‹ hier genauso wie seinerzeit auf Casca eine Anspielung auf die Übungsgefechtsszenarien von Casey-Rosewood, bei denen zum Teil auch scharfe Munition zum Einsatz kam? Die wurden schließlich als Zulu Omega bezeichnet. Oder wollte er bloß Lisa und damit Marcello wissen lassen, dass er etwas im Schilde führte?

»Da ist er, Ma'am«, meldete der Lieutenant an der Ortungsstation. »Jawohl, Townsend befindet sich noch an Bord der *Aries*.«

Und plötzlich war Lisa alles klar. »Captain, wir müssen eine Rakete auf die Zerstörer abfeuern«, sagte sie. »Jetzt sofort.«

»Wir sind doch kaum in Reichweite, T-O«, widersprach Marcello. »Da sollten wir lieber noch ein paar Minuten warten.«

»Nein, Sir, wir müssen den Schuss *jetzt* abgeben«, beharrte Lisa. »Die *Aries* zieht hier einen Bluff durch – genauer gesagt sogar einen Doppelbluff. Wir befinden uns beide in Raketenreichweite zu den beiden Feindschiffen, und uns beide gleichzeitig können die nicht blocken. Deswegen hat Hardasty ja diese Drohung ausgestoßen. Sie will den Gegner dazu bewegen, ihr den Kilt zuzuwenden.«

»Warum sollten der Gegner so etwas denn tun?«, warf Shiflett ein. »Die *Aries* steht doch näher bei denen als wir.«

»Stimmt«, bestätigte Lisa und rief rasch einen Raketenortungsvektor auf. »Aber die Zerstörer wissen jetzt, dass die *Aries* und die *Taurus* zum MPARS gehören. *Und sie wissen, dass MPARS-Schiffe nicht bewaffnet sind.*«

Eine sehr lange Sekunde über drang nur Schweigen aus dem Lautsprecher. Lisa hielt den Atem an, ging in Gedanken noch einmal die logischen Schritte durch, die sie zu diesem Ergebnis geführt hatten. Wenn Townsend in Wahrheit doch nicht darauf hinauswollte ...

»Entzückend«, meinte Marcello leise. »Schauen wir doch mal, ob das funktioniert. Geben Sie mir einen Startvektor!«

»Berechnet und auf dem Weg zu Ihnen«, gab Lisa zurück und leitete die Übertragung ein.

»Eingetroffen«, bestätigte Marcello sofort. »Vorschiff-Raketenabteilung, hier sind Ihre Vektoren: eine Rakete pro Zielobjekt. Start auf mein Zeichen.«

Lisa warf einen Blick auf die Statusanzeige. Alles sah normal aus.

Aber irgendetwas lauerte da in ihrem Hinterkopf. Irgendetwas wirklich Wichtiges.

Dann, plötzlich, schoss es ihr durch den Kopf. Der letzte Wartungsbericht des Dorsalwerfers ... »Warten S...«

»Feuer!«

Ein ohrenbetäubendes Dröhnen war zu vernehmen, und das ganze Schiff bäumte sich auf wie ein scheuendes Pferd. Lisa wurde in die Haltegurte geschleudert. Dann rollte eine zweite

Explosion über sie hinweg, als sei der Rumpf über ihnen geborsten.

Dann versank das ganze Universum in undurchdringliche Schwärze.

»Die *Damocles* hat gefeuert«, verkündete Hardasty. »Zielobjekte …«

Chomps hielt den Atem an. Wenn die Invasoren jetzt schlau genug waren, einen ziemlich armseligen Bluff der Manticoraner zu durchschauen …

»Zielobjekte rollen den Keil«, sagte Hardasty. »Die lassen die Schiffe rollen, um die Schüsse der *Damocles* abzuwehren. Verdammt noch eins – die machen das wirklich! Die drehen uns arglos ihren Kilt zu.«

Das Lächeln auf Chomps' Gesicht fühlte sich sehr angespannt an. Wenn das dort vorn wirklich Zerstörer der *Luna*-Klasse waren, dann besaßen die am Heck keinerlei Abwehrsysteme. Wenn Hardasty also bereit war, hier wirklich alles zu riskieren …«

»Weisen Sie die *Taurus* an, die Raketen zu starten«, befahl sie. »Alle drei, gezielt auf den unteren Bandit – Feuerleitung nach Kräften, aber die Hauptsache ist, dass die Dinger erst einmal loskommen. Um den oberen Bandit kümmern wir uns selbst. Kyell?«

»Sind bereit, Ma'am«, rief Kyell in das Intercom. Seine Stimme zitterte vor Aufregung – oder Furcht. Oder beidem. »Vektoren festgelegt, Raketen geladen und entsichert.«

»Auf mein Zeichen«, entschied Hardasty. »Bereit machen … *Feuer!*«

»Ich kann hier überhaupt nichts erkennen«, beklagte sich Ensign Locatelli. Aus den Tiefen des Wartungsschachtes, der parallel zum Laseremitter verlief, drang seine Stimme zu Osterman empor. »Sind Sie sich sicher, dass wir das Ziel erfasst haben?«

»Ziemlich sicher, Sir, ja«, bestätigte Osterman und spähte angestrengt auf das UniLink, das sie mit dem Feuerleitsystem verbunden hatte.

In Wahrheit war sie sich nicht einmal ansatzweise so sicher, wie sie das gern wäre. Während die Laser der *Phoenix* tatsächlich nach wie vor funktionsfähig waren, hatte der Todeskampf des Zerstörers die zugehörige Software in Mitleidenschaft gezogen.

Glücklicherweise hatte Osterman in einem der OPZ-Systeme ein intaktes Speichermodul gefunden, das noch genug Platz für alles bot, was sie brauchten. Die *Invincible* hatte ihnen Ersatzsoftware übermittelt, und dann hatte Osterman das Modul ausgebaut, es zum Feuerleitsystem zurückgebracht und korrekt verkabelt. Das Systemdisplay hatte sich zusammen mit der Software verabschiedet, doch dieses Problem hatte Osterman umgehen können: Sie hatte ein UniLink dazwischengeschaltet, das nun als Signalverstärker diente und ihr zugleich gestattete, auch im Blick zu behalten, was sie tat.

Ihr eigenes UniLink konnte sie dafür natürlich nicht verwenden: Von dem wusste sie ja bereits, dass es beschädigt war, und sie wollte ganz gewiss nicht das Risiko eingehen, ein derart unzuverlässiges Gerät für diese nun wirklich lebenswichtigen Schritte zu verwenden. Stattdessen hatte sie das von Commander Sladek genommen: Sie hatte es der Leiche des Ersten Offiziers vom Handgelenk gezogen.

Manche hätten das wahrscheinlich makaber oder herzlos gefunden, ging es Osterman durch den Kopf. *Einem gefallenen Offizier etwas abzunehmen!* Osterman selbst sah darin lieber Commander Sladeks letzten Beitrag dazu, den Gegnern von König und Königreich einen letzten, vielleicht entscheidenden Schlag zu versetzen. Für sie war es so, als lägen jetzt nicht nur Locatellis und ihr eigener Finger auf dem Feuerknopf, sondern irgendwie – als Geist? – auch der ihres gefallenen Eins-O.

Ein toter Eins-O, ein unerfahrener Offizier und ein Leitender Petty Officer: wirklich eine schöne Yin-Yang-Balance. Sollte diese Geschichte jemals erzählt werden, und grimmige Belustigung stieg in Osterman auf, würden die meisten Zuhörer wohl sagen, das habe sich jemand ausgedacht.

»Also, wenn der Gegner den Köder wirklich zu schlucken vorhat, könnte er meinetwegen jetzt ruhig in die Hufe kommen«, meinte Locatelli. »Allmählich werden die Dinger ganz schön heiß.«

Osterman legte die Stirn in Falten. »Welche Dinger?«

»Die Relais«, antwortete Locatelli. »Ja, ich weiß, dass sie eigentlich ordnungsgemäß an die Kühlkörper angeschlossen gehören. Aber die Anschlüsse hat's zerlegt, und die meisten Verbindungsstücke waren zu verbogen, als dass man damit noch was anfangen könnte. Ist aber trotzdem okay so: Ich kriege das hin.«

»Nur ...« Osterman verkniff sich den Protest, der ihr schon auf der Zunge lag. Nur dass das ganze System gleich von einem gewaltigen Energiestoß durchzuckt werden sollte – und wenn es da irgendwelche Lücken in der Eindämmung gab, dann standen die Chancen ziemlich gut, dass Locatelli vollständig verdampft würde.

Aber das war sowieso irrelevant. Im gleichen Moment, da dieser Laser feuerte, würde in dem System, das sie und der Ensign zusammenimprovisiert hatten, irgendetwas durchschmoren – ganz unweigerlich. Ob es nun die Verbinder waren, die

Plasmaleitungen oder der verdammte Reaktor selbst, das war völlig egal: Sie beide wären auf jeden Fall sofort tot.

Aber auch das war okay. Das war nun einmal das Risiko, das einzugehen Locatelli ebenso seinerzeit versprochen hatte wie sie selbst ... als sie sich für den Dienst bei der Flotte entschieden.

Die meisten ihrer Schiffskameraden hatten genau diesen Preis bereits gezahlt. Nun wurde es an der Zeit, dass sie beide es ihnen gleichtaten.

Aber bitte, lieber Gott, betete sie lautlos, *lass uns erst noch diesen einen letzten Schuss abgeben!*

»Chief, ich orte hier eine Bewegung«, unterbrach Locatelli ihren Gedankengang. »Können Sie das bestätigen?«

Osterman konzentrierte sich wieder ganz auf das Display des UniLinks. Es war schwer zu erkennen, aber ...

Ja! Da war wirklich eine Bewegung. Die zweite Gruppe feindlicher Schiffe hatte ihre Beschleunigung abgestellt und trieb nun im freien Fall durch den Raum.

Die Finger um das UniLink verkrampft, sah Osterman, dass der Schlachtkreuzer zugleich gierte und die Vertikalachse verlagerte: Er schwenkte den Bug der fernen *Swiftsure* zu, während diese Tamerlane und den anderen Schlachtkreuzer verfolgte.

Und ihnen dabei als dickster, fettester Fang in der Nähe schutzlos den Kilt präsentierte.

In der Ferne zischten Steuerdüsen, als die Daten von Locatellis Ortungssystem und das Programm, das ihnen die *Invincible* vorhin erst übermittelt hatte, ihren Teil dazu beitrugen, dass sich die *Phoenix*, eigentlich nur noch eine sterbende Hulk, auf den gegnerischen Schlachtkreuzer ausrichtete. »Sind fast da«, rief Osterman Locatelli zu.

»Feuern Sie unmittelbar bei Zielerfassung«, wies Locatelli sie an. »Ich möchte diesem zusammengeprütscherten Etwas keine Sekunde länger als unbedingt nötig vertrauen müssen.« Er zögerte. »Aber eines möchte ich noch sagen, Chief: Es war mir eine Ehre, mit Ihnen dienen zu dürfen. Ich hoffe, ich war für Sie nicht allzu nervig.«

Osterman lächelte. »Nein, Sir, wirklich nicht. Nicht mehr als jeder andere Ensign auch.«

»Ich danke Ihnen, Chief. Wir sehen uns dann auf der anderen Seite.«

Das UniLink meldete Zielerfassung. Osterman wappnete sich und drückte den Feuerknopf.

Ihr blieb gerade noch genug Zeit, zu sehen, wie sich der feindliche Schlachtkreuzer in der Ferne auflöste, als die letzte noch verbliebene Plasmaleitung der *Phoenix* riss.

»Nein!«, schrie jemand. *»Nein!«*

Ein volltönender, kräftiger Schrei, ging es Gensonne distanziert durch den Kopf, während er das taktische Display anstarrte. Ein Schrei, wie ihn eine Frau ausstoßen würde, ein verängstigtes Kind oder ein Feigling.

Es dauerte ganze zwei Sekunden, bis er begriff, dass dieser Schrei aus seinem eigenen Mund gekommen war.

Irgendjemand auf der Brücke der *Odin* fluchte – eine lange, unablässige Abfolge komplizierter und wirklich kreativer Flüche. Vielleicht war das auch Gensonne selbst – er brachte nicht mehr die Energie auf, es herauszufinden. Mit jeder Faser seines Seins, mit jedem wachen Teil seines Verstands, studierte er das taktische Display.

Das war nicht möglich. *Das war einfach nicht möglich.*

Und doch war es geschehen.

Die *Thor* war fort.

Verschwunden.

In der zornigen Glut eines Lasers verdampft.

Aber das war unmöglich! Keines der manticoranischen Schiffe war auch nur ansatzweise bis auf Reichweite von Strahlenwaffen zu ihnen aufgekommen. Wie in Gottes Namen hatten die das schaffen können?!

»Da«, durchdrang eine Stimme Gensonnes Gedankenwelt, die sich ungezügelt, weil unkontrollierbar zu drehen schien. Eine düstere Stimme, die vor Zorn und Hass und Vorwürfen zitterte. Imbars Stimme. »Diese Trümmerwolke – dort drüben. Daher ist der Schuss gekommen.«

Mit übermenschlicher Anstrengung gelang es Gensonne, den Blick in die Richtung wandern zu lassen, in die der Zeigefinger des Captains wies. Diese Trümmerwolke, das erkannte sein betäubter Verstand, war das Einzige, was von dem manticoranischen Zerstörer übrig geblieben war, den Gensonne doch schon vor geraumer Zeit ausgeschaltet hatte.

Nur dass er ihn ganz offenkundig eben doch nicht *ausgeschaltet* hatte. Er hatte ihn nur verwundet.

In seiner überheblichen Arroganz hatte er es nicht für nötig befunden, eine weitere Rakete darauf zu verschwenden, nur um auf Nummer sicher zu gehen.

»Verdammt noch mal!«, fauchte Clymes plötzlich. »Admiral – Gegner hat die *Umbriel* erwischt.«

Gensonne wirbelte herum. Das Herz schlug ihm bis zum Hals, und eine neuerliche Woge Unglauben rauschte durch ihn hindurch wie eine Monsterwelle, durchstieß sogar die sachliche Distanziertheit, in die sich sein Verstand gerade zurückzuziehen versuchte. Das ging alles zu schnell – viel zu schnell! So rasch aufeinander sollten die Schocks einfach nicht kommen! In der modernen Kriegsführung dauerte alles seine Zeit, es ging langsam, es blieb Zeit für bedächtiges Handeln, man konnte nachdenken …

»Admiral …«

»Klappe!«, fauchte Gensonne und wirbelte erneut herum, um herauszufinden, welcher Idiot es gewagt hatte, seine Gedanken zu unterbrechen.

Doch niemand blickte ihn an. Alle Anwesenden betrachteten ihre Konsolen und Displays. Jeder hatte den Blick offenkundig bewusst vom Admiral abgewandt, um bloß nicht dessen Unmut auf sich zu ziehen.

»Admiral!«, war die Stimme erneut zu hören.

Dieses Mal – viel zu spät! – erkannte Gensonne sie auch. Der Zwote Taktische Offizier meldete sich aus der Operationszentrale. »Ja, ja, ich weiß es doch!«, donnerte er. »Die *Thor* ist weg und die *Umbriel* auch!«

»Vergessen Sie das!«, versetzte der 2-T-O beinahe ebenso scharf. »Aus dem Orbit von Manticore nähern sich uns zwo weitere Schlachtkreuzer.«

Gensonne riss die Augen auf. »Wie war das?!«

»Von Manticore aus kommen zwo gottverdammmte Schlachtkreuzer auf uns zu!«, erklärte der Offizier angespannt. »Admiral – was in drei Teufels Namen machen wir denn jetzt?«

Unter erheblicher Anstrengung gelang es Gensonne, das richtige Display zu finden. Tatsächlich, darauf waren nun zwei weitere Impellerkeile zu erkennen! Sie kamen gerade über den Horizont von Manticores Mond und steuerten auf die Volsungs zu – ganz offenkundig, um ihren Teil zu dieser Schlacht beizutragen.

»Admiral?« Das war Imbar. Jeglicher Zorn in seiner Stimme war nackter Besorgnis gewichen.

Das Ganze war natürlich ein Trick. Anders konnte es gar nicht sein. Es war doch völlig unmöglich, dass die Manticoraner über zwei weitere Kriegsschiffe verfügten, die sich jetzt gegen ihn zum Einsatz bringen ließen.

Es spielte keine Rolle mehr. Selbst ohne sie hatte der Feind nun die Oberhand. Gensonnes Schiffe waren in der Unterzahl, und ohne richtig viel Glück konnte er auf einen Sieg nicht mehr hoffen.

Und wenn das mit diesen Schlachtkreuzern dort vorn *kein* Trick war …

»Signal an alle Schiffe«, entschied er leise. Leise, weil sich auch mit noch so viel Brüllerei hier nichts mehr gewinnen ließe. »Kampf abbrechen, dann Rückzug. Ich wiederhole: Kampf abbrechen, dann Rückzug.«

»Aye, aye, Admiral«, bestätigte Imbar, und Gensonne glaubte in der Stimme des Captains einen Hauch von Erleichterung erkannt zu haben.

Kein Wunder. Wie gut bewaffnet und ausgebildet eine Streitmacht oder eine Einheit auch sein mochte: Ohne ein Quäntchen Glück war kein Sieg zu erringen.

Zumindest an diesem heutigen Tage war das Glück ganz offenkundig auf Seiten der Manticoraner.

Aber eines wusste Gensonne ganz genau: Das Glück war wankelmütig, unbeständig, launenhaft. Ja, *an diesem Tag* war es auf Seiten der Manticoraner gewesen.

Aber dort würde es nicht für alle Zeiten bleiben.

Und eines Tages, wenn das Glück das Sternenkönigreich verlassen hätte und weitergezogen wäre, dann würde er zurückkehren.

»Alle Schiffe haben bestätigt«, meldete Imbar. »Kampf wird abgebrochen.«

»Legen Sie Kurs in Richtung Hypergrenze an«, befahl ihm Gensonne. »So rasch wir dorthin kommen können, ohne in Angriffsreichweite des Gegners zu gelangen.«

»Jawohl, Sir.«

Gensonne wandte sich erneut dem taktischen Display zu

und senkte in einer angedeuteten Verneigung spöttisch den Kopf. »Machen Sie sich keine Sorgen und keine falschen Hoffnungen, Captain«, sagte er dann. »Diese Niederlage ist nicht von Dauer. Wir kommen wieder.« Er durchbohrte das Display mit einem zornigen Blick. »Wir kommen wieder, verlassen Sie sich darauf!«

»Großer Gott!«, keuchte Kyell und starrte mit weit aufgerissenen Augen das Display an. »Haben Sie das gesehen, Townsend? Haben Sie *das* gesehen?«

»Hab ich«, versicherte ihm Chomps. Was für ein herrlicher Anblick das gewesen war!

Das war es sogar immer noch. Die Wolke aus Staub und Trümmern, die sich stetig ausbreitete, war zwar mit dem bloßen Auge nicht zu erkennen – und über diese Entfernung hinweg sogar nicht einmal mit Echtzeitbildgebern. Aber die Radar- und Lidarsysteme der *Aries* arbeiteten einwandfrei, und das Bild, das sich daraus zusammensetzen ließ, war wirklich zutiefst befriedigend.

Der eine feindliche Zerstörer: fort. Der andere feindliche Zerstörer …

Nicht fort. Zumindest nicht ganz. Dessen Keil war noch aktiv, also funktionierten bei diesem Schiff mindestens noch Impeller und Reaktor.

Doch wenigstens eine der Raketen der *Taurus* hatte es geschafft, an der schützenden Hülle aus Verzerrungsbändern und Seitenschilden vorbeizukommen. Als sie *Puff!* gemacht hatte, hatte sie schon einiges an Schaden angerichtet.

»Moment mal«, sagte Kyell und schwebte ein wenig dichter an den Monitor heran, »halten wir immer noch auf die zu?«

»Sieht ganz so aus«, gab Chomps zurück. »Wieso?«

»Wie, wieso? Wir haben keine Raketen mehr. Wir haben doch schon alles aufgebraucht, was wir zu bieten hatten!«

»Na und?«, versetzte Chomps. »Das wissen *die* da drüben doch nicht! Es geht immer noch darum, denen die Wahl zu lassen – zwischen uns und der *Damocles*. Beim letzten Mal hat der Gegner sich falsch entschieden. Schauen wir doch mal, ob wir das noch mal hinbekommen.«

»Glaub ich nicht«, meinte Kyell da. »Schauen Sie, ich bin mir nicht sicher, aber der Zerstörer haut ab.«

Chomps runzelte die Stirn und studierte aufmerksam die Vektorprojektion auf dem Display: Der Zerstörer rollte und veränderte zugleich den Neigungswinkel. Es sah ganz danach aus, als plane FF-eins kein Zusammentreffen mehr mit Manticores letztem Aufgebot.

Dann verblasste der projizierte Vektor: Der Zerstörer beschleunigte – drastisch. Die Spur auf dem Bildschirm verschob sich erneut, als der neue Vektor mit der ursprünglichen Geschwindigkeit und dem ursprünglichen Kurs kombiniert wurde …

Kyell hatte recht. Der Zerstörer versuchte, über die Hypergrenze zu entkommen. Dabei legte er das maximale Tempo eines Zerstörers dieser Klasse vor.

»Stimmt«, bestätigte Chomps. Dann deutete er auf einen anderen Teil des Displays. »Und die anderen auch. Alle.«

»Na, da soll mich doch …!«, entfuhr es Kyell. »Also ist es jetzt vorbei, oder? Ist es doch jetzt, oder? Vorbei, meine ich.«

Chomps musste schlucken. »Ja, es ist vorbei«, bestätigte er.

Aber das war es nicht, nein, sicher nicht.

Diesen Angriff hatte das Sternenkönigreich zurückgeschlagen, gar keine Frage. Aber jemand hatte diese Invasion geplant und dabei reichlich Zeit, Geld und Mühen aufgewendet und würde gewiss nicht gleich nach dem ersten fehlgeschlagenen Versuch aufgeben.

Die Schlacht von Manticore – so zumindest würde der heutige Tage in die Geschichtsbücher eingehen, da war sich Chomps sicher – war vorbei. Die Gefahr einer Invasion aber bliebe. Und wer auch immer die Angreifer gewesen waren, es gab sie immer noch.

Im Sternenkönigreich galt es, auf überlebenswichtige Fragen eine Antwort zu finden: *Wer* war verantwortlich für die Invasion? *Wo* steckten der oder die Verantwortlichen? *Warum* war der Angriff befohlen worden?

Die Antworten auf diese Fragen mussten rasch gefunden werden, sehr rasch.

Dann plötzlich war es vorbei.

Gavin Vellacott starrte den großen Bildschirm im Sitzungssaal des Oberhauses an und spürte ein unangenehmes Prickeln im Nacken. Die Invasoren, die dieses Gefecht überlebt hatten, flüchteten jetzt, steuerten mit allem, was ihre Schiffe an Geschwindigkeit aufzubringen vermochten, die Hypergrenze an.

Es fühlte sich sonderbar an, beinahe surreal, nun zu sehen, wie die Vektoren der einzelnen Schiffe mit einem Mal von Manticore fortwiesen, statt weiterhin auf die Hauptwelt des Sternenkönigreichs zu zeigen. Das Bild hätte aus einer alten Sage stammen oder eine kleine Kritzelei eines Minimalismuskünstlers sein können.

Das Siegesgebrüll allerdings, das nun spontan den ganzen Raum füllte, wirkte kein bisschen surreal oder gekünstelt. Gleiches galt für den Applaus, den praktisch alle Anwesenden spontan spendeten.

Die Invasion war zurückgeschlagen.

Das Sternenkönigreich war gerettet.

Vorerst.

Eine Hand zupfte ihn am Ärmel. »Kommen Sie«, sagte Breakwater. Er hatte sich erhoben und zerrte nun so heftig an Gavins Ärmel, als wollte er ihn ebenfalls auf die Beine bekommen. »Kommen Sie schon!«, setzte er dann hinzu und wandte sich bereits dem nächstgelegenen Ausgang zu.

»Was ist denn los?«, erkundigte sich Gavin und hatte ernstlich Mühe, mit dem Schatzkanzler Schritt zu halten. Breakwater stieß die Tür auf und trat in den menschenleeren Korridor hinaus; Gavin folgte ihm dichtauf. »Mylord, wo liegt denn das Problem?«

»Es geht nicht um ein Problem, Gavin«, antwortete Breakwater, während er sein Schritttempo noch steigerte. »Es geht um eine Gelegenheit«, und warf einen Blick über die Schulter auf Gavin, »eine Gelegenheit, die ich mir auf keinen Fall entgehen lasse.«

Gavin runzelte die Stirn. Eine Gelegenheit? »Mylord ...«

»Psst«, fiel ihm Breakwater sofort ins Wort. Dann zog er sein Tablet und gab einige Befehle ein. »Die *Casey*, die *Casey* ... hmm. Noch keine offizielle Stellungnahme, aber anscheinend hat sie zumindest vor einer Stunde nicht nur existiert, sondern war sogar noch funktionstüchtig.«

»Die *Casey*?«, fragte Gavin, nun endgültig verwirrt. »Was hat denn die *Casey* damit zu tun?«

»Das ist das Schiff, auf dem sich Ihr Bruder befindet«, erklärte Breakwater. »Den Vorabberichten zufolge hat sich die *Casey* in der Anfangsphase des Gefechts wohl ziemlich gut geschlagen. Aber wo ich's mir recht überlege ... Selbst wenn das Schiff doch zerstört worden sein sollte, könnten wir vermutlich ausnutzen, dass Ihr Bruder ...«

»Moment mal«, war es nun an Gavin, seinen Gesprächspartner zu unterbrechen, »was hat mein Bruder damit zu tun?«

»Die *Casey* hat ziemlich gute Arbeit geleistet, und Ihr Bruder ist einer der Offiziere dieses Schiffes«, erläuterte Breakwater mit unverkennbarer Ungeduld. »Wie sich das politisch nutzen lässt, können Sie sich doch selbst ausmalen.«

»Ja-a ...«, antwortete Gavin gedehnt und leise, und leicht verspätet sprang sein Gedächtnis an. Travis befand sich an Bord der *Casey* ... aber zuvor hatte er auf der *Phoenix* gedient.

Dem Schiff, dessen Zerstörung Gavin und die anderen Angehörigen des Oberhauses vor wenigen Minuten mitangesehen hatten.

Ein entsetzlicher Schauer durchfuhr ihn. Beinahe wäre sein Bruder gestorben!

Vielleicht *war* er das sogar! Wie Breakwater schon gesagt hatte: Bislang gab es noch keine offizielle Stellungnahme zum Status der meisten Schiffe, die am Gefecht beteiligt gewesen waren.

Im Krieg starben Menschen. Abstrakt, rein intellektuell, hatte Gavin Vellacott das natürlich schon immer gewusst.

Aber auf einmal erschien ihm das Ganze viel näher, viel persönlicher.

Was spielte es für eine Rolle, dass er im Laufe der Jahre immer weniger Kontakt mit Travis gehabt hatte, dass sie einander ohnehin nie sonderlich nahegestanden hatten. Keine, denn Travis was immer noch sein Bruder!

»Ah!«, stieß Breakwater mit unverkennbarer Befriedigung aus. »Ausgezeichnet! Die ersten Berichte treffen ein, und es sieht ganz so aus, als hätten die beiden frisch bewaffneten MPARS-Korvetten eine wichtige Rolle gespielt. Wenn wir diese beiden Dinge miteinander verknüpfen können, dann dürfte uns das einiges an Sympathiepunkten einbringen – sowohl im Oberhaus wie in der öffentlichen Meinung ganz allgemein.«

»Ja-a ...«, wiederholte Gavin. Allmählich erholte er sich von dem Schock, der ihm in alle Glieder gefahren war, und sein Verstand widmete sich bereits nicht mehr seinem Bruder, sondern den politischen Gegebenheiten und Möglichkeiten.

Entweder Travis lebte noch, oder er war tot, egal, was Gavin tat, er konnte das eine wie das andere nicht beeinflussen. Hier und jetzt war wichtig, dass Breakwater und er die Gegebenheiten nach Kräften auszunutzen, um sich von dieser Welle zum Erfolg tragen zu lassen.

Denn wenn die vergangenen Stunden eines bewiesen, dann dass all die Schwarzseher recht gehabt hatten: Dort draußen lauerten wirklich tödliche Gefahren, und gegen diese Bedrohungen war das Sternenkönigreich keineswegs immun. Noch bevor sich die Wogen auch nur ansatzweise geglättet hätten, würden Dapplelake und Cazenestro für die Navy ein größeres Budget und mehr Planstellen fordern – und wenn Breakwater und Gavin selbst nicht rasch etwas unternähmen, würden sich König und Parlament ein Bein dabei ausreißen, diesen Forderungen nachzukommen.

Was äußerst töricht wäre, denn was sich Dapplelake für die Royal Manticoran Navy vorstellte, das war immer noch schlichtweg falsch. Große Schiffe waren beeindruckend, ohne Zweifel, aber das Sternenkönigreich brauchte viel eher eine Flotte kleiner, wendiger Schiffe, die sich wie ein Schwarm Wespen auf jeden Eindringling stürzten und ihn vernichteten. Die beiden MPARS-Korvetten – und, ganz nebenbei bemerkt, auch die *Casey* selbst – hatten doch eindeutig bewiesen, dass die militärische Doktrin, die nach noch größeren und leistungsstärkeren Schlachtkreuzern verlangte, ein Irrweg war, eine Sackgasse.

Manticore bräuchte keine weiteren Schlachtkreuzer. Es bräuchte mehr und besser ausgestattete Schiffe zur Systemverteidigung.

Manticore brauchte einen größeren und schlagkräftigeren MPARS.

»Kommen Sie?«

Verdutzt stellte Gavin fest, so sehr in Gedanken versunken gewesen zu sein, dass er zu langsam gegangen und den Anschluss zum Schatzkanzler bereits verloren hatte. »Jawohl, Mylord«, sagte er und beeilte sich, ihn einzuholen. Cazenestro, dessen war sich Gavin sicher, würde innerhalb der nächsten Minuten den ersten Auftritt im Netz hinlegen und sich lautstark für die Royal Manticoran Navy einsetzen.

Anderson L'Estrange und Gavin Vellacott mussten ihm zuvorkommen.

Plötzlich war alles vorbei.

Metzger starrte das taktische Display an; zu glauben, was sie sah, wagte sie nicht. Gewiss brachte Tamerlane seine Schiffe nach der Zerstörung seines zweiten Schlachtkreuzers bloß in neue, für ihn günstigere Positionen. Er zog sich zurück, um sich in der Nähe von Sphinx umzugruppieren ... oder er liebäugelte vielleicht mit der Idee, nach Manticore-B hinüberzuspringen und sich auf Gryphon zu stürzen – und auf die hoffnungslos unzulänglich ausgestattete Kampfgruppe Rot, die dort Wache stand.

Doch weder das eine noch das andere schien zu stimmen. Mit jedem Gravo, das die feindlichen Schiffe vorlegten, stabilisierten sich ihre Vektoren, und es zeigte sich, dass sie, so schnell sie eben konnten, auf die Hypergrenze zuhielten. Kämen sie dort an, hätte sich die Invasionsflotte über gute einhundertfünfzig Grad des Himmels verteilt.

Der Gegner gruppierte sich nicht um. Er rannte davon.

Allegra Metzger schwenkte ihren Sessel zu Locatelli herum.

Der Admiral war damit beschäftigt, eingehend die taktischen Daten zu studieren: Sein Blick zuckte hin und her zwischen den Bildschirmen und den nach und nach eintreffenden Statusberichten der überlebenden manticoranischen Streitkräfte.

Er schien ihren Blick bemerkt zu haben und hob den Kopf. Einen kurzen Moment lang trafen sich ihre Blicke. Unwillkürlich wappnete sich Metzger gegen den Befehl, die Kursänderung der *Invincible* zu veranlassen, damit sie den Feind verfolgte ...

»Signal an alle Schiffe«, wies Locatelli sie an. »Übermitteln Sie die folgende Nachricht: Hier spricht Admiral Locatelli. Sämtliche Schiffe, die nicht innerhalb der nächsten zehn Minuten bis auf Gefechtsreichweite zum Feind aufkommen können, brechen Angriffsvorbereitungen ab und kehren in den Orbit von Manticore zurück. Ich wiederhole: Alle Schiffe, die den Feind nicht innerhalb der nächsten zehn Minuten angreifen können, haben Angriffsvorbereitungen abzubrechen und nach Manticore zurückzukehren.«

Metzger blickte sich auf der Brücke um. Den Gesichtern nach hielten sich die zwei Fraktionen die Waage: Die einen waren erleichtert, dass es vorbei war; die anderen waren noch nicht ganz bereit, schon aufzustecken.

Das musste auch Locatelli bemerkt haben. »Auch wenn ich davon überzeugt bin, dass wir die Invasion zurückgeschlagen haben«, fuhr er fort, »ist es durchaus denkbar, dass unseren Angreifern weitere Schiffe zur Verfügung stehen. Dann wäre dieser vermeintliche Rückzug nichts als ein Ablenkungsmanöver. Wir sollen dazu verleitet werden, die aktuelle Position zu verlassen, damit wir unsere Heimat nicht mehr verteidigen können. Zudem haben wir alle Verletzte an Bord, und einige benötigen medizinische Versorgung, die wir ihnen mit bordeigenen Mitteln nicht zukommen lassen können.«

Erneut blickte sich Metzger um. In den Gesichtern der Streitlustigen-Fraktion erlosch die Kampfeswut: Sie verstanden den Grund für Locatellis Entscheidung.

Er hätte es nicht nötig gehabt, seine Entscheidung zu begründen. Er war Admiral Carlton Locatelli, Oberbefehlshaber der Royal Manticoran Navy, Systemkommandeur. Er stand nur eine Stufe unter dem Ersten Lord Cazenestro, zwei Stufen unter Verteidigungsminister Dapplelake und drei Stufen unter Seiner Majestät König Edward. Locatelli befahl, seine Leute gehorchten. Da gab es nichts zu diskutieren.

Aber der Admiral hatte nicht einfach nur *befohlen*. Er hatte sich die Zeit genommen, seine Untergebenen ins Vertrauen zu ziehen, ihnen den Grund für seine Entscheidung mitzuteilen.

Es gab Situationen, das wusste Metzger aus eigener Erfahrung, in denen nicht die Zeit für lange Erklärungen blieb. Dass sich der Admiral hier und jetzt diese Zeit nahm, war äußerst klug: Er hatte damit die Saat für echtes Vertrauen in die Vorgesetzten gelegt, und diese Saat würde in jedem seiner Offiziere und in jedem einfachen Spacer aufgehen und Vertrauen schaffen, wenn keine Zeit für Erklärungen bliebe.

Wohlüberlegte, weitreichende Entscheidungen wie diese machten einen guten Vorgesetzten aus. Metzger nahm sich fest vor, diese Lektion zu beherzigen.

»Während Sie sich nun vom Schlachtfeld zurückziehen«, fuhr Locatelli fort, »möchte ich Sie eines wissen lassen: Ich bin sehr stolz auf jeden Einzelnen von Ihnen. Heute wurde der Royal Manticoran Navy das Unmögliche abverlangt.« Er lächelte angespannt. »Und wir haben es möglich gemacht. Ich gratuliere Ihnen allen.« Eine knappe Handbewegung folgte.

»Übertragung abgeschlossen, Admiral«, bestätigte Warren an der Signalstation.

»Alle Verteidiger haben die Verfolgung abgebrochen, Sir«,

meldete McBryde aus der Operationszentrale. »Allerdings lassen sich ein paar ordentlich Zeit dabei, nach Manticore zurückzukehren.«

»Ich sehe es«, sagte Locatelli. »Unsere beiden Schiffe vom MPARS. Wahrscheinlich warten sie auf entsprechende Befehle aus ihrer eigenen Weisungskette.«

»Oder sie machen sich Sorgen um den letzten feindlichen Zerstörer«, warf Metzger ein. »Wie ich sehe, hält auch die *Damocles* noch die aktuelle Position bei.«

»Ja, ich sehe es«, bestätigte Locatelli. »Angesichts des nur äußerst unscharf bestimmten Vektors des Bandits aus FF-drei wartet Captain Marcello vielleicht ab, ob das Schiff auch wirklich verschwindet.« Er schnaubte leise. »Oder er sorgt dafür, dass die MPARS-Schiffe nicht allein bleiben.«

»Damit er sie notfalls verteidigen kann?«, fragte Metzger nach.

»Oder um sicherzustellen, dass die sich nicht eigenmächtig an Heldentaten versuchen«, gab Locatelli zurück. »Wie gesagt, vielleicht warten die *Aries* und die *Taurus* ja noch auf offizielle Anweisungen ... und vielleicht wartet Breakwater auf eine günstige Gelegenheit.«

Metzgers Mund verwandelte sich in einen schmalen Strich. Politik. Sie hatten gerade mit dem Mut und der Kraft der Verzweiflung eine Schlacht geschlagen, von deren Ausgang das Überleben des gesamten Sternenkönigreichs abgehangen hatte, und Locatelli hatte nichts Besseres zu tun, als an diese dämliche Fehde zwischen Navy und MPARS zu denken?

Natürlich nicht. Und das war wohl auch gut so. Irgendjemand *musste* Breakwater schließlich im Zaume halten.

»Chief Warren, bereiten Sie eine Übertragung nach Manticore vor«, unterbrach Locatelli Metzgers Gedankengänge.

»Jawohl, Sir. Übertragung vorbereitet, Admiral.«

»Hier spricht Admiral Locatelli, Kommandeur der Verbände Grün-eins und Grün-zwo der Home Defense Force«, setzte Locatelli an. *Seine Stimme klingt jetzt ein bisschen anders*, ging es Metzger durch den Kopf. Tiefer, volltönender, eindrucksvoller – eine Stimme für das Parlament und für das Volk. Eine Stimme für die Geschichtsschreibung. »Wir sind dem Feind entgegengetreten. Er wurde besiegt. Wir haben unser Blut auf dem Schlachtfeld vergossen. Das Schlachtfeld bleibt unser. Wir haben an unserer Stärke und unserer Entschlossenheit gezweifelt. Diese Zweifel sind nun Vergangenheit. Lang lebe der König, und möge das Sternenkönigreich für alle Zeiten bestehen.«

Wieder die kurze Handbewegung, und erneut deaktivierte Warren das Com. »Sehr bewegend, Sir«, ergriff McBryde das Wort; er klang ein wenig verwirrt. »Aber ein bisschen kurz, oder?«

»Kürzer ist immer besser, Commander«, versicherte ihm Locatelli. »Auch für lange Reden wird die Zeit noch kommen. Chief Warren, rufen Sie die *Damocles*. Informieren Sie Marcello, dass er ausdrücklich ermächtigt ist, vor Ort zu bleiben, bis er überzeugt davon ist, der Region drohe keine Gefahr mehr.«

»Jawohl, Sir.« Eine kurze Pause schloss sich an. »Ich habe versucht, Captain Marcello zu erreichen«, ließ Warren dann hören, er schien verunsichert. »Aber da ist nichts.«

»Was meinen Sie damit?«, fragte Metzger und ließ den Blick zum entsprechenden Display wandern. Der Keil der *Damocles* war auf dem Gravdisplay deutlich zu erkennen, also mussten Reaktor und Impeller noch funktionieren.

»Ich erhalte keine Antwort auf meine Übertragung«, erläuterte Warren. »Irgendetwas muss passiert sein. Irgendetwas Schlimmes.«

»Ich verstehe«, gab Locatelli zurück. »Weisen Sie die *Swiftsure* an, den Kurs zu ändern und vor Ort die Lage zu erkunden.«

»Jawohl, Sir.«

»Ich danke Ihnen«, sagte Locatelli. »Captain Metzger?«

»Sir?«

Der Admiral holte tief Luft ... und noch während er das tat, erschienen neue Falten in seinem Gesicht.

Eine optische Täuschung, das wusste Metzger. Derart schnell, dass man es mitansehen konnte, alterten Menschen nicht. Und trotzdem wurde sie das Gefühl nicht los, hier gerade eben eine Veränderung beobachtet zu haben.

Als der Admiral dann langsam wieder ausatmete, mochte es genauso gut auch ein fast lautloses Seufzen gewesen sein. »Bringen Sie uns nach Hause, Allegra«, wies er sie leise an.

Metzger nickte. Und irgendwo in ihrem Hinterkopf fragte sie sich, ob sich in ihr Gesicht am heutigen Tag nicht vielleicht auch ein paar neue Falten gegraben hatten. »Jawohl, Sir. Nach Hause.«

26

Admiral Locatelli beendete seinen Bericht, und einen Moment lang herrschte im Konferenzsaal des Palastes Stille. Verstohlen betrachtete Gavin Vellacott die Gesichter der anderen, die sich an dem großen Tisch versammelt hatten, und versuchte deren Meinungen zum Bericht des Admirals einzuschätzen.

Schwer war das nicht, und auch nicht im Mindesten überraschend.

Premierminister Burgundy, Verteidigungsminister Dapplelake und Erster Lord der Admiralität Cazenestro standen voll und ganz hinter Locatelli. Schatzkanzler Breakwater, Handelsminister Baron von Harwich und Lady Clara – Gräfin von Calvingdell und ehemalige Verteidigungsministerin – waren nicht überzeugt. Die restlichen Kabinettsmitglieder schienen mehr oder minder neutral eingestellt.

Und was König Edward betraf …

Mit ein wenig Abstand zu den anderen saß der König am Kopfende des Tisches. Gesichtsausdruck und Körpersprache verrieten, dass er sich redlich mühte, sich aus der politischen Schlacht herauszuhalten, die am Tisch tobte.

So sollte es nämlich sein. Er war der Monarch des Sternenkönigreichs, und damit war es seine Aufgabe, die verschiedenen Meinungen und Einstellungen seiner Untertanen zu einem funktionierenden Ganzen zusammenzufügen. Irgendwie.

Aber vielleicht hatte die Distanziertheit seiner Majestät hier und jetzt auch persönlichere Gründe. Zusammen mit ganz Manticore hatte er um seinen Sohn getrauert, und ebenso um all die anderen, die an jenem entsetzlichen Tag das Leben verloren hatten. Doch die Narben würden bleiben, ebenso der Schmerz, und das für lange Zeit.

Trotzdem: Während Gavin verstohlen den König musterte, war er sich beinahe sicher, im Blick Seiner Majestät etwas zu erkennen – etwas, das nicht nur von der Sorge und der Beunruhigung herrührte, die auch jeder andere hier am Tisch verspürte.

Seine Majestät wartete auf etwas – wartete voller Ungeduld.

Edward ließ das Schweigen noch eine Sekunde lang auf dem Raum lasten. Dann nickte er Locatelli ernst zu. »Ich danke Ihnen, Admiral«, sagte er. »Das Sternenkönigreich ist Ihnen immens dankbar für Ihren und der Navy Mut und Opferbereitschaft – und auch des MPARS«, setzte er dann hinzu und nickte zu Breakwater hinüber. »Nur so konnte dieser unerwartete Angriff zurückgeschlagen werden. Ich weiß, dass Sie alle Fragen haben, und wir werden uns bemühen, Ihnen allen auch eine Gelegenheit einzuräumen, sie zu stellen und eine Antwort zu erhalten, bevor das Parlament zusammentrifft.«

»Sehr wohl, Euer Majestät«, gab Locatelli zurück. »Aber bevor wir weitermachen, wäre da noch ein anderes Thema, das ich gern ansprechen würde.«

An einem bestand keinerlei Zweifel: Im Vorfeld war alles, was Locatelli jetzt vorzubringen gedachte, bereits mit dem König besprochen worden. Wortwahl, Tonfall und auch Körpersprache des Admirals zeigten das nur allzu deutlich.

Gavin warf Breakwater einen Blick zu. Mit zusammengekniffenen Augen war der Schatzkanzler einige Zentimeter in seinem Sessel weiter nach vorn gerutscht. Niemand hatte Gavin im Vorfeld über diesen Punkt auf der Tagesordnung informiert; ganz offenkundig war Breakwater auch nicht besser unterrichtet.

Das war ein Fehler, sogar ein schwerer Fehler. Die politische Lage im Sternenkönigreich war momentan undurchsichtig. Dann aber war es keine gute Idee, eine der einflussreichsten Parteien außen vor zu lassen. Das lud Breakwater, der auf diese Weise keine Gelegenheit gehabt hatte, die Lage gründlich zu durchdenken, geradezu dazu ein, sich allem, was jetzt vorgetragen würde, ablehnend gegenüber zu positionieren.

»Mir ist nicht entgangen, dass Verteidigungsminister Dapplelake und Erster Lord der Admiralität Cazenestro mehrere Offiziere und Mannschaftsdienstgrade für das Manticorekreuz und das Tapferkeitskreuz vorgeschlagen haben«, erläuterte Locatelli und klang förmlicher als noch Sekunden zuvor. »Wie die meisten von Ihnen bereits wissen ...«, er blickte sich am Tisch um, dabei lastete sein Blick ein wenig länger auf denjenigen, die am wenigsten mit dem Militär und dessen Gepflogenheiten vertraut waren, »... geht es um die höchsten Auszeichnungen für außergewöhnliche Tapferkeit vor dem Feind. Das Manticorekreuz ist Offizieren vorbehalten, das Tapferkeitskreuz Mannschaftsdienstgraden.«

Das alles wusste Gavin, auch wenn die Verleihungsbedingungen derartiger Auszeichnungen bislang für ihn höchstens historisch von Interesse gewesen waren. Erst ein einziges Mal war das Manticorekreuz verliehen worden: an Captain Franklin Casey – und das war mehr als einhundert Jahre her. Das Tapferkeitskreuz wiederum hatte bislang noch niemand in Empfang nehmen dürfen.

»Ich hingegen schlage vor«, fuhr Locatelli fort, »eine neue Bezeichnung zu wählen. Sie sollte zum einen persönlicher sein, und zum anderen, weil schließlich die zukünftigen Generationen auch auf die Vergangenheit zurückblicken werden, mehr mit der Geschichte des Sternenkönigreichs zusammenhängen.«

In diesem Augenblick begriff Gavin.

Das Manticorekreuz, für das unter anderem auch posthum Locatellis Neffen vorgesehen war, würden umbenannt werden: in Locatellikreuz.

Gavin blickte den König an, und seine Gedanken überschlugen sich. Es war ein Gemisch aus Verdruss der unverhohlenen Manipulation wegen und aus widerwilliger Bewunderung angesichts der Subtilität von Locatellis Vorgehen. Nachdem der Admiral unbestreitbar der Held dieses Gefechtes war und damit Aushängeschild, ja geradezu Verkörperung der Navy, könnte ihm das Kabinett dieses Stückchen Ruhm kaum verwehren – allein schon, weil in Manticore der Sieg über die Invasoren immer noch die Emotionen hochschlagen ließ.

Das Subtile daran: Der mit der Auszeichnung verbundene Ruhm würde gleichzeitig das Ansehen des Admirals selbst erhöhen. Wenn sein Name untrennbar mit der höchsten militärischen Auszeichnung der Sternnation verbunden war, verlieh ihm das einen kleinen, aber möglicherweise entscheidenden psychologischen Vorteil, wann immer sich das Parlament mit Entscheidungen hinsichtlich der zukünftigen Verteidigungsstrategie des Sternenkönigreichs befassen musste. Gavin selbst hatte mehr als einmal erlebt, dass selbst die weitreichendsten Entscheidungen von Kleinigkeiten beeinflusst wurden.

Besonders genial war, dass Breakwater nicht das Geringste unternehmen konnte, das zu verhindern. Wenn er Locatellis Ersuchen ablehnte, würde das nach kleingeistiger Rachsucht im Polit-Zirkus aussehen und ihm um die Ohren fliegen. Nicht einmal auf einen Kompromiss könnte man sich einigen: Entweder das Manticorekreuz wurde zum Locatellikreuz umbenannt, oder eben nicht. Einen Mittelweg gab es nicht.

Dass der König Locatellis Schachzug ganz offenkundig billigte oder sogar unterstützte, machte Widerspruch erst recht aussichtslos.

Aber das bedeutete nicht, dass Breakwater es nicht doch versuchen würde. Mittlerweile kannte Gavin den Schatzkanzler nur zu gut, und so wusste er auch, dass Anderson L'Estrange zu seinen Überzeugungen stehen und sein Territorium verteidigen würde, komme, was da wolle.

»Entsprechend«, fuhr Locatelli fort, »und angesichts des Heldenmuts und des Geschicks, die beide unerlässlich waren, den Laser von HMS *Phoenix* wieder in Betrieb zu nehmen und anschließend den feindlichen Schlachtkreuzer zu zerstören ...«

Breakwater lehnte sich in seinem Sessel noch ein wenig weiter vor, und Gavin sah ihn sich bereit zum Schlagabtausch machen ...

»... schlage ich vor, das Tapferkeitskreuz umzubenennen: Es sollte Ostermankreuz heißen.«

Winterfall starrte Locatelli an; ihm war jeglicher Wind aus den Segeln genommen. *Ostermankreuz?*

Einen Augenblick später stieg echte Scham in ihm auf. Natürlich hatte sich der König hiermit nicht in politische Erwägungen verstricken wollen, nicht bei der Schlacht von Manticore, bei der es einige Stunden lang für das ganze Sternenkönigreich um Leben und Tod gegangen war. Das Volk brauchte jetzt Anführer, denen es vertrauen konnte, und dazu die Gewissheit, dass, wer es verteidigte, der ihm zukommenden Rolle auch gewachsen war.

Sie brauchten echte Heldinnen und Helden, und eine solche Heldin schenkten ihnen Locatelli und der König gerade.

Wieder blickte Gavin zu Locatelli hinüber und wieder schämte er sich. Wirklich leiden können hatte er den Admiral noch nie. Doch in diesem Moment konnte er ihn – und sei es auch nur für kurze Zeit – respektieren.

»Ein ausgezeichneter Vorschlag, Admiral«, ergriff nun König Edward das Wort und nickte. »Natürlich muss diese Namensänderung noch offiziell vermerkt werden, aber ich zweifele nicht daran, dass sie erfolgen wird.« Er blickte sich am Tisch um, als wollte er die Anwesenden herausfordern, ihrem Monarchen zu widersprechen.

Ausnahmsweise hielt sich sogar Breakwater zurück.

»Dann kommen wir jetzt zu den Fragen«, fuhr der König fort. »Mylord Burgundy, wenn Sie vielleicht den Anfang machen wollten?«

»Sie sollten vielleicht wissen«, sagte Heissman, schaute von seinem Schreibtisch auf und bedachte Travis mit einem unergründlichen Blick, »dass ich Sie für das CGM vorgeschlagen habe.«

»Ich danke Ihnen, Sir«, sagte Travis mit einigem Stolz. Es war ein gutes, warmes Gefühl. Die Conspicuous Gallantry Medal, der Orden für herausragende Tapferkeit, war eine wirklich angesehene Auszeichnung.

Aber wie alles an Gefühlen, was Travis während der zwei Wochen, die seit der Schlacht vergangen waren, umgetrieben oder heimgesucht hatte, war dieser Stolz nicht rein und ungetrübt, ganz im Gegenteil.

Natürlich war er erleichtert, das Gefecht überlebt zu haben, und er war erleichtert, dass sich über so viele andere das Gleiche sagen ließ.

Aber für allzu viele galt das eben nicht. Für viel zu viele. Fünf Schiffe waren während des Gefechts vollständig zerstört worden, darunter die gesamte Kampfgruppe Janus. Viele andere Schiffe, wie auch die *Casey* selbst, waren nur mit schweren Schäden und großen Verlusten davongekommen – wobei die Verluste zum Teil auf den feindlichen Beschuss zurückzuführen waren, zum Teil durch Versagen eigener, hoffnungslos veralteter Systeme.

Angesichts all dessen über Auszeichnungen auch nur zu sprechen, erschien Travis geradezu schmerzhaft verfrüht, um nicht zu sagen: geschmacklos. Doch Admiral Locatelli war auf dem besten Wege, das Verdienst für den Sieg weitestgehend persönlich einzuheimsen, im Parlament wie in den Medien. Daher war es nur recht und billig, dass auch den anderen Helden dieser Schlacht – nach Travis' Meinung: den *wahren* Helden – wenigstens ein Teil der Anerkennung zukäme.

»Freuen Sie sich nicht zu früh«, fuhr Heissman säuerlich fort. »Das Gesuch wurde abgelehnt.«

Das warme Gefühl in Travis' Magengrube verflog. »Bitte, Sir?«, fragte er verwirrt.

»Gewisse einflussreiche Persönlichkeiten«, erläuterte Heissman und quetschte die Worte so zwischen den Zähnen hervor, als müsse er sie zerbeißen, »sind der Ansicht, mit Ihren Ideen hätten Sie im Wesentlichen nichts anderes als Glück gehabt und so erzielte Erfolge seien in Wahrheit eben jenem Glück zu verdanken sowie der allgemeinen Leistungsfähigkeit der Offiziere und Mannschaftsdienstgrade der *Casey*.«

»Jawohl, Sir«, sagte Travis. »Ich meine ... natürlich war das eine Leistung der gesamten Besatzung. Die beste Idee bringt ohne Teamwork gar nichts, und ...«

»Und Teamwork allein reicht nicht aus, wenn man vor einer schlichtweg unlösbaren Aufgabe steht«, fiel ihm Heissman brüsk ins Wort. »Und genau das habe ich auch zu erklären versucht. Sie erhalten dennoch, ebenso wie alle anderen, eine Lobende Erwähnung Seiner Majestät – die kann man Ihnen einfach nicht verwehren. Aber karrieretechnisch gehen Sie wohl leider im allgemeinen Durcheinander unter.« Er blickte

Travis fest an. »Ich habe langsam das Gefühl, Sie haben den einen oder anderen wirklich einflussreichen Feind, Lieutenant.«

Travis verzog das Gesicht. Was sollte er dazu sagen? Es galt, die Worte mit Bedacht zu wählen. »Ich habe niemals wissentlich oder willentlich den Unmut anderer auf mich gelenkt, Sir«, erklärte er daher.

»Ob nun willentlich oder nicht, anscheinend haben Sie es prächtig hinbekommen«, gab Heissman zurück. »Ich nehme mal an, die jüngsten Beiträge dazu stammen aus Ihrer Zeit an Bord der *Phoenix.*«

Travis spürte, wie seine Lippe zuckte. Oh ja, der im Kampf gefallene Ensign Fenton Locatelli, seines Zeichens Neffe des nun berühmten und umjubelten Helden von Manticore. Schon vor diesem Gefecht hätte Admiral Locatelli vermutlich über genug Einfluss verfügt, um zu verhindern, dass Travis irgendwelche militärischen Ehren verliehen würden. Jetzt war daraus eine Selbstverständlichkeit geworden.

Aber dagegen konnte Travis nichts unternehmen. Und selbst, wenn er doch irgendwo eine Möglichkeit gesehen hätte: Die Mühe hätte er sich gespart. Im Vergleich zu den Opfern, die so viele gebracht hatten, um ihre Heimatwelten zu retten, erschien ihm sein eigener bescheidener Beitrag dazu unbedeutend. »Ich weiß Ihre Bemühungen zu schätzen, Sir«, sagte er. »Wenn das alles wär ...«

»Nicht ganz«, grollte Heissman. »Fangen wir mit dem Offensichtlichen an. Ich weiß, dass das ein ziemlicher Tritt gegen das Schienbein ist, aber allzu viele Gedanken würde ich mir darüber nicht machen. Natürlich gibt es bei der Flotte eine ganze Menge Polit-Hansel. Aber wenn man sich die Gesamtzahlen ansieht, sind wir anderen doch wirklich die Mehrheit.«

Wir anderen? Meinte er damit diejenigen, die einfach nur, so gut sie konnten, ihren Job machten? Oder schloss Heissman damit auch diejenigen ein, denen eigentlich völlig egal war, wo sie sich gerade befanden, solange sie nur regelmäßig ihren Sold bekamen?

Denn von denen gab es ebenfalls reichlich. Irgendwo in seinem Hinterkopf fragte Travis sich, ob alle diese Leute jetzt gezielt versuchen würden, irgendwie aus dem Dienst entlassen zu werden. »Jawohl, Sir«, sagte er nur.

»Und damit meine ich nicht die Faulenzer, deren Personalakten Sie so unablässig mit Einträgen füllen«, fuhr Heissman fort. »So etwas stört Sie richtig, oder? Leute, die sich nicht an die Vorschriften halten.«

»Jede Vorschrift hat ihren Grund, Sir.«

»Auch wenn man den Grund nicht erkennen kann oder nicht einsieht?«

»Einen Grund gibt es für jede Vorschrift, Sir«, wagte Travis ein wenig steif dagegenzuhalten. »Auch wenn er vielleicht nicht auf den ersten Blick ersichtlich ist.«

»Ich weiß Ihren Optimismus in derlei Dingen wirklich zu schätzen«, erklärte Heissman, »aber eines muss ich doch sagen: Genau wegen dieses Charakterzugs stellen Sie eine gewisse ... Anomalie dar. Normalerweise ist jemand, der so sehr auf die Vorschriften achtet, auch in allen anderen Lebenslagen geistig inflexibel. Sie hingegen können nicht nur kreuz und quer und um die Ecke denken, Sie überschreiten dabei Grenzen.«

»Danke, Sir«, sagte Travis und fragte sich dabei, ob der Commodore ihn gerade wirklich gelobt oder doch eher kritisiert hatte. »Aber ich habe wirklich nichts Außergewöhnliches getan.«

»Wer ein Talent hat, ganz egal welches, hält es nie für etwas Außergewöhnliches«, versetzte Heissman trocken. »Ich wollte auf etwas anderes hinaus: Diese beiden Charakteristika werden Sie in gewissen Kreisen alles andere als beliebt machen. Aber den *wirklich* wichtigen Leuten werden Sie auffallen, und die werden Sie auch zu schätzen wissen – was auch immer Ihnen das bringen mag.«

»Danke, Sir«, wiederholte Travis. »Bitte verstehen Sie, dass ich nicht zur Navy gegangen bin, um Ruhm oder Anerkennung einzuheimsen. Ich bin zur Navy gegangen, um das Sternenkönigreich zu schützen.« Er zögerte. »Und sollte es erforderlich werden, für das Sternenkönigreich auch zu sterben.«

»Ich weiß«, sagte Heissman und klang noch düsterer. »Bedauerlicherweise werden Sie sich auch *damit* in bestimmten Kreisen unbeliebt machen. Echter, ungenierter Patriotismus beschämt nun einmal alle Zyniker und all diejenigen, die gern andere Menschen zu ihren eigenen Zwecken manipulieren.« Dann entspannte sich seine Miene ein wenig. »Und das bringt mich zu meiner letzten Frage. Wo auch immer Sie auftauchen, versuchen früher oder später praktisch alle, irgendwo das Wort ›Travestie‹ in den Alltag einzubauen, ob das nun Sinn ergibt oder nicht. Was hat es damit eigentlich auf sich?«

Travis seufzte. »Angefangen hat das schon in der Highschool«, erklärte er dann zögerlich. »Einer der Lehrer dort hielt sich für besonders geistreich, und so hatte er Spaß daran, seinen Schülerinnen und Schülern Spitznamen zu verpassen. Ich heiße ja nun einmal Travis Uriah Long, kurz Travis U. Long, und der Lehrer fand, das würde wie ›Travis Oolong‹ klingen – Sie wissen schon, wie der Oolong-Tee von Alterde. Von ›Travis-Tee‹ war's nicht weit bis ›Travestie‹.«

»Tja«, nickte Heissman und grinste, »wer wie Sie selbst kleinste Regelverstöße ahndet und damit die Regeln viel zu absolut setzt, denn das sollten sie nicht sein, provoziert Sarkasmus dieser Art!«

»Jawohl, Sir.« Travis nahm all seinen Mut zusammen. »Sir, ich wüsste es sehr zu schätzen, wenn ... wenn das nicht allgemein bekannt würde.«

»Kein Problem«, gab Heissman zurück. »So! Ich wurde gerade erst informiert, dass die *Casey* noch einen weiteren Monat in der Werft verbringen wird. Also ist der Landgang für sämtliche Besatzungsmitglieder verlängert. Aber es ist jederzeit möglich, dass man Sie zu weiteren Aussagen oder Erklärungen einbestellt, also entfernen Sie sich nicht allzu weit von Landing City.«

Zu Travis' großer Überraschung erhob sich der Commodore dann unvermittelt.

»Gut gemacht, Travis«, sagte er und salutierte.

Travis war so erstaunt, dass er den Salut beinahe nicht erwidert hätte.

»Ich freue mich darauf, mit Ihnen wieder auf die *Casey* zurückzukehren, und das so bald wie möglich.« Heissmans Blick schien sich in der Ferne zu verlieren. »Ich habe das unbestimmte Gefühl, dass Manticore schon bald den Status als hübsche, friedliche Hinterwäldlersternnation verlieren wird, den wir so lange haben genießen dürfen. Wie oder warum das so ist, weiß ich nicht. Niemand scheint das zu wissen. Aber eines kann ich Ihnen garantieren: Heute in zwo Wochen ist die Royal Manticoran Navy keine Lachnummer mehr, und auch nicht mehr der Ball, der aus politischen Erwägungen mal hierhin, mal dorthin geworfen wird. Jemand da draußen hat unsere Sternnation ins Visier genommen.« Seine Miene verhärtete sich. »Sie haben gesagt, Sie wären bereit, für das Sternenkönigreich zu sterben. Gut möglich, dass Sie beizeiten Gelegenheit dazu haben.«

»*Verdammt* noch mal«, knurrte Breakwater, den Blick auf seinem Tablet-Rechner. »Die haben ihm den tatsächlich verwehrt!«

Stirnrunzelnd blickte Gavin Vellacott zu ihm auf. »Wer hat wem was verwehrt?«

»Die Navy hat Ihrem Bruder den Orden für herausragende Tapferkeit verwehrt«, erklärte Breakwater. »Den Teil Ihrer Rede werden Sie dann wohl streichen müssen.«

»Schon in Ordnung«, gab Gavin zurück und rief noch einmal den entsprechenden Abschnitt der bevorstehenden Rede auf. Natürlich wäre es nett gewesen, im Rahmen dieser Rede seinem Bruder Anerkennung zu zollen – weil diese Anerkennung, das hatte Breakwater ihm ausführlich erläutert, sich zugleich in subtiler Weise positiv auf Gavins eigenes Ansehen ausgewirkt hätte.

Aber er kam auch ohne das zurecht. Außerdem gab es für ihn ein viel wichtigeres und schlagenderes Argument: die Heldentaten und die Leistungen der beiden MPARS-Korvetten. Das konnten Locatelli und die Navy nicht wegdiskutieren.

Er löschte gerade den Verweis auf seinen Bruder, als ihm plötzlich ein sonderbarer Gedanke durch den Kopf ging.

War es wohl möglich, dass die Navy Travis diesen Orden *seinetwegen* verweigerte?

Schlimmer noch: Plötzlich begriff er, was sein erster Gedanke gewesen war, als er davon erfahren hatte – nämlich wie sich ein heldenhafter Bruder auf *sein eigenes* politisches Vorankommen auswirkte.

War das in Ordnung? Es fühlte sich auf jeden Fall nicht so an.

Erneut blickte er zu Breakwater auf. Der Schatzkanzler sprach gerade leise mit Baronin von Tweenriver und Earl von Chillon über die anstehende Debatte zur Budgetanhebung für den MPARS. Die Kleinigkeit, ob nun Lieutenant Travis Uriah

Long ein Orden zustünde oder nicht, war offenkundig bereits vergessen.

Was um alles im All machte Gavin hier?

Er blickte auf sein Tablet. Er bemühte sich, auf die bestmögliche Weise, die er kannte, Freiheit und Sicherheit des Sternenkönigreichs von Manticore zu schützen. Das frisch verliehene Manticorekreuz, das nun an Admiral Locatellis Brust glänzte, begeisterte das Volk, und das wiederum trieb die Entwicklung voran: Gavin Vellacott wusste genau, dass Dapplelake und Cazenestro alles in ihrer Macht Stehende täten, um den Jubel in ein größeres Budget und mehr Planstellen umzuwandeln.

Aber das wäre ein Fehler. Dapplelakes Traum-Navy, größer und stärker denn je, würde das Sternenkönigreich keineswegs sicherer machen. Ganz im Gegenteil: Damit würde Manticore seinen unmittelbaren Nachbarn bedrohlich erscheinen.

Das wäre natürlich genau der falsche Weg. Haven und die weit entfernte Solare Liga waren hier die großen Hunde: Beide würden nicht gerade mit Wohlwollen zur Kenntnis nehmen, wenn eine Sternnation unvermittelt in größerer Stückzahl Schiffe baute, mit denen sie ihre eigene Kampfkraft unter Beweis zu stellen suchte.

Vielleicht hatte sich Dapplelake ja nicht über Gustav Andermans Werdegang informiert. Gavin Vellacott, Baron von Winterfall, ohne irgendein Ministeramt, schon. Nachdem der Söldnerführer mit seinen Truppen Kuan Yin erobert und zu Potsdam umbenannt hatte, setzte er seinen Eroberungsfeldzug fort und eroberte fünf weitere Systeme – und bei mindestens dreien davon hatte er das nur getan, weil er der Ansicht gewesen war, sie stellten eine Bedrohung für sein neues Kaiserreich dar.

Manticore lag weit entfernt von Potsdam, richtig, und Anderman kam allmählich in die Jahre, auch richtig. Aber der selbsternannte Kaiser war auf jeden Fall nicht mehr ganz richtig im Kopf. Wer konnte schon einschätzen, was er bereits als Bedrohung empfand?

Eines war allen schmerzhaft bewusst: Sollte Anderman in absehbarer Zeit vorbeischauen, hätte die Royal Manticoran Navy nicht einmal den Hauch einer Chance, ihn aufzuhalten.

Möglicherweise war Dapplelake nicht in der Lage, mit all diesen Zahlen zu jonglieren und sie angemessen auszuwerten. König Edward, der früher selbst bei der Navy gedient hatte, konnte vielleicht genau deswegen das vielzitierte Große Ganze nicht erkennen. Diese Aufgabe fiel Breakwater und dessen Verbündeten zu.

Zu denen auch ein gewisser Gavin Vellacott, Baron von Winterfall, gehörte.

Es war natürlich unglaublich kleingeistig, Travis für das Verhalten seines Halbbruders zu bestrafen. Doch Gavin durfte sich nicht durch Schuldgefühle oder Entrüstung von seinen Pflichten abbringen oder ablenken lassen. Er gehörte dem Oberhaus an; seine Pflichten galten dem ganzen Sternenkönigreich.

Er hatte einen Eid geleistet, seine Sternnation zu verteidigen. Gleiches galt für Travis. Nun mussten sie beide dem Sternenkönigreich in der Art und Weise dienen, wie sie es für das Beste hielten.

Gavin scrollte bis zum Ende seines Redetextes und machte sich daran, die Rede zu Ende zu schreiben.

27

»Ich dachte schon, die lassen dich überhaupt nicht mehr gehen«, sagte Lisa, während sie Travis durch die offene Tür hereinwinkte.

»Hätten die beinahe auch nicht«, gab Travis zurück. Wie ein Hungriger den Blick nicht vom vollen Teller lassen kann, konnte er den Blick nicht von Lisa Donnelly nehmen: Er sah ihr Lächeln und mit welcher Grazie sie sich bewegte und sog dieses Bild in sich auf. Was für ein Kontrast! Ein ehrliches Gesicht, Freundlichkeit ohne Hintergedanken: Das war wahrhaftig eine Abwechslung nach zwei Tagen, in denen er diversen Komitees des Parlaments hatte Rede und Antwort stehen müssen. Denn die letzten zwei Tage hatten die Gesichter Freundlichkeit nur geheuchelt und waren die Komplimente vergiftet gewesen, jedes Wort ein versteckter Angriff. Er hätte Lisa um den Hals fallen mögen. Stattdessen sagte er: »Ich hoffe, die Verspätung hat deine Pläne nicht ruiniert.«

»Kein Problem – Spaghettisauce ist geduldig«, versicherte ihm Lisa. »Komm, gib mir deine Jacke.«

Erst wollte Travis abwehren, schließlich konnte er die Jacke seiner Paradeuniform bestens selbst aufhängen. »Danke«, sagte er stattdessen, streifte die Uniformjacke ab und reichte sie seiner ehemaligen Vorgesetzten. Sie wollte ihm etwas Gutes tun, und er wollte es sich gefallen lassen.

»Mich haben die nur ungefähr drei Stunden lang im Zeugenstand gegrillt«, erzählte sie über die Schulter hinweg, während sie zu dem kleinen Kleiderschrank hinüberging und die

Uniformjacke sorgfältig aufhängte. Dabei ruhte, so glaubte Travis, Lisas Blick einen Moment lang auf dem schäbigen kleinen Ordensband über der rechten Brusttasche – das war die Lobende Erwähnung Seiner Majestät.

Doch falls sie sich wunderte, dass es dort nichts Angeseheneres zu sehen gab, ließ sie es unausgesprochen. »Und das hat mir schon mehr als gereicht«, fuhr sie fort und steuerte auf den Durchgang zur Küche zu. »Was du hast über dich ergehen lassen müssen, will ich mir nicht einmal vorstellen! Komm – wir können uns weiterunterhalten, während ich die Nudel auftue. Du könntest dich währenddessen um das Baguette kümmern, wenn's dir nichts ausmacht.«

»Baguettes kann ich!«, versicherte ihr Travis. Er war fest entschlossen, die freundlich-entspannte Stimmung bloß nicht kippen zu lassen. Ein bisschen Leichtigkeit nach all der vorgespiegelten Gewichtigkeit der letzten Tage war jetzt genau das Richtige. »Wenn es darum geht, etwas zu zerschneiden, auf ein Backblech zu donnern und in den Ofen zu schubsen, bin ich genau der Richtige!«

»Prima«, meinte Lisa. »Meine Küchenkompetenzen beschränken sich darauf, löffelweise italienische Gewürze in einen Kochtopf zu werfen. Komm hier rüber.«

»Wie läuft es mit dir und der *Damocles?*«, erkundigte sich Travis, während er durch den Durchgang trat und sich dann neugierig in der Küche umblickte. Er besuchte Lisa zum ersten Mal in ihrem Apartment. Zu seinem Erstaunen herrschte in der Wohnung genau die gleiche Atmosphäre wie in ihrer Kajüte an Bord der *Vanguard*, in der er sie damals einmal kurz aufgesucht hatte. Lisa Donnelly verband in äußerst angenehmer Art und Weise Stärke und Sanftheit: Diese Frau wusste, was sie konnte – weder machte sie sich unnötig klein und spielte ihre Fähigkeiten herunter, noch ging sie aufdringlich damit hausieren.

Als Taktischer Offizier der *Damocles* hatte sie ihre Fähigkeiten vor genau drei Wochen erneut unter Beweis gestellt – bei einer Abfolge von Ereignissen, die nun offiziell als Schlacht von Manticore bezeichnet wurden. Travis wusste: Es war nur eine Frage der Zeit, bis man ihr ein eigenes Schiff übertrüge und an ihrer Uniform der heiß ersehnte goldene Stern einer Sternenschiffkommandantin prangte. Die einzigen Fragen, die noch offen standen, lauteten: Wann und was für ein Schiff?

Travis hoffte, es würde ein Schlachtkreuzer werden. Ein Schlachtkreuzer wäre für Lisa genau das Richtige.

»Da ist das Brot«, sagt sie und deutete in die entsprechende Richtung. »Mir geht's gut – ein paar Prellungen, aber nichts Ernstes. Über die *Damocles* lässt sich das leider nicht sagen. Was ist dir denn über ihren Zustand zu Ohren gekommen?«

»Nicht allzu viel«, antwortete er. »Es gab da ein paar Gerüchte, sie solle nach Manticore zurückgeschleppt werden, aber weitere Details habe ich nirgends erfahren.«

»Weil niemand über diese Details sprechen will«, erklärte Lisa trocken. »Als wir versucht haben, mit unserem Dorsalwerfer eine Rakete abzusetzen, ist das Ding explodiert und hätte beinahe ein Loch in den Rumpf gerissen.«

Travis stieß einen leises Pfiff aus. Er hatte zwar schon läuten hören, dass die *Damocles* Schwierigkeiten gehabt hatte, aber er hatte keine Ahnung gehabt, dass es derart schlimm gewesen war. »Was ist denn passiert?«

»Offiziell ist es zum Fehlversagen wegen bislang unentdeckter Materialermüdung gekommen«, sagte Lisa. »Inoffiziell – deswegen redet ja auch niemand darüber – hat einer der Techniker eine Überdruckhydraulik vergessen.«

»Uiii«, entfuhr es Travis und sog scharf Luft durch die Zähne. »Und als die Rakete dann ins All hinauswollte …«

»Wurde sie abgebremst, weshalb sie dem Werfer entschieden zu nah war, als der Booster gezündet wurde«, bestätigte Lisa. »Druckwelle und Co. haben dann die gesamte Mittschiffs-elektronik lahmgelegt, Brücke und OPZ eingeschlossen. Die nächste halbe Stunde waren wir praktisch hilflos. Erst dann hatten die Techniker die Backupsysteme ans Laufen gebracht.«

»Ihr könnt von Glück reden, dass es nicht das ganze Schiff zerlegt hat«, meinte Travis.

»Als ob wir das nicht wüssten!«, gab Lisa zurück. »Das Peinlichste an der ganzen Sache ist, dass ich den Bericht über die verschwundene Überdruckhydraulik sogar selbst gesehen habe, aber ich bin nicht auf die Idee gekommen, dass das was mit den Arbeiten zu tun haben könnte, die in der vorangegangenen Woche durchgeführt worden waren – na ja, sagen wir, als mir diese Idee gekommen ist, war es schon zu spät.«

»Ist ja auch eigentlich nicht dein Problem.«

»Streng genommen nicht, stimmt. Aber ich bin der T-O. Ich sollte über *alles* informiert sein, was mit der Schiffsbewaffnung zu tun hat.«

»Hmmm«, machte Travis nur. Er war nicht ihrer Meinung, hatte aber keine Lust, mit ihr darüber zu diskutieren. »Dem, der geschlunzt hat, steht wohl jetzt Kriegsgericht bevor, oder?«

»Kaum«, sagte Lisa. Sie streckte Travis einen ungekochten Spaghetto entgegen und hob in schweigender Frage die Augenbrauen. Er schüttelte den Kopf, und sie biss ein Stück davon ab: Das Knirschen ging Travis durch Mark und Bein und schmerzte ihn gleichzeitig in den Zähnen. »Die übliche Geschichte: Der Petty Officer, der das verbockt hat, ist mit einem Kabinettsmitglied verwandt – und das ist dann ausgerechnet auch noch ein Kerl, den sowohl die Befürworter als auch die Gegner der Royal Manticoran Navy umwerben. Also will niemand den in eine peinliche Lage bringen.«

Travis verzog das Gesicht; seine Frustration über das Verhalten eines gewissen Ensign Locatelli loderte wieder auf.

Aber er würde diese Frustration nicht thematisieren. Einmal abgesehen von *Toten soll man nichts Schlechtes nachsagen* und so, hatte ihm der Bericht darüber, was der Ensign und Chief Osterman gemeinsam zuwege gebracht hatten, deutlich gemacht, dass dieser junge Mann entschieden mehr zu bieten gehabt hatte, als Travis je bewusst geworden war.

Aber vielleicht war es auch mehr gewesen, als der Ensign *selbst* je einzuräumen bereit gewesen war.

»Wir hatten einfach nur Glück, dass die *Aries* einen der Bandits erledigt hat«, fuhr Lisa fort und biss erneut von der rohen Nudel ab. »Dann war die Schlacht vorbei, und wir konnten uns Zeit lassen, unsere Systeme behutsam wieder hochzufahren.«

»Glück, ja«, murmelte Travis. Er hatte eine ganze Menge über das Täuschungsmanöver erfahren, das die Invasoren einen Zerstörer gekostet hatte – und auch, wie es zustande gekommen war.

Vor allem, welche kleine, aber äußerst wichtige Rolle dabei ein gewisser Lenkwaffentechniker Erster Klasse Charles ›Chomps‹ Townsend gespielt hatte.

Eben jener Chomps Townsend, der sich an Bord der MPARS-Korvette *Aries* befunden hatte, weil er aufgrund eines Berichtes von Travis aus dem Dienst der Royal Manticoran Navy entlassen und dorthin geschickt worden war.

Natürlich wusste Travis nicht mit absoluter Sicherheit, dass Chomps' Degradierung wirklich auf ihn zurückzuführen war. Gewisse Dinge wurden in den öffentlich zugänglichen Navy-Unterlagen nicht erwähnt. Aber Travis wusste genau, dass Chomps dafür bestraft worden war, sich in den Computer der *Phoenix* gehackt zu haben – und er wusste auch, dass Chomps niemals erwischt worden wäre, hätte Travis nicht unnachgiebig darauf beharrt, sich an die Vorschriften zu halten.

Andererseits hatten Travis' Handeln und die daraus erwachsenen Konsequenzen dazu geführt, dass sich Chomps letztendlich in einer Position befunden hatte, aus der heraus er dazu hatte beitragen können, das Gefecht zu gewinnen. War dadurch alles wieder gut?

Oder redete Travis sich die Lage einfach nur schön? Betrieb er hier das, was Psychologen als Rationalisierung bezeichneten?

»Weißt du, wessen Beitrag maßgeblich gewesen ist? Das war einer von der Royal Manticoran Navy – der ehemalige Lenkwaffentechniker Charles Townsend«, berichtete Lisa; sie wandte Travis gerade den Rücken zu, weil sie die Nudeln in den Kochtopf schüttete. »Du hattest zusammen mit ihm in Casey-Rosewood Schulungen, oder?«

Travis atmete tief durch. *Nicht die Stimmung kippen lassen!*, mahnte er sich selbst. Dazu gehörte auch, nicht in Gegenwart anderer den Schorf von alten Wunden zu kratzen. »Ja, stimmt«, bestätigte er. »Wir haben so manchen hübsch gesunden Fünfundzwanzig-Kilometer-Marsch zusammen gemacht.«

»Ach, ja – die guten alten Zeiten!«, sagte Lisa. »Ist schon schön, Erinnerungen zu haben.« Über die Schulter hinweg lächelte sie Travis kurz an. »Aber Freunde zu haben das ist noch besser. Wenn du mit dem Brot fertig bist, kannst du dann den Salat rausholen? Ist schon fertig.«

»Klar«, bestätigte Travis, öffnete den Ofen und schob das Backblech mit dem Brot in die Halterung. Ja, Freunde – die waren wirklich das Wichtigste im Leben, nicht irgendwelche Orden. Auch nicht die öffentliche Anerkennung und auch nicht der Dienstgrad. Freunde.

Das Problem: Travis legte das beunruhigende Talent an den Tag, seine Freunde zu verlieren. Seine Freunde und auch alle anderen, die ihm irgendwie ans Herz gewachsen waren.

Sein alter Ausbildungsleiter Johnny Funk: tot. Sein Kajütengenosse und Freund von der *Phoenix*, Brad Fornier: tot. Seine Kameradinnen und Kameraden von der *Vanguard*: in alle Himmelsrichtungen verstreut, effektiv bestand kein Kontakt mehr. Sein Bruder, der Baron von Winterfall: von Anfang an nie mehr als ein Fremder für ihn. Und seine Mutter: dasselbe.

Und jetzt Chomps Townsend, der vermutlich nie wieder ein Wort mit ihm wechseln würde.

Ja, wo er jetzt so darüber nachdachte: Der einzige Freund, der ihm noch geblieben war, war eine Freund*in*. Lisa Donnelly.

Wie lange wohl noch, so fragte er sich, bis er auch sie irgendwie vertrieb?

Dauert wahrscheinlich nicht mehr lange. Nein, wahrscheinlich nicht.

Eine der großen Binsenweisheiten des modernen Lebens, das hatte Chomps schon vor langer Zeit herausgefunden, besagte, dass es die Aufgabe der kleinen Fische war, sich abzuhetzen, nur um dann auf die dicken Fische zu warten. Das hatte er bei den Lamettahengsten von der Royal Manticoran Navy erlebt, bei den Lamettahengsten vom Manticore Patrol and Rescue Service und erst recht bei den Angehörigen des Oberhauses.

Deswegen war es fast ein Schock für ihn, als ihn die Empfangsdame, kaum dass er das Vorzimmer der Gräfin von Calvingdell betreten hatte, auch schon durchwinkte.

Als Chomps das Büro der Gräfin seinerzeit das erste Mal betreten hatte, waren überall im Raum Militaria verstreut gewesen, Memos oder Erinnerungsstücke, mit denen sie ihren damaligen Status als Verteidigungsministerin zu betonen versucht hatte. Bei seinem zweiten Besuch, nach dem Casca-Zwischenfall, waren die weitaus meisten dieser Erinnerungsstücke fortgeräumt, während die Gräfin aus dem Kabinett aus- und Dapplelake wieder eingezogen war.

Nun, bei diesem dritten Besuch, war der Schreibtisch der Gräfin beinahe leer.

Ordentlich und aufgeräumt. Allzu viel wusste Chomps nicht über Calvingdell, aber eines wusste er: Sie mochte es, wenn die Dinge sauber, ordentlich und aufgeräumt waren.

Was angesichts ihrer aktuellen Lage einer gewissen Ironie nicht entbehrte.

»Townsend«, begrüßte sie ihn knapp, während er auf ihren Schreibtisch zuschritt; ihr Blick war immer noch auf ihren Tablet-Rechner gerichtet. »Wie war Ihr Abstecher beim MPARS?«

»Anders, Mylady«, versuchte sich Chomps an der diplomatischsten aller möglichen Antworten.

»Inwiefern?«

Na ja, sie hatte ihn gefragt. »Weniger diszipliniert«, antwortet er. »Nicht so gut ausgestattet. Weniger Lücken in der Organisationsstruktur. Weniger Ausbildung für Offiziere und Mannschaftsdienstgrade. Mehr Arroganz und Feindseligkeit den Angehörigen der Navy gegenüber.« Seine Mundwinkel zuckten. »Aber was den Kampfgeist angeht, durchaus mit der Navy vergleichbar.«

Diese letzte Bemerkung veranlasste die Gräfin doch, den Kopf zu heben. »Vergleichbar?«

»Diesen Eindruck hatte ich zumindest«, sagte Chomps. »Und, gehe ich wieder dorthin zurück? Oder kehre ich zurück zur Royal Manticoran Navy?«

Calvingdell schenkte ihm ein Lächeln – ein schmales, zynisches Lächeln, das außer den Lippen keinen Teil ihres Gesichts zu erreichen schien; ihre Miene war hölzern und unergründlich. »Weder noch«, sagte sie leise.

Sie drehte ihren Tablet-Rechner so, dass auch Chomps den

Bildschirm einsehen konnte. »Aber bevor wir dazu kommen«, fuhr sie fort und tippte dabei zur Betonung ihrer Worte mit dem Zeigefinger auf den Rand des Tablets, »habe ich noch eine Bitte an Sie. Sagen Sie mir über diesen Mann alles, was Sie wissen, erzählen Sie mir von Travis Uriah Long.«

Personenverzeichnis

Acton, Gräfin von – Eigentümerin einer der beiden Frachttransportfirmen im Sternenkönigreich von Manticore.

Adamskos-Winton, Samantha – Königin Samantha von Manticore; erste Ehefrau von König Michael I., Mutter von Edward Winton; während der Seuche auf Manticore verstorben.

Anderman, Gustav – interstellar tätiger Söldner; hat vor einigen Jahren den Planeten Kuan Yin erobert, der nun unter dem Namen Potsdam die Hauptwelt des Andermanischen Kaiserreichs darstellt, das Gustav Anderman unter dem Namen Gustav I. regiert.

Badakar, Rol; Ensign, *Royal Manticoran Navy* – zum MPARS überstellt; Technischer Offizier der Korvette HMS *Aries.*

Bajek; Lieutenant Commander, *Royal Manticoran Navy* – Waffenoffizier des Zerstörers HMS *Phoenix.*

Baker, Torrell – Handelsreisender; Passagier an Bord der *Soleil Azur.*

Baron von Fairburn – *siehe* Ross, John.

Baron von Harwich – Handelsminister des Sternenkönigreichs von Manticore.

Baron von New Madrid – *siehe* de Quieroz, Carmichael.

Baron von Winterfall – *siehe* Vellacott, Gavin.

Baronin von Castle Rock – Mitglied im Komitee für Militärische Vernunft.

Baronin von Tweenriver – *siehe* Rowlandson, Yvonne.

Belokas, Celia; Commander, *Royal Manticoran Navy* – Erster Offizier des Leichten Kreuzers HMS *Casey*.

Bettor – ein Arbeitskollege von Stephen Grimm; als Besatzungsmitglied auf dem solarischen Frachter *Ibicca*.

Billingsgate; Captain, *Royal Manticoran Navy* – Kommandant von HMS *Thorson*.

Blakely; Captain, *Volsung-Söldner* – Kommandant des Schlachtkreuzers *Tyr*.

Breakwater, Earl von – *siehe* L'Estrange, Anderson.

Burgundy, Herzog von – *siehe* Harper, Davis.

Calvingdell, Gräfin von – *siehe* Sumner, Clara.

Carpenter, Hugo; Spacer First Class, *Royal Manticoran Navy* – Besatzungsmitglied auf dem Zerstörer HMS *Salamander*.

Casey, Franklin; Captain, *Royal Manticoran Navy* – erster Träger des Manticorekreuzes, der höchsten Tapferkeitsauszeichnung für Offiziere, in der Geschichte der Royal Manticoran Navy.

Castillo; Captain, *Royal Manticoran Navy* – Kommandant des Zerstörers HMS *Phoenix*.

Castle Rock, Baronin von – Angehörige des manticoranischen Hochadels; Mitglied im Komitee für Militärische Vernunft.

Cazenestro, Thomas P.; Admiral a. D., *Royal Manticoran Navy* – Erster Lord der Admiralität.

Chillon, Earl von – Angehöriger des manticoranischen Hochadels; Mitglied im Komitee für Militärische Vernunft.

Clymes; *Volsung-Söldner* – Taktischer Offizier des Schlachtkreuzers *Odin*.

Crumpets – Lisa Donnellys Scottish-Terrier-Hündin.

Cushing, Professor – Leiter des Nachrichtendiensts und der Verschlüsselungsabteilung von Casca.

Dahl; Lieutenant, *Royal Manticoran Navy*, – Leiter der Abteilung Vorschiffbewaffnung des Leichten Kreuzers HMS *Casey*.

Dapplelake, Earl von – *siehe* Mantegna, James.

de la Roza; Captain, *Volsung-Söldner* – Kommandant des Schlachtkreuzers *Thor*.

de Quieroz, Carmichael – Baron von New Madrid, Prinzessin Elizabeth Wintons Gemahl.

Dembinski, Anastasiya; Admiral, *Royal Manticoran Navy* – eingesetzt bei BuPers, dem Bureau für Personal der Royal Manticoran Navy.

Devane, Ronald – Leiter der Streitkräfte des Nimbalkar-Systems.

Dhotrumi – Mitglied von Wolfe Guzarwans Piratenbande; beim Versuch, im Secour-System zwei havenitische Kriegsschiffe zu kapern, ums Leben gekommen.

Dolarz; Detective, *Quechua City Police* – Polizeibeamter in der Hauptstadt des Casca-Systems.

Donnelly, Lisa; Lieutenant Commander, *Royal Manticoran Navy* – Taktischer Offizier des Zerstörers HMS *Damocles.*

Earl von Breakwater – *siehe* L'Estrange, Anderson.

Earl von Dapplelake – *siehe* Mantegna, James.

Edward, Prinz – *siehe* Winton, Edward.

Eigen; Captain, *Royal Manticoran Navy* – Kommandant des Zerstörers HMS *Guardian.*

Elizabeth I., Königin – *siehe* Winton, Elizabeth.

Fairburn, Baron von – *siehe* Ross, John.

Fornier, Brad; Lieutenant, *Royal Manticoran Navy* – Leiter der Lenkwaffenabteilung des Zerstörers HMS *Phoenix*.

Funk, Johnny; Gunner's Mate First Class, *Royal Manticoran Navy* – Zugführer im Ausbildungslager des Casey-Rosewood-Schulungszentrums; später abkommandiert auf die experimentelle MPARS-Schaluppe HMS *Phobos*; bei deren Zerstörung im Jahr 1532 P. D. ums Leben gekommen.

Gensonne, Cutler; Admiral, *Volsung-Söldner* – Anführer der Volsung-Söldner; als Flaggschiff dient ihm der Schlachtkreuzer *Odin*.

Ghanem; Spacer Second Class, *Royal Manticoran Navy* – tätig auf der Korvette HMS *Aries*.

Gräfin von Acton – Eigentümerin eines manticoranischen Frachtunternehmens.

Gräfin von Calvingdell – *siehe* Sumner, Clara.

Grimm, Stephen – Passagier auf dem Frachter *Ibicca*.

Griswold, Tessa; Lieutenant, *Royal Manticoran Navy* – Rudergängerin des Schlachtkreuzers HMS *Invincible*.

Gundersen-Winton, Cynthia – Edward Wintons Ehefrau.

Gustav I., Kaiser – *siehe* Anderman, Gustav.

Guzarwan, Wolfe – Anführer einer im Secour-System tätigen Piratenbande; beim Versuch, zwei havenitische Kriegsschiffe zu kapern, ums Leben gekommen.

Hagros, Adrian; Captain, *Royal Manticoran Navy* – Kommandant der Korvette HMS *Hercules*.

Hardasty, Ellen; Captain, *Manticoran Patrol and Rescue Service* – Kommandantin der Korvette HMS *Aries*.

Harper, Davis – Lord Davis, Herzog von Burgundy; Premierminister des Sternenkönigreichs von Manticore.

Harwich, Baron von – Handelsminister des Sternenkönigreichs von Manticore.

Hauptmann, Heinrich – Geschäftsführer von Gräfin von Actons Frachttransportfirma.

Hawkin; Captain, *Volsung-Söldner* – Kommandant des Zerstörers *Miranda* aus Admiral Gensonnes Kampfgruppe Sidewinder.

Heissman, Rudolph; Commodore, *Royal Manticoran Navy* – Kommandant des Leichten Kreuzers HMS *Casey*.

Henderson, Gordon; Commodore, *Cascan Defence Force* – leitender Offizier der Systemverteidigungskräfte von Casca; im Jahr 1533 P. D. ins Secour-System entsandt.

Hermie – Rudergänger des solarischen Frachters *Hosney*.

Herzog von Burgundy – *siehe* Harper, Davis.

Husovski; *Manticoran Patrol and Rescue Service* – Technikerin an Bord der Korvette HMS *Aries*.

Imbar, Sweeney; Captain, *Volsung-Söldner* – Kommandant des Schlachtkreuzers *Odin*, Admiral Gensonnes Flaggschiff.

Jacobson; Admiral, *Royal Manticoran Navy* – Kommandeur von Kampfgruppe Rot, verlegt nach Gryphon.

Jenz; Commander, *Volsung-Söldner* – Erster Offizier des Schlachtkreuzers *Thor.*

Kaiser Gustav I. – *siehe* Anderman, Gustav.

Kebiro, Chief Petty Officer, *Royal Manticoran Navy* – eingesetzt in der Signalabteilung des Leichten Kreuzers HMS *Casey.*

Khetha, Amador; General – Mitglied einer Militärjunta, die im Jahr 1509 P. D. die Macht auf dem Planeten Kanaan übernahm; später stürzte er diese Regierung und setzte sich selbst mit dem Titel ›Allwaltender Auserwählter‹ als Regenten ein.

König Michael I. – *siehe* Winton, Michael.

König Roger I. – *siehe* Winton, Roger.

Königin Elizabeth I. – *siehe* Winton, Elizabeth.

Kostava; Captain, *Manticoran Patrol and Rescue Service* – Kommandant der Korvette HMS *Taurus.*

Krit, Aj; Spacer Second Class, *Royal Manticoran Navy* – Besatzungsmitglied des Zerstörers HMS *Damocles.*

Kyell; Ensign, *Manticoran Patrol and Rescue Service* – verantwortlich für die Waffensysteme der Korvette HMS *Aries.*

L'Estrange, Anderson – Earl von Breakwater; Schatzkanzler des Sternenkönigreichs von Manticore; Leiter des Komitees für Militärische Vernunft.

Labatte; Chief Petty Officer, *Royal Manticoran Navy* – Impellertechniker der Korvette HMS *Hercules.*

Lady Clara – *siehe* Sumner, Clara.

Llyn, Jeremiah – Angestellter der Axelrod Corporation.

Locatelli, Carlton; Admiral, *Royal Manticoran Navy* – Berater des Ersten Lords der Admiralität.

Locatelli, Fenton; Ensign, *Royal Manticoran Navy* – Leiter der Abteilung Strahlenwaffen-Feuerleitung des Zerstörers *Phoenix*; Admiral Carlton Locatellis Neffe.

Long, Travis Uriah; Lieutenant (Junior Grade), *Royal Manticoran Navy* – Melisande Vellacotts Sohn; Halbbruder von Gavin Vellacott; geboren 1512 P. D., derzeit in planetarer Verwendung auf Manticore.

Lord Davis – *siehe* Harper, Davis.

Lord James – *siehe* Mantegna, James.

MacNiven; Chief Petty Officer, *Royal Manticoran Navy* – Rudergänger des Zerstörers HMS *Damocles.*

Mallare – Lenkwaffentechniker; von HMS *Damocles* zu HMS *Aries* abkommandiert.

Mantegna, James – Lord James, Earl von Dapplelake; ehemaliger Verteidigungsminister des Sternenkönigreichs von Manticore.

Marcello; Captain, *Royal Manticoran Navy* – Kommandant des Zerstörers HMS *Damocles.*

Marulich; Chief Petty Officer, *Royal Manticoran Navy* – tätig in der Signalabteilung des Zerstörers HMS *Salamander.*

McBryde; Commander, *Royal Manticoran Navy* – Erster Offizier des Schlachtkreuzers HMS *Invincible.*

McConnovitch, Tash – Skipper des solarischen Frachters *Hosney.*

Merripen – ein Arbeitskollege von Stephen Grimm; als Besatzungsmitglied auf dem solarischen Frachters *Ibicca.*

Metzger, Allegra; Captain, *Royal Manticoran Navy* – Kommandantin des Schlachtkreuzers HMS *Invincible*, Admiral Carlton Locatellis Flaggschiff.

Michael I., König – *siehe* Winton, Michael.

Mota – einziges überlebendes Mitglied von Wolfe Guzarwans Piratenbande nach deren Versuch, im Secour-System zwei havenitische Kriegsschiffe zu kapern.

Nabaum; Lieutenant, *Quechua City Police* – Polizeibeamtin in der Hauptstadt des Casca-Systems.

Navarre, Pascal; Lieutenant (Junior Grade), *Royal Manticoran Navy* – Artillerieoffizier des Zerstörers HMS *Salamander.*

New Madrid, Baron von – *siehe* de Quieroz, Carmichael.

Nguema – Rudergänger des Frachters *Ibicca.*

Nikkelsen; Lieutenant; *Royal Manticoran Navy* – eingesetzt auf dem Zerstörer HMS *Damocles.*

Obregad; Volsung-Söldner – Taktischer Offizier des Schlachtkreuzers *Thor.*

Olver; Captain, *Volsung-Söldner* – Kommandant des Truppentransporters *Naglfar.*

Osterman, Lorelei; Senior Chief Petty Officer, *Royal Manticoran Navy* – Feuerleittechnikerin, eingesetzt in der Abteilung Vorschiffbewaffnung des Zerstörers HMS *Phoenix.*

Pappadakis; Commander, *Royal Manticoran Navy* – Leitender Ingenieur des Zerstörers HMS *Damocles.*

Patterson; Captain, *Volsung-Söldner* – Kommandant des Zerstörers *Umbriel* aus Admiral Gensonnes Kampfgruppe Sidewinder.

Peirola; Commissioner – Leiter der Hafen- und Zollbehörde von Quechua City, der Hauptstadt des Casca-Systems.

Perrow; Lieutenant Commander, *Royal Manticoran Navy* – Taktischer Offizier des Schlachtkreuzers HMS *Invincible.*

Petrenko; Lieutenant, *Royal Manticoran Navy* – Leiter der Abteilung Impellertechnik der Korvette HMS *Hercules.*

Pickers – Ingenieur an Bord des solarischen Frachters *Ibicca.*

Plover; Coxswain Second Class, *Royal Manticoran Navy* – ein Steuermann an Bord des Zerstörers HMS *Damocles.*

Prinz Edward – *siehe* Winton, Edward.

Ravel, Wanda; Lieutenant Commander, *Royal Manticoran Navy* – Taktischer Offizier des Zerstörers HMS *Salamander.*

Redko, Gregor (›Reddy‹); Petty Officer, *Royal Manticoran Navy* – Techniker Zweiter Klasse für Elektronische Kampfführung; eingesetzt auf dem Zerstörer HMS *Damocles.*

Roger I., König – *siehe* Winton, Roger.

Rolfe – Ex-Mann von Lisa Donnelly.

Ross, John; Captain, *Royal Manticoran Navy* – Baron von Fairburn; Kommandant des Zerstörers HMS *Salamander.*

Rowlandson, Yvonne – Baronin von Tweenriver; Angehörige des Komitees für militärische Vernunft.

Rusk; Lieutenant, *Royal Manticoran Navy* – Ortungsoffizier des Leichten Kreuzers HMS *Casey.*

Samantha, Königin – *siehe* Adamskos-Winton, Samantha.

Shapira; Captain, *Royal Manticoran Navy* – Kommandantin von HMS *Gorgon.*

Shiflett, Susan; Commander, *Royal Manticoran Navy* – Erster Offizier des Zerstörers HMS *Damocles.*

Shora – Mitglied von Wolfe Guzarwans Piratenbande; beim Versuch, im Secour-System zwei havenitische Kriegsschiffe zu kapern, ums Leben gekommen.

Shresthra; Captain – Skipper des solarischen Frachters *Ibicca.*

Skorsky; Spacer Second Class, *Royal Manticoran Navy* – eingesetzt in der Abteilung Vorschiffbewaffnung des Zerstörers HMS *Phoenix.*

Sladek, Vance; Commander, *Royal Manticoran Navy* – Erster Offizier des Zerstörers HMS *Phoenix.*

Sukowski, George; Lieutenant Commander; *Royal Manticoran Navy* – im Bureau für Personal der Royal Manticoran Navy eingesetzt.

Sumner, Clara – Lady Clara, Gräfin von Calvingdell; Verteidigungsministerin des Sternenkönigreichs von Manticore.

Todd, Maximilian; Commander, *Royal Manticoran Navy* – Erster Offizier des Zerstörers HMS *Salamander.*

Tomasello; Spacer, *Royal Manticoran Navy* – Strahlenwaffentechniker zweiter Klasse, dient auf dem Zerstörer HMS *Phoenix.*

Townsend, Charles (›Charlie‹, ›Chomps‹); Petty Officer First Class, *Royal Manticoran Navy* – auf Sphinx geborener Lenkwaffentechniker Erster Klasse, nach Abschluss der Ausbildung im Casey-Rosewood-Schulungszentrum auf den Zerstörer HMS *Damocles* versetzt.

Tweenriver, Baronin von – *siehe* Rowlandson, Yvonne.

Ulobo – kanaanitischer Mitarbeiter von General Khetha; folgte dem General nach dem Putsch im Jahr 1535 P. D. ins Exil.

Ulvestad, Lydia; Chief Petty Officer, *Royal Manticoran Navy* – Unteroffizier auf dem Zerstörer HMS *Damocles.*

Vachali – Mitglied von Wolfe Guzarwans Piratenbande; beim Versuch, im Secour-System zwei havenitische Kriegsschiffe zu kapern, ums Leben gekommen.

Vellacott, Gavin – als zweiter Baron von Winterfall Angehöriger des manticoranischen Hochadels; Halbbruder von Travis Long.

Warren; Chief Petty Officer, *Royal Manticoran Navy* – Signalgast des Schlachtkreuzers HMS *Invincible.*

Winterfall, Baron von – *siehe* Vellacott, Gavin.

Winton-Engelsman, Mary – zweite Ehefrau von Michael Winton; Mutter von Elizabeth Winton, Edward Wintons Stiefmutter.

Winton, Edward; Captain, *Royal Manticoran Navy* – Prinz Edward; älterer Sohn König Michaels I. und dessen erster Ehefrau Samantha; Kronprinz des Sternenkönigreichs von Manticore.

Winton, Elizabeth – (1) Königin Elizabeth I., zweite Regentin des Sternenkönigreichs von Manticore (1489–1521 P. D.); Mutter des derzeitigen Regenten Michael I., Edward Wintons Großmutter.

Winton, Elizabeth – (2) Tochter von Michael Winton und dessen zweiter Ehefrau; Edward Wintons Halbschwester; Ehefrau von Carmichael de Quieroz.

Winton, Michael – als König Michael I. seit dem Jahr 1521 P. D. dritter regierender Monarch des Sternenkönigreichs von Manticore; Enkel von Roger Winton, Sohn von Elizabeth Winton; Vater von Edward und Elizabeth Winton.

Winton, Richard – Sohn von Kronprinz Edward Winton und Cynthia Gundersen-Winton, Bruder von Sophie Winton; Kadett der Royal Manticoran Navy.

Winton, Roger – Aufsichtsratsvorsitzender der Manticore Colony Ltd.; als König Roger I. erster Monarch des Sternenkönigreichs von Manticore (1485–1489 P. D.); Vater von Elizabeth Winton; Großvater von Michael Winton.

Winton, Sophie – Tochter von Edward und Cynthia Gundersen-Winton;Richard Wintons Schwester.

Woodburn, Alfred; Lieutenant Commander, *Royal Manticoran Navy* – Taktischer Offizier des Leichten Kreuzers HMS *Casey*.

Lia ist eine lebende Bombe. Und ihre Zeit läuft ab …

Margaret Fortune
NEW SOL
Roman
Aus dem amerikanischen
Englisch von
Kerstin Fricke
368 Seiten
ISBN 978-3-404-20855-5

Nach zwei Jahren in einem Kriegsgefangenenlager kommt Lia Johansen frei und wird auf die Raumstation New Sol gebracht. Sie hat kaum Erinnerungen an die vergangenen Jahre, was sie auf einen kürzlich erlittenen Stromstoß zurückführt. Doch die Wahrheit ist jenseits aller Vorstellungskraft. Denn plötzlich startet in Lias Kopf ein Countdown: 35:59:59.
Lia weiß auf einmal: Sie ist eine lebende, genetisch modifizierte Bombe, und sie soll die Raumstation in die Luft jagen. Doch erst muss sie es schaffen, 36 Stunden lang unentdeckt zu bleiben. Ein atemberaubender Wettlauf gegen die Zeit beginnt.